不如就这样欠着吧，

她软软地想。

至少他今后想起她时，

还能记得有个傻子用了个

于他来说没用的戒指

换了他一条星河。

砖折号yiyi

KUWEI
酷威文化
图书 影视

樱照良宵

破折号yiyi 著

上

天津出版传媒集团
百花文艺出版社

图书在版编目（CIP）数据

樱照良宵 ： 全二册 / 破折号yiyi著. -- 天津 ： 百花文艺出版社, 2024. 5
ISBN 978-7-5306-8792-5

Ⅰ. ①樱… Ⅱ. ①破… Ⅲ. ①长篇小说－中国－当代 Ⅳ. ①I247. 5

中国国家版本馆CIP数据核字（2024）第058609号

樱照良宵：全二册
YING ZHAO LIANGXIAO：QUAN ER CE
破折号 yiyi 著

出 版 人：薛印胜
选题策划：胡晓童
责任编辑：李 信
封面设计：@Recns
出版发行：百花文艺出版社
地址：天津市和平区西康路35号 **邮编：**300051
电话传真：+86-22-23332651（发行部）
+86-22-23332656（总编室）
+86-22-23332478（邮购部）
网址：http://www. baihuawenyi. com
印刷：天津旭丰源印刷有限公司
开本：880毫米×1230毫米 1/32
字数：594千字
印张：20
版次：2024年5月第1版
印次：2024年5月第1次印刷
定价：69. 80元

如有印装质量问题，请与天津旭丰源印刷有限公司联系调换
地址：天津市宝坻区新开口镇产业功能区天通路 16 号
电话：（022）82573686 邮编：301815

目/录

师父，我若真是斩苍，
你会比现在要喜欢我吗？
贺云霄

第壹章 半魔少年

「贺兰宵，
我有意收你为亲传弟子，
你、可、愿、意？」

樱招做了一场梦，梦境中……

五月既望，绿叶荫浓，日光扎眼。

朝阳谷中的祝余草又要遭殃。

一个年约十七的少年利落地破开结界，几个纵身便采了几株祝余草攥进手里。灵草得手，他也没急着走，而是特地缓了几秒，待到栖息在结界内的双头虎察觉之后，才足尖点地，轻巧地翻身飞出结界。

结界似蛛网一般闪着青光，无声合拢，直至完全隐形。被惊动的双头虎支棱起四只耳朵，嘶吼着抬起两颗脑袋转了几圈，见到少年的面孔后，又偃旗息鼓般趴了回去。

这凶悍巨兽如今表现得有些蔫儿，一点都不似两年前那般威风凛凛。少年还记得自己第一次被师父扔进结界时，这只双头虎将他咬得遍体鳞伤的情景。

师父将他拖回去，施了一晚上疗伤术，第二天那些深可见骨的伤口便已全数愈合。只是还没休养多久，师父便又狠心地将他重新扔了进来。

少年想到这里，笑了一下，于结界外熟门熟路地找了一块大石盘腿坐下，恰好正对着那头蔫了吧唧的双头虎。

两颗巨大的虎头昂起来隔着结界冲他龇牙咧嘴了一会儿，又极其郁闷地趴了回去，两颗头各自扭向一边，尾巴甩得草屑飞扬。

它那两条尾巴威力无穷，似长了倒刺的鞭子一般，能将人甩个半死。

少年闭上眼睛，就着双头虎噼里啪啦的甩尾声掐了个诀便开始运气。鸦翎般的鬓角似刀裁，眉眼似点漆，身量尚未完全长开，便已姿容艳绝，在阳光下俊得扎眼。

状若韭菜却能食之不饥的祝余草在半空中化作一道青光，被少年吸进肚里。几个吐息之后，少年再睁眼时，腹中灵气已然涨满。

一株祝余草，食之能一月不饥。若不是他实在不能食五谷，人又未辟谷，受不得饥，师父也不会让他每月都来采灵草。

这朝阳谷中满是珍禽异兽，他没见过其他珍兽像这只双头虎一般护食又凶残。

林间微风拂来，触目皆绿。山沟处杏花团团，梧叶苍苍。

少年撑着脑袋望着谷中蒸腾的烟波，神情沉静。双头虎自顾自甩了一会儿尾巴，见无人理会，觉得无聊，便起身隐入了林中。

谷中袅袅的烟波突然被一道磅礴的剑气冲散，少年"噌"的一下站起身来，口中喃喃道："师父……出关了！"

他急急地把剩余几株祝余草往怀中一收，倏忽间便腾风而起，一下便蹿得看不见了。

路过演武场时，一群同门正在斗法。少年腾风的气势太急，险些和那些人在半空中撞上。但他闪得快，扔下一句"抱歉"便已飞出去好远。

"贺兰宵这是干什么去，这么急？"被迫中断斗法的同门款款降下，望着少年消失的方向发问。

"因为刚刚那道剑气吧，"另一人答道，"樱招长老好像出关了。"

樱招只闭关了一年而已。

原本也不是为了参透什么道法自然而闭关，却阴错阳差地提升了一个境界。她心情大好，便唤了一群傀儡人来殿中给自己献舞。

傀儡人都是她平日里无聊用短剑雕的，注入灵力便可行动自如。只不过她雕的傀儡人都随她，使剑使得风生水起，偏生跳舞跳不好，四肢极不协调，看起来滑稽得很。

贺兰宵赶回北垚峰主殿时，一群木雕的傀儡人正在很不整齐地起手转圈，旁边还有几个傀儡乐姬在弹琴，乐声倒是十分美妙。

画面实在不协调，而他那个成日里不着调的师父却看得津津有味，坐在殿首笑得四仰八叉。她的胳膊肘支在脸颊旁，衣袖飘飘，露出一截手腕，腕上印着一个“斩”字，字上似有金光隐隐浮现。

修士们修仙，总喜欢把自己当仙人打扮，无论男女都穿得很单薄，真言一撑可谓不惧寒暑。师父作为剑修，经常是一袭短打加身，像今日这样飘飘欲仙的襦裙，贺兰宵很少见她穿。

他只看了一眼便移开了目光，没再往里走，似乎仍旧不敢相信师父真的出关了。直到樱招终于看见他，出声唤了他一声“宵儿”，他才抬脚走上前去。

殿内的傀儡人被她挥挥手赶走，贺兰宵低着头上了台阶，行至樱招的座椅前停下，俯首恭敬地作揖说：“恭喜师父。”

恭喜什么呢?

他其实不知道，只觉得师父看起来神清气爽，高兴得有些刺眼。

他想他也应当为师父感到开心。

原本在榻上靠得歪歪斜斜的樱招顺势端坐起来，上下打量了他一眼，突然问道：“你是不是又长高了？”

贺兰宵愣了一瞬，才缓缓答道：“弟子……没有留意。”

“过来让为师看看。”

她说得坦荡，贺兰宵也很听话地屈膝半跪了下来，往她跟前凑近，想让她看得更清楚些。只是手指无端蜷起，背脊挺得有些僵。

脑袋好似被人抚摸了一下，他抬头对上师父的眼睛。她却不肯再摸，把手抽回去，背到身后冲他笑得眉眼弯弯。

窗外有树影摇曳，樱招背在身后的手心亦有金光在缓缓流转，直至金光完全散去，她才收敛了那慈祥得有些假的笑容，又问了他几句诸如“功课有没有落下”之类的废话。

贺兰宵答得乖巧异常，面上没什么表情，稳重得看不出情绪。

师徒二人你来我往地说着体己话，殿外忽然传来一道人声。樱招闻声望去，原来是掌门师兄参柳，他应当是得知她出关的消息，特地过来看望。

她起身迎了几步，贺兰宵跟在她身后躬身行了个弟子礼，而后直起身子安静退下。

殿外暖暖春阳照得他眼睛眯起，晦暗的情绪被压进心底，蛰伏回去。

方才他偷偷量了，他的确是长高了不少。一年之前，师父站在他身前只比他矮半个头，如今师父的头顶还不及他的下巴。

她错过了好多。

目送着少年走远，参柳才问道：“这次闭关可有收获？我瞧着修为像是更进了一层。”

参柳虽是一副俊美青年模样，却已然有一百五十岁的高龄，樱招比他小一个甲子，今年正正好九十岁，不过面孔依旧维持在二十五岁上下。

“的确是小有所成，”樱招细细答道，“我把流光剑阵加强了。”

流光剑阵是樱招自创的守护剑阵，自创出来之后便没被改良过，因为她很少用。

以前师父总说她的剑气太过霸道，仗着一柄神剑刑天护体，只懂攻，不懂守，对战起来总是伤敌一千，自损八百。如今她肯静下心来仔细琢磨守护剑阵，也算是怪事一桩。

但参柳没多问，抬手在大殿周围布下一道禁制，转而问她：“如何？”

没头没尾，但樱招知道他在问什么：“我刚刚探了，他身上没有魔气。”

话说出口，她莫名松了一口气，但还是无法完全放心：“我的感觉按理来说不会有错，弟子遴选当日，他灵脉当中的确有那魔尊斩苍的气息，但不知为何，后来却再没溢出过。”

“你闭关这一年，他每日刻苦修行，精进速度之快可以算得上是天纵奇才，其他倒并无异状。”参柳的话中满是惜才之意，“罢了，他是你唯一的弟子，你多加留心便是。如若他真的有问题……”他突然摆出一副贱兮兮看热闹的模样，“小师妹，这可是当日你自己说的，你能杀斩苍一次，也能杀他第二次。”

海内有仙山，名曰苍梧山，相传帝舜葬于阳，帝丹朱葬于阴，故灵气充沛非比寻常，实乃求仙问道之洞天福地。

苍梧山绵延万里，大小山峰无数，主峰为最高的四座，分别是掌门参柳所在的不嚣峰、二师姐甘华所在的狐岐峰、三师兄风晞所在的羽阳峰和小师妹樱招的北垚峰。

四位峰主师出同门，各有千秋，皆拜在苍梧山前任掌门岚光仙姑座下。岚光仙姑于五年前渡劫成仙之后，掌门之位便由大弟子参柳继任。

樱招是岚光仙姑渡劫成仙之前收的最后一名亲传弟子，是一名剑修，且已成长为货真价实的当世第一剑修。一柄神剑刑天令她横扫修真界，再加上她曾于二十年前将魔尊斩苍斩杀于琅琊台。虽然她亦神魂受损，睡了十年才醒，但那斩苍早已神魂俱灭，而她樱招还能稳坐北垚峰，参透天地妙法，也算是赢得风光。

这“第一剑修”的名号便更是名正言顺。

大家都相信，只要樱招勤勤恳恳修炼下去，有朝一日亦能像她的师父一般飞升成仙。

樱招于两年前收了她第一个也是唯一一个亲传弟子，还是不情不愿迫于情势才收的。说起来也只能怪她自己，太过冲动，才会给自己招来这么大一个麻烦。

麻烦事发生在两年之前，苍梧山弟子遴选。

苍梧山开山收徒是每二十年一次，整个中土有点灵根之人都会一窝蜂地赶过来碰碰运气。樱招是一峰之主，如此盛会理应到场。

当日，她到达不嚣峰议事堂时，殿外已经聚集了不少通过前几关试炼的试炼者，只等通过最后的灵根测试，便可根据灵根属性和资质来划分内门、外门，抑或是亲传弟子。

分明不是她收徒，她却是到得最积极的。

第二位到达议事堂的是师姐甘华，这位狐岐峰峰主身着一袭华美异常的火红长裙，娉娉袅袅地飘过来，眼尾狭长，眼波摇翦，妖艳得不像修士，倒像是吸人精魄的狐狸。

甘华是一名符修大能，极善敛财，苍梧山上下出纳皆由她打点。见到樱招的第一眼，她便笑嘻嘻地说道：“师妹，我给你裁了两身漂亮衣裳，给你看看？”

樱招一脸防备：“你先告诉我要多少灵石。”

“师妹真是说笑了，”甘华笑吟吟地往她身上倚过去，“我给你个亲情价，五千。”

“五千？！”樱招吓得脸都青了，连忙摆手，“我不要。”

“你别急着拒绝，先看看再说也不迟。”

说着甘华从乾坤袋中掏出两条裙子，缩小成手掌般大小的纱裙浮在她的掌心，悠悠转动。绣纹光华璀璨，誓要让樱招看清裙裾上每一个繁复的花纹。

不得不说，甘华的手艺还是那么的好，那两条纱裙烟笼一般，看着就仙气飘飘。从前她画符的手便是最稳的，甘华看着身姿妖娆，一副站不直的样子，但那些鬼画符一样的符咒却是看一遍就会，剪纸裁衣这种手艺更是不在话下。

由狐岐峰峰主亲手裁的衣裳，在妖商那里，可是天价。

樱招平日里虽喜欢利落装扮，但她偶尔也喜欢收集些漂亮宝贝，需不需要是一方面，但她就是要有。

“除了看起来好看些，还有什么别的功用吗？”樱招问。

“穿上便可换一层皮。”甘华见她态度松动，赶紧解释道，“那魔尊斩苍死于你手，魔族恨你入骨，虽说那都是些宵小之辈，师妹定不会在乎，但外出走动，总有需要隐蔽行迹的时候，有备而无患嘛！”

有道理。

樱招当下便掏了五千灵石，师姐妹二人利索地完成了这笔交易。

一道紫光闪过，羽阳峰峰主风晞的身影自移行阵中显现。此时甘华正在向樱招细细解释这两条裙子的妙用：“打斗时无须担心，不把小衣脱掉，别人断不能识破你的真身，只是你那追魂印太特殊，还是要遮着点。”

殿内无人，她说得毫不避讳，倒是风晞当即变了脸色：“甘华师姐，请慎言。”

“师弟明明修的也不是无情道，怎么偏就这般无趣？”甘华轻飘飘看了他一眼，不以为意，“我刚刚说什么了吗？”

风晞将头偏向一边，冷着脸没有作答。

“哦，我知道了。”甘华语气暧昧地朝他看去，轻笑一声，“师弟啊，你自己瞧不上任何人，偏要鸾只凤单也就罢了，怎么现在还管别人朝云暮雨啊？”

真是白长一副好面孔。

“你……”风晞似是气急，被她这么一挤对，连耳朵都红了。

“你们几个聚到一起简直一刻都不得消停。”一阵声势浩大的冷光如波浪般倏地铺开，掌门参柳终于姗姗来迟。他以前当弟子时便是踩着点御剑来上课，现如今当了掌门，旁的自由没有，抵着时辰出场这点排场还是要有的。

樱招无辜被扫射，忙撇清关系：“跟我没关系，我没惹事。”

“是啊，你是轻易不惹事，一惹便是大事。”参柳看着那三个凑作一堆，毫无长老自觉的师弟师妹就头疼。

现下人已到齐，四人敛了神色，坐回各自的长老位。

紧闭的殿门被参柳以磅礴灵力冲开，守在殿外的弟子随即引着一众试炼者鱼贯而入。上首的四张长老椅下，站着两溜十个亲传弟子，他们身穿雪色亲传弟子服，外披一层绣满了真言、水火不侵的晶莹鲛纱，看起来气派又出尘，个个都是天人之姿。

通过前几轮试炼，上到不嚣峰的人一共有十八个，能走到这里，已是表现得极其出色。一眼望去，世家子弟与平民皆有之。

参柳坐在主位，扫视一圈后才看向身边的甘华与风晞：“你们二位可有中意的弟子人选？”

前几轮试炼的过程，除樱招外，其余几人皆已通过玲珑镜观看一二。

这一届的试炼者中有几人的确是资质上佳，甘华轻声念了几个名字，当她念到“贺兰宵”时，风晞顺着她的目光看去，顿时微不可察地皱起了眉头。

这位名为“贺兰宵”的少年，在一众试炼者当中的确非常引人注目，但除去他过人的天资，更为引人注目的恐怕还要属他的相貌。这样的容姿，若去了狐岐峰……

风晞看了一眼甘华，缓缓道：“我看贺兰宵更适合我羽阳峰。”

冀州旧族，贺兰氏族为名门之最，可谓富可敌国。此族能人异士众多，皇亲国戚、修士大能皆有之，更难能可贵的是，这一族还保留着母系氏族的某些传统——以母亲的血统为尊，子嗣皆随母姓。

族中的女子继承家业，男子则被送来求仙问道。

贺兰宵的母亲正是贺兰氏的现任家主，她曾修书于甘华，请求让其子拜入狐岐峰门下，当然，随之送过来的还有装着无数天材地宝的乾坤袋，行事作风甚是对这位狐岐峰峰主的胃口。

甘华礼都收了，断没有再吐回去的道理，她当即目光灼灼地看向风晞：“你存心要和我抢人？”

眼看着二人又要起争执，参柳笑呵呵打着圆场道：“他更适合拜入谁的门下，修习何种术法，还是等测验完他的灵根再说罢。”

全程神游天外的樱招此时也很配合地点点头：“嗯，掌门说得对。”

一副狗腿而不自知的模样，令甘华一阵唏嘘。

小师妹自从神魂受损，睡了十年醒来之后，便全然没了以前那股机灵劲儿，有时甚至还显得有些呆头呆脑。

当下几人也没了拌嘴的想法，神色各异地沉默了一番，才将心思放回到殿内等待着灵根测验的试炼者身上。

樱招端坐在殿首，朝着人群看去，却不期然与那贺兰宵对上视线。彼时她正神思缥缈，盯着人看了半天才意识到自己已与他对视许久。

少年有着芝兰玉树般的身姿，面容更似象雕般的偶人，精致得有些不近人情，偏仰头望向樱招时，眼神又是明净的。

两道目光隔着宽阔的大殿凝结在一起，最后是樱招轻飘飘地先将目光移开。

日上中天，十八名试炼者已经测试完大半。轮到贺兰宵上前时，坐在殿首的四位峰主皆凝神屏气，面容端肃。

少年刚满十五岁，小小年纪便出落得沉稳异常。他将手放在测灵珠上，慢慢引气入体，只见那颗通体透明的测灵珠突然生出丝丝缕缕金色的光芒，流转间整颗珠子缓缓变色，直至变作纯金。

单一纯正的金灵根属性，和樱招是一样的。

樱招眨眨眼，顿觉一阵惊喜。

若她打算收徒，贺兰宵倒是极为合适，可惜她并不打算收亲传弟子，并且方才甘华师姐和风晞师兄好像都属意他，自己也不好夺人所好。

罢了，如若他想修习剑术，日后剑术大课她多多提点便是。

她又看了他一眼，他似是有所感应，抬起头来直直地望向她。

樱招只当他想拜入她门下，正准备冲他露出一个和善的笑，还未来得及牵起的嘴角却瞬间僵住——那颗已经全然变作一颗赤金球的测灵珠上，居然萦绕着一丝魔尊斩苍的气息！

樱招陡然一震，身法极快地腾空跃起，眨眼便落到贺兰宵身前。电光石火间，一柄金光璀璨的长剑自她掌心凝聚，实体显形时，剑身尤有火焰缭绕，磅礴的剑气震得周遭的人连连后退。

有好事者失声惊呼道："刑天！那是刑天！"

"樱招仙子为何突然发难？"

"管他为何呢，此番能见到刑天出鞘，也算是不虚此行了！"

刑天剑的剑气太过霸道，离樱招最近的贺兰宵受冲击最甚。他的胸口被重重一震，当下便血气上涌，一丝血迹自嘴角渗出。他满脸惊异地往后退了一步，试图勉力撑住身形，但仍是无法站稳，膝间一软，单膝跪在了她身前。

一双漆黑的眸子盯住她，没有丝毫恐慌，只是不解。

看起来他似乎只是想不明白她为何前一刻还和颜悦色，顷刻间便杀气腾腾。

樱招没有理会他的目光，利落地伸手握住浮在半空中的剑柄，掌心灵力肆意流窜。一阵金光闪过，贺兰宵抬手擦了一把嘴角的血，轻轻闭上了眼睛。

樱招拔剑的姿势很干脆，丝毫没有因为先前的对视而手软，然而，在贺兰宵闭上眼睛的那一刻，她却身形一顿，生生停下了剑势。

怎么回事？！

她皱着眉头抬头看了一眼自己的法器，突然瞳孔巨震——

夭寿了！

刑天！不肯出鞘！

刑天，上古神剑，乃樱招自魔域寻得。

相传天神刑天与天帝争夺神位，天帝断其首，并将其首葬于常羊山。没了脑袋的刑天以双乳为眼，以肚脐为口，战斗力仍旧惊人。刑天于陨灭之际化作一柄凶剑，隐于茫茫大荒中。

修仙之人，出门试炼是最为重要之修行。试炼凶险程度，全凭各人造化。樱招早些年的确气运不俗，不然也不会被她寻到这等神器。

神器一旦被驯服，便极为护主。刑天虽是一柄凶剑，但剑灵和樱招早已心意相通。如今它不肯出鞘，对她来讲简直如遭雷击。

就在樱招愣神的瞬间，眼前忽有冷光乍起，她回身望去，却是参柳飞身过来，挡在了贺兰宵身前。

两股灵气隔空相撞，殿内旁人只觉得目眩神驰，一时之间无法视物。丝丝缕缕的灵力如落花飞絮般在殿中央环绕，其间夹杂着一丝若有若无的暖香。

待到灵气收敛之时，位于风暴中心的樱招和参柳皆已消失不见。

贺兰宵睁开眼，正打算环顾四周，却发现殿内的其他人都僵在原地、眼睛眯起、眉头紧皱，仍是维持着被强光照射而不能视物的姿态。耳畔安静得不正常，风声鸟语皆已停顿下来，时间如同凝住一般。

他们好像中了幻术。

母亲曾告诉他，狐岐峰峰主甘华的幻术极其厉害，可以布幻于无形。

那为何幻术对他无用？贺兰宵来不及思考，只不动声色地闭上眼。忽听得背后有人接近，接着头顶有一阵暖意缓缓注入，周身痛楚渐渐减轻，直至消散。

原来是有人正在替他施疗伤术。

“怎么样？”一道女声响起，是甘华的声音。

“伤得不重，无碍。”

替他疗伤的人是风晞。

事情发生得太突然，樱招蹿至贺兰宵面前时，他们只当她有意探他灵根，并未加以阻拦，还是参柳先察觉到她杀气太甚，才飞身过去阻止。也亏得樱招自己停滞了一瞬，不然刑天一旦出鞘，这少年恐怕难逃一死。

昔年一同修行的同门师兄妹，遇事时仍旧配合默契。为防止事态蔓延，甘华果断催动咒语布下幻术，这才将场面控制住。

连风都凝滞的大殿上空，飘浮着一鼎核桃大小的青铜钟，莹莹絮絮的清光从内渗出，看着小巧玲珑，不甚起眼，内里却另有乾坤。

那是参柳的月魄钟，有吸纳天地之功效。

樱招此时已被参柳卷入月魄钟之中，二人置身于一座浮空小岛，小岛上青山落霞，闲云卷舒，仿若仙境。

如此景致，时下却无人欣赏。

“你不会无故出手伤人，究竟怎么回事？”参柳负手站在樱招面前，问得不急不缓。

樱招却没他这般气定神闲，刑天不肯出鞘一事令她十分焦躁，语气不自觉带了几分恼意：“你快放我出去，贺兰宵的灵力中有斩苍的气息！”

“此话当真？”参柳皱起眉头，“那为何只你一人察觉？”

樱招愣了一下：“你们……都没看到吗？”

“没有。”参柳觉得奇怪，当即掐了个决传音给钟外的风晞和甘华。

已然替人疗伤完毕的风晞神色一凛，又将手放回贺兰宵的头上，驱动术法仔细查探了一番过后，才对着甘华摇摇头。

的确是查不出来，贺兰宵身上半分魔气也无。

甘华早料到是这结果，她对自己的幻术极为自信，如今殿内除了风晞，其余人皆深陷她的幻境中，有没有魔气她根本无须亲自查探。

只是樱招怎会出错呢？

四人几番隐秘传音，樱招也已冷静不少。她提起手中的刑天剑，犹豫再三，还是交代道："方才，我准备对着贺兰宵拔剑时，刑天不愿出鞘。"

刑天虽是一柄凶剑，但它可渡妖邪，面对越强大的妖邪力量便越凶猛，面对魔物甚至能比剑主察觉得更快，绝不会出现无法出鞘的情况。

"如此，是你冤枉了他？"参柳脸色凝重起来。

"兴许是有其他妖邪潜入了苍梧山，想在弟子遴选时，趁机作祟呢？"甘华插了一嘴。

倒也说得通，只是山门大阵乃苍梧山祖师爷所设，一般的妖邪绝对混不进来，倘若真有那般厉害的妖邪试图闯进来，也万不可能做到如此神不知鬼不觉。

"小心驶得万年船，"参柳看着心大，该正经时绝不会含糊，"风晞，你吩咐你羽阳峰的弟子速去查探。"

"是。"

即便种种迹象都表明是樱招差点滥杀无辜，但她对贺兰宵的怀疑仍旧无法完全消除："师兄，你信我，我的感觉不会出错，贺兰宵必定有问题。"

"我自是信你。"参柳安慰道，"只是苍梧山树大招风，你身为一派长老，未明真相前便对人拔剑相向，恐落人口实，更何况贺兰一族轻易开罪不得，须得想个万全之策。"

给弟子传完信的风晞突然道："既无法对贺兰宵放心，不若，樱招以收徒为名，行监管之实。”

此计的确可以解当下之急，甘华正欲点头，眼角瞥见风晞那一派正经的模样，才反应过来自己好像着了他的道。

她想起贺兰宵的母亲送过来的那些秘宝，自己还未清点完就得原封不动地送回去，一时气极，双手揪住他的衣襟，咬牙切齿地瞪他：“等下再和你算账！”

她的双眸如同酿了秋光一般，瞪人时实在没什么威慑力。风晞轻轻将她的手扒拉下来，边整理衣襟边淡淡笑道：“那师弟等着。”

参柳实在没想到此前还当贺兰宵是块香饽饽的两人如今甩手甩得这么干脆，他看向樱招，却见樱招握紧了手中的刑天，眼冒精光冷冷道：“你们放心，如若贺兰宵真是那斩苍所化，我能杀斩苍一次，便能杀他第二次。”

唉，参柳默默叹了一口气。

少给他惹事就不错了，还放心……

听不见四人密谋的贺兰宵只觉得后颈阴风阵阵，心中升起一股不祥的预感。幸好他在察觉到暖香的一瞬间便双腿盘坐在了地上，不然他实在没办法在甘华眼皮子底下维持着单腿跪地的姿势而不露馅。

忽听得一声翠鸟鸣啼，一阵风拂过脸庞，被术法凝结的空间亦跟着活络起来。幻术彻底解除时，涌进耳朵的声音很嘈杂，惊呼声不绝于耳。

那些身中幻术之人似乎没意识到自己方才被卷入了幻境，不自觉将方才的话又重复了一遍。

此起彼伏的惊叫声中夹杂着一声关切的叫嚷，听声音应是他的随身小厮。

贺兰宵缓缓睁开眼，却正对上樱招凑得极近的一张脸。

他骤然往后拉开一点距离，才发现其余几位峰主像大山一般将他围了个严实。樱招蹲在他身前，直直地看向他，语气僵硬地说道：“方才我对你出手，是看你资质非凡，且与我同是金灵根，因此有意试探你。你不偏不躲，无半分害怕之意，表现得很好。”

这是……要当着众人的面解释的意思？

贺兰宵眨眨眼，还未来得及松一口气，便听见她一字一句地问道：“我有意收你为亲传弟子，你、可、愿、意？”

“樱招，我解除幻境后，你表情温和一点，切莫让人看出端倪来。”

出月魄钟前，甘华的告诫言犹在耳，樱招对着贺兰宵却实在温和不起来。在她说完那句话之后，站在贺兰宵背后的风晞抬手捏了捏眉心，一向纹丝不动的表情隐隐有裂开的趋势。

其余众人倒是一片哗然，有羡慕者，有嫉妒者，有哀号者，也有默不作声者。

贺兰宵便是这位默不作声者。

好像是太凶神恶煞了点……樱招很有自知之明地调整了一番表情，正准备再说些什么，突然一个小厮模样的少年冲过来，跪在贺兰宵身旁哀号道：“公子！你千万不要答应她啊！她方才是真的想杀你！你看她都把你打到吐血了！”

贺兰宵抹了抹嘴角残留的血迹，冲他安抚似的笑了笑：“不妨事，我已经好了。”

“可是，家主吩咐过你一定要拜在甘华长老门下的！甘华长老……”小厮期期艾艾地抬头看向原本站在樱招身后的甘华，一口气差点没提上来——

就这么一会儿工夫，甘华居然坐回了她自己的长老座上，偏着脑袋和她的几个弟子唠起了嗑！只有参柳和风晞门神一般堵在贺兰宵身后。

这真真是，进不得也退不得……

小厮看起来和贺兰宵差不多年纪，十五岁左右，一口公鸭嗓吵得樱招头疼。她阴恻恻地看了他一眼：“喂！我还在这里呢！怎么，在你看来，你家公子给我当徒弟很丢人吗？”

“没……没……樱招长老，”他瑟缩了一下，“我不是这个意思。”

只是自家公子血脉特殊，不能多食五谷，狐岐峰是四峰当中唯一可以带仆役入内门的峰。进山之前族长再三叮嘱过一定要让公子拜甘华长老为师，再不济，拜入风晞的羽阳峰也是好的。可现在，偏偏是最难缠的樱招……

威慑之力既已达到，樱招不再看他，转而看向一直没发话的贺兰宵。

他倒是挺识礼数，方才那小厮在他耳边那样吵，他都没把目光从她脸上移开。清亮的日光照在他漆黑的瞳仁里，看起来又出尘又无辜，只是在樱招回望过来的那瞬间，他似是怔了一下。

樱招心道这都是假象，却仍旧不自觉放缓了呼吸。

二人对视几秒后，他终于垂下眼眸，轻声道："我……求之不得。"

苍梧山几人终于松了一口气，唯有小厮白眼一翻，险些晕过去。

一场闹剧总算落幕，被迫中断的弟子遴选继续进行。全部测试完毕后，几位长老关起门来商讨了半日，才将这剩余的十七名试炼者的去处分配完毕。

今年的试炼者资质都很不错，除了樱招，参柳和风晞各收了一名亲传弟子，至于甘华，她的心思已经完全不在此地，人虽还坐在长老位上，脑子里却一直在盘算着自己的损失，以及要找风晞索要多少赔偿。

樱招走出大殿时，贺兰宵已经领了弟子服，正站在殿外等着她。他的小厮因没有用武之地，已经被他打发下山，回家复命去了。小厮走之前仍是一脸如丧考妣，也不知道这主仆俩到底在盘算些什么。

总之须得仔细防备。

她上前几步，还未来得及走过去，便看见一个圆脸圆眼的小姑娘朝她扑过来。她记得，这圆脸姑娘是参柳新收的弟子，名叫苏常夕。百年难得一遇的空灵根，是这一批试炼者中资质最好的，灵根测试时引起了不小的轰动。

"樱招师叔！"圆脸姑娘才唤出这么一声，便被参柳揪住了头发，双臂徒劳地在空中扑腾了几下，连樱招的衣角都没碰到。

樱招一脸疑惑：“怎么了？”

不承想这圆脸姑娘竟然害羞起来，红着脸一句话也说不出。还是参柳替她解释了一句：“这小丫头，一心想拜你为师，我收她当弟子她还不乐意。”

苏常夕赶紧冲着樱招点头，眼里是毫不遮掩的崇拜。

樱招当世第一剑修的名声在外，有几个崇拜者也很正常。她摸了摸苏常夕的脑袋，笑着说道：“教导你这样的空灵根，掌门师兄更有经验。你若是以后想学剑术，大可以来北垚峰找我。”

“真的吗？”苏常夕双眼发亮。

“自然是真的。”

得了樱招的应允，苏常夕终于心满意足，转过身准备回自己分配到的弟子房，只是临走前还狠狠地剜了贺兰宵一眼。

贺兰宵倒是完全没注意到，他正低头看一只蝴蝶掠草飞，被夕阳拉长的影子显得有些冰冷。他抬头时，参柳已经带着苏常夕走远。

“行啦，你也别羡慕别人，如今你入我不嚣峰，这般机缘，别人可是求都求不来。”参柳走在苏常夕前面，不看她便能知道她在想什么。现阶段他还不会亲自教导她，只是看她年纪尚小，送她一程而已。

“那您以后能让我当掌门吗？”苏常夕问得天真又大胆。

“小鬼头志向还挺远大，你若是以后能打败我，这个掌门自然给你当咯。”

“哦，那我便勉为其难地叫你一声‘师父’吧！”

几片残霞挂在天边，火烧一般将满地春草染成橙红色。樱招收回视线，慢吞吞地看向一直等在一旁的贺兰宵。走近之后她才发现他站着的时候，个子要比她高不少，虽说还是瘦瘦弱弱的身板，但他如今正是长个子的年纪，以后应当会一天变一个样。

——如果他有命活到那天的话。

“走吧，你跟我回北垚峰。”樱招仰头看向他，问道，“会御剑吗？”

贺兰宵摇摇头："不会。"

不会才算正常，筑基期的弟子才能御剑，樱招觉得自己刚刚问了一句废话。

不知他是否真的如此不谙世事，他看向她的眼神始终清澈澄明，丝毫没有介意她堪称冷酷的表情。

面对着这样一个不明身份的人，樱招心情很是复杂，甚至想再向他拔一次剑。

那便……再拔一次好了，毕竟她也想知道究竟是哪里出了问题。

樱招从气海中幻化出另一柄通体漆黑的长剑，伸出手提溜住贺兰宵的衣领，在他反应过来之前便扯着他一路风驰电掣御着剑来到了一处无人的山谷。

她的速度实在太快，软靴踩上草地时，贺兰宵还有些惊魂未定，只是面上仍旧不显。被扯住的衣领骤然一松，他回身看向樱招，却发现她正目光灼灼地盯着他，看上去俊眼修眉，甚是英姿飒爽。

那柄已经幻化出实体的刑天剑没有被她收进气海，而是被缠上了布条背在背上，剑柄上挂着的剑穗看起来手工有些粗糙，但上面却坠着一颗漂亮的珠子，即使是在白日，那颗珠子也璀璨得像把一整片星河都装在了里面。

他不由得多看了一眼，却被她横眉叱道："眼睛别乱瞟，小鬼！"

"哦。"贺兰宵收回目光，老实应了一声。

死鱼一样的态度让樱招额上的青筋都在跳，她深吸一口气强压下内心的不爽，咬着牙面朝他站好，反手握住剑柄，眉眼浮现出一股兴奋的杀意。

是的，杀意。

和在大殿上一样，她仍旧……想杀了他。

贺兰宵心中一凛，还未来得及后退，便见樱招气势汹汹地拔剑掉转了方向。

一股磅礴的剑气从他脸侧轰然扫过，紧接着一阵震耳欲聋的轰隆声在他耳边铺开。地动山摇间，他捂着耳朵看向身后，只见方才还青翠的山壁瞬间变成了一片荒烟废垒。

暮鸟随着滚滚烟尘惊起，半座山头已被她那一剑夷为平地。

好……好凶悍。

轻轻松松便能毁天灭地，这便是第一剑修的力量吗？

可樱招只觉得自己真是个倒霉催的。在劈完那一剑之后，她便没再管贺兰宵，而是背过身去，捧着刑天无能狂怒。她时常会怀疑刑天的剑灵是个傻子，毕竟被人砍掉了首级，用双乳当了眼睛，瞎了眼，分辨不出魔气来也很正常。

这已经是第二次了，它面对着贺兰宵不肯出鞘。灵力爆起的瞬间，她偏离了一寸方向，这才将剑拔出来。

结果贺兰宵身后那满山的灵果便遭了殃。

这剑灵形貌可怖，神力附身在剑上，很少显出原形来吓人。它本来话就少，如今兴许是知道自己闯了祸，更是被樱招骂到自闭，一声也不吭。

于是在贺兰宵看来，眼前的画面便成了樱招在捧着剑唱独角戏，配上她那恶狠狠的表情——她哪里是世人口中容姿艳绝的樱招仙子，她分明是个喜怒无常的怪女人。

这个强到逆天的怪女人自己生了半晌的气，突然将剑收鞘，冷着脸回身看向他，贺兰宵一颗心突然提到了嗓子眼。

他几乎一整日都处在这种情绪中，樱招看他一眼，他便紧张得手脚都不知道往哪里摆。

是性命受到威胁的那种紧张。

他站在原地，眼睁睁地看着她一步一步地朝自己走来，在他面前站定，然后伸出一只手扼住他的后颈，收紧时用了不小的力道。他顺着她的力道低下头，脖颈露出的皮肤刚好触上她的鼻尖。

她在闻他。

温热的呼吸喷洒在他的颈间，他不自觉往后仰，脑子乱成一团麻。

没有魔气。

樱招有些泄气地放开他，觉得自己也是蠢到家了，他身上那股魔气，用灵力都探不出来，能嗅出来才怪。

不过樱招倒是碰了一鼻子的香味，闻上去像是未完全成熟的桃子，清新又甘甜。怎么世家子弟都这般讲究的吗，每日还得熏香？

漫天烟尘中，她正茫茫然，突然眼前飘来一张传音符，接着甘华压抑着怒火的声音劈头盖脸地响起——

“北垚峰主樱招，无故损毁苍梧山财物，经清点，修复完全需一百万上品灵石。给你个亲情价，五十万，限你三日之内补齐。”

“五十万？！”樱招一脸惨然地惊呼出声。她活了这么大岁数，虽是有些积蓄，但一下子拿出五十万上品灵石仍旧像是要了她命一般心疼。

正惆怅着要不要去找师姐求下情，站在她身前一直默不作声的贺兰宵突然说道：“樱招……樱招长老，这五十万灵石，我来出吧。”

他自小便有些孤僻，亦不懂得如何卖乖讨好。虽然此前已经和一批进来的同门一起行过弟子礼，但他未正式给樱招奉茶。樱招几次三番对他拔剑，应是对他有所防备，贸然叫她“师父”的话，说不定会被看作是别有用心。

所以他仍旧没有改口，跟着外门弟子一起叫她“樱招长老”。

樱招没在意他对自己的称呼，她耳朵里只听见了他说要替她出这五十万灵石。这般视钱财如无物的模样，该说不愧是生在钟鼎之家的小孩吗？比她这种靠自己勤勤恳恳修行、兢兢业业攒钱的一峰之主要财大气粗多了。

“此话当真？”她抬起眼皮瞧他，脸色隐隐有转晴的趋势。

贺兰宵点点头：“灵石而已，我有很多。”

按理说，樱招身为师长，这般占一个晚辈的便宜实在是令人不齿。但此事归根究底是因他而起，若他真有问题，这钱他出得不亏；若他没有问题，的确是她冤枉了他，那她既已收他为徒，日后将毕生所学传授于他便是，这灵石便权当他孝敬师父了罢。

这点礼她还是受得起的。

樱招清了清嗓子，正色道："那你这几日便寻个机会去狐岐峰帮我把灵石交了吧。"

"弟子遵命。"贺兰宵随即应下。

至于她为什么会挥出那一剑，他没有问，她也没打算说。坐上仙门大派的长老位，最大的好处便是说话做事不需要给出理由。

短短一刻钟，樱招被甘华罚了五十万上品灵石之事便已传遍苍梧山上下。

"你宰小师妹是不是宰得太狠了点？"此时风晞正好待在狐岐峰，看着甘华煞有介事地拿着个算盘算得飞快。

贺兰氏差人送过来的乾坤袋被她摆在案头最显眼的位置，她瞥一眼便要叹一口气，同时脑子在飞速运转，思考着怎么将损失降到最小。

"狠吗？"她不以为意，"你放心，这钱轮不到樱招来出。若是贺兰氏那小鬼有他们家送来的其他弟子半分机灵，便会懂得孝敬师父究竟该从哪里做起。"

失去一点羊毛不算什么，她劝自己看开一点，肥羊还在呢。

说着她朝风晞递过去一张长长的字条，上面密密麻麻全是他需要补偿之物："你过目一下。"

风晞淡定接过，还未发表意见，便听见她有些心虚地絮叨道："这么大的门派，每天开销很大的，你们不管账，自然不知道我有多不容易——"

"师姐，"他站起身来，将账单往怀里一揣，看也没看一眼，全然笑纳，"明日我亲自送过来。"

"啊？哦……"

这便同意了？甘华眨眨眼，又觉得挺正常。风晞少时便是如此，有什么好东西都会给她留着。她欺压他已经成习惯，也不觉得自己占了他多少便宜。现下更是，她笑逐颜开，艳晶晶的一双眼弯成两轮月亮。

风晞抬脚的动作突然顿住，下意识偏移了一下视线，方如梦初醒般朝她伸出手："乾坤袋。"

如果说他们这师兄妹四人，有谁最像师父，那一定是风晞。

跟师父一样不苟言笑，又死板。

甘华咬咬牙，将笑容收了个干净：“你觉得我会私吞？”

“师姐别误会，”乾坤袋迎头砸过来，风晞勾着束口的细绳解释道，“是掌门师兄交代了，一定要找个靠谱之人亲自还回去。顺便……打探一下那贺兰氏的情况，特别是，贺兰宵的身世。”

苍梧山四座主峰皆高耸入云，如天上重楼，樱招所在的北垚峰亦是如此，若是不御剑，几乎难以攀上。峰顶四周被云雾环绕，轻易不能窥其全貌。穿过云层后才会发现峰顶的平台极为开阔，中央坐落的大殿和掌门所在的不嚣峰差不多，金砖铺地，巨木为梁。

中土仙门一向是这种金碧辉煌式审美，羲和驾日时阳光落在琉璃穹顶上，闪耀的光辉似乎在明晃晃地向世人昭示这便是正道之光。

穿过平台中央的正殿，后院有亭台四五座，碧湖两三湾。因四处刻着阵法，故无人打理也能有度柳穿花、水笼烟纱之感，一草一木皆具灵气，的确是仙人居所。

只是樱招这里略有些冷清，偌大的北垚峰，只她一个活人，其余洒扫仆役尽是她用短剑雕出来的傀儡人。贺兰宵得以独享一座院子，临着樱招的庭院。

樱招打的是就近看管的主意，甚至还十分贴心地送了他一个洒扫傀儡，每日监视他的一举一动。

那具傀儡是樱招平日无事时亲手所雕，除了不会讲话，其余举动都与真人无异，行止颇为利索。

贺兰宵收到傀儡时看起来还挺诧异，为避免他有所怀疑，樱招赶紧解释道：“你既已拜我为师，一切事宜自当由着我的规矩来，凡尘俗事亦需抛之脑后。你入苍梧山之前过的什么日子，我不会管，但今后须得事事躬亲。这傀儡人是念在你年纪尚小，权当个过渡罢了。”

一番话说得恩威并施，少年点点头，静默了片刻，才开口：“敢问樱招长老，我还须遵守什么规矩？”

其实樱招也不知道自己该立些什么规矩，她没和这种半大小孩朝夕相处过，更没正儿八经收过徒。她自睡了十年醒来，许是神魂还未尽数归位，她总觉得自己注意力大不如前，前尘往事也有些记不起来。

“其他规矩……”她想了想，问道，“你此番上山，可有带符纸傍身？”

“有，”说着，他从腰际解下一个乾坤袋，从内掏出厚厚一叠符纸，双手递过去，“都是离家前母亲准备的，我自己还未清点过。”

樱招随意往他那乾坤袋里瞟了一眼，好家伙，都不用探头过去看也知道那里面装的全是奇珍异宝，再一看她刚从他手上接过的这一沓符纸，避雨符、神风符、鸟行符、真火符，还有各种价值连城的符纸，一应俱全。

还未开始修行便准备了这么一堆走捷径的物什，他这纨绔做派，不像是来修行的，倒像是来享福的。

难怪能如此顺利地通过前几轮试炼。

“除此之外，可还带着丹药？”她的神色冷了几分。

贺兰宵很短暂地愣了一瞬，随即从袋中掏出几个丹药瓶。瓶身透着莹润清光，看来里面装的都是些助进修为的灵丹妙药。

樱招此时是真有些骑虎难下了，她没急着接过那些丹药瓶，只是问他：“你原先是打算拜入甘华座下吗？”

他的灵根虽和自己同属金灵根，但她将他带回北垚峰的过程有多强人所难，亦是有目共睹的。她的确不是真心想要教导他，而是急于证明自己绝不会出错。

她想着假使有那么万分之一的概率，她真的弄错了，那这世上也没人不愿拜她为师，她肯收他已是莫大的恩赐。

但他真的愿意成为一名剑修吗？平心而论，狐岐峰的确比北垚峰更适合他，毕竟，狐岐峰只需修炼苍梧山的内门心法，其余修行法则皆不做规定，也不讲究清修，最适合他这种喜欢走捷径的富家子弟。

“拜入甘华座下，原是我母亲的意思，我自己……”贺兰宵顿了顿，眼睫轻颤，“并无任何想法。”

“噢，”樱招点点头，不甚在意地回道，“苍梧山无论什么等级的弟子，一月当中总有那么几日须去掌门的不嚣峰统一进学，授业老师是已出师的大弟子们。四峰长老亦会不定期开坛授课，届时你若是觉得自己不适合我北垚峰，想拜别的峰主为师，我自会替你引荐。”

说完这一大段话，她再看向贺兰宵时，不知为何，他的脸色竟苍白了几分。

她说什么了吗？她难道不是字字句句都在为他着想吗？

还没来得及细想，樱招便听见他低声说道：“樱招长老，我既已拜您为师，便不会再另投他处……”

旁的话他也不说了，只伸出双手将丹药奉上，这份恭恭敬敬的乖乖模样，也不知是真情还是假意，只是他现下的一言一行的确令人挑不出错处来。

樱招看着他微微低下来的头颅，轻咳一声，老神在在地说道：“我不是那个意思，只是你尚未筑基，过多依赖丹药和符纸对你的修行无益。这些物件，为师暂且替你保管，等你出师之日再归还于你，你可服气？”

贺兰宵维持着低头的姿势，深深地鞠了一躬：“弟子，谨遵师命。”

樱招将丹药和符纸收好，语重心长地说道：“修习剑道，虽不至于像太清道一般严守斋戒，但修行一事，本就艰辛，你须做好准备。”

说着，她又从袖中掏出一本弟子守则递给他：“别的规矩你便依着苍梧山的门规来吧。”

说完便一脸高深地出了门。

她站在院门口，悄无声息地设下一道禁制，才略微放心地回了自己的院子。

从贺兰宵手里搜刮来的符纸和丹药已经被她仔细查验过，除了贵重异常倒没有任何异状。

收徒一事，进行到现在，她才突然有了些许真实感。

孟子有云：“人之患，在好为人师。”樱招以前时刻谨记这一箴言，从未有过正式收徒的想法，若是教几招剑法还好说，正儿八经的传道授业解惑，却实乃难事一桩。如今把这么个大麻烦带回来，简直是搬起石头砸自己的脚。

为今之计，她也只能盼着贺兰宵早日露出马脚了。

他这几日还需去狐岐峰替她办事，他如今尚未筑基，无法御剑，又没了符纸。她倒要看看他怎么下得去这北垚峰。

冀州，贺兰府上。

族长贺兰舒的书案上凭空出现一张传信符，信封用蛟龙龙涎混合白磷封口，非收信者本人不得启封。若有奸佞分子妄图强行拆开，白磷会即刻自燃将信件焚毁。

贺兰舒年方四十，能文能武，形容端丽之余，举手投足皆带着一股英气。她拆开信封，从头扫了一遍，顿时皱起了眉头。

旁边站着的嬷嬷是她的心腹，见她面色深沉，第一时间屏退了旁人，确认四下无人之后，才开口问道："是阿白传回来的？可是公子出了什么岔子？"

阿白正是弟子遴选时对着贺兰宵哭天抢地的小厮。从苍梧山回冀州，路途遥远，他等不及将情况亲自回禀，出山之后便即刻传了信回来。

贺兰舒将信递给嬷嬷，嬷嬷看完则一脸惊疑不定："不是已经和甘华通过气了吗？怎会最后去了樱招的北垚峰？樱招突然对公子出手，莫不是察觉到了公子身上的……魔气？"

"我贺兰氏千年秘法，断不会这么轻易被人破解，樱招察觉到的应当不是魔气，不然宵儿早已被她当场斩杀，苍梧山其他长老亦不会放过他。"贺兰舒屈起手指，指尖敲了敲桌子，"她或许……只是感应到了斩苍的气息。"

这二者有什么区别，恐怕也只有樱招自己知道。

"可是，左使不是说，樱招的记忆被……"嬷嬷顿了顿，没继续说下去。

是啊，因为樱招已经不记得他的长相，贺兰舒才敢堂而皇之地把贺兰宵往苍梧山送，魔界也必不会料到她真的有胆把他当作一般贺兰氏弟子对待，在他们眼皮底下把人送往仙门。

可正因为樱招不记得，贺兰宵在她手上才祸福难辨。

贺兰舒轻轻叹了一口气："若是以前的樱招，宵儿是最应当去她身边的，我又何必舍近求远修书于甘华。"

"以前的樱招？"嬷嬷不解，"可传闻不都说，是她杀了那位？"

传闻的确不假，但贺兰舒总觉得另有隐情。

二十年前，斩苍戴着面具跟在樱招身后寸步不离的情景仿佛还历历在目。都说世间只有情难诉，前一刻还如胶似漆，下一刻便反目成仇的怨侣比比皆是，但那二人闹成这样不死不休的局面，难保不是有背后推手在作怪。

送贺兰宵上苍梧山，其中内情复杂，整个贺兰家也只有她主仆二人知晓，连他本人都完全不知。

魔界左使闭关已一年有余，元老院那群人收拾魔界的烂摊子，亦顾不上这边，的确是给了她们筹划之机。

路铺到这个程度，权当是报斩苍救她全族之恩罢了。

贺兰舒自觉已仁至义尽。

其他的，也只能寄希望于他能在魔界反应过来之前，自己找回记忆和力量，若到时他仍旧无法自保，苍梧山也能护他一二。

"提前被樱招带走也好，反正从甘华那里绕一圈不过是走走程序，掩人耳目而已。宵儿自小聪明谨慎，他会见机行事的。"贺兰舒在楠木交椅上直起身子，淡淡道，"我们在魔界左使眼皮底下玩这一出，五年之后，他们找上门来，我们若交不出人，贺兰氏全族恐遭灭门之祸。"

嬷嬷点点头，一脸凝重："这的确是眼下最紧要的事情。"

"吩咐下去，早做准备。"贺兰舒冲她露出一个安心的笑，"我们还有时间。"

"斩苍！斩苍！你等……等一下！"

是谁？

谁在唤那魔尊？

樱招睁开眼睛，只觉得眼前黄沙漫天，劲风刮脸，她不自觉地遮住眼睛往后退了几步，脚下的沙砾被她踩得嘎吱作响。

天色阴沉，四周尽是嶙峋怪石、荒台古树，这等荒凉贫瘠之地，定不会是中土。

对了，她在魔域。

她是来过魔域的，她来……她来做什么？

樱招甩甩头，神台渐渐清明。

她记起来了，她是来寻刑天的。师父算出刑天会在魔界出世，刚好她还没有称手的本命剑，师父便打发她过来取，看看她有没有这个机缘。

一阵寒烟吹过，她捂住脸挡住猎猎劲风，从张开的指缝中捕捉到一个修长高大的身影。来不及思考，她拔腿便追了过去。

那人却蓦地停下脚步，她一时不察，鼻尖直撞上他的背脊。

好疼。

她还未来得及控诉，便听见他回身冷冷地道：“别跟着我。”

“哇！你当我想跟着你吗？要不是这鬼地方我守了三天也只看到你一个活物，再加上我人生地不熟，要不然，我才不跟着你……”她一张嘴能吃进去一口黄沙，苦着脸不停地絮叨。

可是画面一转，漫天黄沙又瞬间消失，映入眼帘的是万顷璀璨星河，光波摇翦着从脚下铺开，明霞晃晃将夜色照亮。

密密疏疏的星辰闪着火焰一般，有些浸在水下，有些悬在水面，画面中蔷薇般的色感在摇漾，粼粼的光波将她的脸庞描绘得极尽美好。

耳边，已经被她收服的刑天哇哇乱叫：“你把你手里那丑东西放下！我告诉你！那丑不拉几的玩意儿休想挂在本座身上！听到没！你休想！”

丑东西？她低头一看，原来自己正拿着一截红绳在编织剑穗，她向来不适合干这种精细活儿，一个简单的结也被她系得乱七八糟。

算了，这手艺她自己也嫌弃，还是不勉强了。她将剑穗往袖中一揣，好奇地四处环顾，却发现自己身边站着一个身影。

她抬头想看清他的面容，却只能看到一道优美的轮廓和被层层星光印成淡金色的睫毛。

“斩苍，”她突然叫出了他的名字，语气有些失落，“我要回人界了，回去之后就看不到这么美的星河了吧，神迹一般，人界可没有铺在脚下的星河。”

看不见的事物，好像是在指这条星河，又好像不止。

她的影子和身边的人一起被拉长，她悄悄朝他挪近了一步，直到看见两个影子交叠在一起，才心满意足地摸了摸自己有些发烫的脸。

被她叫到名字的男人侧过脸看向她，那张脸，居然和贺兰宵一模一样，只不过好像要年长几岁，身量更高，轮廓亦更加犀利惑人。

这样怪诞的场景，她却丝毫没有感到不对劲，仿佛梦里的一切才是真实的，那些被强行忘掉的人和事，都在此刻得到了修正，就连脚下细软草地上的露珠，都玲珑剔透得分外可爱。

男人察觉到她悄悄蹭过来的动作，竟伸出一指点在她的额上阻止她继续靠近，她茫然又不满地嘬起嘴，絮絮叨叨地控诉道：“到底谁才是魔啊？不都说你们魔族放浪不羁，怎么你反倒比修士们还正经？”

忽有一阵风吹过，将画一般的场景惊扰，视线所及之处有强烈的光斑照过来，樱招眯着眼睛去抓身边的人，却抓了个空。热烈刺眼的光线吞噬过来之前，她看见他嘴唇动了动，好似在说：“送给你。”

樱招倒抽一口凉气，猛然从床上惊起。

窗外晚鸦在噪，她盯着床帐愣了一会儿神，已然把梦里的一切全都忘记。

刑天静静地立在她的枕畔，此时正沐浴在月光中，剑身犹有清光在流动。剑柄上坠着一颗漂亮的宝珠，这应是它本身自带之物，里面承载了一整片星河，无论白天黑夜都在熠熠发光，唯有编织宝珠的剑穗看起来粗糙无比。

不过，刑天的剑灵毕竟是个行事粗犷的大汉，身上挂个符合他不正常审美的剑穗，的确是再正常不过的事了。

第贰章

樱招收徒

弟子遴选当日，
樱招对他的杀意有目共睹，
他选择亲手将自己的性命交到她手上。

风晞那边已经仔细查看过山门大阵，无任何异动，山内各处也无妖邪入侵的痕迹，那么唯一的蹊跷只怕还是在贺兰宵身上。

只是，樱招暗自观察了他几日，也没发现他有什么问题。

除了身手奇好。

他来北垚峰的第二日便要替她去甘华那里交罚款，樱招没教他御剑，本以为这北垚峰他下不去，不料东方欲晓时他便披着晨雾出了院子。

院门口的禁制无声被触发，樱招一脸困顿地睁开眼，暗骂了一句找事也不知道挑个好时间，然后趴在枕头上掐了个诀，开始驱动意念。

一只玲珑袖珍的木雕蜂鸟自屋角缓缓飞起，初始还有些笨重，不消片刻，那只小小的木雕便掌握了平衡，灵巧的身体倏地一下自窗口飞出，急速扇动着翅膀穿过晨雾，寻着贺兰宵的身影而去。

樱招将神识附着在蜂鸟的眼睛上，看着贺兰宵像只无头苍蝇一样围着峰顶的平台转了许久，企图找出一条下山的小径。

不过他绕了半个时辰都没找到。

她打了个哈欠，默默地闭上眼睛。

却不想再睁眼时天光已大亮，她一个激灵坐起身来，驱动神识一看，那贺兰宵竟真找到了一处好攀爬的地方，此时的他正徒手顺着岩壁往下爬。他嘴里咬着一柄一看就绝非凡品的匕首，遇到无法下脚的岩壁时，可充当借力之处。

只是北垚峰山势极其险峻，他爬得也十分艰难，一上午的光景过去，也没下到半山腰。现下他没穿水火尘埃不侵的弟子服，而是穿着一身便于攀爬的黑色劲装。衣裳被山岩刮了好几道口子，掌心缠着的绷带也磨破了不少，隐隐渗着血。

看起来形容虽有些狼狈，但那副咬着牙，皱着眉头使力的样子，好歹有了一丝人气，再不是昨天那副玉雕出来的假人样。

到底也才十五岁而已。

少年稚嫩，未经历多少风雨，却长着一副硬骨头，妄想以未筑基的凡胎肉体攀下万丈深渊。所幸北垚峰并不全是悬崖峭壁，千百年来不怕死的弟子也并非只有他一人，前人踏出的小径、劈出的石阶皆可供他累极时歇脚。

樱招收回神识，不打算再看，人却瞬移到了崖底，驱动灵力设下一道法阵，才悠然飞回峰顶，在她平日里惯常练剑的白玉台上盘腿坐下，静心吐纳，吸收天地灵气。

她自问不是那般心狠手辣之人，若贺兰宵不慎从崖壁上坠落，离地十尺时仍未找到方式自救，且无任何魔气溢出，崖底的法阵自会保他性命。

身前突然覆下一道暗影，她睁开眼睛，看到的是昨日被她骂到自闭的刑天，如今正显出原形，在她身旁席地而坐，巨人一般，将太阳挡了个严实。

刑天虽没有脑袋，可毕竟是天神所化，到底还是有那么几分气势在，高大得如同一座山的身躯也堪称伟岸。只是有时会吓着旁人，他自己又不愿意幻化得英俊些，所以甚少露面。

樱招早已习惯他这副古怪模样，她轻飘飘地收回目光，想起昨日之事，又气不打一处来："怎么，舍得出来给我一个解释了？"

"解释什么？"刑天用肚脐打了个哈欠，"本尊和你同心相连，我只会遵从你内心深处最真实的想法，我不出鞘，自然是因为你不想让我出鞘。"

"怎么会？我昨日杀气都那般明显了……"樱招喃喃一句，冷静下来问道，"这和我……丢失的记忆有关吗？"

世人都道是她杀了斩苍，她也确然记得自己于琅琊台上将他一剑穿心。但除此之外，对于这位年轻又短命的魔尊，她其实没有多少印象，既记不起来长相，也记不起来自己为什么要杀他。

或许的确是有什么血海深仇吧，樱招记得，在岚光仙姑云游之前，自己曾在她那里偶然看到过一张告示。

那是一张通缉令，由斩苍亲自发出，通缉对象则是樱招。

不过没等她把那幅告示内容看清楚，岚光仙姑便轻打了个响指，接着那张看着有些年头的纸就这样消失在樱招的手中，她只来得及看清，告示上画着的自己，似乎挺逼真。

“你是被那魔尊斩苍通缉过，”岚光仙姑说，“因为你冒充当时的魔域重臣，犯了不小的罪过。”

“噢，那难怪。”樱招点点头，没继续追问。

樱招不傻，她当然知道自己丢失了一部分记忆，她也曾问过刑天，他可知道那部分记忆是什么，但他却只说不到时候，强行将记忆灌输于她无益。

她向来心宽，既不到时候，便也不再纠结此事，专心修行，稳住境界。刑天作为她的本命剑，自是处处为她着想。

杀斩苍不过是替天行道而已。

每每想不明白，她便这样劝服自己，毕竟人族与魔族势同水火，而魔族内部动荡不安、治下不严，导致了屡屡有不长眼的小魔进犯中土，为祸人间。

斩苍作为魔尊自然是作恶多端之徒。

星宿错度，日月失昏之时，斩魔便是她的使命。她杀便杀了，哪还需要什么理由？

斩苍死后，师父和几大仙门长老一起将魔族逼退，加之魔族死了个魔尊，群魔无首，元气大伤，内乱不止，暂时缓不过神来向她寻仇。但算一下时间，十八年，也该是他们蠢蠢欲动的时候了。

“贺兰宵身上，为何会有那斩苍的气息？”樱招又问了一遍。

刑天仍旧漠然不语。

当过天神的剑灵就是有这毛病，傲气得很，话也不愿好好说，唯恐丢了他曾是天神的面子。

樱招只觉得自己和他在鸡同鸭讲，再问下去他也只会用“学道修行，最忌轻言泄事”来搪塞她，她干脆一挥手又将他收进了气海，眼不见为净。

时近黄昏，崖底法阵却始终没有被触发。樱招有些失望，没精打采地挥手将法阵给撤了，然后继续凝神调息。

不消一个时辰，天便黑了个彻底。在法阵的作用下，挂在殿前的长明灯一盏一盏自动点亮，灯火冉冉，似天上宫阙。

当头一轮明月淡淡照着，远处有两道黑影缓缓御剑而来。隔近了，樱招才看清是甘华座下的一名弟子正搀扶着贺兰宵踏在剑上。

“樱招师叔，”踩上实地，那名弟子立马弯腰行了个弟子礼，“师父让我给您带话，说小师弟受了点伤，您仔细着点。”

其实甘华的原话是——

“贺兰宵这才拜入她门下第一天，就让人从北垚峰顶爬下来，神仙也经不住这样折腾。让你樱招师叔仔细着点，别把人给弄死了。”

——但他不敢说。

樱招闻言看向站在他身旁的贺兰宵，就着月色细细打量了一番，贺兰宵却只与她对视了一眼便低下头去。脸色瞧不见，玄色的衣裳在夜色的掩映下亦看不真切，但身上的确有股血腥味，他现在只能用一条腿支撑住身体，另一条腿似是摔断了。

看来的确是吃了不少苦头。

她跳下白玉台，冲那名弟子点点头：“我知道了，你让师姐放心。”

“小师弟既已送到，那弟子便回狐岐峰了。”

“去吧。”

待到人走了，樱招才神色复杂地朝贺兰宵走近。贺兰宵有些艰难地抬起手，向她行礼：“樱招长老。”

缠绕着绷带的一双手在微微颤抖，绷带是新的，中途应是换过，但关节处还是被染红。

这双手现如今应该没一块好皮。樱招眉头一调，抬手打算虚扶他一下，没承想他实在是有些弱，她手还没来得及收回来，便见他似是泄了力气，有些站立不稳地往旁边歪了歪身子。

偏偏樱招动作又快，眼见着他要倒，她急急伸手凑上前去，手忙脚乱之下，竟结结实实地将他抱了个满怀。

樱招对贺兰宵始终没有卸下防备，唯恐他趁此机会暗下黑手，于是冷着脸拎住他的衣领将他一把拉开，心下便想将他扔出去。

可他此时看起来虚弱至极，秾丽眉眼被月光照着，面色苍白，眼睛也睁不开。被她扯着衣领拉开时更是出气多，进气少，眉头紧紧地皱着，神情痛苦不堪。

她看着莫名心一软，不自觉松了力道。他重重跌落在她肩头，她被他砸了个趔趄，鼻头撞上他的脖颈。

又是和上次一样的香味，夹杂着血腥味一齐钻进她的鼻孔。她朝天翻了个白眼，认命般伸出双手稳稳将他架好，脖子往后仰了仰，尽力避免和他贴得太近。

贺兰宵眼皮动了动，奋力拉开一条缝隙，落入眼帘的便是她一脸嫌弃的表情。

“樱招长老……”他艰难地开口，却是问道，“是不是我身上很难闻？”

这世家公子可真讲究，腿都断了一条，还在这儿担心自己身上不好闻。樱招没回答他的问题，只是轻拍了一下他的后背：“别乱动。”

他背上有大块大块的擦伤，方才一路都没哼过一句，被她这么一拍，突然便觉得好疼。他咬紧牙关，垂在身侧的拳头握紧，很听话地没有动。

樱招唤来一个傀儡人，将贺兰宵整个人扛在肩头，回了他的小院。

“把他衣服脱了。”她站在贺兰宵床边淡定地吩咐傀儡人。

不会讲话的傀儡人沉默地执行她的指令，将贺兰宵的外衣褪下。脱到中衣时，奄奄一息的少年终于有了反应，一双手揪住自己的领口看向她，失血过多的脸上漾着一股奇异的红：“樱……樱招长老，这不合规矩。”

樱招顿时有些哭笑不得：“你一个未发育完全的小鬼，怎么这么多讲究？叫你脱你便脱，你全身血肉模糊，有什么值得我看的？”

她说得坦荡，贺兰宵也不好再拿乔，只好任傀儡人把自己身上那件血迹斑斑的中衣脱下。

少年骨架生得极好，宽阔的肩背裹着一层薄薄的肌肉，玉石一般的皮肤如今被崖壁擦刮得惨不忍睹。一双手由于绷带与伤处黏到了一起，绷带被剥离时，他疼得冷汗直流，却仍旧很硬气地没喊一声疼，只是粗重的呼吸出卖了他。樱招稍稍侧过头去，没有再看他。

她忽然有些不开心，但她不知道为什么。这种感觉来得莫名其妙，一闪而过，她没来得及抓住。

“抱歉，樱招长老，给您添麻烦了。”贺兰宵背对着她说道。

他没有丝毫怨气的态度反倒让樱招不好意思起来，她默了一阵才出声：“你本就是替我办事，倒是我的疏忽，未考虑到你如今不会御剑。”

她还故意没收了他的符纸，少年也是真的惨。

她上前一步，仔细查看伤势过后，才发现贺兰宵的确身手奇佳。摔断的左腿是他伤势最严重的地方，余下都是些皮外伤，看着可怖，疗伤术清光抚过，登时便可恢复如初，这副奄奄一息的情态或许更多是耗费了太多体力所致。

接上断腿费了樱招不少工夫，她不喜欢没话找话，贺兰宵也没有少年人的活泼心性。窗外草木皆寂，一时间只听得见他断断续续强忍痛意的呼吸声。她有时会疑心自己下手太重，抬头想看看他，却每次都正好能对上他的视线。

漆黑的瞳仁在昏黄的烛灯下一眨不眨地盯着她，她当他疼傻了，心不甘情不愿地从袖中掏出一个鲁班锁：“我记得山外的孩童似乎都喜欢玩这个，你且自己解着，解开了，这腿便接上了。”

贺兰宵想说他早已过了喜欢玩鲁班锁的年纪，却还是轻轻“嗯”

了一声，从她手里接过，低下头专心解起来。

断腿完全接好时，樱招习惯性地想上手摸一摸他的腿骨是否已经正位，指尖触上他的膝盖，才发觉有些不妥。她骤然抽回手，看向不知从何时起气息渐渐匀称的贺兰宵。

好在他这一天累极，体力耗尽，又受了伤，此时已经抱着拆下又重新装好的鲁班锁闭上眼沉沉睡去，并未发现她一时的失态。

樱招松了一口气，站起身来对着他施了个清洁咒，将他满身血污洗净，才推门出去。

贺兰宵一直睡到次日申时才醒。

他来找樱招道谢时，樱招正在殿前的白玉台上静坐调息。

修士们寿数漫长，境界的精进虽然讲究个机缘巧合，但勤勉修行与外出游历亦必不可少。她一梦十年，醒来之后境界便一直不太稳。苍梧山灵气充沛，她每日窝在峰内调息打坐，吸收日月灵气，才堪堪稳住境界。

睁眼见到贺兰宵正伫立在一旁，人瞧着已经大好，还是那副芝兰玉树的模样，她心底那股说不清道不明的不安便全然消散了。

“樱招长老。”他恭敬地行了个礼。

“嗯，”她点点头，突然问道，“明日你是要去不嚣峰进学？”

“是。”

明日是苍梧山弟子们去不嚣峰进行统一进学的日子，新进弟子尚未筑基，无法御剑，其他峰的新进弟子上课时还能蹭师兄师姐们的剑一起去，偏她北垚峰就贺兰宵一根独苗，出行实在不便。

总不能每次都让他爬下去，受了伤还得她耗费灵力医治。

樱招思忖片刻，从袖里掏出一叠符纸，正是那日她从贺兰宵手里拿走的。她从中抽出两张腾风符，伸手递给他：“如此，你便用这两张腾风符往返吧。”

贺兰宵接过时，她又吩咐了一句：“我只给这两张，下课便回来，不许乱跑。”

对还未洗清嫌疑之人，她须得看紧一点。

贺兰宵却不知在想什么，听见她这句话，突然牵起嘴角笑了，笑得整张脸如清风皓月，眉目舒展，是一副极开心的模样。

“嗯，弟子遵命。”

樱招想起当日在不嚣峰主殿，强行问他愿不愿意拜她为师时，他的那句“求之不得”。

他哪里是“求之不得”？从领他回来到现在，他可是一声“师父”也没叫过她，更遑论像这样真心实意地笑一下。

怪哉。

更怪的事情在后头。

用蜂鸟监视了他三日，樱招发现，她这名养尊处优惯了的徒弟，只在不嚣峰的饭堂和同门一起进过一次膳，除此之外再没吃过任何东西。

她自己早已辟谷，无须食人间五谷，只需吸风饮露，一开始自然注意不到他有没有进食这等小事。眼看着他这几日清减了不少，她才觉出蹊跷之处。

一个正在长身体的半大少年，老是不吃饭是何意？

难不成是因为她这里没有厨子？甘华师姐那里倒是有几个上好的大厨，每日菜肴可以说是极尽奢华。难不成她还得去找师姐借个厨子过来教教贺兰宵烧火做饭，免得他把自己饿死？

那不行，对他这般慈爱可不符合她平素的作风。

她琢磨了半晌，竟真让她想到一个一劳永逸的法子。

她把贺兰宵叫来房中，直接问道：“你这几日不吃饭是何意？”

贺兰宵怔了怔，才说道：“我自小体弱，一应膳食皆由专人准备，阿白如今已被打发回去，仓促之间，我也没有来得及学会怎么料理膳食。”

“那你就这么饿着？”

“我……还有一些干粮可以果腹。”这话他说得甚没底气，声音渐渐低了下去。

樱招又问："阿白便是当日得知你要和我回来时那名哭天抢地的小厮？"

"是。"

原来如此。

樱招了然，按照贺兰家原本的打算，入了甘华师姐门下，自然不会有这等问题。狐岐峰贵族子弟多如牛毛，带个小厮入门伺候很正常。

不过，自小体弱？

她狐疑地将他上下打量了一番，他这身段看起来可不像是体弱之人。

罢了，她没在意这句话的真假，只说道："各峰有各峰的修行法门，我已辟谷，自然没办法照料你的饮食，你若是年纪大一点，也该和我一般辟谷修行的。不过……"

她拖长了音调，故意卖了一番关子，看见他好奇的眼神，才冲他露出一个笑容，眉眼弯弯地说道："不过呢，倒是有另外一个法子可以解决你的问题。"

"愿闻其详。"

"你可听说过仙草祝余？"

"自当听说过，"贺兰宵眸光一闪，"可食之不饥。"

"没错，"樱招点点头，"苍梧山有一处朝阳谷，里头便种着祝余草。祝余草虽可食之一月不饥，但也令人少了许多口腹之乐，因此它对寻常弟子来讲用处不大，对你来说却是不一样。"她顿了顿，站起身来走到他面前，觑着他又笑了笑，只不过这笑容略有些阴恻，"我可以带你去朝阳谷，但能不能采到仙草，便看你自己的本事了。"

朝阳谷中种着不少好东西，仙草祝余实在算不上人人心向往之的至宝。把它当宝贝的唯有一只凶悍无比的双头虎，护崽一般不许任何人近身。

这是最后一次了，樱招告诉自己，如若这次贺兰宵在双头虎的利爪之下仍旧任何破绽都没有，那她便认了他这个弟子，以后必定用心教导他。

半魔之身，若想遮掩魔气，最是不能食五谷，这是贺兰宵自小便知的常识，但人族却鲜少有人知道。

一来人族与魔族跨种族结合诞下半魔的概率微乎其微，二来选择在人界生存的半魔自不会把这等秘辛透露于人。

而贺兰宵便是这微乎其微的概率下生出的半魔。

他从未见过自己的父亲。母亲身边倒是有几个男宠，但那些都不是他的父亲。

母亲告诉他，他的父亲是魔族，因此他体内有一半魔血。贺兰氏以母族血统为尊，父亲是谁不重要，所以贺兰宵亦从未想过要去寻他。

这一半魔族血统于他来讲，是不小的拖累。为遮掩魔气，他须每月服用贺兰氏秘制丹药才能正常进食。

自他能记事起，他便从未与人同桌用过膳，一应膳食皆有专人照料，不能贪嘴，亦不能贪玩。

女子继承家业，男子送去修仙，是贺兰氏绵延千年的传统。只是，送往仙门的男子，成器者虽可成为家族庇护，但不靠谱者每一辈都有，毕竟一入仙门深似海，求仙问道之路何其漫长，及冠之日还须抛却凡尘姓氏，被仙门重新赐名。

失去了姓氏的贺兰氏子弟愿不愿意反哺实是未知之数，因此守家业的女子反而要接受更为严苛的教导，这样才有资格成为合格的家主。

贺兰宵身为家主之子，倒没怎么察觉到这种区别对待。同辈的几名儿孙在孩提时期也曾一起上过学堂、捉过迷藏。再大一点儿就一齐被送上了演武场。

贺兰氏尚武，无论男女皆是修长健硕、一身武艺。连刀都拿不稳的年纪，就得学着大人模样摆弄招式，血性上来时逞凶斗狠亦是常事，但有大人看着，总不至于闹出大事来。

仅有的一次差错，出在贺兰宵八岁那年。

他在演武场上被比他高半个头的表妹一脚踢翻在地，表妹提着木刀收不住势，直直朝他的头砍来。他的木剑早已脱手，慌乱之中只好伸出手臂格挡。只见演武场上紫光一闪，等他回过神来时，表妹的身体便如断线风筝一般被他震出去好远。

幸好母亲及时将她接住，才未酿成大错。

四周响起一阵窃窃私语，他茫然地环顾一圈，才发现众人皆是一脸恐惧。

整个贺兰氏知道他是半魔之身者寥寥无几，演武场上的围观者该被封口的封口，该被安抚的安抚，才勉强将此事压下去。表妹躺在床上将养了一个月，身体才恢复如常。

母亲唯恐他控制不住魔气外泄，再次失手伤人，从此再不准他与同龄玩伴有过多接触，进学习武皆由专人单独进行教导。

“宵儿，你年纪尚小，加之魔气不稳，在你尚不能控制魔气之前，会伤害到旁人。”母亲蹲在他身前这样劝他，“你也不愿意看到别人因你受伤，对不对？”

“嗯。”他心有愧疚，红着眼睛抽泣道，“母亲，我不是故意的。”

母亲摸摸他的脸，安抚道：“母亲明白，宵儿最乖了。”

后来他已经可以将魔气控制得很好了，绝不会失手外泄，但也渐渐绝了与人亲近的心思，变得死气沉沉起来。

他就这般被人看顾着长到了该被送往仙门的年纪。

临行前，母亲告诉他，她已替他打点好了所有关系，只需要他在甘华选中他时跟着走便可。

“甘华长老吗？”他很罕见地反问了一句。

母亲说：“甘华其人，贪财又好玩，但幻术冠绝天下，跟着她修习幻术于你有益，况且，你有魔气在身，须每月服用丹药才能正常食五谷，甘华向来对座下弟子如何修炼不会管太宽，她那里最是适合你。”

他沉默了一瞬，才接着问道：“那……樱招呢？”

“樱招？”母亲面上闪过一丝惊讶，“你从何处得知这个名字？”

“不都说，她是当世第一剑修？”他问得坦然。

在被剥夺与人亲近的权利后，他过得其实并没有旁人想象的那么寂寞，因为他在藏典阁找到了新的玩伴。

那是一本被施了术法的剑谱，被锁在书架顶端最不起眼的角落。

既是角落，却还欲盖弥彰地用五彩锦盒锁住，总有种勾着人特地去寻宝的违和感。那年他不过十岁，每日除了习武练剑便是泡在藏典阁温书。整整六层的藏典阁，几乎没有他未踏足过的角落。

他分明记得前几日书架上并没有那个神秘锦盒，也不知是从哪里冒出来的。他像是得了什么宝贝，将锦盒揣在怀里带出了藏典阁。

夜里熄灯之后，他躲在床帐里，打着夜明珠想弄明白怎么开锁，那把金光璀璨的小锁却在他碰到的一瞬间，自动消失了。

蹊跷得像是等着他来打开一般。

他睁大眼睛，屏住呼吸，颤着一双小手将锦盒掀开。枕头上夜明珠泛着幽幽冷光，而盒中躺着的是一本小册子，封皮上歪歪斜斜地写着“朝真剑谱”四字，封皮左下角署着一个名字。

他不禁伸出手来轻轻抚了抚左下角，喃喃念出那个名字：“樱……招……”

顿时，剑谱似是有感应一般自动翻开，一阵柔和的金光闪过，紧接着一道巴掌大小的身影随着光芒翩跹纸上，那道身影身着白衣，手持长剑，神态娇憨，是一名陌生女子。

那名女子在纸上演示完了一整套剑法，裙裾翻飞，潇洒飘逸，一招一式却利落如闪电。最后一招演示完毕，她又老僧入定一般闭上眼，盘腿坐在剑谱正中央，将手中长剑搁在膝头。

这套剑法他曾见母亲使过，难不成是旁人赠予母亲的？那为何他以前从未在藏典阁看到过？

他俯下身子趴在枕头上凑上前去，眼睛一眨也不眨地看着那名白衣女子。他总觉得，她不拿剑的时候，看起来有些笨笨的。

“你便是樱招？”他轻声问。

她没有回答他，只是仿若听到了指令一般，站起身来又从头到尾将那套剑法演示了一遍。

嗯，这下他知道了，她是樱招。

窗外有淅沥秋风刮过，床幔内柔光不停闪烁。“樱招”不会说话，不会理人，亦触摸不到，她只会挥舞着她的长剑，一遍又一遍地演示着她的剑招，演示完毕之后便盘着腿闭上眼睛打盹。

贺兰宵害怕萦绕在剑谱上的柔光惊醒睡在外间的小厮，于是他小心翼翼地捧着那卷剑谱钻进了被窝。被窝被他拱出一方天地，他侧躺在床上，不知疲惫地盯着她看了一整夜。

他没有把这件事告诉任何人，私心地将那本剑谱据为了己有，藏了起来。

从此，她便是他一个人的。

樱招。

“樱招从不收徒。”母亲一句话断绝了他所有念想，她瞧着他的脸色，接着道，“如今的樱招应是恨魔族至极，你贸然去她身边，恐怕会有性命之危。若是你真的想要接近她，入内门之后再徐徐图之吧。”

“嗯，”他点头应道，“孩儿明白。”

他想，他也只是嘴上明白而已。弟子遴选当日，樱招对他的杀意有目共睹，虽然事后给了个漏洞百出的解释，但他很清楚，她将他收作徒弟的用意是什么。

可是他没有办法拒绝，他也不想拒绝，他选择亲手将自己的性命交到她手上。

盛有压制魔气丹药的瓷瓶在他入北垚峰的第一天就被樱招收走了，他亦无法在樱招眼皮子底下伺机与贺兰氏其他族人联系，因为她在监视他。

他既是半魔之身，自然有异于常人的敏锐度，洒扫傀儡、木雕蜂鸟，还有北垚峰上的一草一木，都有可能附有樱招的神识。她又是极不擅长遮掩之人，所以就连监视人这等事，都做得无比坦荡，明晃晃地昭示着她对他的不信任。

距离他上一次吃丹药已经快要过去整整一月，他顶多还能再撑三日。

贺兰宵记得，母亲曾说过，苍梧山朝阳谷中有一味仙草名为祝余，于他来讲是滋养魂体的至宝。母亲原本也打过祝余草的主意，然祝余这种仙草极为娇贵，也就苍梧山这等灵气充沛之地才能生长，离根三日便会枯萎，失去本来效用，根本无法成为市面上的流通货，即便花重金买来也无法移植，这才作罢。

如今，樱招说要带他去摘祝余草，虽然她的表情怎么看都像是不怀好意。

但为什么，她总能够在想把他弄死的情况下，又恰好给他送来最想要的东西呢?

朝阳谷因遍布着奇珍异宝，除四峰长老外，唯有亲传弟子能接近。谷中大大小小结界无数，加之封印着各种凶兽，若无人指引，擅自惊动栖息在内的凶兽妖物，横死谷中也未可知。是以朝阳谷虽景致绝妙，却鲜少有人踏足。

樱招带着贺兰宵在谷中穿梭了许久，踩着碎石狭道七拐八绕，终于，在一片宽阔谷底停下。

谷中飞花片片，烟波茫茫，一片状若韭菜的祝余草在十尺之外静静伫立，泛着青光随风轻晃。只是周围寂静得有些不正常，寻常活物皆不见踪迹，鸟声虫鸣皆不可闻。

樱招上前一步，抬手对着虚空轻点。忽见一道青光自她指尖生出，结界在空中铺开一道蛛网，壁垒一般悬挂在眼前。

她转过头看向贺兰宵，问道："你可察觉到什么异状？"

"太安静了，"他如实回答，"莫不是里头有什么凶兽？"

倒是神思敏捷。

樱招眼里闪过一丝赞赏，没有瞒他："嗯，这里有一只生性凶残的双头虎，俨然把自己当作这片祝余草的主人，因它有两颗脑袋，五感亦比一般兽类要能耐许多，你只要踏入结界便会将它惊动。”说着她扔给他一柄利剑，“这柄剑你且带着防身。先说好，我只帮你破开结界，其余不要指望我。”

一番话说得无情又无意，仿佛巴不得他早些去死。

贺兰宵抿住唇，沉默地提着剑上前一步，在结界外停下，与她并肩站着。他看着她将手掌抬起，掌心凝结出一道金光，蛛网般的结界瞬间张开一道可供人踏入的大口。

他没有犹豫，正欲抬脚，忽又听见她问道：“害怕吗？”

他迎上她的视线，摇摇头：“不怕。”

因为她会救他，她一定会。

贺兰宵在双头虎的利爪下坚持了一刻钟。

那只凶兽在他踏进结界的瞬间便不知道从哪里蹿了出来，威风凛凛地张着两张血盆大口朝他扑过去，四只锋利的钩爪闪着骇人的凶光。

他灵根虽纯，但如今仅处在炼气初期，还无法纯熟地引气入体，释放灵力。他大伤初愈，又小饿了几天，身体正虚，纵然使出了浑身招数，也无法越过双头虎接近那一片祝余草。节节败退之下，四肢和后背已经被那凶兽抓得伤痕累累。

樱招在结界外挑了一块高耸的巨石坐下，姿势堪称闲散，只是表情显得有些冷肃。

她在等着最终的结果，看看他到底在生命垂危时会不会爆出当日她感受到的那股魔气。但在双头虎第一次拍中贺兰宵时，她的眉头便紧锁了起来。

她下意识想冲进去救他。

虽然她实在不明白自己哪里来的“下意识”，她只是觉得胸口很闷，双手藏在袖子里不自觉捏成拳，好似见不得他受伤一般。

她只能闭上眼睛不去看，可双头虎的两张嘴发出此起彼伏的怒吼声，吵得她心烦意乱。她忍无可忍地再次睁眼时，贺兰宵的肩头已经被咬出一道深可见骨的齿印，四肢也血肉模糊地遍布着爪痕。

他的长剑早已脱手，此刻他赤手空拳站在双头虎面前，退无可退，而那只双头虎几乎毫发无伤。

好弱，他太弱了。

樱招揉了揉脑袋，一脸苦恼。

围猎已近尾声，双头虎猫逗耗子一般将贺兰宵耍着玩了半晌，耐性已然用尽。它甩着两颗脑袋彼此对视了一眼，忽然其中一颗头直竖起一双电目，张开锯齿大口便对着贺兰宵的脖子直咬过去。

一道金色法阵倏地自贺兰宵脚下铺开，不过须臾而已，他整个人便凭空消失在原地。

双头虎扑了个空，反倒把自己舌头咬到，吼叫着朝结界乱撞。

结界外，樱招将浑身是血的贺兰宵抱在怀中，双手捧住他的脑袋，低头凑近："贺兰宵，贺兰宵！没死吧？"

"樱招长老……"脑袋枕在樱招膝头的贺兰宵看起来情况真的很糟糕。他虚虚地睁着眼睛看向她，原本黑亮瞳孔有些涣散，一开口嘴角便渗出一丝血，"祝余草，我只摘到一株。"

樱招倒不知何时他已经摘了一株祝余草在手，她笑了笑，不甚在意地轻声道："这一株，够你吃一个月了。"说着又伸出手擦了擦他嘴角的血。

好烫，血不停地流，她怎么擦也擦不干净，偏那一双眼睛紧紧地盯着她，里面没有任何责怪之意，只有安心。

可为什么他会觉得安心呢？她不明白，明明她对他这样狠。

山林间有风在拂动，樱招头昏脑涨地将贺兰宵搂紧了一些，伸手开始在他心口要害处施疗伤术。源源不断的灵力从她的掌心流进他的心口，他有些放松地阖上双眼，薄薄的眼皮上坠着一颗特别小的痣，藏在睫毛根部，睁眼便看不到了。

她有些好奇地俯下脸凑近，伸手在那里点了点，察觉到他眼睫在颤抖之后，才整了整表情，将手收回来。

原来，只坚持了一刻钟的人，是她自己。

贺兰宵的伤势比上次重了许多，樱招几乎花了一整晚的时间才将他身上的伤口全部修补完毕。她将他弄回北垚峰之后，他便一直在昏迷，其间由于疼痛难忍醒来过几次，没坚持多久又昏睡了过去。

樱招坐在他床边，看着自己被他紧紧握住的手，有些茫然。

也不知道是在他哪一次醒来时牵上的，她念在他年纪小，一身血淋淋的伤痕皆拜她所赐，想着他想抓个什么东西便让他抓着好了，结果这一牵便再也没放开过。

她试图挣开，他却骤然将五指攥得死紧，拽着她的手便往怀里揣。其实那点力道于她来讲根本算不得什么，但她却由着他扯了一截，上身趴在床沿支着肘，盯着他紧闭着的双眼，一脸怨气。

她是在生自己的气，气她看走眼，误以为他是斩苍所化。她这样将他折腾来折腾去，也不知道这小鬼心里怨不怨她。

“你想抓便抓着吧。”她嘟囔了一句，反手将他握紧，他这才下意识松了一点劲。

贺兰宵一直到次日清晨才恢复意识，浑身骨头像被打断之后又重新接上一般，没有力气。袅袅晴丝从窗棂洒在他脸上，他眼皮颤了颤，蒙眬的视线渐渐清晰。

绣被上树影在摇曳，有些晃眼。他正欲抬起手来遮脸，却发现自己的手心正虚虚地抓握着另一只手，而手的主人还趴在床边熟睡。

他的心脏突然停跳了一瞬，一时之间不知道自己是不是在做梦。

在十岁到十五岁这段漫长的时光中，他曾无数次伸出手来想要触碰她的衣角，摸摸她的头发，却从来都触不到。剑谱上的“樱招”没有实体，只是一段虚幻的影像，沉默又衷心地陪着他走过五个春秋。

真正的剑修樱招和他想象的不太一样，她好冷漠，看他的眼神充满了防备，她将他当作一个异类。他不知道自己做错了什么，即使他是半魔之身，但他也只想好好当人。

明明她也可以很温柔地摸别人的头，但她转向他时，面上却没有丝毫温情。

可现在她怎么会这么乖，这么乖地让他牵着？

哦，他记起来了，她故意用祝余草引诱他，让他差点被那只双头虎咬死。

她真狠，可他此时竟然觉得很满足。

他将两人交握的手轻轻拉近，近到他可以看清楚她指尖薄薄的茧，虎口处也是，都被薄茧覆盖，典型的拿剑之手。可还是很好看，手指细白而有肉，牵上就不想放开。

视线缓缓上移，他看到了一截皓腕。

樱招的睡姿很不规矩，在床沿趴着，满脸都是被衣物压出的折痕，更别说一只袖口已经被她蹭到臂弯。白白的一截手臂在仙境般的温暖日光下如同一块暖玉，令他心神恍惚。

一道金色的印记突然自她的手腕上浮现，他定睛一看，那道印记却缓缓汇成了一个字——斩。

他怔怔地抬起手，还未来得及触碰，她便“噌”的一下坐起身来，睁着一双惺忪睡眼左右看了一眼，才最终将视线落在他身上。

这样子的樱招，真实到不可思议，而贺兰宵刚刚差点把她当成了剑谱中的那个假人。

还妄想……

妄想……

他将快要蹦出喉咙的心跳咽回去，悄悄握紧了她还未收回去的手。

睡醒的樱招终于想明白自己身在何处，她神情松快地摸了摸他的额头，笑道：“你终于醒了。”

说着毫不留恋地将他的手挣脱开，拂了拂袖子，将那一截小臂遮得严严实实。

“樱招长老，”他突然问道，“你腕上为何刻着一个‘斩’字？”

嗯？她瞟了一眼自己腕上已经显形的那个字，随意答道：“兴许是斩尽天下魔族之意吧，我忘了。”

斩尽天下魔族？

贺兰宵没有再追问，只是眼神黯淡了些许。

“我昨晚已经将祝余草喂给你了，你感受一下，是不是已然有饱腹感了？”樱招问他。

“嗯，腹中不仅有饱腹感，还有灵气在流转，”贺兰宵挣扎着坐起来，“多谢樱招长老。”

“那便好。”樱招点点头，像是想起了什么，突然问道，“昨日你在结界中，可是使过朝真剑法？”

那套剑法是她早年间自创，她下山历练之时也曾传授于人。剑法虽是自创绝学，却也是身外之物，所谓达则兼济天下，如果有人想学以傍身，她也绝不会藏私，是以她虽未正式收徒，但在她这里学过一招半式的人不在少数。

或许是大伤初愈，贺兰宵在身心俱疲的情况下想不到任何托词，他沉默了半晌，才将自己私藏了五年的朝真剑谱从乾坤袋中取出：“是……我偶然从家里的藏典阁中发现了这本剑谱。”

少年手上的剑谱，看起来已有些年头。封皮虽然微微卷边，但看起来仍旧干净整洁，是被主人精心爱护、小心收藏之物。

只是封面上歪歪斜斜的几个大字有些煞风景，樱招皱着眉头接过，顿时觉得自己像拿了什么烫手山芋，一时之间不知道该不该翻开。她瞥了一眼贺兰宵，少年沉静的面上难得显现出一丝慌乱。

樱招触上“朝真剑谱”四个大字的手指顿了顿，而后果断翻开。一个舞剑的小人随着书页翻开的动作跃然纸上，那张脸竟然和她长得一模一样。

把自己的身形做成幻影拘在剑谱中供人一遍又一遍地瞻仰，她可不记得自己曾做过这般自恋之事啊！

如遭雷劈的第一剑修维持着捧住剑谱的姿势，半晌没有说话。呆若木鸡的模样，倒是和剑谱中的小人看起来一模一样。

明艳白皙的面颊似雾濛花，突然就与贺兰宵长久以来的想象发生了重合。

他坐在床上，仰脸看了看樱招，又看了看她手中缩小版的樱招，只觉得胸腔一阵鼓胀，充盈得令他不安。

剑谱中的小人舞完一套剑法，便盘腿坐下，将长剑置于肩头，自行休憩。樱招耐着性子看完，问道：“舞剑的指令是什么？”

神情辨不出喜怒。

贺兰宵躲避着她的视线，将脑袋垂下，后领支出一截冷白的脖颈，中间微微凹陷的弧度显得利落而清俊。但他只踌躇了片刻，便抬起头看着她的眼睛说道：“樱招。”

声音很轻，是他在私底下唤过成千上万遍的、呢喃般的语调。

一群飞鸟扑腾着翅膀从窗外掠过，樱招猝不及防地被新收的弟子直呼其名，第一反应不是呵斥他对自己大不敬，而是觉得……有些熟悉。

熟悉得令她产生了一丝莫须有的悸动。

回过神才发现少年其实根本不是在叫她，而是在叫剑谱当中的小人。

那小人呆呆傻傻，不能言语，只知道听从指令舞剑，也不知道贺兰宵这小鬼到底看了多少遍才学会她的朝真剑法。

樱招看不下去了，直接将剑谱往怀中一收，嘴里碎碎念道：“兴许是某些入不得大流的妖商术法，倒教我如同丑角一般被人日日观看，实在是奇怪得紧，这玩意儿我便收走了，你以后也切莫再碰。”

眼见着她又要将自己东西给没收，贺兰宵脸色一变，向来不轻易外露的情绪陡然变得激烈起来。

“樱招长老，你不是……我没有……”他不是神思迟缓、口齿不清之人，但此时此刻竟有些不知所措。一片混乱中，他甚至试图伸手将那本剑谱夺回。

樱招坐在原地岿然不动，眼睁睁地看着他在触上她衣襟的前一刻骤然停手，然后握紧拳头抽手坐回榻上，仔细观看他的脸色，虽然仍是白净一片，但耳垂却隐隐转红，也不知到底是羞还是愤。

真是稀奇，这不苟言笑的小鬼居然会有这么幼稚可爱的情态。

把他的符纸和丹药收走都没见他反应这般大，不过一本施了术法的剑谱而已，怎会如此恋恋不舍？

难不成他日日见着那个冒牌樱招，产生了仰慕之情？

没想到啊，她近二十年未出山，在山外还能有年纪这般小的仰慕者，看来年轻一辈的修道者们的确不太长进。

比不了她当年风华绝代——她自认为。

樱招伸手捂住自己的嘴，尽量让自己不要表现得太得意，眼角的笑意却怎么也掩不住，便是坐姿也不自觉刻意了几分。她没往旁的地方想太多，只觉得弟子仰慕师父天经地义，更何况是她这般厉害的师父。

想到这里，她便原谅了他对着剑谱当中的自己直呼其名之事，扬起嘴角凑近贺兰宵，故意打趣道："怎么，舍不得？"

贺兰宵没有回答，只是屈起膝将胳膊肘架在膝头，脸埋进去不理她，没办法遮住的耳朵瞧着比方才还要更红一些。

樱招兀自笑了一会儿才发觉自己方才那话问得不妥，她渐渐收了笑容，正色道："好啦，我既已在你面前，这剑谱你也用不着了，以后你想学什么，我亲自教你便是。"

埋头默不作声的少年终于有了一点反应，他动了动脑袋，抬眼望向她："真的吗？"

"自然是真的。"几次三番的试探过后，樱招对他的怀疑虽未完全打消，但既已将他认下，用心教导肯定免不了。她静静地看着他，突然一脸纠结地问道："我且问你，你为何从不叫我'师父'？"

贺兰宵有些迟缓地眨眨眼，轻声反问她："我可以吗？"

"什么可以不可以？"樱招想起自己对他的百般刁难，心结顿开，她略微抱歉地抿了抿嘴，嘴上却将师父的架子端得十足，"我既已收你为徒，那你自当叫我师父啊。"

春三月，白云浮玉。贺兰宵看着樱招盛满笑意的一双眼，只觉得满心的不可思议。

剑谱是陪了他五年的旧物，就这样被收走，他想，他还是会有些低落。但如今樱招活生生地在他面前，其他身外之物，好像也不那么重要了。

他掀开绣被下床，郑重其事地在樱招面前跪下，行了一个拜师礼："师父。"

没有丝毫犹豫，他恭敬又乖顺地将这一声"师父"叫出了口。

他其实更习惯直接唤她"樱招"的，但此时此刻，他觉得叫她"师父"也很好。樱招从不收徒，他是她唯一的——

弟子。

他是她的唯一。

樱招绷不住笑，伸出手摸了摸他的脑袋，从没过过这样的瘾一般说道："嗯，乖徒儿。"

不过是小死一次而已，他得到的未免也太多了吧。

樱招于八十八岁时收了人生中第一个弟子，纵然一直未对他全然放心，但也算是悉心教导。剑修虽不富裕，但她身为一派长老，除了吃，其他用度亦从未亏待过他，于他修行有益的天材地宝更是不吝啬地给。

他的修为精进得还算快，不到一年便成功筑基，和掌门的亲传弟子苏常夕差不多同时。同辈的亲传弟子还有一名拜在风晞座下，是一名头上绑了几根小辫的少年，名叫燕迟。燕迟筑基要稍晚几个月。

按理说这三人年纪相仿，应当最是亲近不过，然而许是少年意气，又都是天资卓越之人，因此总是暗自较劲时多，和睦相处时少。

贺兰宵更是，除了去不嚣峰进学，其余时候皆窝在北垚峰，调息、打坐、练剑，勤勤勉勉修行，自律得不像个少年郎，比樱招当年听话多了。

至少樱招在十五岁时的愿望就是躺着吸收天地灵气，反正苍梧山灵气充沛，她就算再不济，也比别的小门小派修为精进得要快。更何况那时参柳作为大师兄，也没树立个好榜样，成日里吊儿郎当，没个正形，代师父管教樱招时也是今日不佳，明日欠好，后日不宜见兵器。总之是由着她自己胡来。如此这般耽搁了几年，直到某日她惊觉自己落下了太多，才开始奋起直追。

于是贺兰宵这般沉稳模样反倒叫她觉得十分省心。

省心之处还有很多。

作为一个剑修，樱招只在修行一事上勤奋，其余事情都十分不上心，甚至可以说是懒惰。她喜欢任何事都有人代劳的滋味，但又不喜欢身边围绕着太多人，所以亲手雕刻了很多傀儡，以满足基本需求。只是那些傀儡毕竟是她雕刻的，注入的是她的灵力，她不会的东西傀儡自然也不会。她丢三落四，高阶低阶的法宝凑作一堆，傀儡们也仔细不到哪里去，需要的时候谁也寻不着。

贺兰宵与她正好相反，死板得很，不喜虫、不喜老鼠，亦不喜脏乱，虽然年岁小，家里锦衣玉食地养着，倒也并不纨绔。自己的物品分门别类整理好不说，看到樱招将物品乱放，也会顺手整理一番，整理完之后还会仔细叮嘱她物品的摆放规律。

樱招乐得当甩手掌柜，自然更加不会在这方面花心思。

反正已经有人替她代劳了，不是吗？

白捡一个徒弟，资质好又懂进退，无聊时还能陪着说说话，当人师父的感觉好像还不错。

只是久了她便发现，她这个徒弟好像太沉闷了一点。她试图让他多往各峰走动走动，结交一些朋友，虽然这话从她口中说出来甚是别扭，但她既已收他为徒，便担着一份教导之责。

贺兰宵却反问她："师父如今放心我四处走动了？"

她心想这不是有蜂鸟监视着嘛，总翻不出天去，但嘴上不能承认自己仍旧对他有所戒备，她干笑几声："你这是什么话？之前是见你出入不便，怕你受伤之后又来劳烦我而已，现如今你既已学会御剑，多加练习总是好的。"

"师父……"彼时他正坐在她身边，专心擦拭着手中长剑。这把剑是他筑基那日樱招送他的礼物，名唤"时雨"，算不得什么神兵利器，只是她年少时的旧物而已，陪着她走过了不少年头。贺兰宵却宝贝得跟什么似的，每日精心养护着。

"我不与旁人有过多来往，在师父看来很奇怪吗？"

他说得坦荡，语气中亦无丝毫落寞感，阳光斜斜照在他的眼睛里，看起来更像宝石了。

樱招仔细想了想，才摇头道："不，是为师多虑了。常言道，朝菌不知晦朔，蟪蛄不知春秋。你平日里一个人，应该也有我理解不了的乐趣。"

"师父，我自小便是这样，您不必太过忧心。"贺兰宵将剑举起来一些，剑身反射出一道刺眼光线，他眯了眯眼，透过锃亮的剑身看见樱招已然释怀的脸。

夕阳芳草，有风吹过。樱招又闻到了贺兰宵身上的冷桃香，香味钻进鼻孔里直教人想多闻几口。她不着痕迹地往旁边挪了挪，拉开一小段距离，却被他敏感地察觉。

原来方才她坐得那样近，近到他只要侧身，便能碰到肩膀，但他只是抱着剑僵坐在原地动也不敢动。

"师父，"他突然站起身来，低头冲她一施礼，"既无事，那弟子先行告退。"

他这个年纪，正是别扭时候，樱招已然习惯，是以她看也没看他，只是冲他挥挥手："嗯，退下吧。"

赶紧退下还她正常呼吸。

贺兰宵拜入她门下，转眼已是两个年头，十七岁的少年长起身体来当真是一天一个样。

她看着贺兰宵渐行渐远的背影，突然惊觉他又长高了许多，眉眼亦是，拔尖得锋芒毕露。

孩子大了，她也不好意思每日用蜂鸟来监视他，毕竟她再无师德，也会担心是否会撞见什么不该撞见的画面。

用人不疑，疑人不用，那蜂鸟是时候功成身退了。

樱招不再监视贺兰宵，这反而令他有些不习惯。

圈在脖颈上不知道什么时候会收紧的缰绳突然被主人撤走，虽然他再不需要每日提心吊胆，担心自己被突然绞杀，可樱招这样干脆利落地将他放养，他却变得更为惶恐。

尤其是，最近他极少见到樱招。

樱招本来就与别的师父不同，她不需要弟子每日过来晨昏定省，通常是做弟子的已经披着晨雾，去了不器峰进学，做师父的却还蒙着脑袋窝在房里呼呼大睡。

作为久负盛名的第一剑修，她实在过于游手好闲，每日不是坐在峰顶的白玉台上鼓捣她的各种木雕，就是日夜颠倒创作各种奇奇怪怪的新功法，然后拿到苍梧山一季度一开坛的剑术课上进行展示。

有时她也会对自己的不务正业感到些许羞赧，对着拔高成一棵松柏，情绪却越来越不轻易外露的弟子解释道："为师早过了该勤勉的年纪了，一般来说，像我这个境界的剑修，只收一个徒弟还是很少见的。你看看别的峰主，徒弟徒孙都一大堆了，你师父我啊，现在就想享享清福，安心将你拉扯大，你将来出息了，也别忘了师父，记得给为师养老送终就好了。"

明明不过是二十多岁的脸，语气却高深莫测，似乎在故意强调自己要比他大上许多。

于是贺兰宵便也顺着她的话回道："师父放心，我哪里也不去，会一直陪在您身边。"

"嗯，"樱招打了个哈欠，笑着唤他，"乖徒儿。"

成为樱招的弟子之后，贺兰宵才慢慢察觉到，她的精神其实不太好，需要长时间静养。因此她根本不出远门，只会待在苍梧山内，灵气充沛的地方败家。

这其中肯定有狐岐峰峰主甘华的功劳，樱招每次去狐岐峰都跟进货一样，有的没的买一堆。

据说是因为多年前樱招与魔尊斩苍在琅琊台那一战，令她神魂受损，睡了十年才醒，醒来之后境界仍旧不太稳，所以需要大量滋补的灵药来滋养神魂。

虽然对贺兰宵来说，她已经厉害到只能令他仰望，也许终他一生都追赶不上，但她不握剑时，总显得……有些迟钝。

她迟钝到察觉不出来他有意无意的眼神躲闪，也察觉不出来他的别扭与排斥，抑或是她根本就不在乎。

但他知道她总是在的，北垚峰的灵灯法阵，无论多晚都会为他亮起，一盏一盏腾腾燃烧，顺着煌煌的灯火走下去，他总能走到离她最近的地方。

然后，在她的院子外驻足片刻。

这样的境况很奇怪，一个在尽力躲避，一个却毫无察觉，师徒二人就这样巧妙地疏远了。

第叁章 天罚之印

追魂印是天罚之印，罪孽牵缠之人才会在入阴司时被烙下印记。

“欸欸！快醒醒！掌门过来了！”

参柳今日讲课到一半，不知抽了什么风，竟整了整衣袍，慢条斯理地踱下了讲坛，走入了睡倒一片的弟子们中间。一排一排码得整整齐齐的矮案旁，还有一只穿着弟子服的小狗在汪汪叫。

掌门的法阵课上到第二年，大家基本上也熟悉了参柳的套路——他在课堂上讲了些什么玩意儿根本不重要，那些道法、佛法、阵法知识太过高深，他既不会循序渐进，也不会深入浅出，低阶弟子们根本听不懂，亦跟不上。

他这门课的重点不在课业本身，而在于怎么找到授课地点。

掌门开课前一刻钟，会通过弟子令临时发布授课地点。原本都是些熟悉的地方，可一旦被掌门选定，那块地盘便会被一道法阵包围。弟子们需要在掌门踩着点到达之前将法阵破解，顺利找到自己的课桌。

考虑到弟子们才刚刚入门，这些法阵通常不会太难，只是变幻多端，回回都不一样，极其考验应变能力。

最后一名破解法阵到达教室的弟子，会被参柳略施小惩，变作一只小狗全程旁听。

若有弟子直到下课之前都无法破解法阵，那抱歉了，今日的掌门与你无缘，等到下次掌门开坛授课，凭本事进来了，再来拜见掌门吧。

两年来，新进弟子们或多或少都有被变作小狗的经历，除了贺兰宵与苏常夕。

风晞的亲传弟子燕迟，平日里和苏常夕十分不对付。新进的三名亲传弟子中，他筑基最晚，于是苏常夕时常唤他“老三”，提醒他是万年吊车尾的事实。

燕迟曾有一次落到了最后一名，参柳在对其施变形术时，许是看他眼尾上挑，整个人又跟没骨头似的惫懒，思忖片刻之后，竟将其变作了一只猫咪。

变形术化作的动物，皆跟本人五官走势如出一辙。此前也不乏有变作小狗的弟子因为太过可爱而被众弟子围观一整节课的例子。

燕迟被参柳变作小猫后，趴在自己案头，懒洋洋地耷拉着眼皮将琥珀色的眼珠遮住，要掀不掀的模样，更是引得女弟子们咬着手指呜呜叫。

苏常夕坐在他身后，捏着拳头一脸无语。

明明燕迟做人的时候性格差劲，嘴又毒，现下不过是变成了猫而已，竟换了个待遇了？

这些女子是没见过猫吗？饭堂外面不还经常聚集着两三只野猫吗？她瞧着也挺可爱的呀！怎么没见她们围着夸赞呢？挑选灵宠的时候也是，个个都挑又凶又气派的，对于毛茸茸的美丽“废物”可看都不看一眼。

偏偏那个燕迟还一脸享受，丝毫不以为耻。一条毛茸茸的尾巴从缩小的弟子服中露出来，甩了几下就竖到天上去了。

呵，吊车尾这么喜欢当猫是吧？

少女圆溜溜的眼珠子转了一圈，下课之后“噌”的一下跑到参柳身边，眨巴着眼睛问道：“师父师父！我近段时日是不是表现得很好？”

的确是很好，门门课都拔尖，特别省心。

但她这样问出来，还是令参柳有些狐疑：“你想干什么？”

果不其然，少女看了一眼被众弟子围住调侃，却由于变形术没解开仍旧维持着猫咪形状不变的燕迟，回头问参柳：“师父，基础的变幻之术我已经掌握纯熟，包括变形之术，不如今日就由弟子来替燕迟解咒吧？”

在一旁单纯路过的贺兰宵抬头看了她一眼，顿时明白过来她的居心。

但他没多管闲事，兀自沿着小径走了。

倒是参柳追着贺兰宵有事要问，他看了看苏常夕，思忖着应该出不了什么大乱子，便细细交代了她几句解咒要领，匆匆离开了。

此时此刻的燕迟正被不知道多少双手摸得心烦意乱，一双猫耳向后折成一对小翅膀，整个身子弓起来，毛发竖成锋利的针，龇着牙似乎随时要发飙。

他有一种不好的预感，那不靠谱的掌门也不知急着干什么去，竟忘了给他解咒！

“欸！让让！让让！”笑得一脸得意的苏常夕奋力挤开人群，瞧见燕迟似乎准备撒开爪子奔向参柳，她心里一咯噔，赶紧伸手提溜住他的后颈，将他一把抱进怀里。

燕迟猝不及防，被少女甜香蒙了满脸，竟一时间没顾得上挣扎。

趁着少年正愣神，苏常夕直接冲众人扔下一句“我师父将他交给我了”，然后干脆利落地拐着燕迟回了弟子院。

直到第二日苏常夕才将他变回人形。

这事传回参柳耳朵里时，已过了许久。

弟子之间互相斗法，在苍梧山再是寻常不过。他年轻时也不是没做过比这更闹腾的事情，也就睁一只眼闭一只眼了。

除了爱好在课前设置些障碍，这位掌门在课堂上可以说是非常地松散。他自觉道法高深，而众生又多迷真道，底下的弟子即使听不懂他在讲什么，睡倒一片，可只要他们在入门初期能耐着性子坐在案头，尽力做到去凡情、脱俗气、摒习心即可。

像今日这样突然起身走下讲坛的举动，的确从未有过。

一共十八名新进弟子，在参柳的平缓魔音之下几乎全军覆没。就连平日听课最认真的苏常夕，近日也松懈了许多。她撑了大半节课，终于没忍住支着脑袋小憩了一会儿。

方才也不知道是哪位勇士在周围报信，她一个激灵惊醒，还以为这是灵草课。她自恃慧极，想着早已提前将课本啃完，任授课长老如何提问，自己也能答出花来，便直接将手高高举起，操着一口清澈嗓音道："点我！点我！长——"

对上参柳蓦地扫过来的眼峰，苏常夕一个"老"字在喉咙一转，延迟了半晌，才有惊无险地转成一个"门"字。

坐她隔壁桌的燕迟明明方才睡得比她死，此时竟然好整以暇地将身板挺得笔直，然后冲着她嘴唇轻启，无声张合出四个大字：你完蛋了。

落井下石的嘴脸，怎么看怎么可恶。

却没想到参柳轻飘飘地掠过了她，径直走到位于苏常夕斜后方的贺兰宵桌前，问道："贺兰宵，你来答。"

贺兰宵："嗯？"

他方才虽然没犯困，但也没听，因为他一直在很不明显地走神。

他站起身来，一脸诚恳地问道："答什么？"

少年原本就气质卓然，站在一水儿青葱似的弟子中间，更是身姿挺阔，眉目如画。他的性情其实不算张扬，因为自小孤僻，更因为身份特殊，在人群中时总是力求降低存在感。

但合该被瞩目之人，不论如何低调行事，都无法阻绝窥探的目光。

现下他只是立于堂内，便如墨汁滴入清泉之中，浸染得周围的少女们都有些躁动。

怎么可以做到在掌门面前每个吐字都这般坦然？

苏常夕与燕迟对视一眼，忍不住在心里为贺兰宵鼓掌。

小兔崽子。

参柳眯着眼，垂头看着已经长得与自己差不多高，并且仍在抽条的少年，暗自在心里轻哼一声，面上却维持着风度，不厌其烦地重复了一遍自己方才的问题。

"厌火魔宫地基之下有一道法阵，不知是哪一任魔尊所设，其功效是进入法阵之内的修士，会被削弱一半的力量，这样的法阵你可熟悉？”

作为一派掌门，参柳并不忌讳提及魔族，因此在场的弟子们并未觉得有何不妥。

除了被点名回答的贺兰宵。

但他并未感到任何慌乱，这种程度的试探于他来说早已习惯。更何况，他飞速在脑海里回想了一遍，自己近段时日并无任何行差踏错之处，不然以樱招的个性，应当早将他就地正法了。

她一向所有情绪全写在脸上，若真有事，不可能藏到现在。

“听说过。”他定了定神。

“噢？”参柳挑了挑眉，“愿闻其详。”

贺兰宵对上他的视线：“掌门曾在数月之前，提到过一道梅花状的法阵，名为五方斩，被困阵中之人，会感觉身体重若山岳，无法动弹。行气受阻之下，直接被削弱一半的力量。”

“掌门提过这个吗？”燕迟在一旁小声嘀咕。

“当然提过，”苏常夕横他一眼，“你在睡觉，自然没印象。”

参柳：“……”他还真提过。

于是他沉默半晌后，扔下一句“行吧，以后别老打瞌睡”，便一屁股坐回了堂前的交椅上。

催眠的魔音继续响起，强打精神的弟子继续萎靡，就连侧边上那条小狗也渐渐将下巴搭上前爪，眯缝着双眼昏昏欲睡。

苏常夕倒是彻底没了瞌睡，她一双眼盯住坐在自己位子的贺兰宵，有些不服气：“这问题我也能答上，我是师父的亲传弟子，我手举那么高他看不到，非得点你来回答……”

“不如，你去问问你师父？”贺兰宵回她。

为什么明明他语气很正常，但配上他那张脸，总觉得有种挑衅意味？

苏常夕还没来得及说话，便听见燕迟打岔道：“人家樱招长老的剑术课，你表现得比谁都积极，贺兰宵不也没跟你计较？我看，你们两个就得换个师父。”

苏常夕，双眼放光："我觉得可以！"

贺兰宵，面色不虞："绝对不换。"

接下来是灵草课。

修真之士，灵草一门虽多数时候只起到辅助作用，但的确必不可少。

初级灵草课的内容主要是辨认各种灵草的习性和功效，熟识之后，便要学习一些基础的栽种方式。

在正式入道之前，灵草、丹药、法阵、剑术等都属于通识内容，都得学。

苍梧山每个弟子都分有一小块药田，里面种着授课长老要求栽种的灵草，各自进行照料。除去土壤、气候这些必备生长因素，弟子们也须学习如何利用灵气照料灵草。

对不同的灵草需要使用不同的浇灌方式，如此昼夜持护，不仅可以磨炼弟子们的耐力，还能提升对灵气的掌控力。

不过近日，所有弟子的课业都卡在了文玉树上。

文玉树是传说当中可生出五彩美玉的宝树，虽无疗伤和增进修为等实用价值，但极其珍稀，更重要的是，若想令此树发芽，对灵力的微妙控制要求极高，不能出一丝一毫的差错。

负责授课的灵素长老头上的那根五彩玉簪，便是由她亲自种下的文玉树结出的美玉打造，世间独此一份，每次亮相时都如祥瑞萦绕发间，十分吸睛。

灵素长老那一棵文玉树，被她精心养护了近三十年，才结出这么一块美玉。

当然，现阶段对于他们这群入门才堪堪两年的弟子来说，自然是不需要令树开花结果的，只需要其发芽即可。

只可惜，种下已过数月，每个弟子的文玉树都还是光秃秃的几根枝丫，瞧着还挺孤苦伶仃的。

灵素长老巡视一圈，见众弟子皆是一脸闷色，不禁安慰道："都说十年种树，其实修行亦是如此。你们中大部分已筑基，但若想继续进阶，花费的苦修要比你们想象的更为漫长。有些人或许只需要一次机缘，而有些人，终其一生都有可能不得寸进。这就跟培育文玉树一样，或许明天就能结果，或许二十年、三十年，又或许白费功夫，都看开点吧。”

众弟子：“谢谢长老，真的被安慰到了。”

“反正这几堂课大家都挂零蛋，下堂课我们换新的灵草，你们又是同样的起点。这树嘛就种在这里，你们愿意养护就花时间照料一下吧！”

“是……”

无精打采的应和声响起，弟子们收拾东西的手脚却异常麻利。

夕阳西下，临近饭点，各个峰的饭堂此时都像裹着圣光，闪闪发亮。

灵素长老笑着挥挥手，也就一瞬间的工夫，灵草田里的弟子们就跑得只剩下稀稀落落的几个。

西南角的灵草田有个身影在慢条斯理地整理物品，这片长势喜人的灵草田属于贺兰宵。

说来也奇怪，少年明明师承第一剑修樱招，在养灵草方面却莫名有几分本事，不像他那个只会拿刀剑砍伐树木做成傀儡的师父，半点侍弄花草的天分也无。

这件事樱招也想不通，为何同样的草木，同样的吐息之法，被他体内的灵气荡涤过后，竟恁是比旁人的灵草要更为枝繁叶茂。像是，生来便拥有木神句芒之力，能令万物焕发生机。

而魔域那片地方，瘴气丛生，常年阴云不散，力量亦多为邪宗，若贺兰宵真是魔，这反倒有些说不通了。

樱招慢慢开始觉得，弟子遴选当日她感受到的魔气，或许真的是个误会。这也是她放下戒心，倾囊传授于他的原因。

“你又不吃东西？”

眼见着苏常夕冲到了众弟子最前面，踏着剑倏地一下就没影儿了，燕迟收回目光，走到贺兰宵身边，诚心邀他去羽阳峰的饭堂一聚：“你在樱招长老的北垚峰是不是从没吃上过热乎饭菜啊？你不馋吗？”

人活着不就得逞那点口腹之欲吗？

还在长身体呢，贺兰宵却要跟着樱招长老这等大能一起辟谷，他们这些同门都觉得他有点惨。

贺兰宵摇摇头，一口回绝：“多谢，不过不必了。”

因为时刻谨记着自己身份特殊，所以他与同门之间一直保持着温和有礼，却并不亲厚的关系。再加上他长得实在太过瞩目，所以沉默着不说话时，总显得有些冷若冰霜。

唯有燕迟与他交流还算多，不过也仅限于课堂之上。

正是爱玩的年纪，师兄师姐经常会带着师弟妹在没有课业时溜下山玩，但贺兰宵从未参与过。

他对于时间有种近乎执着的吝啬，总觉得在樱招身边的每一刻都是自己偷来的。

他不该把日子糟蹋在无用的玩乐上，他应当再努力一点，让樱招多看看他，这样即使他的身份终有一天会败露，那也是他义无反顾自己选择走的路。

“行吧。”燕迟没有勉强，他看着渐渐沉入云层中的夕阳，摸了摸早已饿扁的肚子，一脸爽朗地冲贺兰宵挥了挥手，“那我可不管你了。”

他要再耽搁下去，就只能自己给厨子塞灵石开小灶了。

“嗯。”贺兰宵点点头，“快去吧。”

灵草田里的弟子陆续御剑离开，贺兰宵却不似往常一般急着回北垚峰。

他将自己的书本放下，径直走向属于自己的那株文玉树树苗。光秃秃的几根枝丫，在繁茂却井然的灵草田中显得十分格格不入。

轻柔的夕风拂过面庞，被少年捕捉到指尖，汇聚成一道紫光，刀片一般刮向文玉树树苗。

不足二尺的树苗被轻柔的紫光密不透风地包孕住，灵力散去时，黑褐色的枝丫间赫然浮现出一点明丽的绿意。

他这棵文玉树已经发芽了。

他甚至隐约知道，自己该如何令它结果，但他暂时不想声张。

文玉树结出来的美玉，他想让师父第一个看到。

师父的生辰在冬天，算算日子也快要到了。这块玉虽及不上挂在她刑天剑柄上的那颗珠子，但她应当也不会太过嫌弃。

师父向来就喜欢这种闪闪发亮的东西，就跟小龙一样，特别……

特别可爱。

傍晚的灵草田，入目皆是橘子的颜色。少年独自盘腿坐在文玉树前，引气入体。

无数道清光自少年身下铺开，灵蛇一般游向文玉树，自根茎攀向枝头。

灵草田地势高，低矮的积云压在上空，瞧着已经浑然一体，无法分割。火红的夕阳将云层染透，连灵草田都红得像是要烧起来。

霞光被某种无法抵抗的力量拘禁，朝着只生了一朵嫩芽的文玉树奔袭而来，很快便汇聚成一团火种。

眼见着那团裹住文玉树的烈焰往空中直蹿至三丈高，贺兰宵眉头一凛，迅速收住力道将烈焰往下压，渐渐将其控制在十尺之内。

这瞬间的灵力激荡没有引起任何人的注意。

苍梧山内修炼者众多，不同灵根的弟子们使用的修行方式不同，控制不住灵气，产生异常波动，亦是家常便饭。一日之内，甚至能产生这个山头冒烟，那个山头泄洪的奇观。

贺兰宵调整吐息，包围住文玉树的火势渐歇，只剩下丝丝缕缕的紫色灵力寂然地缭绕在枝头。而方才还光秃秃的枝丫，此时已挤满了阔大的叶片。

一片翠绿中，掩藏着一块闪闪发光的五彩美玉。叶片在风中窃窃私语，一如少年无法言明的心思。

他上前一步，将那块玉石摘下。

夕阳沉下去了，月光淡淡，圆润的玉石在暮云下发出五彩斑斓的光。

很漂亮。

戴在樱招身上应当会更漂亮。

贺兰宵玉石收进袖中，回了北垚峰。

他走得干脆，因此并未发现灵草田中已经枝繁叶茂的文玉树，在短短一刻钟之内又生生拔高了几丈。璀璨的玉石自枝头生出，坠了满树。薄雾随着夜色一齐将灵草田笼罩，唯有挂在文玉树枝头的一颗颗玉石在随风摇曳。

巡山的羽阳峰师兄被满树霞光所吸引，腾风下来查看过后，立即将此事报告给了风晞。

风晞赶来灵草田时，灵素长老已经先他一步到达。

挂满玉石的文玉树在夜里兀自绚烂，而这位教授灵草一门已经近二十载的长老却被震惊得半晌没说话。

她颤抖着双唇围着文玉树不知道绕了多少圈，见风晞慢慢走近，她扭头说道："即使是最为纯正的木系灵根，使用最精妙的木系术法，也无法做到这个地步。"

这已经不是天纵奇才能形容的了。

五彩玉石如同最寻常的叶片一般挤作一堆，连成一串，在黑夜中寂寂发光，恍若上古时期的神迹。

这样的场景，灵素长老至今只在几本古籍当中读到过。而今竟被一个筑基期的弟子重现……

"贺兰宵，他究竟是何人？"灵素长老喃喃。

贺兰这一族，向来厉害的都是女子，送往苍梧山的男子多是纨绔之辈，烂泥扶不上墙。在贺兰宵之前送来的那位，拜入的似乎是狐岐峰吧，到如今已是泯然众人。

而这个贺兰宵，入门当日就被樱招长老给带走了。

现在想来，樱招师姐果然是慧眼识人，眼光独到啊！

此时的羽阳峰峰主亦望着这棵招风的文玉树头疼。他已经查看过溯光镜，此树的确是因贺兰宵灌注的灵力而长成，且那少年走时只取走了一颗玉石。

恐怕贺兰宵到现在也不知道，自己能让玉石一串一串地挂在枝头，伫立在灵草田里不值钱似的发光发亮。

他这份能力太过令人在意，若是传开恐怕事情难以收场。好在巡山的弟子机灵，没等此事发酵就直接传信给了他，现下知情人士只有寥寥几个，掀不起大风波。

面对着灵素长老的疑惑，他冷静道：“贺兰宵的来历只有掌门知道，其他人等一概不知，此事还请灵素长老切莫声张。”

都是心思亮堂之人，风晞此言一出，灵素便明白过来他的用意。

她看着风晞蓄起灵力，缓缓走近文玉树，一脸痛惜地问道：“风晞长老，真的要毁了吗？”

这男人也太暴殄天物了吧！谁来阻止他啊！

可现下偌大的灵草田里，也只有她与风晞，还有完全说不上话的羽阳峰弟子一名。

风晞的灵力十分霸道，与他本人一般，冷硬死板，没有回转余地。眼见着那道聚起的罡风就要朝着文玉树刮过去，灵素突然出声道：“甘华师姐还未见过这宝贝呢！”

这位明明没修无情道，却比任何人都无情的羽阳峰峰主动作僵了僵，纹丝不动的一张脸隐隐显出犹豫之色。

灵素趁热打铁：“这满树的玉石，又能观赏又能卖钱，不如就充公给狐岐峰，也算给我们苍梧山弄点额外开支，甘华师姐肯定会欢喜的！”

蓄在风晞掌心的灵力悄然涣散，他点点头：“如此，便依你所言，将此物送至狐岐峰吧。”

灵素松了一口气，果然，还是只有甘华能治住他。

既然决定将此事瞒下，为了不引起怀疑，就不能只冲贺兰宵这一棵文玉树下手。其他弟子那些树苗，也得一并处理。

届时扯个法阵自动将树苗回收的理由，也就神不知鬼不觉了。

话虽如此，灵素还是觉得心痛不已，虽然这些树苗根本没半点发芽的迹象吧，但好歹也是弟子们几个月的辛劳。

到底不忍心直接销毁，她连施数道术法，在树身上分别挂上弟子们的铭牌，然后一起将其收进了自己的随身空间中，以期待来日有机会归还于他们。

终于将犯罪现场处理干净，作为罪魁祸首的二人就此分道扬镳。

贺兰宵的那一棵文玉树最终还是由风晞送往狐岐峰。

灵素可不敢跟他抢功，虽然这份功劳实实在在应当算到她头上。

文玉树被法阵回收这个理由，弟子们都接受得很平静。

平静到甚至都没发现自己种了好几个月的文玉树苗不见了。

这让灵素长老觉得自己对弟子们的一番爱护之情如同喂了狗，怎么想都不太得劲。关键是，不仅旁人没反应，就连让文玉树发芽结出了玉石的贺兰宵本人，看起来也并无半点遗憾之意。

这件事情就这么悄然过去了。

灵素长老也并未去找掌门探究少年的来历，她本能地觉得这不是她该过问之事，便自动选择了缄口不言。

而对于贺兰宵来说，法阵将树苗回收反而是好事。他种出了玉石，还能不引起围观，这法阵简直帮了他的大忙。

到夜里，他回到北垚峰，路过樱招的庭院时，她正在院子里鼓捣一个人形傀儡。算算日子，他已经有整整三日未曾与她打过照面了。

虽然整座北垚峰只有他们两个大活人，想见的话，怎么都能见到的，但他这几天其实有些闹情绪。

他单方面的……

起因是前不久樱招开坛的剑术课，狐岐峰的一个少年表现十分不佳。

那时燕迟还满目鄙夷地嗤笑那少年不愧是狐岐峰的纨绔子，秉承了狐岐峰一贯之风格，平日里不好好学，一到关键时刻就开始临时抱佛脚，企图借用各种符咒与法器蒙混过关。

可剑术是最做不得假的功课，再简单的剑招也需要在私底下日复一日练习过成千上万遍，看起来才稍微能像个样子。

谁私底下没用功，樱招自是一目了然。

只是她从来不会过多苛责弟子，事实上，她对于弟子们的课业管得非常松，凡事都以自觉为主，也极少和不成器的弟子置气。

参柳的课还睡倒一片呢，她的课至少大部分弟子都在认真向学。况且峰主级别的长老屈尊授课，一年也就开四次。两年下来她人都认不全，根本没那精力一个一个盯着练。

就是有一点令人心惊——她偶尔会心血来潮点人出来演示剑招。点人的方式随心所欲，让人摸不着规则。

不少弟子抱有侥幸心理，总觉得樱招点不中自己。有些人甚至会在课前打赌，赌今日被点中的倒霉蛋究竟会是谁。

狐岐峰那位同门因从未被点中过，故认为自己是天选之子，樱招布置的课业他从来都不照做。

此次也是欠了些运气，他刚好就被樱招揪了出来。

狐岐峰同门缓缓走进人群中央，从起手开始便是错的，一把剑被他架得有如自戕，挥剑时出招缓慢，执心不一，还差点把自己绊倒。

周遭有人忍不住笑了一声，接着场面便有些肆无忌惮。笑声像是炸开了锅，回荡在演武场上。

贺兰宵虽未跟着嘲笑他，但他也觉得对方实在是活该。师父作为当世第一剑修，名震天下，山外多少人想求着她指点一二都求不到。苍梧山的弟子们近水楼台，人人都能有机会得到这份机缘，却总有人不知道珍惜。

而那狐岐峰同门原本还通红着脸，手足无措，见樱招面色未变，甚至隐隐有被逗笑的趋势，便也跟着挠挠头，老实认错。

秋日的阳光正好，透亮而温柔。日影透过叶片的间隙洒在樱招的鼻尖，微微上翘的弧度在日光的雕琢下显得愈发秀挺。

贺兰宵的目光几乎没有离开过她，因此也清楚地知道，樱招一直未曾看向他，她的注意力都在别的弟子身上。

而她此刻的确是有些愉悦的，嘴角弯出浅浅的笑，然后说道：“真可爱，回去多练练吧。”

她根本不与不成器的学生一般见识，因为不在乎。

林间的风透着丝丝凉意，顺着贺兰宵的后颈钻进背脊。

无端地，他就感到不开心了。

“可爱？”苏常夕在一旁嘀咕，“哪里可爱了？樱招师叔难道喜欢蠢人吗？”

燕迟跟着回她：“那我总算是知道为什么樱招师叔老是夸你可爱了。”

“想死你就直说。”

“我说真的，我学不会那些复杂剑招时，樱招师叔也夸过我可爱。”

无聊的争执声从贺兰宵耳畔掠过，恍惚中他想到，樱招的确这样夸过许多弟子。

唯独没有这样夸过他。

虽然他知道，这只是樱招随口一说，根本算不得什么夸赞之言，过后或许她连对方的脸都记不住。

但他就是，不太开心。

他入门之后，樱招便很少亲自替他喂招了。她对他的领悟力太过放心，只偶尔会旁观片刻，指点他几句，其余时候陪他练剑的都是木雕傀儡。

那些用于对战的木雕傀儡都是她的得意之作，一招一式皆灌注了她的灵力，承载着她的剑术。甚至，她会根据贺兰宵每个阶段的水平去调整傀儡的战力，循序渐进。

他也不负她所望的进步神速。

樱招的确是个极好的师父，他没有什么不满足的。

贺兰宵这样劝自己。

不过是，她不能时常陪在他左右而已，虽然这其中也有他自己的原因。

他只是，觉得自己已经不正常了。

樱招看向他时，他不满足，不看他时，也不满足。樱招离他太近时，他不满足，离他太远时，更不满足。

这份无法自控的别扭在樱招对着狐岐峰那纨绔子说出“可爱”二字时达到了顶峰，他单方面地开始对她置气。

并且在此后长达一年的时间之内，他光明正大地借着对战的机会，次次都对着那名纨绔子下了不小的狠手。

而樱招毫无所觉。

鼓捣着人形傀儡的樱招很早便听到了少年的脚步声。

秋末的天气，庭院里还残留着桂花的香气。她回过头，看到贺兰宵沿着灵灯法阵缓缓走近，一袭湖蓝色的袍子自夜色中突围，衣袂翻卷间莫名透着股摄人心魄的意味。

气质若是能不那么冷就好了。

也不知道他小小年纪，怎么一举一动比她还老成。

“宵儿，”樱招手上动作没停，出声招呼，“快过来！看看我改良过的对战傀儡！”

爽朗又得意的语气落在少年耳中，却让他感到一阵憋闷。

胸腔像是被棉絮堵住吸了水一般，带着五脏六腑都在往下坠。

他顿了顿脚步，没什么笑意地应了一声，才接着踏入樱招的院子。

樱招根本不知道自己在无形当中又令少年的闷气加深了一层，她只是觉得贺兰宵似乎对这个傀儡看起来兴致缺缺。

她当是他不懂这等好东西的厉害之处，便耐着性子献宝似的解释道：“之前那个傀儡的剑招已经完全被你破解了，速度亦跟不上你……”

雕刻的工具被她摆了一地，零零落落地散在樱招脚边。此时她正蹲在地上，校正傀儡的踝关节。相较于其他峰主来说，她真的称得上平易近人，平日也极少摆架子。

除了……除了一开始对他动了杀心。

贺兰宵想。

“这个新傀儡被我加入了几套中阶剑术，或许一开始对你来说有点难，你要吃些苦头，但你放心，不会伤你太重的……”

因为要亲手对傀儡进行调试，她穿得十分轻便，一头乌发干脆利落被她高高束起，露出一截白白的后颈和小巧精致的耳朵。

如果将文玉树的玉石做成项链，戴在她脖子上应当会很漂亮。

“若是你不小心受伤了，丹药我已为你备好，自己疗伤就行。伤势太重实在搞不定再来找为师……”

或者做成发簪也很好，樱招头发浓黑，茂密到看不到发缝，压得住这般华丽的玉石。

可是，不论是项链，还是发簪，都是定情意味浓厚的信物。

他没有办法以弟子的名义送出。

不合规矩，不成体统。

他能做的，只有好好地把那颗玉石装进昂贵小巧的锦盒当中，如同将自己的心意封存好一般，不做任何改动地送给她。

“宵儿？”樱招见他半晌没回话，终于止住话头问道，“你不高兴吗？”

“没有，师父。”

贺兰宵上前一步，在她身旁蹲下。

月亮将他们的影子边缘混淆在一起，交叠成更为浓黑的一团，看起来距离终于没那么远了。

樱招的右手握在木雕傀儡的脚踝处，原本细细白白的手指上沾满了木屑，不知道有没有小伤口，反正她从来也不太管这些。

他只隔着空气虚触了一下，接着将指腹落向傀儡的膝盖处。

半空中振翅的蚊虫欲盖弥彰地将他愈渐急促的心跳声遮住，他克制着将目光从樱招手上收回来，低声说道：“我很高兴。”

他需要让自己高兴起来。

世上不会有比她做得更好的师父。

然而樱招却没被他这样蒙混过去，她对情绪的感知力虽然不太明显，但两年相处下来，她多少能从少年变化不大的表情中分辨出基本的情绪。

不知为何，此时此刻她的小徒弟情绪有些低落。

“是这几天课业太辛苦，挨骂了吗？”她侧头问，“哪个长老骂了你，师父帮你骂回去。”

“没有。”贺兰宵摇头。

“那是耗费了太多灵力，行气受阻了？”

“……不是的。”他垂眼，露出左眼睫毛根部的小痣。

的确是有些呼吸不稳，樱招感觉到了，她下意识去寻他的手腕。

其实隔得并不远，一直在她视线范围之内，极有存在感地搭着。少年如今手掌阔大，腕骨消瘦，方才说话那一小会儿，他已经无意识地握了几次拳，手腕内侧浮雕一般显出几根青筋，像是在忍耐什么。

少年身上的冷桃香与空气中的桂花香纠缠在一处，樱招呼吸一窒，犹豫了一瞬，才将手指搭上去。

自两年前，樱招将他从朝阳谷拖回来，彻夜疗伤之后，师徒二人便很少会有这种程度的肢体接触。

指腹下属于少年的那截腕子在这刹那变得无比僵硬，连带着樱招也无措地勾了勾手指，因此她一下子没把中他的脉。

黑夜无声震颤，樱招触在他腕上的柔软指腹并未离开，却让贺兰宵觉得那上面像是开了一朵带刺的小花，令他快乐得有些痛楚。

他的拳头又开始捏紧，垂下的睫羽颤动了几下，再抬眼时，他把手抽了回去。

再这样让樱招继续触碰下去，他会很想对她做些什么。

即使下一秒就会被打到吐血。

面对着樱招一脸呆滞的神情，他猛地站起身来，飞速解释道：“师父，我……我真的没事，您不必担心！我还有符咒课的课业未完成，就先行回房了！”

“不是，这就回房了？”樱招奇怪地问道，“那傀儡……”

“傀儡我明日再来取！”

樱招跟着站起来，目送着少年进了他自己的院门。隔着一道栅栏，她加大音量叫住他：“宵儿！”

略微急促的脚步声在此时顿住，贺兰宵将手搭上门扉，深重地呼吸了几口，才回过头看向她。

背着庭院的烛火，少年的五官在黑暗的包裹下显出浓重的棱角，不知为何，一双瞳仁却像有水光在闪烁，显得有些可怜。

究竟怎么了？

樱招不太明白，只觉得贺兰宵如今未免与她太过疏远。她睡了十年醒来之后，便成了喜欢享受孤独之人，却在此刻难得感受到了一丝寂寞。

说起来他好久没陪着她好好说过话了。

“真的没遇到什么烦心事吗？”她又确认了一遍，“你可以和我说。”

烦心事？

少年喉结动了动，像被黑夜饲养了执念似的，头一次对着她任性道：“弟子的烦心事，师父应当不懂。”

他的烦心事都与她有关。

她根本就不懂。

木门被轻轻关上，房中的烛火透过窗纸轻轻晕开。少年的影子贴在门边，迟迟未动。

她不懂？

樱招皱起眉头，险些被这句话气笑。

好歹她也是年轻过的好吗？十七岁的少年，满脑子不就是修行那点事吗？修行上的烦恼，不问她这个顶厉害的师父，要问谁啊？

难不成……

樱招捏着双手在院子里踱了一圈，再将目光投向贺兰宵的房门时，眉头皱得更深了。

难不成……他小小年纪就开了情窍？

草丛里有寒蛩细细鸣叫，绰绰月影斑驳闪动，一股没来由的焦躁突然从她心底攀升。

不行，他不能这样。

这般天资，在理应奋发修行的年纪，断不能被“情”字所耽搁。

她自问不是那般古板的师父，可是，他如今是她唯一的徒弟，她自是担了这份教导之责。

焦躁酝酿成了冲动，在想明白之前，她便急匆匆地抬脚，跨过散了一地的雕刻工具，直冲贺兰宵的院子。

不过她没能成功踏出自己的院门。

周身经脉急火攻心之下蓦地开始灼痛，火烧似的自左腕流窜到全身，直至肺腑。五脏六腑像是移位一般绞得人震颤不已，她疼得没站稳，屈起一条腿直直跪在地上。

院门口的小径上铺满了白色碎石，膝盖应当磨破皮了，但皮肉的疼痛却远远及不上经脉的灼痛。

樱招颤颤巍巍地抬起左手，看到她腕上的“斩”字已经变作全黑。

该死，她的追魂印，在沉寂了多年之后的此刻竟然发作了。

这是追魂印的反噬。

追魂印是天罚之印，罪孽牵缠之人才会在入阴司时被烙下印记。一旦烙上发肤，便刻入神魂，每到木星运行到大火之日，皆须经受经脉焚烧之痛，不管修为几层皆难灭难消。

因此咒太过阴损，中土几大仙门皆将其列为禁咒，只有幽冥界与魔界才能寻到施咒之法。然追魂印施咒时咒语变幻无穷，因此唯有施咒之人可解。

樱招也不记得自己是怎么被烙上追魂印的，只知道自己睡了十年，醒来之后胳膊上就有了这么个倒霉玩意儿。师父说这是她自己种下的，解咒之法亦须她自己想起来。

幸好这印记没下完整，加之樱招并不是罪孽缠身之人，所以这二十年来也就发作过一次。

这次是第二次。

发作的契机是什么，没有人明白。

恰如她给自己种下追魂印的原因，被她遗忘在记忆中，已无法追溯。她只能咬着牙，暗骂自己以前脑子定是有什么毛病，不然好端端的为什么要给自己下咒!

斩魔斩魔！斩什么魔!

遭到反噬的滋味可真疼啊……

来势汹汹的灼痛令樱招直不起身子，捂着手腕委顿在地。

关上房门只是阻绝了樱招的视线而已。

空气中丝丝缕缕的烦扰依旧未散开，反而像蚕丝般令贺兰宵愈发郁结。映照在窗纸上的影子，亦是一副耷拉着脑袋的姿态。

他有些懊恼，不该用那种硬邦邦的语气对樱招说话的。她什么也没做错，却承受了他莫名其妙的怒气。

可他实在太不争气，在她身边多停留一会儿，他便无法自控地变得奇怪，身体和头脑都奇怪。

羞耻与自责在拉扯，他靠在门边，平复之后，决定出去向樱招道歉。

手搭上门闩，他敏锐地捕捉到有什么倒地的声音。他以为只是傀儡在动，毕竟北垚峰有各种傀儡，有时候这些傀儡还不看路，和樱招一样，容易精神不集中，碰撞到一起是常事。

他完全没有意识到，自己从小仰慕着的、那个有着搬山填海之力、修为深不可测的厉害师父，会静悄悄地晕倒在院子里。

可樱招的确是倒在了地上，在两座院子间架着的篱笆旁。细瘦的身躯缩成一团，单薄的衣衫像是要被风吹碎了。

少年不假思索地瞬行过去，扶起樱招时，他连手都在哆嗦。

“师父！师父！您怎么了？”

然而樱招此时却无法回应他，月光下她的面色惨白，双眼紧闭，眉头亦皱得死紧。

掌心下属于樱招的身躯在发烫，贺兰宵隔着衣袖去摸她的脉，才发现她的经脉似有岩浆滚过，灼得他掌心疼。

那樱招该疼成什么样呢？

一阵慌乱过后，贺兰宵强迫自己镇定下来，他传信于甘华长老。师父的灵药都是从狐岐峰购入，甘华长老应当是对师父的病情最了如指掌之人。

传音符隐入虚空，在等待的间隙，贺兰宵倾身将樱招抱起，往她房中走去。

这不算逾矩，他想，若是师父醒来之后要责怪他，那便责怪好了。最好是连同他嘴上冲撞她的那桩错，一起罚他。

总好过现在不省人事，一点生气也无。

樱招是在这时候醒过来的，少年将她抱进怀里时，她已经感觉好过了许多，只是人不太清醒。

睁开眼睛，她甚至认不出来抱住自己的人是谁，视线中只能看到一道漂亮的下颌线和坠着一颗唇珠，很适合笑，却极少笑的嘴唇。

她恍若掉进了一潭清泉，泉水在她的经脉中冲刷而过，将令人肝肠寸断的灼痛带走，只留下沁人心脾的冷桃味。

思绪再次昏沉，她闭上眼，不自觉地在他怀里偎紧了些。

贺兰宵身躯一僵，怔怔地垂眸看向自己怀中的师父，惊喜当中夹杂着些许茫然无措。

醒了吗？呼吸好像平稳了不少。可为什么双目还是紧闭着？

跨过门槛，他将樱招轻轻放在床上，抽手离开，在床边蹲下，手脚都不知道往哪里摆。

她好像又开始疼了，眼角似有晶莹的水光在闪。但她始终没有出声，就这样安静地咬着唇将四肢蜷成一团。

他的心也跟着揪成一团。

顾不上男女之防、礼义廉耻，他竟出奇大胆地将樱招捏紧的拳头握住，然后一根一根地将她的手指掰开，与自己十指交叠，同时用另一只手将她的手背包裹住。

少年人指节分明的双掌将樱招的手笼住，像筑起一道铜墙铁壁般密不透风，里面囚着他大逆不道的真心。

缓解灼痛的清泉像是回来了。

樱招轻轻睁开眼，突然用力回握住了他。

由于疼痛，她的手心渗出不少虚汗，黏腻的汗水使两人的手掌纠缠得更紧。

一颗心开始乱冲乱撞，贺兰宵忍不住凑近她，哑声问道："师父，你怎样才能好受一点？我——"

一道身影急匆匆地自房屋中央闪现，打断了少年的问话。

他侧过脸看去，原来是甘华长老。

甘华来得极快，几乎是接到传音符的瞬间便由狐岐峰瞬行至了北垚峰，手里还握着一根没吃完的烤肉串。

她并未辟谷，一日三餐一顿不落，大晚上还喜欢吃消夜。狐岐峰的弟子有样学样，甚至将山外的夜市原封不动地搬了进来。一到夜间，整座峰热闹非凡，烟火气十足。

这位长相与习性极其不符的狐岐峰峰主一见到樱招这半死不活的状态，便明白过来她究竟发生了什么事。她将手里的烤串往门外候着的傀儡身上一扔，自己则扑到床边，果断将樱招扶起，迅速封住其周身大脉。

狭长而娇媚的眸子掠过师徒二人交叠的手，甘华这才发现，自己这小师妹一直将少年的手攥得死紧，对方显然也并未有半分放开的意思。

默默叹了一口气，她打算眼不见为净。

"你师父是追魂印发作了，"甘华一边替樱招渡气，一边对着贺兰宵解释道，"就是她左腕上那个印记，发作时全身经脉会如同被业火灼烧，所以才会这般痛苦。"

"追魂印？原来是会发作的吗？"

樱招的追魂印，贺兰宵听人说起过，是她年少时自己种下的，但具体为什么要给自己下咒，谁也说不清。就连樱招谈及此事，也只是一句"兴许是要斩尽天下魔族而已"，便将此事搪塞过去。

没有人告诉过他，这印记还会发作。

"不然你以为这是什么好玩的东西吗？万幸这印没刻完整，若是完整的追魂印，每到木星运行到大火之时，都要连续多日经受这一遭。”

甘华拾起樱招未被少年牵住的左手，却发现她腕上那道可怖的印记，竟然渐渐消停了下来。

奇怪，上一次发作明明花了整整三日才好，这次时间竟这么短吗?

一旁的贺兰宵焦急地问道：“师父怎么样了？”

“脉象已经……平稳了……”她沉吟着看向贺兰宵，“你方才有做过什么处理吗？”

贺兰宵摇摇头：“没有，第一时间便传信于您了。”

这便奇怪了。

这次发作的契机，应当是樱招的记忆发生了松动，但为何会突然平稳，却让人摸不着头脑。这招魂印总共只发作过两次，这两次唯一的变数是身边多了个徒弟。

尤其这徒弟还身份不明，来历只有参柳知晓。

虽然她和风晞多多少少也能猜到一些。不过，眼下这些话都不好对少年明说。

“你做得很好。”甘华没再追问，从袖中掏出一颗凝魂丹给樱招喂下，再细细用手帕将她额间的汗珠擦拭干净。

一系列动作做完，见樱招的确是无碍了，她才站起身来，对着贺兰宵嘱咐道：“别多想，你师父睡一觉应当就会好的。照顾好她，我这便走了，不用送我。”

“是，甘华长老。”贺兰宵在原地施了一礼。

门外，傀儡人还尽职尽责地举着甘华那根没吃完的肉串，她走过去，接到手里，咬了一口。

凉透了。

正打算一扔了事，却在半道改了主意。

热一热还能吃，不如借风晞的炼器炉一用，火候他必然能掌握好。

夜已深，北垚峰上风更大了一些，吹得廊角的风铃不住地响动。摇摆不停的树影印在窗纸上，如同少年的心，晃荡荡的，落不到实处。

洒扫傀儡将门窗闭紧，自去睡了。

整座北垚峰又如同往常一样，只剩下师徒两个大活人。

不同的是，这一次，贺兰宵在樱招的房中。

樱招吃了凝魂丹后，一直在沉睡，手劲却没松，将贺兰宵的手拽着，侧身枕在脸下。小巧的脸蛋就这样无意识地赖在他的掌心，有时还会极其亲昵地蹭一蹭。

贺兰宵坐在樱招的床边，觉得经脉灼热的人仿佛是他自己，不然他为什么会这样焦渴？

正式拜师以来，他还从未在樱招房间逗留到这么晚，也从未这般肆无忌惮地盯着她看过。不止如此，很长一段时日，他都没有再踏足过师父的房间，说上几句话。

因为这里的气味令他有些痴迷，经常会有乱七八糟的想法不合时宜地冒出来。

方才，替师父将被角掖好时，他还很无耻地，悄悄闻了一下她的发顶。

好香，有股甜味。

这种心脏剧烈跳动到痛苦不堪的感觉，明明应当畏惧，明明应当远离，就像他一直以来做的那样，虽然很拙劣，虽然更难受，但总归一直在正轨上。

这一切却在今晚破了功，他握住樱招的手，放任自己越来越沉溺。

掌心托住的那张脸，与他只隔着一臂的距离，他趴在床沿，就这样看着樱招，看着她的面色由苍白渐渐恢复红润。

也许她的脸是被他掌心的温度烫红的。

他胡思乱想着，没有注意樱招已经睁开了眼睛。她的视线雾蒙蒙的，瞳孔闪动，略微涣散，被他的影子罩住，莫名有种很脆弱的感觉。

这是他从未见过的师父……

对上她的视线，贺兰宵感到一阵不可抑制的耳鸣。他不知道该如何解释现在的境况，但他倔强地没把手从她头下抽回，而是执着地抿住双唇。过了半晌，他才终于开口：“师父，我不是故意要气你的，我只是……不喜欢……不喜欢你夸别人。”

樱招却根本没听到他在说什么，她似乎陷入了某种梦魇，还未回到现实。她就这样呆呆地将脸伏在他的手臂上，然后，伸出一只手，极其自然地摸了摸他的左眼。

那里藏着一颗很漂亮的小痣，只有他闭上眼睛才能让人看到。

指腹下，少年顺从地将眼睛闭上，甚至为了让她抚摩得更方便，竟伸着脖子凑近了一些。

于是樱招满意地笑了笑，指尖熟稔下移，滑过他的侧脸、鼻尖，最后一指点在他的唇瓣上。

这样的恩馈，对于贺兰宵来说已经远超负荷了。他的呼吸完全不听使唤，纷乱到艰难的地步。

心底某些很糟糕的想法被轻易诱发，冲动之下，少年竟一把捉住她的手腕，温柔又克制地张开唇瓣，将送到嘴边的手指吻住。

一下，两下，吻到樱招指尖蜷缩。

他的发丝不知何时已经垂到了她的脸侧，呼吸相触间，师徒二人的距离亲密到突破了界限。

正因为凑到这么近，贺兰宵才发现，樱招的眼睛里面好像含着两汪清泉，眨一眨眼，就流下两行泪来。泪珠沿着她的面颊滑下，沉重地打在他掌心。

他停下来。

即使非常不愿意承认，但尚存的理智告诉他，樱招此刻并没有看向他。她始终没有开口说话，一双眸子尚未聚神，似乎在透过他这张脸，看向旁人。

“别哭了，师父，”贺兰宵伸手将她眼角的泪拭去，轻声哄道，“别哭了。”

软靴踏碎霜层，四周有晚鸦在噪。

樱招在寒冷的夜气中，意识到自己正在做梦。

追魂印的发作令她的意识出现了大片的空白，反应过来时，她已经哭了许久。

沁人心脾的木香混杂着血腥味萦绕在她鼻尖，她猛地睁开眼，眼前却雾蒙蒙一片，什么都看不清。

她只知道自己手上黏黏腻腻的，散发着血腥味，但她沾上的却不是她自己的血。

究竟是谁的血呢？

修士原本寒暑不惧，她却在此刻感受到刺骨的寒，双膝都快要支撑不住。一双臂膀稳稳地将她架住，她抬起脸，感受到自己眼角的泪被人轻轻吻干净。

“好端端的，怎么又把自己弄成这个样子？”他这样问着，摸了摸她的脑袋。

她怎么知道？

樱招根本不知道他在问什么，自然也无从答起。倒是他，那股血腥味，是从他身上传来的，他没事吗？

像是读懂了她的焦急，他缓缓贴近她，直到全然将她环住：“我没事，樱招，所以别哭了。”

啊，原来那股好闻的香味也是他身上的。陌生又熟悉的香味驱散透骨的寒，她感觉暖和了一些。

可在这瞬间，他却不见了。

樱招只好踩着枯叶往前走，那股沁人心脾的香味又渐渐变得浓郁。蒙住双眼的雾气随之散去，映入眼帘的场景却十分蹊跷。

她看到了……一棵树？

是一棵极其巨大的、亘贯天地的树。

粗壮的根茎张牙舞爪地扎进地底，巨大的树身直冲云霄，树冠遮天蔽日，即使是散开神识，也一眼看不到尽头。

更为奇特的是，这棵树，一面是繁茂枝叶，千万种绿色层层叠叠，风一吹便如冲开了玻璃皱，美到失语；另一面却遍布着炙热岩浆，黑黢黢的枝干竟未被岩浆烧毁，而是任其流淌，直至渗入地心。

可梦里的她并未对此情景感觉到半分惊讶，而是轻车熟路地纵身一跃，寻到一处枝丫安稳坐下。攀附在树身上的藤蔓簇拥过来，她侧了侧身子，后颈寻到一处适合安枕的叶片，她打算就这样窝着，什么也不做。

月光被叶片搪住，四周一片昏蒙，远近的山鸟声伴着好闻的木香将她围绕，她觉得极为安心。就好似，她跋涉了那么久，用尽了所有的力气，最终只是为了抵达这里。

“樱招。”

耳畔有一道男声在唤她的名字，她睁开眼睛，忽觉自己被人搂进了怀里。

是方才那个人。

“嗯。”她不自觉应了一句，在这当口才辨认出他的声音其实有些耳熟。但他讲话的语调应当再冷一些，而不是像现在这样，柔软得叫人无法拒绝。

一只大手轻轻地将她的脸掰过，她顺着力道回身，还未看清他的面容，便已被对方吻住。

她头昏脑涨地被他捧着脸，细细亲吻了许久。

“想我了吗，樱招？”他伸出手指压着她的唇瓣问道。

想他？

她为什么要想念一个连面容都看不清的人？

“我才……”

“你才不会想我。”他喃喃一声，语气有些委屈，“你都把我忘了，又怎会想我……”

她本能地感到一阵心慌，急于解释，但他已经不再试图和她交流，只低着头轻笑一声，又依依不舍地凑上来堵住她的嘴。

于是她尝到了满嘴的木香，倏忽间又像是咬了一口桃子，甜蜜的汁液流淌在牙关中，她听见自己心跳如擂鼓。

等等……

桃子？！

惊慌失措间，她一把将对方推开。蒙住双眼的雾气在此时完全消散，而男人的面容正清晰地出现在她眼前。

第肆章 秘境试炼

她的记忆已悄然被送到她身边。

这一次，

应当会是个皆大欢喜的结局吧。

樱招发誓，自己从未这样失态过。

在看清男人面孔的瞬间她便直接被吓醒，意识到自己正处在卧房时，她下意识地扯过被子，将自己全身裹紧。

半晌之后，她悄悄掀开一个被角，坐在床上将自己从头至脚打量了一番，发现自己上下衣物皆完好无损时，才轻拍着胸脯试图平复呼吸。

根本平复不了，心脏快要蹦出胸口，脸上的红晕迟迟无法褪去。

灭顶的羞愤将她席卷，她泄气般地捂住自己的额头，沉沉地呼出一口气。

她处在二八年纪时很少会有那些恼人的少女情怀，山外流行的话本都是些春闺怅惘的故事，看着于修行无益，倒不如多背几本剑谱来得实在。没想到她却在年近九十的年纪，像开了情窍一般，在梦里被勾得心神荡漾。

梦酣春透就算了，可怕的是做梦的对象。

太禽兽不如了，梦里那张脸，怎么可以……

怎么可以是——

贺兰宵呢?

对于昨晚的记忆，她只停留在自己倒在院子里的那一刻，后面发生的事情都有些恍惚。甘华师姐似乎来过，给她渡了不少灵气，还喂了一颗极其珍贵的凝魂丹。

凝魂丹是滋养神魂的灵药，由玄机堂掌门亲自炼成，一年也就炼那么五颗。甘华师姐每年都会花重金购入一颗给樱招当生辰礼，以助她稳固神魂。现下应是见她情况危急，也顾不上那么多，直接死马当活马医了。

那师姐是何时走的呢？

还有，贺兰宵，昨晚……一直在哪里？

清晨的北垚峰有各种鸟雀在啁啾，朝阳轻纱一般透过窗纸照进来，看来今日会是个晌晴天。她散出神识搜寻了一圈，整座北垚峰一切正常，草木有序苏醒，傀儡们也开始陆续上工。

而贺兰宵正在房外凝神打坐，气息均匀，似乎已入定多时。

没有人捣鬼，是她自己，无端地妄起非想。

梦中的场景实在光怪陆离，那棵亘贯天地的巨树，一看便知绝非凡世之物。观其形态，倒有些像神话传说当中提到过的那棵连接三界的扶桑树。不过那等上古之物，谁也没见过，谁也无法下定论。

不过，眼下的问题并不是这个。

樱招揉了揉额角，只觉得梦中那股令人心悸的感觉仍然攀附在她的四肢百骸，罪恶的蚕丝将她紧缚，她闭上眼，双腿盘起，试图用清心咒让自己恢复正常。

不知过了多久，门外响起了规整的叩门声。

是贺兰宵，他做完早课后，跑来向她问安。

樱招深吸一口气，整理好衣裙，绕过屏风，在屋中端坐好，才出声让他进来。

雪清劲瘦的一道身影自门缝中显现，清凌凌的朝阳随着少年一起踏入房间，带着崖顶干燥的松风一同逼近，樱招又闻到了他身上微微甘甜的冷桃味。

少年自踏入房门之后，便一直没看她，不知在想些什么。

还是樱招先开口："我昨夜是什么情况？"

"师父昨夜因为追魂印发作，晕在了院中，弟子斗胆通知了甘华长老，才堪堪将情况稳住……"他垂着脑袋，露出一截白玉似的脖颈。

至于她是如何进到房间，又是谁在她床榻边守了一夜，还有，那道差点被打破的界限与她决堤般的泪水，全被他哽在了喉头，只字未提。

也许会一直烂在肚子里。

樱招轻吁一口气，原来师姐的确来过。

“师父，现在感觉如何？身体利索了吗？”贺兰宵终于看向她，面容平静，语带关切。

樱招以为清心咒好歹能起几分作用，然一对上贺兰宵的目光，她便又想起梦中那张脸，慌乱之下倒没察觉到梦中的贺兰宵其实要比现在年长几岁。

“无事。”她心乱到完全无法看他，面上却装得肃然，“你既已目睹，为师也不瞒你，这追魂印时有发作，一发作便是这样，痛至昏厥。你作为我唯一的弟子，又有这般根骨，今后更需坚定道心……”

她这样信口胡诌时，尚能克制住自己不要想太多。

毕竟梦里的一切场景皆与贺兰宵无关，她告诉自己，这一切只不过是她的妄念。不知从何而起，但必然会消失。

可不知为何，她竟蓦地想起了梦中的那个男子用满是血腥味的身躯将她揽进怀中的场景。

一丝克制不住的杀意浮现在心头，正如弟子遴选当日，她毫不犹豫地对着贺兰宵拔剑一般，此时她看着他，竟本能地想要杀了他！

“师父，弟子明白，弟子今后必定会一心向道，不让师父失望。”

贺兰宵细细地回话，他总是这样，不管樱招说什么，都会给予回应，尽职尽责地恪守着弟子的本分。

话音刚落，便听见樱招从牙缝当中挤出一声——“滚！”

他以为自己听错了，一脸震惊地抬头看向樱招，却见樱招一手捂住脑袋，另一只手对着门口一拂。不容抵抗的灵力从掌心激荡而出，在他反应过来之前，已被那道灵气卷住身子，一把推出了房间。

两道木门在他面前重重地合拢，力道大得像是压制着巨大的怒意。

“师父！”他不明所以，急急走上前去轻拍着门问道，“师父，你怎么了？”

樱招脑子一片混乱，灵气在气海中乱窜，浪潮一般几乎要冲破身体。她强行压制住体内躁动不安的杀意，几乎是从齿缝中蹦出几个字：“别烦我！滚！”

她害怕，怕他要是再待下去，自己真的会一时失手，将他斩于剑下。

门外的贺兰宵被她吼得浑身一颤，有些不知所措。他没有再说话，只是盘腿坐在门外等。

房内激荡的灵力花了一炷香的时间才平息，但樱招一直闭门不出。

秋天易晚，他守在她房前直到天色彻底暗沉，才起身对着门板道：“师父，弟子告退了。”

门内无人应答，贴在门上的手徒劳地弯曲了几下，放下的时候连嘴角也一同垮了下来。一步三回头地回了自己的小院，他想着应当是自己做错了什么，或许是他昨夜态度不对，师父还未气消。

等到第二日他再好好赔罪。

可第二日他却没有见到师父。

因为师父闭关了。

而师父闭关前对他说的最后一句话，是叫他滚。

平心而论，樱招并未觉得自己闭关闭得有多突然，她孑然一身惯了，在道心受损、境界不稳的情况下，哪里还顾得上旁的事物。她匆匆传音给了苍梧山的几位长老，便了无牵挂地将自己关进了北垚峰积石洞。

修士修仙，妄想与天同寿，越是高阶修士进阶越是凶险。她自睡了十年醒来之后，便一直处于境界不稳的状态，可以说近二十年未得寸进。

虽说进阶一事也得讲究个机缘，急功近利反倒容易生出魔障。但如今她魔障已生，早日稳住道心，才是她眼下最重要的事。

至于那个无辜被自己迁怒的弟子，樱招心想，罢了，由他自生自灭吧。双头虎已不是他的对手，他想摘祝余草，自去摘便是。苍梧山课业安排得合理，筑基期的低阶修士需要她亲自指点的时候不多。

倘若他真的有什么问题，其他几位长老必会有所察觉。

她现在最不应当想的人，便是自己这位年仅十七岁的徒弟了。

这一闭关便是整整一年。

她原本只打算找个清静地稳住道心，但阴错阳差间，也算是小有所成。一直未能完全稳住的境界，反倒比之前还要精进不少。

如今她灵台清明，自是神清气爽。

参柳身为掌门，事务繁忙，未在她殿里逗留多久便离开了。临走时给她留了一封战书，是在她闭关期间送来苍梧山的。

虽说樱招第一剑修的名头响亮得很，她自己也并未觉得高处不胜寒，但对于生性好斗、谁也不轻易服谁的剑修们来说，她已经成了快作古的传说。毕竟，二十年未出山，也未与人对战过，谁知道境界是精进还是退步。

她在剑修榜榜首的位置待久了，也是时候退位让贤，给年轻人一点机会了。

给她下战书的是东极门掌门首徒离霜，樱招对此人有些许印象。犹记得某年仙门大比时，离霜的表现极为出色，称得上是年轻一辈中的翘楚。据参柳说，这些年来剑修榜上有名气的前辈们一个个全被她挑落，如若这次她真能把樱招给拉下来，那榜首就得重新易主了。

“你也可以不接，”参柳走前还在碎碎念，“毕竟你跟她差了辈分，到时省得别人说你欺负小辈。”

樱招却是一脸兴奋：“现在的小辈们这股狂妄劲儿很不错嘛！不过，我更喜欢把他们打得满地找牙的滋味！”

拳头被她捏得关节作响，参柳看了她一眼，不甚放心地走了。

天色晴好，樱招走出大殿，散出神识在北垚峰巡视了一番，觉着溪山翠竹、枯松绝壁哪哪都可爱，回到小院收拾行李时才发现自己的凝魂丹哪哪都找不到。

樱招闭关一年忘了吃，此番出山也不知会有何际遇，还是带一颗在身上比较保险。

兴许是贺兰宵帮她收着了。

她正准备去找他，房门却被人敲了敲，她抬头看见贺兰宵站在门外，似是有话要说。

未得到师父的允许，贺兰宵没有踏进房内。上次他踏足这个房间时，还是一年之前，他被她枕着手心睡了一夜，接着被她一掌推了出去。

他已经不想去回忆第二日哪里都看不到师父时自己究竟是什么心情，说是险些发疯也好，总之不是什么可以自行排遣的情绪。

他在樱招的房门前枯坐了一天一夜，望着北垚峰顶长青的松树发呆。她留下的傀儡们起初都在沿着既定的轨迹忙活，后来一个一个地聚到了她的院子里，坐下来陪着他一起等。

包括那个樱招特地为他改良过的对战傀儡。

木雕傀儡和少年一样，都失去了主人，于是吹过山顶的风也变得料峭。

参柳在第二日傍晚终于记起樱招还有个弟子，赶过来告知贺兰宵樱招已闭关，贺兰宵才终于得知师父的去处。

当贺兰宵被问及要不要暂时去不嚣峰和其他弟子一同住时，他说不必了，他要在这里等师父回来。师父出关时若是见不到他，说不定又要怀疑他干了什么坏事。

樱招向来对他不放心，要放在眼皮子底下看好才行，所以他要留在这里，让师父出关后一眼就能看到他。

虽然不知道她是否还愿意再见到他。

参柳没有勉强，而是意味不明地看了他半晌，才嘱咐道："若是有什么需要，尽可以去不嚣峰找我。"

"掌门，"贺兰宵突然叫住他，问道，"我是不是和您的某个故人长得很像？"

这样的疑虑，他一早便有。虽然参柳表现得不甚明显，但他隐隐约约觉得，参柳在透过他的面容，找寻某些痕迹。

师父追魂印发作的那一晚亦是如此，甚至给他的感觉更为强烈。

那样的眼神，绝对称不上清白。

但却不是对他。

“为什么这样问？”参柳却轻笑一声，反问道，“你觉得迄今为止，在我们苍梧山，有谁把你当成替代品过吗？”

该说参柳不愧是老奸巨猾吗？他将问题抛回来，而贺兰宵此时却根本没法静下心来思索答案。于是这个话题便这样不了了之。

不了了之的事情还有很多，他一早便给师父备下的生辰礼，那颗花了好几个月才种出来的文玉树玉石，就这样在他的乾坤袋中积了灰，再也没机会送出去。

师父闭关的一年以来，他曾无数次坐在师父的房门口，背对着空空如也的房间，不安地想是不是她已经发现了他的秘密。

他有两个秘密，半魔之身是为其一，他无法选择自己的出身，只能寄希望于师父有朝一日能对魔族改观，那时他必会向她坦白一切，希望师父能原谅他。

还有一个秘密，除了师父闭关前的那一夜，差点失控，其余时候他分明掩饰得很好，谁也没办法知晓的。

他从来不敢光明正大地打量师父，尽管他在十岁那年就已经能纯熟地画出她的模样了。眼神能传递出的情绪太多，师父神识过于强大，被人盯久了总是会很警觉，他只能趁她不注意时偷偷看她几眼。

他在不知爱为何物的年纪，就好像已经爱了师父很久。

这两个秘密，不管哪一个败露，师父那句“滚”都是那样理所当然。

“宵儿，你来得正好，”樱招冲他招招手，“你可记得我的凝魂丹放哪里了？”

贺兰宵踌躇了一瞬才踏入房中，他伸手指了指窗户旁的梨花小桌：“您自己放在了那个抽屉里。”

樱招走过去一看，丹药瓶果然在里头，和几个荷包堆作一处。她将丹药瓶收进乾坤袋，回身道：“还是你细心。”

贺兰宵低头不语，樱招看着他，亦没有说话。

他原本就不是活泼的性子，亦不会像别的弟子一般会对着师父撒娇卖好。师徒二人一年未相处，比之从前好似生疏了不少。在殿上匆匆一面还能勉强寒暄几句，如今四下无人，倒一下陷入了无话可说的境地。

诡异的沉默在空中蔓延，贺兰宵忽然想起自己过来的目的，正打算开口，樱招却先他一步问道："你来是为何事？"

他定了定神，答道："海藏秘境过几日便会开启，明日我将随同门一起去鹿吴山，我是来向师父辞行的。"

位于鹿吴山的海藏秘境算不得什么凶险秘境，但也有比较厉害的妖兽坐镇，试炼程度中等，几乎可以说是为筑基期弟子们量身打造。但不是所有门派的筑基期弟子都有资格进去，因为低阶弟子人数众多，各大仙门需要先进行一轮门内比拼，以此筛掉大半人选，胜出者才能入秘境试炼。

苍梧山是修仙大派，山内有不少秘境可供门内弟子和其他修仙门派一同试炼，但那些秘境太过凶险，不适合低阶修士，所以暂未到开启的时候。

贺兰宵既然要随同门一起去海藏秘境，那他已经通过门内比拼了？

少年立在她面前，松枝一般的身形，已经宽阔挺拔到她需要抬起头来看他。

他其实是个特别温柔的人，但他的神情总是过于冷漠，唯独那双覆在宝石般眼睛上的睫羽，眨动起来时会偶尔流露出容易受伤的情绪。

不过一年时间而已，樱招突然觉得自己错过了他很多。她担着一份师父的责任，却因为自己的错误将他无辜迁怒，不声不响将他扔下，也不知他是否怨她。

若她开口问，他定会回答"毫无怨言"吧，毕竟他一向是个宽容忍让、从不开口索取的孩子。

樱招未来得及收拾好的东西散乱地摊在床几椅案上，她指着案台上堆着的几颗夜明珠说道："那你帮为师收拾下行囊吧，明日为师送你过去。"

"师父……"贺兰宵喉结轻滚，"您不必如此麻烦。"

樱招轻轻敲了敲他的脑袋："想什么呢？顺路而已，没见为师早就在收拾东西了吗？"

"啊，是。"他这才留意到樱招的确像是要出远门的样子。

"有人下了战书给我，约定的地点离鹿吴山不远，刚好我可以送你一程，"樱招说，"明日你不必随他们一起走了，你与我一道，路上师父再传你一套剑法，保你在秘境中拔得头筹。"

她见他仍旧低着头沉默不语的模样，有些疑惑，上前一步问道："怎么了，你不高兴？"

少年略微泛红的眼角令她的问话滞涩住，她情不自禁地靠过去想看个仔细，他却在她靠近的瞬间退后了一步，侧过头眨了眨眼睛，再看向她时神色已如常，仿佛那一眨眼的脆弱只是她的错觉。

他甚至勾起嘴角冲她笑了笑："当然高兴啊，师父，能够得到师父的真传，简直太好了。"

冷漠到不近人情的面容，却长着一双艳丽的唇，笑起来竟让人移不开眼。

"行了行了，"樱招有些费力地收回视线，转过身忙活起来，"这一年是我疏忽你了，以后师父会多多关照你的。"

再看下去，她闭关这一年的工夫便要白费了。

北垚峰一向很安静，傀儡虽多，但从来不发一语。鸟兽间或发出几声叫，却显得越发寂静。唯有樱招絮絮叨叨的声音是真实的、有生气的。

贺兰宵知道，樱招一向没有心。

所以她不会在乎他，更不会察觉出他不可告人的心思。

幸好，幸好她没有发现。

次日，樱招是被贺兰宵的敲门声吵醒的。

她一向懒散，出远门也没个时间观念，一觉醒来天色已经大亮。师徒二人匆忙赶到山门口时，与贺兰宵同期的弟子们早已穿过山门，御剑飞远了。

苍梧山山门大阵内被祖师爷下了禁制，进出山门之路有阵法三千。

二十年前樱招将斩苍斩杀之后，为防止魔族中人前来寻仇，山门阵法又被加固了几层。弟子们出山时带着令牌虽无须一关一关闯过去，但在强力禁制之下，亦无法使用任何术法，只能徒步穿过山门。

樱招原本想带着弟子出出风头，然而此时山门口除了几个出来送行的长老，四周一派寂静。秋风刮下来几片落叶，居然有种人走茶凉之感。

她面子上挂不住，只好给自己找补："进出山门这段路除掌门外都只能用脚走，他们也刚刚走出去，御剑飞行也飞不了太远的。我用瞬行法带你过去，不过三息便能到，届时你必定是第一个到的弟子。"

贺兰宵其实不太在乎自己是不是第一个到的，他只是觉得三息时间太短。

"那到了鹿吴山，师父是要先走吗？"他问，语气当中也不知道在期待些什么。

樱招摇摇头："不是说了还要教你剑法吗？为师会陪你到秘境开启的。"

他又笑了，看起来很高兴的样子，明澈的眼里盛着秋日的天："多谢师父。"

迎面撞上好整以暇看着她的几位长老，樱招没急着打招呼，而是先对着贺兰宵说道："瞧瞧，师父对你好吧，别的长老就送到山门口而已，哪像我，一路将你护送过去。"

语气中倒是全然忘了自己只是顺道送他。

"樱招。"参柳走到她面前，"又在这里瞎说什么？"

樱招这才笑嘻嘻地唤他一声："师兄。"

贺兰宵一一向各位长老行过弟子礼，便自动走远几步，立在一旁静静地等。

门中事务繁忙，自三年前弟子遴选过后，师兄妹四人平日里从未有机会聚得这般齐。接任峰主之前几人倒是经常一起插科打诨，不修炼时还能凑一桌打马吊，各自开宗之后逍遥日子便一去不复返了。

临别前，甘华拉着樱招的手仔细嘱托道："凝魂丹记得吃，有什么解决不了的问题，若觉得传信给师门太远，记得去蓦山楼报我名字。"

蓦山楼是中土最大的妖商连锁商铺，分店遍布九州大陆，近几年甚至开到了魔界。只是极少有人知道，其背后的老板是仙门中人。

樱招感动得热泪盈眶："师姐，你对我真好！你放心，我不会和你客气的，每到一座城镇，我定会先去蓦山楼搜刮一番。"

难得甘华这么大方，她当然得抓住机会狠狠宰她一笔。

甘华赶紧松了手："那倒……也不必，师妹你，悠着点。"

风晞在旁轻笑一声，甘华恨恨地瞟过去，他才及时敛了神色，冲樱招道："时候不早了，还是快上路吧。"

秋风摇漾，刮起几片枯黄落叶，时近晌午，阳光从树叶缝隙中漏下，落在脸上有些灼人。时候的确不早了，樱招看向一旁微笑不语的参柳："那，掌门师兄，我这便走了。"

"行了，"参柳点点头，"再耽搁下去便要到明日才能出发了。"

本想再叮嘱一句早些回来，但出山历练境遇万千，苍梧山对弟子们都从未有过这般规矩，更何况如今她已是一峰长老，什么时候回山又有谁能管得住她。只是他仍旧习惯把她当小孩看待罢了。

他默了一瞬，才对着贺兰宵道："照顾好你师父。"

"是，掌门师伯。"

几句话完全没人觉得不对，就连樱招自己也没回过神来自己竟然被拜托给了一个还未及冠的筑基期少年。

看着师徒二人渐渐远去的背影，甘华侧头看向参柳，叹道："压了她三封战书，终于舍得给她了？"

“总不能一辈子将她留在苍梧山吧？”参柳哈哈大笑几声，声音渐渐低了下去，“师父知道了也会怪我的。”

想起当日琅琊台上，几乎丢了半条命的樱招不顾自己浑身血迹，强行在自己胳膊上刻下追魂印，却由于被师父打断而哀求得泣不成声的情状，三人皆是一阵沉默。

甘华其实从未见过斩苍，也不知道樱招和那个传说中一出生便拥有天魔之力，令整个修真界闻之色变的魔头之间有什么过往，她只知道自己这个师妹从小便是心绪宽阔、活泼可爱之人，没心没肺地什么都不放在心上，不知愁苦为何物。

她记得，樱招在情窦初开的年纪，除了练剑修行，对好看的少年郎也是兴趣极大，一月能换三个心动对象吧，不是这个峰的师弟便是那个峰的师兄。

对此参柳很是嫉妒。

同门几人在院子里看星星时，参柳甚至指着风晞道：“小师妹，你也看看你这几个师兄好吗？你三师兄不好看吗？”

还没等樱招回答，风晞便握紧了手中的炼器卷轴闪到甘华身后，一脸冷漠：“别扯我，与我无关。”

参柳不甘心，继续问道：“那你大师兄我呢？这么丰神俊朗，哪里是别的峰的小鬼头比得上的。”

樱招看也未看他：“对不起师兄，我不喜欢老男人。”

比樱招整整大了六十岁的参柳被她气得足足三天没和她说话。

不过樱招的喜欢的确很短暂，通常在他们记住名字之前她便换了人选，被问及为什么这么快便移情别恋时，她给出的回答总是“他们打不过我，太弱了”。甘华这才明白过来兴许在樱招心里根本没弄明白什么是喜欢。

她以为师妹便是这样一个没有常性，看似极好接近，但谁也不会走进她心里的人。

樱招去魔界寻刑天那几年，甘华刚好在闭关，闭关出来便被一脸凝重的师父通知樱招出事了。

师徒几人赶到琅琊台时一切皆已结束。

樱招的泪水许是在斩苍魂飞魄散的那一刻便已流干，被师父抱起时眼眶里已经渗不出泪来，然而神色却凄惶到令人不忍心看。

只刻了一个“斩”字的胳膊有金印在流转，然而作为天罚之印，这等禁术刻在发肤之上哪里会轻易让人好过。樱招疼得浑身发抖，却仍旧死死揪住师父的衣袖不撒手。

“我快要忘记他了，师父……

“斩苍那个坏人，他把我的记忆抽走了……他要我忘了他。

“求您了，师父……您让我把他的名字刻完，只有追魂印能把我的记忆留下来……

“我不能……我不能忘记他的……我怎么能把他杀了之后还把他忘了呢……师父……”

刺骨的冬风将她强忍疼痛的声音吹散，天空堆积着厚厚的灰白色积云，翻滚着落下飞花似的雪片。一大片雪花落在樱招脸上，和她脸上的血渍融在一起，显出刺目的红来。

“好疼啊，师父……我怎么会这么疼……”她的声音渐渐虚弱下去，眼神空洞失去了焦点，像是忘记了什么重要的事情，只记得全身经脉淬火似的疼。

师父向来铁石心肠，在那一刻竟也红了眼眶。

最后是师父在樱招头顶施了昏睡术，才将人成功带回了苍梧山。

转眼二十年已过。

师父渡劫之前最放心不下的还是樱招，因为强行被抽掉的记忆总有一天会露出破绽。

“师父说，能瞒一天是一天，但师父也说，记忆到了该回来的时候，瞒也瞒不住，樱招无法改变，也躲不过。”参柳将目光从远处贺兰宵的背影上收回来，“如今到了她该寻回记忆的时候了。”

她的记忆已经被送到了她身边。

这一次，应当会是个皆大欢喜的结局吧。

参加试炼的其他门派弟子都到得十分积极，提前半月便已将鹿吴山附近的客栈全部订满，周边小镇一时之间热闹非凡。

苍梧山作为修仙大派，虽向来喜欢压轴出场，但前期的住宿问题亦会考虑周全，负责接引的弟子早早地包下了大半客栈的上房作为据点，看上去的确是风头无两。但参柳不喜欢铺张浪费，因此住房的间数是定额分配。

樱招临时决定跟着贺兰宵过来，到了客栈才发现自己没有房间住。眼看着客栈如今已是人满为患，负责接引的弟子更是诚惶诚恐。贺兰宵当即要把房间让出来，自己去和人挤一挤。

“是我临时起意要过来，不怪你们，”樱招说，“一切照旧便是，我自有去处。”

樱招的去处是她早些年寻得的一件灵宝，名为“紫云壶”，巴掌大小的酒壶，里面却藏着一个洞府。她是不擅长发现生活中美好的那类人，一个人出门游历时几乎过得一塌糊涂，风餐露宿是常事。

她得了这个法器之后也没怎么拾掇过，洞府内只有一间木屋和几样简单家具，花鸟虫鱼全无。粗是粗糙了点，但幸好她十分爱干净，在壶内辟了一湾温泉出来，偶尔泡泡温泉便算放松了。

“你师父我好歹也是个化神，怎会被住宿这种问题难倒？”她坐在贺兰宵房中，冲他晃了晃手里的紫云壶，“这东西虽然比不上师兄的月魄钟，但出门在外也够用了。”

贺兰宵目光扫过她手上精致的小壶，问道：“那师父夜里是宿在我房中？”

虽然的确是这么回事，但这话听起来有些奇怪，他自己说完也悄悄红了耳朵。他抬眼望她，猝不及防撞上她眼神，又巴巴解释道：“我……弟子不是那个意思，只是怕，有损师父清誉。”

“什么清誉？”樱招愣了一瞬，才反应过来他一直挺注重男女之防的，小小年纪便被养得一身规矩。

她无奈道：“啊，你说那个啊，我坦坦荡荡，又有谁敢置喙？”顿了顿，她又问，“还是说你怕有损你自己的清誉？”

“没有。”贺兰宵赶紧摇头，耳朵不知怎的更加红了。

樱招以为是他不好意思拒绝，便说道：“那不然等苏常夕来了，我将紫云壶放她房里好了。”

那小姑娘她还挺喜欢的，人可爱又聪明，嘴还甜。

“不是！师父！”他这下急了，赶忙阻止，“您不要让苏常夕看见您了，不然她又要缠着您。”

苏常夕就跟她自己没师父一样，一看见樱招就凑上来。

“哦……”

樱招还没来得及说什么，便见他一把抢过她手里的紫云壶，目光灼灼地盯着她道：“师父，您……哪里都不要去，就在这里，可以吗？”

在樱招闭关之前，师徒二人在北垚峰经常会有这样类似的对话。因为贺兰宵性子太闷了，做什么都慢条斯理，很少会有急眼的时候，被樱招逗急了才会显露出一点少年心性。

但他看起来总是开心的，不像现在，小心翼翼地好似装满了心事。

不过，他也的确到了有心事的年纪了。修士修行，与天争寿，最是容易滋生烦恼与欲望，哪能如同少时一般事事如意呢？

“好啦，”樱招别过眼，“我哪里都不去就是了。”

苍梧山众人御剑速度慢，要夜间才会到。下午樱招将贺兰宵带到壶中，传授了他一套剑法和阵法。

她只教了一遍，便把他扔在了壶里自行练习，自己则出了紫云壶，坐在房中入定调息。

修行到她这个境界，已经不需要锻体，破境讲究的是个“顿法”，因此她每日仍是以修心为上。

贺兰宵这等低阶弟子则不一样，更需注重日常积累的“渐法”，修心、锻体缺一不可。

一下午的时光很快过去，黄昏时分，夕阳的余晖带着街边小贩的叫卖声一起漫过窗棂，平日里在北垚峰鲜少感觉到的烟火气将厢房填满。晚鸦停在檐角嘎嘎叫，樱招睁开眼，看见贺兰宵不知什么时候已经从紫云壶中出来，此时正坐在窗台上。

身影背着光，她只看清了一道轮廓。

他是否一直在看她，她不确定。

“练好了？”她问。

“嗯。”他跳下窗台走近，“师父要检查一下吗？”

樱招摇摇头：“不必，你心里有数就好。”

贺兰宵学什么都很快，她从不担心他夸海口。

“你刚刚在看什么？”她又问，“外面很热闹吗？”

地地道道的世家小公子如实答道：“比不上金陵城，不过，我没有感受过。小时候一直不被允许出门，大一点便直接被送来修行了。”

这是他入苍梧山后第一次下山，镇子虽小，但由于这几日挤满了修士，所以周边村落的小贩们全都闻声赶了过来，在街边摆了一长溜摊子，红红的灯笼挂着，比平日里繁华了不少。

正值晚饭时间，虽然樱招已辟谷，贺兰宵亦不需要摄入五谷，但窗外香烟乱飘的场景倒是勾起了樱招不少兴致。

“出去逛一下吧。”她说，“刚好你也没逛过。”

“嗯！”

他点头的速度未免也太快了一点，脸上堆着的笑意多少有些孩子气，这让樱招有些想摸摸他的脑袋。她动了动指头，正欲将手伸过去，却突然闻到了夹杂在窗外各色食物的气味中的一丝魔气。

她神色一凛，“噌”的一下站起来，和站在对面的贺兰宵对视了一眼。接着她直接从窗边一跃而出，追着那股气息瞬行而去。

贺兰宵没有丝毫犹豫，下意识便跟着她追了过去。

一路疾驰到了一片僻静树林，她见四下已无人烟，才凝聚灵力从掌中放出几道闪着金光的飞刃。

飞刃带着凌厉的攻势划破长空，“嗖”的一下将一道黑影牢牢钉在地上。飞刃没有实体，乃是灵力化形，金色光芒看起来漂亮，却蛮横无比。

黑影被钉住四肢，一动弹周身经脉便如同被刀刮过一般，剜心刺骨。一口黑血喷出，黑影才喘着粗气显形。

魔族中人自诩为美丽又强悍的种族，寻常形态下和人类看起来并没有什么不同，只是身形更为高大健硕，显出魔形时才会在头上长出魔角与利齿。有些通体漆黑，有些具有某种兽态，总之千奇百怪。

魔族的修行法门与修士不一样，等级划分也不同。功法由低到高分为四象，分别是玄楼象、魂门象、星宿象与幽夜象，每一象又有低、中、高三个等级。魔族以前的左右使包括四部战将的主将全是幽夜象的高手。

而死在樱招剑下的魔尊斩苍，则是凌驾于这四象之上的存在。

没有人知道当年他的实力究竟有多强，正如樱招自己也无法想象二十年前，她究竟是如何将其打败的。

或许那日他刚好状态不好，是她乘人之危，又或许是她在神魂受损之前，功力的确已达化境……总之不能细想，想也没用。

越是高等的魔族对于本体的掩饰能力越强，轻易不会露出真身。

被樱招钉在地上的魔族此时显然已经维持不住人形，奄奄一息地将本体显露出来，通体漆黑，周身还萦绕着一层薄薄的黑雾。

樱招飞至他身前，一眼扫过他头上的额饰，突然轻哼了一声："呵，还是一名魔族战将。怎么，你们如今内乱已平，匀得出工夫来监视我了？"

"樱招仙子说笑了，你杀了我们尊上，监视你伺机寻仇，这不是理所应当吗？"那魔族战将看起来虚弱，却仍旧牙尖嘴利，"倒是你躲在苍梧山当了二十年的缩头乌龟，如今终于肯出来了？"

魔族之人性格狂妄，不管实力如何，动手之前总喜欢放几句狠话。即使在被完全碾压的境况下，嘴上也要找回点场子。

樱招早些年和魔族打过不少交道，熟知他们的套路，并未被激怒。她冷淡地笑了笑，回敬道："缩头乌龟？只敢用分身来见我，究竟谁才是缩头乌龟啊？"

"没办法啊，用本体对你简直毫无胜算，我可没蠢到那个地步。"

魔族战将说着又咳出一口黑血。

夕阳渐渐下沉，林子里暗了下来。樱招没再看他，而是不紧不慢地昂首环视一圈，想辨别出他的本体所在。

这只魔身上的魔气这么重，本体必定在附近。

忽听得身后有人御剑而来，她不用回头也知道是贺兰宵终于追了上来。

“师父。”贺兰宵在樱招身后站定，看了一眼地上被钉住四肢，一脸痛苦的魔族，飞速移开了目光。

虽然他心里对于魔族没有半点认同感，但樱招一出手便如此狠厉，仍旧让他心神有些慌乱。

少年一瞬间的错眼没有被那个魔族战将捕捉到，反倒是他这副面容引得对方注目了良久。他的眼神在师徒二人之间睃巡了一番，突然不怕死地开口道：“好俊俏的徒弟啊，我久不来人界，倒不知如今人界世风这么开放，和我们魔界有得一比了……”

他见樱招终于沉下面容，竟缓缓道：“你二人孤男寡女同处一室，怕不是名为师徒，实为道侣吧？”

话音刚落，魔族战将便后悔了。

求生的本能让他口不择言，逃脱不得，便只能竭尽全力激怒樱招以图让她一剑了结这个分身。因为她的灵气化刃实在太过强劲，即使只是钉住分身，那股暴烈的痛意却连本体都几乎承受不住。

钉住四肢的金色飞刃又往里扎了一寸，魔族战将痛到想要翻滚，却由于四肢动弹不得而狼狈地扭动着身躯，喉咙里发出近乎绝望的呜咽。

“很痛苦吧？”樱招看着他，“想激怒我让我给你个痛快？我教你一个办法好了，你乖乖地求我，求得我高兴了，说不定我就准了。”

他涣散的瞳孔微微聚拢，似乎想说些什么，但已经虚弱得说不出任何话来。

樱招游刃有余地往后退了一步，忽地抬眼看向右前方，长袖一挥从掌中涌出一道剑气，朝着百丈开外直逼过去。前方那一大片不甚起眼的树林中突然蹦出一道黑影，朝着天空一窜而起。

本体在那里！

她干脆利落地挥手斩落分身的头颅，黑雾腾腾间，朝着黑影消失的方向急追。

一直站在身后的贺兰宵被她毫不留情的杀招震慑住，一时之间忘了跟上去，等到回过神来时，樱招已经没了踪影。夜空中只传来一句不容置疑的吩咐——

“你留在此地等我，不要乱走。”

“……好。”他望着樱招消失的方向，缓缓应了一句。

地上那具魔物的分身渐渐化作一摊黑水，热腾腾的烟雾滋滋往上冒，消散时泥土上只留下一团形状可怖的焦黑印迹，仔细看过去，还能辨认出挣扎过的痕迹。

虽然只是一具分身，贺兰宵却不禁想到，半魔的死状会不会也是这样像个完完全全的怪物，还是会维持住人身？

那样至少看起来会体面一点。

月亮出来了，一棵棵苍天古树的树影被照射得很明显。一阵阴风吹来，贺兰宵警醒地执剑回身，只见前方那块空旷的土地上有一道阴影正缓缓聚拢，原本淡淡的一层影子渐渐变得浓黑。

黑雾从地面上升腾而起，一道懒洋洋的声音自黑雾中传来：“说了要他别离樱招太近吧，这下被发现了，难逃一死咯。”

那声音不知怎的听起来还有股幸灾乐祸的味道。

贺兰宵后退一步，将剑横在身前摆出防御姿态。他皱着眉头定睛看去，只见另一只头戴额饰的异瞳战魔偏着脑袋好整以暇地站在黑雾中，对着他笑得一脸莫测。

这不是令人愉悦的笑容，贺兰宵压下心中的不快，出声问道：“你笑什么？”

异瞳战魔朝他慢慢走过来，十分耐心地答道：“我是在笑方才蓝雀那家伙说的也不全是信口开河嘛。”

刚才被称为“蓝雀”的魔族战将躺在地上奄奄一息，泪眼婆娑间自然看不真切这少年的情态，反倒是这名天生异瞳、眼力远超寻常之魔的战将，埋伏在远处时便将少年一瞬间的失措捕捉到。

像是察觉了什么不可告人的秘密，他翘起嘴角轻声说道：“你想成为你师父的道侣啊，小郎君？”

果然，被戳破心思的少年脸上显现出震惊的神色，他沉默地握紧了手中的剑，再看向对方时，眼神已经沉静下来。

贺兰宵在思考，他怎样才能在不动用魔气的情况下坚持到师父回来。

异瞳战魔明显没把一个筑基期的小修士放在眼里，他看着樱招离开的方向，自说自话道：“不知道抓了你能不能从樱招手上换那家伙一命呢？

“我看悬，这么明显的调虎离山，樱招都没察觉，你师父……”像是对待一只待宰的羔羊，他故意拖长了音调，看着对方渐渐苍白的脸色，轻声说道，“是有多不在意你啊！”

期待中少年崩溃失控的场景并没有出现，原因是贺兰宵早已习惯自己在樱招心中根本占不到几分位置。他是惯常被她忽略的对象，即使这个事实被人毫不留情地揭穿，仍旧让他感觉有些伤心，但那种伤心程度却不及看不到师父时的万分之一。

他只是单纯不喜欢被人这般冒犯。

“魔族都像你这般话多吗？”贺兰宵垂下眼皮，平静问道，“还是说，是你等级比较低的缘故？”

他是真的想知道，因为从小，他只近距离接触过一个左耳戴着坠子的魔族，那人好像挺厉害的，不过不太喜欢说话。

而今天见到的这两个，好像都挺聒噪的。

异瞳战魔的笑容僵在嘴角，渐渐垮下来，双眸染上一层戾气：“呵，你真是……找死。”

四周的林木无风自动，空气中有魔气在流转，几片枯叶顺着魔气旋转而上，在空中停滞住。异瞳魔族轻轻抬起右手，姿势闲散地将手腕压下，那几片枯叶便顿时化作利器朝着贺兰宵攻去。

浓重的杀气附着在枯叶之上飞旋过来，贺兰宵起手正欲挥剑格挡，剑身还未碰上枯叶，眼前突然有十二道金光拔地而起。

枯叶撞在光柱上瞬间变为齑粉。一击不成，异瞳战魔一脸不可置信地往后退了几步。

沉沉夜幕中，那十二道金光又幻化成了十二柄长剑，围绕着贺兰宵缓缓转动。金色的光芒照在被看护得严实的少年脸上，原本有些苍白的面容竟显现出一丝暖意。

经历了短暂的沉默后，异瞳战魔冷静下来，望着眼前的金剑喃喃道："守护剑阵吗？"

真没想到，樱招竟然在临走之前悄无声息地布下了守护剑阵，看来她对这个徒弟并非表面上那么不在乎嘛。

贺兰宵的惊讶之情并不比他少，在苍梧山学艺两三年，同门之间的切磋还处在小打小闹的阶段，除了刚入门那几天被师父折磨得不成人样，之后他再没遇过险，也再没感受过被人护着的滋味。

师父的守护剑阵，他也是第一次见到。

他不由得伸出手去触碰面前的光剑，一缕金光附上他的手指，围绕着他的指尖流窜了一圈，又安安静静地溜回到剑身上，心中那股说不清道不明的扭曲念头也好似被安抚住。

是半魔又怎样呢？他想，不被师父发现就好了。

除了母亲和族人，谁也别想发现。

剑阵外的异瞳战魔连续试了几种招式都无法接近剑阵，反倒被不停变换着位置的光剑划出几道深可见骨的伤痕。乌黑的血肉露出来，他似是气急，站在原地结了一个复杂的魔印，庞大的魔气从他周身溢出，团团围上来试图包裹住纯金的剑阵。

然而剑阵面对着魔气时爆发出的剑气实在太过霸道，金光四溅将魔气驱散，异瞳战魔拼到双目纯黑也无法撼动分毫。

"你放弃吧，"一直默不作声的贺兰宵突然劝道，"师父应该要回来了，你现在逃的话，兴许还能捡回一条命。"

他对魔族没有认同感，亦没有恨意，他只是很平静地想放对方一条生路——如果这只魔没有发现他的秘密的话。

可是很不凑巧，异瞳战魔双眼变至纯黑之后，能看到比平时更多的东西。他抬起双眼看向贺兰宵，突然一脸震惊地收敛了魔气，漆黑的眼珠惊疑不定地在眼眶中转动了几圈，再开口时竟然带着笑意。

“有意思，”他说，“你竟然是只半魔。”

贺兰宵瞳孔一颤，闭上嘴巴没有答话。

对方也不需要他回答什么，双眼恢复清明后又盯着他打量了半晌，而后竟然捂着肚子在原地大笑起来：“半魔！想不到苍梧山樱招竟道貌岸然到如此地步！说什么斩魔是她的使命，自己还不是收了个魔族为徒！”

蓝雀牺牲便牺牲了吧，这一趟，他可是得到了更为有用的情报，足够他回去向左使大人交差了。

“小郎君，后会有期了。”他双足点地，正欲撤退，四肢却被一股强大的力量摄住。

喘不上气，也说不出话。

眼皮上好似有黑色的血迹往下淌，将眼睛糊住。他眨了眨眼，模糊的视线中浮现出一道颀长的身影。身影走近了，他才辨认出是那个一直躲在剑阵中不出来的半魔。

看起来纯良无害的半魔此时表情依旧未变，只是他越靠近，异瞳战魔的手脚便越是止不住地颤抖。他想要张嘴呼救，却一丝声音都发不出来。

只是一只半魔而已，怎么会有如此强悍的魔气？就连左使大人也无法发出这般铺天盖地的威压。

这个半魔……

到底是谁？！

“你诋毁我师父，我听了很不高兴，”贺兰宵走到他跟前停下脚步，平静的语气中压抑着一丝怒气，但他还是很耐心地解释着，“我是半魔的事情，师父并不知晓，我也不打算让旁人知晓。”

“所以，对不起，”少年露出一个抱歉的笑容，“不能让你活了。”

魔域，厌火魔宫。

架在藏兵阁正中央的宴月刀突然发出一声短促的嗡鸣，似是在回应主人的召唤。

门口巡逻的战将像是听到了什么动静，对视一眼之后，轻轻推开了藏兵阁的大门。

满室的兵器看起来却并无异状。

一名魔族战将围着宴月刀转了一圈，仔细确认了一番，才轻拍着胸脯道：“没丢。”

“丢不了的，”另一名在此巡逻了十几年的战将答道，“这把刀除了那位，没人能拿起来。”

“整个元老院没人可以吗？”说话的是新来的。

不怪他孤陋寡闻，而是这把刀的主人已经魂飞魄散了二十年。这二十年来，巡逻的战将换了一批又一批，新生的魔族年岁尚小，根本没见过他的样子，亦不了解他的实力。

更何况，堂堂魔尊竟死在一介修士手上，说来十分屈辱。

因此整个魔族大军当中，对于那位的事情更是讳莫如深。

在此当差了十几年的战将一向谨小慎微，闻言赶忙阻止：“元老院是你能妄议的？管好你的嘴巴，当心祸从口出。”

“是，我知道了。”

殿门又被人关上，巡逻的战将们踏着整齐的脚步渐渐走远。

盘踞在魔宫顶上常年不散的云层，原本黑沉沉一片，此时竟散开了一点，漏下几缕银白月光。被架在殿中央的宴月刀，沐浴在月亮的清辉中，安静得就像从来没有苏醒过。

蓝雀没有逃多远便被樱招迎头追上，一柄长剑直指他的喉咙，只需再前进一寸，便可直接穿过喉头让他灰飞烟灭——樱招手上那柄剑甚至都不是刑天，而是一柄普通佩剑。

“樱……樱招仙子，有话好说，有话好说嘛。”蓝雀瞬间认尿，高高举起双手投降。

她一开口，樱招便愣住了。

因为对面这个魔，是个女魔。

方才的分身幻化出来的是个成年男声，一开口便出言不逊，甚是粗鄙，樱招自是没注意那么多。如今面对着本体，她才发现，面前这个女魔连魔角都没长好，身上亦没有血腥味，应当没有残害过人族。

她将剑收回来，问道："是谁派你来的，太簇吗？"

见她收了剑，蓝雀暗自松了一口气，老实答道："是……是左使大人。"

"监视我做什么？"

"我也不知道，左使大人只说要我们把你的行踪传回去，并未对我们解释那么多。"蓝雀怕樱招不信，又赶紧加了一句，"我说的句句属实！您一定要相信我！"

魔域左使太簇，在樱招的记忆中，自己和他是打过照面的，他的确是个小心谨慎之人，机要之事想来也不会向属下交代清楚。

眼见问不出什么东西来，樱招也不欲多留。

"这次我放你一马，"她单手结了个印拍在蓝雀的肩头，"回去告诉太簇，下次要想试探我的修为，请他亲自出马，不要派你们这种角都没长齐的年轻魔族白白过来送死。"

蓝雀战战兢兢地看了一眼自己肩头闪着光的金印，想问问这是什么禁制，又害怕自己话太多让樱招突然反悔，毕竟面前这个剑修可实在算不上良善之人。

像是看出了她的担忧，樱招解释了一句："不必担心，你此番回魔域，一路上如果不起害人之心，这禁制自会消散，如若你……"

她意味深长地笑了笑，没继续说下去。

蓝雀赶紧应声道："我马上！马不停蹄地回去传话！绝不在人界多停留一刻！"

说着她以人族之礼作了个揖，后退几步，正欲麻溜地飞走，却在转身之际被樱招叫住："等等！"

兰雀："……"

不是说了放她走吗？

“你刚刚说太簇让‘你们’把我的行踪传回去，你们一共来了几个魔？”

流光剑阵，是樱招少时随意鼓捣出来的招式。不过自创出来之后便没用过，因为根本用不着。

没有人需要她守护。

师门那群师兄师姐在那个时候都比她厉害，她的剑阵也就无用武之地。

此次闭关，她闲着无事，又把年少时不常用的剑招仔细琢磨了一遍。流光剑阵原本只能幻化出六把光剑，被她改良之后增加到了十二把。

贺兰宵那个小鬼一向听她的话，只要他不自己犯傻走出剑阵，便没人伤得了他。

话说回来，她也有一年没和他接触，如今他应当还是听话的吧？

林子里一片漆黑，远远望去只有剑阵发出的光芒被夜色包裹着，朦朦胧胧竟变得有些微弱。樱招飞身至剑阵前停下，只见贺兰宵正躺在剑阵中央，眼睛紧紧闭着，没有声息。

他身上的弟子服上绣了避尘的真言，无论何时看来都是崭新的雪色，唯独嘴角红得刺目。

是血迹，从他嘴角沁出，顺着脖颈往下淌。

尘埃在金色的光柱间飞舞，樱招将剑阵收起，迟疑着往前走了几步。

秋日夜间寒气瘆人，明明她早已不惧寒暑，但她蹲下来将他半抱进怀里时，却感觉连呼吸都渗进了白霜。

方才蓝雀告诉她，她不知道太簇究竟派了多少名魔族战将出来，她只知道与她一起的还有另一名埋伏在附近。

那都不足为惧，流光剑阵哪有那么容易被破解呢？况且贺兰宵要是连一只小小的魔族战将都对付不了，传出去也太丢她樱招的脸了吧。

存着刻意要考验他的心思，她回来得不紧不慢。直到她感应到一股强大的魔气，虽然仅仅持续了一息的时间便消散无影，但那样的威压绝不是一名魔族战将能发出来的。

瞬行回来时，见到的便是这样一幅场景。

她低着头，想将他嘴角的血擦拭干净，手伸出来却在颤抖。

脑袋里有根筋扯得她好疼，藏在灌木丛中的小虫子在唧唧地叫，但她听不见任何声音，只有脑子在嗡嗡作响。

她耳鸣了。

无措与绝望衔在一起，她不知道这种情绪从何而来，只知道这样的场景似曾相识。她喘不过气来，怀里这个人下一刻仿佛就要化作点点荧光，变成雪花，化作灰尘，消散在天地间。

她怎么抓、怎么抓都抓不住。

“斩……”有个名字在她嘴边呼之欲出，脸颊却突然传来温热的触感。

“师父……”

她听见有人轻声问道——

“您在……哭吗？”

第伍章

一念之差

原以为闭关一年能将妄念清除，

但妄念一旦产生，

终究是堵不如疏。

什么？谁哭了？

樱招瞬间回神，蒙眬的视线里是贺兰宵蹭在她眼下还未收回去的手。他的指尖上坠着颗晶莹剔透的水珠，他一脸担忧地看向她。

樱招不敢置信地摸了摸自己的眼角，才发现自己方才竟无法自抑地抱着他在扑簌簌地掉泪。

好……好丢脸。

不过她为何会哭？

几声虫鸣涌进她的耳朵，她木着脸将自己脸上的泪珠擦干，又顺手替他擦了擦他嘴边的血迹，强迫自己冷静下来，问道："你伤势如何？"

贺兰宵说："轻伤，还可以走。"

怎么可能是轻伤，樱招将他扶起时便明白过来他只是不想让她担心而已。

"先回去，"看着他一副勉力支撑的样子，她扯过他的臂膀将他架在肩头，"这地方有蹊跷。"

"什么蹊跷？"即使已经到了气若游丝的地步，少年还是很尽心地回应着她的每一句话。

不过他凑得好像太近了一点，不知道是不是因为太高了，趴在她肩头的姿势与其说是她在扛着他，倒不如说是他将她窝藏在怀里。

他身上特有的冷桃香幽幽地在她鼻尖荡漾，滚烫的胸膛虽然很规矩地没有贴上她的背脊，她却感受到一阵暖意。

微弱的鼻息落在她的耳畔，她抬手摸了摸发烫的耳根，侧过头很认真地说道："为师刚刚被人夺舍了。"

一定是的！不然她方才为什么会感觉遍体生寒？只有被夺舍才能

解释这种离大谱的行为！

趴在她肩上的少年躯体有些僵硬："是……是吗？"

他倒从未奢望过师父方才是为了他而哭，但听到这样的解释也有些哭笑不得。

师父好像一点都没有察觉到她真的很可爱。

贺兰宵受伤这件事给樱招的冲击太大，混乱中脑子就跟被纸糊了一样，什么都想不明白，回到客栈后，她才觉得此事还有诸多疑点。

她没急着替贺兰宵施疗伤术，而是一把将他扔在凳子上，一脸严肃地问他："方才怎么回事？是谁袭击了你？"

究竟是什么等级的魔族才能越过流光剑阵将他打伤，还是说，那股强大的魔气，出自他自己身上？

当时隔得太远，她分辨不出来那股气息是否和弟子遴选当日贺兰宵身上渗出的魔气相似——而那件事情始终没有得到一个合理的解释。

虽然参柳很不靠谱地表示不再追究，她也存着说不定是自己弄错的心思，好好地把他当作唯一的乖徒弟悉心教导，但疑虑始终埋藏在心底，没有完全消除。

樱招怀疑的目光太过直接，贺兰宵有些恍惚，这一刻仿佛又回到了她一心想要杀他的时候。但不知为何，面对着这样的目光，他的心情好像比三年前要更委屈。

"是一个左耳戴着坠子的魔族。"不能让师父知道真相，他只能这样骗她，将他刻意把自己弄伤这件事遮掩过去，"剑阵替我挡了大部分攻击，但我太弱了，接不下他的招数。"

贺兰宵记得，那是个很强的魔，每次到访时母亲都如临大敌。随着他年岁渐长，那个魔也渐渐不来了。他不太关心这些事情，也从未问过母亲为什么。

"左耳戴着坠子？"樱招重复了一遍，脸色陡然温和了几分，"除此之外还有什么别的特征吗？"

"很高，头发是银色的，惯用左手，"他顿了顿，"化成魔形时额角有一个白虎纹。”

化为魔形时额角有白虎纹？在樱招的记忆中，符合这个特质的高等魔族，只有太簇一个。

他确是亲自来了？

流光剑阵挡不住他本体的一击，倒也说得过去。毕竟二十年前他们交手时，他也只比她弱一点。这些年来她为了稳固境界一直在原地徘徊，而太簇有仇恨加持，功力突飞猛进也是意料之中。

太簇将贺兰宵打成这副模样，却未将他弄死，想来是要给她一个下马威。看来她赴完离霜的比剑之约后，有必要再去魔域走一趟了。

“行了。”樱招决定再相信贺兰宵一次，她敛着眉在他面前坐下，“把腕子露出来。”

她观他模样，应是伤到了经脉，所以行气受阻，气血双亏。

贺兰宵暗自松了一口气，撩起衣袖将右手手腕递过去，掌心朝上摊开。他肤色白，朝上的掌心虽然仍旧浮现出漂亮的粉色，但虎口和指节布满了厚厚的茧。

这是他拿剑的手，手指修长、骨节匀称，精瘦的手臂上突出一截腕骨，几条青筋自皮肤下浮现。即使是放松的状态，也像雕刻一般蕴藏着力量。

樱招伸手过去，将灵力注入他的经脉时，才再一次感受到他已经不是小孩子了。

长得这般过分，这般快，和他的手比起来，她才像个小孩子。

疗伤完毕后，樱招见他嘴角还有伤，便问道：“嘴巴怎么样了？”

方才贺兰宵已经用帕子将血迹拭净，闻言张了张嘴，却立时“咝”了一声。结痂的伤口被扯动，嘴巴又有要渗血的迹象。

樱招看不过眼，直接上手捏住他的下巴，另一只手运行着疗伤术替他将唇边的破口修补好，然后凑上前去透过他微张的嘴唇看了看他的口腔内壁。

“张开一点。”是命令的口吻。

少年直直地注视着她，他没吭声，只乖乖将双唇张大了一点，眨眼时左眼睫毛根部坠着的那颗特别小的痣，顷刻间又被藏进眼皮。她握剑的手指卡在他的牙关处，一点都不温柔，却令他不自觉屏住了呼吸。

樱招另一只运行着疗伤术的手指压上他的唇瓣，一缕白色清光钻进他的口中，很快便把他口中那不怎么明显的伤口治愈。

她应当马上将他松开的，但指腹下感受到的柔软触感却令她有些留恋。

在她的灵力滋养下，贺兰宵恢复了不少气血。苍白的唇色又变回了艳丽的颜色。他唇形极漂亮，一小截红红的舌头无处安放似的蜷着，想往前探却由于会触碰到她的指尖又小心翼翼地缩了回去。

像是受了蛊惑，她心神恍惚地又凑近了些，抬眼时却正好对上他的视线。他的眼神湿漉漉的，像小兽，却潜藏着不知何时会爆发的攻击性。

两颗脑袋近到呼吸都要交缠在一起。

樱招骤然抽回手，却被少年扣住了手腕。他的手在颤抖，没有很用力，只是虚虚地圈住她。

“师父……”

贺兰宵刚出声，手里却一空，坐在他面前快要扑到他身上的樱招，招呼也没打便化作了一缕金光，钻进了安放在桌上的紫云壶中。

樱招搓了搓手指，一脸懊恼地捂住了额头。

他方才想说什么呢？

师父，请自重？

应当是的吧，连脱掉外衣疗伤这种事他都能提醒她不合规矩，更何况她方才的举动，那样刻意地调戏，说句不守师德也不为过了。

联想起一年前做的那场光怪陆离的梦，她顿觉羞愤难当。闭关一年，似乎只是徒增了功力而已，有些念头却始终难消。

她要泡个温泉冷静一下再决定下一步该怎么做。

紫云壶被樱招设了禁制，贺兰宵进不去，便只能趴在桌子上守着她。厢房外噪声盈耳，听响动好像是苍梧山的其他师兄妹到了。桌上的灯芯“啪”的一声响，焰火孤零零地晃动着，他将头枕在自己的臂膀上，有些烦闷。

是他太过分了吗？故意把自己弄得伤成这样，只是想知道师父会不会多看他几眼。

如愿以偿应当是令人满足的，更何况他还不小心亲吻到了她的手指，可是心里却空落落的，觉得不够。

师父怎么可以这样毫无防备地靠他这样近，给了他甜头之后说消失便消失。

就如同那晚一样。

“师父……”

他轻轻唤了一声，紫云壶却没有传出任何回应。

“师父，您生气了吗？”

“我不是故意的，师父，所以……”手指轻轻点了点壶嘴，他轻声央求道：“不要叫我滚。”

少年隐忍的语气从壶口传进来，泄露出某种不可名状的委屈。

怎么，他倒觉得是他的错吗？

真是傻。

可是，她闭关的原因，却无法向他坦白。

坦白什么呢？

坦白她这个做师父的，梦见他与她的不成体统，还是坦白自己始终对他抱有一丝无法自控的杀意，还是坦白那天叫他滚远一点，只是不想在冲动之下，对他做出无法挽回的伤害？

好像都行不通。

樱招趴在温泉池边，满面愁容。待到心情平复，她琢磨着自己还是应当出去一趟，至少当面安慰他几句，免得给孩子心里留下阴影，以为她是那般动不动就叫人滚的疯女人。

可是，正当她系好中衣，准备披上外衣时，她那印在左腕上的“斩”字，又蓦地发出火烧一般的灼痛，直冲经脉。

追魂印竟好死不死地，又发作了。

未得到樱招的回应，贺兰宵以为她只是不想说话，等了一会儿决定先去沐浴。

沐浴回房，他看了一眼桌上的紫云壶，依旧没有任何动静。

“师父，那我便睡了。”

他闷闷地说了一句，正打算就寝，厢房的门板却被人拍响。系好外衣走到门边，刚把门拉开，贺兰宵便看见苏常夕站在门口探头探脑。

“樱招长老呢？”她问，“不是说她送你过来的吗？”

苏常夕最喜欢缠着樱招讨教剑法，樱招以前开坛授课时她总是第一个到，最后一个走，恨不得跟着樱招一起回北垚峰才好。

“她不在。”贺兰宵面不改色。

“怎么会不在呢？”苏常夕不信，“师兄说没给樱招长老安排房间，你是不是把她藏起来了？”

她说着便要直接往里冲。

贺兰宵正欲伸手拦住她，她的后领却被另一只手及时拎住，使她顿住了脚步。

燕迟出现在苏常夕身后，拉着她往外退了几步，低头在她耳边说道：“苏大小姐，请你睁大眼睛看看现在什么时辰了，夜半三更地往年轻男子房里钻，你知不知羞的？”

苏常夕反手将他的大手从自己的衣领上扒拉下来，回身正准备踹他，却被对方灵巧地闪过。少年抱着臂非要和她作对似的一个转身堵在贺兰宵的门前，门神一般将本就开得不大的门缝堵得严严实实。

“嗬，老三来啦！”苏常夕一击不中，启动嘴炮模式，“你一天天没事做专门盯着我是吧？”

燕迟对这绰号倒没什么感觉，有时候甚至会很幼稚地配合她跳脚，就像现在，他挑了挑眉，低头回望住她，嘿嘿笑道：“谁盯着你了，我正好泡完澡路过，看见你硬闯良家少男的房间，路见不平而已。”

“良家少男”本人木着脸，双耳自动将面前这两个幼稚鬼斗嘴的声音屏蔽，不过也没急着关门，他就是看着。

在穿透耳膜的吵嚷声中，贺兰宵的耳朵却机敏地捕捉到房内传来的重物落地声。门外斗嘴的两人正专心致志地瞪着彼此，试图在进秘境之前至少在嘴上争个高下，以至于没有一个人发现贺兰宵默默地关上了房门。

怕被察觉出异样，贺兰宵插闩的手很平稳，但他的脑子发出了不小的嗡响，像是有某种预感，他回身，疾步转过一道屏风，果然看到樱招倒在了桌旁的地上。

细瘦的身影缩成一团，乌发遮去了她一半的面容，唇瓣几乎被她咬出血来。

“师父！”他低呼一声，几乎是跌跌撞撞地跪到她身旁，伸手托住她的脖子，将她半边身子拢进臂弯。

樱招奋力睁开双眼，一只手揪住他的前襟，低声嘱咐道：“大惊小怪什么？这么大声，若是……把其他弟子引来了，你让为师的脸往哪里放？”

明明是警告的话语，语气却怎么听怎么虚弱。

顾不得礼义廉耻，贺兰宵不自觉将她搂紧了些，声音竟真的放轻，如同耳语：“师父，您这是……追魂印发作了？”

“无事。”樱招喘了一口气，试图表现得镇定一点，揪住他前襟的手关节却发白，“上次你也见过的，不消一晚上便会好，不必担心。”

可那晚是因为甘华长老给师父渡了不少灵力，才平息得那样快的。现下甘华长老不在，他灵力有限，该怎么办才能让师父好得快一点？

“师父。”他牵起她的衣袖，注视着她手腕上那个已经变作黑色的“斩”字。那个印记从她腕间凸起，于她皮下游走，像是要脱离骨肉一般可怖。

可她没有哼一声，只是喘着粗气，将双眉颦起。

他镇定下来问道："有什么办法可以减轻痛苦吗？"

"没有……只能挨过去。"

樱招话音刚落，心脏便传来一阵叫嚣似的绞痛，她疼得直咬牙，可又不想让自己这副狼狈样被弟子看了去。于是她只能蜷缩着身子，打算熬过这阵绞痛之后再将他推开。

后脑勺却被一只大掌温柔地覆住，接着，她的脑袋被人小心翼翼地按进了怀里，她睁着眼睛，脸贴上他胸膛的时候，眼角刚好渗出一滴生理性的泪水。这滴令她感到丢脸的泪水被他柔软的衣襟悄悄吸附，她松了一口气，听见贺兰宵在她头顶说道："我不看你，师父。"

像是害怕她没有听到，他又重复了一遍："我不看你。"

揪住他衣襟上的手松了一点力道，但仍然是颤抖的。樱招的指尖搭在他的左胸上，缩了缩，想要收回，却在下一刻极具掌控力地贴紧，像是要把他的一颗心握住。樱招没有出声，默默地将面颊埋进了少年已经变得十分宽阔的胸膛。

她被疼痛折磨得太久了，五感消退到只剩下痛觉，因此根本没有感受到少年快要蹦出喉咙的心跳。

门外吵吵闹闹的声音渐渐消隐，樱招不知道是不是产生了错觉，方才还在嚣张折磨着她的绞痛，竟在这一刻减轻了不少，左腕的灼烧感也缓缓平复。

这次追魂印的发作时间竟然这么短吗？而且她并未像往常一般失去意识。

为什么？

她还未来得及细想，便感觉身子一轻——贺兰宵将她打横抱了起来。

"师父，冒犯了。"

秋夜地上寒凉，贺兰宵担心此时的樱招抵抗不住寒气，便想着至少让她躺在床上，或许会舒服一点。

抱起师父时他斗胆收紧了胳膊，将她整个身子都裹进了怀里。嘴上说着抱歉的话，但他知道，自己心里很可耻地一点歉意都无。

少年人的体魄到底强健，樱招被他搁在床板上时只觉得他两条臂膀很稳，直到陷落在柔软的被子里，她才发觉自己好似被人当成了易碎之物。

应当生气吗？毕竟她可是被一个筑基期的弟子小看了，可是这般被人珍视的感觉却令她有些熟悉，就连心脏搏动时隐隐传来的悸动，也是熟悉的。

贺兰宵捧住她的后脑勺，将她的脑袋安放在枕头上。他俯身时呼吸轻轻掠过她的脸孔，又立刻拉远了一点距离，恪守着礼数。

或许是被疼傻了，她看向贺兰宵时，眼神竟有些迷瞪，像是已经弄不清楚现在的境况。

烛火在他身后摇曳，眼神交错时，他却将目光移开。

方才一时情急，贺兰宵根本没注意看樱招的穿着，现下他才就着烛光看清。师父只着了一身纤薄中衣，莹润的肌肤藏在薄薄的衣物下，隐隐透出一层雪色，更不用说衣领外露出的那截脖颈，沁着一层薄汗，香气盈人。

身子僵硬得像在冰窖中冻过一遭，血液却像冬日里置在炉上的沸水，直冲头顶，将贺兰宵的耳朵都烫红。他不敢再看樱招，强自镇定着将眼神落向绣被，正欲抽手，手腕却被她死死地抓住。

樱招也不想这样的，即使从替他疗伤开始到追魂印发作，她的所作所为已经远远过界，但她仍旧很冠冕堂皇地想要维持师徒之间的体面。

她是正经的剑修，不是那种专门物色美貌弟子当炉鼎的恶毒修士。

可是，当置于她脖颈之下的臂膀缓缓抽离时，那股钻心噬骨的疼痛却在这个当口卷土重来，好不容易恢复成金色的“斩”字又渐渐变至深黑，直到她再次攀上他的胳膊，她腕上被黑气萦绕的印记才迅速消退下去。

都怪这个邪门禁术，樱招心想，发作和平息都是那么随心所欲，让人完全摸不着规律。

不过，就这样吧，至少在此刻，贺兰宵是能缓解疼痛的灵药，他必须留在她身边。

樱招从容地拉住贺兰宵的胳膊，一把将他扯入帐中。

身高腿长的少年没什么抵抗力地摔倒在她身下，灵力震荡间床帐随之落下。烛光被隔绝在厚厚的幔帐之外，只从未完全闭拢的缝隙中渗透出一丝光线。

少年像是受了不小的惊吓，摊开的四肢在微微发颤。应是屈服于樱招的“淫威”，他竟无半分挣扎之意。

樱招趴在他的胸口，怕他被吓傻了，想来还是撑着他的肩膀解释道：“那个，虽然这样说很奇怪，但为师身上这个追魂印在……嗯，贴近你的时候，竟然很神奇地就不疼了！很奇怪吧，为师也觉得奇怪……”

磕磕绊绊将话说完，她自己都扶住了额头。

她究竟在说些什么啊？

不过，话说到这里，她突然想起了某些一开始便被她忽略掉的线索。

她倏然看向仍处在震惊中的弟子，直接问道：“为师且问你，上一次追魂印发作时，我记得我在院子里晕过去了，醒来却躺在房中……”

她本想问是不是他将她抱进房的，但话到嘴边却没问出口，想了想，换了一种说法：“是谁把我弄进房间的？”

少年微微愣神的思绪被她的声音拉回来，他轻颤着眼睫看向她，却在触及她的目光时又猝然移开。

啊，师父果然会在意这件事，只是迟早而已。

这个问题的答案已经在他心里演练过许多遍，于是他并未慌乱，而是老实答道：“是弟子，未经师父同意，便将您抱进了房里。”

那便跟这次一样？

樱招突然福至心灵，意识到某种不该有，但确实存在的可能性。

她斟酌着语气，再次开口：“宵儿，为师刚刚并未信口雌黄，而是真的感觉好受了许多。所以今夜只能暂且委屈你一下，和为师……那个，宿在一处了。”

唉，想她樱招一世英名，竟然沦落到了要强逼弟子与她同睡的地步，是禽兽不如吧？

越描越黑，还不如不解释，反正他也没有反抗的余地。

只是仙门中人大多习惯先礼后兵而已。

窗外的树木被秋风揉搓着身子，贺兰宵的心也被吹成皱巴巴的一团。积蓄了很久的爱意在樱招攀上来的那一刻便掀开了好大一条缝，伴随着想要收紧的双臂，他的秘密呼之欲出。

樱招说话时喷洒在他耳边的热气令他耳垂发麻，但那样不着调的话，却让由于悸动而轻微颤抖的少年成功冷静了下来。

不管听起来多离谱，但他知道，师父说的都是真的。

樱招并不是属意于他，她只是疼得不清醒了，需要他而已。如果换成另外一个可以让她不疼的人，她也会做出同样的举动。

可他竟觉得自己是幸运的，至少在这一刻，是他陪在师父身边。

“师父，”少年胸腔微微震动，樱招听见他说，“弟子愿意为师父分忧。”

强打着精神听到这一句回复，樱招才放心地趴回他的身上，半闭着眼睛喃喃道：“愿意，那便好办了。”

“嗯，师父想做什么都可以。”他仍是习惯性地对她的每一句话都有所回应。

樱招轻轻笑了笑，抬手摸了摸他的头：“不需要了，就这样，让我贴着就行，你别动。”

“嗯。”

过了片刻，樱招像是想起了什么，突然说道：“我不是故意要你滚的，以后也不会了。”

迟来了一年的保证令贺兰宵的喉头有些哽咽，过了好久，他才问道：“所以，我可以一直陪在师父身边吗？”

“那是自然。”

他这般有用，一定要小心留在身边才好，以免她再次经受追魂印发作之苦，樱招心想。

月上中天之时，樱招睡得昏昏沉沉，贺兰宵却半点睡意也无。

樱招让他不要动，他便真的一下也没动弹过。僵直的身子血液流通不畅，他转了转手腕，小范围地活动筋骨。

一直以来，他都是一个自控力很强的人，在樱招无意识靠他太近时，他会悄悄拉开彼此的距离，以免让她察觉到自己的变化，也会很注意地不与她有过多的眼神交流，尽力地扮演一个成长期别别扭扭地逃避着师长的弟子。

甚至在樱招上一次追魂印发作的当夜，他还因为自己的别扭，对她说出了冲撞之言。

可是，就如同他在十岁时就已经控制不住自己干出了将剑谱里的“樱招”藏进被子里陪着睡觉这种荒唐事一样，他控制不住自己对她的那份心意。

日渐累积的情意犹如雨后的山泉，汇聚成瀑布在体内流淌，令他备受折磨。

有时他也会陷入深深的自责当中。

师父在他面前一直都是高高在上、触碰不到的，可他竟这般大逆不道地存了不该有的虚妄。

师父闭关的那一年，从某种程度上来讲解救了他。他虽然不安又伤心，但他不必再害怕自己会分不清现实的师父和梦里的师父。

可现在他胸口沉甸甸的有了某种实感，那是樱招的脑袋枕在上面。他连呼吸都要放轻，害怕将她惊醒之后她便一把将他推开。

寂静的床帐中，他听着樱招绵长的呼吸声，思索了片刻后，他终于试着动了动手指，屈起手肘牵起她的一缕散发。

睡梦中的樱招不自觉地贴着他的胸膛蹭了蹭，抬手搂住了他的脖子。

床头发出“砰”的一声响，是他慌乱之下蹬着腿欲退开，却退无可退磕到脑袋的声音。

他以为这便是对他的惩罚了，不料樱招竟迷迷糊糊地将眼睛张开一条缝，将他又搂紧了一些。

“吵死了，快睡。”她嘀咕一句，将脸颊埋进他的肩窝，重新将眼睛合上。

师父究竟是把他当成了什么人才会做出这般缠人的举动呢?

他睁着眼睛，脑袋快要爆炸了，喉眼仿佛有火在烧，干渴到无法呼吸的程度。

会被烧成干尸吧？暴露在阳光下，风一吹壳就掉了，只剩个黑色的骨架子。因为他是半魔，所以骨头应当也是黑色的吧？

想到这里，他吐出一口气，很是茫然地问道：“您究竟为什么老是会哭呢，师父？”

没有得到回应，他确信樱招已经陷入了沉睡。

她在温泉池泡完澡，还未来得及编好的乱发被他耐心地用手捋顺，铺散开来。有一缕掉落在他的颊边，他侧过脸，将那缕发丝牵到嘴边。

吻了一口。

却不够。

接着他将樱招搭在他枕畔的胳膊牵住，五指张开将那只手包裹进掌心，捂热之后又捉到嘴边一根一根吻过。早已适应了黑暗的眼睛将视线慢慢上移，他看到了她腕上令她备受折磨的追魂印，已经变回了他一开始见过的样子。

金色的“斩”字，印在白皙的手腕上。

不知道究竟有多疼，才会让她做出今晚这种举动。

他闭上眼睛，有些病态地在她的腕上落下一个滚烫的吻，嘴唇刚好落在“斩”字之上。

献舍一般。

樱招窝在甘华位于松江府的蓦山楼分店混吃混喝了几天，终于到了和离霜约定好的日子。

其实她本可以不来这么早的，如果不是在追魂印发作完的第二天清晨，她发觉自己和贺兰宵紧拥在一起的话——

彼时外头霞光渐起，透过缝隙照进帐中。樱招睁开眼，正欲伸手揉眼睛，却发现自己的双手正牢牢地圈住贺兰宵的脖颈，不仅如此，她的脑袋还舒舒服服地窝在他的颈侧。

传入鼻尖的是令她极为上头的冷桃香，她不自觉轻嗅了几口。

香味钻进肺腑时，血液才后知后觉地翻涌上头顶。她明明记得睡前自己只是趴在他胸上而已，怎会最后竟变成了她两只臂膀将人搂着不放?

不过樱招毕竟是见过大场面的人，如此令人难堪的场景之下，她倒也没有特别慌乱，而是先低头察看彼此的衣襟。

是完好的。

幸好，不然她真怀疑自己大半夜做了什么不该做的事情。

贺兰宵看起来也睡得挺安稳，一只手臂乖乖伸出来让她枕着，另一只臂膀估计是没地方放，于是搭在了她的腰上，热气腾腾地将她圈住。

她轻手轻脚地将他的手拿开，从他怀里退出时，头发却被什么东西扯住。低头一看，原来是少年揪着她一缕发丝缠绕在指尖。她只好屏住呼吸捧住他那只看起来要比她大很多的手，慢慢、慢慢地把自己头发给扯出来。

一系列动作做完，人倒是不累，就是憋气憋太久，脸色渐渐如春云拢雾般红了个彻底。

她从床上爬起，穿好衣物之后，才回头看他。

少年人如花貌，现下正闭眼酣睡。

她这名弟子从小便非俗相，苍梧山尽人皆知。樱招眼睛不瞎，日日与他朝夕相处，不可能将这份好相貌视而不见。

原以为闭关一年能将妄念消除，但妄念一旦产生，终究是堵不如疏。

参非真参，悟非实悟。

一念之差而已，竟将她拉入如此境地。

樱招满面愁容地将他瞧了又瞧，心中转过很多个念头，最后仍是决定趁他醒来之前一走了之，免得师徒二人四目瞪着徒增尴尬。

但她到底没有那么不负责任，至少留下了一封信笺交代了行踪，算是践行了昨晚答应让他一直留在身边的承诺。

他能安抚住她的追魂印，虽然不知是何缘由，但在查明之前，她绝不会放他离开。

只是她还需要时间想清楚，究竟让他以何种形式留在她身边。

比试的地点是松江府一处宽阔的湖心岛，岛上云遮烟埋，梧叶苍苍，映在湖面灼灼如火，一眼望去满目秋光。

樱招到场时离霜早已等候多时，站在法阵中央姿态闲适。

闻讯而来的修士们里三层外三层地围着，开赌局的、贩卖灵宝的、兜售瓜果零食的，穿插其中，若干看热闹的画船漂在湖面上，一时间好不热闹。

樱招与离霜不是第一次见，省了自报家门的步骤，只寒暄了几句，互相放了几句垃圾话，便直接起手出招。

离霜如今年岁尚小，才六十岁，刚步入元婴初期，境界比樱招差了不少。但剑修素来是同等境界战力最强，越级对战更是屡见不鲜，是以樱招并未轻敌。

况且离霜一出手便是杀招，为的就是能在十招之内结束比试。因为强行提升境界，爆发力虽逆天，但灵力消耗巨大，不利于持久战，她撑不了多久。

暴涨的灵力呼啸着迅速逼近，樱招立即从体内唤出刑天来格挡，只是剑并未出鞘。

还不到出鞘的时候。

两股强悍的威压碰撞在一起，专供修士们斗法的法阵形同虚设。湖心岛周围顿时掀起滔天巨浪，风暴中心的二人皆是以攻为主，行动间如龙蛇游走，身形快若鬼魅，瞬息便过了四五招，招招沉猛，直奔对方要害。

围绕在四周承载不住灵气的修士们纷纷退避，剑气席卷着红叶四处飞散，竟将湖岸都染红了。原本闲适观战的游船来不及躲避，接连翻了好几条。

眼见游人像下饺子一般掉入湖中，樱招分神说了一句“抱歉”，才干净利落地将拔剑出鞘，重新投入到比试中。

过到第八招时，离霜已然式微，长剑相交时险些脱手。

破绽既出，樱招也不恋战，剑尖锋芒一闪，强大的剑气势不可当，直指离霜左胸。

被扫光了叶片的枝头落下一点飞鸿，雀鸟鸣啼声中，樱招及时止住剑势，那柄又长又重的刑天神剑被她轻松挽出一朵剑花收回。

胜负已分。

樱招将刑天收回气海，冲着对方拱手道：“承让了。”

耗尽了灵力的离霜轻吁一口气，神色虽服气，但难免有些晦暗：“我输了。”

她从来没和樱招对战过，今日一战，才发现自己还差得远。

“嗯。”樱招点点头，很给面子地又强调了一遍这个事实。

离霜眉头跳了跳，险些被气得呕血。

不是前辈吗？怎这般不爱护小辈？难道这种情况下不应该说几句“你很棒”，然后提点她几句吗？

修真界的大能们莫不是如此，其中她的师父最好为人师。她听那老头子的教诲听得烦，借着出来历练之机，名正言顺地好几年没回过师门。本打算将樱招打败后再回去让那老头闭嘴，结果……

离霜有些丧气地扯了扯被剑气撕裂的袖子，将本命心剑收进气海，正打算拍拍手告辞，忽又听见樱招说道：“我在你这个年纪时，也很喜欢你这种打法。”

“真的吗？”离霜顿时来劲了，朝她走近了一步。

“因为想赢。”

因为想赢，便想在尽可能短的时间内将战力提升到最高，至于是否会掉落境界、是否生心魔这种问题，等赢了再说呗。反正修者寿数那么长，即使是从头来过，又有何惧呢？

大约好斗的剑修们皆是此种想法，因此樱招看离霜的确是生出了几分欣赏之意。

“我会赢过你的。”离霜目光坚定。

樱招眨眨眼：“等你赢了再说吧。”

二人忽然相视一笑，在漫天秋意中生出了一股惺惺相惜之感。

“来者是客，樱招师姐在城内可有想去的地方？”

樱招想了想，一本正经地问道：“可有推荐的舞伶馆？”

夜里，一艘乌篷小船正安静地行驶在水面上。

明月挂在空中，被浮云遮住，洒下一层朦朦胧胧的光。船头破开水面荡出浅浅波纹，樱招坐在船头，裙摆上亦有水波摇曳。

迎着一阵香风，船头抵岸。

“到了。”离霜说着，率先跳到岸上。

映入眼帘的是占据了整座小岛的几间别馆，屋宇鳞次栉比，几百盏灯笼沿着檐角渐次铺开，照得四周亮亮灼灼如同白日。

一艘艘小船抵岸又离岸，秩序井然地载着一拨又一拨的客人来来往往，鼎沸的人声混着满城烟水笼罩而来。樱招四处张望着，看见无数的男伶、女伶穿着轻薄纱衣款款经过，娇莺欲语，香艳万分。

舞伶馆并非妓馆，客人们来此多是为了饮酒赏乐、消磨闲愁，瞧着倒是一派风雅。

离霜带樱招去的是这一块最气派的舞伶馆，她曾为这家舞伶馆除过几次妖，是以老板将其奉为上宾。一到舞伶馆门口，通报的小厮便满眼放光地将她二人接引了进去。

“问你倒是问对人了。”樱招满目钦佩。

“那是，”离霜十分自豪，“好歹也是在我东极门地界上，这点人脉还是要有的，正好我今日灵力耗尽，需要抚慰，带你来也算是尽地主之谊了。"

院内灯火通明，几座小桥架着，活水绕着假山从桥底潺潺流过，水汽蒸腾间似暖香在浮动。正中一个四四方方的大台子，上头有几个武生扮相的男伶在舞剑，力道虽虚浮，招式看起来倒有模有样。

女客们一人占着一张小桌，绕着流水而坐，身边两三个男伶陪着，那滋味看起来委实不错。

"糟糕！"离霜突然低呼一声，闪身躲到樱招身侧。

"怎么了？"

"我师妹在这里！"

"那不是应该去打个招呼吗？"樱招一脸纳闷。

"不不不不不，"离霜连忙摇头，不知道从哪里掏出一个面具，果断戴在脸上，自觉危机解除，才慢慢解释道，"不能打招呼，不然她会抓我回去的！我现在灵力才恢复两成，真闹起来我可打不过她！"

瞧见樱招这副坦坦荡荡的样子，离霜又扯了扯她的衣服："你也乔装一下！快！谁都知道我们今日比试之后是一起离开的，要是让她看见你，必定猜到我也在附近。"

离霜好不容易劝服那老头子不要来观战，为的便是一旦输了她就立刻逃之夭夭，可不能功亏一篑被师妹给绑回去，她还想多在外边过几年逍遥日子呢。

老板那里也得赶紧打声招呼，免得说漏了嘴。

樱招叹了一口气，想起自己曾在甘华手里买的那两套可以易容的衣裙，当下便扯着离霜闪进了旁边的屋子。

"我有两个可以改头换面的宝贝，分你一个好了，权当报答你今日的一番招待吧。"

贺兰宵的银钱几乎全数上交给了樱招，她如今财大气粗得很，几千灵石一条的灵宝衣裙，说给就给了。

她二人一人选了一条裙子，换下之后面对面看着对方半晌，不由得啧啧称奇。

樱招选的那条是杏黄色的，相貌变成了个圆脸圆眼的可爱姑娘。

左腕上的追魂印倒是没变，原封不动地还是那个样子。她扯了一段布条将左腕缠紧，又施了一道术法加固，总算看不出痕迹了。

离霜绕着她转了好几圈，惊叹道："你师姐果然是个神人，我用上术法都看不出来你的真身。"

"那是，也不看看是谁的师姐。"樱招很骄傲，她自己也是第一次用上这宝贝，对着镜子里的陌生面容看了又看，有些不习惯。

离霜很羡慕，她也想有个这么厉害的师姐，但她身为掌门首徒，辈分太高，所以只有一群不省心的师弟师妹。

离霜的裙子是红色的，幻化出的面容简直是个妖姬，身段妖娆绰约，看起来就是第二个甘华。平日里豪迈惯了的剑修被这身衣裙包裹着，反而有些束手束脚。好在她适应能力强，不一会儿便把小腰扭得像模像样了。

舞伶馆的老板极给离霜面子，安排了两间视野最好的临窗雅间，靠在扶栏上能将庭院中央的四方台尽收眼底。不多时，他又亲自领了一溜伶人上来供她们挑选。

身着竹青衣衫的伶人们品相都还不错，个个唇红齿白、眉清目秀的。离霜很够意思地等着樱招先挑，但樱招总觉得看不太顺眼，哪里都不顺眼。

樱招虽未亮明身份，但看离霜对她的态度，老板心里顿时有了几分计较。见她迟迟未作决定，便察言观色道："我这边伶人们品貌虽佳，和修士们毕竟是比不得，这位仙子如若看不上眼，那便只能烦请您稍等片刻，我再去挑几个送上来。"

"不必麻烦了，"樱招摇摇头，终于抬手指着最旁边的男伶道，"就他吧。"

离霜细细看了一眼，凑到她耳边说道："这个最好看，尤其嘴巴。"

是啊，樱招也觉得，那男伶唇形生得很漂亮，上唇坠着一颗小小唇珠。

和贺兰宵一样，看起来很好亲。

“你们确定那妖是往这边来了吗？”一道女声脆生生地问道。

舞伶馆一隅，墙头上匍匐着三道身影，三颗脑袋同时探出来，正睁大眼睛往里张望。

“那妖怪倒聪明，知道往这里跑。”满头小辫的少年揉了揉鼻子，忍住想打喷嚏的冲动，“这院里香得碰鼻子，谁还能闻出来什么妖气啊？你能闻出来吗，贺兰宵？”

被点名的少年摇摇头，视线从院子中央的四方台上收回：“贪花恋酒之地，不宜久留，走吧。”

此三人正是刚从海藏秘境中试炼出来的苍梧山小辈。

樱招追魂印发作的那晚，贺兰宵撑了大半夜，终于在黎明之前有了睡意。他有些眷恋地将一直挂在他身上的樱招搂紧了一些，脸贴着她的头顶蹭了蹭，才松开贴在她背上的手。

睡醒后她应该就不见了。

他早有预感，因此睁眼看到身边空荡荡时，只是稍微失落了一下。

枕头上残留了零星几根被他压断的头发，他闭着眼睛将头枕过去，趴了好一会儿才起身下床，眉间凝着连他自己都无可奈何的冷意。

他在樱招面前总是温柔乖巧的，像是要将贴心的乖印到她心里去，但在她看不见的地方，他却挂不住那样的表情。

未被晨曦驱散的荫翳在见到樱招留下的信笺那一刻，破开了一道豁口。秋光清冷地洒在纸窗上，却印出一道温暖的影子。

信里其实什么都没说，樱招只是交代了去处而已，末尾添上了一句“勿念”。

勿念。

怎么可能呢？

被布施的饿鬼，一点点甜头怎么够？

贺兰宵在秘境中待了三天，走出秘境时，他决定先不回山，而是去扬州找樱招。

师父在追魂印发作时，会需要他。

他是有正当理由的。

和大部队辞行时，却正好被苏常夕和燕迟听到，他二人闹着要一起去扬州看樱招比剑，贺兰宵没办法，只能被迫与他们同行。

筑基期的少年们脚程慢，赶到比试之地时，樱招与离霜早已扬长而去，只留了足够的灵石交予这边的器修们用以修复满地狼藉。

几人回蓦山楼等了一个下午也没见樱招回来。

傍晚时分，饥肠辘辘的少年们决定出去觅食。

贺兰宵出山之前已经吃了一株祝余草，暂时不需要进食，对人间五谷也没什么欲望。但燕迟和苏常夕不同，来的路上他们连干粮都没吃，就打算留着肚子品尝扬州美食，顺带将贺兰宵这个钱袋子也捎上。

贺兰宵原本不打算一起去，但转念一想，兴许可以在夜市上碰到师父，便跟着前往了。

酒足饭饱，三人坐在松江府最有名的酒楼往外头看，东西两岸万家灯火照着，街景繁华又奢靡。笙歌喧闹间，他们闻见一道妖气夹杂其中。

若是寻常妖气倒还好，闹市中隐藏几只不作恶的小妖很正常，修士们亦会睁一只眼闭一只眼，大家相安无事，井水不犯河水。

但此道妖气中却混杂着浓重血腥味，这下他们便无法坐视不管了。

几人对视一眼，旋即跟上。

一路追了大半座城，才追到这么一座湖心小岛。那妖怪狡猾得很，带着他们七拐八绕的，最后也不知道钻进了哪座院落。

无论哪座院落，空气中都是香气乱飘。花枝里外，竹影中间，掩着一对对交颈的鸳鸯。小垂手，舞春风，姿态甚是风流。

眼见着那妖怪已经渺无踪迹，贺兰宵不欲多留，当下便要打道回府。

“苏常夕，你眼睛往哪儿瞄呢？非礼勿视不知道吗？”

苏常夕刚刚偷窥完一对男女亲嘴儿，就被身边的燕迟敏锐地察觉。他大掌一伸将苏常夕的眼睛蒙了个干净。她将他的手从脸上扒下，正打算争执几句，抬头却瞥见二楼雅间窗口的两道身影。

她顿时忘了自己要说什么，转而惊叹道："那两个姑娘身上的裙子好漂亮啊。"

看着就不像俗物，也不知道是在哪里裁的。

燕迟顺着她的目光看过去，那里倒没什么值得留意的场景，就是两个姑娘倚在栏杆旁，一边喝酒一边看几个伶人在抚琴。

"你若真想知道，要不进去问问？"

燕迟认真却有些傻气的建议让本来已经跳下墙头的贺兰宵头疼，他抬眼望了望二楼那个热热闹闹的雅间，正好看见那个穿杏黄色衣裙的姑娘将头侧过来。

巷落中挤过来一阵寒凉的风，贺兰宵深深地吸了一口气，有些不敢置信地轻喃了一声："师父。"

"樱招长老在这里吗？"苏常夕闻言，又探头四处观看了一番，"没看到啊。"

不是在二楼吗？你还那么热烈地盯着师父的裙子看。

蓦地他便意识到了不对劲，声音顿住："……没什么，是我看错了。"

"魔怔了吧，你？"苏常夕不觉有异，又看了一眼在竹枝后纠缠在一起的两人，察觉自己的衣袖被燕迟拽住，才心不甘情不愿地跟着他爬下墙头。

燕迟先她一步落地，回身抄了她一把，将她抱下来。

一时之间手也没松，两人凑得极近。他见她一脸不舍，顿时皱着眉头道："很好看吗？看那么入迷。"

"不是，"她摆摆手，很坦荡地说，"我就是想知道亲嘴儿是什么滋味。"

"你问我啊？我哪里知道，我又没亲过。"燕迟也一脸蒙，目光落在她嘴上，突然有些口干舌燥，他急急转头，"你问问贺兰宵呗，他说不定……嗯？”

墙角空荡荡的。

他人呢？

四方台上舞剑的男伶们陆续退下，换了个弹琴的上来。琴声缥缈，传到二楼雅间，莫名透着股哀婉之意。

酒过几轮，离霜先行去了隔壁雅间。方才还挤满房间的一群人，齐刷刷地退场，徒留樱招一人在房间里和方才她挑选的男伶大眼瞪小眼。

一般这种舞伶馆的伶人也就是陪着客人听听曲，聊聊天，樱招来也是存着放松放松的意思。

她窝在苍梧山多年，许久未见生面孔，与弟子朝夕相处之后生出了不该有的心思，现下能想到的法子也就是尽量远离，顺便见识一下别的少年郎，看看能不能转移注意力。

若是看对眼了，带回苍梧山养着也行。

反正苍梧山家大业大的，也不多这一口吃闲饭之人。

诚然樱招来此的确是这个意思，但方才几人坐一桌饮酒时，她望着跪坐在她身旁的这个男伶却无任何感觉，甚至有些局促。

她本就不喜和人聊天，这男伶也不是个伶牙俐齿的，难挨的静默中，他能想到的也只是将樱招的酒杯斟满。

“仙子请。”

敬酒的手颤颤巍巍的，他的头低着，在烛光下显出几分青涩。

樱招没为难他，伸手接过酒杯很爽快地喝了一口。她酒量其实不算浅，不过方才已经喝了几壶，如今也有些迷蒙了。

不像，除了下半张脸有几分像宵儿，其他地方都不像。

房间内墙壁上挂着一个狐狸面具，她已经注意了好久。琴声渐歇时，她指着那个面具说道：“你去，把它戴上。”

男伶早被告知过客人们或多或少会有些奇怪的癖好，因此心里虽觉得惊讶，但仍旧低着头顺从地取下面具，戴在了面上：“这样可以吗，仙子？”

“嗯。”樱招点点头，就着摇曳不定的烛光多看了他几眼，淡然吩咐道，“不要说话。”

只露出下巴和嘴唇时还挺像那么回事，但不能开口，一开口就不像了。

男伶及时噤声，端起酒壶准备再给她添一杯，却发现酒壶已空。他指着空酒壶示意了一番，得到樱招的应允后，才起身出去唤酒。

门外候着的小厮们此时不知去了哪里，他沿着寂静的回廊走了几步，一个高挑的少年出现在视线中，只是还未来得及看清面容，便觉一阵睡意袭来，接着便两眼一黑，不省人事了。

外头忽然下起了豆大的雨，雨点敲击着廊柱溅起细密的水花，四方台上的伶人们抱着乐器赶忙躲避。樱招趴在栏杆上，见不得乐器被糟践，顺手替那些伶人们撑起一道道避雨真言，淡淡金光罩着，如雾般将雨丝隔绝。

伶人们感激地抬头，却没看到是哪位修士出手相帮。

二楼雅间的栏杆空空如也，樱招早就起身回了内室。正奇怪着那男伶怎么还没回来，便听见木门被人轻轻敲了几声，接着一道戴着狐狸面具的身影出现在门口。

烛光从门的缝隙中筛进来，许是光线足够昏暗，明明与方才是一样的衣服，一样的狐狸面具，樱招见着这男伶，却以为是贺兰宵本人到场了。

她坐在软榻上揉了揉眼睛，看着他端着酒盏走近。

男伶在她的身旁蹲下，将酒盏轻轻搁在塌旁的矮桌上，垂着头半晌没有抬头看她。

被昏暗光线包裹住的修长身影，突然变得有存在感起来。

这个角度，实在太像，樱招不自觉将脚尖竖起，往后收了收。

佩环轻响，内室静悄悄的，窗外仓皇落下的雨点让空气变得莫名有些黏腻。樱招轻吸一口气，突然伸手捏住男伶的下巴，将他的头托住。他仰面张开嘴，好像想说些什么，却被她一指抵住唇瓣：“嘘，不是说了让你别说话吗？”

他果断闭上了唇瓣，只是闭嘴时的力度却好似亲吻一般，呼吸喷洒在她指尖，有些痒。

她勾着手指在他面具上轻点了几下，突然觉得有些躁动。退开时，她从袖里掏出几片金叶子，递到他眼前问道：“会伺候人吗？”

他愣了一下，先是摇头，而后又点点头。

“收好吧，”樱招将金叶子放入他手中，转身趴在了软榻上，“给我按一下肩颈。”

她今日和人动了一番武，肩颈处有些劳损，脸伏在枕头上时，后颈也像被牵动，扯得有点疼。她伸手摸了摸，自己揉了片刻，才发现那伶人还立在塌旁没有动弹。

她撑起身子，侧头看过去，问道：“怎么了，是觉得钱少了吗？”

烛火的残光漏进来，将她露出的那一截颈子描绘得细致又朦胧。男伶摇摇头，默不作声地倾下身子，将双掌贴上她的肩头。漆黑的影子将她兜头拢住，她闻到了一股若有似无的熟悉香味。

是她产生了错觉吗，还是真的有些醉了？

她晃着脑袋将那个奇怪的想法从脑海里赶出去，回身将脸枕回到自己的臂膀。

这身衣裙不知用的是什么布料，比一般衣裙要更纤薄一些，掌心贴上肩头时，热度像是能直接在肌肤上留下痕迹，半天都消不下去。他的手法生涩得很，按来按去也没个章法，甚至轻得有些小心翼翼，不敢用力似的。

平滑的背脊掩藏在薄纱之下，几道浅浅的疤痕趴在细腻的臂膀上，没有刻意消除干净，像是战利品一般的存在。

戴着面具的少年情不自禁地将那几道伤疤一一抚过，指尖的颤意传达到肌肤上，被触碰过的地方像快要着火了一样，连带着血液也变得灼烫。樱招用手背蹭了蹭自己的脸，竟然感觉有些热。

好奇怪，明明屋内并未熏香，为何她的身体会有如此反应？

少年还在尽职尽责地替她按着背脊，尽量目不斜视，可是系在后颈的两根细带却怎么绕都绕不开，一不小心便会扯到。他从来没有觉得自己是这般笨重，呼吸也要放轻，因为已经凌乱到没了章法，正常吐息都会泄露情绪。

贪婪的、无法自控的、想要触摸更多的情绪。

他强迫自己不要想太多，奋力将目光移向枕在她脸下的臂膀。

压在脸侧的手被人轻柔地牵起，原来是那少年蹲在了塌旁，要替她按摩手臂。一路从肩膀捏到手肘，轻一下重一下的，带着某种说不清道不明的旖旎。

手心一寸一寸地缠绕在一起时，樱招忽然觉得一阵轻松。

看吧，不只贺兰宵可以，其他人也可以。

她自欺欺人地想，然后抬起头缓缓凑近他，对着那张唇形好看的嘴，吻了一口。

鼻尖那股若有似无的香气变得异常清晰起来，她皱起眉头，刚准备退开，后颈却被对方伸手罩住。她退不开，只能顺着力道朝他挨过去。

他的唇瓣重重地覆上来，毫无章法地重新将她吻住。

第陆章 光怪陆离

那个剑谱中的幻影，
是他在孤寂的少年时代里，
收藏进床帐的月光。

"唔……"

樱招的惊呼声变得模糊不清，她伸出一只手抵住他的肩膀，没使什么力气，因为她自己也弄不清该不该推拒。结果便是这点微弱的抵抗力被人敏锐地察觉，原本扼住她后颈的手失去理智一般下移，覆在她的背脊上将她一把搂住，跪在地上的少年直起身子，迫不及待地追吻过来。

于是刚分开的唇瓣又重新贴在一起。

少年急促的呼吸中夹杂着一股难以言喻的兴奋，呼吸滚烫得像是被火炙烤了很久，身上散发着好闻的冷桃香。

他整个人太过无所适从，樱招的手被他捏进掌心，抓得死紧。

她被他缠磨得没办法，只好安抚似的回握住他，手指摩挲过虎口时，却在虎口和食指处摸到了一层厚厚的茧。

厚厚的茧？

樱招愣了一下。

只是熏香的话，冷桃香并不是什么很独特的气味，她闻着闻着就不在乎了。可是，男伶的手是不会粗糙在这两个部位的。

种种奇怪之处再也无法让她视而不见。

抵在两人胸膛间的手终于用上了点力气，她皱着眉头将他推开。

少年似乎有些蒙，闭着眼睛又要凑过来，脸上的狐狸面具被她一把掀开。

晦暗的空间里，映入眼帘的果然是那张她熟悉的脸。

贺兰宵。

只是，为何会是他？穿着和男伶一样的衣服，还戴个狐狸面具？

还有，伶馆这种地方，他怎么敢来？！不怕被她知道后打断他的腿吗？

等等，等等！

她方才和他亲成这样，还手贱地将他的面具给掀开了，以后她还怎么当他师父？一层一层的思绪翻涌上来，樱招喝酒喝到有些迟缓的脑子竟不知该先计较什么。

微弱的焰芯在奄奄一息地晃动，少年的脸上闪过一丝无措，一声“师父”在嘴边，嗫嗫着想唤出来，下一刻面具又被樱招“啪”的一下框在脸上。

师父下手多少有些不知轻重了，好疼。

他有些茫然地抬手蹭了蹭面颊，理智在这一瞬间终于回笼。

他太放肆了，做出这样大逆不道的事情，师父一定会生气的吧？

会罚他吗？

会……赶他走吗？

他膝行一步，正打算牵住樱招的衣角，刚被戴上面具又被她掀开。这次力道轻柔了很多，他眨着眼看向她，却并未看到他想象中盛怒的神情，虽然师父的脸色远远算不上好看。

樱招已经尽量让自己冷静了，她如今顶着的可不是他师父的脸，而是一个对他来说完全陌生的女子。那么，就算是不小心亲了抱了，在他眼里，和他做出这种事的也不是“樱招”。

“你不是方才出去的伶人，”她沉吟着开口，“你是何人？”

是了，装作不认识他便可以了，这样才是最好的办法。

只不过刚才想问的事情，自然也不能如同长辈一般诘问了。

贺兰宵偏了偏头，几乎是在瞬间便明白过来她的意思，却一时之间没有作答。

师父大概以为他和旁人一样，看不见她的真容，于是想顺水推舟假装成别人。可是在他眼里，她分明还是那副模样，毫无变化。

满腔的迷恋已经堆积到了喉咙口，只等她问一句便可以和盘托出，他憋了好久，已经到了完全无法掩饰的地步，但樱招的一句话却让他不得不退守回弟子的位置上，装作眼前人只是一个陌生女子，而不是他心心念念的师父。

这样也好，他想，起码师父也是舍不得他的，因为一旦戳穿便再无回头路可言。

师父真的很聪明。

“在下乃苍梧山樱招座下弟子，”他目不转睛地盯着她，缓缓报上自己的姓名，“贺兰宵。”

樱招听到自己的名字时，目光不由得闪烁了一下，很快又恢复镇定，接着问道：“你为何会冒充伶人？”

“来扬州寻我师父，和同门一起逛夜市，不巧遇到了一个厉害妖怪，一路追击至此，以为那妖怪隐蔽了行踪，藏在此处，一间一间查看时，恰好被姑娘……留住。”

他说的都是实话，除了他并未一间一间查看。

这个馆子地形不算复杂，樱招所在的房间只需看一眼便能确认。他在门外守了很久，直到看见那个伶人端着酒壶出来。

这番话在樱招听来也不算颠倒黑白，她仔细回忆了一番方才的情形，才发现的确是自己将他给叫住的。他一来她便又捏下巴又给金叶子的，实在是惭愧。

她端坐在榻上，撑着下巴朝他看过去，他现下看她的眼神倒是和平时不一样，是濡湿又晶亮的，又有些热烈，像是巴望着她再说些什么。

原来他喜欢这种圆脸圆眼的可爱姑娘吗？

明明都不认识，要他留下他便留下，连寻师父一事都忘了。

不过，贺兰宵说来追击妖怪，那肯定确有其事，只是现下她不好散出神识查看，以免灵气外泄，被他瞧出破绽。

只用鼻子来嗅的话，方圆几里倒并无异样。

当今世道，修士们与妖族的关系，并不像同魔族一般势同水火。毕竟，魔物，是吸食天地间恶意而生，多肆巧诈，多恣淫杀，多纵贪嗔，行事诡谲，不知正道。

而大部分妖物和修士们一样，每日勤恳修行只为得道成仙。同是逆天而行，夺天地之造化，便说不上谁比谁高贵。只要妖物们不做伤天害理之事，修士们见着也是大道朝天，各走一边。

苍梧山这几名弟子难不成是刚好碰见了作恶多端的妖物？

如此说来，追丢了倒是好事，以他们几个的修为，若是遇见厉害的大妖，只怕是不够对方塞牙缝的。

见她一直沉默不语，贺兰宵试探性地问道："敢问姑娘芳名。"

"啊，"樱招回过神来，一时也不知道该冒充谁才好，好像谁也不行，于是她只能说，"这个你不用管。"

"噢……"贺兰宵点点头，正好他也不想叫她随口胡诌的名字。

外面雨停了，窗外灯笼黄澄澄的光洒在窗纸上，映出两三枝竹影，气氛顿时陷入一阵微妙的沉默。无法再坦然地继续靠近，却又不想就此拉开距离，二人在幽暗的内室四目相对，谁也没有动。

只有此起彼伏的有些纷乱的呼吸声在轻轻回荡。

还是樱招先开口问他："我那伶人被你弄到哪里去了？这面具是从他手里抢的吧？"

贺兰宵："……"

贺兰宵不喜欢她这样亲密地称呼别人，这样带着妒意的想法让他语塞了很久，最终还是乖乖交代："就靠在走廊上，被我施了昏睡咒和障眼法。"他顿了顿，"我出去后会把他弄醒的。"

倒是想得周到，不过像他这样一间一间地找，也不怕撞见什么不该撞见的东西。

"那你要出去吗？"她又问，见他拧起眉头，突然有些安慰地加了一句，"帮我把他换进来。"

"不，"迎来的是毫不犹豫的拒绝声，"不，不要让他进来。"

他一连说了几句，不知从哪里生出的勇气，竟将双手伸出来将她搁在膝头的手握住："我在这里就可以了，你想做什么，我都可以。"

少年自荐枕席的行为堪称急迫，樱招看着他近在咫尺的眉眼，是即将褪去青涩，长成大人的模样，只看轮廓都要英俊到人心里去的一张脸。

她醺醺然，忘了自己的身份，慢慢地将他回握住，于是交叠在一起的手便构筑成了温暖的巢穴，里面躲着她所有的卑鄙与无耻。

但这都应该怪他，贺兰宵。

“你会吗？”樱招听见自己这样问他。

她知道自己已经失控了，但她竟然觉得有些松快。无所谓了，反正知情的只有云和月。

贺兰宵反应很快地欺身逼近她，忙不迭将自己的一双唇送到她嘴边，呼吸纠缠间，他咬住她的嘴唇轻声说道：“我可以学，我学什么都很快，你可以……教教我。”

你知道的，师父，徒儿学什么都很快。

樱招觉得，自己好像对这种事很熟练，不只是梦里梦见过的那样简单，而是她曾经很真实地和某个人在一起探索过无数次。

千般爱惜，万种温存，都只与他一人。

那个人的模样，被尘封在她丢失的记忆里，在这一刻竟与眼前的人重合。

是她真的醉到不行了，才会产生这种错觉吗？

她下意识地伸出双手勾住他的脖子，张开嘴迎凑上去。

贺兰宵身上可真香啊，可他也是真笨，一双眼睛雾蒙蒙地看向她，捉住她的手腕将她围困。她忍不住揉了揉他的脑袋，这样习惯性的动作让两人同时愣了一下神。她有些尴尬，想抽回手，却被对方更深地抱紧。

手腕上传来的触感却让贺兰宵皱了皱眉头，他将樱招的左腕牵到眼前，看着腕上缠紧的绷带问道：“这里，受伤了吗？”

那是樱招为了遮掩追魂印特地缠上的绷带，她看了一眼，毫不在意地说道：“怎么可能？你师……”意识到自己嘴上没门，差点说漏嘴，她顿了顿，看见他神色未变，才接着说道，“你是在关心我？这么关心一个陌生女子可不好哦。”

“是吗？”他敛了敛眉，很执着地想要一个答案，“那究竟有没有受伤呢？”

毕竟师父今天的确是和人真真实实地打斗了一场，他们赶到时，周遭还未离开的人群将那场面描述得凶险异常，湖上隔得老远的小船都翻了几艘。

樱招没想到他心里这些弯弯绕绕，她此时也不太在乎，心里起了点玩心，她伸手在他已然变得通红的耳朵上刮了一道。

像是投入炉子中晒干的柴火，腾起再也无法浇灭的火焰。

夜已深，院子里的灯笼一盏一盏地熄灭，樱招踏着夜色离开舞伶馆。

只是离开之前费了不少功夫。

贺兰宵对她这张圆脸姑娘的皮恋恋不舍，磨磨蹭蹭地凑到她身边，伸手将她圈住。只是下一刻，他的胳膊便被她毫不留情地从身上扒了下来。

他没有再试图圈住她，只是沉默地听着她利索起身的声响。片刻之后，她才出声交代道：“我走之后，你把那男伶的昏睡咒解开，然后径直离开，不要停留，知道了吗？”

“嗯，”贺兰宵低声应了一句，“那你去哪里？”

“我自有去处。”

她功力恢复了大半，因此可以从这几座院落里浓得化不开的脂粉气中辨认出一丝若有若无的妖气。她要去寻那妖物，自然不能将他带在身边。

他盯着她的脸，张嘴滞涩了片刻，才问道：“我还能……再见到你吗？”

“啊？”樱招有些愣神，这人莫不是食髓知味，还想再多来几次？

她正了正脸色，不自觉地又把自己摆回了“师父”的角色，苦口婆心地劝道：“过多沉迷，于你无益，你且节制些。”

此言一出，贺兰宵也愣了，正打算解释几句，樱招却速度很快地瞬行到窗边，扔下一句“有缘再见”，便直接飞身走了。

房间瞬间变得一片沉寂，他呆坐在榻上，看着静静躺在地上的狐狸面具，抬手按住了眉骨。

一路循着妖气而去，樱招却并未发现妖的踪影，只在一处僻静院落寻到几根晶莹蚕丝。那蚕丝挂在一棵老树上，树枝竟被腐蚀得嗞嗞作响。

看来是只蚕妖。

这么强劲的妖力，吐出的蚕丝亦带着剧毒，那为何被苍梧山几个低阶修士追击时不直接杀掉他们，反而一路逃窜到此处呢？

蚕丝上的确有股浓重的血腥味，难不成是受了重伤？

她施了个术法将毒液净化，冒着细雨回到蓦山楼。

已近寅时，蓦山楼的伙计早已入睡，大堂却还亮着一盏烛灯。灯下人的影子被拖曳到她脚边，她顺着影子看过去，原来是她的好徒弟。

他的确是很听话地径直回来了。

不对，他听的也不是她这个师父的话，而是那个圆脸的陌生女子。

樱招下意识地低头看了看自己的衣袖。幸好，方才她已经将那身杏黄衣裙换下，如今她已变回了自己的本来模样。

“师父。”听见她回来的动静，贺兰宵很快起身走过来，似乎在确认她的安危。

只是对视的瞬间，两人的眼神都情不自禁地闪躲了一下，桌上燃烧的烛焰微妙地舒卷着，樱招定了定神，才想起来现下的自己应是今日第一次见他。

她抿了抿嘴，做出一副讶异状：“宵儿，你怎会来松江府？”

她又变回那个他不能触碰的师父了。

是已经做好预期的场景，贺兰宵停在了原地，没有再向前一步，只是垂在身侧的双手在轻微颤抖，在昏暗的烛火中泄露出一丝委屈。

“师父给我留了信笺……”少年将目光移回她脸上，看着她的眼睛说道，“我便自己找过来了。”

“噢，”樱招了然地点点头，状似不经意地问道，“你一直等我到现在吗？”

贺兰宵摇摇头：“没有，弟子此前和燕迟、苏常夕两个出去了，遇到一个大妖，追到舞伶馆，追丢了。”

后来发生的事樱招再清楚不过了，她悄然咽了咽口水，四处张望了一番，才问道：“他们二人呢？你们没受伤吧？”

“已经歇息了，没受伤。”

蓦山楼是甘华的产业，商铺后头藏着一处精巧别院，可供苍梧山弟子们游历时落脚。他们呈上弟子令之后，管家便客客气气地给他们安排了几间厢房。

燕迟和苏常夕在发现贺兰宵不见的那一刻，倒是没有多担心他。苍梧山弟子出山历练之时，身上佩戴的弟子令会感应到附近同门有危险，既无感应，那便说明贺兰宵安然无恙。

反正贺兰宵独来独往惯了，他们也只以为他已先行回去，于是二人在舞伶馆附近转悠了一圈，未有所获，就自行回了蓦山楼。

“如此，那你也歇息去吧，累一天了。”樱招淡道。

“是，师父。”

少年行了个弟子礼，站在原地等着樱招先进后院，呼吸压抑着放得很轻。

樱招越过他时，他本想克制着不要看她，但终究没忍住。他侧过脸，挣扎着想找出她脸上那可能出现的一星半点的不舍。

却只捕捉到她的背影。

外面街道上远远地传来巡夜人敲梆子的声音，樱招的脚步声也渐渐远了。

贺兰宵面无表情地伫立了一会儿，才转身朝着自己的房间走去。

迎面吹来一阵沁凉夜风，被火炙烤了很久的心却丝毫没有被抚慰。目光落在自己虎口处被人咬出的牙印上，他拂起衣袖，看到胳膊上也有几个。

他该感谢师父，给了他一场这样甜美的幻梦。

樱招的厢房正好临着院落，她站在窗边将窗户撑开一条缝，一直看着贺兰宵进了自己的房间，才悄然合上。

今晚发生的一切，已经不能用“冲动”二字来解释。

她做出了无法挽回之事，畅快之余，仍是有些惆怅。

她本以为自己很了解这个徒弟的，但此时此刻——不，或许，从他被她那副幻象留住起，她就已经看不透他了。

或许是她一直以来都太过在意自己，在得知他没有威胁后，便直接将他放养，根本没有真心试图了解过他，却又在发生异样时，第一时间怀疑他。

况且这其中，还隔了一年未见。

现下他变得这般捉摸不透，想来的确是应当怪她这个师父，没有好好尽到教导之职。

翌日巳时，贺兰宵来到前院等樱招时，樱招还未醒。

苏常夕比他醒得更早，她对蓦山楼里卖的妖商小玩意儿堪称痴迷，一大早便跟着伙计们一起张罗开店，现下已在里面消磨了近一个时辰的光景。

眼看着蓦山楼渐渐人满为患，贺兰宵便自动退出去等。耳边忽听得有人叫唤，原来是燕迟，在对面的早点铺吃面。

贺兰宵走过去坐下，燕迟边吃边问他：“你真的一点东西都不吃吗？”

“嗯，”贺兰宵回道，“吃了祝余草，没胃口。”

他如今并不是一点五谷都不能食，自从樱招放松了对他的监视后，母亲给他传递丹药也不是那么困难。未避免引人怀疑，他会定期食用丹药以应付不得不食五谷的情况。

但现下他的确是不想进食。

燕迟不太理解贺兰宵这种才入仙门不久，就急吼吼借助仙草来辟谷的行为。不仅他不理解，新进弟子们都觉得他这样做可太对不起大家了。修行已经这么累了，吃个饭放松一下有何不可？

偏偏有人连这个时间都不要空着，一心向道只为修行。衬得其余弟子倒像是饭桶一般，每次在饭堂多耽搁点时间都战战兢兢的，生怕被师父呵斥不用功。

“你欲望这么低，连口腹之欲都没有，倒天生适合修行。”燕迟喝了几口面汤，“真想象不出来你面对心爱的女子时，会是什么模样。”

欲望低吗？

贺兰宵承认，他在旁的事情上，的确没有什么欲望。

但是，一旦涉及师父，他总会变得像野兽一般，失去人性。

师父……

心爱的女子？

贺兰宵呼吸一紧，耳尖突然变得有些红。

燕迟瞧着他这副样子，张着嘴，下巴都要掉了：“不不不会吧！你真的有？！对了！你昨晚扔下我们去哪里了？”

昨晚在墙边上正说着话呢，一转眼贺兰宵就不见了，招呼都没打一声，害他和苏常夕以为贺兰宵被妖怪给掳走了，还在那几处院落附近转悠了好半天。

好在弟子令始终没有触发危险信号，他眼见着苏常夕在那边流连得简直是乐不思蜀了，才一拎她的衣角，将她强行绑上了回城的船。

一声一声的追问，反倒让贺兰宵镇静下来，他只说了一句“有事”，便再不开口。

燕迟正打算再问一句，余光却扫到有个身影扑过来。

是苏常夕。见他二人都坐在蓦山楼对面的面摊上，苏常夕顿时急不可耐地要跑过来分享她探听到的秘密。

“你们猜我刚刚打听到了什么消息！”见到燕迟的那瞬间，她有些不自在，原本打算如往常一般挨着燕迟坐，半道却掉转了方向，坐在了贺兰宵身边。

贺兰宵奇怪地扫了她一眼，倒是没多说什么。

对面的燕迟突然安静了下来，嘴角向下耷拉着，沉默着喝完最后一口汤，才开口问道："什么消息？"

苏常夕四下张望了一番，确定没有人注意这边后，才压低声音示意他俩凑近一点。

她神经粗，根本没注意到那两人动也没动，自顾自地说道："刚刚我在蓦山楼买了几颗吐真丸，原是打算在一个老伙计身上试一下药效，结果试出来一个惊天大秘密！"

"你们不感兴趣吗？"她一脸疑惑地左右看了看，"他说樱招师叔以前有过道侣欸！"

"什么道侣？！"

坐在身边的人终于有了反应，苏常夕偏头看向贺兰宵，没有察觉出他语气当中的细微颤抖。

而坐在二人对面，原本情绪不佳的燕迟，却从他略微失声的追问中，窥见了某种不该有的情绪。

桌上的茶水正蒸腾着热气，飘散在秋日暖洋洋的空气中。燕迟端起水杯喝了一口，才盯住贺兰宵说道："樱招长老找过道侣，不是很正常的事情吗？"

苏常夕跟着点点头："对啊！我也是这么想的呀！樱招长老这么厉害，找过几个道侣是再正常不过的事了！贺兰宵你身为她的亲传弟子，居然不知道的吗？"

他当然是有感觉的。

师父心里藏着一个人。

她偶尔会不小心地把在那个人身上养成的习惯，用在他身上。

不论是看到他受伤时搂住他失声痛哭，还是趴在他身上对着他的脖子迷迷糊糊地亲，抑或是在北垚峰时，那样乖地任由他握着手一晚上不松，还不自觉地将头枕在他掌心……这一切亲密的举动，皆是师父在透过他，看另一个人。

更何况还有参柳那个不靠谱的掌门时不时用异样的目光提醒他，却不正面解答他的疑问……

只是师父从不提起，他也就当没这个人存在。

方才还有些失态的少年顷刻间便恢复了冷静自持的模样，他盯着面前满是油污的木桌，微不可见地摇了摇头："师父从来没说过。"

苏常夕收回目光，接着说道："那伙计说，几十年前在他还年轻的时候，樱招长老与她那道侣是来过此地的，他说那个男人高高大大的，戴着一副面具，每日与樱招长老黏在一起，简直是寸步不离……"

她丝毫没发现身边贺兰宵的脸色越来越沉，整个人沉浸在自己对于"面具男""高高大大""寸步不离"这种词汇的想象当中，似乎随时都能脑补出一段惊天地泣鬼神的美好爱情。

开玩笑，那是樱招长老欸，究竟是什么样的男子才配得上她最崇拜的樱招长老啊！

"那为何从未听师兄师姐们说起过？"燕迟及时打断她。

"噢，那是因为……"她神秘兮兮地又朝着四周看了一眼，确认无人留意这边后，才低声道，"苍梧山被前任掌门下了禁制，山门大阵内不许任何人妄言樱招长老曾找过道侣一事，如有违背，便会被禁制责罚。"

"你怎么和谁都能聊一嘴？"燕迟盯着她，嘀咕了一句，才转而问道，"到底发生过什么事，责罚竟这么严重……"

"这个他也说不清楚，反正禁制之下，无人敢提，甘华长老也是再三叮嘱他千万别在樱招长老面前说漏嘴。"苏常夕沉默了半晌，才叹道，"也不知道樱招长老和那人之间究竟有什么过往，才会让前任掌门这般严防死守……"

自古以来，弟子们便对师父的旧事皆具有强烈的窥探欲，更何况，苍梧山四位峰主，个个都是人中龙凤，一举一动自然被人津津乐道。

中土最大的情报部门枭阳楼还专门出过一本小册子，里面记载了中土各大仙门人士的小道八卦，真假暂且不论，销量反正是常年居高不下。

就连苏常夕也买回来看过，最让她感兴趣的当然是樱招和参柳的生平。

参柳的履历自是不必说，岚光仙姑首徒、少年天才、正道魁首，长得帅、性情好，是万千少女的梦中情人。少时喜爱四处游历，稀奇古怪的传闻记载了满满两大页，最最拈花惹草的性格，却是片叶不沾身。这么多年来，别说道侣了，就连红颜知己都没一个。

关于樱招的记载基本上都是人们所熟知的那些，以剑入道，天生剑骨，是岚光仙姑最宠爱的小徒弟。在无本命心剑的加持之下便能杀进剑修榜直逼榜首，去了一趟魔域带回来一把神剑，更是让她坐稳第一剑修的位置。

其中也夹杂了许多历练之事，再然后便是她与魔尊斩苍在琅琊台那一战，她一剑将斩苍杀死，自己也深受重创，一睡十年。

关于这件事的来龙去脉，册子里并未有过多添油加醋的描述，只说此二人积怨极深，那斩苍曾以魔尊名义下令全魔域通缉樱招，因为她犯了重罪。

后来苏常夕找参柳求证过此事是否属实，参柳倒是一脸坦然地点头道："是啊，当然属实。"说罢还笑呵呵地感叹道，斩苍在位期间，极少有为难中土修士的时候，这么多年来，有此"殊荣"的也就樱招一个。

关于樱招长老有过道侣一事，那册子倒是只字未提。

这蓦山楼的老头原也不是知情人，只是知道零星半点的皮毛而已，再多的内情他也说不出来了。

苏常夕本打算再追问几句甘华长老和风晞长老之间究竟是什么关系，没承想吐真丸时效那么短，一会儿就失效了。那伙计心知自己说漏了嘴，一脸讪然地躲进了后院，再也没出来过。

"所以樱招长老真的从来都没有提起过这个人吗？"苏常夕扭头问贺兰宵。

她的声音在耳旁嗡嗡作响，贺兰宵花了很久才捕捉到她究竟在问些什么。

"没有。"他好像只能说出这么一句话，其他的言语怎么也组织不起来。

“这种情况，要么是反目成仇，要么是不在人世了吧……”燕迟将贺兰宵的那盏茶朝他推近了一点，“修行之路，本就凶险万分，进阶时横死或是堕魔都很正常，至于我们，还是守住本心为上，对吧，贺兰宵？”

被点到名的少年抬眼冲对方露出不置可否的一瞥，没有给出任何回答——那是绝对没有听进去的表情。

燕迟默默地叹了一口气，倒是苏常夕被他这番话说得有些伤感，连早点铺内充盈的面香味也闻不进去，苦着脸思索自己的本心究竟是什么。

她一闭嘴，他们这桌就显得安静异常。

樱招走出店门，看到的便是那三人谁也不搭理谁的场景。正打算叫他们，却没想到贺兰宵似是有感应，在她出声之前便将头抬了起来。

隔着满街的喧嚣声，她看到他嘴唇动了动，无声唤了她一声：“师父。”

阳光铺满了整条街，光柱中有灰尘在飞舞。接着他突然站起身来，瞬行至她身前。

樱招被他吓了一跳，后退一步拉开距离。

而贺兰宵下意识地想去拉她，手伸到一半才生生克制住自己，握拳背在身后。指节用力到发白，面上却依然笑着，是他惯常挂着的礼貌面孔——即使他像现在这般直冲到她面前的举动完全可以称得上是“失礼”了。

眼神中有股控制不住的情绪膨胀开，他将樱招沐浴在晨光中的脸仔仔细细打量了一遍，才问道：“师父休息好了吗？”

一句简单的问话，又将樱招的记忆拉回到昨天夜里。

红绫被，象牙床。

为了不被他发现本来面目，她甚至将他的眼睛给蒙了起来。

虽然很笃定他不会擅自将蒙住眼睛的衣带扯下，但她替他系上时，仍旧加固了一层术法，以确保绝对不会脱落。

红色的绸缎覆在少年玉一般的面颊上，有种勾魂摄魄的美。他是不易脸红的体质，泰山崩于前也是一副冷冷清清的模样，只一双眼会流露出一丝脆弱感。但那双眼被遮住之后，面颊便显得愈发得冷。

偏生耳朵又是红的，像要滴血。

一如现在，日光从他身后斜照过来，一双耳朵被照射得透着微红。

她知道他是无心的，于是她也尽量表现得正常。

“嗯。”樱招点点头，将内心那股隐隐约约的悸动压下，视线越过他看向另外两个眼巴巴看着这边的弟子，“叫他们也进来吧。”

“是。”他应了一声，漆黑的瞳仁照映出她的模样，舍不得移开似的，又看了她许久。

自己的本心是什么呢？

好像从来也不是什么求仙问道。

一直以来，他都只是想见到樱招而已。那个剑谱中的幻影，是他在孤寂的少年时代里，收藏进床帐的月光。

他品尝过，便再也忘不了那种滋味。

至于那个让前任掌门下了禁制，连提都不能提起的男人，最好是死了，永远都不要再出现在师父面前，不然他实在是不敢保证，在嫉妒心的驱使下，他会做出什么可怕的事情。

樱招叫他们也没别的事情好做，就是记起了自己的师长身份，仔细询问一下他们三人此次下秘境的收获，以及接下来的打算。

三名弟子坐在亭台中，将近段时日的见闻一一道来。

苏常夕应是此次秘境历练中收获最丰厚的人，天材地宝寻到了不少，还得到了一只珍稀灵兽驺吾。

海藏秘境，试炼程度虽只能评个中等，也没有四大派的掌门级别大能来坐镇，但这秘境实实在在还挺吓人的。

入秘境那日，来自各门各派的弟子们原本是自行组队，挑选伙伴合作的，这样猎得的灵宝更多，抗风险能力越强。若是表现出超高的领导力，还能获得秘境之外通过水镜观察的长老们的青睐。

外门弟子若是能利用好这次机会，说不定能升入内门。

来自苍梧山的三名亲传弟子因平日里总是暗自较劲，且各自都有要拔得头筹的想法——主要是苏常夕——故并未有通力合作之意。

贺兰宵纯粹是独来独往惯了，不想与人有点头之交以外的交情，加上万一遇上什么难以对付的妖物魔物，他若失手将魔气外泄，事情恐怕难以收场。

而燕迟则是怎样都无所谓，他看了一眼苏常夕，她竟立马与他隔开一臂的距离，挑眉道："别看我，魁首我势在必得。"

"是是是，你最厉害了。"燕迟极认真地敷衍了一句，侧过头时，不自觉弯了弯嘴角。

总之，三人就这样各自为政地站得有一些距离。

传送法阵将弟子们一拨一拨地送入秘境，却未想到这法阵将人送往的去处各不相同，此前结伴组队的那些弟子，有些瞬间被冲散，有些提前使用了法器，侥幸逃过。

苏常夕的落脚点是一处雪山，她在里面待了三日。

前两日倒还好，左右不过是些缠人的法阵与骇人的魔物。

她师承参柳，刚好参柳的法阵又冠绝天下，据说他少时便是法阵一门的天才，前任掌门钦点的接班人，虽然他讲的课极为深奥晦涩，令人昏昏欲睡，但只需要学到一点皮毛，便足以让她应付这秘境当中所有的法阵。

至于那些魔物，虽长得骇人，但发动的都是物理攻击，看得见亦摸得着。

她使的法器是一把弓弩，远战加上法阵的加持，基本上也能应付。

妖丹和法宝拣了不少，受了伤就吃丹药，如此撑了两日，苏常夕总算是走到了一处村落。

这村落看起来已荒废多年，处处败落。她在村中查看了几圈，并未发现任何同伴，也不知道他们究竟被传送到了哪里。

秘境之内不允许带弟子令与通讯符，她此时想联系同门都没有法子。

两日未曾见到一个可以说话的对象，她此时有些后悔没与燕迟组队。虽然他有可能帮不了她多少，留着解闷也行啊，或者干脆再将他变作一只猫，揣在怀中取暖。

反正他被参柳变成猫的那次，一晚上在她被窝里不也待得挺安稳的？不吵也不闹的。

夜幕降临，她寻了一处还算干净的屋子，在屋前屋后设下禁制，胡思乱想着躺在床板上，打算打个盹。

从雪山离开之后，山下的季节便入了夏，明明屋外满是蝉鸣，苏常夕却觉得床板发冷，而且越来越冷。昏昏欲睡中，她觉得自己仿若掉进了冰窟，四肢僵硬不说，嘴里还呼出了白雾。

不对劲。

在被彻底冻得不省人事之前，她迅速给自己施了一道真火咒驱散周身寒气。翻身下床，脚点地时，手脚还没恢复利索，她直接一骨碌滚到了地上。

这一滚地，苏常夕恰好瞥见自己方才躺着的床板底下，有一只骷髅在对着床板吹气。听到苏常夕起身的动静，它竟侧过头来，冲她咧嘴笑了笑。

彼时四周万籁俱寂，月亮惨白，月光却照不进窗棂。

渐渐地有虫声响起，似乎是从地底下传出来。幽暗的房舍内，苏常夕一脸木然地与那只骷髅四目相对。

良久，苏常夕爆发出一声划破黑夜的惊叫。

她连滚带爬地跑出房舍，却被屋外的场景吓得快要昏过去。原来从方才起便一直响个不停的虫鸣，根本不是虫鸣，而是万千只骷髅骨头响动的声音。

该死，她这是捅了骷髅窝了吗？

虽然她早知道这村落会有蹊跷，但她完全没料到会是这种将人吓个半死的蹊跷啊！

进入村落的主干道上一片乳白，被迅速逼近的骷髅群挤得密不透风。苏常夕连甩三道符咒，在村落主干道上设下困阵，但这法阵也只能管住一时，根本堵不住千军万马一般逼近的骷髅人。

它们无知无觉，亦不会疼痛，断手断脚甚至是脑袋掉了都没事，只要还能挪动，爬也要往苏常夕这边爬。

突然一只骷髅不知从哪个巷落里冲出来，张开五指一把攥住了苏常夕的脚踝，力气大到几乎要将她的骨头捏碎。

她惊叫着甩下一根箭羽，一瘸一拐地迅速撤退，朝着村落的另一出口奔去。剑是御不了的，这秘境为考验弟子们的随机应变能力，亦会随机限制入境弟子的某些能力。

慌不择路之下，她奔上了村落后面上山的路。山脚下有间荒废的茶肆，她白日里进村时，明明已经查看过无任何问题，此时茶肆外，却有不少骷髅围坐成几桌，它们上下牙齿不停地磕，似活人在谈天一般。

但是，它们是以齐刷刷将脑袋摘下来摆在桌面上的姿态。

苏常夕吓得四肢都在抖，但仍是沉着地屏住呼吸，悄悄地、悄悄地走过去。

山道前方伫立着一棵巨大的歪脖子树，远远看去像是树底下有什么通体雪白的东西。可身后是不怕疼也不会死的骷髅群，苏常夕心一横，还是朝前直奔。

跌跌撞撞地靠近，苏常夕才看清，树下坐着的是一个衣不蔽体的女子。该女子面孔异常美艳，脖子上却套着一根麻绳，她并未看向任何人，就这么安安静静地坐着，似乎这周围发生的一切都与她无关。

她不由得驻足停留了一瞬。月光下，那树的枝丫狰狞，瞧着的确很有些瘆人。再加上此时天空很应景地接连扯下几道闪电，恐怖的气氛更为浓厚。

夜风一吹，苏常夕被冻僵过一轮的身子再次感受到彻骨的寒意。

也就这么一瞬的工夫，身后无数根骨头响动的咯咯声更为恐怖地逼近，眼看着自己就要被追上。她看了一眼树下的花魄，将快要蹦出喉头的心吞了回去，抬脚便继续逃。

跑出十步开外了，她突然折返回来，哆嗦着手指将身上的外袍解下，披在那花魄的肩头。

闪电突然停了，那美艳的花魄呆呆地抬起头看了她一眼，竟一脸和善地出声道："多谢姑娘。"说着还将苏常夕的外袍拢了拢，将自己裹紧了一些。

说来奇怪，四面八方围困过来的咯咯声骤然消失，苏常夕侧身看向山脚，发现方才还将山道挤得水泄不通的骷髅群竟然全数不见了，仿若从未出现过一般。

见她一脸震惊，那花魄缓缓解释道："你们有几名弟子都来过这里，但只有你，慌忙奔逃间还为我披了一件衣衫。"

所以这是她动了恻隐之心的奖励？

苏常夕当下并未感觉到高兴，只有一种劫后余生的脱力感。她扶着那棵歪脖子树喘了好半天的气，才一歪身子在地上坐下，即使面前就正对着那根很有可能吊死了几个人的枝丫。

她没有选择立马走，而是就地坐下，这举动让花魄有些吃惊。

以前来试炼的弟子中，虽也有为她披衣之辈，但像苏常夕这般干脆逗留着不走之人，她也是第一次遇见。

毕竟，像她们这种怨灵，一般修士都是避之不及的。

该说这小姑娘心太大吗？

苏常夕歇了一会儿，突然问道："那我前面的几个弟子怎么样了？"

"还能怎么样？"花魄答道，"被骷髅淹没，体会死过一次的感觉，然后被扔出秘境，试炼失败。"

还挺凄惨的。

正唏嘘着，花魄脖子上的麻绳始终令苏常夕十分在意，她犹豫了片刻，才问道："你脖子疼吗？"

"唔，这个啊，"花魄将麻绳牵起，"不疼。"

“不如我帮帮你吧？”苏常夕实在是和谁都能聊一嘴，就跟她那个不靠谱的掌门师父一样，誓要交遍这世上所有物种的朋友。

花魄却像是听到了什么好笑的笑话，捂着脸在原地笑个不停。笑着笑着，竟从指缝里流出两行清泪，扑簌簌地流个不停。

“你别哭啊，”苏常夕这下有些手足无措了，连忙安慰道，“我就这么一提，那你要是愿意留在这里吓人……也行。”

一句话说得花魄有些哭笑不得，她抬手擦了擦眼泪，扯着嘴角道：“小姑娘，我在这秘境当中已经不知道待了多少年了，那些老修士将我拘在这里，从未想过要给我一个解脱。今日你若是多管闲事将我超度，出去之后定会受到责罚。”

苏常夕一脸不在乎地摆摆手：“哎，不就是被罚嘛，我被罚习惯了，这个你不必担心。”

她虽是同届弟子当中最优秀的那一个，但也是最调皮的那个。偷溜下山，来不及回来时，她被不嚣峰掌事长老罚了不知道有多少次，从来都没吸取过教训。

这不，一旦脱离了管教，她又开始擅作主张起来。

其实在花魄流泪的当口，苏常夕便在脑中收到了来自秘境外的秘密传音。原来是水镜外的长老瞧见她打算将花魄超度，及时向她发来警告，让她不要做出修改秘境设定之事。

但她决定不去理会，跟随自己心意而走。

往生咒念了三遍，抱膝坐在月光下的花魄终于怨念全消。歪脖子树上的叶子随着夜风轻轻摆动，花魄的身影渐渐化作一缕清风，融进了夜色中。

她坐过的地方，只留下一根破旧的粗麻绳。

苏常夕看着花魄消散的方向，正愣着神，夜空中突然飘来一句轻轻的声音：“小姑娘，多谢你，最后再送你一个礼物吧。”

话音刚落，歪脖子树根处竟凭空出现一个金光闪闪的东西。苏常夕走进去一看，原来是一颗蛋，纹路瞧着就不简单，也不知道究竟能孵出来什么玩意儿。

她将那颗蛋仔细收好，坐在树下稍作歇息，便踏上了寻找出口之路。

花魄送给苏常夕的这颗蛋，便是驺吾的蛋。驺吾是林氏国特有的珍兽，也是此秘境当中最为珍稀的灵兽，大若虎，乘之可日行千里。

海藏秘境已经多年未被人寻到过这等宝物，原来是被花魄藏了起来。

这次苏常夕误打误撞寻获了异宝，走出秘境时，外面的长老们都一脸纠结。

作为本次历练的魁首，奖自然要奖，但她不顾阻拦私自超度花魄一事，亦需要受到惩戒。幸好参柳的信蝶及时赶到，提出由他的二弟子出面，进入秘境设下新的法阵，以弥补花魄被超度的损失，这才让苏常夕免于责罚。

事后，苏常夕曾传信于参柳，问他为何会将自己保下。明明自己甘心领罚就好了，还要让二师兄特地跑一趟替她收拾烂摊子。

参柳却根本没回应她这件事，只说要她出门在外注意安全，不要落下课业。

除了苏常夕，燕迟也收获颇丰。他在秘境中杀了几只恶妖，得了几颗妖丹，打算回苍梧山之后再请教风晞将妖丹炼化。

唯独贺兰宵，一无所获，因为他一路上什么都没遇到。既没遇到凶兽，也没遇上妖魔，从下秘境到出秘境可以说是畅行无阻。

因此他虽是第一个出秘境的试炼者，但由于根本没有试炼过程，因此排行掉到了最末。

三人在来扬州的路上，苏常夕每日都用真火符来烤那颗驺吾蛋，烤到第三日，那只娃娃兽才终于破壳而出。从壳中钻出来时，驺吾才巴掌大，也不知要长到何年何月才能当坐骑。

蓦山楼的后院中，娃娃驺吾正顶着一身五彩斑纹趴在苏常夕肩头，一条比身子还长的尾巴耷拉下来，在她背上甩来甩去，一不小心便与她的头发缠到一起。苏常夕被它弄得有些烦，干脆利落地又把它塞进了乾坤袋。

驺吾被塞进去之前还很不情愿，两颗滚圆的眼珠像泡了泪水似的眨巴眨巴，嗓子眼里还发出“呜呜”的叫唤声。

叫声被乾坤袋收束进去，彻底阻绝。苏常夕抱歉地笑笑，示意大家接着说。

听完这一整段故事，樱招托着下巴，见苏常夕对于参柳选择不责罚她一事仍是十分困惑，便问道：“你想知道原因吗？”

“想啊！”苏常夕入门三年，其实被参柳亲自教导的时候并不多，因为掌门事务繁忙，也因她修为还不够，平日的课业基本上都由二师兄来解答。

恰如樱招刚刚入苍梧山时，岚光仙姑也不会手把手地引她入门，而是把她扔给参柳来进行教导。

师门性格原是一脉相承，只是在参柳这里走了歪路子。岚光仙姑的沉着稳重、不苟言笑，他是一点都没学到，反而笑嘻嘻的成日没个正形，连带着樱招也是，太随心所欲，总之看起来不太靠谱。

樱招对着苏常夕神神秘秘地笑了笑：“因为若是换成掌门师兄自己，他也会做出和你一样的决定。”

跟他们少时做过的事情比起来，这根本就是小事一桩。

“可是掌门以前不是修无情道吗？”燕迟问。

“是修无情道没错，”樱招看向他，“可真正的大道无情其实并非断情绝爱，而是对天底万物都有情，但都不用情。谈笑间灰飞烟灭，内心却无任何触动，大概就是这种感觉。”

参柳少时的确非常适合走无情道，但他修到中途竟然破道了。

个中内情复杂，不方便被这些小辈知道，樱招也就没多说。

倒是贺兰宵下秘境的际遇，令樱招有些在意。她转向在一旁默不作声的少年，问道：“你真的在秘境中什么都未遇到吗？”

“没有，”贺兰宵摇摇头，“我也觉得很奇怪。”

难不成是他身上有什么东西让那些魔物忌惮，因此不敢近身？

樱招想起自己的追魂印，发作时原本神鬼不认，偏偏遇上他便开始消停，是他的血脉当中有什么不得了的东西吗？

还是说……他本身便是更大的魔物？

她凝神看向贺兰宵那张俊俏得过分的脸，宝石般的瞳孔在阳光下显得清澈异常，虽然神色总是有些冷，但他周身气息干净清爽，哪里有半分魔物的样子？

这种不自觉为他找借口的想法令她觉得有些不妙，她匆匆收回目光，将话题转移开："你们接下来是打算回师门还是先在外游历一番？"

苏常夕说她要先在松江府逛逛，再去流波岛拜访她最近结交的新朋友。燕迟当即表示要和她一起去，两人别别扭扭地对视了一眼，又同时移开目光去看园子里的花和鸟。

只是两人脖颈抻直的动作怎么看怎么僵硬，樱招一脸好奇地看向那两个少年人——神情纷乱的模样，分明是情窦初开。

阳光倾斜得厉害，照在苏常夕一双圆溜溜的大眼里，琥珀一般特别漂亮。

"师父接下来有什么打算？"贺兰宵一句问话将她的注意力拉回来。

他坐在她的左侧，隔着很礼貌的一段距离。她定定地看了他一眼，说道："去魔域。"

贺兰宵点点头："那我和师父一起去。"

这般干脆地要求一同前往，又不似有问题的模样。

樱招垂下眼眸，状似随意地应道："原本也是打算将你带上的。"

纠结于此事已无任何意义，他如今可是安抚她追魂印的不二法宝，不论他是否有问题，她都不会让他逃出她的手掌心。

师徒二人这段对话实在正常，然燕迟却有些担忧地回过神来看向贺兰宵。少年脸上的痴态虽然掩饰得很好，但经过方才的交谈，燕迟已经完全无法面对他这副看似平静的神情了。

果然，孤男寡女朝夕相对就是会出事的啊！

可樱招长老看起来根本就不在乎他，况且她还有那么个提都不能提及的道侣，贺兰宵真的……

唉，说到底这也不是他能管的事情。

燕迟将目光投向苏常夕，又开始为自己担忧起来——这也是个祸害。

“对了，樱招长老，昨日我们追丢了一个大妖，我们准备待会儿去城里四处转转，看有没有那只妖物的踪迹。”苏常夕终于恢复正常，巴巴地说，“您和我们一起去吧！”

燕迟一把将她拆穿：“明明是你自己记着昨日有游人说这季节梵海寺的枫叶正红，想要拉着樱招长老一起赏枫罢了！”

“你——”苏常夕瞪了他一眼，赶紧解释道，“樱招长老，您别听他乱说，虽然我是想去看枫叶，但捉妖也是要紧事！”

“无妨，”樱招记起贺兰宵昨日提到过的那只妖物，此时虽不能挑明她已经替他们追踪过，但有些嘱咐须向他们说明，“下次你们若是遇到了修为远在你们之上的妖物，切莫逞能去追。记得先传信给师门，让师兄师姐们来处理，知道了吗？”

面前三人虽然很乖地点头称好，但樱招也是他们这个年纪过来的。少年意气，觉得自己什么都能对付，在长辈面前装得跟虾米一样，转眼又天不怕地不怕起来。她观他们的神态便知那几人根本没听进去。

罢了，言尽于此，听不听便随他们自己吧。

第柒章

初见端倪

命中孤月照，
残生度惊鸿。

梵海寺是扬州有名的古刹，坐落在一片秀美山麓中。所谓听梵放海潮音下，香火旺盛不说，周边景致亦是绝美。枫叶红尽的季节，层层叠叠的红叶铺满整座山峦，阔大的枫海里鸣叫的秋蝉与惊飞的鸟雀，都热闹得十分应景。

江南自古便是富庶之地，连这边的僧人都比别的地方的会营生。

苍梧山的秋天也不是没有这般茂密又炫目的枫林，只是无人专门打理以吸引游人过来赏玩。

通往梵海寺的山溪两岸，头顶是绵延不绝的红叶海，脚下是特地铺就的石板路，白日游人们可在山溪处煮酒、赏枫、烹螃蟹，夜里枫树下还会挂起烧红的竹炭供游人赏夜枫。

这般奇巧心思，也难怪会吸引周边游人一窝蜂往这里跑。

苏常夕精力向来充沛，也不知从哪里弄了一袋螃蟹，装在乾坤袋中一齐带了过来。

几人在溪边找了一处人少的地方，将煮酒烹蟹的器具一一摆开，点上火，没一会儿鼻头便充满了蟹香味，闻得樱招食指大动。

她虽已经辟谷，但偶尔也会破戒。以前在苍梧山时，没事的时候她也会去甘华师姐那里打打牙祭。回到北垚峰，如若不小心碰到贺兰宵，他还会一本正经地闻着她身上的味道提醒她要擦干净嘴巴。

她嘴巴明明擦得很干净，也不知道怎么被那人闻出来的。

面前突然出现一盘剔好的蟹肉，蟹肉与蟹黄一起装在蟹壳里，递到她嘴边。她看了一眼手的主人，很自然地接过，话也没说，便仔仔细细品尝了起来。

这般熟稔的举动，是贺兰宵自拜入北垚峰之后日复一日养成的。樱招不太会照顾自己，那时年仅十五岁的弟子便主动承担了这份职责，即便中间空缺了一年，但他仍旧习惯性地事事以樱招为先。

苏常夕瞪大眼睛，瞬间觉得自己嘴里的蟹黄都不香了。她看了一眼燕迟，他正专心致志地与手上的蟹腿作斗争，见她看过来，他愣了半晌，才伸手将自己刚剪出来的那截蟹腿肉递过去，问道："你要吗？"

那眼神，要多不舍就有多不舍。

"不要，"苏常夕嫌弃地一转头，"你留着自己吃吧！"

打发谁呢？

她决定了，等她步入金丹期，她就去收个懂事又养眼的小徒弟！就像贺兰宵这样的！

正想着，袖子却被人轻轻拉了拉，她一脸愠怒地看向燕迟，面前的少年笑嘻嘻地递过来一盘剔好的蟹肉："苏大小姐，这盘总能入你眼了吧？"

无名怒火瞬间消散，她很快地接过他手里那盘蟹肉，生怕他反悔似的，吃到一半才扭过头小声地说了一声"谢谢"。

苏常夕系在腰间的乾坤袋突然有什么东西在动，束口的细绳一点一点地被拱松，接着一根五颜六色的尾巴悄然从袋口探出，滑向搁在一旁的小桌板，卷起一只煮熟的螃蟹便往回缩。

整个过程十分迅速，只有樱招一人察觉到。她见苏常夕吃得正欢，没忍心出言打断。

在那根尾巴卷起第三只螃蟹时，她才终于伸出两指，笑嘻嘻地将罪魁祸首拖出乾坤袋。

那只娃娃驺吾被樱招揪起尾巴时，嘴里还叼着个比自己身子还大的螃蟹，肚子鼓鼓胀胀的，吹了气似的。它见事情败露，干脆一不做二不休，当着众人的面"嗷呜"一声，直接嚼都不嚼，就这样被倒吊着，将嘴里吃了一半的螃蟹给生吞了进去。

蟹腿从它的肚子里戳出几个凸起，樱招真怕它的肚皮就这样被戳破。

但驺吾这等神兽实在消化力惊人，不消片刻，那快要将肚皮戳穿的凸起便眼见着消了下去，棱角分明的肚皮亦恢复成了圆滚滚的模样。

樱招一脸惊奇地将它往眼前提了提，还没说话呢，它竟后知后觉怕起来，假惺惺地涌出两滴泪水，扑腾着四条小短腿在风中直抖，还一面扭过头向苏常夕求助。

不得不说，不管是什么物种的幼崽都有种魔力，那就是当它们摆出一脸委屈巴巴的情态时，不管什么错处都能被原谅。

苏常夕本来因为它偷吃东西一事一脸愤怒，对上驺吾的目光，心又不自觉地软成一块绢丝。

不就是偷吃几只螃蟹吗？家里也不是没那个钱给它吃，况且它看起来是真的饿。

“它是饿。”樱招将驺吾置于掌心，一边替它注入灵力一边解释道，“驺吾虽生来食肉，但它天性仁德忠义，不会主动杀生猎食，只吃自死之兽，这几日你是不是只给它喂了活物？”

“啊，对！”燕迟后知后觉反应过来，“这几日我都是抓麻雀给它吃。”

灵兽课上虽然也会学习基本的灵兽喂养之法，但驺吾这等珍稀灵兽却还没开始学。

从秘境当中出来后，因驺吾蛋还未孵化，再加上苏常夕将花魄超度一事差点引来责罚，因此根本没有一个长老告诉过她这灵兽该怎么喂养，就连用真火符来孵化，也是他们三个在路上瞎琢磨出来的。

贺兰宵给它买了些羊奶，倒是喂着吃了一点，瞧着它也不大喜欢。

他们考虑到这等长大之后形似老虎的猛兽应当会更享受自己猎食的感觉，需要从小培养它的兽性，索性直接捉了麻雀往乾坤袋里扔了。

事实证明，在照顾幼崽这种问题上，三个少年都有些缺心眼。

苏常夕解开乾坤袋，探头进去瞅了一眼，果然看到她扔进去的几只麻雀都好好地待在驺吾栖息的地盘，它根本碰都没碰。反倒是她储藏在乾坤袋中的几袋零嘴，被那群麻雀啄得七零八落，都快吃光了。

将那几只麻雀放生，苏常夕再看向那只眼泪巴巴的驺吾，顿时觉得自己可太委屈它了。待到樱招给它注足了灵力之后，她才小心翼翼地将其抱进怀里一边摸头一边哄。

哄得那驺吾一边拱着脑袋蹭她，一边从喉咙里发出咕噜噜的声音。

更为神奇的是，它吸收了樱招的灵力之后，整个身躯都长大了一圈，长势实在是飞快。

头顶的枫叶红得好似燃烧的火焰，连山溪也被染红。樱招吃完第三个螃蟹，贺兰宵说什么也不让她再吃了，说蟹寒，对身体不好。

行吧，樱招舔了舔嘴唇，施了一道清洁术将双手洗净，转过头看向贺兰宵，他这时才给自己剥了一个，正慢吞吞用小银勺挖出蟹黄。一双手修长白净，平稳有力。

握剑时漂亮，昨日用力握住她肩膀时也漂亮，手背上几根青筋凸起，让人移不开眼。

她艰难地收回目光，平白无故咳了几声，引得贺兰宵侧目过来。以为她被呛到，他当即递过来一盏黄酒："师父，您悠着点。"

"是……"她垂着眼接过，"是该悠着点。"

一行人吃饱喝足，沿着赏枫道一路往梵海寺而去，经过一处观景台时，四人被游人挤散。

贺兰宵始终跟在樱招身边寸步不离，于是师徒二人发现原本四人队伍只剩下彼此时，倒也没觉得奇怪。

顺着山道走了一截，樱招才觉出一丝别扭来。

这是此前在北垚峰每日与他朝夕相处时，都从未感受过的别扭。

昨日那件事姑且撇开不谈，反正在贺兰宵看来，与他春风一度的女子不是她樱招。但她追魂印发作那晚，却是实打实地抱着他睡了一整晚，睡醒之后还没个仔细的交代便直接来了松江府，还要他这个做徒弟的自己找过来。

这一系列的荒唐事后知后觉地侵入了樱招的思绪，如今他走在她身后，她都觉得有些不自在。

她停下脚步回身，贺兰宵刚好落后她两阶，见她停下，他也跟着停了下来。

日光从枝叶的缝隙中漏下来，将他的眼睛照得澄澈分明，一双眸子定定地将她笼住，被四周红得璀璨的枫叶映衬得温柔又热切。

他如今怎么看谁都是这副模样？

樱招被他看得有些恼，她侧过身，毫无道理地示意道："你走前面！"

"师父……"贺兰宵有些迟疑，"这样，不合规矩。"

他多虚伪，昨日做过的不合规矩的事情那么多，也未迟疑半分，此时却不愿轻易如她所愿。

因为他实在不想让师父离开他的视线。倘若他走在前面，他便看不到她了。

樱招冲他扔下一句"随你"，不再管他，疾步往上走去。

二人脚程极快，路旁风景也无心思欣赏，不一会儿便行至寺门口，恰好碰见一身披袈裟的僧人将几名贵妇模样的女客送至寺庙前香鼎处。女客身旁簇拥着两队士兵，看起来应是哪位达官显贵的女眷。

寺门口虽未戒严，却一时间也无人靠近。樱招站在原地等待了片刻，待到那几名贵妇离开，才抬脚往寺里走去。

不承想那僧人仍旧伫立在原地。

樱招经过他身旁，本不欲停留，那僧人却侧过身来冲她双手合十施了一礼，淡淡道："又见面了，施主。"

樱招一脸奇怪地将他打量了一番，这僧人看起来约莫五十岁左右，一身佛光宝气，后头有几个小沙弥跟着，难不成是这梵海寺的住持？

可她从未见过他，是在她丢失的那段记忆中见过吗？

"这位大师，"樱招客气回礼，"我们认识吗？"

僧人似乎没想到她会有此发问，他抬了抬眼皮，目光投向她身后站着的贺兰宵，略微停顿了一瞬，才微笑道："施主恕罪，是贫僧认错人了。"

说罢他微微欠身，示意让她先行。

樱招原本还想多问几句，视线中看到离霜带着两个清俊少年款款走来，对方一早便看到了她，见她看过来，顿时一脸兴奋地冲她打了声招呼。

正打算回应，樱招的目光却落在离霜身后的那两个少年身上——那不是昨日在雅间斟酒的伶人吗？今日便带出来游玩了？

眼见着离霜马上就要走近，樱招蓦地意识到贺兰宵还站在自己身后，万一离霜嘴上没把门，把她昨日逛了伶馆之事抖出来，那她苦心隐藏自己真面目一事可就瞒不住了。

于是她一下便把那僧人之事抛到脑后，提步直奔离霜走去。

走到半道，她才回过身对着贺兰宵正色道："你且自己逛着，我与东极门的离霜仙子有要事相商，待会儿我自会来寻你。"

"是，师父。"贺兰宵点头称是，果然没再跟过来。

目送着樱招朝着一剑修模样的女子走近，直至停下，贺兰宵这才转过身，循着缓缓走远的住持的方向追过去。

没承想那僧人看着走得慢，却暗自使用了缩地之术。贺兰宵从大庙一直追至后院厢房才将他追上。

"施主追至此处，可是有惑要解？"后院回廊曲折，站在回廊上的住持亦是一脸禅意。

空气中满是凝神静气的檀香味，贺兰宵的心却静不下来。他当然有惑要解，却不知从何问起，思忖半晌才问出一句："大师方才并未认错人，对吗？"

住持看了他半晌，才不紧不慢地开口："是，樱招施主命格特殊，的确令人过目不忘。她看起来丝毫未变，贫僧却不是曾经那副模样，她认不出来想必也是正常。"

"她曾来过此地吗？"

"多年前的确是来过敝寺。"

“你见到她时，她的身边是不是跟着一个戴面具的男人？”少年问得有些急切。

“是。”

这般肯定的回答，让贺兰宵有些不敢再问下去，但寺门口住持看他的那一眼，却令他十分在意。

一阵风将头顶上长势正好的枫叶吹落下来，刚好落在院中央的镜池中，池面被染成一片火红，显出艳丽的色泽。真相随着黄昏一起迫近，贺兰宵看着境池里漂浮着的灿烂红叶，轻声问道：“大师方才是将我认错成别人了吧？”

住持并未立马回答。

橘色的天空沉稳地压在院墙上，少年问出了他最想问的问题：

“我和那个男人，是不是很像？”

樱招行至离霜面前，自觉危机解除，才看着她身后那对双胞胎男伶笑着调侃她：“看来你昨晚过得还不错，都带出来游山玩水了。”

“是挺会伺候人的，”离霜大方一笑，“你呢？我方才见你身后跟着个少年郎，那模样可真俊，你从哪里寻来的？”

樱招笑了笑，老实道：“是我弟子。”

离霜的确听说过樱招于两年前收了个亲传弟子，那少年在仙门比试之中表现甚佳，可谓惊才绝艳，但这几年她一直在外历练，各大仙门之间的比试从未去观看一二，因此一直无缘得见。

今日这一瞥，联系起昨日樱招的表现，也难怪她挑来挑去一个也看不上。有这么个徒弟每日在面前侍奉着，自然看谁都是俗相了。

二人又沿着寺庙平台走了大半圈，颇为畅快地眺望着山中层层叠叠的红叶，交流了一番修行心得，眼看着落日即将沉入西山，才约定好下次一定要去苍梧山地界上，让樱招也尽尽地主之谊。

“对了，”临走之前，离霜看了看远远跟在后面的二人，双胞胎男伶很懂事地没过来打扰。她凑到樱招耳边说道，“你师姐那衣裙，你不是说褪下便会失效吗？我昨日试验了，扯下一根布条绑在发髻上，也是一样的效果，别人根本认不出来我是谁。我估摸着，你师姐应是在逗你。”

樱招愣了愣，在心里骂了甘华几句，才悄悄问道：“那你昨日究竟是以真面目示人还是？”

“一开始是以那衣裙的面貌，后来觉得没必要，就以真面目示人了。”离霜眨眨眼，“你若是觉得这样好玩，尽可以多玩一会儿，反正谁也不知道。”

还有一件事，离霜并未拆穿。

她今日在来的路上，听双胞胎说了一件趣事。他们说，昨日替樱招斟酒的那位男伶并未伺候得成她，而是被人弄晕，扔在走廊上睡了大半宿。

秋夜寒凉，那男伶醒来时脖子都快断了不说，还染上了风寒。可樱招却是实实在在待到了下半夜才离开，那进房里的人究竟是谁，想必也只有她自己知道了。

太阳从绵延阔大的红叶海中沉下去了，一棵一棵的枫树下有人点起了照明的炭火，观赏道旁随处可见卖灯笼的小贩。

樱招独自站在梵海寺外的观景平台上，俯身往下看，游人们一人提着一盏灯，沉沉夜色中，灯火如游龙般沿着山道蜿蜒，比起白日游赏时又多了一番风味。

可白日围在她身边的三名苍梧山弟子，此刻一个都不在。燕迟和苏常夕两个兴许是不想被人打扰，她表示十分理解，但贺兰宵竟也耽搁到现在还未回来。

梵海寺外围种着不少亭亭如盖的古树，在月色下显得朦朦胧胧。樱招散开神识搜寻了一番，才发现贺兰宵正躺在一棵古树上。

她整了整衣裙，决定去寻他。

今夜的月光不是很清亮，照在树梢上莫名有些萧索。明明树下热热闹闹，游人如织，树上却被浓重的树影割裂出另一个世界。

躺在树上的少年有着细密而精致的轮廓，樱招隔着老远就辨认出了他的身形，树荫遮住他的脸，看不清神情，但她觉得他看起来很不开心。

就一会儿没看住他，怎会情绪如此低落？

正欲走得近一点，樱招却顿住脚步。

她毕竟是不声不响将他抛下了一年，这一年的空缺令她错过了太多，此时他应当不会愿意和她这个做师父的倾诉心事。

而且倘若他真是什么魔物，在她面前应会更加小心行事，轻易不会露馅。

还是换身衣服吧，昨日那个姑娘的面孔他看起来倒是喜欢得紧，说不定放松警惕之下，能泄露出什么消息。

她找了个僻静地给自己施了一道术法，将昨日那身杏黄色衣裙换上，检查无误之后，才朝着贺兰宵走去。

柔软的草地上点缀着几片枯叶，软靴踩上去咔嚓作响，向来机警的少年此时却并未察觉。直到枝干上落下一道杏黄色的身影，他才怔怔地抬眼看向对方。

樱招在他面前坐下，双脚悬空，很愉悦地对着空气踢了两脚，然后笑着对他说道："公子，又见面了。"

耳边充斥着秋蝉的鸣唱声，面前的少年只是盯住她，不说话，脸上分明是落寞的神情，眼里却渐渐氤氲起一股奇异的热切。

她伸出手在他面前晃了晃，猝不及防被他捉住了手指。

接着她的腰肢被他揽住，整个人结结实实地被人捞入了怀中。

他和那个男人，究竟有多相像，才能让那僧人在见到他的第一眼便将他认错？

"施主心中已有计较，又何必执着于一个答案？"

回廊上吹过来一阵冷飕飕的风，那僧人眺望着天边渐渐暗下去的云朵，接着说道："樱招施主，曾在敝寺求过一签，贫僧恰好是那解签之人。"

彼时他只是一年轻小沙弥，远称不上"沉稳"二字，见到签文的第一眼便变了脸色。樱招从他的神情中看出了不对劲，瞟了一眼签文的内容，十分不在乎地扔下一句“这签一点都不灵”，便拉着身边那个戴面具的男子离开了。

走时嘴里还碎碎念着：“我是修道之人，跑来求佛，真是脑子坏掉了！八成是要捐什么功德，才会替人消灾解难，都是骗钱的玩意儿！还有你，你跟我们种族都……算啦算啦！”

“这种东西我自然不信，”那个戴面具的男人低头看着她回了一句，“不过，若真是应验了，那至少，死的是我。”

小沙弥第一次负责解签便遇到个不信命的施主，不由得站在大庙前多看了几眼。那个男人的话似乎惹怒了樱招，她一把将他甩开，气冲冲地跑到了一棵银杏树下不理人。

直到小沙弥看到那个面具男走到她身旁，一把将自己脸上的面具掀开，倾身吻过去，他才本着“非礼勿视”的原则移开目光。

那个男人藏在面具下的脸，的确是一眼万年的好看。

那般罕见的姿容与面前的少年奇异地重合，只是那个男人年纪看着要大几岁。

“她抽中的签文内容，大师还记得吗？”少年看起来比方才平静多了，眼睫轻耷，将眼底情绪束缚住。

“镜中孤月照，残生夜惊鸿。”

住持嘴唇轻启，将这句记了大半辈子的签文告诉少年。

这句签文，听起来太过不祥。少年茫然半晌，才转过头来，滞涩着声音问道：“怎会，怎会如此？”

“樱招施主说是天命之女也不为过，”住持淡然道，“人间帝王尚且要称孤道寡，更何况是在修道之路上一直顺遂的修士呢？”

夕阳的残光刚好映照在贺兰宵面前横着的枝丫上，暗影倾洒在他的脸上，过于沉静的画面反而显出一丝阴郁来。

走出后院时，太阳正好沉入云层，他的一颗心也仿佛随着日照一起无止境地下坠。

不是没想过要回到师父身边，但此时此刻，贺兰宵突然不太想让她看见自己的脸。

与那个男人相像的脸。

虽然他心里知道，他的不甘其实毫无缘由。

三年前，师父看到他这张脸，并未想起那个男人，甚至还试图将他斩杀，说明师父应当是丢失了某段记忆。他以前从未在意过师父挂在嘴边的“我忘了”，以为只是她不想回答，或者天性就是如此不着调，现在想来，这些其实都有迹可循。

她其实就是忘了。

可她究竟该有多爱那个人，才会让前任掌门设下禁制，连提都不能提及？

天色已经擦黑，他像丢失了魂魄一般跟着人群四处漫游，最后寻了一棵僻静的古树，攀爬上去。

他想，师父应当会原谅他暂时还无法若无其事地站在她面前，因为他现在心情真的很糟糕。不快的情绪随着夜晚的虫鸣一起蜂拥而至，体内安静听话的魔气甚至隐隐有外溢的趋势。

在即将失控的前一刻，他终于回神，盘腿坐在枝丫间念了一刻钟清心咒，才稍微平静下来。

该去找师父了，不然她等久了，或许会发脾气。

这样想着，师父却轻轻巧巧地出现在他面前，杏黄色的衣裙，是昨天晚上那一身，只有他能看见真容的衣裙。

她又假装成别人了。

她是来见他，还是来见他这张脸呢？

即使是失去了记忆，但不管多少次，她还是会不自觉被这张脸给吸引是吗？

动作比思绪更快地将他出卖，他在想明白之前，便迫不及待地抓住了她朝他伸过来的手，死死地将她拥进了怀里。

贺兰宵抱她抱得很用力，一只手揽住她的背，一只手竟伸入她的腿弯直接将她端到了自己身上。两条长臂密密匝匝地将她圈住，脑袋却凑过来不发一言。

绵绵的气息带着些颤，明明动作强势得快要令她窒息，但他闭着眼睛将脸贴在她颈侧的模样却充满了依赖。

“这么想我吗？”她喃喃问道。

这人怎会如此脆弱？不过一晚上而已，就对这圆脸姑娘不舍成这样？

他沉默了半晌，终于闷闷地开口：“嗯，我好想你，真的……好想你。”

他对她的想念，并不是从昨晚的分离开始，而是自一年之前，她一声招呼也不打就将他扔下闭关起，日渐累积至今。思念如同春日翻飞的燕尾，在胸腔乱窜，撕破的口子怎么也填不满。

即使她近在咫尺，也依旧不得解脱。

他不能光明正大地看她，不能触碰她，更不敢问她会不会也有一点点想他。

为什么？凭什么那个男人就可以？

她究竟把他当什么？

总觉得，越来越透不过气了，樱招睁着眼睛将下巴磕在他肩膀上，正打算挣开他，忽觉颈间有温热液体滚落，于是抬起的手在半空中僵了僵，转而抚摸上他的脑袋。

虽然以前老是会摸他的头，但摸得总有些敷衍。

她从未真心做过这种安慰人的事情，动作生硬得像是在抚摸一头凶兽。

幸好他没让她摸几下，便自己用手背蹭了蹭眼睛将她松开了，然而另一只手仍旧掐着她的腰不放，双腿稳稳地架在枝干上让她坐着。

她直起腰凑到他面前，有些好奇地问道：“你遇到什么伤心事了吗？是家中遭了变故还是修行受阻？”

贺兰宵摇头不语，昏暗的月色遮住他泛红的眼眶，他沉默了一会儿，突然看着她的眼睛问道：“你能亲我一下吗？”

他想，只要樱招能亲亲他，他心里对那个男人的嫉妒也就能被悉数豁免了。

“亲你一下你就能开心吗？”樱招一脸不解。

这是什么奇怪的要求？

“嗯。”

内心深处对她擅自的埋怨，全因他太过贪心而起。师父充其量只是助长了他的贪欲而已，她没有做错任何事，反而让他得到了好多。

那么，要求更多也是可以被原谅的吧？

樱招想了想，特别慷慨地说道：“那我亲你三下，你会不会更开心？”

他突然笑了，虽然眼角仍旧有些红，但总算不是开始那副沉郁的模样。他一边将眼睛闭上一边说道：“那你先亲，亲完我再告诉你。”

小孩子索吻才会将眼睛闭得这样乖。

樱招凑近的瞬间，他左眼睫毛根部那颗小痣清晰地落入眼帘，她本就不太集中的注意力一下就被吸引，不禁伸出手摸了摸他的眼皮。

少年的眼睫颤了颤，等得不耐烦似的，主动倾身吻了上来。

揽住她腰肢的手瞬间收紧，压住她的腰背朝他贴近。少年闭起的双眼已经睁开，漆黑的眼珠里似乎蕴藏着一团野火，不知什么时候就会突然烧起来。

他的唇重重地碾过她的，却又在下个瞬间舍不得将她弄疼一般放轻了力道，细细地将她的唇瓣描绘。

分开的时候，她的嘴角已是水光一片。他看了一眼，又恋恋不舍地凑上来吻了吻她的嘴角。

一系列动作做完，他却没急着退开，而是轻轻地将下巴磕在她的肩膀上，特别眷恋地偏头亲了亲她的耳垂，才低声提醒道：“你动作太慢了，所以刚刚那个不算，你还要再亲我三次才行。”

这真是有些孩子气了，仿佛做出方才那般强势动作的人不是他自己。

“不就是三次嘛，又不是给不起。”樱招嘟囔一句，又噘起嘴朝他吻过去。

可少年却伸手捧住她的脸，摇头说道："不是今天，是下次。下次你再还债给我。"

面对樱招不解的目光，他牵起嘴角笑了笑，解释道："因为我下次还想再见到你。"

少年身后有枯叶在簌簌坠落，虽然他在尽力让自己看起来开心一点，但樱招总觉得，他这一瞬间的开心，就像蜉蝣的羽翼，薄得透明，一戳就要破。

"可以答应我吗？"他将她一只手牵起，小心翼翼地问她。

樱招没立刻回答，是因为她想到他马上要被她带去魔域，倘若她以这个圆脸姑娘的皮囊太轻易地找到他，那不马上就要露馅吗？

她短暂的犹豫化作了一只蚂蚁在他心上噬咬，少年定定地看着她，眼里是压抑了太久，从未大方在她面前暴露过的渴求。他将她的手握紧了些，忍不住催促道："答应我。"

"可是，我该怎么找你呢？你会一直在此地逗留吗？"

这个在樱招看来极现实的问题，贺兰宵听了却突然松了一口气，至少师父在认真考虑该怎么和他相见。

他感觉自己很没出息地眼眶又开始变湿，不想让她看见，于是急急低下头去，用额头抵住她的手背，深呼吸了几口气，才抬起头来，用樱招最能接受的方式哄道："我能感受到你的修为极高，所以，你肯定有办法找到我的，对吗？只要你愿意。"

"那倒是没错啦，我的确修为极高，"樱招的思绪果真被他带跑，"大概……和你师父差不多吧。"

扬扬得意的语气，顺带把自己又夸了一把。

接着她顺着他的话思索了一番，然后说道："你可有贴身之物？我可以在你的贴身之物上下个追踪咒。"

苍梧山的弟子令其实也可作追踪之用，但现下她顶的不是樱招的脸，自然要换个别的物什才好。

贺兰宵想了想，将自己的随身玉佩解下。

当今世道君子佩玉是某种约定俗成的风气，贺兰宵这块的确是从小戴在身上，但这不过是他众多好东西当中的一样而已，并无特殊意义。

若是樱招愿意给它施咒，那意义便不一样了。

樱招接过那块莹洁美玉，施咒之前突然想起不能让他看出来自己所用的术法，便照着回忆，模仿了东极门离霜的结印手势，将追踪咒刻上去。

“好啦，”她将玉佩递回去，“收好吧，这下不论你在哪里，我都能找到你了。”

他将玉佩收好的动作未免也太过珍视。

樱招稍稍斜歪着脑袋，眼睛一眨不眨地盯着他，在他的视线回望过来时，她突然轻咳一声提议道：“既然我不能再主动亲你，那我可以允许你来亲我。”

贺兰宵开始快乐起来了。

他伸出手重新将她圈紧，一双带着笑意的唇忙不迭送到她嘴边，细细密密地将她吻住。她亦将双手伸出，搭在他颈后迎合。

这番你来我往下来，二人都有些失礼。

樱招及时叫了停。

少年湿热的呼吸喷洒在她的手背上，又一脸不满地捉住她的手亲了许久，才敛着眉，缓缓吐出一句：“抱歉。”

他脸上挂着温和的微笑，看起来好像心情已经好转。樱招放下心来，说道：“我该走了。”

“嗯，我也该……去找我师父了。”他点点头，抓住她的手却没松。

贺兰宵终于想起他还要去找师父这件事让樱招有些欣慰，但每次从他嘴里听到“师父”二字，都让她有心惊肉跳之感。

她沉思了一会儿，发现他仍旧没有放开她的意思，才轻微使劲将手从他掌心挣脱出来。

“我晚上来找你。”樱招摸了摸他的脑袋。

少年眼神突然发亮，幅度很大地点点头：“我等你。”

沿着梵海寺的小路，樱招一路往大庙前的香鼎走去。

她已经换回了自己的衣衫，打算到了庙前再用召唤符召唤那几个玩到不知影踪的弟子。他们既是跟着她出来的，她自然也得负责将他们好生带回去。

路过一棵高大的银杏时，她突然停下脚步，被什么钓住似的，缓缓侧过头去。

此时熙熙攘攘的香客们已经陆续往山下走，她的视线里只看到金黄的银杏叶铺了一地。一阵夜风拂过，阔大的枝干上摇摇欲坠的叶子又被刮下来一大片，在月光的浸泡下，显得有些孤寂。

那里有什么东西吗？

她的眼眶突然有些泛酸，她自己也不明白为什么，抬脚便要往那里走。

眼前突然出现一个身影挡住她的去路，她抬头一看，是她那个才分开不久的徒弟。

“师父，”贺兰宵上前一步，将她的视线笼得严严实实，“我们下山吧。”

“哦，”她有些怔怔地，回过神来问他，“你去哪里了？”

她多假惺惺，明明前一刻才被他抱在怀里吻，现在却又装作毫不知情的模样，问出这种问题。

好在贺兰宵丝毫不觉，他伸出手在她肩上轻轻推了一把，然后握住她的双肩往大庙前走去：“我躺在树上睡了一觉，昨夜睡的时间太短了。”

这样的举动，其实是不小的僭越，他以前从来不敢这样碰她。但也许是方才的亲近让樱招有些无法抽身，她一时间也没觉得这样有什么奇怪：“你昨夜等我到那个时候，今日又起得那么早，的确是容易乏。”

被推着走了几步，她才记起自己忘了要去银杏树下看看，正欲扭头，站在她身后的少年却悄无声息地绕到她身侧，她的眼睛只能看到他精巧的下巴。

“师父，弟子有一事不明。”他接着问了一个道法题，扣住她双肩的手悄然紧了紧。

道法这种东西，樱招的确不太擅长，但应付这种筑基期的弟子还是够了。于是她随口胡诌了几句，并未察觉自己被贺兰宵带着往前走了好一截。

那棵牵动她心神的银杏树已经离得很远了，树身惆怅地伫立在月光下，影子被拖得很长。

一直走到大庙前，贺兰宵才将樱招放开。收回去时，他还有些恋恋不舍地替她将落在肩头的一片银杏叶摘下。

“他们两个人，你知道在哪里吗？”樱招回过头问他。

他摇头，面色有些冷：“我一直没看见他们。”

那便只能使用召唤符了。

其实更简单的办法是直接用苍梧山长老令传唤弟子，但那两个少年人兴许玩得正欢，她这个做长辈的如若直接将人强行带回来，也未免太过扫兴。

还是用些温和点的办法好了。

苏常夕倒不是特地与樱招走散的，只是上山的小径窄，游人又多，一不小心就落后了脚程。

她玩心大，也没急着往前追，而是被山道旁摆的一溜货摊所吸引。

这些货摊一眼望去也的确琳琅满目。茶水点心、肉干果脯、佛经古籍一应俱全，但更多的是卖香烛与平安符的。

平安这种事，苏常夕向来求己不求人，便径直走向了卖肉干果脯的小贩。

因为她的存货全都被麻雀啄了。

每样挑了一点，她正打算付钱，身旁却伸出一只手率先替她将钱付了。

一扭头，她才看到是燕迟。

他嘴上叼了根糖葫芦，清俊的侧脸对着她，付完钱后才慢悠悠地将另一只手攥着的糖葫芦递给她，一双眸子极清浅，太阳下显得很明亮。

“你什么时候过来的？”她接过糖葫芦，问他。

燕迟弯了弯嘴角：“我不一直在你旁边吗？”

苏常夕抿了抿唇，一时间没回话。

虽然燕迟总与她不太对付，但他的确一直都在她身旁，只要一找便能找到。苍梧山的同门若是找不着燕迟，会第一时间来问她。

他们似乎非常笃定她一定能知晓他的下落。

事实上，她也的确知道，说不清为什么，她就是知道。

恰如这次她其实内心很清楚，燕迟肯定会跟着她，不让她落单一般。

他其实是她最好的玩伴。

燕迟是有些肆意的性格，可与人相处时却意外地讲究分寸，偶尔的嘴贱也不会令人反感。他其实很会保持距离，从来不会做出逾矩之事。

除了昨夜。

他们两个遍寻贺兰宵不到，便在那座岛上四处乱晃。她走路喜欢左顾右盼，瞧见个热闹玩意儿就走不动道。恰好有座舞伶馆二楼有舞姬在临窗而跳，衣袂飘飘好看得紧，她停在原地多看了几眼，一回头便发现燕迟已经走远。

幸好少年的背影在人群中极为打眼，她三步并作两步跟上，拉住他的手说道：“燕迟，你慢点——”

却正对上一张陌生的脸。

那人一脸奇怪地看向她，见她就一小姑娘，倒也没恼，反而有些轻佻地问道：“小姑娘，找人呢？”

她呆愣在原地，一声“抱歉”还未说出口，手腕就被一股大力扣紧，将她的手从那人手里抽回来。接着她肩膀一沉，燕迟从她身后贴近，将下巴磕在了她肩头。

“不好意思，”燕迟冲着那人扬了扬眉，声音不辨喜怒，“她找我。”

那人面色悻悻，也没纠缠，转身便走了。

磕在苏常夕肩头的下巴随即离开，但燕迟抓住她腕子的手却没松，反而越来越用力，就这样拉着她往回城的渡口走。

边走他还边碎碎念：“我这么个大活人就在你身后，你看不到是吗？尽追着不相干之人跑，那妖怪如今遁入了人群，贺兰宵又下落不明，你若是落在那妖怪手上怎么办？”

认识三年，他们一起溜下山逛过许多次集市，但都是闹哄哄一帮人，走散了便散了，待到约定回山的时间，自然会重聚在一起。她与燕迟通常是隔着一段距离各玩各的。

像今日这样被他捉住手腕拉着走，还是第一次。

还挺新鲜。

她这样想着，就这样乖乖地跟着他，没争辩，也没挣扎。

船桨搅碎月色，她被燕迟带到船尾坐好。水面起了雾，灯火通明的舞伶馆远远地伫立在水面上，一座座楼阁上挂着红彤彤的灯笼，在水雾中连成一线，看着像另一个世界。

突然抓着她手腕的那只手拉着她往船边扯了扯，她顺着那股力气趴上船舷，不明所以地看向燕迟，问道：“怎么了？”

他敛着眉，掬起一捧水就往她手背上浇：“洗手，你方才牵了不相干的人，沾上了我不喜欢的味道。”

河水冰凉，少年的手掌却粗糙灼热，重重地在她掌心蹭，甚至连指缝都被洗到。

苏常夕突然就想起了不嚣峰饭堂前那几只被厨子养的猫。

据说猫的领地意识极强，虽然它们不喜欢与主人太过亲密，但同时亦不会允许主人离开视线。若是主人身上沾有别的猫猫狗狗的味道，它们会产生巨大的危机感，需要重新在主人身上舔舐，标记上自己的味道，才会放下警惕。

不知道燕迟是不是因为变过一次猫，便把自己当成了猫。

少女虽只顾着修行，根本未想象过今后该如何与意中人牵手，但她本能地觉得不是这样。

她才不是他领地内的所有物。

苏常夕倏地将手抽回去，将手上残留的水珠往他脸上一甩，低声呵斥道："你发什么疯？"

豆大的水珠打在少年眼皮上，他垂着眸，眉骨绷着，半晌，才从嗓子里挤出一句："没疯。"

一副极不服气的模样，苏常夕简直要被他气笑。

沉沉夜色中，两人都有些上头。此后的一段路，一直到进了蓦山楼，两人都是沉默着互不搭理。

苏常夕忘性大，睡一觉就什么都忘了，也忘了自己昨天夜里究竟在气愤些什么，但见到燕迟时还是感觉很别扭。

梵海寺的山道上，她咬着糖葫芦，看见燕迟不太自在地瞥过眼，轻声说道："抱歉，昨天晚上是我的错。"

"嗯，是你的错，"她点点头，接着又笑道，"但我原谅你了。"

她觉得自己可真好哄。

他们都不是信佛之人，可既然来了寺庙，还是跟着熙熙攘攘的人群按照祈福路线瞎逛。为了不被挤散，他们挨得很近。

在苏常夕第三次差点被旁人身上抱着的香烛戳瞎眼时，燕迟终于从她身后牵住了她的手，另一只则揽住她的肩膀。宽阔的胸膛抵在她背后，头顶拂来熟悉而清新的气息，苏常夕才惊觉初见时与她差不多高的少年，如今已经擅自脱离了稚气，迈向她所不熟悉的青年期。

少年好脾气地一边向周围的人说着"借过借过"，一边护着她穿过人群，终于来到一处空旷地，他竟也没松手，就这样将她的手拉到眼前，十分礼貌地问道："就这样牵着吧，可以吗？"

都牵了这么久了，现在才问。

苏常夕觉得他真是狡猾。

她故意沉默了许久，直到少年脸上那股温和的礼貌终于挂不住，显现出几分焦躁，才大方道："牵啊，免得待会儿我又牵错人。"

不知道是不是每个灵验的庙里都会有一棵挂符牌祈福的古树，但梵海寺是如此。

那棵挂满了符牌的树长在一处空旷地，被一圈栅栏围起来，树下安置着一张长桌，桌上笔墨符牌摆了一溜，供香客自取。

苏常夕拉着燕迟走过去，二人各自取了一张空符牌，用灵力刻下愿望，然后学着其他香客的模样，一脸虔诚地将符牌挂上枝头。

走出去时，苏常夕问燕迟："你求了什么？"

燕迟一愣："不是说出来就不灵了吗？"

苏常夕却满不在乎："求神之事，说出来或许不灵，但我是求己，所以不怕。"

自信明媚的小姑娘，在阳光下笑得一脸张扬。

燕迟不自觉盯着她看了许久，才问道："所以你的愿望是要当掌门？"

"你怎么知道？"苏常夕睁大双眼，语带惊讶。

"整个苍梧山谁不知道？"

"噢，那你呢？"她又问，"你的愿望是什么？"

盛满了阳光的眸子就这样盯着他，燕迟按着脑袋移开目光，手背遮住上半张脸，难得有些羞涩。

"是什么啊？"她催促。

"苏常夕会当掌门。"他低声说。

这下愣住的人成了苏常夕。

燕迟在说完那句话后，放下了遮住半张面孔的手，去寻她的眼睛。她却下意识地垂眸，低着头避开他的目光。她将脚尖点在地上，嘟囔道："那多谢你啦。"

二人的手早在祈福时已经松开，现下谁也没敢主动牵回去。

就这样一路耽搁到了夜里，燕迟给苏常夕买了一盏灯笼，然后随着游人一起赏夜枫。

月影伴着烧红的炭火，周遭的一切都显得斑驳陆离。

不知不觉二人就落后了人群，拐到一处僻静地。杂沓的脚步声渐渐远去，只有微风鼓荡着叶片，摇摆个不停。

二人沿着僻静的小路走了一截，苏常夕突然道："其实，我还有一个目前就可以实现的愿望。"

"什么愿望？"燕迟问。

"我想试试亲嘴的滋味。"她这样答着，直白又坦然。

头顶的枫叶红到令人心慌，燕迟脚步顿住，垂落的指尖有些发颤。

"你……"不知道什么时候已经变得十分明显的喉结上下滚动，声线竟也喑哑了几分。

他说，你别玩我啊。

苏常夕却没正面回答，只问道："你试不试？"

语气稀松平常得像是问他要不要去把灵兽课长老的灵宠偷过来玩几天一样，笑容里竟带着一丝顽劣。

她见燕迟半晌没答应，也不等他，抬脚便走。

一股大力摄住她的手腕，将她拉回去，接着她的脸被人捧住，那人低下头来，憋着一股不服输的劲儿似的碰上她的嘴唇。

"试就试。"

召唤符发出去后，师徒二人在原地没等多久，便看到两道身影急急御剑而来。

苏常夕手上提着的灯笼由于飞行速度太快，在夜空中滑出一道光线，灯笼也随之被点燃成为一颗火球。飞至樱招面前时，那灯笼刚好烧了个干净。

见她这般急切，樱招赶紧安抚道："别跑太急，我也不是在催你们。"

"不不不，"苏常夕亲亲热热地挽住她的胳膊，"樱招长老，你的召唤符来得正是时候，我刚好也想回去了。"

月光下她的唇瓣似乎有些肿，樱招看了一眼，又看向燕迟。

那少年先是有些羞涩，而后又冲着她大方一笑，行了个弟子礼：

“樱招长老。”抬头时露出一口白牙，特别灿烂的模样。

一直站在樱招身边的贺兰宵突然上前一步，将他的视线挡住。

燕迟的笑容僵了僵，直觉自己方才好像触到了某个人的逆鳞，但这……也太夸张了吧？

他连冲着樱招长老笑的权利都没有了？

几人各怀心思地回到蓦山楼，各自回房时，燕迟手疾眼快地跟在贺兰宵身后，一闪身便溜进了他的房中。

贺兰宵一脸莫名：“你跟着我干什么？”

他心里记挂着樱招不知什么时候会来，现下只想让燕迟赶紧走。

“我还想问你，你要干什么？”燕迟冲他露出一副看穿一切的眼神，“你今日表现得也太明显了吧？幸好苏常夕的脑子跟正常人不一样，不然谁会认为你那是徒弟看师父的眼神啊！”

再沉稳的少年在情窦初开时也是不懂遮掩的，虽不至于每日情思昏昏误了修行正事，但充满痴意的眼神的确藏不住。

既已被人看破，贺兰宵也不打算辩解，他只是说道：“此事全因我个人而起，与师父无关，所以，还须请你替我保守秘密。”

“这是自然，”燕迟摆摆手，“若是此事被捅出去，万一樱招长老要将你逐出师门，那可就糟了。至于你，我劝你还是早点想开，樱招长老那个道侣一事还真相不明，你这边又……”

站在对面的少年，明明表情未变，却突然散发出一股令人害怕的冷意，周身温和的气质亦不复存在。

燕迟突然没敢接着往下说。

“燕迟。”

贺兰宵突然叫了一声他的名字。

“啊？”

“我心里有数。”

“那……那便好。”

燕迟自觉已言尽于此，再多说下去人多半也不会听。他默默地叹了一口气，告辞了。

沐浴更衣过后，贺兰宵一直安静地等在房中，照在纸窗上的烛光，有了焦急的气息。他的眼睛盯着那片摇曳不停的光亮，看到焰芯越烧越短，面色也越来越沉郁。

也许师父只是随口一说，回来之后便忘了要来找他，反正她向来就是这般不着调，答应过的事情说忘就忘。

这样神经粗的一个人，却对着一棵树露出那样含情脉脉的神情，仿佛下一刻就要掉下泪来。

他从来没有享受过那种眼神，即使两人贴得再近，她也不会那样看他。

屋里渐渐暗了，他有些颓然地捂住面颊，呼出沉沉的一口气。

窗户突然被敲响的笃笃声应当是此刻世上最动听的声音，他迅速瞬移到窗边，将窗门拉开。

外面站着的果然是师父，她又换上了那身杏黄色的衣裙，左腕上绑了一条绷带将追魂印遮住，发间还系了一根杏黄色的衣带，看起来很是漂亮。

当她换上这身衣服时，便是在暗暗向他传递她需要他的讯息。

他明白的。

因此他急切到连一句礼貌性的“你来了”也忘了说，便伸手直接将她一把从窗户外抱进来。

天空一隅，远雷轰鸣。

他将她抵在墙上，凶狠地吻上去。

少年的吻是如此不讲道理，浅尝辄止已经无法令他满足，他低着头将她的脸颊捧住。

面对师父时一直彬彬有礼的弟子，此刻像换了一个人。

黑暗助长了他的不甘，他的指关节用力到发白，可捧住她的力度依旧柔软，在借助唇齿宣泄的同时，他仍然记得将其余手指垫在她脑后，以免墙壁磕疼了她的脑袋。

这样矛盾的情绪，落在樱招眼里，有些莫名其妙。

她应当没有耽搁太久吧？总得等到大家都睡下了才好过来吧？怎

么他竟表现得她迟来了很久一样？

唇瓣突然被咬了一口，她抬眼，看到贺兰宵轻轻皱起了眉头：“你在想什么？”

师父那样小的一张脸，在他的掌心被亲到通红，可眼神依旧是清明的，眼睫眨动时透着一股无意识的乏味，像是在故意纵容他的恶劣。

而下一秒，只要她不愿意了，一根手指头就能将他推开。

她看向那棵树时，不是这样的眼神。

不是这般可有可无的、看玩物的眼神。

“没想什么呀，我只是在想你们这个年纪的少年，可真是喜怒无常，前一刻和煦似春风，下一刻又狂暴似骤雨。”他这般别扭表现，在樱招看来的确只是些无伤大雅的小性子。

在师父面前忠心耿耿的乖乖仔，私底下有另一副面孔是再正常不过的事了。

他突然伸出一只手将她的眼睛蒙住，她听见他叹了一口气，接着认命似的将唇印在她的嘴角。

“喜怒无常？”他贴着她的唇瓣低声说道，“也许吧，谁叫你的出现和离开都是这么随心所欲呢……”

他原来是这么贪心的一个人吗？

在海藏秘境的客栈，被师父拽进床帐内时，他所求的不过是能留在师父身边而已。

可是得到的越多就越不满足。

他上一刻心里想的，是师父的唇瓣即使浸满了毒汁也没关系，即使她在耍他、将他用完就丢也没关系，下一刻他就开始怨怼为什么师父看他的眼神一点也不认真。

两种极端的情绪在他心头拉扯，他本来已经被哄好了的，可他现在真像个疯子。

师父不会喜欢他这种疯子的。

所以他必须见好就收了，总不能勉强师父哄他第二次。

“那也没办法呀，”樱招的眼睫在他掌心眨动，声音里满是不在乎，“我又不是没正经事可做，可以时时刻刻都要来找你。”

少年的吻在她嘴边顿住，接着他从喉咙里发出一声短促的笑，听着像是被气极。

一时间樱招只能听到窗外的雷声在噪。不知过了多久，她才感觉到少年侧过头在她颊边亲了一下，然后问她：“那什么事不正经啊？”

“是这种事吗？”他倾身过来贴上她的唇瓣，“你没有时时刻刻想，可我时时刻刻在想，所以你救救我吧，好吗？”

他落在她耳畔的呼吸很乱，可蒙住她双眼的那只手却一直没放开，任由她的睫毛搔刮掌心。喉咙里发出近似呜咽的声音，是极其脆弱的姿态，但他的动作很凶。

贺兰宵看着温文尔雅，有时候可真狠，也不知道她究竟哪里惹了他。

肩膀被捏得越来越疼，受人钳制的滋味她已多年未品尝过。防备的本能占据上风，一股没来由的戾气直冲天灵盖，此时此刻她觉得他有些欠教训。

勾在少年脖子上的手“啪”的一下打上他的面颊，她一把将他推开，厉声道：“放肆！跪下！”

那一巴掌扇出去，樱招便后悔了。

不是后悔打了他，因为她根本没使劲，她要使劲打，此时他应当不死也残。

她后悔的是自己放松了警惕，不自觉以他师父的身份自居，竟然说出了“樱招”这个身份才能说出来的话。

她抬眼看向贺兰宵，少年似乎被她一巴掌打蒙，半晌才抬起手背擦了擦嘴角。

事到如今还是一走了之比较好吧？但被架到这个份上，他要是不跪，她也挺丢面子的。

樱招沉着脸，还未思索出该怎么办，恢复冷静的贺兰宵却蓦地发出一声轻笑。

“跪下？”他撩起眼皮看向她，很有原则地摇了摇头，“不行，我只跪我师父。”

说完他还在思忖着自己是不是该表现得更加挣扎一点。

大意了……

樱招拧起眉头，暗自咬了咬嘴唇。她忘了自己这个徒弟有时候的确有些冥顽不化，她顶着如今这张脸，要他跪下的确有些强人所难。

但要让她在此时做出让步那是绝不可能的。她攥紧自己的裙子，轻哼一声，扬起脖颈斜睨着眼睛看向他：“那我允许你把我当成你师父。”

居高临下的语气，让贺兰宵险些又要不管不顾地贴过去将她揣进怀里。

他的师父怎么会这么傻又这么可爱？

怎么办，他竟然开始觉得，就算此刻她真的把他当成了别人，也无所谓了。

看他的眼神不认真，也无所谓了。

只要她看向他就好。

“你……想当我师父？”贺兰宵装作一副很惊诧的样子，怔怔地问她。

樱招语塞了片刻，才骑虎难下地答道：“那我昨晚，可不就是你师父吗？你忘了，昨天是谁说的‘教教我’——”

“别……别说了，”他的脸上及时浮起淡淡的羞赧，低下头去勉强接受她的提议，“我当你是师父便是……”

说罢缓缓地跪在了她面前，动作慢到像是受了不小的侮辱。

少年即使是跪着，身形也是高挑的，匀称有力的背肌藏在薄薄的寝衣底下，只有两道锋利的肩胛骨从衣物下凸起，像是蕴藏着不知道何时会爆发出的力量。

有时候她真觉得他像个兽类，只在表面上温驯的兽。

樱招还未觉得畅快，便看见他仰起脑袋，与她四目相对。他眼里有显而易见的挣扎，手指垂在身侧不知道该往哪里摆。沉默了片刻，他才轻声问道：“这样，你消气了吗？”顿了顿，才加了一句，“师……师父。”

他这一声“师父”唤得樱招心尖发颤，差点随口就应了他。

而他叫出那一声之后，好像觉出了什么趣味，竟然看着她的眼睛笑了笑：“师父，你喜欢我这样叫你吗，师父？”

他的师父就这样安静地站在他面前，触手可及，他可以光明正大地唤她。

发颤的指尖触上她的裙角，他感到一股自我麻痹般的满足。

樱招却觉得，她失声要他跪下这个提议简直是在给自己挖坑，她有些羞愤地一把将裙角从他手里扯过来，将那层层叠叠的繁复布料拥在怀里，轻声呵斥道：“闭嘴！起来！不要叫了！”

第捌章 贺兰血契

师父的追魂印，
刻的或许并不是斩魔的斩。

月光在窗边朦胧地晕开，贺兰宵隔空将窗户合上，想了想，又施了一道术法将屋子点亮。一颗一颗的光球飘浮在二人身边打转，将黑夜驱散。

樱招抓了一颗在手中，又好玩似的放开。

这是最基础的凝光术，苍梧山的弟子们进山第一年就要学。

别的弟子用凝光术结出的光球又虚，时间又短，同样的术法被他使出来，光球却要强劲很多，用手去抓握时，还能感受到灵力在掌心流窜，像抓住了一颗星星。

这让她想起藏在刑天剑剑穗里的那片星河，不过那片星河一看就非凡间之物，她极少放出来观看。

不知为何，她也不想让别人看到。她总觉得，那是属于她一个人的东西，她一点都不想同别人分享。

眼前突然贴近一张脸，是贺兰宵，他盯着她的眼睛，轻声央求道："别走神，师父。"

樱招拉回思绪，伸手轻点着他软软的、还泛着水光的唇瓣，下意识撒了谎："我没走神，我只是在想，你的凝光术学得还挺好。"

她方才并不是在想这些，贺兰宵能感觉出来，不过，他决定不再那么斤斤计较了。他倾身过来将她抱住，脸颊贴着她的发顶蹭了蹭，很少见地得意道："毕竟我一向是我师父的乖徒儿。"

一声一声的"师父"叫得樱招心惊胆战，还未回答便听他接着解释了一句："你自己说的，你要我把你当成我的师父，你既不肯告诉我你的名字，那我也只能这样叫你了。"

一只手突然轻轻捏住她的下巴，少年低下头又轻声问道："你是想告诉我名字，还是要我叫你师父呢？"

这问题问得巧妙异常，樱招在头昏脑涨的情况下根本意识不到自己被他绕了进去，只觉得好像以这种方式哄着他叫“师父”也别有一番滋味。

这种将一切抛诸脑后的感觉带给她一股熟悉的刺激感，是修士刻在血液当中的冒险欲。

与天争寿、欺山赶海、吞风吻雨都不在话下，更何况只是一个少年郎。

樱招来找他，是想诚实地面对自己，她喜欢和他这般亲近的感觉。即使他是她的弟子，即使她化作别人的样貌来亲近他实属罪孽深重。

她没有回答他的问题，只是拉开一点距离，看着他的眼睛问道：“你究竟，是人是魔？”

“为什么这么问？”少年神色未变，仿佛这个问题对他没有任何影响。

“回答我就好。”

他轻轻笑了几声，嘴唇贴上她的耳朵，与她耳语：“我是人，抱歉，让你失望了。”

樱招的确很失望，因为此时此刻，她竟真有些希望他是什么魔物，那她便不需要有负罪感了。

真是可惜。

“叫师父吧。”她有些自暴自弃，不再纠结于称呼。

贺兰宵闭着眼睛亲了她一会儿，才低声说道：“弟子，谨遵师命。”

说着他正欲伸手去抚摸她的脑袋，却被她机警地察觉。她将他的手从头上扯下，一双眼睛瞪向他：“别乱碰！我好不容易编好的发髻，不能被你弄乱了。”

樱招以前从未这么在乎过自己头上的发髻，她的头发都是她自己做出的傀儡替她编的，有时候看起来简直可以算得上乱七八糟，所以她经常会放弃编发，只将满头黑发束在脑后。

贺兰宵低头看了看她实在算不上精致的发髻，里头缠着的是与她的衣裙颜色、材质完全相同的发带，突然心领神会。

原来玄机藏在发带当中。

他将头搭在她的肩膀上，抱着她偷偷笑了半晌，才翘起嘴角亲了亲她的发顶：“我不碰你头发就是了。”

两道呼吸交织在一起，一时间也说不清究竟是谁更意乱情迷一点。

雷声在云层当中闷响了大半夜，樱招无意识地在枕头上蹭了蹭脑袋，头上编得本就不太结实的乌发散乱得厉害，那根杏黄色发带眼看着就要掉下来。

一阵金光隐隐开始流窜，贺兰宵手疾眼快地勾了勾臂膀将她搂在胸前，空出的双手摸到她头上，把她头上那根发带紧了紧。

不经意对上她的视线，他才装作无事发生一般提醒道：“你头发乱了，我不是故意要碰的。”

少年的怀抱暖烘烘的，舒适又干爽，身上自带的冷桃味在此刻显得愈发馥郁，霸道地将她包围。

樱招摸了摸自己那被他绑好的发带，恍惚中想起来好像曾经也有人这样帮她绑好过头发。

不是师父，不是师姐，更不是她那两个不靠谱的师兄。

是她丢失的记忆中对她很重要的人。

她心里明白的，只是她以前从不在意，总觉得既然是重要的记忆、重要的人，那终有一天记忆和人都会回来的，就像刑天所说的那样，现在强行去寻还不是时候。

额头忽然落下一个轻吻，她抬眼看去，正对上贺兰宵的眼睛。

凝光术已经被他收起，没有光源的屋子里显得黑沉沉的。樱招动了动身子，正欲起身回房，手指却被少年虚虚地牵住。

“再休息一会儿吧。”他没有开口央求她不要走，只是将下巴磕上她肩膀的动作泄露出一丝慌张。

没有听到她的回应大概是一件值得高兴的事情，至少她没有像昨日那样，立刻抽身走掉。

“你不说话，我就当你答应了。”少年的声音听起来很愉快。

恢复了安静的房间，只剩下两道平稳的呼吸。樱招有些迟钝地抬手搂住他的背，在得到更深的回抱之前，她丧气地想——

那就再多留一会儿吧，因为她现在突然感觉很难过。

如果那人对她真的那么重要，为何这么多年他从未来找过她？

难道她对他来说，一点都不重要吗？

“咦！我才发现，你眨眼的时候，眼皮上有一颗痣欸！不过要隔……这么近才能看到！”

一惊一乍的声音，在樱招脑海中响起，是她自己在说话。

她睁开眼，却只能看到大片大片的暗，浓重得化不开，只有听觉是清晰的。她明白自己应当是被魇住了，陷在梦里醒不过来，于是只能耐着性子继续往下听。

“你能不能闭一下眼睛让我看得更清楚一点？”

“樱招姑娘，有没有人和你说过，你真的很会得寸进尺？”钻进耳朵的是一道略微低沉的男声，语气听着不怎么和善，语调有些冷，但声线的确是好听的。

“那我走路走不了，眼睛没处瞟，可不是只能盯着你看嘛！你就闭一下，一下就好！”

四周突然陷入一片安静，半晌无人说话。樱招突然很想知道，那人究竟有没有闭上眼睛满足她的要求。

正纳闷着，只听见那道男声平静地问道：“看够了没有？”

一颗心落回原处，看来这人比较嘴硬心软。

“够是够了，但是吧，我有一个问题……”梦里属于自己的声音果然惯会得寸进尺，“就是，那个，除了我，你还会不会给别人看啊？”

“……我不会在别人面前闭眼睛。”

“噢，对！你这种魔头，肯定很多人想杀了你替天行道，那你在别人面前闭眼睛是会死的对不对？”

“你是不是想下来自己走？”

“不不不，我腿疼，还是你抱着我走吧，辛苦你了。”

这段对话进行到这里便倏然断绝了，好似脑中有根筋被扯断。她的身体开始无止境地往下坠，四周仍旧是一片化不开的浓黑，她不知道自己身在何处，只是惊慌失措地想要抓住什么东西。

却扑了个空。

直到身体被人稳稳地托住，她才惊魂未定地拍了拍胸脯。四周一阵强光突然袭来，她眯了眯眼睛，看到大片的尘埃在飞舞。

适应了光线之后，她才抬起头，视线内是一道漂亮的下颌线，再往上是一张英俊到令人窒息的脸。

将她抱住的男人神情倨傲地垂眼看向她，左眼睫毛根部藏着一颗特别小的痣，要隔得这么近才能看见。

她呆呆地盯着他看了很久，突然很大胆地抬手去摸他的眼睛。

他竟然没有躲，任由她的指尖点在自己的左眼眼睑上，甚至还稍微把头往下低了一点。

“斩苍，”她听见自己说，“你真好。”

藏在积云中的雷，闷响了一整晚，终于在黎明时分迫近。

雨水敲打窗棂的声音将贺兰宵惊醒，他下意识地低头，看到樱招还安睡在他怀里，他才放心地蹭了蹭她的发顶，在她的额头印下一个小心翼翼的吻。

她还没走。

这是第一次，樱招能窝在他怀里安静地让他抱这么久。

入睡之前，他甚至在怀疑自己的心跳声会不会吵到她。

因为她的耳朵刚好贴在他胸口。

可是她什么都没有意识到，她看起来在想别的事情。

他不知道的事情。

天马上就要亮了，逐渐亮起的天色从窗纸透进来一丝微光，心情也像是汲取了雨水一般变得潮湿起来。他垂着双眼，凝望了她好久，始终不舍得移开目光。

樱招的脑袋压在他臂膀上，无意识地蹭了几下，他又有些愉悦地伸出手去轻捏她的耳垂。

醒来之后，师父会对他说些什么呢？是会坦率承认，还是会继续装傻？

不管是哪一种，他想，他都会陪她继续玩下去。

秋雨恼人，樱招开始睡得不太规矩，双眉颦起，呼吸也变得急促。她的手在空中胡乱挥舞了几下，他怕她伤到她自己，赶忙捉住她的双手贴在胸前，同时一手罩住她的脑袋，轻轻抚摸。

这般安抚是有效的，至少她没有再乱动，甚至还有些依赖地贴他更紧。

她将脸颊埋进他的颈窝，寻了个舒服的角度轻蹭了几下，重新安静下来。

可是一声梦呓，却如同利刃划破空山，将少年的美梦穿透。樱招压了他一晚上的身子，明明那么轻，轻到他只想窝藏在怀里妥帖收藏，此时他却觉得有些透不过气来。

“斩苍，你真好。”

——她在他耳畔这么告诉他。

疼痛清晰地钻进他的身体里，少年眨了眨眼，以为自己听错了。

“你在……叫谁啊？”他的鼻尖碰上她的鼻尖，颤抖着声音小小声地问她。

被梦魇住的樱招却只是稍稍皱了皱眉头，唇角翘出一个伤人肺腑的弧度，将右手手腕无意识地从他掌心挣脱出来，勾住他的脖子往他怀里钻。

“斩苍。”

浮云一般轻柔的声音，酿成了一场倾盆的雨。

贺兰宵将呼吸放到最轻，颤抖着仰起头，枕头上跌落的泪珠隐没在哗然的雨声中，不一会儿便湿了一大片。

樱招的左腕还被他紧紧握着，贴在胸前。害怕自己强烈的情绪起伏惊扰到她，他正欲将她的手松开，目光却在她腕间层层叠叠缠绕的绷带上顿住。

他知道，那里刻着一个追魂印。

单字一个“斩”。

斩？

真相侵袭而来的时刻，他才真正觉得如坠冰窟。

师父的追魂印，刻的或许并不是“斩魔”的“斩”，而是……“斩苍”的“斩”。

原来，斩苍便是那个男人。

可是斩苍是怎么死的呢？

是被师父一剑穿心，魂飞魄散而死。

师父那么爱那个男人，最后仍旧选择了将他斩杀在琅琊台上，就因为斩苍是魔吗？

那他呢？

师父会不会也因为同样的原因杀了他？

绝望蹲守在他的身旁，告诉他别白费力气了。

向着师父走近的每一步，都像是秋蝉在毫无意义地向着树梢攀爬，步入深秋时，便会短命地死去。

可他偏不信。

他不信，自己会落到这样的结局。

外头环绕屋檐的雨滴声不知什么时候悄然顿住，清清冷冷地悬浮于半空。耳畔突然一片空寂，只剩下怀中樱招平稳的呼吸声。

贺兰宵擦了擦眼睛，才意识到是自己没控制住力量，将时间停滞了。

窗边渗透进来的日光也被束缚住，定格在即将划破暗夜的这一刻，没再发生任何变化。

对他毫无防备的樱招，也跟着陷入了他的时间里。

坠入冰窟的心渐渐被贪欲填满，秋夜变得悠长而无止境。

四周温度仿佛变冷了一些，贺兰宵不自觉地将怀里温热玲珑的一团搂紧，手掌慢慢地从樱招的背脊滑到她的肩部，然后将头埋进她的脖颈深吸了几口气。

再抬起头时，他的脸上带着一丝极轻极缓的笑容。

终于爆发出来的久违的失控感，让他觉得好畅快。

贺兰宵很早便知道，自己有令时间静止的能力。

小时候他力量有限，至多只能维持一炷香的时间，覆盖范围也很窄，仅仅是他的小院而已。

立马解除的话，不会有任何人察觉出异样。

后来他已经可以将时间延长至两天，范围也扩大至全城。只是，施术时虽无一人能破，但术法解除之后被困之人一旦与外界交流，便能发现自己的时间被偷走了整整两日。

母亲有旁敲侧击地问过他是否是他在捣鬼，他觉得没什么好隐瞒的，便大方承认了。

“宵儿，”母亲一脸复杂地看向他，说道，“下次不要再这样了。”

他没有追问缘由，答应得极为爽快，因为他觉得这般处处是破绽的术法，用着有些无聊。

他当然有想过，为何他只是一介半魔，却身负这么强大的魔气。

有可能是源于他魔族父亲的血统，只是他父亲究竟是何人，他以前从不在意而已。

而现在——

不再走动的日光，藏在纸窗后面，昏暗的光线寥落地洒在樱招浓密得看不见发缝的头顶上。

他低下头，将她的手牵到嘴边，耐心地将她的手指一根一根吻过，目光落到手腕上缠着的绷带时，却陡然变得冰冷，仔细看，还透着一股疯意——

追魂印。

斩苍。

他和斩苍长得那么像，他的父亲，会是……会是斩苍吗？

不对，时间对不上。

斩苍是二十年前死的，而他如今十八岁，就算是遗腹子，母亲也不可能怀胎那么久才将他生下来。

斩苍不可能是他的父亲。

那他究竟和斩苍之间，有什么关联呢？

“师父……”

少年将目光移回樱招的脸上，眼神仍旧是那么轻柔，只是这种轻柔未免太过摄人心魄，原本清澈澄明的一双眸子，也由于哭得眼角发红而显得有些邪性。

“樱招，”他终于当着她的面叫出了她的名字，就像他十岁那年对着那本剑谱叫出她的名字一样，语调当中满是柔情蜜意，“你知道吗？我为什么会那么像被你杀死的那个魔？”

他固执地只肯用冷冰冰的“杀死”两个字来形容樱招和斩苍之间的关系，仿佛只有这样，他才能将内心当中横冲直撞的痛苦减轻。

乌黑的发丝垂下，他倾身捧住她的脸，在她眉心落下一个吻，想借着时间静止的机会，最后再放肆一回。

不知道，樱招能被他困住多久。

窗棂边被束缚住的光线奄奄一息得有些悲戚，贺兰宵贴住樱招的嘴唇，轻声说道：“永远和我在一起吧，樱招。”

没有人回答他，他的樱招正闭着眼睛不发一言。

细细密密的亲吻落在她的头顶和脸庞，却没有继续往下。他停了下来，脑袋枕在她的脸侧，就这样看着她。

直到察觉到屋内昏暗的光线开始呈水波状晃动，他才轻轻呼出一口气，将眼睛闭上。

一盏茶的工夫而已，樱招便意识到了不对劲。

不愧是他的师父。

悬在半空中的雨滴迫不及待地往下落，沙沙的声响重新侵入耳洞。身边一切事物都和少年一样，沉默着极力装出一副无事发生的模样。

直到他的脖颈被一只细瘦却有力的手扼住。

樱招睁开眼睛时才发现自己被魇得厉害，一直陷在梦中醒不过来。修士的本能令她察觉出了不对劲，虽然不至于用危险来形容，但的确令她很不舒服。

在梦里，她见到了那个被她杀死的魔尊斩苍。

从来都记不起的面容，如今清醒之后却依旧清晰地留存在她的脑海。

是和贺兰宵一模一样的脸，就连左眼睫毛根部的那颗痣，也长在相同的位置。

梦中的自己，甚至对那斩苍抱有一丝倾慕，即使在醒来的瞬间，她也能听到自己的心跳声如雷一般在响。

这是什么可笑的梦？

雨水敲打着屋檐，空气当中满是潮气，少年的身体却干净清爽，闭眼将她搂在怀里，一副极其依恋的模样，看起来人畜无害。

而刑天依旧对他毫无敌意。

这么多年以来，就算她处于毫不设防的状态，危险逼近时，刑天也会先她一步做出反应。

可是，贺兰宵能安抚她的追魂印，在秘境中遇不到任何妖魔，甚至连左眼皮上有颗痣这样小的面部特征，都能与她梦境中的魔头斩苍相吻合，这种种奇怪的表现，让她无法视而不见。

况且，追魂印本就源自魔域，这等阴损咒术，魔域有克制之法也很正常。

伸手扼住他脖颈的动作是本能反应，她静静地凝视着他的面容，沉下脸色等待着他转醒。

少年鼻翼轻翕，终于缓缓将眼睛睁开。意识到自己被扼住脖颈之后，他下意识地想往后撤，却被她掐得更紧。

"别动。"

"姑……姑娘……"他的喉管有些喘不上气。

樱招手劲没松，直到看见他那张冷白的脸开始由于呼吸不畅而涨红，才将掐住他脖子的那只手移向他的下巴，捏住。

拉满的弓骤然松懈下来，大口的空气涌入少年的喉管，他抚着自己的脖子看向她，平复呼吸之后才满脸疑惑地问她："为何，突然发难？"

一双眼睛像被雨声包裹一般濡湿，眼尾泛红，像是刚刚哭过一场。

樱招没有回答他，只是捏着他的下巴审视了他半晌，才伸出另一只手在他的左眼睫毛根部轻点了一下，接着问道："这颗痣，你有没有给别人看过？"

她将少年略微错愕的神情收入眼底，然后听见他回道："我自记事起，就不会在别人面前闭眼睛，除了……除了你和我师父。"

和梦里几乎一样的回答，未免太过巧合。

她几乎已经确信，这是一场针对她的阴谋，只是不知道贺兰宵是棋手，还是棋子。

不管怎么样，眼下的确不能打草惊蛇，才能放长线钓大鱼。

渐渐亮起的天色照亮了整个屋子，她将手抽回来，不再理会他，从被子里坐起，穿衣走人。

层层叠叠的繁复衣衫，尸首分离一般被随意扔在房间的各个角落，隔空取回来花了她不少工夫。

收拾妥当之后，她见贺兰宵仍旧垂着脑袋坐在床上没动，宽阔漂亮的肩上还留存着她昨日咬下的齿痕。

她走近他，沉默着想要替他消除干净，刚伸出的手却被他轻轻挡开。

"不必了，"他说，"我想留着。"

樱招没有勉强："随你吧，我走了。"

换皮的游戏，沉迷了两次，也是时候结束了。

这件杏黄色衣裙，她大概再也穿不到了。

一晚上的柔情蜜意，却是这般尴尬惨淡的收场，对于谁来说都有些始料未及。

这次贺兰宵没有再天真地问她还会不会再出现，仿佛心里已经预料到昨日找她讨要的承诺已经全部作废，他只是低低地应了一声。

“嗯。”

窗外雨还在下，轻纱般的雨幕笼罩着整座城，厚重的积云仍旧盘旋在上空，天色看着比早上还要阴沉几分。

樱招已经走了许久，贺兰宵在床上静静地躺了一会儿，才坐起身来，掏出一张传信符。

有些真相，须得自己查明。

然而传信符发出去却迟迟得不到回音，贺兰宵轻轻皱了皱眉头。

使用蛟龙龙涎混合白磷封口的信封，此时正被一双骨节分明的手轻巧捏住。四四方方的信封，被那只手衬得有些小。

左耳戴着坠子的魔族一脸玩味地将封口处的白磷打量了半晌，突然轻笑着将信封往空中一扔，指尖一道渗着黑气的光迸出，封口处的白磷顿时燃烧起来，只是下一刻，信中的内容便一字一句地于空中浮现。

“吾母亲启。”那只魔轻飘飘地念出这四个字，明明一直在笑，声线中却透出一股令人胆战的寒意，“他怎么突然开始好奇自己的身世了？”

他将目光瞥向跪在下首匍匐在地的女人，终于收敛了笑容。

“嗯？贺兰舒？”

时隔三年，冀州贺兰氏府邸再次迎来了数量庞大的魔族。

艳阳高照的天气，院子里却是一片沉重的肃杀之气。头戴额饰的魔族战将们将族长院落围了个严严实实。院落外，贺兰氏族人们远远地抬首看着，又状似无事发生一般木着脸走远。

两个府上的老人边走边咬牙："公子在时，这群魔族连方圆百里都不敢靠近，现在竟直接围了进来……"

"是啊，若是公子还在府上，他们又岂敢这般猖狂。"

"说什么呢？"一道身影插进二人中间，伸手揽住二人的肩膀，左顾右盼了一番，才好奇地问道，"你们公子是什么人啊？为何他在，魔族就不敢靠近？"

二人同时侧过脸，看到了一个头戴额饰的女魔不太服气的脸。

见那二人吓了个激灵的模样，蓝雀摸了摸自己头上的魔角，一脸纳闷："怎么，我看起来很可怕吗？"

"不，不可怕。"其中一人大着胆子回道。

蓝雀满意地点点头，又问回了方才的问题："你们公子是谁？为何我们魔族要怕他？"

她当上左使亲兵的时间短，对于很多事情都一知半解。不过她隐约知道左使大人这十几年来会时常往中土走动，每次都只会来这一个地方。

这还是她第一次跟着左使大人一起来中土，一路上倒是听闻这个贺兰一族千百年来一直在侍奉魔族，在魔族的扶持下，才有今日风光。

不过，流传更为广泛的说法是左使大人与这贺兰氏的族长有私，只不过人魔殊途，二人之间的关系见不得光，因此行事隐秘。

还有传言说这族长还给左使大人生了个孩子，好端端地养在府中。左使对这孩子宝贝得紧，派出无数亲兵保护在周围不说，各种奇珍异宝更是源源不断地往这里送。闭关几年，左使大人好不容易消停了些，然一出关又忙不迭赶了过来。

这二人口中的"公子"，难不成就是那个孩子？

"公子……公子自小不喜魔族靠得太近，方圆百里之内如若有魔族环伺，他会释放出威压驱赶。"另一人答道。

无灵根者，自然感受不出那样的威压究竟是灵气还是魔气，只觉得公子不愧是天生的修道者，也难怪会被苍梧山樱招仙子收作唯一的徒弟。

蓝雀倒没觉得自己受到了冒犯，反正被驱赶的也不是她自己，她只是觉得如果那“公子”若真是左使大人的孩子，那天生魔气强劲的确情有可原，只可惜养在人界，对魔族没有认同感，到底非我族类。

“你们公子现在何处？”她问。

“拜入了苍梧山樱招仙子的座下。”

苍梧山？！

樱招仙子座下？！

蓝雀的瞳孔突然放大，将那日一直跟在樱招身后的俊俏少年与这家公子联系起来。

竟……竟然是他！

议事堂里已经屏退了旁人，只余下贺兰舒与太簇二人。

屋内一片寂静，只有手指敲击着茶杯的声音，一声一声如同催命的丧钟，细致又缓慢地传入耳中。

坐在上首的银发魔族，左耳戴着一个精巧的耳坠，眉毛往下压得很低，嘴角却漾着堪称冷丽的笑容。名贵粉青釉茶杯里的茶水已经完全冷却，贺兰舒却总觉得那里面装着一杯沸油，不知什么时候便会全数浇在她头上。

“苍梧山，樱招座下？”太簇低低地重复了一遍，似乎在消化这一讯息，“我不过闭关三年而已，贺兰舒，你真是给了我好大一份惊喜啊。”

迎着即将喷薄的怒火，跪在下方的贺兰舒不紧不慢地答道：“这件事情，左使大人不是早就心知肚明吗？现如今又何苦做出一副兴师问罪的模样？”

悬在头顶的击盏声顿了顿，向来阴晴不定的左使大人从喉咙里发出一声轻笑：“哦？此话怎讲？”

“宵儿他……”贺兰舒刚张嘴，便察觉到自己已经失言，立马改口道，“尊上他，最后一缕神魂仍未聚齐这件事，左使大人不是一直在烦恼吗？”

太簇没有接她的话，而是淡淡提醒道：“贺兰舒，你可不要真把他当成你儿子了，他可不是从你肚子里出来的。”

“是，属下不敢，”被点到名的女人恭恭敬敬地朝他拱了拱手，接着道，“自十年前樱招苏醒的那一刻起，搜魂针便直指苍梧山方向，一直到左使大人闭关之前都未曾变过半分位置。当日尊上魂飞魄散之际，只有樱招一人在他身边，尊上的最后一缕神魂藏在何处，亦是不言而喻。

“您虽未明说，但尊上至今无法化魔，想必的确是缺了这缕关键神魂。可樱招一直避世不出，苍梧山又是铁板一块，贸然侵入得不偿失不说，或许还会打草惊蛇，暴露尊上的位置。恰逢苍梧山二十年一次开山收徒，属下便斗胆修书于甘华，先把尊上送进山，再从长计议。”

一番恳切陈词完，贺兰舒背后的衣襟已被冷汗浸湿，藏在袖中的手在细微颤抖，但她面上仍旧一派平静：“这些事情，难道不是您默许的吗？”

斩苍魂飞魄散之后，在魔界一直不肯聚魂，元老院用尽了各种办法，白白耗费了两年时光，却无一点长进。

万不得已，太簇才和元老院商量着把斩苍散乱的神魂放到人界来养。

却没想到，仅仅一个月而已，他的大部分神魂就已聚拢，但可以化魔的那缕关键神魂一直找不到。

直到樱招苏醒的那一刻，搜魂针才开始转动。搜魂针直指苍梧山方向简直是毫无悬念的事情，毕竟，斩苍那个情种，无论何时都是这么的没出息。

三年前，太簇的确无意中提到过派到苍梧山打探的魔全都有去无回，要找回斩苍最后一缕神魂或许只能趁着苍梧山二十年一次开山收徒之机，潜进山内伺机夺取。

但那时他旧伤复发，不得不临时闭关稳住境界，等到周围守着的魔族回过神来时，贺兰舒已经自作主张把斩苍送进了苍梧山。

不过，默许？

太簇站起身来，日光照射在他微微晃动的耳坠上，反射出一阵刺目的光。贺兰舒轻轻眯了眯眼，再睁眼时，一只脚已经碾上了她撑在地上的手。

来不及感到疼痛，她的下巴便被人抬起，她不得已迎头望过去，与那双透着恐怖笑意的眸子对视。

她知道，他在探究她说的究竟是不是实话，然而，更直接的方法应是——

突然，她的瞳孔开始巨震，随即身体也开始剧烈颤抖。太簇的手罩在她的头上，掌心渗出漆黑的烟雾。不消片刻，那股烟雾便钻进了她的双目，将眼白都染成了黑。

眼眶中兜着的那双漆黑无神的眼球，在下一刻竟浮现出闪着紫光的梅花魔纹。

千年之前，贺兰氏先祖为了在战乱中保护族人，走投无路般地与魔族签订了血契，将神魂卖给了魔族。从此，贺兰氏族人只要体内流有贺兰氏血液一天，便世世代代都要听命于魔族，为奴为婢，莫敢不从。

梅花状的魔纹便是侍魔的标志。

修仙世家血液中却流着臣服于魔族的血契，的确是魔族的一把好刀。

魔纹既然还在，那么，贺兰舒说的，都是真话。

太簇闭关期间，贺兰舒曾数次修书于他回禀过此事，他也的确有将计就计之意，但她这般做法却仍旧令他不喜。

此番过来，虽不是专门兴师问罪，但看到卑贱的人类如同蝼蚁一般瑟瑟发抖的样子，他还是感觉十分畅快。

喜怒无常的魔界左使大人将贺兰舒松开，看见她的身影委顿在地，才背过身去缓缓坐回主位，端起早已凉透的茶，喝了一口。

片刻之后，他又状似无意地问道：“克制魔气的丹药，他可有一直服用？”

恢复神志的贺兰舒摸着被踩到发抖的手，缓了好一会儿，才低头答道：“不曾间断。”

太簇收回目光，未再多问。

二人正沉默着，一封书信凭空出现在贺兰舒手边。

这样的传信方式，只有贺兰宵会用。

“是尊上的传书。”

贺兰舒低着头，仍维持着跪地的姿势，侧头看了一眼那封信笺，手指压在地上没有移动半分。

这样的传信方式虽然隐蔽，但并非万无一失，在樱招眼皮底下传信，更须事事小心，以免被截获时暴露身份。

贺兰宵平日在信中顶多只会写一句“安好，勿念”，其余一切近况都不会多言。

因此贺兰舒根本不担心这封信会给自己造成什么困扰。

信笺轻飘飘地飞入太簇手中，附在信封上自燃的术法对他来说自是雕虫小技，信中内容一字一句浮于空中时，他的眼皮才微不可见地抽动了一下。

这次贺兰宵依旧没有任何寒暄之话，只说了自己安好，然后开门见山地求问自己父亲是何人。

“他怎么突然开始好奇自己的身世了？嗯？贺兰舒？”

“属……属下不知。”

“三年了，他非但没把自己的最后一缕神魂找回来，反而开始好奇自己的身世，这便是你替我办的好事？”

照进屋内的阳光没有一丝温度，贺兰舒打了个寒战，旋即匍匐下来，额头抵着地面做出一副惊恐万分的模样：“左使大人恕罪，属下的确不知道是哪里出了岔子，按理说，他二人相处这么久，神魂应当早就能拿回，但许是……许是樱招一直有所防备，因此……”后面的话她没说下去，嘴里只念些求饶之语。

这位魔界左使，多数时候喜欢将人踩在脚下践踏，偶尔的和颜悦色也是浸了毒药的酒，一不留神便会侵入肺腑。贺兰舒与他打了十几年交道，早已深知他的脾性。

辩无可辩时，她也只剩下求饶一途可走。

一声轻笑突兀地响起，贺兰舒松了一口气。

她对他果然还有用处。

太簇毕竟是舍不得这样一把好刀。

可他同时也在防着她，因为他们血液里效忠的，只是魔界尊主，不是随随便便哪个魔。至于谁当尊主无所谓，魔印才是驱动他们的钥匙。

十八年前，太簇和魔族元老院大祭司来此，将汇集了斩苍魂体的结魄灯交于她手上时，同时带来的，还有属于斩苍的魔印。

现在这个魔印，挂在太簇的腰上。

“族长不必如此害怕，”太簇慢悠悠地靠上椅背，嘴角的笑意堪称温和，“起来说话吧。”

贺兰舒硬着头皮站起身来，刚在他西边的下首坐下，便听见他问道：“他的衣物可还留着？”

“不曾动过。”

“那么，全收拾了，交给我吧，”太簇说道，“他不会再回来了。”

“是。”

贺兰舒没有多问，谨守棋子的本分，将太簇的要求吩咐下去。

独属于贺兰宵的院子里，种满了桃树，深秋时节枝干光秃秃的，掉落的叶子被人尽职地打扫干净，呈现出深秋该有的萧索感。

但他来时恰好是春天。

彼时贺兰舒刚继任族长之位，她从太簇手里接过斩苍的魂体时，表情是掩饰不住的震惊。

毕竟，斩苍被樱招一剑斩杀在琅琊台之事，整个修真界尽人皆知。一死一伤的结局，看客们自然喜闻乐见，但对于知情人士来讲未免太过唏嘘。

樱招沉睡至今，丝毫未见醒来的迹象，而斩苍……不知道魔界用了什么办法将他的魂体收集起来，聚魂之后又有什么谋划。

“他在魔界无法聚魂，放在你这里好生看护着吧。”太簇那时的表情亦是十分温和，和传言中与斩苍情同兄弟的形象出入不大。

“聚魂之后又当如何？”贺兰舒问，“身体从哪里来？”

“这个你不用担心，我们魔尊是魂身一体，只要能聚魂，任何事物都可以让他重塑躯体。”说话的是与太簇一同前来的元老院大祭司虚昴，一个长着狐狸眼，长相偏阴柔的魔，总是一副笑嘻嘻十分温柔的模样。

但魔族大祭司究竟是个怎样杀人不眨眼的恶魔，贺兰舒也是有所耳闻的。

他二位带着斩苍的魔印过来，看似好商量地与她说着话，实际上根本不容她拒绝。她敛着眉将此事应承下来，住进了贺兰氏位于山间的别院，尽职尽责地喂以各种灵药来滋养斩苍的魂体。

贺兰氏的府邸原本就是魔族在人界的据点之一，太簇与虚昴二人在此盘桓了将近一个月，别院中人人战战兢兢，如临大敌。

几度天晴落雨，一个红绽雨肥天，满院开得正好的桃花突然应风而动，别院周遭的万顷桃枝顷刻间便被扫荡了个干净，只剩下光秃秃地枝干立在远处。

片片飞花似粉雪般汇集在一起，朝着天空直冲而上，铺出一道绚丽的空中花海。

鸟雀惊飞间，四周草木杀意逼人。

太簇及时布下一道结界，以免这般异象引来过路修士，引起不必要的麻烦。

那道遮天蔽日的花海在空中盘旋了几圈，突然安静下来。熠熠火光自花海中钻出，高空中火舌飞舞，一团一团的天火朝着地面坠落。

虚昴正欲驱动咒语将那团团天火兜住，却发现火焰在落地前便自行寂灭了。

不会焚毁物品吗？他站在原地，伸手将手掌摊开。火焰落于掌心时，却愈烧愈旺，呈现出真实的灼烧感。虚昴吃痛般惊呼一声，立马施了道术法将火焰浇灭。

寄希望于无人看见显然是痴心妄想，他听到了在一旁站着的太簇发出的一声轻嗤，其余贺兰氏的族人皆将头低垂着，像是要埋进胸口。

算他们识相，捡回一条命。

虚昴将心中涌出的杀意压回去，看着被烧出肉味的手，愣了好一会儿神。

粉白的花瓣在空中焚尽时，几近枯萎的桃树下突然传来一声婴儿的啼哭。

贺兰舒急忙跑过去，捧着早已准备好的包巾将其裹住。恢复了平静的春风悠悠地吹到脸上，空气中满是馥郁的花香。

第一次抱新生儿，她的动作还很不熟练，幸好婴儿形态的斩苍在刚刚一声啼哭后变得安静异常，只睁着一双漆黑的眼睛注视着世界。

那两个位高权重的魔族走上前来，她立马伸出双手想将人递过去，却无一人接手，她只好悻悻地将人抱回臂弯。

虚昴好奇地探头将斩苍瞧了又瞧，突然笑着说道：“他这个样子，看起来可真脆弱，两根手指就能捏死的那种。”

贺兰舒正心惊肉跳着，却又听见他转向太簇，问道：“你不抱一抱吗？”

太簇没有说话，他只是抬起手，照着虚昴口中所说，比画着两根指头，似乎在试验是否真能轻易将斩苍捏死。但当他对上那双圆溜溜不含情绪的眼睛时，他顿住了。

悬在空中的手迟迟没有落下，半晌，太簇淡淡地笑了一声，将手收回，转而从袖中掏出一瓶丹药，对着贺兰舒嘱咐道：“这是克制魔气的丹药，你记得定期让他服用，炼制之法亦在丹药瓶里。”

“这么小的孩子，吞不了丹药。”贺兰舒身边的嬷嬷提醒道。

“这便是你们的事情了，”太簇说，“想办法让他吃，不然魔气引来修士，吃亏的是你们。”

这话听着便是要全然将斩苍寄养在这里的意思。贺兰舒有些疑惑：“你们，不把尊上带走吗？他已经聚魂了，是否带回魔域会更稳妥些？毕竟事关重大，我……”

“事关重大，所以你务必好生将他养着。”虚昴笑着打断她，随后又补充了一句，“养废了最好。”

见她当场愣住，他才半真半假地眨眨眼：“开玩笑的。”

明眼人都知道，这绝不是玩笑，但她只是装作听不懂地回道：“我贺兰舒从不养废人。”

虚昴“呵呵”两声，没有再多言。

太簇在一旁催促道：“走了，回去复命吧。”

许是贺兰舒在他们眼中是蝼蚁一般的存在，因此说这话时没避着她。

他们走后，暖暖春阳又重新照进了院落里，只是方才还生机勃勃的桃树，此时已经被吸干了精气，恹恹地迅速颓败。

斩苍的魂体选择了桃树重塑身躯，这副躯体看起来和人族婴孩没什么不同，娇嫩、脆弱，的确如大祭司所说，两根手指就能捏死。

他真能变回以前的模样吗？

嬷嬷将他放进摇床中，热了一碗羊奶一勺一勺地小心喂着。贺兰舒看了一会儿，不禁想到，太簇说要回去复命，可他们的魔尊都在这里，那么，他们是要向谁复命？

元老院吗？

斩苍身死，获利最多的应当是元老院那群人吧，毕竟，他生前可是从未将那群人放在眼里过。

鸟尽弓藏也好，卸磨杀驴也罢，总之，事已至此，也只能走一步看一步了。

山中的桃树重新换了一批，贺兰氏府邸中独属于贺兰宵的院落里也移栽过来不少新生桃树。

十八载大雪霜降，十八载清明谷雨，这些桃树的枝干愈长愈粗，春夏时节枝繁叶茂，甚是喜人。

可惜下一个春天时，贺兰宵已经不会再回来了。

院子里不停有人进进出出，他们将贺兰宵用过的物品整理好，装箱搬到院中。

行将下沉的太阳光，照在太簇脸上，他突然问贺兰舒："舍不得？"

"养了这么久，若是全然没有不舍之意，那也太假了吧。"贺兰舒看了他一眼，又收回目光。

在这一瞬间，她仿佛见到了十八年前将斩苍的魂体交到她手上时的太簇。那时的太簇瞧着要比现在这个魔界左使正常不少，她已经不确定他那时脸上是否有愧疚之意，但等待斩苍聚魂的那一个月，他的确看起来很消沉。

而如今他脸上只剩下情绪莫测的阴郁笑容。

"你可知道，我们为什么要把他放在你这里？"太簇又问。

这也是贺兰舒一直以来想不通的问题，若是要监视斩苍，何不干脆将他接回魔域，即使最后一缕神魂一直未找回，但放在眼皮底下看管，再慢慢寻找，岂不更加万无一失？

思来想去没有结果，贺兰舒选择了避重就轻的回答："因为贺兰氏是母系氏族，父亲不重要，他不会想去探究自己的身世。"

"是啊……父亲根本不重要啊。"太簇偏头看向她，"那么，你知道该怎么向他回信了吗？"

"属下明白。"

贺兰舒拱手应下，随即当着太簇的面将信发出去，今日发生之事则只字未提。

然而这般小心谨慎的做法却依旧无法打消太簇的疑心，离开之前，他轻轻抬了抬手，站在他身后的魔族战将突然一左一右地架起贺兰舒的手臂。

那是两只高等魔族，贺兰舒本能地挣扎了一下，发现自己挣不过，便直接放弃了。

魔族与人族差不多，战力也分三六九等，普通魔族自然不足为惧，但此次跟着太簇过来的是魔族雷部的精兵。

斩苍在时，魔族大军一共分为金、雷、水、火四部，这四部实力强盛、坚不可摧，的确令整个修真界闻风丧胆。

好在斩苍没什么侵略的欲望，弱小的人族他向来不放在眼里。但他不欲侵吞别族地界，他身后大批吸食恶意而生的魔族呢？他们是否与他同一条心？

斩苍身死之后，这四部虽还保持着原先的旗号，但实际上已经被元老院瓜分了个干净。

关于斩苍的一切皆被淡化，不过二十年而已，魔族大军中注入的新鲜血液已不闻旧主之名。

雷部战将皆被太簇收编，他今日带来的只是极少一部分。

训练有素的魔族精兵们随着夜幕一起占领了整座府邸，头戴精巧额饰的高等魔族一个接一个地在高高的院墙上站定，形成将月亮都遮住的黑色方阵。

府外卖瓜果的小摊贩的叫卖声细微地停顿了一瞬，才连贯地接上词。透过虚空，他清清楚楚地看到了普通人看不到的魔族正黑压压地将立在墙头，冷冽的夜风将他们的玄色衣角吹得猎猎作响，一时间压迫力惊人。

他将手悄然地探入袖中，握住藏在袖中的硬物，冰凉的触感令他头皮发麻。

斜对面的奢华酒肆中，人声鼎沸。正与人拼酒的纨绔子透过大开的窗户往外扫了一眼，突然脚步一虚跌了个倒栽葱，一身衣物皆浸上了酒渍，他连声说着抱歉，推开众人出了雅间。

卖胭脂水粉的商铺老板送走了最后一位客人，堆着笑将店面打烊。门闩插紧后她却站在门后没有动，一脸肃然地等待着最后的信号。

处于风暴中心的贺兰舒一脸淡定地问："左使大人，您这是何意？我从未背叛过您，血契的压制想必您比谁都清楚。"

"是啊，"太簇轻轻巧巧地往院中扫了一眼，看见贺兰氏族人们屈服于血契，不得不低头的模样，心情突然大好，"这样才对嘛，真动起手来，你们谁也斗不过自己身上的血契，我魔族不费一兵一卒就能让你们灭族，所以，不要再让我看到你们不经意流露出的怨恨神情，知道了吗？至于你——"他转向贺兰舒，"我并不是不相信你，而是我只相信我自己。你毕竟养了他这么久，母性的本能说不定会不经意间坏我大事，所以，就暂且委屈一下族长，在自己房中侍花弄鸟一段时日吧。等到此间事了，我会还你自由的。”

血契未解，又谈何自由？

贺兰舒未揭穿他的话，只是朝院中众人递过去一个少安毋躁的眼神，然后沉声问道：“我的族人呢？您可愿不伤他们分毫？”

“这是自然，他们对我可没半分威胁。”

看到贺兰舒的神情渐渐软化，他笑着做了个手势：“那么，请吧。”

院墙之外种着几棵高大的杉树，树干之上用符咒刻着独属于贺兰氏的家纹。

一道细细的白光从纹路上滑过，幽幽然消失于无踪。原本深深印刻在枝干上的家纹也随着白光一起渐渐变淡，直至隐形。

卖瓜果的小摊贩将袖中法器放开，推着车渐渐走远了。车轮骨碌碌地滚过青石板，街道上埋伏着的人随即悄然散开，隐入了茫茫夜色中。

鸣金收兵。

暂时还不是亮牌的时候。

太簇走了，留下了大半魔族战将在此以作监视。

蓝雀就是那个被留下来贴身监视贺兰舒的倒霉蛋，因为在这一批跟过来的魔族中，她是为数不多的女魔。

在贺兰舒门口守了她大半夜，蓝雀才后知后觉地意识到一个问题——

那个樱招的小徒弟，也就是这家公子，怎么和自己母亲长得一点都不像？和左使大人也不像。而且今日左使大人对待这贺兰舒的态度，也不像是有私的模样。以族人性命作威胁，的确是过于心狠了。

左使大人下达命令时，蓝雀面前站着的刚好是个正值垂髫的女娃，一双眼睛直愣愣地看过来，她都不好意思亮出刀锋。

幸好这位族长及时醒悟，没强行和左使大人硬碰硬，不然今日她的刀可真要喂上人血了。

这般别扭感，就好似樱招下在她肩头的禁制还未消散一般。

可那金印明明在她回魔域时就消散了。

当日她麻溜地赶回魔域之后，原打算等着另一位与她一同出任务的成员一起回去复命。

他的修为在她之上，按理说不应当比她慢，可她等了许久都没见他赶上来。她心里觉得奇怪，又悄悄潜回了事发地，结果却看到同伴尸骨无存的惨状。

留存在那团黑影上的，并不是修士的气息，而是更为霸道的魔气。一股从未遇见过，但攻击性极强的魔气，让人不自觉地想要臣服。

隐去“想要臣服”这个细节，她回去向正在闭关的左使大人如实禀报了一番，他只是说了一声“嗯”，便让她退下了。

没过几日，左使大人便急吼吼地出关，亲点了一队精兵赶来了人界。

蓝雀原本没把左使大人出关的事和樱招那个小徒弟联系起来，今日听贺兰氏的族人提起，她才发觉事情大概不简单。

而且，左使大人走之前说怕做母亲的会坏他大事？那他的大事应当和那小徒弟有关咯？

那么强的魔气，难不成左使大人是想要据为己有？

蓝雀突然捂住嘴，瞬间觉得这个猜测异常靠谱。她朝房内投去震惊的一瞥。恰好贺兰舒练完了一帖字，站在灯下柔柔地冲她露出一个笑。

她被那笑晃了下眼，立即收回目光，一抬手将敞开的房门拍上。

不对劲。

她竟觉得这贺兰舒长得十分眼熟，可她明明从未见过这族长，也从未来过中土。

像谁呢？

院子里的蛐蛐藏在草丛中不知疲倦地鸣叫，蓝雀无意识摸了摸自己肩上那道早已消失的禁制，陷入了沉思。

樱招那个诡计多端的修士，是不是在骗她？

禁制根本没消失，而是侵入骨髓了？

第玖章 身份暴露

真奇怪，
他明明对什么都兴致缺缺，
却好像是为她而生。

贺兰宵将母亲的回信引燃，看着信上的文字渐渐化为飞灰，心中涌上些许不安。

母亲在信中言明他的父亲只是无名之辈，无须挂齿。

预料之中的回答，他并未觉得意外，意外的是母亲回信的时机。

早上发出的信笺，傍晚才收到回复，这种情况实属罕见。

若是普通信笺，自是坦坦荡荡不必防着任何人，可用上蛟龙龙涎封口的信笺，母亲向来会慎重对待。不能即时回复，母亲便不会再回，静待他下一次的来信。因为她担心他收到回信时身边有人，引来不必要的怀疑。

半魔之身，在修仙大派当中行事，自然须得万事小心。

难不成是家中出了什么事？母亲在借此提醒他？

以他的脚程，御剑飞回冀州，至少需要三日，可明日樱招就要启程去魔域，师父她……应当不会愿意在此等他。

樱招。

这两个字像苔藓一般爬满他的心房，被窗外下个不停的雨给浸湿，想起时仍是沉甸甸的，有些喘不过气。

迂回曲折无法言说的思绪中，装的全是她。夜里他那么用力地试图将她握紧，困她在怀里不知餍足地索求，失控般求着她一遍一遍地叫出他的名字。可她在最不设防时，脱口而出的仍旧是那个早已灰飞烟灭的斩苍。

他有满腹的委屈想向她讨回来。

可现在，不是时候。

樱招早上对他起了疑心，应是他将时间暂停时不小心泄露了魔气，令她察觉到了不对劲。但她没有如同三年前一般直接向他下狠手，说明她还需要他。

她腕上的追魂印，发作起来似乎只有他能安抚。

多讽刺，她在自己身上刻下的属于别人的痕迹，造成的痛苦却轮到他来安抚。

天幕下雨丝被风吹动，沁凉的空气拂过面庞，他抬手擦了擦眼睫上的雨雾，一整日的魂不守舍竟在此刻得到一丝清明。被不小心忽略的细微线索，也在此时渐渐浮上心头。

对啊，为什么他可以安抚呢？

若他只是和斩苍长得相像也就罢了，这世上相貌相似之人也不是没有。可是，他和斩苍之间，并不只有“长得相像”这一种关联。

母亲究竟隐瞒了他什么？此时此刻，他家中究竟出了什么事？

在真相大白之前，他不敢有过多揣测，只是他必须回冀州一趟，当面向母亲问个清楚。

这个念头一出，他几乎片刻都不想再耽搁。急匆匆地行至樱招房前，他才发现，她不在房内，也不在蓦山楼的任何一处。

她去了哪里？

在园中转了一圈，贺兰宵正欲给樱招传信，衣袖却被一脸焦急的燕迟拉住。

“樱招长老呢？”燕迟的脸上有汗珠滑落，应是方才一路狂奔过来的。

“怎么了？”贺兰宵在错愕之余，先回答了燕迟的问题，“师父不在，不知道去哪里了。”

“快！快给她传信！”燕迟急道，“苏常夕……苏常夕被我们那天追击的妖怪掠走了！”

樱招去了梵海寺。

昨日那个声称自己认错了人的住持，此时正坐在樱招对面，安安静静地煮茶。

二人在禅室中隔着一张桌子相对而坐，桌上的朱泥茶壶已经沸腾，发出咕噜咕噜的声响。住持舀了一勺沸水，注入樱招面前的茶盏中，顿时茶香扑鼻。

庭院幽静，吹进禅室的风湿润而凝重，带着些雨丝。

樱招对欣赏雨景不感兴趣，一口将茶盏内的茶水喝光，开门见山地问道：“住持昨日说又见面了，而后又改口说自己认错了人，这是何意？”

住持微微一笑，不慌不忙地解释道：“和樱招施主的确是‘又见面了’，但认错了人也是事实。”

“住持认错的，可是我身后那个人？”

“昨日那位施主，也问过我同样的问题。”

贺兰宵来问过他？

樱招睁大眼睛，想起昨日贺兰宵的确消失了很久，原来是来了这里。

那后来他情绪不佳，是因为得知了什么吗？

住持将昨日对贺兰宵说过的一番话原样复述了一遍，樱招却越听越茫然。

她完全不记得那是一段什么样的过往，也不记得什么“镜中孤月照”这种签文，听着也无任何感觉。她身边有师父，有师兄师姐，还有苍梧山众多同门和承载着她灵力的那群傀儡，“孤寂”是什么滋味，她好似从未感受过。

那位应劫而死的，与贺兰宵面目相像的道侣究竟是谁，她根本记不起来。

从少时到现在，她所经历过的一切都好好地留存在她脑海里，丢失的偏偏只是关于那位道侣的记忆。

她该如何知晓，魔界那群魔族会不会拿这个来做手脚。是不是魔族将贺兰宵送至她身边，动摇她的心理防线，再将她的梦境篡改，换成斩苍的模样？

事实上，她连分辨这个住持所言是真是假的能力都没有。

向住持告别之后，樱招并未急着离开，而是遵循本能拐到了昨日她未能查看的银杏树下。

一场大雨，让银杏叶在枝头站不住脚，落了满地。金黄的叶子浸泡在被雨淋湿的泥土里，有些狼藉。

天色不好，赏枫的游客们不若昨日那般热情，只有稀稀落落的一些人撑着油纸伞来来往往。

樱招没有撑伞，亦忘记撑起修士真言，轻飘飘的雨丝落在她身上，她没有在意。

清冷的秋雾将山顶包裹，她走到树下，上前几步，将手掌与枝干相贴。闭上双眼，她又听见了自己的声音——

"这句签文若真应验在你身上，我会为你报仇的。你放心，我不会拖累师门，让他们替我白白送命，我一个人就可以。"

"那我会在死前，将你的记忆抽走。你会忘了我，好好活下去。"

树缝中漏下一滴豆大的雨，砸中了她的额头。她睁开眼睛，不知为何，感觉自己要被那滴雨给砸穿了，张开嘴便下意识惊呼了一声，可是无人在意。

樱招捂住额头望着空荡荡的四周，竟真的觉出了一丝孤寂的滋味。她的记忆，原来是被那个人抽走的吗？他怎么可以擅自将她的记忆抽走呢？他就这么断定她无法替他报仇吗？

还有，贺兰宵，他昨日就已经找过这个住持，却半个字都未向她透露。这个逆徒，究竟想做什么？

一道火符突然自虚空中显现，是贺兰宵发来的传音符。她伸手接过，看到信中关于苏常夕被掠走的消息时，心中顿时一惊。

正欲腾风回蓦山楼，挪脚的瞬间，周身经脉却火烧一般疼。她双膝一软，捂住剧痛的左腕，倚在枝干上几乎无法动弹。

天杀的追魂印，怎么会这个时候发作！

这次的疼痛来得太过迅猛，比以往的任何一次都要令人遭受不住，几乎是在瞬间，樱招便疼晕了过去。

堆积在梵海寺上空的云层渐渐变得乌黑浓厚，那不是正常的乌云积聚，而是浓得化不开的魔气。

银杏树下，樱招无知无觉地蜷成一团，十尺开外蓦地闪现出一道高大的身影。

左耳戴着坠子的魔族男子，一头银发在雨幕中极为显眼。他垂眼看向已经疼痛到完全失去抵抗之力的女子，抿紧的嘴角无意义地扁了扁，正要抬脚朝她走近。

虚空中蓦地出现一股强大的威压，自四面八方传过来。银发魔族止住脚步，抬眼环伺，才发现有八道身影悬浮在半空，个个都光着脑袋，烫着戒疤。

为首的僧人落在他身前，双手合十，面带微笑："佛门之地，还请这位施主莫要在此造杀孽。"

银发魔族双眉一挑，一脸奇怪地问道："谁说我要在此造杀孽了？"

这僧人便是梵海寺的住持，闻言他一脸迟疑地看了看樱招，有些拿不准此二人的关系。

"我只是想知道，厢房在何处。"银发魔族声音和缓，似乎很好脾气地在打着商量，"你们这些僧人，六根已净，难不成还方便抱女子吗？不如由我来代劳。"

"这个无妨，"住持淡淡一笑，"转移法阵即可解决。樱招施主晕倒在敝寺，老衲自有看护之责，施主若是有心，可在寺外等候。"

看来是没得商量了。

银发魔族沉下脸，舌尖顶了顶腮，从喉咙挤出一句："冥顽不灵。"

霎时间山顶上狂风大作，漫天雨丝化为无数道浸着魔气的钢针直往下坠。寺外还有不少香客，眼看着就要被千万根钢针穿透头颅，飘浮在半空中的其余僧人顿觉不妙，极有秩序地四散开来，替暴露在雨丝中的行人撑起一道道结界。

银发魔族则趁着这当口身形一闪，绕过住持直奔樱招。

他的速度极快，眨眼的工夫便已出现在她身前。

樱招看起来状态十分差劲，向来健康红润的脸被追魂印折磨得一点血色也无。银发魔族一声不吭地打量了她许久，才冷哼一声，闪动着瞳孔蹲下身去，伸出一只手，似乎想替她将额前的发丝拨开。

手指快要触上樱招的面容时，只听得铮然一声响，一道光墙竟在此时拔地而起。银发魔族被灵力激荡得退后几步，眉头轻轻皱起，又在看清面前之物时旋即松开。

“刑天。”他勾了勾嘴角，率先叫出了对方的名字。

樱招的护体神剑，会在感知到危险时，无须主人召唤便出来护主。

真是忠心耿耿啊。

“事先说明，我可没有恶意。”他举起双手，将漫天钢针收了回去。

身形巍峨如小山似的剑灵刑天挡在樱招身前，用蔑视一切的声音回道：“你想碰她，你也配，太簇？”

被叫出名字的魔界左使倒没表现出任何不悦的神情，许是如今他一张脸本就阴鸷，无论做什么表情都显得别有用心，就如同现在。他抬手揉了揉眉骨，然后问道：“刑天，你憋了这么多年都不能将真相说出口，应当很辛苦吧？不如和我聊一聊？”

“聊什么？聊你是如何背叛旧主的？”

太簇稍稍偏了一下脑袋，将嘴角笑容加深：“不如就聊一聊，斩苍藏在樱招身上的那缕神魂，究竟该怎么取吧。”

此话一出，伫立在一旁的住持立马双手合十，事不关己似的侧过脸去。

刑天扫了一眼住持，又收回目光，看向太簇：“这么迫不及待地想让他聚魂，是嫌自己活太长了吗？”

太簇摇摇头：“这个你们就不用管了，是我们让他多活了十八年，还成全他，让他在心爱之人身边待了这么久。他若是知道，也会感激我们的。倒是樱招——”他顿了顿，看向在刑天的守护结界下总算没被雨淋到的樱招，“她的追魂印发作得越来越频繁，越来越迅猛了吧？”

刑天没搭话。

太簇继续说道："她的记忆发生了松动，那缕神魂若再不取出来，追魂印会一次比一次痛，间隔时间也会一次比一次短，再这样下去，你觉得她还能撑几次？"

听完这段话的刑天，目光陡然沉下来："你们果然，是故意将那小子送上苍梧山的。"

"不然你觉得，他为何会在那里安然无恙、不被打搅地待上三年？"太簇嗤笑一声，接着又摆出一副苦口婆心的样子，劝诫道，"刑天，樱招是不记得了，但你作为目睹这一切的剑灵，也是时候替你主人多多考虑一下了。

"那缕神魂，尽早拿出来，不然只会害了她。"

樱招迟迟未有回应，可那大妖已将苏常夕掠走将近一盏茶的时间，再耽误下去恐怕有性命之忧。

贺兰宵当即抽出弟子令，将灵力注入，抛向空中。令牌在空中悬浮着晃动了几下，忽然光芒大盛，指向一个方位。

这是苍梧山弟子令之间的感应，只要苏常夕的那块弟子令不离身，他们就能循着方位找到她。

"我们先追，"贺兰宵示意燕迟跟上，"师父得了消息会赶过来找我们的。"

一路直飞穿过城镇，他们二人来到一处野林当中。夜已深，雨犹在下，茂密的枝叶在夜色掩映下如同可怖的鬼手，散发出阵阵妖气。

御剑已不合适，他们只能徒步前行。只是越往里，妖气越重，病态扭曲的枝干上挂着一缕缕蚕丝。

"这蚕丝有毒，小心别碰到。"燕迟施展出凝光术，将前路照亮，却不小心踩到一团毛茸茸的动物尸体。腐臭味令他感到不适，皱着眉头踢了踢脚，脸又险些撞上低垂下来的蚕丝。

好在今夜有雨，蚕丝挂上了雨珠，亮晶晶的倒显得好辨认起来。

贺兰宵抽出时雨朝前一挥，灵力迸出将挡在前面的蚕丝轰干净，才踩着湿漉漉的泥土继续朝里走。

来时他已经找燕迟将情况了解了个大概。

原来是苏常夕见樱招明日便要去魔域，她也不打算再留，按原定计划前往流波岛。流波岛路途遥远，需要置办的物品多，所以她一整日都在拉着燕迟满城乱逛。

路过一处僻静巷口，忽然感受到一股浓重的妖气，夹杂着令人作呕的血腥味。这股妖气和前几日追丢的大妖气息相同，但那晚的大妖逃得太快，他们根本没看清楚模样。

苏常夕想起樱招的告诫：遇见道行高深的妖怪，切莫硬拼。于是她冷静下来打算传信于樱招。

可恰巧这时巷内传来一声女子的惊呼，他二人怕那妖怪作恶，害人性命，来不及思考太多，拔剑便冲了上去。

只见巷子里立着一锦衣公子，脸色白净，张口却在吐丝。他面前是一位持剑的女修士，被他裹成了个蚕蛹，仅剩下一个脑袋和一柄剑还露在外面，眼见着便要被吸干灵力。

危急时刻，燕迟从掌心劈出一柄飞刃，将那黏糊糊的蚕丝斩断，苏常夕随即飞身过去将那气若游丝的女修士抱住。实力悬殊，他二人不欲与那妖怪缠斗，救了人便准备撤退。

方移形至巷口，去路却被一缕缕蚕丝以迅雷不及掩耳之势挡得密不透风。

“蚕丝……”被救下的女修士睁开双眼，虚弱地提醒道，“有毒。”

燕迟心中一惊，拉住苏常夕的手才发现她的掌心已然发黑，唇色也变至乌青，他立即掏出几颗解毒丹替她二人喂下。可那女修士身上裹着的蚕丝仍旧源源不断地释放着毒素，手忙脚乱地剥干净之后，他们已经错过了撤退的最佳时机。

回过身，那锦衣蚕妖原本一脸恼怒，却在看到苏常夕和燕迟的脸时愣了一下，然后笑道：“真是得来全不费功夫……苍梧山的修士，灵力想必会更加精纯吧。”

他朝他们身后看了一眼，又问：“你们不是还有一位小兄弟吗?

他没和你们一起？”

这蚕妖脸色白得瘆人，身上的浓重血腥味像是受了什么重伤。难怪需要专门抓捕修士，吸取灵力来疗伤。

燕迟握紧剑柄，勉强挤出一丝笑：“你若是想见他，不如我们现在去把他叫过来？”

蚕妖摆出一副好商量的神情，竟真的思考了片刻。

可燕迟脸上的凝重丝毫未减，他一边盯着那蚕妖的动静，一边搂紧了歪在自己身上的苏常夕，暗自给她渡着灵力。

“燕迟，”苏常夕凑到他耳边小声说道，“他不会放我们走的……我们这里唯一没有中毒的只有你，你省着点灵力，待会儿跑快一点，把樱招长老叫过来救我们。”

燕迟没有说话，心里却知道这的确是现在唯一的活路。

果然，那蚕妖思考过后，突然阴恻恻地看着他们，低沉着嗓音说道：“放你们走？简直是痴人说梦！我有你们在手，他一样会来，到时候你们同门几个齐齐整整，岂不是更好？”

好在哪儿？

前后的路皆被堵，几人势无可逃。眼见着那锦衣蚕妖渐渐逼近，苏常夕突然抽出一张真火符，将面前的蚕丝屏障烧了个精光，然后当机立断将燕迟推出巷口，用口型无声催促道：“找樱招长老！快去！”

…………

事情经过便是这样，可惜樱招长老至今未有任何消息。

贺兰宵一路上连发了三道传音符给她，她都没有回应。他心里有些不安，明明知道以师父的修为，应当遇不到什么危险，但他就是很不安。

四周寂静得不正常，只有雨水滴落地面的声音。密林深处一片漆黑，像是要将凝光球吞噬。燕迟想大声呼喊苏常夕的名字，却怕惊动那蚕妖，反而坏事。于是二人只得压下内心的焦虑，支着耳朵留意着周围的动静。

树梢豁然作响，像是有什么东西被惊动。贺兰宵与燕迟对视一眼，背靠着背摆出防御的姿势，警醒地望向四周。

方才还软塌塌垂在树上的蚕丝此时像被注入了生命，一根一根地竖起，像铁丝一般直朝着二人刺过来。

贺兰宵迅速结出一个印，掀起一道屏障将蚕丝阻挡。林中金光乍起，一番缠斗过后，总算将那烦人的蚕丝给尽数斩落。

只是燕迟的臂膀被划出了几道口子，为防止毒素侵入肺腑，他迅速掏出解毒丹药给自己喂了一把。

他见贺兰宵的袖口也碎了几片，语带关切地问道：“你没事吧？要不要也吃几颗？”

贺兰宵摇摇头：“没事，继续走吧。”

他的手臂方才在挥剑时的确不小心被偷袭的蚕丝划破了，但蚕丝的毒素对他没有任何作用，没必要强行吃丹药。况且燕迟的脚步明显比方才虚浮了许多，这丹药还是留给他自己比较好。

林子尽头是一个洞穴，他们还未走近洞口，一阵阴风便拂面而来。风声渐近时，那蚕妖的声音也渐渐清晰了：“还没累吗？那继续跑吧。”

气定神闲的语气，像是在逗着人玩。

那至少说明苏常夕没事。

燕迟松了一口气，提着剑往里走了几步。只见苏常夕与那女修士都被她那只小驺吾驮在背上，撒开四爪在洞穴内幻影移形。

说来也是凑巧，苏常夕因时时刻刻将这只驺吾装在乾坤袋中，误打误撞之下，被蚕妖一起带回了这处洞穴。一路上那蚕妖觉得这俩小姑娘横竖已经毒素入体，无法动弹，便未多此一举耗费蚕丝将她们裹住。

他有伤在身，妖气尚未恢复，得省着点用。

那娃娃驺吾这几日已经完全练就了从乾坤袋里解开束口的技能，一根长长的尾巴从袋口伸出来，三两下便能将乾坤袋完全扯开。

它昨夜被樱招喂了灵力之后，在乾坤袋里睡了个饱，此时精力充沛异常。

它正想爬出来叼苏常夕的辫子玩，将头探出时才傻了眼。

阴湿冷潮的林子布满了蚕丝，各处都是腐烂的兽骨，虽然这都可以成为它的食物，但这境况明显不是它可以大快朵颐的时候啊！因为苏常夕正被一个充满死气的妖物扛在肩头，迅速穿林而过。

这神兽驺吾被孵出来不过几天，没见过世面，被这场景吓得浑身发抖，当即静悄悄地将尾巴收回来，默默缩回了乾坤袋，还多此一举地将束口的细绳重新系好，打了个死结。

过了好半晌，护主的本能令它克服恐惧，重新伸出尾巴。这次它费了老大劲才将自己系的死结解开，比巴掌稍大一些的身躯偷偷摸摸地从苏常夕腰间蹦出。

滚到泥地上时，那蚕妖脚步一顿，回头看了一眼，却未发现任何异常。

神兽驺吾毕竟有着缩地成寸、日行千里的本事，虽是只娃娃兽，但幻影移形是刻在血脉中碾压级别的本能，只一瞬的工夫，它便躲得没影儿了。

它躲在一棵大树后，眼见着那蚕妖将苏常夕与那女修带回了蚕丝洞，才以迅雷不及掩耳之势将林子里暴露出来的兽骨啃食了个干净。

身躯在一瞬间暴涨，它佯装残暴，怒吼着冲进蚕丝洞，将被随意扔在地上，昏迷不醒的苏常夕和那女修叼到背上，就这样驮着她们打算离开。

可那蚕妖没那么好骗，他一眼便识破了这只驺吾不过是只虚张声势的幼兽，根本逃不出他的手掌心，于是冷眼坐在原地根本没动。

蚕丝洞在驺吾身后收拢，来路已被堵死，它只能勉强驮着人在洞穴内不断变换位置，以免被那妖怪抓到。

蚕妖也不急着抓它，只盘腿稳坐在洞穴内的石台上消化今日吸取的灵力，耐心地等着驺吾体力耗尽。

苏常夕的弟子令挂在他指尖晃荡，察觉到林子里有人在接近，他才一抬手重新将通道敞开。

他抬眼看着出现在洞口的两个少年，微微一笑："嗯？人齐了。"

刚踏入洞穴，贺兰宵便察觉出了异常。

洞穴内壁太光滑了，不像是天然的石洞，倒像是一个巨大的蚕蛹。

像是在印证他的猜测，那蚕妖话音刚落，洞穴内光秃秃的黑色石壁便开始发生变化。

只见细细密密的白色蚕丝急速从地底生出，顺着石壁不断往上攀爬。他们的脚下也是，蚕丝激流一般迅速铺过来，顷刻间便布满了整座洞穴。

驮着两个女修的驺吾看到贺兰宵与燕迟出现在面前，终于似看到了希望一般呜咽一声，眼泪汪汪地朝这边奔过来。但这驺吾毕竟是只幼崽，强撑到现在已是极限，一边跑竟一边打了个哈欠。

结果一时不察，被地面上不断蠕动的蚕丝绊到。

眼看着驺吾即将摔个四脚朝天，燕迟赶紧扑过去将苏常夕和那女修架住。

背上的重力消失时，那驺吾又变回了昨日那副巴掌大小。贺兰宵手疾眼快地拎住它的尾巴，将它摁在肩头放好，再抬眼时，整座洞穴已经完全变样。

头顶、脚下，目光所及之处全是厚厚的蚕壁，就连来路也已完全被封死。结丝速度之快，简直闻所未闻。

野林当中那些毒丝看来只是开胃小菜，正餐在这里等着。

不过好在四周的蚕丝看起来没有毒，不然他们几个就真成瓮中之鳖，只等着那蚕妖下口了。

燕迟又喂给苏常夕几颗解毒丹，现在她已恢复了些神志。苏常夕扶着那名快被吸干灵力、昏睡不醒的女修刚站稳，趴在贺兰宵肩头的驺吾便一跃钻进了她怀里。

樱招长老并未跟着前来，想必是遇上了什么麻烦。苏常夕没有多问，只奖励性地摸了摸自己灵宠的脑袋，将它放进乾坤袋收好，顺手从袋中掏了一把真火符出来，随时准备引燃。

这般动作落在蚕妖眼中，却只引来两声轻笑。他兀自在洞穴中央坐着，朝着一脸防备的几个小修士问道："上次是你们几个在追我吧？胆子倒是挺大。"

"是，是我们，"燕迟有意拖延时间，十分爽快地承认了，还企图和他多聊几句，"敢问您是何方大妖？"

那蚕妖定定地看了他一眼，察觉出他的意图："对我这么感兴趣啊，还是说你想等着谁来救你们？"

燕迟立马将头摇得像个拨浪鼓。

"都要死了，让你们死个明白也行。"蚕妖说，"本公子名叫'先蚕'，你们可以叫我'先蚕公子'。"

先蚕？

一个凶残成性的妖怪，竟妄想和黄帝的妻子嫘祖使用一个称号，简直令人笑掉大牙。

燕迟和苏常夕一个没忍住，竟真的笑出了声。站在一旁的贺兰宵瞟了他们一眼，还未收回目光，便听见对面的蚕妖隐隐带着怒气的声音："你们在笑什么？"

话音刚落，蚕妖便双指一抬，两道蚕丝从指尖射出，直直地冲向燕迟和贺兰宵的腰间。他二人还未来得及格挡，挂在腰间的弟子令便被那蚕丝牢牢黏住。不过瞬息而已，他们身上的那两块弟子令，全落入了蚕妖手中。

蚕妖慢吞吞地将那三块令牌提到眼前，翻来覆去地看了好几遍："我听说苍梧山的长老可以在力量所及范围内用长老令直接召唤弟子，所以这东西，还是毁掉好了，我可不想让无关人员来打扰我们。"

糟糕！

贺兰宵心下一凛，提着剑便直冲过去。

"无知小儿。"蚕妖轻哼一声，坐在石台上岿然不动。

森森剑意靠近的瞬间，蚕妖的面前竟凭空生出一根根白色的蚕丝，在空中交错成一个淬着剧毒的牢笼，兜头便朝着贺兰宵罩过去。

他没想到那筑基期的少年身形极快，牢笼罩过去时，蚕妖根本没看清他究竟是如何逃脱的，他只觉得自己手上一空，再回过神来时，手中的令牌已被他夺走。几下兔起鹘落，少年又退回了原处。

“奇怪，你没有中毒？”蚕妖看向贺兰宵的眼神多了几分审视。

他和那个扎着小辫的少年一路闯进来时，或多或少都被蚕丝划伤过。另外那个，看起来虽神色如常，但毒气早已入体，服下解毒丹也只能延缓毒气攻入心脉而已，如若没有外力将毒气逼出，一样会命丧于此。

这个人，竟然完全不受毒气侵扰？

蚕妖回想起自己被这三个修士追踪那日，的确感应到了一股强大的威压。那日他身受重伤，妖力只剩不到三成，不欲与他们硬碰硬，才慌忙逃窜至此。连日来吸干了几个误入此地的小修士，才勉强将妖力恢复到七成。

小门小派的修士，灵气繁杂，对于伤口愈合的效果十分有限。

今日遇到这几个苍梧山的修士完全是运气好，这几个小鬼，一个空灵根、一个纯金灵根、一个火灵根，刚好可以摆个拘灵阵出来。原本空灵根用来压阵再好不过，现在看来，这个金灵根的剑修更加适合。

百毒不侵，多好的体质，速度还能快过他吐丝的速度。这般精纯的灵力，吸进体内也不知道能涨多少道行。

蚕妖突然站起身来，朝着那几位修士走过去。他看到燕迟不自觉地将苏常夕拦在身后，又停下脚步，柔声道：“别怕嘛，反正你们毒气已经入体了，不会很痛苦的……”

“你都说他们已经毒气入体了，再对他们下手，未免胜之不武，不如先冲我来？”

贺兰宵神色淡漠地将蚕妖的注意力引到自己身上，后者闻言果真转了转脸，朝向他，饶有兴致地说道：“看来你们同门情谊还挺深厚，行，你既然这么想保护他们，我会将你们的尸骸扔到一处的。”

说罢他脚下的蚕丝骤然暴起，直冲贺兰宵杀去。

早已摆出防御姿态的贺兰宵从容应战，两股力量碰撞到一起，刺耳的滋啦声响连四壁，洞穴内顿时冷光四射。

苏常夕与燕迟亦强行运转灵气，加入缠斗。只是灵气运转越快，毒素便侵入得越快，不消片刻，毒素已流窜到他二人的指尖。

眼见着他二人动作越来越慢，贺兰宵突然沉声道："你们不要动了。"说着便要飞身过去将弟子令塞入他们怀中。

师父，师父为什么还不来？究竟是遇上了什么棘手之事才会完全失去音讯？

难不成是，追魂印发作了？

他瞳孔震了震，一时不察，被脚下生出的蚕丝缠住双腿。

眼前忽然落下一道人影，是那个自称"先蚕公子"的可笑蚕妖，他慢慢悠悠地夺过贺兰宵手里的弟子令，绿色的火光自掌心生出，那几块小小的令牌渐渐被火光燃烧殆尽。

看到贺兰宵陡然变得冰冷的神情，他又轻飘飘地拍了拍手："你这么宝贝这几块令牌，看来你们长老的确就在附近。那就先将你解决吧，你的力量，我最喜欢。"

耳畔传来一阵异动，只见密密麻麻的锋利蚕丝缓缓从洞穴内壁生出，欲趁着贺兰宵不能动弹的当口，穿透他的身体。

下一刻，那些蚕丝应当会被这少年的血尽数染红。

谁叫他说话不好听呢，小小年纪就这般狂妄，也该将他折戟于此咯。

蚕妖看着自己眼中的猎物，刚准备露出一个志得意满的笑，他的笑容却连同那些针尖般的蚕丝一起，发生了停顿。

樱招疼晕过去了，她不知道自己究竟耽误了多久，只知道自己醒来时正躺在梵海寺的禅房中。

她"噌"的一下从床上坐起，坐在床边的小沙弥被她吓了一跳，愣了片刻，才递给她几张传音符："施主，这是在你昏迷期间传过来的，施主放心，我没打开看。"

"多谢！"樱招急忙将传音符拆开。

是贺兰宵，他连发了几道传音符报告自己的行踪，最后一封的传来时间距离现在已经过了将近半个时辰。

她暗叫一声“不妙”，旋即掏出苍梧山长老令，念了一道咒语注入令牌当中往空中一扔。那块小小的令牌顿时幻化出三块没有实体的金印，倏地朝着一个方向飞去，三道光芒交织在一起，在夜空中滑出炫目的闪光。

可原本应当将那几个小鬼带回来的金印却什么都没有带回来，樱招站在大庙前，看着黑沉沉的夜空，突然瞳孔紧缩。

他们已经出事了！

樱招强迫自己冷静下来，循着贺兰宵最后传信的位置瞬行而去。磅礴的剑气溢出体外，如同流星滑过黑夜，将雨幕穿破。

雨水浇在她脸上，她顿时想起，自己在贺兰宵的玉佩上，下过的追踪咒。

与此同时，巨型蚕蛹外下个不停的雨在空中停住，不再往下落。

贺兰宵看着在自己面前僵住的蚕妖，面无表情地伸手在他眼前打了个响指。

他心里记挂着师父的安危，已经完全没有耐性继续装下去，只想速战速决。

蚕妖被他的响指惊醒，还未来得及弄清楚此时的处境，便感觉对方伸出一指点在了自己的额头上。

“你想要我的力量对吗？”

贺兰宵问得很平静，蚕妖却陡然从心底里生出一股巨大的恐惧。他用余光瞥了瞥四周，只见原本应当穿透少年身体的蚕丝，竟然在他一尺之外尽数停住了。

怎么回事？为什么蚕丝不听话了？蚕妖动弹着双腿，试图往后退，却在挪动脚步的瞬间双膝一软，跪在了贺兰宵面前。

“不必行这么大礼，你想要我的力量，我给你便是了，只不过——”

恐怖的威压自蚕妖的头顶传过来，他听到的最后一句话是少年轻蔑的询问：

“给你，你受得住吗？”

巨大的白色蚕蛹从中被撕裂，一道一道的紫光四射而出，如同燃烧的紫色太阳，将黑压压的天幕撕破。云层断开，沉沉积云中发出隆隆的雷鸣声。

方还驻扎在空中不动的雨滴，瓢泼一般迫不及待地往下落，迅速浇在下方燃烧起来的蚕茧上。可是火势实在太大，完全浇不灭。

空气中满是焦臭味，除此之外，浓烈的妖气、恐怖的魔气与巨大的火光一齐侵袭着樱招的感官，她在空中掉转了方向，直直地落在已经被烧了个精光的蚕茧周围。

隔着滔天的雨幕，她看到，自己教导了三年的弟子，缓缓地转过了头。

仍是那张好看到惊人的脸，宝石般的眼睛沉沉地看向她。他动了动嘴唇，似乎说了一句：师父。

樱招不自觉后退了一步，将拳头握紧。

她就知道！

她就知道他是魔！

奔流不息的磅礴魔气充塞在蚕茧方圆百里内，樱招的注意力全系于贺兰宵一人身上，因此忽略了隐匿在不远处的另一股魔气。

“左使大人。”一名头戴额饰的魔族战将悄然出现在太簇身后。

远处是已然暴露身份的贺兰宵和才恢复一点力气就急匆匆赶过来救人的樱招。

师徒二人想必有很多很多话要说。

太簇从鼻孔中发出一声微不可察的冷笑，忽听得身后的属下不解地问道：“大人，为何我们不直接杀了这女修士取魂？”

太簇缓缓转过身，看向开口的属下。

不知为何，那几乎已经是左使心腹的战将，却在左使的眼神下不自觉颤抖起来，背脊攀上一股极强的冷意。他遵循着本能迅速跪地，将头重重一磕，求饶道：“大人恕罪，是属下多嘴。”

太簇轻飘飘地看着他将额头磕得血肉模糊，才大发慈悲地抬了抬手："起来吧。"

"东极门的地界，魔族大军不好倾巢而出，而梵海寺那群人执意要将她保下，加上刑天……我势单力薄，不一定拼得过。"太簇难得多解释了几句，躬下身子拍了拍下属的肩膀，说道，"所以，你知道该如何向元老院复命了吗？"

"属下明白！请左使大人放心！"魔族战将战战兢兢地应下，便老实低下头，再不发一言。

天空聚积的乌云丧失了轮廓一般堆积翻滚，碰撞出一道道响雷。

太簇没有再回头，淡声吩咐道："走吧，聚魂一事不会等太久了，我们还有很多事情要做。"

茅草茸顶的房舍，里头只有几样简单的家具和常年不灭的烛火。

窗外的天不知道黑了多久，也许是一日，也许是几日，贺兰宵已经记不清了。因为这里没有正常的日月轮转，需要人催动阵法才能将黑夜白天转换。

几棵参天大树耸立在屋外，他前不久还在树下练过剑。

这是他第二次进入到樱招的紫云壶里，只不过这次是以双手被束缚住的姿势。缚住他的绳索是用肥遗之皮专门制成的缚魔索。因肥遗是见之天下大旱的怪蛇，即使是蛇皮，对魔族来说也能造成不小的伤害。

全身的力气都在流失，体内的水分像是要被腕上的绳索吸干。

好渴。

嘴唇已经干得开裂，贺兰宵用舌头舔了舔。

樱招在这期间只来看过他一次，她告诉他，燕迟和苏常夕体内的毒素已解，没什么大碍。那个别派的女修伤得重一点，仍在昏迷，不过体内余毒已清，也算是没辜负他们几个拿命去救她的一番好意。

其余被残害的修士由于尸骨已被烧光，只找到几块可以辨认的令牌，樱招便依着令牌上的字迹一一通知了师门，让人过来处理后事了。

"燕迟醒来之后问你去了哪里，我告诉他，你有别的任务，"樱招停顿了一瞬，"可能很长时间都不会再回来了。"

“我不能再回苍梧山了，对吗？”贺兰宵张了张嘴，发现嗓子哑得厉害。

他坐在椅子上，微仰着脑袋看着樱招慢慢朝他走近，在他身前停下。她将手指伸到他面前，好像碰了碰他的嘴唇，又好像没有。

他感觉不出来，他只能看到她轻轻点了点头，说道：“是，你不能再回去了，苍梧山从未收过魔族的弟子，今后，你也不再是我的弟子。”

与他相处的两年时光中，樱招很少对他露出这样沉滞的目光。

她是心思明净之人，喜怒皆溢于言表。不管是恶狠狠地瞪他，还是笑盈盈地看他，总之想什么便做什么，一点都不会遮掩。

不像现在，睫毛阴郁地耷下来，覆盖住那双琥珀色的眼珠，不想泄露一丝一毫的情绪。

她指着桌上的水壶说道：“壶里的水永远不会干涸，你渴了便自己喝一点，我还有事，忙完再来处置你。”

“再来是什么时候呢？”他突然问她。

樱招愣了愣，低低地回他：“你这么想被提审吗，还是说你准备了很多谎话要说给我听？”

“我——”

“我现在不想听。”

她打断他，干脆地转身，拉开房门。窗外强盛的日光照射进来，将她的影子雕刻得有些倔强。他突然有些恐慌，一声“师父”脱口而出，却只换来一句——

“不要再叫我师父了。”

阵法造就的太阳太过刺眼，樱招背对着他擦了擦眼睛，抬手将壶中的天色换成了黑夜。

她这几日有些晕头转向，烦恼纷至沓来，堆积在一起。不知道该相信什么，她只能将最棘手的麻烦放在最后。

深秋时节，雨停之后便是连日的阴霾，压得人喘不过气。樱招习惯性地转过头，想和贺兰宵抱怨几句，却发现人早已被她关进了紫云壶中。

不，他也算不上是人。

他自己怎么说来着？

半魔。

母亲是人，父亲是魔。

在那个浓云翻滚的夜晚，她占据着最好的观众席，将贺兰宵释放出魔气令一个有着千年道行的大妖爆体而亡的场景尽收眼底。

那股能让天地翻覆的魔气在断开的积云中睃巡了一圈，又听话地钻入了少年的指尖。转过脸来，他对上她直勾勾的视线，似乎也只是慌乱了一瞬而已。

熊熊火光映入他的眼底，看起来有些悲戚。他低头看了看自己的手，又透过雨帘凝望住她，没有任何辩解，只问道："师父为何来得这样晚？是追魂印发作了吗？"

"是。"樱招有些迟缓地点了点头。

"那难怪，"他又问，"现在已经好了吗？还疼吗？"

"不疼了。"

不知为何，听到这个回答，他竟露出一副松快的神情，有些解脱地低声道："那就好。"

在理智弃守之前，樱招没有再与他漫无目的地兜圈。她看着他的眼睛，一字一句地问道："你，是人是魔？"

这句话，她以另一副面容问过他一次，他当时给出的回答是——

"我是人，抱歉，让你失望了。"

这次他显然已经放弃挣扎，什么花招都不想要了。丝毫停顿都没有，她听见他老实承认："严格来说是半魔，母亲是人，父亲是魔，但师父若想把我全然归于魔族，也行。"

一口一个"师父"，叫得讽刺，她樱招可没有能耐教出这么"厉害"的徒弟。

他那股魔气，与弟子遴选当日萦绕在测灵珠上的魔气一模一样，是斩苍的气息。她对他的怀疑，从三年前第一次见到他起就一直盘踞在心头，不曾散去，即使所有人都告诉她，她的感觉出了错，但她仍旧坚信自己的预感。

虽然关于斩苍，她亦是满腹的疑惑，无处可解。

雨丝纷纷扬扬地飘着，樱招从乾坤袋中抽出缚魔索，一边朝他走近一边细细解释道："肥遗之皮制成的绳索，专克你魔族，被缚住之后，你会全身力气尽失，水分亦会慢慢被抽走，越是挣扎就会越渴。"

她见他站在原地没有动，只目不转睛地看着她，便好心提醒："现在，你可以开始逃了。"

他却朝她露出一个笑，笑容在火光的映照下像是明丽的陷阱。

"浪费时间来追我，他们就没救了。"贺兰宵指了指身后齐刷刷躺着的那几个修士，缓缓朝她伸出了双手，"还是先将我绑住吧。"

绣满了真言，不会被雨淋湿的袖口兜进了冷冽的风，像蝴蝶的翅膀上下翻飞，搅得樱招眼睛发酸。

被绳索束缚住时，他将头垂下来，贴着她的耳朵说道："抱歉，师父，我不是故意要骗你的。"

说着不是故意要骗她，也骗了两年之久了。

贺兰宵身上的谜团多得数不清，要认真审问起来，说不定一天一夜都问不完，而且，谁知道他会不会继续骗她？

多事之秋，空气中满是惆怅的气息。风晞师兄亲自将燕迟和苏常夕接回苍梧山时，问起贺兰宵去了哪里，樱招只说他去别处历练，其余什么都没有透露。

明明将贺兰宵带回苍梧山，交由风晞师兄审问才是最好的选择，但她不想将他交出去。

要知道，她可是堂堂修真界第一剑修，苍梧山一峰之主。第一次收徒便收了个半魔少年，传出去恐怕要沦为天下人笑柄。更何况，他们之间早已逾矩。

虽然这事只有她自己清楚，但如若让向来面冷心硬、手段狠辣的风晞师兄来审，说不定很快就能查到她身上。

桩桩件件的罪名，若是认真计较起来，不光她清白不到哪里去，弟子遴选时整座苍梧山无一人察觉贺兰宵是魔这种事，也会被扒个底都不剩。

她自己名誉受损事小，给苍梧山蒙羞事大。所以，即使是为了师门的荣光，她也决计不能将他交出去。

还是先关着，再想办法处置吧。

到时候随便找个理由说他死在了历练当中，也没有人会怀疑的。仙门历练，本就凶险万分，前几日被蚕妖吸干精气横死的修士们便是活生生的例子。

“师兄。”风晞准备离开时，樱招将他叫住。

“还有什么事吗，樱招？”风晞不会看人脸色，向来只有事说事，对于小师妹一脸的纠结亦完全没留意。

樱招问他：“搜魂之术，怎样才能减轻被施术者的痛苦？”

风晞的羽阳峰肩负着守卫山门大阵的职责，平日里抓到的想潜进山内作怪的妖魔不在少数，那些心思诡谲的恶徒，客气的审问根本撬不开他们的口。万不得已时，他们也会用到搜魂术这种极其残酷的术法。

修真之人自诩人间正道，创造出来的术法却一个比一个残忍。追魂印、搜魂术，都与神魂有关，仿佛切肤之痛根本不算什么，触及神魂才能真正让人遭受折磨。

“既然都已经用到了搜魂术，那么对方想必是阴险狡诈、穷凶极恶之徒。”风晞有些奇怪，“我为什么要减轻他们的痛苦？”

樱招敛了敛眸，扯出一个笑：“你说得对，是我多虑了。”

夜里，樱招在案前坐了很久，望着案上摊开的一本本古籍发呆。神经绷得她难受，她摸了摸自己的心口，总觉得好像缺了一块，却摸不着门槛。

案上密密匝匝的文字渐渐看不明白，她吹熄烛火，在黑暗中深吸了几口气，才钻进紫云壶中。

不管怎么样，该面对的，总得要面对，而且现在最紧要的，是弄清楚贺兰宵是如何以半魔之身通过的弟子遴选，又是如何隐藏魔气这么久的，还要问清楚苍梧山内，他又是否有魔族内应。这些是远比压在她心头那些说不清道不明的情绪更为重要的事情。

不知道那张蛊惑人心的脸现在被折磨成了什么模样。

可令她失望的是，贺兰宵那张脸，除了嘴唇裂开，渗了点血，面色苍白了些，其他好像没什么变化。靠在椅背上依旧是腰杆挺直的模样，只是比不得往日精神。

走近了，她才发现他其实五感衰退得厉害，抬起头看向她的瞬间，他居然没有准确地对上她的眼神，像是已经捕捉不到她的方位。

“啊，你来了……”

不能再叫她“师父”，他干脆省略了称呼。只是他太久没开口说话，喉咙就像破了个口一样，声音从未这么难听过。

应该要高兴的。

他这般受折磨，她应该是要高兴的。

可下一刻，她却沉着脸将束缚住他的绳索解开，任凭他无意识地闭着眼睛贴上她的腰。

不想将他扶住，樱招兀自站着，偏过头不看他，却没料到下一刻，他便直直地栽倒在她脚边。

贺兰宵被人捏住下巴将水灌进来时，一起灌入耳中的还有樱招的碎碎念：“被绑住之前不是很能耐吗？道行那么深的一个妖被你像那样轻松解决，我不信这根缚魔索就真的困得住你。不是给你留了水，你不知道喝一点吗？”

话说得又气又急，还带着些许埋怨，可她将水灌进他嘴里的动作轻缓无比。他痴痴地看着她一张一合说个不停的嘴，悄悄地将头搭上了她的肩膀。

这副极其依赖的模样，却适得其反地令樱招回过神来。

端起茶壶的手顿了顿，她仔细看了看他的脸色，突然一把将那个小小的茶壶塞进他手里，说道：“你自己喝！”

他恢复得未免也太快了一点，一般的魔族自愈能力根本没有他这么强。短短时间之内，他的呼吸已经趋于平稳，干裂的嘴唇也隐隐有愈合的趋势。

这让她回忆起了他刚来苍梧山的时候，她让他徒手爬下北垚峰的情景。彼时他身上的伤口看着恐怖，脱了衣服却只是些皮外伤。她一直以为是他身手了得，却没想到除此之外，他的自愈能力也是异于常人。

一切早有迹象，可她是个睁眼瞎。明明知道他是一头狼，却还尽心养在身边，不知道他是不是把她当傻子在看。

樱招突然转变的态度明晃晃地表明了她只是一时心软而已，并没有原谅他。贺兰宵沉默着端起茶壶又喝了几口水，才轻轻将它安放在桌上。

一时无人说话，只有压抑的呼吸在四壁间回荡。血液静静地回流到心脏，脉搏被攥紧似的，闷闷地、迟缓地跳动。

贺兰宵看到樱招在他面前蹲下，盯住他的眼睛问道："好些了吗？"

"嗯。"他点点头。

"那么，回答我几个问题吧。"

"你说。"

屋内没有一丝风，放置在桌上的烛火却在轻轻摇晃。

樱招的瞳孔有光斑在闪动，她眨了眨眼，先问他："你的名字，是叫贺兰宵吗？"

她的不信任程度已经连对他的名字都产生了怀疑。贺兰宵张了张嘴，不禁低笑出声，只是那声笑太过短促，听起来竟有股难喻的绝望。

"是。"最终他还是这么回答了。

樱招接着问道："你来苍梧山，有什么目的？"

"贺兰氏，男子世代修仙，我只是按照家规，被送往仙门而已。"他顿了顿，"至少我了解到的事实是这样，其他的，我不太清楚。"

"你是通过什么办法隐藏魔气？"

"不食五谷就行，万不得已要吃的情况下，族中还有秘制丹药可以压制。"

所以贺兰氏的确算不上清白，而且他用于辟谷的那株祝余草，还是她亲自带着他去采的。

她怎么能傻到这个地步呢？

樱招的眼神从他的脸上轻轻掠过，忽然不想继续这样漫无目的地问了。她沉默着支着身子凑近他，开口问道："除了这些，你还有别的事情瞒着我吗？"

贺兰宵没说话。

当然有。

除了由于他的半魔身份引发的一系列谎言，他最无法言说的秘密，是她本身。

真奇怪，他明明对什么都兴致缺缺，却好像是为她而生。

从十岁起便一直流淌在他的血液中的情愫，在见到她的那一刻涨潮成了汹涌的爱意。

是她给了他机会乘虚而入，将那些不堪的梦境变为现实。

可如今这种情况，诉之于口，只会更加不堪。

他低下头："有，但我不能说。"

"是吗？"樱招没有惊讶，像是早就预料到这个结果，伸手捧住他的脸，迫使他与她对视。

真好看啊。她看着他，一颗心开始乱颤。

把事情弄清楚之后，就把他关起来吧！别的女修也特地去猎了魔族关起来过，她们做得的事，她怎么就做不得呢？

她伸出一只手搭上他的天灵盖，安抚似的摸了摸。

少年顺着她的力道低下头，宽阔的肩膀仿佛要挨上她的，她索性伸手将他抱住。怀中的少年僵硬了一瞬，不敢置信地抬起手回抱住她。

他还没恢复什么力气，这个怀抱不至于让她喘不过气来，要说的话也没那么难以说出口。

"宵儿，"她说，"既然你不打算说，那我只好对你使用搜魂术了。你别怕，我已经找到了搜魂时减轻疼痛的办法，必不会让你丢了性命的。"

第拾章 神魂归位

「我若真是斩苍，你会比现在要喜欢我吗？」

“……搜魂术？”少年怔怔地重复着，像是意识到了什么，猛然拉开自己和她之间的距离。

“所以你会搜到我所有的记忆吗？”他再次确认了一遍，眉宇间情绪很复杂。

樱招仔细观察着他的面庞，想从中找出一丝怨怼来，却找不到。他似乎弄错了重点，仿佛被看到记忆对于他来讲，是比遭受折磨更痛苦的事情。

昏黄的烛火在室内晕开，将他的侧脸蒙上一层模糊的不安。

他的整个世界即将毫无保留地摊开在她面前，被她翻来覆去地检验，那些卑鄙的、龌龊的、想要将她独占的念头，还有，那些明明知道是她，却假装她是旁人而冒犯了那么多次的举动……

被看到之后，会怎么样呢？

也不会比现在更糟了吧。

“樱招……”

他当着她的面叫出了她的名字，樱招不太习惯，甚至有种自食恶果的羞耻感。心头涌起高高的巨浪，直往脸上冲。搭在他头上的手指不禁蜷缩起来，她突然不知道自己的眼睛该往哪里瞟。

怎么可以？怎么可以这样直呼她的名字呢？

“什么事？”她恶声恶气地回他。

这样的对话，仿佛回到了师徒二人还在北垚峰的那段日子。那时候，他总会形影不离地跟在她身边，绞尽脑汁找出各种理由借机打搅她。她不耐烦时最喜欢这样凶他，可那张脸总是绷不了多久就会自己松快起来。

贺兰宵有些恍惚，他轻微晃了晃脑袋让自己回过神，胆大包天地重新贴近她，伸出双手将她搂紧：“我只是想问问，搜魂之后，你可以让我回冀州看看吗？我担心我家里出了事。”

他就这么笃定自己不会被她杀了吗？还想要回家去看看？

樱招有些语塞，半晌，才沉着脸问：“你是指那个知道你是半魔，还要送你来苍梧山的家？”

贺兰宵：“……”

“等我搜完你的魂之后，你们一个都逃不了。”

狠话放完，她不再啰嗦，直接一只手扣住他的脑袋开始施术，另一只手贴在他后背心口处，灌入灵力护住他的心脉。怀中的身体突然一阵剧颤，一声痛苦的闷哼声落在她的耳畔，接着少年脑海中的记忆便如骤雨一般袭来。

贺兰宵的记忆，从一开始便浸透着桃子的冷香，仿佛他的本体和桃有关。

孤寂异常的小孩，从记事起眼中看到的便是高高的院墙和各种小心翼翼的看护，照料他起居的人对他尊敬得过分，那种刻在骨子里的害怕，并不像单纯地对待一个家主之子。

但那时候他年纪小，也不大在意。

原本他就不爱与人交流，倒也落个清净。日子没有什么不同之处，一天一天都是这样无聊地度过。

一个左耳戴着坠子的青年会定期来看他，有时候是隔着窗户远远地看一眼，有时候会走到近前来说几句话。

透过贺兰宵的眼睛，樱招将那个青年的面容看清楚——魔界左使太簇。

搜魂搜出来的记忆无法作假，不管贺兰宵身负什么秘密，至少透过他的眼睛看到的画面，是他的亲身经历。

除太簇外，魔界元老院的大祭司虚昴偶尔也会过来，只是他二位从不会在贺兰宵面前有过多的交流。

两个处于魔族权力中心的魔来人界的目的是什么，虽然樱招暂时无法下定论，但贺兰宵被他们十分看重，是不变的事实。

太簇走时，会留下一队亲兵驻守在贺兰氏府邸附近。

一开始，贺兰宵并不介意，不过是周围多了些目光而已，是人也好，魔也罢，于他来说都没有区别。

直到有一日，他发现府内的一个老人因冲撞了魔族险些被当场打死，这才大发雷霆，将太簇留下的魔族亲兵驱赶到百里之外，并放言再有不长眼的魔族闯进府内，下场就不止驱赶这么简单。

因他释放出的魔气太过震撼，那群魔族竟无一人敢再越界。

太簇似乎并不介意此事，因为后来他没有找上门来。于是，关于贺兰宵是太簇与贺兰舒之子的猜测便开始甚嚣尘上。

但樱招知道，这不可能。

她在贺兰宵的记忆中感受到的魔气，与前几日他令蚕妖爆体而亡的魔气一样，几乎可以毁天灭地——那是属于斩苍的魔气。

樱招短暂地将自己抽离，退开一寸，用尖利的目光仔仔细细地去瞧贺兰宵的脸。

斩苍。

死在她剑下。

去魔域寻刑天的经历，她都记得，可偏偏忘记了和斩苍相关的一切，只隐约记得他的魔气。

斩苍他，真的会如同她梦里见过的那样，是和眼前的少年一模一样的脸吗？

那她怎么会舍得杀他呢？

搜魂术太过霸道，即使有她的灵力护体，少年仍旧深陷在记忆中无法自拔。额头有冷汗冒出，圈住她的手亦在颤抖。

“很疼吗？”

她摸了摸他的额头，他没有听进去，像只幼兽一般本能地在她掌心蹭了蹭，断断续续的凌乱的呼吸吹拂在她脸上。

他凑得更近了。

不知为何，樱招有些想躲，但她像是想起了什么，又生生止住动作。二人额头相触的时候，她突然试探性地叫了他一声：“斩苍。”

却没料到方才还有些恹恹的少年竟气势汹汹地将她抱紧，一只手按住她的后颈，嘴唇凑过来闷闷地说道："不要叫他的名字。"

都被折磨个半死了，还这么有劲儿的吗？

樱招很不解，只觉得自己又要被他搂得喘不过气来。

"好好好，不叫不叫。"她被缠得没办法，只好这样安抚他。

他这才满意地将脸贴在她的后颈上蹭了蹭。

看来他并不觉得自己就是斩苍，甚至对斩苍有种莫名的抵触。

只能继续看下去了——

与魔族的交集大概就是这些，贺兰宵越长越大，不知为何，太簇也来得少了。

而贺兰宵在八岁那年发生了魔气外泄失手伤人事件之后，变得更加孤僻，几乎日日泡在藏典阁与那些书籍宝物为伍。

他在十岁那年得了一本剑谱，是被樱招没收的那本。

她将那本剑谱没收时，他那副依依不舍的模样曾让她怀疑过他是不是仰慕她，但她想象中的仰慕，并不是男女之情，而是弱者对强者的钦佩之意。

诚然她自己也算不上清白，可是，可是……他怎么可以每天晚上都把"她"藏进被子里！整整五年！

床帐内夜明珠闪着幽幽的光，剑谱上亦有金光浮动。

她看见，快要十五岁的少年有些发痴地将手伸向"樱招"半掩在黑发中的耳垂，明明那根手指直直地穿透了虚幻小人的身影，樱招却感觉自己的耳垂真的像被人触碰到了似的，泛起淡淡的红晕。

"樱招，"少年将手收回来，头枕在自己胳膊上，露出一只眼睛，有些不安地自言自语，"弟子遴选时，我能见到你吗？我如果想拜你为师，你会同意吗？"

窗外的晚风灌进房间，将床帐吹起来了。他将剑谱合上，抱在胸前，闭着眼睛喃喃道："你知道我是半魔的话，会想杀了我吗？"

后来发生的事情，樱招也知道了。

她的确想杀了他，但刑天阻止了她。刑天为何偏偏对贺兰宵网开一面呢?

难不成是因为刑天出世在魔域,他刚好和斩苍有渊源,而贺兰宵又长着和斩苍一样的脸,拥有一样的魔气,还是说她内心当中根本就不想杀他?

那贺兰宵真的是斩苍本人吗?

她急于知道答案,于是耐着性子继续翻看他的记忆,可她没有找到自己想要的答案。在苍梧山那段时日,少年除了专心学艺,弯弯绕绕的心思中,翻来覆去也只有一个她。

那他为什么又会喜欢上那个圆脸姑娘呢?

一个很可怕的猜想在她心中骤然浮现,因为太过惊悚,她一时不敢往下细想,只是不自觉加大了搜魂力度。

可此时拥住她的贺兰宵并不想暴露得太彻底,思绪拉扯时犹在抵抗,直到完全抵抗不住了,他才颤抖着声音低声道:“别看了,樱招,别看了。”

樱招并不听他的,灌入灵力的那只手贴紧他的后背,一边安抚一边与他呼吸交错。

琐碎的回忆如浮光掠影一般一幕幕飘过,直到她终于看见,她去舞伶馆的那一晚,几个苍梧山小辈趴在墙头,你一言我一语地讨论着她和离霜的衣裙。

而站在墙边的贺兰宵,抬眼望向二楼时,落入他眼中的面孔,却一直是樱招原本的相貌,从始至终没有变过。

汹涌的羞愤直冲上头顶,樱招颤抖着双手一把将贺兰宵推倒在地,坐在他身上丧失了理智一般伸手掐住他的脖颈。

他知道是她!

从一开始就知道!

被缚魔索捆绑了好几天,紧接着又被搜魂,贺兰宵原本就已经气若游丝。樱招掐紧他脖颈时,将护体灵力一并抽走,酷烈的搜魂术顿时席卷他的经脉。贺兰宵的五脏六腑像被打乱了位置一般在体内暴动，疼得他浑身发抖。

相比之下，脖颈上的痛楚根本不算什么。

呼吸渐渐变得困难，贺兰宵徒劳地张了张嘴，想说些什么，又在下一刻剧烈地咳嗽起来。

一口热血从他嘴里喷出，有几滴血珠溅到樱招的手背，她竟像被烫到，不自觉松了点手劲。可想着还是气不过，又狠狠地用手背蹭了蹭他的脸，血渍在贺兰宵苍白的面孔上，红红的，有些刺眼。

“你别装！”她俯下身子凑近他，咬着牙揪住他的耳朵，“我知道你的自愈能力很强！”

可他已经没有办法给出任何反应，连眼皮都不曾掀开。

满腔怒火无人承接，樱招一脸郁闷。

以前他身强体健，精神饱满，单单站在那里就能吸引所有人的目光。

现在他却虚弱得仿佛下一刻就要断气。

他真的会死吗？可她还没有消气，就这样让他死未免太过便宜。

一颗心不甘不愿地绞紧，樱招伸出手将他的脑袋托起，低声骂道：“你给我等着！”

灵力蓄在掌心重新灌入他的心脉，她鼓胀起来的腮帮子却像在和自己赌气。在看见贺兰宵睁开双眼的那瞬间，她索性抓住他后脑勺上的头发，迫使他与她对视。

他仍旧有些神志不清，睫毛盖在眼珠上，像一把小扇子，掀开就要将风吹进人心房。

“师父……”他又开始叫她师父，脑袋被她揪得仰起，一副任人宰割的模样。嘴角血迹未干，浮在白瓷般的脸上，有种血肉模糊的疯意。他看着她，轻声说道，“我如果说，我不后悔，你会更生气吗，樱招？”

他在叫出她的名字之后，甚至将嘴角翘出一个摄人心魄的弧度，纵火一般。少年的嘴被缝得太久了，只有在装作不知道是她的情况下，才敢泄露出零星半点的爱意。

如今那些难以启齿的心迹已经被她翻看得差不多了，那他就没有必要再隐瞒下去。在这一刻，他甚至有些感谢搜魂术的存在。她早该知道了，他遭受的是什么样的折磨。

“继续搜啊，樱招，你不是还有其他想知道的事情吗？”少年的眼里浮上一层荫翳，不知道是伤心还是不满，“你追魂印发作时，应当比这还要痛吧，毕竟没有人替你护住心脉。”

他也没能时时刻刻守在她身边当她的解药。

为了斩苍遭受的折磨，他很想知道，她究竟有多痛。

即使有万分之一的可能，他和斩苍之间有什么关系，他也不愿意见到樱招这样伤害她自己。

压抑了太久的欲望被少年自暴自弃地放逐，要将她吞没。

樱招看着他，怒气反倒搁浅在了眉眼间，渐渐平息。

她有些忘了自己为什么要发火了，好像仅仅是恼羞成怒而已。可那件事情深究起来，主动的人是她才对。是她不自觉沉迷上了换皮的游戏，而他充其量只是配合她演戏的同谋。

揪住他头发的手重新覆上贺兰宵的后脑勺。他说得对，他的魂，还要继续搜的，她要看看那些还没翻完的记忆当中还潜藏着什么秘密。

“我不知道追魂印发作时的痛楚跟搜魂比起来如何，”樱招对他的话做出回应，“我又没有被人搜过魂。”

她与他之间亲密的举止都发生在不久之前，因此留存在他脑海中的记忆深刻异常。她方一侵入他的思维，那些撕破了正经面具的画面就开始在她眼前循环播放。

她终于明白贺兰宵为什么会那么抵触斩苍的存在。

他介意的事情有好多：梵海寺住持的话、她无意识脱口而出斩苍的名字，还有，刻在她左腕上的追魂印，这些足以让他脑补出一段缠绵悱恻的爱情故事，还是那种不死不休的结局。

可究竟什么是真，什么是假呢？

贺兰宵，从小到大被魔族这般圈养着，到了该修仙的年纪就送往苍梧山，他自认为是为她而来，并交出一片真心，可他的人生是否为真，还是说他的出生就是一场彻头彻尾的骗局？

樱招试着冷静下来，试图站在旁观者的角度来看待他的记忆。

贺兰宵的确很有可能就是斩苍。全修真界都知道，斩苍最逆天的能力之一就是可以令时间暂停。这个能力贺兰宵不仅可以完美驾驭，他还能做到神不知鬼不觉，至少在前几日早上，她的确没有察觉，只是本能地觉得必须马上苏醒。

那他属于斩苍的那份记忆去哪里了呢？

樱招正打算收回术法，却渐渐察觉到一个很严重的问题。

贺兰宵少了一缕神魂。

她自己方才太过千头万绪，情绪起伏不定，所以没能在第一时间发现——贺兰宵少了最重要的、可以化魔的那一缕神魂。

她紧拧着眉头收回术法，正准备问他几句，可刚抽回手，面前的少年便直直倒在了她身上。她伸手扶了他一把，才发现他全身冰凉得厉害。

“冷……”少年上下牙齿在打战，只说得出这一个字。

其实不管他，他也能慢慢恢复，但樱招转念一想，假若他真的是斩苍，先撇开他与她究竟是不是道侣这件事不谈，她二十年前可是实打实将他给杀了，现下又把他折磨成这样，若有一天他恢复了记忆，想起她这个仇人来，怕不是要找她算总账？！

不行不行，既然决定了先不杀他，只是先将他关起来，那她还是要对她的徒儿好一点。

刚好紫云壶中有一泓温泉，可以缓解他周身寒意。

樱招费劲巴拉地将贺兰宵的外衫扒光，移到温泉中泡着，自己则坐在岸旁给苍梧山传了一道信。信中表明贺兰氏全族与魔族关系密切，几处府邸俨然是魔族在人界的行宫，须派出人手前去查看。

一系列动作做完，她回身去查看贺兰宵的伤势。少年泡在水里，正靠着石壁昏睡，但体征已经渐渐恢复，面色也趋于红润。

恢复力实在惊人。

她心中暗叹，目光从他的上身睃巡而过，漂亮流畅的肌理上，一丝伤痕都没有留下，除了肩头的一个小小的牙印。

她的目光在那个牙印上定住，忽然觉得有些眼熟。

这好像是……前几日她咬的。

怎么别的伤口好得那么快，偏生这个牙印消不了呢？难道她的牙齿有毒？

樱招探身过去，正欲看个究竟，手下撑着的石块却发生了松动。支撑点骤然消失，她一个没注意，直接栽进了温泉中。

热气缭绕间，她的身躯被人稳稳地托住，止住了下跌的趋势。她拍着胸脯抬起头，一句“多谢”还在嗓子眼酝酿，已经全然清醒的少年却将臂弯扣紧，结结实实地将她搂住，接着唇瓣便胆大妄为地压下来。

温泉池畔的灯花一盏一盏融融地照着，照出水面上藏在白雾中的两颗脑袋，偎在一起，又立马分开。

先躲开的是樱招，从来都是她。

不仅仅是因为她对现在的状况感到别扭，还因为她的衣袍汲满了水，像是要拽着她往水里沉，偏生少年一双臂膀将她四平八稳地端着，身子沉不下去，也抬不起来。

她脑海里乱七八糟的，一时想着不能就这样便宜他，一时又苦恼湿衣衫贴在身上好不舒服。等回过神来时，才发现自己已经被人压在了池壁上亲了好久。

雾气氤氲在二人中间，她只觉得他眼神沉沉，像是小死一次之后变了个人，被礼义廉耻封印住的魔性破壳而出。他再也不要当被她甩在身后，说扔下就扔下的弟子，他要让她看着他。

只看着他。

偏热的温泉水烫得樱招从脚趾红到了脸颊，回过神来之后，她下意识偏头想要躲开，下巴却被少年掰回来，用更凶狠的力道吻过来。

樱招发现自己在享受这种感觉。

这种躲开之后，又被人追着，疯子一样求着她的感觉。

更何况她已经知道，贺兰宵就是喜欢她，他喜欢她喜欢得不得了，喜欢到可以任她摆布。

她明明不是那种会践踏真心的人，但她瞧他这副样子，全身上下都在给她一种他可以被伤害的暗示。再加上他有可能存在的另外一重身份——令整个修真界头疼，却对入侵人界毫无兴趣的天魔斩苍，失去了记忆成了现在这副模样。

多难得的机会啊。

不管她之前和斩苍是什么关系，仇人，情人，或是反目成仇的情人，现下她总要趁机做点什么才不亏吧？

只是不知道他的最后一缕神魂究竟在哪里，最好永远不要找到。

总之现在这种状况也不是苦恼这些的时候。而是前一刻她还表现得非要他的命不可，这一刻又这般“失足”掉下汤池，看起来真像个喜怒无常的拧巴的疯女人。

那就干脆疯到底吧。

她伸手掐住他的脖子，将距离拉开，然后装作一副凛然不可侵犯的模样怒斥道：“你想死吗？”

可脸分明是红的，她又想玩什么把戏？

贺兰宵不知道，他也顾不了那么多，他只是目不转睛地盯着她，抬起被温泉泡得发烫的手盖住她的手背，低低笑道：“你不让我亲，我才会死。”

他从未像这样直白地对她说过这种话，樱招一时有些震惊，她忘了加重力道，而是任他将她的手指一根一根撑开，然后牵到嘴边轻轻地咬。

“你是舍不得杀我的吧，樱招？”贺兰宵再也不要叫她师父，“你留着我是为了什么呢？为了偶尔能取乐吗？”

坠着一颗唇珠的好看嘴唇，说出来的话却有些恶劣，像是回归了十几岁少年的本性，眼神里有着毫不遮掩的耀武扬威。

“这才是你原本的性格吗？”樱招用另一只可以活动的手扣住他

的后颈，“你以前都是装的？”

“是，也不是吧。”他说一个字便凑上来吻她一下，沾着细密水珠的喉结上下滑动，是面对珍馐时也不曾表现出来的旺盛食欲。

他已经完全无所谓了。

反正被她折磨个半死之后，她还是会救他，会抱着他，会恶狠狠地骂他。

“我从小不是什么良善之人，府里的人也挺怕我的。”

他在她面前一贯乖巧，对别人却总是冷着一张脸。

“他们怕你，你还是想着回去救他们……”樱招想起他记忆中的童年岁月，那些照顾他起居的人，的确对他有很深的惧意，“搜魂之前你的请求，我不能答应，但你放心，我已经传信给师门，让他们去查探了。”

“我方才听见了，”贺兰宵伸手揉了揉她的嘴角，“多谢。”

“先别急着谢我。”樱招像是想到了什么，带着他跃到岸边。

术法一施，绊住手脚的湿重衣物重新变得干爽。摆脱束缚，她终于变得满意，回身看向伫立在一旁的贺兰宵。

“至于你，我不能给你自由了，”她的嘴角挂上一抹笑，有些得意，“就这样留下来陪我吧！嗯，当个奴隶怎么样？”

一整句话，贺兰宵只听得到“留下来陪我”这几个字。其他的诸如“自由”“奴隶”这种字眼，在他耳畔呼呼飘过，并未留下任何的痕迹。紫云壶里没有虫鸣鸟叫，安静得不像话。

樱招就这样大大方方地站在他面前，背后飘浮着快乐的蒸汽和发光的粉尘。

此时的樱招白衣乌发，耀目到令人不敢逼视，抱在怀里却柔软得像月下粼粼的湖水，碰一碰就会荡起水波。

“当奴隶就可以陪你一辈子吗？”他这样问着，高兴的情绪溢于言表，满身魔性烟消云散，仿佛又变回了她的乖徒儿，已经完全忘记自己该佯装受辱来平衡一下她的恶趣味。

毫不躲藏的爱意直直地照进樱招的眼里，像是要将她淹没。

她知道自己在以本来面目示人，此刻的她并不是什么圆脸姑娘。但他看见的人一直是她，意识到这一点还是让她有些许惊惶。

仍旧无法轻易原谅他，反正他说他不后悔，那就该付出些代价。

伫立在池畔的灯笼将光笼在他身上，显出蜜糖般的色泽。她目不转睛地盯着他，在他不经意抬眼看过来时，心脏竟然一阵紧缩。

足够在她内心掀起一场风暴的那双眼，透着直白的、毫不遮掩的迷恋。

不知道贺兰宵在找回最后一缕神魂之后会是什么情形，是会变回斩苍，还是会变成魔族那些人手中的傀儡，这些都不好说。

但她现在无比确定的是，满心满意爱慕着她的人，是贺兰宵。

她有些沉溺了。

整理完毕之后，她将她这个再也不肯叫她“师父”的傻徒弟扔在了紫云壶中，自己回了房间收拾行李。

该要她面对的事情，躲不掉，她便只能沿着既定的轨迹走下去，即使前路如黑夜行船，不知水下究竟潜藏着多少邪祟。

但只要往前走，便一定能找到答案。

第二日，樱招便只身踏上了前往魔域的路，当然，是带着紫云壶一起。

白日聊天，晚上睡觉，权当解闷。只是奇怪的事情仍在继续发生。

魔域的入口分明在从极渊附近，樱招记得清清楚楚。但她循着记忆在那里转悠了足足有三日，却根本找不到当年她进入魔域的那条路。

不仅如此，那附近还多了一片满是魔物的血枫林，就好像有人阻挠她进入魔域一样。

血枫林，相传乃蚩尤首级所化。

因黄帝与蚩尤那一战太过惨烈，可谓血流成河，于是蚩尤被黄帝斩首之后，其首级便化为了一片满是怨气的血枫林。

林外鸟兽人迹皆无，河床沙砾一片干涸；林内蛮风瘴雨，群魔横行。到了夜里更是阴风飒然，危机四伏。莫说寻常人士根本无法踏足，就连化神期的修士意欲穿过血枫林，也要足足被剐下一层皮。

樱招以前只在古籍上读到过血枫林的存在，但从未见过。

魔族花这么大的血本在此设置路障，看来是铁了心不想让她进到魔域了。

一望无际的枫林顶上血光冲天，林子里灯火尽灭，只有浓重的血腥味透过树枝的间隙直往外溢。樱招将刑天唤出，背在身后，又敲了敲腰间的紫云壶，解开禁制。

须臾，壶口便冒出来一道颀长身影。及地站稳之后，贺兰宵感觉不太适应，难得露出有些懵懂的神情，问道："为何放我出来了？"

他好好地在壶中歇了几天，如今正神采奕奕，将天不亮就开始赶路的樱招衬得灰头土脸、满面菜色。

樱招看着他，顿时有些恼火："放你出来自然是有用得着你的地方！"

贺兰宵这才四处张望了一番，看着面前似有群魔在低吟的血枫林，一脸凝重："这里是……魔域吗？"

"还早呢。"樱招知道他没去过魔域，不过此种枯败之景也的确看起来不似人界，也难怪他会产生误会，"这是血枫林，穿过去才有可能找到魔域入口。我记得你上次说过，自己下海藏秘境时，什么魔物都遇不到。"

"是有这回事，"贺兰宵点点头，"但我不确定是不是因为那些魔物等级太低。"

仙门历练弟子时人为设置的秘境，对魔物等级与数量皆有要求，一切在可控范围之内，哪像现在，太阳自身后渐渐下沉，两人的影子被映射在枫林边缘，便再也进不去，像是被生生吞没。

笔直的枫树在这一刻扭曲得像鬼手，冲天的邪气不再遮掩，直冲人面门。枫林活了过来，随着尖锐的风声一起，顷刻间便暴涨至二人脚下。

血色将人吞没，樱招与贺兰宵对视一眼，将前几日从他手中没收的时雨还给他："死马当活马医吧，能震慑低等魔物也好，省点力气。"

说罢二人不再废话，踩着满地的碎石，踏入林中。

一双眼睛，正凝视着殿中央巨大的水镜，镜中映照出的景象是方才踏进血枫林的苍梧山师徒。

重重帷幕后绕进来一道身影，银发蓝眼，左耳戴着一个精巧坠子。他看了一眼水镜当中的情形，皱着眉头问道："她还是进去了？"

"樱招的性格，你又不是不清楚，"答话的魔族懒洋洋往榻上一靠，正是魔族元老院大祭司虚昴，"这么明晃晃地告诉她魔域不欢迎她，她当然会毫不犹豫地踏进来呀。"

"费这么大劲儿把她拦在琅琊台外，叫我说，斩苍的神魂反正在她身上，她要是死在里面，不是正好？那缕神魂无处可依，自然会回到正主身上。"见到太簇依旧没有回话，虚昴突然冲着他笑了笑，"还是说，你在担心她？"

太簇掀起眼皮看向他，冷冷地道："我是担心她要是死了，刺激到斩苍，反而不好办。都走到这一步了，必须确保万无一失。"

"原来你也知道啊。"虚昴缓缓坐起身，一双狭长的眸子盯住太簇，声音陡然压低，"都到这一步了，你已经没有任何回头路可走了。太簇，樱招若是想起来一切，她头一个要手刃的魔，就是你，谁叫你坑她坑得最惨——"他话未说完，便发现太簇的刀已经架上了他的脖子。

"大祭司，"太簇对着他幽幽一笑，缓缓提醒，"请慎言。"

"不说就不说咯，发这么大脾气干什么？"回应的话语却在头顶上响起。

刀锋下的身影凭空消失，太簇回身一看，却见那虚昴正斜斜地倚靠在房梁上，一条腿支起，一条腿垂下，姿态甚为闲适地对着空气晃了晃："你杀不了我的，都这么多年了，还不明白吗？"

太簇满不在乎地收刀入鞘，抬头看向房梁上的虚昴："我也没想在这个节骨眼上杀了你，只是你说话太不中听，让我不爽而已。"

二人相处多年，深知对方的实力，此时此刻动起手来的确是谁也落不着好，反而会坏了元老院的大事。

虚昴轻哼了一声，从房梁上轻巧落下，对着太簇抱歉地笑了笑："不好意思，看来你还要不爽很久了。"

少顷，他见太簇并未理他，又问道："扶桑木砍回来了？"

太簇："嗯，你这边需要多久？"

"一晚上吧。"

"行，"太簇点点头，"那我走了。"

行至殿门口，虚昴却突然在他身后说道："太簇，斩苍在聚魂之前绝对不能回到魔域，这一点我们都清楚。假如在走出血枫林之前，他仍旧无法拿回自己最后一缕神魂，那么元老院便只能把樱招杀了，强行将他的神魂取回。"

元老院一直打的便是这个主意，但樱招一直躲在苍梧山，找不到动手的机会。贺兰舒将贺兰宵送往苍梧山，魔界亦是顺势为之。

只是三年了，最后一缕神魂迟迟拿不回来不说，他竟开始好奇自己的身世。

这绝不是元老院愿意看到的走向。

这次是樱招自己送上门来找死，元老院没道理再留她一条性命。

太簇停下脚步，没有回头。

殿外黑云漫天，魔域一直以来都是这样，比不了人界山灵水秀。

"随便吧。"

他低低地说了一句，便扬长而去。

樱招发现，自己对贺兰宵是魔这件事已经越来越淡然了。

起初当她看到他用魔气徒手斩杀掉一只凶兽时，还很是别扭，提着剑不知道是该骂他好还是夸他好。

贺兰宵更是，原本他起手收手的姿势都足够干净利落，片血不沾，樱招投过来的复杂眼神却让他有如芒刺在背，不知道该作何解释，只好低着头小声吐出一句：“对不起。”

如今少年的体型拔高得过分，从他的视角去看比他矮一个头的樱招，其实她什么表情都不算有威慑力。他只是在面对她时，习惯性地失措而已。

“无妨。”樱招没再看他，继续往里走。

他用不上她教他的苍梧山功法了，在血枫林内，那些筑基期的功法太过浅薄，对上残暴的凶兽们也只是送死，只有绝对的力量压制才能将其击溃。

她应当早些习惯。

少年在她身后亦步亦趋地跟着，好似从未变过，但她心里明白，一切都已经不一样了。

“贺兰宵。”她突然回身。

也不知道贺兰宵是不是故意的，脚步没及时停下，倒让她不小心一头扎进了他的怀里。

往后退开一步，樱招刚好看到他悻悻地将手垂在身侧。

他方才似乎想要扶她一把。

“什么？”贺兰宵问。

“你在苍梧山待了这么久，关于山内的布防多少也知道一点，如若你落入魔族之手，泄露什么不该泄露的东西，危及师门，我亦难辞其咎。”樱招平静地给他下了一道咒，“我若不死，这道符咒可以让你无法以任何方式说出有关苍梧山的一切，包括搜魂。”说罢，她抬头看了看高高悬挂在天上的血月，轻巧地补充了一句，“我若有性命之危，那么，我会在死前将你杀了，永绝后患。”

她的预感不太妙，血月在头顶的位置很奇怪。从方位上来辨认，血枫林应当一直在变换位置，现下即使他们能走出去，出口也不一定对着琅琊台。而且，她总感觉不太自在，就好像一举一动都在被窥视。

“师父。”很难得地，贺兰宵重新唤回了以前对她的称呼，澄净的目光罩在她的侧脸上，压得极低的声音刚刚好够飘进她的耳朵，“能死在师父手上，我也算是和斩苍拥有同样的待遇了……”

这话说得过于孩子气了。他明明也一直在怀疑自己是不是斩苍，但还是固执地与斩苍进行割席。樱招好像懂他的意思，但此时此刻她也说不出更为宽慰的话语，只好默不作声地继续前行。

自暴露身份以来，贺兰宵便不再食用压制魔气的丹药。好在他的魔气并不似一般的魔族，给人不舒服的感觉，相反，他释放出的魔气充满着一股清新木香，再加上他本身自有的冷桃味，樱招闻着竟觉得有些熟悉。

不过她如今对这种熟悉感已经见怪不怪了，肯定很没有悬念地又是与斩苍有关。

一路上，中低阶的魔兽他们的确没碰到过，敢逼近的都是那些只存在于传说中的上古凶兽。这些凶兽没有被详细记录在册，弱点只能靠对战时摸索。

这样被盲目消耗，莫说贺兰宵全身是伤，就连樱招，胳膊也被划破了几道口子。

空有一身魔气的少年，对战经验实在太少，受伤最严重的一次是在提剑刺穿一条巨蟒的头颅之时，被巨蟒突然暴长的牙齿穿肩而过。

虽然这条巨蟒随即便被樱招一剑轰了个粉碎，但贺兰宵那条臂膀却破了个碗大的洞。鲜血不停地流，绣满了避尘真言的衣物已经完全不起作用。樱招一边碎碎念一边替他修补好身体，洗净他满身血污时，她突然皱了皱眉头，问道：“你自愈的速度变慢了，怎么回事？”

“我的力量在流失。”

这么糟糕的消息，他的声音听起来却镇定异常。

樱招不得不深吸一口气，冷静地问道：“以前有过类似的情况吗？”

贺兰宵仔细回想了一下，才开口：“我的力量并不是时常都处于充沛状态，不用时还好，一旦连续释放，需要很长时间才能养回来。”

换言之，是技能冷却时间有点长。

应当是少了那缕神魂的缘故。

近日来他的确使用了太多次魔气了。杀蚕妖、被搜魂，再加上进入血枫林之后不停地遇上那些难缠的魔兽，力量不济也正常。

由于贺兰宵力量减弱，原本不敢接近的魔兽们也如蝗虫一般试探着进犯，虽造不成致命伤害，但将灵气白白耗费在这些杂碎身上，还是让樱招烦躁万分。

挥舞着刑天连续释放了几次杀招，她才将四周环伺着的魔兽逼退。

而血枫林依旧看不到尽头。

樱招撑起一圈结界，将贺兰宵罩在身边。脚下是被她一剑劈出的深堑，堑中遍布的霸道灵力给了二人喘息之机。

“休息一下吧。”樱招提议道。

贺兰宵点点头。

二人就着那道深堑席地而坐，身边是安静伫立着的刑天，编织得乱七八糟的剑穗上，坠着一颗漂亮的珠子，里面像是装着一整片星河。

贺兰宵当她徒弟这三年，她极少碰到必须让刑天出鞘的危急情况，因此剑穗上那颗珠子，除了第一次她朝他拔剑，后来他都没仔细观察过。

他多看了几眼才收回目光。

如果眼前的天空不是一片不祥的血色，身后没有熊熊火焰在燃烧，倒真像坐在山谷中看风景一般悠然。

樱招将腿盘起，手肘撑住下巴，眺望着山谷尽头火红的枫叶，感叹道：“说不定，等不到你落到魔族手中，就得让你交代在这里了。”

这种蹩脚的玩笑却让贺兰宵笑出声来，他悄悄朝她坐近了一点，望着她映照着火红血光的眸子，笑着说道：“那你可要好好地活下去。”

“你放心，不就是独活嘛，反正这种事，一回生二回熟咯！”樱招满不在乎地摆摆手，转过头来看向他。

贺兰宵只是看着她笑，也没再变着法子提醒她要分清楚他和斩苍。

心头的焦躁突然被安抚，她深吸一口气，认真问道：“你真的从未去过魔域吗？”

“没有。”

“你们魔族的逻辑真的很奇怪，”樱招分析道，“既然要派兵监视你，那为何不放到魔域去养？在眼皮底下看着不是更好吗？现在弄得你不想当魔只想当人，除非……”

“除非他们根本不在乎我的想法，因为无论我的想法是什么，到最后都不会被保留下来。”贺兰宵接过话头。

“的确很有可能是这样，可还是没法解释为什么不把你接回魔域去。”樱招皱着眉头看了看四周，“这片血枫林八成是为了阻止你而设的。”

眼前的天空仍是一片血色，云朵像腐肉，一团一团铺开。身后火焰燃烧的哔剥声与焦臭味一起侵袭着五感，让樱招有些反胃。

“你坐过来点吧，这味道太难闻了。”她突然说道。

贺兰宵怔了怔，往她那边挪了一点，慢慢贴近。樱招嫌他磨叽，直接伸手揪住他的衣襟，埋首在他怀中深深嗅了一口，直到那股沁人木香钻进肺腑。

樱招刚要抬起头，冷不防被他一把搂住，双臂紧紧地抱上来，她只能继续埋首在他怀中不动弹。

真是令人上瘾的味道，她觉得自己应当要头疼，却越闻越清醒。

脑子里突然有什么一闪而过，她瞪圆了眼睛连续闻了几口，突然想起来他身上的味道究竟熟悉在哪里。

樱招一把将他推开，顾不得去安抚他一脸错愕的神情，她先问道：“你知道扶桑树吗？”

“知道，”他揽在她肩上的手依旧没有放下来，甚至又将她拉近了一点，“扶桑树，连接三界，太阳栖息之地，光明诞生之处。”

“是，世人只知道这棵扶桑树是神树，”樱招的思路越来越清晰，语速也越来越快，“可是，倘若那棵树，不是神树，而是魔树呢？”

“原本就是连接三界之物，那应该无法用神魔来轻易定义吧？”贺兰宵顺着她的思路猜测，“毕竟也没有人真正见过。”

“我见过，”樱招说，“那棵树，我曾经见过，刚好离刑天出世之地不远。”

那棵扶桑魔树，简直犹如传说中可供十个太阳栖息的扶桑神树的双生子一般，顶天立地、硕大无朋。枝干遮天蔽日、横贯天地，浩瀚的树身扎进泥土里，像是要把整个魔域踩在脚下。

更重要的是——

“你身上的魔气和那棵扶桑魔树味道一模一样！”樱招惊呼道。

贺兰宵不会向她反问什么“你确定”之类的话，他只是思索了片刻，突然福至心灵：“所以假如我和那棵树有什么关系，魔族那些人必定不想让我接近它。”

“不止如此，”樱招回忆起自己师父曾形容过的斩苍——一出世便让整个修真界闻风丧胆，强到逆天，但力量不知从何而来，“如若你真的是斩苍，那恐怕整个魔域都是你的力量源泉。他们害怕你，所以绝对不能让你回到魔域。”

但这一切在得到验证之前，也只是猜测而已。而且，若他真的是斩苍，等到他恢复了记忆，还不一定怎么对她呢。

“我若真是斩苍，你会比现在要喜欢我吗？”贺兰宵有些自嘲地问道。

樱招愣了半晌，才答道：“应当不会吧，我不是都把他……杀了吗？”

虽然也不知道她究竟用什么方式杀的，而且她的记忆被莫名其妙地抽走了。但以现在的她来说，她更舍不得的人，是贺兰宵。

“再休息一下吧，”贺兰宵将她重新摁到怀里，“我替你守着。”

说再多也没有用，怎么样都得先走出去。

樱招没再说话，闭上眼准备小憩一会儿。可是她看了太久的血枫林，现下她一闭上眼，眼眶里都是血色。

受不了，她要看点漂亮东西洗洗眼睛。

她又一骨碌爬起来，伸手将插在一旁的刑天横在腿上，冲着贺兰宵说道：“给你看个好东西吧。”

“什么好东西？”他很配合地问道。

樱招神神秘秘地一笑，将剑柄上的剑穗摘下，拎着那根剑穗在眼前晃了晃，也不知施了个什么术法，那颗闪烁着漂亮星光的宝珠，顿时变得光华璀璨。

一颗一颗星星从中缓缓流泻而出，直到将脚下的山谷填平，铺成一条如梦似幻的星河。沐浴在水中的星星沉沉浮浮，闪着宝焰一般将血色驱散。

樱招扭头看向贺兰宵，正打算问他好不好看，却发现原本好好将她搂住的人像是失了魂一般，盯着星河一动不动。

“贺兰宵？”她叫了他一声。

他没应，一双瞳孔剧烈地震动，被什么魇住了似的。

星河当中突然浮起一丝缥缈紫光，闪着雷电一般发出刺耳的噼啪声。与此同时，贺兰宵的身躯竟不受控制地直直地浮向半空。

怎么回事？

他究竟怎么了？

樱招抬起手，飞身上去拉他，却被一股大力骤然弹开。她翻滚着身子借力点地站稳，方一抬头，便看见从星河中浮出的那道紫光直直地钻进了贺兰宵的心口。

狂风呼啸着将四周血色的枫叶席卷，血色海浪一般严严实实地圈住他的身躯。天空中忽然有什么东西鸣叫着破空而来，穿破浩瀚林海，直直地朝着贺兰宵飞过去，过路之处激起千层血浪。四周有魔气在隐隐暴动，地动山摇间，樱招看清楚，那是一柄长刀。

将贺兰宵围住的枫叶被暴涨的魔气掀开，顷刻间便化为齑粉。

樱招握紧刑天抬头去看他，却看见，漫天飞舞的粉尘间，伸出一只大手将刀柄握住，而那把呼啸着要将人耳朵穿破的刀瞬间安静下来，乖得像没开过刃。

“贺兰宵？”她再次试探着叫了他一声。

血色的粉尘四散开来，被叫到名字的人缓缓降落在地上，俯首将她望住。

奇怪。

他的眼神变了。

他不是贺兰宵!

樱招不自觉抬脚，后退了一步。

足跟才及地，面前的男人却瞬移到她身后，速度太快，她的背竟直直地贴上了他的胸膛。

“樱招。”

略显低沉的嗓音在她头顶响起，樱招梗着脖子扭过头，结结巴巴地问道：“斩……斩苍？”

KUWEI
酷威文化
图书 影视

樱照良宵

破折号yiyi 著

下

天津出版传媒集团
百花文艺出版社

目录

你放心，如今这条命，
我珍惜得很。
你许诺我的事情还来践行，
我舍不得再死一次。
斩苍

第拾壹章

初入魔域

「我游历至此，听闻中土修士说现任魔尊是个形貌丑陋的怪物，故来……求证一二。」

"樱招，你此去魔域，切莫莽撞行事。如今魔域虽与我中土两不相犯，魔族在斩苍治下亦不会随意残害人族，但魔族元老院那群老匹夫却多是阳奉阴违之辈。此行不管你能不能收服神剑，皆须速战速决，事毕之后立马回师门复命。听到了吗？"

"听到啦——师父。"

临行前，岚光仙姑的告诫言犹在耳，樱招却不知该如何速战速决。

魔域地域广袤，除了三十六座主城，还有大片萦绕着黑气的虚无之地。

师父推算出的刑天出世地点处在魔域极西的位置，名唤黑齿谷，本就路途遥远，极难抵达，更何况樱招第一次去魔域，人生地不熟，若不是她随身佩戴着引路的迷谷枝条，说不定耽搁的时日更多。

樱招原以为自己去得算早，到达时才发现黑齿谷周遭已经悄悄藏匿了不少修士，皆是冲着神剑而来。

也不知道刑天出世的消息究竟是如何走漏的，大抵这年头会请仙扶鸾的修士的确不在少数，樱招还在其中看见了几张熟面孔，都是剑修榜上有名的剑修，是与她争夺榜首的有力竞争者。

看样子他们已经在附近盘桓了数日，却一直没有人尝试着入谷。反倒是有好事的修士甫一见到樱招，便急不可耐地要向她兜售消息。

这世上会营生的人皆是如此，哪里都能寻到商机。

樱招花了一颗上品灵石，才从那人口中得知，黑齿谷的谷口有四头赤炎兽镇守其中。相传赤炎兽乃火神祝融的坐骑，一头就已经极难对付，更何况是四头，故一时之间无人敢贸然闯入。

又有一修士凑上前来，一开口便将樱招捧上了天，说以她如今的修为，四头赤炎兽而已，不是手到擒来？话里话外都在撺掇着她先去对付那守门的四头凶兽。

樱招才不上当。

那赤炎兽若是有办法对付，他们自己早上了，何至于一直在这附近潜伏？现在不过是想找个修为高的冤大头替自己开路，等到她灵力耗尽，他们正好顺理成章坐收渔翁之利。

有些修士为夺取机缘，向来无所不用其极，樱招早年间便见识过。她虽不至于十分机敏，但基本的防人之心还是有的。这些人不可相与，她宁愿自己单打独斗也绝不会与他们通力合作。

独自查探过后，樱招发现，那兜售消息的修士所言的确不假。黑齿谷如同魔域其余虚无之地一般，长蛇隐迹、鸟兽潜踪。黑沉沉的瘴气将其包裹得严严实实，只余一道狭长谷口可供进出。偏偏那谷口镇守着四头极难对付的赤炎兽，也不知道谷中究竟有什么宝贝。

夜里刮起了冷冽的狂风，堆积在头顶的黑云忽然应风而动，在头顶呈集结之势。翻滚堆积魔气冲天，漫天黑雨珠串似的落下，看着便杀伤力巨大。

魔域时常会下这种雨，对魔族来说自然无伤大雅，落在人族的发肤之上却是有害。对于心智不稳的修士来说，若是不小心魔气入体，怕是会生出心魔。

樱招来魔域之前便被大师兄参柳仔细叮嘱过，当下她便撑起结界爬上一棵大树旁躲着。不想那好位置早被人占了，原来是剑修榜上一同仁。正欲挪窝，那同仁却幽幽道：“你就待在这儿吧，反正我天不亮就要启程回中土了。”

“你不取神剑了？”樱招倒也没推脱，大方地靠着树干安稳坐下。

“我快要破境了，魔域灵气稀薄，于我无益。再说了，这黑齿谷明摆着不让闲杂人等进入，即便有命能越过那几头赤炎兽进到谷中，也不一定有命出来。”同仁说，“我本命心剑已有，此番过来不过是来瞧瞧热闹，形势不对就趁早撤退咯。”

樱招：“有道理，你很通透！”

同仁：“你若真想进到谷里，我倒是有个法子能让你兵不血刃。”

“愿闻其详。”

“魔尊斩苍你知道吧？”同仁神神秘秘地冲她眨了眨眼，“据说这几头赤炎兽皆由他圈养，你若是能取得那斩苍的一丝魔气护体，这守山凶兽应会自动让行。”

她见樱招还真凝神开始思考这个法子的可行性，又笑话道：“我开玩笑的，据传那斩苍形貌十分可怖，面色青黑、目凸口大，还有两颗钢刀似的獠牙。你有这个胆子去他头上拔毛，还不如就留在这里和这几头凶兽死磕到底。”

死磕也要有那个本事死磕才行。这偌大的黑齿谷，一个驻守的魔族战将都没有，只有这四头赤炎兽守着谷口，难攻程度可见一斑。即使是师父亲自过来，应当也没办法一次性将它们全都收拾了。

相比之下，去魔都碰碰运气，怎么都比留在这里死等要好。

樱招算了算日子，距离刑天出世还有一月时日，从魔都一来一回，时间绰绰有余。第二日天不亮，她便直奔魔都而去。

如今的魔族子民虽对修士们敌意不明显，但为了能知己知彼，深入魔族内部打探消息，樱招还是用了障眼法伪装了形貌，将自己打扮成普通魔族的模样。

这一路上倒真收获了不少有关斩苍的事迹。

跟师父对她说的差不多——无人知晓斩苍的力量从何而来，只知道他一出现便是满级状态，是绝对的强者，当上魔尊实属顺理成章。

与此同时，还要加上“不近女色”“沉默寡言”等形容词。

魔族子民似乎对这位魔尊很是满意，言语中倒没像中土修士一般对他的外貌进行编派，反而对他盛赞有加，有魔族甚至宣称自己曾在魔都远远见过这位魔尊一面，言语之间将他的相貌形容得像块美玉，英俊得天上有，地上无。

毕竟魔族嘛，自诩为美丽又强悍的种族，等级越高相貌越是精致。

这一点倒是和修士们差不多，修士修为越高，对于相貌的加持便越大。修行到一定境界之后，身边人全是俊男美女。苍梧山便是，这个峰的师姐、那个峰的师弟，都长得好看。

总之，撇去外貌这个无人知晓的因素不谈，这个斩苍听上去实在毫无弱点，樱招一直到进了魔都，都没想出办法来接近他。

斩苍平日不爱抛头露面，就连鬼市当中也找不出几幅他的画像。

假扮他身边的人这个法子倒是可以一试，她找甘华师姐学过几手幻术，行走江湖以来未尝败绩。

斩苍身边有一左使名为太簇，一右使名为临则，一男一女，一文一武，各司其职。此二位虽都是幽夜象的高等魔族，但太簇因为是文官，所以大概应当是刚刚步入幽夜象，不像被称作是“女武魔”的临则，常年在战场上厮杀，实力深不可测。

临则近段时日因为休沐，不在都城，于是樱招选择了太簇来下手。那个一头银色短发的青年，长得倒是十分高大俊逸。看来她在路上遇见的魔族诚不欺她，魔族等级越高，的确是面容越精致。

所以樱招对斩苍的相貌更是越发好奇。

据樱招探听到的消息，斩苍与左使太簇关系匪浅，原本太簇在魔族毫无根基，是在斩苍的一手提拔之下才升到了左使的位子。至于修为嘛，太簇应当与她不相上下，但他在明，她在暗，若是偷袭，他不一定打得过她。

连着观察了太簇几日，樱招已经将他的举手投足学了个七八成。趁着太簇刚出魔宫打道回自己洞天之际，她第一次尝试着假扮他进入了魔宫。

正当樱招想大张旗鼓地踏进宫门，她才发现这厌火魔宫不知究竟布下了什么法阵，她一踏入大门，就感觉自己的灵力被压制成了普通修士的等级，再深入恐怕维持不住幻象，她只得赶紧撤退。

若是大师兄在这里，应当能找到破阵之法，毕竟大师兄可是精通法阵的天才，师父钦定的最适合守山的下任掌门人选。只是樱招自来便对舞刀弄剑兴趣更大，在被参柳代为管教时也只向他学了一点皮毛。

破不了阵，即使想别的办法潜入魔宫，兴许根本见不着斩苍的面，她就得折在那些魔族战将手上。

不过好在天无绝人之路，这几日恰逢魔族一年一度的战将选拔之际。选拔地点定在山巅之上的巨大演武场，当日所有魔族皆可入场观看。而斩苍向来重视魔族战将的选拔，届时他亦会亲临现场挑选精兵。

只要斩苍能出魔宫，那她就有办法引他出手。

既是魔族选拔战将的重要日子，作为魔界左使的太簇也必定会伴随斩苍一起出席。

要阻止真的太簇出现并不难，通过这几日的侦察，樱招已经摸清楚了太簇平日的起居住行。他的洞天设在城郊，洞天外虽设了布防的精兵，但能入内的只有他一个，也不知道里头究竟藏了什么宝贝。

魔族诸魔生性自由，崇尚绝对的武力，因此太簇虽然担任着魔界左使这么一个文官职位，但他不会每日都去魔宫点卯，反而会经常去校场与其余魔族战将切磋武艺。

一副温文尔雅的模样，在出招时却下着最狠的手。

他的确很强，那么高的个子，身手却十分敏捷，再加上对魔气的掌控纯熟异常，所以他对自己的出手很自信。

但他致命的弱点也在这里，明明很多时候有更为适合的进攻选择，可他由于痴迷于看清猎物被击溃的表情而选择近身战。

樱招十分确信，他早就察觉出了她的存在，他只是在等着她主动出现而已。

战将选拔的前一晚，太簇与其他魔族官员包下了一间酒楼，饮酒作乐了大半宿。樱招亦隐匿行迹，坐在屋顶上守了他大半宿。

魔族多好享乐，多纵贪嗔，民风极为开放，都城比之中土城镇来说亦要繁华不少。魔域由于常年天色不好，到了夜里，四处点上了灯，反而比白日更为亮堂。街巷当中的火光在法阵的作用下像是会呼吸，鼓胀着吐出照明的烈焰，映照在穿街过巷的魔族身上，的确热闹非凡。

许是由于太簇对人的防备心极重，下首魔族献上去的美女，他一个也没要，一晚上只端着酒盏，从头喝到尾。散场时，他的脚步已经开始虚浮，被搀扶着登上步辇后，前方的四头妖兽便撒开腿直往前奔。

也不知道那妖兽究竟是什么品种，跑起来速度飞快。樱招降低了灵压一路跟着步辇追，不过须臾，便跟到了他的洞天门口。

四周静悄悄的，原本守在门口的精兵们都已经被撤走，看来太簇已经沉不住气了，要在今晚解决掉她。正好，樱招也不想拖到明日。

肆无忌惮地将灵压释放出来，周遭忽然狂风大作，播土扬尘间，樱招拔剑直朝着安静伫立在空地上的步辇逼近，身形快若鬼魅。

拉着步辇的妖兽被突如其来的灵压震慑住，受了惊一般嘶吼着抬起前腿欲腾飞而起。缰绳绷直的瞬间，步辇眼见着要失衡，一道电光从步辇内迸射而出，顷刻间便绕车数匝，顶盖被一股大力掀开，直冲上天。

樱招一剑劈开顶盖，迎上一道刀光。

短兵相接时，二者身上的威压如浪潮般铺开，横扫四周。藏匿在巨树中的鸟雀顺着卷落的树叶惊飞而起，却被庞大的威压摄住，怎么扑腾翅膀都飞不出去，只得随着狂风一起在二人周遭盘旋。

第一招并未分出胜负。

樱招抬眼对上太簇的眼睛，对方微微一笑，开口道："跟了我这么久，终于肯现身了？"

"看来你等我很久了。"樱招从容地答了一句，转眼间又与他过了几招。

缠斗在一处的二人一时间难分高下，只是高手过招时动静的确太大，眼看就要惊动驻守的魔族战将，樱招抽剑回身，突然变招。

手中长剑被她扔向空中，太簇微微皱眉，只见她趁着剑柄脱手的瞬间飞快地结了一道印，太簇心里暗道一声不好，还未来得及往后退，便看见她握住长剑欺身刺来。

天地昏黑，太簇伸手格挡的力气突然像是被卸掉了一半，锋利的剑光从他颈间划过，一阵刺痛袭来，他紧缩着瞳孔往下看，一个闪着光的法阵正铺在自己的脚下。

是她方才结的印！

“别动，”樱招将剑架上他的脖颈，他那里已经被划破了一道口子，淋漓的鲜血自他颈间渗出，流向剑刃，“你已经被我削掉了大半的力量，现在你不是我的对手。”

这道法阵与魔宫底下的法阵其实有异曲同工之妙，只是樱招此前只在参柳身上学到了一点皮毛，法阵的功效顶多维持一炷香的时间，范围也很有限，离她五尺以内才能发挥功效。

幸好太簇喜欢近身战，也幸好他早已屏退了驻守的魔族战将，选择独自面对她，不然也不会被她得手。

挣脱了缰绳的妖兽早已不知奔向何处，狂风止歇之际，太簇终于收敛了笑容，一脸平静地将她上下扫了一眼，问道：“你是何人？”

樱招向来行不更名，坐不改姓，一声“你姑奶奶我乃——”脱口而出。突然想起自己毕竟是在人家的地盘，不好太过招摇，以免招致报复，她硬生生止住话头，转而轻喝道：“手下败将，你管我是谁？”

闻言太簇轻笑一声，垂眸用视线将她笼住：“你既然跟踪了我这么久，想必对我的行事作风很熟悉吧？”

略有耳闻。

魔族虽崇尚绝对的力量，但这片魔域自诞生起就如同中土一般，存在着氏族与门阀。坊间流传太簇早年间便是被这种氏族当作兵器来培养的说法，外号“玉面刽子手”，可见行事作风之残忍。

樱招不甚在意地点点头："知道，所以我不会对你做什么，我只需要你明日消失一天而已。"

"消失一天？"太簇笑意更深，"明日我若是不出现，你猜你能不能逃出魔都？"

"明日你会出现的。"

樱招一脸笃定的神情令太簇明白过来她的意思："你想代替我出席战将选拔？"

"嗯。"

术法时间有限，樱招没继续和他磨蹭，当下便冲他施了一道昏睡咒，留下一个替身傀儡在此幻化成太簇的模样，投入他的洞天中暂时顶上一晚上，以免让旁人瞧出破绽。她自己则将真正的太簇卷到了自己早已设置好法阵的小山洞中。

这是她近段时间的落脚处，洞口施过障眼法之后，除非有比她修为更高的魔族经过，不然绝无可能被发现。

樱招用缚魔锁将太簇捆得严严实实，足足加固了三道术法，才放心地往旁边石床上一坐，入定调息。魔域地界内天地灵气稀薄，她静心吐纳了一会儿，发现实在没什么效果，便睁开双眼打算就这么挨过一晚。

睡是不敢睡的，太簇虽很快束手就擒，但这不代表他没有反抗之法，她现在也就占了个不择手段的先机而已，等他缓过神来，不一定找不到逃脱之法，因此，她须得打起精神来盯紧他。

不承想，太簇比她更精神，他靠在石壁上，一双眼睛幽幽将她盯着，差点吓了她一跳。

樱招抬头看了看，压阵的剑还悬在他头顶持续散发着灵气以延长法阵的效用，他现在应当还未恢复，只是昏睡术失效了而已。

两个时辰，是昏睡术作用在他身上的时间，不算短。她临走时给他喂一把丹药，再佐以术法，应当能让他睡上一日。

此时此刻，太簇看起来倒是冷静异常，像是料定了她不会对他下杀手，因此看起来反而比她这个"歹徒"要更为气定。

靠在石壁上的模样没什么狼狈之感，只是脖子上被她划出的那道伤口仍在渗血，应当是她方才下手太重的缘故，所以血块无法凝结。他也不在意，任由血迹沾湿衣襟，眉头都未皱一下。

总之，是对他人狠，对自己更狠的性子。

樱招看着太簇，到底有些愧疚，于是从乾坤袋中掏出一瓶疗伤药。是在用疗伤术还是用疗伤药之间左右摇摆了片刻，樱招最后决定还是不要浪费自己灵力了，给他用好得相对慢一些的疗伤药。

她走到他身前蹲下，拔开瓶盖一边将药粉撒在他的伤处一边说道：“你盯着我看再久也没有用，这张脸不是我的本来面貌。”

为潜伏行踪，她给自己施了障眼法，形貌看起来是最普通不过的小魔族。

药粉作用在伤处有些刺痛，太簇这时才将目光移开，瞟了一眼悬在头顶的剑，问道：“你是剑修？”

这的确是没有办法隐藏的身份，樱招沉默着没说话。

“你们修真界，战力与我持平的人本就屈指可数，更何况你还是一名剑修，”他顿了顿，语气有些阴恻，“你是真觉得我找不到你？”

樱招将药瓶盖上，没把他的威胁当回事：“等我事成，你就算带着兵找上门来，也不是我的对手。”

作为岚光仙姑的关门弟子，樱招自小便是几位同门中最受宠的那一个。入门头几年，她被大师兄教导时，正经本事没学到几成，嘴上功夫却学到了家。与人比试时不管能不能打得过，须得在气势上先压倒对方，再不济，放几句狠话当烟幕弹，扰乱对方心境也好，整个就一混世魔王。

现下她还没把刑天剑取到手，就已经开始畅想刑天认她为主之后，自己在修真界横着走的情形了。一个魔域左使而已，今日是她的手下败将，今后也必定会是。

“那我倒真想知道，明日你究竟打算做些什么。”背在身后结印结了一半的手渐渐松开，太簇没再看她，直接往墙上一靠，摆出一副认命的模样。

今日他若是逃脱了，便不好玩了。

“明日你便知道了。”樱招又从乾坤袋中掏出几颗丹药，捏住他的下巴给他喂了进去。

指尖触到太簇嘴唇时，他像是受到了不小的冒犯，好不容易松快的眉头又拧成了一团。他全部的注意力都集中在她的手上，震惊之下竟忘了反抗，回过神来时丹药已经入喉。

残留在口中的味道有些熟悉，他一把抓住樱招的手腕，死死地盯住她：“薰华草？”

握住手腕的力道很大，樱招挣扎了一下，没挣开，她也就不费这个力气了，反正药力发作之后他就会陷入沉睡。

“是，”她老实交代，“朝生夕死的薰华草最适合筑造美梦，你吃了三颗筑梦丹，会做三个梦，梦醒之后，你就可以回你的洞府了。”

“呵，”太簇短促地笑了一声，嘴角浮现出一丝乖戾，“如此，我还得感谢你？”

樱招愣了愣，没和他客气：“你说得也对。”

简直是鸡同鸭讲。

太簇一脸阴森的神情头一次毫无用武之地，他觉得有些无力，但这兴许是薰华草的药力来得太猛的缘故。握在樱招腕上的手渐渐失了力气，陷入沉睡之前，他突然冷笑一声，低声道：“你以后，别落在我手里。”

如同呓语的威胁，听上去一点也不可怕。

樱招一手将太簇拂开，看着他躺倒在地，只觉得终于消停。正欲起身走开，想了想还是不放心，她又加固了几层昏睡咒，才退到安全距离。

天不亮，樱招便只身踏着晨雾回到了太簇的洞府。

昨日被支开的魔族战将早已悉数回府，许是他们根本没料到太簇会败，只当他已轻松将贼人解决，因此并未想过要入内查看一二，尽心将洞天外满地的狼藉修复成原样，便照常驻守在洞天之外。

樱招将放入洞天内的替身傀儡收回，自己则幻化成太簇的模样，踏上步辇，径直往演武场而去。

由于极少见到太阳，因此魔族喜好高广的建筑。巨石为基，大柱为梁，远远望去巍峨又壮观，还能最大限度地使光亮照入室中。用于战将选拔的演武场临着一汪浩浩洋洋的黑海，坐落在高高的悬崖之上，层层看台呈半圆形拥簇着宽阔的广场，的确有种气势磅礴之感。

魔族战将共分为金、雷、水、火四部，为斩苍亲掌。这位神秘的魔尊一年到头也就这么一次抛头露面的机会，故全城的魔族几乎都在往这边赶。

樱招到时，演武场外已是人流涌动，石阶上脚印杂沓，穿戴着护甲的魔族精兵们持刀仗剑伫立在殿外维持秩序。樱招靠着太簇这张脸，连过三道关卡，如入无人之境。

还未来得及感叹这张脸可真好用，她便远远看见一侍者朝她走近。

“左使大人。”侍者行了个礼，走在樱招前头为她引路。

樱招原以为自己会被接引到最高看台处，坐在主位旁边，挨着还未入场的魔尊，却没料到这侍者一路将她引到了擂台边缘。

她心中有些忐忑，但也明白此时若是出声询问恐怕会露馅，于是她只好学着太簇平日的神态，伫立在石阶下摆出一副矜贵又神秘的表情来。

看台上观众早已入座，吵吵嚷嚷的交谈声在演武场上空环绕。天气依旧阴沉，空气有些缭乱，酷烈的魔气钻进樱招的鼻腔，她抬头环视了一圈，才发现自己正被几万名魔族所包围。

强烈的压迫感冲刷着她的灵府，一阵冷风吹过来，高台旁的旗帜被刮得猎猎作响。樱招打了个激灵，突然觉得有些腿软。

即使她如今已是化神初期的修为，对面着几万魔族，也仍旧有些胆寒。现在也不知道究竟要她做些什么，要不……还是逃吧？

看台另一面就是海，海水看起来黑咕隆咚的，像是藏着什么魔物。她身上带着辟水的沙棠，跳进海里应当会比留在这里要好过。樱招还未研究清楚逃跑路线，看台上熙熙攘攘的魔族突然安静下来，空气中隐隐有股躁动。

一股异常强大的威压陡然出现在看台最高处，樱招攥紧微微发颤的手，抬眼朝威压传来的方向望去。隔得太远，她只能看到一道如玉树般挺拔的身影出现在那里，极高，比身边散发着肃杀之气的魔族战将们还要高出半个头。

虽然看不清长相，但一眼望去的确是非常耀目的存在，即使男子只身着一件低调的玄色大氅。风将天顶厚厚的积云推动，长空绽开一道豁口，天光落在看台之上。明明是个魔，看起来竟有如天神一般气宇轩昂。

周遭的魔族齐刷刷冲着高台开始行礼，对方漫不经心一抬手阻止了。

这般恣意妄为，是斩苍没有错了。

隔着百丈之遥，樱招收回视线。她如今顶的可是太簇的脸，即使对那个魔尊再好奇，眼神也得收着点。

看台之上，斩苍坐上主位之后，几近凝固的空气才开始渐渐活络起来。前来观看选拔的高等魔族有很多，元老院众，还有其余一些长老辈皆分坐在他左右。面前的条案上摆着珍馐百味、玉露琼浆，看起来一派奢靡。

半空中盘旋着上百只渡鸦，每一只渡鸦的双眼都安置着留影石，可以实时将比试的详情记录，并投放到观众席前的巨石上。

眼看着时辰已到，斩苍往场中瞥了一眼，随口问道："太簇呢？"

"左使大人已经在擂台旁边候着了。"身边一个侍者小声应道。

擂台旁边候着？斩苍这才正眼往那里瞧过去，却只看到一纤纤女子立于擂台旁。魔尊没什么表情的脸难得愣了一下，凛住神色没有说话。

离他最近的大祭司虚昴察觉到不对劲，唤来渡鸦对准站在底下的"太簇"一看，突然笑了："噢？那姑娘胆子倒是挺大，只可惜幻术没学到家。”

事实上，樱招的幻术是能唬住绝大多数魔族的，只是刚好这位大祭司是整个魔族幻术最强者，因此这种程度的障眼法在他眼里只能算是雕虫小技。他一开始没注意到她，是和斩苍一样，把她当作混进魔群的普通修士而已。

当今世道，魔族与人族之间的关系并未像以前一般剑拔弩张，魔族混迹中土、修士潜来魔域之事频频发生，只要不闹出大动静，大家都是睁一只眼闭一只眼。但若是有修士假扮成左使的模样出席选拔，便要另当别论了。

时辰已到，两个身披盔甲的魔族战将一齐朝着“太簇”推过去一张大弓。虚昴自觉不能这样放任下去，以免出什么岔子，于是他扭头问斩苍：“尊上，是不是该派兵将她拿下？”

渡鸦围着“太簇”不停地绕，连带着将她有些傻眼，却还强自镇定的神情照得纤毫毕现。

幻术之下的那张属于她的真实面孔未施脂粉，说不上有多美，但脸部轮廓明朗清晰，每块骨头都长得恰到好处。剔透的眼珠上两道浓密长眉舒展开来，眼睛格外的亮，眨眼时又透着股憨气。

“等等，”在“太簇”伸手握住那张大弓的瞬间，斩苍突然发话，“先看看她想做什么。”

虚昴静默了片刻，有些不敢置信地反反复复，仔仔细细看了看场中的女子，又将视线转回斩苍身上，却没瞧出什么不一般的情绪来，还是一副生人勿近的模样。

正好奇时，他对上斩苍扫过来的目光，那目光平静无波又像是含着冰碴儿。

虚昴心虚地笑笑，原本闲散靠在椅背上的身姿也不自觉坐直了些。

好家伙，这张弓也太沉了吧！这是要让她拉弓射箭的意思吗？可是要射向哪里呢？

樱招手劲算大，毕竟平日里舞刀弄剑习惯了，射箭于她来说虽然不难，但离百发百中还差很远。

刚把弓握起来，守在一旁的侍者便提醒道："左使大人，请吧。"

也没说清楚要她往哪里射，就指着擂台正中央要她上去。

樱招观察了一圈也没找到靶子，只好破罐子破摔地凑到那侍者耳边问道："靶心在哪里？"

"靶心在哪里？"

重复的问话回荡在演武场上空，樱招吓了一跳，这才反应过来自己应当是被面前这些飞来飞去的烦人渡鸦给收音了。这么大的演武场，修为低的魔族的确要借助渡鸦的眼睛才能看清楚场上战将们的一招一式。

期待着左使大人开场的魔族们瞬间安静下来，一脸震惊地看向擂台旁边的身影。

站在"太簇"面前的侍者亦张大了嘴，似乎没想到向来稳重可靠的左使竟在这个当口出了岔子。

好在坐在看台最高处的魔尊并没有表现出不悦，侍者定了定神，颤颤巍巍地指着空中高耸入云、亘贯南北看台、几乎将天割裂成半边的烛阴雕塑，尽职尽责地说道："请左使大人拉弓，将烛阴之口点燃。"

不……不会吧？

这么高！不借助灵气怎么徒手射上去啊？

樱招现在已经顾不上自己顶着太簇的脸了，游移不定的瞳孔微微发抖，她一脸为难地虚扶了一下额头，有些惨然地朝看台最高处看了一眼。坐在正中的男子虽然面孔模糊不清，但她仍旧可以感觉到，他的目光正与她相对。

正常情况下，他不是应当已经察觉到不对劲，然后怕引起骚动，私下叫人把她带到面前亲自审问吗？可是为什么，他还坐在那里一动也不动？！樱招的内心在咆哮，连带着表情也几近崩溃。

完了……

这个魔尊不是很厉害吗？怎么还没发现她是个冒牌货？！

金钟撞动，演武场上锣鼓振响，看台上的魔族们呼喊得热情。

气氛已经被烘托到了最高点，樱招犹如被架在火上，已经到了不得不上的程度。

丢脸就丢脸吧，反正丢的也是太簇的脸。

思及此，她沉下心来，提着那张大弓，一步一步登上擂台。

樱招总共射了三箭。第一箭，她没有动用任何灵力，只靠蛮力徒手将长弓给拉开，对准高悬在天际的烛阴之口，将燃烧着烈焰的箭羽射出。箭矢直直奔向穹顶，却在攀升过程中失了力道，于半空中奄奄一息地坠下。

看台上一片哗然，嘘声四起。

“没吃饭吗，左使大人？！”

“这么虚，昨晚上酒喝多了吧！”

“不行换右使大人来！”

“得了吧！右使大人一到休沐之日人就不见了，你什么时候见她做过分外之事？”

…………

该说魔族不愧是情绪特别外放的种族吗？即使是自己的左使大人在众目睽睽之下丢了丑，也是照骂不误。

只是这一代的魔尊性子太冷，因此坐在他身边的元老院众虽然皆是一脸看好戏的神情，却无人敢在此时说一句话，只能压抑着兴奋之情互相交换眼神。

此时已有大部分境界强盛的魔族意识到了场中之人并非太簇，而是某个胆大包天的修士。只是魔尊不发话，他们也只能耐着性子看看她究竟能翻出什么天。

一名须发全白的老者目光灼灼地盯着场中引弓射箭的女子，陷入了沉思。

被上万双眼睛一齐注视着的“太簇”不禁打了个激灵，悻悻地拿起了第二支箭。

别慌，别慌，小场面。

以前门派比试时也不是没被这么多双眼睛围观过，只是围观之人如今变成了魔族而已，没什么好怕的?

第二箭，樱招仍是没有射中，尽管她已经用上了全身力气，箭矢的攻势也足够猛，但这一箭却由于失了准头，只堪堪贴着烛阴的龙须擦过。

这一箭射偏，她倒是没有收获到比方才更大的嘘声。看台上的魔族此时像是转了性，面面相觑着以为自己给了左使太多的压力，导致他频频失手，因此一个个竟善解人意般地收了声，只憋在心里骂他孬。

今年的战将选拔开局这么不利，也不知是个什么兆头。

栖息在火堆旁的渡鸦聒噪地鸣叫了几声，突然被沉着脸走过来的“太簇”惊动，振翅飞向空中。火舌缭绕间，她重新抽出一根箭羽，指尖夹着箭柄从火堆上掠过。箭头上长燃不熄的鲛人油被点燃，照映在她的瞳孔中，变成两团小小的火苗。

被激起的好胜心令她立在高台上的姿态不再犹疑，她的眼神变了，变回了那个在面对困境时强大而镇静的修士。

搭箭将弓拉开时，她将灵力蓄满掌心，一脸挑衅地冲着离她最近的渡鸦弯了弯嘴角。看台最高处的魔尊脸色微不可察地沉了沉，从鼻孔里发出一声轻哼。

包裹着金光的箭羽势如破竹般直冲云霄，稳稳地钉进了烛阴之口。

第三箭，她终于射中。

烈焰从蛇头迅速蔓延到蛇尾，激荡的火焰将浓云密布的穹顶照亮，丝丝缕缕的火光在空中嬉戏游荡。太阳仿佛成了蛇形，演武场亮得如同置身于中土。

消散在箭尖的灵力化作点点星光，被焰火吞噬。看台上的魔族愣了一瞬，竟然看热闹不嫌事大地爆发出一阵热烈的欢呼声。

一雪前耻的感受太过美妙，樱招已经不想去探究这阵欢呼声当中有何深意，她有些飘飘然地将弓扔到一旁，冲着看台投去得意的一瞥。

刮过脸颊的风突然停驻下来，四周漫过来一阵令人窒息的恐怖威压。樱招不知道看台上最高处的那个魔是怎么出现在她面前的，她只知道等自己反应过来时，视线中就只能看到一袭绣着繁复花样的玄色氅衣。

视线再往上，是锋利的喉结与一张颠倒众生的脸，俊俏到无法形容。鸦羽一般的睫毛微敛着，垂眸看向她，神情冰冷，坠着颗唇珠的嘴上没有一丝笑容。

这般意外年轻好看的容色令樱招轻微晃了晃神，后撤的动作也随之慢了一瞬。

选择往崖边逃完全是樱招的本能反应，面对比自己强大太多的对手，她从不会恋战死磕，该逃便要逃。可她方瞬行到崖边，额头便直直撞上一具高大身躯。对方堵住她去路的动作太快，她被硬生生地撞到眼冒金星，几欲摔倒。

但她没能顺利倒地，因为堵在她面前的男子伸手掐住了她的后颈。

说是掐，其实用握住来形容比较合适。因为他没用什么力气，只是将大拇指与食指搭在她的后颈上。宽大的袖袍自她脸侧垂下，她突然闻到了一股好闻的木香。这似乎是他身上的魔气，与满场令人心生烦躁的魔气不一样，这股香味异常清新。

也异常可怕。

魔气化作威压霸道地将她覆盖，重压之下，樱招的动作变得十分迟缓，悬空的双脚极没有安全感地小幅度晃动。

颈部的皮肤迅速泛起一层鸡皮疙瘩，她战战兢兢地抬起眼皮看向将她摄住的年轻魔尊，他却对与她对视这件事兴趣不大，一副冰冷的面孔纹丝不动，视线与她交错了一瞬之后，又移向她的额头，而后，伸手在她的额上轻点了一下。

维持了许久的幻象冷不防被他破除，樱招的真容露出时，耳畔一直持续的欢呼声突然变作阵阵惊呼。

樱招匆匆扫了一眼看台，还未来得及拔剑，便发觉搭在自己后颈上的两指紧了紧，紧接着她的身躯被人毫不留情地甩开，她在空中连翻了两个跟头才不至于跌得太难看。

自步入化神期之后，除了在师父面前，樱招从未尝过这般被人碾压的败绩。她忘记了此时最紧要之事是保命，一时间胜负欲上头，才及地站稳，身形便一动，重新冲到斩苍身前。

魔域内灵气稀薄，不利于修士调动天地灵气。昨夜她与太簇对战时耗费了太多灵力，短时间还未恢复过来，如今用尽全力朝着斩苍挥剑也只换来他用单手格挡。

放置在演武场四周长燃不灭的炉火被一阵飓风掀翻，星火溅开铺了满地。驻守在台下的魔族战将被高台上突然碰撞在一起的威压推动，齐刷刷往场边退。

遮住双眼的烟雾散开时，一柄长剑呼啸着自高台之上飞出，猛然钉入地底。泥土之上的半截剑身犹在颤动，发出的嗡鸣声似有不甘。

而那名胆敢朝着魔尊出手的女修士再次跌落在地，手中已空无一物。

形势变化太快，坐在观众席的魔族一齐屏住呼吸，看着高台中央，大家渐渐安静下来，连大气也不敢出。

横在天际的烛阴雕塑似火云烧空，樱招低头看着自己已经脱力的右手，有些泄气，手指上套着的五枚戒指亦心有余悸般随着她颤动的手指发出轻响。

斩苍虽然出手毫不留情，但他没有对她下狠手，不然她不可能到此刻还安然无恙。

这般逆天的力量，也不怪中土修士把他描述得那般可怖。毕竟，输给未知怪物才没那么丢人。等她回到师门，估计也讲不出他几句好话，说不定也会像别的修士一般，把他描述成那种青面獠牙的恶鬼形貌才算解气。

视线中有一片绣着金线的玄色衣角在晃动，樱招不着痕迹地将右手蜷起，抬头看向斩苍。

“太簇呢？”他居高临下地垂眸，“你为何冒充他？”

声音竟然还挺好听，只可惜语气太过冷冰冰。

明明长着一副妖孽面容，一身做派却像个煞神，也难怪场内其余魔族此时都噤若寒蝉，就连满场乱飞的渡鸦也都乖乖停在了看台之上，将眼睛闭得死紧。

樱招在平复呼吸时心中已经连续转过了好几个念头，最后决定真的假的掺着说。

“太簇没事，太阳下山之前，他应当就会出现。”第一个问题她说的是实话，“冒充他是因为……我游历至此，听闻中土修士说现任魔尊是个形貌丑陋的怪物，故来……求证一二。”这话说得也不算太信口开河，毕竟修士当中的确有过此等传言，“今日一见，才知传闻实在荒谬至极，魔尊品相非凡，实乃天人之姿。”

千穿万穿马屁不穿，打不过就加入，也算是能屈能伸了。

现在她只希望场内没有其他冒充魔族的修士看到她这副㞞样，不然要是传出去，她可是无颜面对苍梧山上下了。

然而斩苍神情丝毫未变，似乎对修士们如何编派他这事根本不在乎。他瞥了她一眼，继续问道：“既如此，为何不冒充普通魔族，偏要选中太簇？”

“因为你身边也就左右二使和你亲近一点，右使不在城中，我也就只剩下左使这一个选择了。”樱招顿了顿，突然暧昧一笑，“再加上，左使他……长得好看，我和他之间……很愉快。”

话音刚落，她便瞧见斩苍的眉头轻轻皱起。

有效果！

樱招心中暗喜，干脆豁出脸面，撑起身子扯住他的袍角接着说道：“不过那是因为我没见到魔尊，我若是先见到魔尊——”

她话没说完，便感觉一阵木香袭来，手中的衣角一不留神没抓住，整个身子反倒被裹挟着香味的风给推远了几尺。

渡鸦的收音功能早已关闭，全场只有少数耳力惊人的魔族能听到这段对话的内容。而对于大部分魔族观众来说，他们看到的场景是那个冒充太簇的女修士，在被魔尊破除了幻象之后，竟然妄图在众目睽睽之下非礼魔尊！

多少女魔办不到的事情，竟然差点被一个女修士得逞了！

这花重金购入的入场券，也太值了吧！

那厢魔族们观赏了一出好戏，这厢樱招看到斩苍终于露出了一脸嫌弃的神情，自觉火候已经差不多，便安静地坐在原地没有再出声。

男人嘛，向来最讨厌水性杨花的女人，更何况还是她这般不自量力又水性杨花的女人。她连着跟在太簇身后埋伏了几天，边幅也没修，如今还因为接连逃窜不成而被撂倒在地，头发也乱糟糟的，怎么看都是一副狼狈相。接下来，只需要——

“一派胡言！”一名须发老者突然瞬行至她身前，冲着斩苍行了个礼，接着提议道，“尊上，我看这女娃实在是伶牙俐齿、诡计多端，不若用搜魂术来探明她的真实目的。”

搜魂术？！

樱招再次傻眼。

搜魂术这种术法残酷无比，他们做修士的，不到万不得已绝不会使用此类损人性命的术法。魔族如此不讲武德，若是让他们来对她施行搜魂术，那她岂不是要命绝于此？

这老头谁啊？他们魔尊都没说要搜她魂，他突然瞎掺和什么？

樱招突然捂住脸干号了几声，冲着斩苍哀戚道：“魔尊！我说的句句属实！你若不信，大可以把我留下，等到太簇回来你再问他！搜魂这等术法，我受不住的！”

她这一嗓子号得斩苍有些头疼，两道眉毛微不可察地皱起，像是再也不想让她占据视线，张嘴吩咐道：“把她先关起来，容后再审。”

两个魔族战将出现在樱招左右，也不知用了个什么做成的锁，将她双手并拢一扣，她便觉得腕骨被灼烧得厉害。她一边心里骂着魔族阴损玩意儿真多，一边感觉到自己被人架起胳膊着直往外拖。

那名老者亦没过多纠缠，只是一脸莫测地盯着她不说话。樱招被拖到一半，蓦地想起自己对这个结果似乎接受得太平静了些，便扭过头想着再留下几句纠缠不休的话，也显得逼真一点。

却没想到斩苍已经毫不留恋地回到了看台最高处，她连他的背影都未捕捉到。

演武场上锣鼓声再次响起，战将选拔正式开始。

位于樱招左侧的魔族战将伸手掰过她的脑袋，小声劝诫道："别挣扎了，姑娘，冒充左使大人可是重罪，我们魔尊没当场让人搜你魂，已经是对你网开一面了，你还是想想受审时该如何求饶吧！"

"是啊！"右边的魔族战将也开始碎碎念，"你当那修罗海真能跳啊？那片海可是怨灵栖息地，片羽莫能浮。若不是魔尊将你拦下，你早被海里的怨灵吃得尸骨无存了……"

"这么可怕的吗？"樱招很惊讶。

魔域这块地界，怎么处处都有危险？

"你既有胆冒充左使，怎么功课还没做全？"

"还是说，你根本没打算跳下去，不过是要些引起我们尊上注意的伎俩罢了？"

那两名魔族战将在樱招耳边你一言我一语地叨叨个没完，吵得她脑子发蒙。

这魔族人还真是健谈，见着个中土来的阶下囚都能聊几句。

脱离了斩苍的魔气覆盖范围，樱招渐渐恢复力气。演武场外面人头攒动，多的是进不去观看比试的魔族。但高手应当都在演武场内，从演武场到厌火魔宫大约需要半个时辰，她还有机会逃。

魔族的囚车是由四只巨型蛊雕押送，远远便能闻着一股浓重的血腥味。樱招被押送到囚车旁时，那几只蛊雕竟十分骇人地争相冲到她面前，尖利的鸟喙张开，发出犹如鬼泣般的婴儿啼哭声。

幸好坐在囚车上的魔族战将及时收住缰绳，不然樱招真害怕自己的脑袋会被最前面的那只蛊雕一口叼进嘴里去，毕竟蛊雕可是臭名昭著的食人凶兽。

“这修士是犯什么事了？”押车的魔族战将问道。

“别提了，冒充左使大人，冒犯魔尊，桩桩都是死罪。”位于樱招右边的魔族战将打开囚笼，捏着她的胳膊将她往里一塞，嘴里还不停地冲她发牢骚，“都怪你，瞎捣什么乱，害我们兄弟几个好好的选拔看不了，还得辛辛苦苦押送你回大牢。”

说得好像也有道理，这句话倒成功将樱招的怒气堵在了嗓子眼里，她坐在囚车中，望着那名魔族战将，突然真心实意地说道：“对不起。”

那名魔族战将愣了愣，又挠着头说道：“算了算了，我们额外出任务是有加班费的，大不了送完你再回来看吧。”

木制的牢门被他小心锁上，四头蛊雕扯着嗓子一路啼哭着往厌火魔宫飞去。

樱招的剑被留在了演武场，说不定断掉了，不过不重要，她还有很多柄剑。

坐在牢笼内，樱招将目光投向自己被束缚住的右手。那里戴着五枚戒指，由细细的银链连接起来，看起来像普通女子会穿戴的装饰品。

出发来魔域之前，师兄师姐们怕她瞎惹祸，丢了性命，防身的高阶法器给了一大堆。她今日手上戴的戒指，名为吞云戒，可以短暂地保存对手释放出来的力量。

平日里瞧着没什么用处，此时却刚好可以用来迷惑黑齿谷那几头赤炎兽。斩苍的魔气，在方才他抬手格挡她剑招的那一瞬，已经被她收集到了。

山崖边的巨大演武场渐渐模糊成很小的一团，三名魔族战将坐在囚车前小声闲聊。

“咔嗒。”

锁扣被解开的声音十分微弱，樱招低着头，悄悄动了动手腕，自袖中掏出一张符纸。

她在心里又重复了一遍——

对不住啦。

战将选拔一直持续到日落时分才结束。

太簇从梦中醒来时，人还有些发怔。散乱的思绪随着鸟雀鸣啼渐渐回笼，他定了定神，站起来在四周查看了一圈。

那个该死的女剑修，临走时把她自己的随身物品处理得干净，洞内除了她留下的几道已经失效的法阵，再无他物。

斜阳从好不容易散开的浓云中漫进洞口，斑斑驳驳地印上男子本就不算明媚的脸，他蹲下身子伸手摸了摸自己脚下的法阵，上面犹有一丝灵气残留。

一缕微弱的金光蹿上他的指尖，须臾便消散了个干净。太簇眯起双眼，用手背蹭了蹭自己颈上早已结痂的伤口，神情愈发沉郁。

天色已晚，他没有在此处久留，出了洞口便直奔厌火魔宫请罪。

蓄着一腔怒火来到议事殿中，斩苍正与几名属下商议今日战将选拔的排名。太簇也没说话，只闷头走上前去，撩起衣角跪在殿中，做出一副听候发落的模样。

魔族虽不似其他种族一般等级森严，但赏罚一向分明。堂堂魔域左使被修士偷袭，以至于缺席战将选拔这种事，的确是该见罪问责。

瞥见太簇跪在下首的身影，斩苍没有停顿，一直到将排名确定好，才一撩眼皮看向他，问道："怎么回事？"

"是我，技不如人，"太簇低着头，没做别的解释，只说道，"属下甘愿领罚。"

斩苍淡淡地扫了他一眼，没说话。

倒是火部将领在一旁唯恐天下不乱地插话道："你不是技不如人，你是轻敌。我可是听说你昨日把驻守在洞府前的战将全都支开，只身去迎敌。怎么样，你和那名女子，昨日真有那么愉快吗？"

樱招那句虚实难辨的话，已经在魔宫上上下下传了个遍，作为当事人之一的太簇早在踏进宫门时就已经被同僚们拉着问了一通。此时再次被问到，他脸上温文尔雅的面具终于挂不住，咬着牙回道：“愉快不愉快，你去试试不就——”

“左使，”原本沉默不语的斩苍突然开口将他打断，“下去领十鞭。”

他所说的“鞭”是裂魔鞭，魔族四军当中常用的刑罚之一，挥鞭时能引来天雷附在鞭上，一鞭下去，威力非同小可。

寻常魔族三鞭便足以丧命，以太簇的修为，撑过十鞭没有问题，就是施刑过后要休养一段时日而已。

这样的惩罚，也算是不偏不倚。

他们这位魔尊平日里亲自过问的事情不算多，政务问题皆交由属下一应处理，唯军纪方面严明得可怕，说一不二。

即使是与他私交甚深的左使，该罚时也丝毫不会手软。

“是。”太簇拱手认罚。

“你呢？”斩苍转而看向方才插话的火部将领，“你想和左使一起吗？”

此言一出，原本还打算多嘴几句的众将皆不作声了。被点名的火部将领亦老老实实地垂下头来，连声告饶：“不不不，尊上，属下知错了，属下这就告退。”

于是乌泱泱一群魔领罚的领罚，回府的回府，立时便退了个干净。

空旷的议事厅内只余大祭司虚昴还立在殿中未曾离开。

“大祭司还有何事？”斩苍利落地坐回主位，开口问道。

“尊上还记得前段时日陆续抓到的那几个擅闯魔宫的修士吗？”

“嗯。”斩苍自然记得，那几个修士，与今日冒充太簇的女修士一样，都是剑修。不过横竖没闯到他面前来，小打小闹之事他没在意，只吩咐下去将他们放了。

“因为城中修士突然增多，属下料想许是有大事发生，于昨日卜了一卦，方得知是有一柄神剑即将在魔域出世，所以得了消息的修士们都赶来了魔域。”

神剑，在魔域出世？

斩苍对此兴致缺缺，但还是很给面子地问道："出世地点可知？"

虚昴："黑齿谷。"

这个地名令斩苍的眼神产生了微妙的变化，他回忆起今日演武场上头发乱糟糟、眼睛却雪亮的那名女剑修。他耐着性子等着她射完三箭，盯着她看了那么久，已经将她的面容记了个牢固。

从来不近女色的魔尊生平从未如此良久地盯着一名女子看，导致他现在一闭上眼就是她那副不知死活、满口胡言的模样。

明明被掀翻在地，却仍旧尽力朝他拔剑，武器脱手之后又立马求饶，这一切反常的举动似乎都只是在引他出手。

他知她没半句真话，但他不在意，对搜她魂之事也不感兴趣。修士之魂，无非是寻大道、求长生，路途之中再添点风花雪月，无趣得很。若是她一不小心因搜魂丢了性命，在这大好的日子里未免太过晦气。

但联系起这柄在魔域出世，令所有修士趋之若鹜的神剑，难保她今日之举不是有备而来。

他沉默了一瞬，突然想起自己将她关起来之后，一直未曾提审。

"那个女修士，"他沉声吩咐道，"把她带上来，本尊要亲自审问。"

候在殿外的魔族战将随即领命，一路疾飞至刑狱大牢，在狱卒的带领之下找到关押樱招的牢房。

远远地，那魔族战将只觉得这女修士在牢房之内安静得过分，开了牢门，她仍旧缩在角落里，埋着头，一声不吭。一股不祥的预感浮上心头，魔族战将大步走上前去，握住她的胳膊正打算将她拉起来。

温热的触感却在须臾之间变作一截硬邦邦的木头。

再抬眼看过去，那女修士的身体竟直接化作了一个巴掌大的木雕人偶，人偶上贴着一张替身符。

出了魔宫，虚昴没急着回祭司殿，而是先去了一间清幽洞府。

清幽洞府设在高山之上，可以将整座都城景致尽收眼底，属于地丘一族。

厌火魔宫自筑造起已经换了五位魔尊，而地丘一族的洞府在此伫立了几千年，却从未改换过主人。每一任的家主都出自地丘一族，世袭继承。正如元老院的席位亦是世袭继承一样，只是早些年元老院还风光无比，现如今却形同虚设。

须发全白的老者正伫立在廊中逗他新养的罗罗鸟。

罗罗鸟以人为食，虽还是雏鸟形态，但因啖过人血，如今已是凶残无比，见着虚昴走过来，竟张开赤红鸟喙叫得厉害，振着翅膀似要将鸟笼撞歪。还是那名老者用小银勺敲了一下它的脑袋，它才安静下来。

“禹宗主。”虚昴冲老者拱了拱手。

此老者正是今日要对樱招进行搜魂之魔。他看了看虚昴，随意道：“修士之血，效用实在不错，才一碗而已，就已经将血性给喂出来了。只可惜，如今尊上不许我们随意残害人族，这修士的血肉竟显得珍贵了起来。”

想起家中那群不能放出去觅食，只能圈养在洞府中等着投喂的罗罗鸟，老者又是一阵唏嘘。

眼看着他又要开始追忆当年，虚昴赶紧打断道：“宗主，今时不同往日了，您还是放眼当下吧。”

“我知道你嫌我啰唆，但是，天反时为灾，地反物为妖，我们魔族，本就是吸食怨念而生的物种，食人血肉天经地义，岂可沦落到与人族相交？”禹宗主冷哼一声，“简直荒唐！”他自顾自地在矮几旁坐下，招呼虚昴坐在他身前，“我听说，今日在演武场上，那冒充左使的女修跑了？”

“是，押送中途就跑了，现下想必早已出了城门，若不出所料，应当是往黑齿谷方向去了。”

“黑齿谷……”禹宗主沉吟道，“尊上是何反应？”

“发了一封通缉令，现下全魔域的要道上应当都贴满了那名女修的画像。”虚昴说，“不过尊上仁慈，吩咐要活捉，他甚至都没降罪于押送她的那几名战将，单单就罚了我们左使大人。”

“左使嘛，本就是靠着裙带关系坐上的这个位子，今日又出了这么大的岔子，于情于理是该罚他，不然无法堵住悠悠众口。”禹宗主不咸不淡地回了一句。

虚昴回想起大殿之上，太簇挂不住面子与人差点起争执的模样，又联想起今日在演武场上，斩苍与那女修的种种，轻笑道：“尊上似乎对那女修有所不同，说不定之后会发生我们意想不到的事。”

“静观其变吧，都忍了这么久了。”禹宗主给虚昴倒了杯茶，“不管如何，我们尊上可是为了那名修士，在众目睽睽之下半分薄面都未给老夫，现下又要求活捉。哼，那女修阴险狡诈得很，若是能让那狂妄小儿从此识得情爱的滋味，那也不失为……美事一桩。”

仙门之人，可是够他喝一壶了。

出了城门之后，樱招便一路朝着黑齿谷的方向急行，一刻也没耽搁。匆忙之下造出来的替身，效力有限，她也没指望能瞒多久。

果然，魔族反应还算快，察觉到她出逃的当天夜里，通缉的告示就已经贴满了全魔域。许是为了左使的名声，通缉原因没说明，只说此修士犯了重罪，魔尊要求活捉，悬赏万金。

彼时她正隐藏了容貌，化作普通魔族的模样路过一处城镇。天上下起了黑雨，她不方便使用灵力撑开结界继续前行，以免引起魔族的注意，便只能暂时在客栈落脚一晚。

才走到店门口，樱招就看到了自己的通缉令，一边一张就贴在店门口最醒目的位置，画的是她原本的相貌。不得不说，画工非常好，简直将她在演武场上蓬头垢面的狼狈样一比一还原。

画师是个人才。

咬着牙走进店里，樱招又退回来几步，重新看了几眼。仔细看，这幅画其实还是挺好看的，连她脸上的骨头走势与有些呆愣的眼神都画得神韵十足。

樱招在心里暗暗决定，若是从黑齿谷出来之后还有机会去魔都，她一定要去打听打听这位画师姓甚名谁，供职于何处，然后请他再好好为自己画几幅好看的、漂亮的、光彩照人的画像。

“这修士长得好眼熟，我应当在哪里见过！”她欲盖弥彰冲着门口的店小二说了一句，然后将告示撕下来，卷了卷，收进怀里，“万金欸！办好住店我就去报官。”

魔族户籍制度完备，住店或是通关都需要身份符牌。她拿着伪造的身份符牌办理入住，店小二反复核对之后，才给了她一间上房。

去往黑齿谷的关卡更是盘查得十分严苛，每个关卡都有星宿象以上的魔族战将驻守。樱招的易容幻术原本是可以瞒过大多数魔族的，但那祭司殿竟连夜赶制出一种药水，分发给守关的将领。

药水涂抹于眼睛上，能识破她的幻术，看见她的真实面容。

在魔尊头上拔毛，得到的便是这种赶尽杀绝的下场，虽然告示上说是要捉活的，谁知道捉到以后，她会遭受些什么非人的折磨？

樱招听说那左使太簇因为败给她一事，被罚了整整十鞭裂魔鞭。这可怕的魔尊，对亲近之人尚且这般不留情面，更何况是她这种擅闯演武场，令魔族蒙羞的“逃犯”。

幸好混迹在魔域的修士众多，苍梧山在这边亦设有秘密据点，联系上师门中人时，那些同门都对她深表同情。

他们说，她在演武场上冒充左使一事，已经在修士圈传开了，一道传开的是她对那魔尊滔滔不绝的敬仰之情。他们说，他们在魔域待了这么多年，这魔尊斩苍极少与中土人士过不去，被他下令全魔域通缉的，樱招也是独一份。他们还问，她是不是夺走了魔尊的贞操，所以他要抓她回去当魔后……

简直是越扯越离谱。

她只不过是偷了他一点点魔气而已，竟然搞出这么大阵仗，看来那黑齿谷真的是他的命门所在。

太阳被黑压压的云层藏起来，面前横路的山峦地不生草，形势凹凸。明明不是冬季，万物却已凋零。锯齿状的峰顶尖利地刺向天空，风一吹似有妖鬼在幽泣。

这下是真的不对劲。

空气中有什么东西在疾速逼近，直奔樱招的后背。她目光一凛，以流星般的速度朝着旁边纵身，还未落地，便看到自己方才踩过的地方被一道银枪炸开一个大坑。

“还没完呢。”

一道漫不经心的女声在樱招耳边响起，淡淡的，甚至带着股笑意，却如勾魂的野鬼一般令人生寒。

樱招暗道一声不妙，直接在空中瞬行闪避，却迎面撞上一片枯叶。枯叶在瞬间炸开，造成的冲击波将樱招格挡在身前的剑炸成两段，两股威压在空中交汇，樱招踩着断剑，还未稳住身形，眼前又飘来几片枯叶。

枯叶接二连三地炸开，齑粉化作一道一道黑线，如同叶片的脉络一般，交织成一个布满威压的牢笼，眼看就要将樱招罩住。

不承想，那已经逃亡了多日的女剑修竟还有反抗之力，只见她猛然落在地面，双手飞速结印，接着一柄闪着金光的剑自她掌心生出，仔细看便会发现，那剑根本没有实体，全然是灵气所化。

灵剑铮然飞向那个空中牢笼，却在快要撞上之时倏地一闪，分化为千百条灵蛇攀附其上，张嘴啃噬魔气。不消片刻，那座黑色的牢笼便已被啃了个精光。

“啧，挺厉害啊，不能调动天地灵气的情况下还能做到这种地步，难怪能把太簇给击败。”

出现在樱招面前的身影十分高挑，身形纤瘦有力，眉眼浓烈而艳丽，是个极其具有攻击性的大美人。她的境界应当在幽夜象后期，符合这一特征的……难不成是……

“右使临则？”樱招一脸防备地问道。

“噢？”临则一挑眉，“被你猜中了。”

“不才，来之前做过一番功课，大致的人还是能对上的。”樱招老实道，“而且，击败你们左使那件事，本就是我偷袭，胜之不武，光明正大地比试，我不一定能赢过他。”

这下临则听出味来了，她哼笑一声，问道：“你的意思是说，方才是我偷袭你，而你现在因为在魔域地界内被压制得厉害，无法将力量调动到最强，所以，我跟你比也是胜之不武，对吗？”

樱招点点头：“你能这样通情达理，那就最好了。”

临则又笑了，说实话笑得真好看，樱招一时间没移开眼。

这位被称作“女武魔”的魔族右使说道：“事情是这样的，本来呢，追捕你这件事，不需要我出马，但你运气不太好，刚好撞上了我路过此地。我休沐的假期为半月，现下已逾期三日未归，我想着若是能把你抓回去邀功，尊上必定会感念我的功劳，继而按功论赏，既往不咎。”

眼看着樱招脸色越来越差，她又安慰道：“这样吧，你既然觉得我胜之不武，那我便不使用魔气，纯靠武力，这样总公平了吧？”

扎进地面的那杆银枪被临则轻巧抽出，收进气海。她的神色实在淡定，在猎猎风中看起来嚣张至极，显然对自己的实力极为自信。

这样做正中樱招下怀。她来魔域这么久，的确灵力已然不足，强行与她拼下去讨不了好，不过纯靠武力或许还能有一丝胜算。

“那么，赐教吧。”樱招冷静下来，起手面向临则。

对方眼中闪过一丝欣赏，但她并未多说，极快地攻过来，猛地朝樱招击出三十六掌。常年在战场上练就的功法几乎是拳拳到肉，杀气腾腾得令樱招产生了一股自己要被一拳击碎的错觉。

樱招被逼得连连后退，在地上翻滚了几圈，借助身后一块凸起的巨石腾空而起，从高处俯冲而下，才抓住反击的机会，对着临则连续踢出数腿，而后又迅速闪避，换了方位继续进攻。她的身法极快，一旦稳住身形便快如鬼魅，倒是临则，看着她的一招一式，似乎变得有些恍惚。

在樱招再一次攻过来时，她竟没有格挡，而是突然问道：“你是苍梧山什么人？”

樱招的拳头在临则鼻尖处骤然停下，一丝惊讶攀上她的眉眼，但她很快矢口否认："谁说我来自苍梧山了？我就是一无门无派的散修，跟中土叫得出名字的那些门派无任何关系。"

开什么玩笑，若是让这些魔族知道她师从何处，姓甚名谁，万一累及师门，她可就万死都难辞其咎了。

"看来我要问得更清楚一点。"临则没被她糊弄过去，她盯住樱招的眼睛，直直地问道，"参柳是你什么人？"

这下樱招彻底愣住。她确信，这位魔族右使并没有在诈她，而是真的认识大师兄。因为自己刚刚所使出的一连套招式，全是参柳所教。

可临则为何会这般熟悉？难不成大师兄来魔域历练那几年，恰好结识了这位右使？只是不知道这俩究竟是有私还是有仇。

樱招在心里盘算着要不要干脆将参柳卖掉，临则观她神色，又开口道："据我所知，参柳有两个师妹，一个精通幻术，一个精通剑术。而你又恰好精通剑术，所以你的名字是——"

"樱招。"老底都要被揭穿了，樱招只好老实承认。

"樱招……"临则将这个名字放在舌尖咀嚼了片刻，浓密的睫羽敛住情绪，再开口，竟说道，"你走吧，我今日没见过你，你也没见过我，听明白了吗？不要跟任何人说你见过我，包括参柳。"

"真……真的吗？"樱招被她弄得一头雾水，一时之间没敢相信她能这样轻易将自己给放了，她踌躇片刻，问道，"你和我大师兄——"

"没什么关系。"临则懒洋洋地摆摆手将她打断，语带催促，"你再不走，我就要改主意了。"

"我走我走！"樱招忙不迭点头，郑重地冲她一抱拳，"多谢。"

敢只身擅闯演武场的女修士似乎根本不知道自己会面临什么，转过身直面黑齿谷的方向，正欲抬脚，临则却再次出声叫住她："我听说，黑齿谷外聚集了不少修士，是那里面有什么值得你们争抢的东西吗？"

"嗯，是有一柄剑要出世。"樱招说。

临则皱了皱眉头，善意提醒："你可知，那块虚无之地并未派兵驻守，却为何无任何魔族敢踏足？"

"大约是里面有更为可怕的东西吧，"樱招心里明白，"但是福是祸，总得试试才知道。"

话说到这里，临则亦明白，自己无法阻止她。她静默着退开一步，颔首道："就此别过吧，祝你有命出来。"

荒山之上起了风沙，临则走得干脆，身形闪了几下便隐没在远处，倒是樱招伫立在原地，看着她的背影沉默了许久才往黑齿谷方向而去。

第拾贰章 被困阵中

为什么要把名字告诉他？
他一点都不想了解她。

不得不说，盛着斩苍魔气的吞云戒确实有用。

黑齿谷外众修士这些时日依旧没有寻得兵不血刃而入内的法子，捏碎了无数只传送符，却无一不被谷口的禁制给挡了回来。

谷外依旧没有任何魔族战将在驻守，樱招散开神识，也并未察觉到附近有魔族高手在逼近。她戴着戒指，趁着远远潜伏在谷外的修士们不注意，贴了一道隐身符在身上便闪进了谷口。

那四头赤炎兽生得极其耳聪目明，周身缭绕着三昧真火，淬炼出的火毒凡人触之即死。性格亦十分暴躁，一点动静都能引得他们张嘴呼啸、炽焰飞腾。经年累月下来，谷口被烧得一片熏黑。

不过樱招身上穿的里衣是水火不侵的仙门至宝，只要皮肤不沾上火，便没什么大问题。

进入谷口时，这几头凶兽刚喷了一通火，四周的山壁热得发烫。谷中回荡着四道重重的呼吸声，夹杂着凶兽噼啪的甩尾声，红彤彤的火光明明灭灭，威慑力十足。

抱着不成功便成仁的决心握紧佩剑，樱招静悄悄地行至第一头赤炎兽身前。

那头凶兽顿时竖起耳朵，将头甩了甩，反应十分机敏。

头上火焰差点甩到樱招身上，但是片刻之后，又像是感应到了什么气息，变得无比安静乖巧，甚至懒洋洋地眯起了双眼，往前拱了拱脑袋，好似在寻求爱抚。

可樱招不是它的主人，也没胆去触碰它头上之火，只能屏住呼吸迅速后退。

幸好那头赤炎兽性子十分傲娇，见得不到爱抚，也不纠缠，威风凛凛地甩了甩尾巴就在原地趴伏下来，将自己脑袋在前腿上蹭了蹭。

为避免其余几头赤炎兽有样学样，樱招踮起脚尖迅速自它们面前瞬行而过。眼看着峡谷中令人胆寒的火光被她越抛越远，她才终于慢下脚步。

鞋底沾上了不少焦黑印记，在许久未有人踏足的山道上留下了一串明显的脚印，她的额头上也被山壁过高的温度炙烤出了一层薄汗。

她给自己施了一道除尘咒，将焦黑的鞋底洗干净，便继续往里走。

被黑暗包裹的山道只有一颗小小的凝光球上下飘浮，在狭长的空间内辟出一道光源，片刻之后又被伸手不见五指的暗黑侵蚀。坚硬的岩道上坠着一颗又一颗碎石子，被鞋底碾过时发出尖锐的回响。

沉稳的心跳随着看不到尽头的山道渐渐散乱，樱招往身后看了看，蓦地感到一丝紧张。

凝滞的空气突然开始流动，风声呼啸间，有什么物体正在逼近。她皱了皱鼻子，闻到了一丝熟悉的魔气。

带着清新木香的魔气。

是斩苍！

他怎会亲自过来？！

这谷中究竟有什么东西值得他这般重视？还是说……那道通缉令并不是因为恼怒她冒充了魔族重臣，而是他已经发现她暗自收集了他的魔气？

一连串的疑问在樱招脑海中闪过，寻不到答案，也无处可逃。恰好眼角瞥见岩壁上有一处凹陷便于躲藏，她当机立断掐灭凝光球，一矮身便钻了进去。

化不开的黑暗重新漫过来，樱招抽出一沓隐身符胡乱往身上一贴，缩住身子捂住口鼻，憋着气不安地等待着斩苍经过。

看不见她看不见她……

心中如此默念着，狭长山洞里的魔气果然在顷刻间便奔涌而过，未有丝毫停留。

太好了！他没注意到她！

她沉沉地吐出一口气，还未来得及平复呼吸，胳膊肘突然被一只大手握紧。

怎么会？！

脖子上汗毛直竖，一声惊呼从她喉头滚出，接着一股大力拉着她往外直拽。后腰处贴过来一只手将她托住，她整个身子竟这样硬生生被人抄出了岩洞。

踉踉跄跄地及地站稳，樱招抬起头，还未完全适应黑暗的眼睛只能看到一道高大的暗影抵在她身前。

原本就凌厉的气息在幽闭的空间内更是像淬了毒一般危险，修士的本能令她的脑子嗡嗡作响，知道不能就此束手就擒，不然被绞杀在此，师门都没法替她收尸。

未被擒住的那只手蓄起灵力唤出飞刃，尖锐的剑气附着在无形无质的飞刃之上，瞬间化作道道金光，自男子身后腾起，没有丝毫停留，飞刃争先恐后地朝着他的后背刺过来。

却在逼近他的瞬间，被一道看不见的魔气阻绝，再也不能前进一寸。

堵在她身前的魔尊只抬了一下手，悬浮在半空中的金色飞刃便打着旋钉入了坚硬的岩壁中。

那些闪着金光的细密飞刃将狭小的空间照亮，一张背着光的脸朦胧地在樱招眼前浮现。他没有如同战将选拔当日那样束起玉冠，而是将黑发束在脑后，深邃而立体的面容在光影的切割下有种雕刻般的美感。

虽说大难临头还要欣赏敌手的皮相实在是不该，但此时此刻似乎也是没有办法的事情。她的手腕被越捉越紧，即使灵气在周围流动得再不甘心，最佳进攻时机一旦错过，也只有任人宰割的份。

她现在就在等着被斩苍宰割。

斩苍冰冷的眼神像刀刃滑过她的脸，又滑向她的脖子，像是要穿透她的身体。珍稀的清新木香被挤压在二人周围，霸道地往樱招鼻孔里钻。可是她的后背正抵在岩壁上，已是退无可退。

脚踩在石子上发出微微战栗的声响，樱招看到他突然将手腕一翻，接连将贴在她身上的几道隐身符摘下。

他的眼神终于在她脸上聚焦。

属于女子细嫩的脖颈上立着名为恐惧的寒毛，眼前的人明显呼吸都乱了，却还强自镇定着与他对视。

“本尊还当你胆子有多大，原来你也会害怕？”

迎头一道问话砸得樱招有些蒙。

怎么？他没打算杀她吗？还有，根据他的眼神来看，难道他根本没看见她？那他怎么会知道她躲在那里？

惯会顺杆爬的性格令樱招迅速回神，反咬一口：“你你你一见面就对我又拖又拽，这里也没旁人，我害怕死在你手上不是很正常吗？”

可惜就是她这双眼睛不太争气，挤不出半滴眼泪，不然配上岩壁上幽幽闪动的光源，倒也能扮出几分楚楚可怜的意味来。

或许装可怜根本就没用，总之，斩苍丝毫没理会她这番假惺惺的控诉，见她另一只未被钳制住的手又要伺机挣扎，他直接将她的两只手腕一并扣住，越过她的头顶摁到岩壁上。

他的目光在她戴着吞云戒的右手上转了一圈，又落到她脸上：“你既选择了引我出手，就得承担后果。你令我魔界左使当众蒙羞的账，本尊暂且不和你算，但这魔气，却不能任由你带走。”

一边说着，他一边伸手去摘她的戒指。

樱招想着自己横竖是进不去这黑齿谷了，出去若是丢了这戒指，依旧是死路一条。情急之下找不到任何办法，她只好将五指攥得死紧，说道：“我凭本事拿到的魔气，你就这样带走，未免也太没风度了吧？”

斩苍才不管她说的“风度”是什么，他直接将扣在她腕上的手指往上滑，大拇指摁在她的掌心迫使她将五指张开，然后耐着性子一根一根地对付她指上的戒指。

那吞云戒是仙门至宝，一旦套上手指便没那么容易摘下。花样繁复的戒身之间还坠着一根一根的小银链将其连接，设计不可谓不精巧。

他的手指不知不觉地与她的交缠在一起，指缝贴近指缝。只是斩苍到底背着光，沉沉黑影罩在她手上，让他有些看不真切。他不自觉俯下身凑近，臂膀几乎要将樱招整个人盖住。

而一心与斩苍较劲的樱招仍在不停地挣扎，手指毫无章法地抠刮着他的掌心，被摁在头顶也不安分。面前的男子无意识贴过来的身躯热烘烘地蹭上她的脑袋，名贵而柔软的衣料将她的脸烫到发红。

“别动。”他此时还有足够的耐心，声音亦放得很轻。

温热的吐息喷洒在樱招的手指上，她在这一瞬间不仅觉得屈辱，还平添了一丝惊惶。

脑袋整个被他的气息所包围，气血翻涌到连心跳都开始紊乱。

好糟糕。

樱招仰起脖子在他胸前拱了拱，趁他不注意，想抬腿踢他一脚，他却直接将双腿并拢，将她的腿夹住。

这下她彻底被他的四肢囚住，只剩下手指还在负隅顽抗。

斩苍被她刮得掌心发痒，不自觉瞥了她一眼，又飞快地移开，专心致志地盯住她的手，不再分神。

“别动了，”他沉声道，“不然把你的手砍了。”

这个该死的魔！

樱招恨恨地瞪了他一眼，才松开手指乖乖合作，但一张嘴仍旧不饶人：“男女授受不亲，你看你现在像什么样子！快点摘完放开我！”

原本心无杂念的魔尊这才发现自己已经快要把她挤进墙里去了。

他不自觉退开一步，将她的双腿放开，手劲却没有松。

被钉在岩壁上的飞刃还残留着樱招的灵力，发出的光芒萦绕在戒指上，又被戒面切割成细小的碎块，而一直被自己捏在掌心的修士之手，其实很好看。细白而有肉感，虽然掌心惯常用剑的地方遍布着厚茧，但握在手里依旧柔软。

这是他生平从未触碰过的，女子之手。

斩苍蓄起魔气快速将她指上的五枚戒指尽数纳进掌中，随后才将她的手腕松开。似乎连他自己也被方才的暧昧姿势所惊到，因此他冷着一张脸没说话。

倒是樱招骤然被松开，有些莫名其妙。她放下被强行举高的手臂，一边观察着斩苍的脸色，一边盘算着该说些什么话才能让他带她出去。

她不是初入江湖历练的新手，但入世修行途中也算是见过不少花花太岁、浪子丧门。

这位浑身散发着生人勿近气息的魔尊看起来虽然很凶，但的确是没什么心眼的样子，或许是由于他太过强大，因此无须看任何人的脸色行事。

要不，还是与他好生商量一下？

正苦恼着，脚下的地面突然开始震动。樱招飞速往两边看了一眼，只觉得山道似乎活了过来。

她抓紧身后的岩壁支撑住身体，急急问道：“怎么回事？”

斩苍也没料到现在的境况，他扭头往山道扫视了一圈，才答道：“法阵开始转动了。”

“什么法阵？”

他这下没有回她。

山道摇晃得厉害，斩苍却看起来没怎么受影响，一脸淡定，不见半分焦急。

樱招背后原本坚硬的岩壁产生了松动，死死扣住岩壁的手不知怎的，竟抓到一捧黄沙。沙砾从指缝中漏下，她下意识地回头看了一眼，双目捕捉到一丝天光。

黑齿谷与她的距离如今仅剩一道摇摇欲坠的墙体！

眼前的魔尊正在不紧不慢地结印，试图将法阵恢复到原来的模样，四周正在融化的山壁也开始缓缓愈合。

樱招却不动声色地催动灵气，积于双掌。

饶是斩苍实在是气定神闲，他的布阵速度依旧快到惊人，不过须臾便已经将移位的法阵修复好。他低头看了看几尺之外被晃得几乎支撑不住身子的女修士，正打算大发慈悲地扶她一把，她身后半沙化状的岩壁却轰然倒塌。

随着一阵刺目光线，那个阴险狡诈的女修士竟然从体内唤出一把长剑，一跃而上。

谷中猛烈的狂风将她的长发掀起，她回过头，与他目光相接："抱歉了，魔尊，我今日一定要入谷。"

飞扬的沙尘灌入山洞，斩苍只遮了遮眼，她便消失了。

若是给樱招一次重来的机会，问她是选择落在那魔尊手中，还是一意孤行跳进黑齿谷，她一定会选择跟着斩苍走。

管他是人是魔，是要将她剐下一层皮还是安稳放生，至少比现在的处境要好。

此时樱招正面对着一片废土。

天色阴沉，四周尽是嶙峋怪石、荒台古树，而她已经在这里被困三日了。

自以为很潇洒地跟那魔尊道了别，御着剑随着狂风一道扎进了谷中时，樱招还曾庆幸过法阵在她腾空的那瞬间便发生了转换，那魔尊想追也追不上她。

可正如临则所提醒的那样，魔域虚无之地之所以可怕，是因为进入之后不知道会面对些什么。

这黑齿谷，在虚无之地的基础之上还被布下了强力法阵，整座深谷每隔三个时辰便会转换一次极端天气，从冰封万里、海啸滔天、大地龟裂到熔岩崩塌，一日十二个时辰，四种地狱模式轮流上演。

难怪黑齿谷除了四头难缠的赤炎兽，并未派任何魔族战将过来驻守。有这么一个法阵铺设在谷中，纵使大罗金仙来此，恐怕也无法全身而退。

更何况樱招现在只是区区化神。

在这个法阵世界中，后羿还未将另外九个太阳射下，十个金乌齐刷刷挂在天上烤时，地面会大旱。烤足三个时辰之后，法阵便会转换为熔岩喷涌模式。太阳落山，世界进入夜晚时，又会像陷入极夜一般迅速冰封万里。更令人瞠目结舌的是，那十个金乌还会沐浴，每当它们落到海里洗澡时，便会引发海啸。

这一切细节，几乎都与扶桑树的传说吻合。相传，在黑齿北，有一棵连接三界的扶桑树，此树大到可供十个太阳栖息。每当太阳在海中沐浴完之后，都会悬挂在树上休息。

也不知道究竟是谁，根据扶桑树的传说设置了这么一道法阵。

按理来说，阵眼应当就是那棵扶桑树才对，可是樱招在这里盘桓了三日，只见到几棵根都快化成灰的歪脖子树，更别说找出阵眼了。

第三日快结束了，现在这里正处在干旱模式。

太阳落山时，天色虽慢慢黑下来，温度却丝毫未减。

樱招强撑着结界，躲在巨石的影子里，将头脸包裹得严实。

她一时后悔没和大师兄多学学法阵，一时后悔没赖着斩苍不放。想着想着突然很想哭，但天气太热了，她身上的水分都被蒸发了个干净，即使悲伤害怕到了极点，她也没办法流出眼泪来。

黄沙漫天，劲风刮脸，她掏出所剩无几的法器，一边伤心，一边苦恼着法阵转换之后该怎么活下来。

一炷香时辰过后，便会天崩地裂，熔岩喷涌。

这一日，她大概要交代在这里了。

只可惜没机会回去给师父尽孝了，欠师兄师姐的银钱法宝，也只能这么一笔勾销了。还有那因为她而受罚的左使太簇，她本来想着自己出去之后还是给人好好赔个不是，然后再去跟右使临则道个谢，顺道再去寻一下那给她作画的画师，带几幅画回中土……

这些都实现不了了。

这样想想，好像也不是太凄惨，顶多是有些遗憾。

还有死状难看了些，被熔岩吞噬，尸骨都没有。

一阵寒烟吹过，四周温度好似降下来一点。

樱招顿时站直了身子四处张望，猎猎劲风刮在脸上生疼，她伸手捂住面孔，从张开的指缝中捕捉到一个修长高大的身影。

斩苍？

是斩苍！

来不及思考这个身影究竟是真实还是幻觉，她拔腿便追了过去。

那魔尊却蓦地停下脚步，她一时不察，鼻尖直撞上他的背脊。

好疼。

但这种疼是真实的，她唯一的救命稻草真的出现在了她眼前！

说起来很没出息，但此时此刻她是真的要哭了。

樱招站在原地抬头看向一袭黑衣、比她高了一个头不止的斩苍，还未来得及说话，便听见他回过身冷冷道："别跟着我。"

樱照："……"

她发誓绝不是因为他看起来态度太差而噎得她说不出话来，而是她嗓子实在太干了，一张口嘴皮还开裂。

她轻声"嗞"了一下，用手背蹭了蹭嘴皮，才发现嘴唇出血了。

手背上的一点红色血渍，有些刺目，旁边还沾着不少细沙。

原本冷着一张脸的魔尊脸色更差，声音却不自觉缓和了些许："你不是很能耐吗？非要一头扎进来，现如今找不出生门——"

还把自己弄成这副样子……

可这番话落到樱招耳中却成了冷嘲热讽。

她将身上最后一颗储水丹药含进嘴中，润了润喉，自觉嗓子勉强可以发声了，才苦着脸开口："你当我想跟着你吗？要不是这鬼地方，我守了三天也只看到你一个活物，再加上我人生地不熟，我才不跟着你……"

只可惜她一张嘴就吃进去一口黄沙，絮叨到后面她也觉得没劲，就自觉住了口。

身体似乎已经撑到了极限，视线也渐渐模糊。斩苍那张好看的臭脸，她已经看不清了，耳朵听不见他半分回应，她备感后悔。

逞什么口舌之快？她就应当厚着脸皮赖上他，多说些好话。现下似乎把他得罪了个彻底，也不知道他究竟肯不肯救她。

“斩苍。”

她试着放软声音，朝着他走近一步，双脚却比声音更软。膝盖一个没支撑住，下意识就往前扑了过去。

做好了摔个狗吃屎的打算，双肩却被斩苍稳稳地扶住。扶住之后他似乎感到有些别扭，伸着手就这么架着她，没让她继续靠近。

樱招不敢赌他究竟有几分心软，她本来就不了解魔族，更别说去猜测斩苍这个魔尊的心思。

未避免他好事做到一半便嫌麻烦将她扔下，在失去意识之前，她暗自催动灵力，给自己和面前的魔尊下了一道结冤咒。看见咒语化作一道金色的光绳倏地将二人的手腕缠至一处，她才放心地晕过去。

好渴。

身体已经缺水到了快要化成沙子的程度。

樱招张了张嘴，只觉得嗓子眼都要裂开了，声音也发不出来。下巴好像被人给捏开喂进来什么东西，清清凉凉的，原本干渴发痛的喉咙被渐渐浸润。

她睁不开眼睛，只觉得有一道温热覆于额头，接着一阵魔气被灌进来。清新木香顺着她的眉心游走至全身，备受折磨的身子像是沉浸在柔软的水中，被粼粼细波温柔舔舐。

困倦重新将她席卷，她闭着眼睛将脸埋进一团云雾般柔软的布料中，陷入了沉睡。

疏帘风动，樱招醒过来时，身体已经恢复大半。

樱招蜷了蜷手指，翻了个身，忽觉脸上蹭到一片温热，虽然触感有些硬，但还挺舒服的，她又接连蹭了几下才睁开眼。

映入眼帘的是两幅素色床帐，也就是说，她现在正安安稳稳地躺在床榻之上。

以及被好闻的清新木香所包围。

意识到些许不对劲的樱招“噌”的一下抬起头，才看到斩苍正坐在她身旁，靠着床柱好整以暇地回望她。

“醒了？”

天已经黑了，月亮藏在云后面，屋子里只有几个明珠柔柔地照着。樱招看不清他的表情，只本能地觉得他语气不太友善。

心中顿时觉得有些不妙，她撑起身子坐起来，小声问道：“我……怎么会……你怎么和我在一张榻上？”

“那是因为……”脾气实在不算好的魔尊顿了顿，终于忍无可忍地将她的手腕牵起，指着二人腕上那道金色的光绳说道，“你在昏迷之前给我下了结冤咒！”

这修士的术法他解不开！

准确地说，是没有办法在不伤害她的前提下解开。

魔是擅长破坏的物种，面对修士创造的奇形怪状的咒术，最直接的应对之法是破坏与毁灭，没那么多耐心去研究解咒之法。

一个结冤咒而已，砍掉这个女修的手即可脱身。

然而斩苍实在是对她胆大包天的做法感到震惊，在她昏过去的那瞬间竟有些手足无措，直到将她抱进洞府安置好，施完疗伤术，等待着她醒过来解咒的空当，才记起来最直接的脱身之法是将她的手砍断。

而不是像这样不得已与她被困在同一张床榻之上。

反正他也曾这般警告过她，是她自己把魔尊之话当作戏言，找死罢了。

袖袍突然被什么压住，斩苍低下头，看见那个脆弱不堪的女修士呼吸已经渐渐平稳，原本紧皱的眉头亦松快了不少，浮现出柔滑的神色来。

龟裂的嘴唇如今已恢复红润，上下两片如同山樱的花瓣，点缀在瓷白的脸上，看起来有些艳丽。

她得寸进尺的功力与她身体的恢复力一般惊人，此时她正侧着脸，将脑袋枕在他宽大的袖袍之上，也不怕那上面织金的绣纹硌脸，就这么将他拽着，害他动也不能动。

纷乱的夜风从支开的窗缝中吹进来，斩苍伸手捏起她的下巴。女子微敞的领口露出一截细嫩的脖颈，随着夜风一起漾出极香甜的味道。

他不禁皱起眉头，将头扭到一边，喉结无意识地上下滑动了几下。

转过脸，他又伸出另一只手开始在她脖颈处比画，犹豫着究竟是斩断她的脑袋还是手腕。只是这女修无意识抬了抬下巴挣开他的手，翻了个身，将脸枕上来。

绵长的呼吸喷洒在他的手背上，斩苍猝然蜷起手指，如同被蝴蝶惊动的豹子，烦躁的情绪直逼眉梢。

算了，好歹也是他救回来的，还是留她一命好了。

缠绕在二人腕上的金色光绳收得不算紧，袖袍之间隔了一尺的距离。樱招被斩苍这么一提醒，这才手忙脚乱地将咒语解开。

闪着光的绳子倏然消失，床帐中光线更昏暗。

肩膀已然僵硬的魔尊慢悠悠将手抽回去，一边转动着手臂一边捶着肩膀，存在感极强的身躯手长腿长地堵在床沿，樱招一时间不知道自己是该从他身上跨过去，还是就此坐在原地不动。

思绪像浮在水面的一片红叶，晃晃悠悠到不了岸。

她将盖在自己身上的绣被拢了拢，有些愧疚地说："是我一意孤行要进谷，拖累了你来救我，很抱歉。"

"不是我想救你，"斩苍瞥了她一眼，毫不客气地回道，"而是这谷里的秘密，我不能让你活着带出去。"

樱招："……"

"换言之，我是为了亲眼确认你已经死了，才跟进来的。"

樱招："……"

他倒也不必这么诚实。

"所以你还不如看到通缉令后就投案自首，至少能捡回一条命。"

樱招不是矫情之人，但此时听到他如此不留情面的威胁恐吓，倒真有些害怕。

她抱着被褥迅速退到床角，磕磕巴巴说道："我我我可没发现这谷里有什么秘密啊！那奇奇怪怪的法阵我想破……也破不了……再……再说了，你费劲巴拉把我救回来，总不会是为了再亲手杀我一次吧？"

她歪斜着身子，将眼睛闭得死紧，耳畔却没传来斩苍的回应，回应她的是窗外潇潇的风声。

莫不是被她猜中了？真的是要再杀她一次才解气吗？毕竟，她的确得罪了他许多。

从冒充太簇开始，她就一直在触碰着他的底线。

衣料的窸窣声于床帐中响起，樱招睁开眼，看到斩苍只是换了个舒服的姿势，在床头倚着。见她抬眼瞧过来，他才开口道："我自然知道你没发现什么，不然你活不到现在。"

那就好。

樱招拍了拍胸脯顺气。

她不是个好奇心旺盛的人，他口中所说的秘密，她一点也不感兴趣。不过，为什么，他话里话外好似他们还未出谷一般？

明明这里气候宜人，如同置身在春日，窗外还有蛙声在噪。只是房间摆设简朴了些，不像是魔族繁复又精致的审美。

"我们如今身在何处？"樱招放下绣被环视了一圈，心中有种不祥的预感。

果然，斩苍侧头看了她一眼，淡淡道："黑齿谷。"

夭寿了！

她果然还在这个可怕的地方！

"魔尊大人！"她现在也顾不上直呼他的名字了，直接手脚并用爬到他身边，仰着头期期艾艾地问道，"您是觉得太累了，所以选择在原地休整一晚，明日再出谷对吗？"

她凑得太近了，连带着身上那股甜香也直愣愣地萦绕过来。

斩苍往外头挪了挪："离我远点。"

"噢。"樱招没觉得自己侵占了他的地盘，只顺势在原地坐好，还做出一副十分乖顺的模样应了一声。

就这么静默了一会儿，斩苍才捏着眉心解释道："黑齿谷的法阵被催动之后，一旦进入谷中，须等到七七四十九日之后，生门才会打开。"

"所以，这样的法阵，自设下起，就不是要让人活着走出去的意思？"

谷口的四头赤炎兽，对擅闯者来说，反倒能起到保护作用。毕竟，被吓退总好过横死谷中。可他已经察觉到了自己的魔气被她收集到，因此她必然能绕过那几头赤炎兽进来。

所以那道通缉令，真的是为了留她一命而发的吗？

诚然樱招已经明白过来其中的利害，但她还是不死心地问道："你身为魔尊，就没有什么办法提前打开生门吗？"

"此法阵若是那么容易破，岂不是什么蝼蚁都能进来？"斩苍冷冷地看了她一眼。

"啊对对。"樱招点点头，十分狗腿地附和了一句，才明白过来不对劲。

蝼蚁？是在说她吗？

她顿时有些不高兴，脸色沉下来瞪了他一眼。

这般迟缓的反应惹得斩苍难得笑了一声，双唇微微勾起。夜明珠柔柔的光线淡化了他周身寒意，周身气度却愈发瞩目。

樱招的脸一瞬间烫得厉害。

初初苏醒过来，需要她弄明白的事情太多，所以她一时之间忘了，自己正与一名男子同处在一张榻上，还是与一名形貌异常扎眼的魔族男子。

都说魔族不论男女，皆是遵循欲望而生的物种，罪孽深重。她这段时日在魔域也见过不少外放的魔族，但那些被修士所不齿的魔族几乎都生活在远离魔都的城镇。

离都城越近，她所见到的魔便越规矩，这一切似乎都与眼前这位魔尊的行事作风有关。

他似乎对男女之事，没有一点兴趣。

“那……”她将呼吸放轻，“我必须和你在这里待满四十九日才能出去吗？这里究竟是什么地方？”

若是真需要逗留那么久，那她是不是就能等到刑天出世了？可真有那么好的事吗？这个她完全不是敌手的魔尊，如今看着正常，可万一她不小心惹得他不高兴，她一样是小命不保啊！不过是早死和晚死的区别而已。

而且，孤男寡女的……

她倒没自作多情觉得他会对她做什么，她就是不太信任她自己。

樱招不自觉将双手交叠在一起，搓了搓。

这女修士突然安静下来的模样怎么看怎么奇怪，轻轻柔柔的语调钻得斩苍的耳朵有些麻，他将笑容敛了个干净，有些心烦意乱地简短回道：“我们正处在阵眼，我的洞府。”

“等等！你竟然在这鬼地方有洞府！”好不容易娴静了片刻的樱招声音又大起来，“等等！这法阵难道是你设下的？”

她一时疑惑这个，一时疑惑那个，话说出口后突然想起这或许和他所说的秘密有关，又捂住耳朵赶紧叫道：“别别别，你不要告诉我，我不想知道！”

陡然变得尖锐的询问声令斩苍终于光明正大地揉了揉自己方才便莫名其妙开始发痒的耳朵，顺便隔绝了些许她的声音，任由她在旁边叫唤。

也不知道她究竟哪里来的精神，脱水都脱得全身干裂了，初愈之后，身体竟这么瓷实，说是活蹦乱跳也不为过。

樱招自己发泄了一通，见斩苍盯着她没说话，她又静默了片刻，才小心翼翼地问道：“那……到生门开启时，你会带我出去的吧？我保证不乱听也不乱看！这里面的所见所闻我一个字都不会透漏！反正你原先也是要下令将我捉回去的，要受刑还是要认罪，我都可以配合！”

白净光洁的额头上几缕发丝坠下来，发际线还残留着一圈胎毛，显得傻兮兮的。

“若你真能做到你说的这些，那我自然不会食言，”不过斩苍对此表示怀疑，因为她看起来就是个会由于自己的好奇心而闯祸的人，“至于捉你回去一事，再说吧，反正死罪可免，活罪难逃。”

樱招：“……”

过了片刻，她又问：“那你们魔域四十九日群魔无首，难道不会大乱吗？”

看吧，她的问题一个接一个。

好奇心这么旺盛，他很为她的安危担忧。

“这个不劳你费心，他们乱不起来。”

“行了，”魔尊的耐心在此刻正式告罄，他施了道法术将她提溜出床帐，自己则往枕头上一栽，闭上眼睛吩咐道，“你自己找个地方睡吧，不要乱跑，也不要来打扰我。”

莫名被术法转移到屏风外的樱招，知道斩苍大概是需要休息，于是她没再多说一句话，也没敢到处乱跑，只转着脑袋环视一圈，发现窗户旁还摆着一张矮榻，便走到旁边躺了上去。

还未闭上眼睛，屏风上突然支出来一个脑袋，原来是斩苍又从床上下来了。

不过他也太高了吧，比屏风还高一个头，这要是女子闺房，那扇屏风真是形同虚设，什么都挡不住。

樱招看着他从屏风后转出来，手上还抱着她方才睡过的被褥与枕头。

他走到她躺着的榻前，将手上的被褥与枕头往她身上一扔，略微烦躁地说道：“这上面有你的味道。”

樱招赶紧抱着闻了闻，“没有啊。”

明明是他自己的味道。

可斩苍脸上的神情不似作假，他也没那么无聊会这样逗她，难不成他们魔族的鼻子与她不一样？

“在山洞的时候，你是怎么知道我躲在那里的？”樱招突然问。

正打算走回床榻的斩苍停下脚步，回身看向她：“因为你身上的味道。”

果然如此，她就奇怪自己明明贴了那么多隐身符躲在山洞里，怎么还是被他揪了出来，原来是因为他闻到了她的味道。

月亮从云层中探出头来，在樱招的榻上洒下一片银白。她抱着被子又仔细闻了闻，然后看着他问道：“我是什么味道呢？”

其实她更想问他觉得她身上的味道好不好闻，但那样的问题太过胡搅蛮缠，她没好意思问出口。而且，他方才那样一脸嫌弃地将被子扔给她，应当……很讨厌她的味道吧。

可她不讨厌他的，相反，她很喜欢闻，她头一次觉得魔气会这么好闻。

“肉味。”斩苍这么说道。

樱招的脸皱成一团，不甘心地从榻上站起来，指着他的鼻子瞪道：“你胡说！我来魔域前就已经辟谷了，你们魔域的东西我一样没吃，怎么可能会有肉味！”

虽说出门历练有诸多不便，但她身上的衣服水火不侵、尘埃不染，偶有特殊情况，她也极其注意施咒清洁，更别说她身上还挂着师姐送的香包。

人家女孩子身上的味道，都是花香啊、果香啊这种形容，怎么到了这死鱼一样的魔尊这里就成了肉味？

她真的……深受打击！

而生平头一次被人指着鼻子骂的魔尊，在极度震惊之下竟不知道自己在这一刻应当做些什么——他自遇见这个神经兮兮的女修士起，就时常处于这种状态。

也许他应当拿走她的嗓子，让她再也说不出话来，不然他接下来的那么多天应当会很难熬。

站在榻上那个他没兴趣知道名字的女修士，脱水后初愈的身子终于产生了一丝虚弱感，轻微晃了一下，竟一脚踩空，直直地往地上栽去。

在她跌落在地之前，一阵风及时将她的身子卷起，缓缓安置回矮榻上。

肢体动作比脑子更快，在这种时候应当被谴责。

斩苍此时就在谴责自己为何要多管闲事。

方才还张牙舞爪的女修士这下不敢乱动了，垂着脑袋没精打采地将脑袋埋进被子里滚了几下，闷闷道："谢啦。"

声音咕咕噜噜含糊不清的，听着就不是真心在道谢。

"举手之劳。"

话虽如此，斩苍仍旧站在原地没有走，因为樱招仍是一副受了打击的模样，瘫在被褥上滚了几遭后便动也不动，嘴里还碎碎念着："仙女都是喝露水的，竟然说仙女身上有肉味……"

啊……原来她是在介意这个。

樱招不想动，她在反省。

真是色令智昏，她在乎一只魔对她的看法干什么？

诚然他的脸观赏性极佳，但说到底非我族类，唉，她脑子是坏掉了才会纠结这种无关紧要之事。

房间一时寂静无比，她以为斩苍早扔下她自己躺回去了，结果她脸上的被子却被轻轻扯下。

斩苍不知何时又走回了她身旁，站得比方才要近多了。

她一个激灵坐起来，仰头看着他，学着他惯常的语气，冷冷道："还有事吗？"

斩苍低着头，目光从她头顶的发旋儿移到她脸上，缓缓道："我说的肉味，是指你们人类血肉之躯的味道。"

樱招愣了愣，才反应过来他在向她解释。

可他怎么能一脸淡定地说出这么可怕的话来？

魔族，在几千年前是食人血肉的，因为初代魔族的确是吸食怨念而生的物种，灵智未开，残忍至极。但经过了几千年的进化，他们不是早就不吃人了吗？

月光将她的影子拖曳在地，覆在斩苍的鞋上。樱招低头盯着他的鞋头，小声问道："你们魔族，现在还会想吃人吗？"

斩苍沉默了一瞬，目光越过她的头顶，落在被月光照亮的窗棂上。

"……有一些会。"

"那你会吗？"

斩苍又开始头疼了。

夜风扑棱在她身上，将她的气息带进来，缠绕于他的鼻尖。

那股血肉味，太过香甜。

他闻着，异常不喜。

因为会想要扑上去。

"我没吃过……"最终，斩苍只能这样回答，手指垂在身侧，有些颤抖，似在克制，"但是，如若……"

"如若我得罪了你，你就会把我吃了，是吧？"樱招很自然地抢过他的话，"可我向来就不太会看人脸色，一张嘴也不知道哪里就会惹怒你，与其提心吊胆，倒不如你现在就把我吃了！"

她在以退为进，因为她看得明白，这个魔尊，嘴比心肠要硬。不然也不会先吓唬她，再三番五次地放过她。

说是他在逗猫逗兔子也好，总之她现在还算安全。她就不信他真的敢——

一道阴影覆在她面上，是斩苍俯首凑过来，鼻尖擦过她的面颊。

温热的吐息没有在她的脸上停留，而是直接袭向她的脖颈，她眨了眨眼，坐在榻上忘记了动作。脚趾在罗袜中蜷起，似乎连脚底板都尝到了男子一瞬间爆发的攻击性。

他真的敢！

不停眨动的睫毛扫在逼近面颊的柔软布料上，发不出任何声音。她的耳朵只听得到斩苍的呼吸渐渐变沉，即使他根本就没碰到她，只是将鼻尖悬在她的脖颈上，挨着她垂下的发丝。

“现在就吃……”他不紧不慢地伸手将她铺在背后的发丝拨开，让月光洒在她那截白白的后颈上，然后轻轻地握住，像握住一朵易碎的花，“你知道你自己究竟在说什么吗？”他退开了一点，用拇指与食指托住她的后脑勺迫使她抬头看向他，“你不想出去了是吗？”

她身上那股香甜的味道令他有些无法自控，这种太过陌生的感觉，他一时分不清这到底是杀意还是别的什么，明明他很少会有这般心烦意乱的时刻。

这个女修士脸上的神情也不似前几日一般娇憨中透着坚定，而是呈现出罕见的迷茫。精巧的耳郭薄薄的，透着些光，像琉璃一样，仿佛一碰就要碎。

好奇的手指未经过大脑的允许擅自拨弄了一下她的耳垂。

樱招突然屏住了呼吸。

他是不小心碰到的还是故意的？魔族在吃人之前都这般柔情吗？

她愣神得厉害，练就的一身本领在此刻完全无法发挥，不能进也不能退。有些仓皇的指尖一时去抵他的胸膛，一时去揪他的衣襟，上上下下……

他的呼吸更加紊乱。

“我……”她看着他的双眼，突然想起来自己在魔域偏远地方见到的一些画面。虽然她没尝试过那种事，但她毕竟走过这么多路，也知道这种气氛其实跟吃人毫无关系，反而……反而像是男女之间要发生些什么。

如果必定要发生些什么，和这种品相的男子，想来她好像也挺赚。

手心触及的地方手感极佳，隔着衣物也能想象到他有着一副很极品的身材。魔族本身就天赋异禀，这魔尊这么高，似乎哪里都很完美的样子。

当然她也没试过，试一下……没事吧？毕竟万一他没那个意思，下一刻真要杀她，那她也是揩过魔王的油的人。

樱招的手动了动，这下有些愣神的人换成了斩苍。

她看到他的眼中似有月光在明灭闪烁，连呼吸都要断掉了。一张生人勿近的脸，偏偏长了一双适合亲吻的嘴唇，像一张弓，中间还坠着一颗唇珠。

“你说的吃人，是指什么呀？”樱招问得直接，“是真的吞吃入腹还是指雨骤云驰啊？”

她没有意识到这两种说法在这种气氛下并没有什么区别，只是很明显地感觉到托住她后脑勺的手颤抖了一下。

而她的手突然被一只大掌用力摁住，她再也动弹不得。

好可惜。

不过他的手真好看啊，肤色比她黑一点，修长又有力，此时因为用力将她摁住，手背上暴起几根青筋，看得人有些眼热。

“你在做什么？”

斩苍冷着一张脸，真心地对她的行为感到疑惑。他在威胁她，要吃了她，结果她以为他想对她做那档子事吗？

简直荒唐！

“我……”

被这样抓包，樱招也有些难为情，难道他没那个意思？

“我就是害怕，想抓点东西，你别误会……”

这样蹩脚的解释，她说着也有些心虚。她想抓点东西，就冲着魔尊的腹肌……天啦她到底在说些什么？

好在斩苍并没有针对她这句话说出什么令她难堪的话，他只是冲着她露出一副见了鬼的表情，然后就这样放开了她，一句话也没说，便径直走向了屏风之后的床榻。

就是走路的姿势有些奇怪。

樱招坐在原地平复了一会儿呼吸，才扯过被子一头钻进去，又拱了拱身子露出半张脸，将脑袋磕在枕头上，望着窗外那轮银白的月亮发呆。

夜风吹拂进来，将她的心都要吹鼓了。

她以为自己会睡不着，结果没多时便睡意缠身，昏睡了过去。

真正睡不着的是斩苍。

他躺在床上，陷入了深深的自我怀疑。

他知道大部分魔族是什么德行，这是他们的天性使然，但他以为他和他们是不一样的——至少从来历上来说，他绝不该有此等困扰。

窗边的女修士心大得很，不一会儿就睡得不省人事。

只是空气中仍旧飘荡着她的味道。

明日不能让她睡这间屋子了。

樱招醒来时，已是日上三竿。

房内空荡荡的，宿在屏风内的魔尊已经不见踪影。

她从榻上爬起来，趴在窗棂上往外探出脑袋，四处张望了一番，才看到自己如今正置身于一座院落。这座小院坐落在大山里，用一圈木栅栏围着，假山流水皆没有，质朴得奇怪。

别说配不上斩苍魔尊的身份，就连中土最穷的仙门，在开辟洞府时都比这个院子要讲究。

不过，这阵眼处天气是真不错，艳杏桃夭，花荫满庭，比起前几日那恐怖的十个太阳天，对樱招来说已经是如坠仙境了。

早已出了房门的魔尊原本优哉游哉地在院子里乱晃，不时对上樱招的眼神，他感到有些许不自在，木着一张脸定定地看了她一眼，又很快移开，权当打过招呼。

昨天夜里那场乌龙倒没给樱招留下什么阴影，毕竟她在情窦初开的年纪也算是让苍梧山各位师兄弟闻之色变的人物。今日逗一逗这个，明日撩一撩那个，就想多勾一点好看的少年郎当她的免费陪练。

虽然他们后来一个个被她揍怕之后见到她就想跑，但好歹她也算是经验丰富。

昨晚上那点小事，无足挂齿。

她看着斩苍的侧脸大声问道："斩苍！我能出房间吗？我的活动范围是哪些地方？"

被大声叫到名字的魔尊经过一晚上与她不太愉快的相处后，已经习惯了她的没礼貌，于是他被迫当了一回主人，对着不受欢迎的客人说道："院子里你都能走动，但是不要出院门。"

他所指的院门是被篱笆围住的一扇小小木门，看着已经有些年头了。

或许院子外有什么是她不能知道的，樱招明白："我知道了，你放心，我绝对不会靠近那扇门三尺以内。"

那便没什么好介绍的了。

斩苍点点头，挪步走开，打算去摘下花草做颜料。

樱招拎着鞋直接从窗户里翻出来，跑到院子里观赏了一番。

果然很质朴，屋舍仅有三间，正堂、卧房和用来堆放杂物的柴房。她看着卧房的方向，凑到他身旁问他："只有一间卧房是吗？"

"是，所以你今后不能——"

"那今后便还是我睡榻，你睡床吧！"樱招很大方地做好了安排，"那榻太短了，塞不下你的腿。"

斩苍一时无言，平静了一会儿说道："随你。"

"有可以泡澡的地方吗？"

睡了一夜，樱招已经迅速调整了过来。来魔域之后，她一直都宿在野外，未曾好好休整过。虽然施了术法清洁，但她总觉得不大舒服，想扎进水里泡一泡才好。

既然困在这里已成定局，那不如让自己过得舒服一点。

女子想要泡澡似乎的确是合理的诉求，算了，斩苍想，满足她也无妨。给她找点事情做，免得她老是过来烦他。

樱招没想到这地方还真有活泉，位于屋舍背面，穿过一道狭长竹林就到了。

清凉的水汽扑到面颊上，她转过头感谢道："谢谢你，斩苍，等我拿到刑天回中土了，你尽可以过来找我，我一定好好尽地主之谊。"

她话说得讨巧，一时在暗示她还是要等那柄神剑，一时又暗示他一定要带她出去，并且还得放她回师门。自以为一肚子心眼，实际上一眼就能看穿。

斩苍不欲与她兜圈子，直说道："不必，我不会去找你。"

话说得不留情面，樱招却真心实意地笑了——他应承了她最在乎的那件事，他会带她出去，让她回到中土。

"对了，"她突然想起来，"你是不是不知道我的名字？"在他说出拒绝的话之前，她凑近一步，仰着脑袋说道，"我叫樱招，是苍梧山岚光仙姑座下弟子。我说真的，你以后若是来中土，一定要来苍梧山找我。"

清脆又理所当然的声音，是个乐观又豁达，与他完全不一样的人。

绿云一般的山泉将她的脸映衬得白皙而柔嫩，斩苍收回目光，再次觉得她真是麻烦。

为什么要把名字告诉他？

他一点都不想了解她。

樱招。

这位来自苍梧山的樱招姑娘的确如她所保证的那样，对不能探究的事情保持着极低的好奇心，每日除了在院子里练剑修行，就是躺在树下发呆睡觉，用各种刀具雕刻一些小玩意儿。

斩苍与她正相反，明明是个擅长打打杀杀的魔尊，却喜欢窝在卧房里画画。他摘了好些五颜六色的花草，晒干之后磨成粉，灌在瓶子里当颜料，熟练得像是做过很多遍一样。

也不知道他在当上魔尊之前，究竟有什么过往。

樱招虽然心里好奇，但也知道这是她不能探究的秘密，正如院子里的那扇有些年头的小门，她不打算靠近半分一样，对于斩苍的过往与来历，她亦不会多问半句。

但她还是喜欢看他。

说来也奇怪，仙门当中那么多好看的弟子，她连看几天就觉得不过如此，但或许是这位魔尊长得实在是无懈可击，反正她越看越觉得移不开眼。

第一次看到斩苍像模像样地铺开一张纸，在案上摆上一排丹青，提笔作画时，她表现得很是惊讶，趴在窗口观察了他好久，才问道："你在画什么？"

"画山画水画鸟画鱼。"斩苍头也没抬，在纸上唰唰落笔。

"能画人吗？"

"不画。"

"噢。"

她原本还想问他能不能画一画她。

"你画过人吗？"她又问。

支开的窗棂框住粼粼日光，院子里一眼望去是深深浅浅的绿。碍眼的女修士将脑袋伸进来，发梢被风吹动，滑过肩头，带来一丝令他焦躁的香。

斩苍提笔的手顿了顿，表情却纹丝不动："没有。"

说不出什么原因，他下意识说了谎。他画过一次人的，仅有的一次，就在不久之前。

樱招逃走的当夜，他命人提审，却发现她早已通过替身符神不知鬼不觉地离开了都城。说不上震怒，只是她的确形迹可疑，引他出手说不定有什么别的目的。再联想起黑齿谷外聚集的修士，他才明白过来，她是想入谷。

以前不是没有发生过这种事，魔族中人对这片虚无之地的兴趣比这些修士更大，手段更为层出不穷。但他一向睁一只眼闭一只眼，因为绕过那几头看似凶恶的赤炎兽，才真正是踏上死路。有去无回的魔族多了，那里便成了穷凶极恶之地，再无人敢轻易靠近。

那女修既然如此胆大包天，那便让她去送死好了，原本他也无须在意。可万一她活着出来了呢？他的秘密，只有在死人嘴里才保险。还是将她捉回来审个清楚吧，魔尊的威严不容挑战，抓她以儆效尤，以免今后那些中土修士有样学样，隔三岔五在他面前闹一回，就当是顺道救她一命了。

留影石珍贵，边陲地区更是稀少，若想全魔域抓捕，自然需要通缉告示。

照着留影石来画，神韵、五官明明也就是差之毫厘的事，可那天夜里接连换了三个画师，画出来的画像斩苍都觉得不满意。无奈之下，他只好屏退左右，亲自动笔，将樱招的模样画出来。

悠游在画布中的时间令他有些沉迷，那夜，他画完之后，还独自在殿中欣赏了一番自己的画工。

第一次画人物便贡献给了这么个女囚犯，说来实在难以启齿，因此他选择了隐瞒。但窗外的樱招得到他否定的答案后，不知怎的，显得有些高兴。

她“噌”的一下从窗口翻进来，隔着数尺的距离默默地看着他提起画笔，蘸上青绿色的矿物颜料，在纸上一笔刷过，然后耐心勾勒线条。

还挺像模像样的。

樱招惦记着他的威胁，按捺住好奇心，很懂进退地没过去打搅他，而是转过身自顾自地坐在榻旁边整理她的物品。

她在清点自己的乾坤袋。

符纸和丹药已经用得差不多了，奇奇怪怪的法器现下也派不上用场，有用的吞云戒在这魔尊手上，指望他还回来肯定不可能。

倒是还有几个木雕傀儡，原本带身边伺候她起居的，现下离刑天出世还有一段时日，可以将其改造成对战傀儡，每日活动一下筋骨，免得困在这里无聊。

除此之外，就是一些衣裙和口脂，还有一张她从客栈门口揭下来的通缉告示。

窸窸窣窣的声响令斩苍不由得偏过头看向她，却没想到她竟拿着那张画着她画像的通缉令，颇为烦恼地站在窗边比画，似乎在寻找合适的位置贴上去。

这中土修士的脑袋里面不知道装了些什么，斩苍极为无语地看了她许久，终于忍不住问道："你在干什么？"

"啊，吓我一跳。"樱招双肩颤了颤，回过头来看他，双眸像盛满了日光，神态却如同她手里的那张通缉令一般，憨憨傻傻。她对上他的视线，随意道："我就是想找个地方贴着，时刻提醒我自己，以后行事不要太鲁莽，免得自己丧命事小，连累师门事大。"

总感觉，有些指桑骂槐。要取她性命之人，以及伤害她师门之人，不都是他？

斩苍皱了皱眉头，还未来得及开口，又听见她道："而且你不觉得，这画得还挺好看的吗？"

"画得好看还是你挺好看？"他搭了一句话。

这话问得……

樱招莫名其妙羞涩起来，一句"当然是我好看"卡在喉咙，扭扭捏捏说不出来。

斩苍这下明白了，她方才就是在变相夸她自己。

瞧见他看杂耍似的神情，她赶紧找补："没有没有！我是真心觉得这位画师技艺高超！若是魔尊大人能替我引荐引荐，我会非常感激。"

"引荐？"斩苍的表情变得有些奇怪。

而樱招在这当口终于想起来自己阶下囚的身份，于是赶紧摆摆手，将话题转移："不方便就算了！对了！我将告示贴你房间，你没意见吧？我离开的时候会带走的。"

被她征求意见的魔尊将视线收回来，慢吞吞地换了一支画笔。

沉默片刻后，他说："随你。"

终于，樱招找到一块睁眼就能看到的位置，施了一道术法将通缉告示贴上墙，又在口中默念了一句咒语，使它从此风霜不侵、水火不惧。

一系列动作做完，她才小心翼翼地挪到斩苍桌边，看着他一点一点将远近山峦勾勒得烟波浩渺，不由得在原地看得有些出神。

直到察觉他一眼扫过来，她才如梦初醒一般蹦得老远，扔下一句：

“我没好奇，也没瞎打听啊！”

接着头也不回地翻出了窗户。

被困阵中，对于斩苍来说，并未觉得十分困扰。他很多年未曾回到过黑齿谷，这次意外进来，权当是故地重游了。

只是这一次多了一个不速之客。

虽然是他自己救下的。

他在幼年时期也曾随手救下过误闯此地的兔子、野狐，他以为樱招与那些毛茸茸的小动物没什么不同——她甚至不需要吃东西，亦不需要悉心照料，扔给她一床被子、一张矮塌就能安稳睡着。

白日里，她很能给自己找事做，不是在院子里练剑，就是拿出刻刀来雕一些小玩意儿，注入灵力之后放到院子里解闷。她的乾坤袋中有几个木雕的傀儡，不仅可以替她打下手、浣洗衣物，还可以在她练剑时与她对战。

她驱使那几个傀儡做了两张躺椅，并排摆在一处，用来在夜里看星星。

空旷却井然的院子渐渐被她的东西所占满，有用的没用的堆在一起，斩苍每次踏进来时，一眼看到的都是一堆乱七八糟的工具与木头。

他忍无可忍地叮嘱她要把自己的物品归置好，她满口答应，麻溜地用术法收拾完，还要蹭到他面前露出一副自己做得很好，求夸奖的神情，可第二日又是老样子，东西摊一地。

很能得寸进尺。

渐渐地，他也懒得再说她，看到不顺眼的物品，自己便默默替她收了。

这些其实是小事。

真正让斩苍感到困扰的是夜晚。

他在救下她的第二日便与她分配好了各自去溪边泡澡的时间，谁先去就在竹林口设下一道禁制，以防误闯。他本是为她的女子清誉着想，但说完之后又觉得自己实在道貌岸然，真正为她的清誉着想的话，应当要再替她造一间屋子才对。

施个术法根本不麻烦。

可他觉得自己没必要对一个迟早要回到中土，与他再不相见的女修体贴到这种程度，便提也没提。

“啊？”设禁制这个提议让樱招的表情一下子变得很奇怪，片刻之后才撂下一句，“你放心，我是绝对不会悄悄闯进来偷窥你的。”

这番回应让斩苍觉得自己实在是多虑了，她根本不在乎清誉不清誉这种东西，毕竟，她是可以当着几万魔族的面，随口便说出她与太簇有私这种话来的人。

不过，她真的是随口一说吗，还是确有其事？

横竖这事与他无关，他也没必要多此一举找她求证。

于是他们照样如第一夜一般，同宿在一间房中。

春三月，夜里寒凉，樱招去溪中泡完澡之后，总会用术法将自己烘得干燥又温暖，再钻进被褥里。

斩苍会在院子里待到她睡着之后再进房，这段时间他就躺在她做的躺椅上。但他从来不会与她一起躺，因为离她太近，他会不自在。

有时候樱招会从窗户里探出头来与他说话，问题照样那么多，天南地北地侃，如若他不回应，她便换下一个话题，总能勾得他说上几句。

她说话时总要配上手势，单薄的寝衣裹在她身上，细嫩的脖颈与手腕在月光下朦朦胧胧地泛着柔光。斩苍闭上眼睛，在躺椅上翻了个身，试图眼不见为净。

异于常人的五感在此刻令他备受折磨。

进房进得再晚，他都无可避免地睡不着觉。即使她只是安静地躺在那里，但她的身体里、发丝里，还有呼吸间总透着一股令他血液涌动的香甜。

懵懵懂懂的野兽盘踞在他心头，被空气中飘荡的独属于她的味道饲养长大，几乎到了控制不住的程度。

有时候他几乎对樱招的存在感到有些愤怒。

她不仅要占据他的小院，还要侵占夜晚属于他的时间，让他满脑子想的都是如何才能注意不到她。

悄悄离开卧房，在夜半的冷泉中泡一泡，他才会带着一身凉意回到屋里，目不斜视地躺回床上。

斩苍数着日子期盼着这四十九日赶紧度过，好让他早日解脱，却在第六日晚上发生了意外。

樱招在运功时不小心走了神，没躲过对战傀儡的一击，所幸她后撤得快，只伤到了脚踝。走神的原因她自己知道，是因为她瞥见斩苍站在屋檐下看她。

这几日她像是回到了少年时期，面对着好看的少年郎总是会表现得做作万分。斩苍于她，便是这天底下最好看的存在，因此她逮着机会就想往他面前表现。可他老是会躲得很远，就好像第一天晚上她真的把他吓到了一样。

她很想找机会解释她不是对每个男子都这样的，但又觉得这种事是越描越黑，还不如不说。

就这样相安无事了几天，却被他瞧见了这种低级错误，樱招觉得丢脸，当下也不好意思将鞋袜脱下来施术疗伤，只镇定着一张脸装作若无其事的样子将傀儡人收回，又假模假样地调试了几下。

却没想到斩苍直接走到她身边，指着她的脚踝道："不疗伤吗？"

她摇头，头一次避开他的眼神："我没事，没受伤。"

一直到夜里，去了溪边，她将鞋袜脱下，才看见自己的脚踝已经肿了老高。疗伤术蓄在掌心，抚过伤口，没有留下任何痕迹。她坐在溪边撑着脑袋长吁短叹了一会儿，连她也弄不明白自己到底在叹些什么。

从竹林走出来，樱招的身上还带着湿气，一头乌发披在脑后，半干未干的。月亮挂在树梢上，她看见斩苍站在禁制外，等着她走到跟前。

她的衣着系得完好，寝衣外罩了一层外衫，原本是无须太过不自在的，但斩苍很少会有这种站在禁制外面等着她出浴的举动，樱招一时间有些不习惯。

而且他方才已经先去洗过了，没必要在这里等她洗完。

她停下脚步没往前走。

夜露坠在小径两旁的草尖上，几只萤火虫被斩苍的脚步声惊动，小巧而明丽的光亮随着他的袍角闪烁。樱招一晃神，便发现自己的视线已经狭窄到只能看到他胸前的布料了。

“脚真的没事吗？”斩苍在她头顶问了与开始一样的问题。

原来他还一直记得这个事。也对，他那么厉害，怎么可能看不出来她的脚踝受了伤。樱招原本打算老实点头，告诉他自己已经好了，话到嘴边，却改了主意。

“走路很疼。”她声音很小，心很虚。

但她也没骗他，一开始走到溪边时，是很疼。

斩苍其实有强烈的动机怀疑她在装，因为她根本就不是个脆弱的人，而且她方才走过来的姿势，看起来可是一点问题都没有。可他忍住没有拆穿她，只问道：“能走回去吗？”

樱招摇摇头：“不能，你抱我走回去吧。”

她说这句话时，正仰着面庞看向他。小巧而明丽的脸，眼里印着萤火虫的微光。

蹩脚的谎言化作一张一戳即破的捕虫网将他兜头罩住，斩苍低下头，轻叹了一口气，然后顺从地倾下身，将她打横抱起。

阔大的胸膛贴近樱招的面颊，清新的木香兜头朝她罩过来。骤然腾空的感觉令她像溺了水一般无法呼吸，脸烧得厉害。

她没想到他真的会过来抱她，嗓子像失了语，竟一句话也说不出来。

斩苍也没有要说话的意思，只默默地往屋舍走。她这样被他抱着，没有丝毫晃动感，四平八稳的。

眼睛一时看他胸前的纹绣，一时又去看他的下颌，不知道究竟要落在哪里好。斩苍敛着眼睫瞥她一眼，正对上她转来转去的眸子，又立马轻飘飘地移开。

樱招却像发现了什么好玩的东西，指着他左眼眼皮道："咦！我才发现，你眨眼的时候，眼皮上有一颗痣欸！不过要隔……这么近才能看到！"

那颗痣太小了，睁眼时便藏进眼皮里，他这样垂眸看她，刚好可以看见。不过光线太过昏暗，她仍旧看不真切。

注意力的转移令她过快的心跳渐渐平复下来，她定了定神，又接着问他："你能不能闭一下眼睛让我看得更清楚一点？"

腿弯处的臂膀紧了紧，隔着衣服发出源源不断的热度，樱招奇异地哆嗦了一下，连同脚趾一起，都在悄悄地颤抖。

"樱招姑娘，"斩苍终于舍得开口，"有没有人和你说过，你真的很会得寸进尺？"

当然有，但人与人相处不就讲究个此消彼长？

虽然她于他来说就是一名阶下囚，但在有限的活动范围之内她自然要一点一点地试探出他的底线在哪里。

而且，她不信有人面对着他时，不会想要得到更多。可究竟要多到什么程度，她想不明白，就如同脚趾颤颤的感觉令她心悸一样，她同样不知道她究竟需要些什么。

听苍梧山的探子们说，斩苍在位这么多年，身边即使出现过女子，那与他也仅仅是保持着严明的上下级关系，比如右使临则，除此之外从未听说过任何有关与他的风花雪月。

不知道他究竟会心悦于什么样的女子。

"那我走路走不了，眼睛没处瞟，可不只能盯着你看嘛！"最终她也只能这样继续得寸进尺下去，用央求的口吻看向他，"你就闭一下，一下就好！"

斩苍不喜欢樱招这样看他，他也不喜欢她老是对着他说话。随手救下的小动物是不需要说话的，它们只需要他高兴时逗一逗，不高兴时就可以扔到一边放着不管。

而不是像这样，试图占据他全部的精力。

樱招对着他说话时，红红的一截舌尖会在齿间若隐若现，他看着总会有些心慌意乱。于是他干脆停下脚步，闭上眼睛任她打量。

耳畔虫声唧唧，格外噪耳。怀中的女子特地放轻了呼吸，似乎悄悄凑近了一点。她身上的味道逼近他的鼻尖，又令他产生了一种自己被网住的错觉。

“看够了没有？”他忍不住出声催促。

“够是够了，但是吧，我有一个问题……”

又是没完没了的问题，斩苍睁眼盯住她，示意她有话快说。

“就是，那个……”樱招结巴起来，“除了我，你还会不会给别人看啊？我是说，这颗痣。”

她究竟想问什么？没头没尾的，他没事凑别人面前给别人看眼皮上的痣干什么？

“……我不会在别人面前闭眼睛。”他这样说道。

她恍然大悟道：“噢，对！你是魔，肯定很多人想杀了你替天行道，那你在别人面前闭眼睛是会死的对不对！”

“你是不是想下来自己走？”

“不不不，我腿疼，还是你抱着我走吧，辛苦你了。”察觉到斩苍的脸色开始不善，樱招及时闭了嘴。

竹林到屋舍的距离实在太近，没几句话的工夫就到了。

进房之后，房内的明珠在法阵的作用下渐次亮起，柔柔地照在斩苍高高的鼻梁上。流畅又漂亮的下颌线被柔光照成了蜜色，缩在他怀里的樱招仿佛被蜜糖包裹，手脚都陷进去，爬不出来。

斩苍走到矮榻旁，弯腰将她放下。围困住她的两条臂膀毫不留恋地松开，她捏紧双手，没来由地有些不开心。

指甲陷进掌心，她低着头，一句“谢谢”置在舌尖，还未说出口，便看见斩苍蹲下来，指着她的右脚问道：“还不处理一下吗？”

他蹲着都很高大，肩膀宽阔，像是能将她盖住。

沉浸在混乱思绪中的樱招没能第一时间留意到斩苍的问话，直到他又重复问了一遍，她才欲盖弥彰地将右脚往回缩了缩。

“我等下自己……”话说到一半，她突然顿住。

她伤的，明明是左脚来着。斩苍却故意指着她的右脚……是发现她骗他了吗？

抬头对上他一脸了然的神情，她突然有些恼羞成怒，忘记了是她自己先撒的谎，而对方只是顺着她的意思将她抱起而已。

“你——”

斩苍才说了一个字，她便浑身血液上涌，像只爹了毛的猫，“噌”的一下瞪向他。

不想听见任何揶揄的话，她揪住他的衣襟对着他张开的嘴唇直接吻了上去。她的动作太快太突然，斩苍反应过来时，一双温软的唇已经贴上了他的唇角。

满院子的虫鸣声突然像是被谁掐掉，消失了个彻底，月光固守在窗口，闪着幽白冷光。夜风凝结的晚上，聒耳的声音全都不见，只有两道紊乱的心跳声在寂夜中回响。

斩苍不会用“受惊过度”来解释自己为什么下意识使用了时间暂停的技能，他只是……只是有些不知所措。

呆立在原地的魔尊瞳孔犹在震动，而唇角那片温热的触感始终未离开，即使那双唇的主人早已陷入了沉睡。

樱招的鼻息直直地喷洒在他脸上，与他呼吸交缠。应该将她推开的，可他的手却在她要栽倒的瞬间一把将她扶住，手指不听使唤地立刻扣紧，将她的双肩固定在原处，连同那双凑近的唇一起，没有挪动半分。

香甜的气息将他环绕住，他愣神了片刻，突然扶着樱招的肩膀将她轻轻拉开。

合上双眼、无知无觉的女子身肢柔软，揪住他衣襟的手脱力一般往下掉，却在下一刻，被人重新捉住腕子，搭上了后颈。

“樱招姑娘。”斩苍听见自己的声音镇静异常。

也对，他本就该这般镇静，而不是一对上她的眼神就招架不住。

宝石般的瞳孔中辉映着明珠的柔光，却像脱离了意志一般冰冷得可怕。魔尊眨了眨眼，慢条斯理地摸了摸樱招的脸。

鼻息凑近，他将拇指摁上她的下唇，轻轻地将她的唇瓣掰开。他看着她齿间那截说话时老是会吸引他全部注意力的舌尖，闭眼吻了上去。

“你自找的。”

第拾叁章 人非草木

「你想画什么花？」

「就画一根桃枝吧。」

这是斩苍第一次亲吻女子的嘴唇，起初多少有些不得章法。

樱招不讲话时，嘴唇软得不可思议，有些微翘的弧度，被他一咬就像花骨朵一般绽开。他这时才体会到她的名字实在贴切。

山樱般艳丽的嘴唇招惹出他潜藏在心底的某些渴求，他张嘴含住她的下唇时觉得牙齿好痒，简直要痒到心里去，于是只好像刚长牙的孩童一般真的咬了一口。

控制住了力道，他听见她无意识地哼唧了一声。

被时间困住的人相当于被困在虚无当中，他们感受不到任何东西，醒来之后亦不会察觉出任何的异样。

是因为她精神力太过强大，所以还保留了一丝知觉吗？

斩苍轻笑一声，有些赞赏地掬起她的面庞，贴住她的嘴唇轻轻夸她："樱招，你很厉害。"

他一直知道，她是个厉害的修士，年纪轻轻就已步入化神境界，是天生适合修道之人，只是性格太过跳脱，缺少几分沉稳而已。

他的拇指在樱招的脸蛋上抚了抚。

像是特地把好东西留到最后，樱招没有用她那双眼睛看着他，他便不会心慌意乱，更能保持足够的耐心。

但他的耐心却在此刻消失殆尽，呼吸间她的味道在他嘴里发酵，他的喉咙越来越渴，渴到了焦灼的程度。

胸腔空空荡荡的，越亲越填不满。

斩苍感到有些痛苦，可前一刻他明明是快乐的。

失去意识的女修士始终软塌塌地搭在他身上，染上红晕的脸庞像是被风吹动的花朵，在晃动。

斩苍的吻一路从樱招的嘴角移到下巴，察觉到她的胳膊搂不住他的脖子，整个人老是往下掉时，他才终于放过她，扶着她的脑袋搁在自己肩膀上，侧头轻吻了一下她的耳垂。

他故意将她的脑袋摁得很紧，这样就好似她在主动亲吻他一般。但是，若真把她弄醒，像方才那样突袭他，他又不大乐意。

他不喜欢那种不受掌控的感觉。

她现在这样，像乖巧的不会说话的小动物一般就刚刚好。

院子里小鸟啼春声划破寂静。

掌心撑上地板，发出一声闷响。

樱招睁开眼，看见斩苍已经被她挤得跌落到了地上，脸上的神色依旧平静，只是耳朵看起来很红。

她甩了甩头，突然不知道自己方才到底有没有亲到他。

是不是根本没亲到啊？！不然他为什么看起来这般平静？

但是他的耳朵又是红的，是不是说明他其实对她的行为不反感？

还是要说点什么才好。

樱招这样想着，正打算开口，却突然觉得自己嘴唇好麻。她皱着眉头在榻上坐好，伸手摸了摸自己的嘴，眼角却捕捉到斩苍的脸色有一瞬间的不自在。

“你……”她缓缓开口，一双眼睛摄住他，“你给我下毒了是吗！”

一声叹息轻轻飘过来，她看见斩苍站起身来，有些无奈地回道：“没有。”

这么耐心？真是不像他。

但她此时也不好再继续问什么，毕竟她方才可是做出了一番大胆举动来着。心里发虚，她只好抚摩着自己的嘴唇，看着斩苍木然转到屏风后，安静地睡下。

应当是没有亲到，她想，明日得要找个机会亲他一下。

斩苍昨夜睡得很好，心情更是连日来难得的放松。

他找到了与樱招相处的最佳方式，思绪可以不被她牵动，重新由他自己来支配的方式。他不觉得自己对她做了什么过分的事情。人是他救下来的，这条命原本就属于他。

她于他来说，本就是阶下囚一个，全魔域都知道她犯了重罪。即使他将她永远囚禁在这里，她也拿他毫无办法，更何况，他还准备信守诺言，放她安稳离开。

礼义廉耻这些虚礼，他想遵守时便礼貌遵守一下，不想遵守便当作不存在，反正他是世人口中作恶多端的魔头，是形貌丑陋的怪物。

怪物就得干一些怪物该干的事情。

不是吗？

这一日，依旧是斩苍窝在房里作画，樱招在院子里练剑，倒是莫名有种岁月静好的滋味。

如果她没有突发奇想跑进来打搅他的话。

院子里开得正好的草木几乎都被她的剑气或多或少糟践过，她一边捡起掉落在地上的花枝，一边在嘴里哼着不知名的小曲。将枝干堆在树下码整齐后，她又一阵风似的凑到他桌旁，在桌边的椅子上坐下。

由于方才已经与傀儡对战了几轮，她的呼吸略显急促。一张脸极为精巧明媚，双颊泛着健康的红晕。

这几日她已经一步一步地由只敢杵在他桌边看两眼，进化到了能自行搬把椅子在桌旁坐下。看得出来她很想说话，但极力克制着不出声打搅。

她对琴棋书画这种风雅之事没什么耐心，沉默久了会趴在桌角浅浅打盹，睡醒之后又默默地出去。

挂在檐角的风铃被风刮得哗啦啦作响，这次她终于鼓起勇气开口。

“能给我画朵花吗？”她问。

一片花瓣自她肩头掉落在画布上，斩苍伸手拈起，看着她问道：“画在哪里？”

嗯？

这是同意的意思？！

樱招双眼放光，一撩袖子将半截胳膊伸到他面前，兴奋道：“就画在我手腕上。”

她从进入这个小院的第二日起，就不再穿便于出行的短打，而是从她那乾坤袋里掏出了各种轻飘飘的襦裙。浅杏色的袖子撩起来，露出的那截臂膀白得发光。

斩苍只扫了一眼就不自在地移开了目光。

其实魔族女子平日里打扮得比这妖娆得多，斩苍从未觉得有何不妥，亦从来不会多看半眼。他看什么都像是在看死物，山间的花、溪中的鱼，两只脚行走的人或魔，于他来说都无不同。

他一开始甚至分辨不出来美丑，只觉得大家都是一样的构造，不过是眼睛、鼻子和嘴组合在一起罢了。

这位樱招姑娘大概根本不懂得什么叫发乎情，止乎礼，见他把目光移开，又不甘心地把她那截藕臂往他眼底下送了送。

“一朵花而已，这都不愿意吗？”

樱招抻着胳膊往他眼皮底下举，几乎要将那截细嫩胳膊凑到他唇边。这般明目张胆的勾引，他不知该叹她天真可爱好，还是不知死活好。

“你想画什么花？”最终他还是妥协了。

樱招撑着下巴想了一下，说道：“就画一根桃枝吧。”

院子里种了一棵桃树，花开得艳丽，一根桃枝上缀了不少桃花，够他画很久了。

“桃枝……”斩苍将视线探往窗外，瞬间明白过来她的意思。

赖皮的笑沁在樱招嘴角，她丝毫不掩饰自己的心思，甚至很好心情地在案底下晃了晃脚尖。

好不容易压下去的心悸感又开始浮上心头，斩苍垂下眼眸，将注意力从她身上移开。

“要画很久，”他调弄着丹青，顿了顿，“你胳膊会酸。”

“啊？很久吗？”樱招果真犹豫了一瞬，但还是将她的胳膊递到他面前的案上，“没事，反正我现在很无聊，困在这里这么多天了，刑天又毫无动静，每天我除了练剑就是练剑，总得找点事情做。”

无聊……

是了，她的一切行为皆有迹可循。

一开始接近他就是因为他的魔气可以让她进入黑齿谷，进谷之后又急不可待地将他甩脱，快要被法阵困死了才想起来要黏着他这根救命稻草不放。老老实实待在院中不惹是生非，是因为要等她那柄破剑出世。如今这般想要吸引他的注意力，也是因为在这院中很无聊。

不知道为什么，樱招觉得斩苍的神色好像又冷了几分。一开始她本来觉得他比平时要温柔一些，还关心她的胳膊会不会酸，但那种温柔的神色却只出现了短暂的一瞬，又被他收了个干净。

怎么回事？

她的胳膊不好看吗？

中土的修士们，讲究仙人之姿。男修女修们过了锻体期之后，力量皆隐藏在经脉当中，而不是靠一身蛮力。身体发肤被灵力滋润，几乎个个冰肌玉骨。

樱招在这种审美的影响下，亦养出了一身雪腻皮肉。

男人不都喜欢这种吗？斩苍怎么一点都没有那个意思呢？难不成他们魔族的审美与中土相迥异？樱招想起来，魔族女子的确风格要更为多样，各种肤色、体型的女子皆有一种说不出的风情。

他或许不喜欢她这种类型也说不定。

正疑惑着，一直沉默的男子终于有了除调弄丹青之外的动作。他在案头坐下，一手握住画笔，一手悬在她的胳膊上，慢慢将她的手腕扣住。

他其实没有碰到她，只将手指微微蜷住，掌心悬空。

明显的肤色差让樱招的脸有些热，被他圈住的那截手腕也热。但她不确定那股令人焦躁的温度是来自她自身，还是来自他的掌心。

因为她从他的表情实在看不出任何东西。

“你可以握住我的胳膊。”樱招提醒道，“胳膊而已，我们修士对于男女之防没那么讲究。”

“是吗？”斩苍低低地回了她一句。

“是啊，”为了降低斩苍对她的防备，她又细细解释了几句，“我们没有人间嫁娶的习俗，修士之间如若看得顺眼，告知各自的师门之后便可以结为道侣。但修仙之人寿数那么长，谁也没办法保证能一生一世一双人，所以好多道侣都是结合之后又出于各种原因分开了。”

圈在胳膊上的手指终于收紧，樱招也终于确认，那股灼人的温度来自斩苍。

不过他这会儿收得太紧了，修长的指节几乎陷进她的肉里，手背上几根青筋暴起，像是含着些没来由的怒气。

樱招下意识挣扎了一下，他却力道一松，直接将掌心贴上来，将她整根手臂握住。

“别动，”他低下头，右手握着画笔点在她的腕上，“开始了。”

寥寥几笔，一根桃枝便迅速成形。

樱招也随即安静下来，认真地看他作画。虽然她不算是个文雅人，摆弄笔墨亦不擅长，但她还算有几分审美。

斩苍的画技堪称精湛，形神兼具，若他想靠这个来糊口，应当能赚个盆满钵满。

他的确画了很久，她的胳膊被他捏在手心，画笔落在手腕上，既轻又痒，肌肤相触的地方一直在烧，烧得她整颗心发烫。

她的眼神在他身上来来回回地转，总觉得他哪处都长得合她心意。

“不要看我。”他突然出声，耳垂泛着一点红，视线却仍旧专注在她腕上。

“噢。”胳膊被他握在手里，她也不太敢造次，免得他又捏她捏很紧。

不能看他，樱招只好趴下来，将头枕在自己另一只手上，偏过头瞧着屏风发呆。平直的背在薄透的杏色外衫下轻微地起伏，细细白白的后颈上有几缕未梳上去的绒毛，被灌进房间的微风拂动。

虽然耳畔少了她叽叽喳喳的声音，但斩苍的心绪一直无法平静下来，像是有一团黑云压在胸口，喘不过气。

将枝干上几朵桃花的位置确定好，他才恍然想到，花朵的位置与他昨日留下的那几朵吻痕的位置奇异地重合。

只不过那几朵吻痕在事后便被他消除了。

吻痕……

他停下画笔，看向樱招。

眼前的女子眼皮一耷一耷的，被睡意侵袭，像是马上就要睡着。

那便让她睡着吧，斩苍想，她睡着了才可爱，睡着了才不会胡乱说话。

窗外的日光停止移动，斩苍伸手将陷入昏睡的樱招抱到腿上，让她靠在自己怀里。他心中惦记着未画完的花，于是故意不去看她，只用双臂将她圈住，低下头将下巴枕在她肩头，然后牵起她的胳膊继续作画。

这时他才发现樱招的手跟他的比起来要小得多，跟他的手掌相比几乎要小一半。

就着这个姿势，他慢条斯理地将那根桃枝画完，斩苍心中那股说不清道不明的烦躁情绪才消散了些许。

目光从她腕上移开，他终于偏过脑袋将脸贴上她的脖颈蹭了蹭，接着伸手抬起她的下巴，又亲上去。他亲得十分克制，一边摸摸樱招的脑袋，一边捏捏她的耳垂，好玩似的。

动作刻意放得很慢，意在品尝，又像刻意在压制自己渐渐变得急促的心跳。

收着力气，也压着喘息。

樱招醒来时，斩苍正专心致志地修补那几朵已经变模糊的桃花花瓣。指腹的薄茧擦过她腕上的皮肤，还有他过于近的呼吸，都让她四肢酥麻。

她不自觉将脸埋回自己的臂弯蹭了蹭，假装自己的脸是被衣袖蹭红，才开口问道："我刚刚睡了很久吗？"

维持着这个姿势不动，手真的好酸，胳膊也酸。

"一刻钟吧，"斩苍涂完最后一笔，将她的手放开，"画完了。"

"就画好了？"

虽然胳膊很酸，但握住胳膊的温热手指骤然离开，还是让樱招有些失落。

不该睡着的。

错过了亲他的最佳时机。

她恋恋不舍地收回手，看着自己腕上的桃枝，又很快开心起来：“真好看，能每天都给我画吗？”

阳光铺到案上，正在整理画纸的斩苍轻微愣了愣，不知道在想些什么。

“每天？”他看她一眼。

樱招以为他在嫌自己麻烦，赶紧补充了一句：“嗯，直到我们出去。”

“……再说吧。”

最终他这样回答，没答应，也没拒绝。

一整日，樱招都要时不时抬起胳膊来暗自欣赏一番。

小小一根花枝，缀在皓白的腕上，顺着血管游走，的确好看得紧。

为了不让颜色太快被蹭花，她施了一道术法，将那根桃枝在自己腕上封好，直到夜里去溪边沐浴时，她才将术法解开，慢慢将其洗净。

唉，要是能明目张胆地打量斩苍，她也不愿意这样傻兮兮地盯着一根桃枝看啊。

但是斩苍防她跟防贼似的，似乎仍旧在介意她昨天夜里差点就亲到他的举动，于是他在给她画完桃枝之后，便一直窝在房里，握着画笔没再出来过。

她想多看他一眼都不行。

没劲。

樱招一头扎进水里扑腾了一会儿，才慢吞吞地站起来烘干身子，穿上衣物。

鞋子在乾坤袋里，是她今日特地给自己编的草鞋。但她拿起乾坤袋去掏鞋子时，却毛手毛脚地将东西掉了一地。

云影浅淡，月光透过云层照下来，洒在她掉下的那堆东西上，樱招蹲下身子，被其中一只木雕蜂鸟拽住了视线。

这是她自己雕的，用以监视人的最隐秘的工具。因为体型甚小，所以常人根本留意不到。放在树丛里，更是能与周围环境融为一体，直接隐形。

斩苍不是不许她看他吗？

樱招轻轻捏起那只蜂鸟，从鼻孔中轻嗤一声。

她偏要看。

寻了一处适合观景的好位置，她将蜂鸟安置在一丛叶片中间，藏得连她自己也难以发觉。但斩苍五感那么灵敏，她无法确定会不会引起他的注意。

不过，她转念一想，又觉得被发现了正好。等到他怒不可遏地将蜂鸟扔到她面前，她刚好可以顺理成章地对他说——“你一个大男人有什么好害羞的？既然我把你看了，你觉得吃亏，那我对你负责就好了！”——就这样杀他个措手不及。

她看过的为数不多的话本子里不就有这种烂俗桥段吗？

她捂住脸，自己一个人蹲在那里傻乐了半天，才抽出一缕神识附着在蜂鸟的眼睛上，接着将东西收拾好，慢慢往回走。

很好。

她已经开始兴奋起来了。

走回院中，斩苍正躺在躺椅上晒月亮。那条躺椅对他来说太短了，两条长腿无处安放，便只能一条踩在地上，一条支在椅上，姿态甚是闲适。

听到渐渐靠近的脚步声，他稍微扭了扭头，目光刚好落在樱招趿着草鞋的脚上。碧绿的青草被她踩出一个一个的小洼，暴露在月光下的脚趾头，玉珠子一般晶莹剔透。

他只扫了一眼便移开了目光。

喉头感觉有些痒。

他其实很少去肖想别的什么，以前是根本没那个心思，他自诞生起，就与身边的任何存在毫无亲密感可言，本能地排斥所有主动接近自己的事物。而现下，是无法坦然面对自己的想法，特别是自己曾经鄙夷过的世俗的想法。

上午将樱招抱在怀里为她画了桃枝之后，他有一整日未曾见到她。的确是存着要冷静冷静的心思，他故意将自己关在房里，握着画笔试图画一点什么。

那种滋味不太好受，她根本无知无觉，他却又开始翻江倒海。

沐浴之后，樱招身上那股甜香变得有些清新，宽大的衣袍兜着夜风朝他逼近。斩苍皱了皱鼻子，太阳穴砰砰直跳。

樱招走过来，毫无顾忌地在他身旁的躺椅上躺下。

她的影子在月亮的直射下变得又矮又胖，一团阴影里像是藏着有尖利锯齿的赤鲑鱼，一口将他的耳朵咬住。他坐起身来的动作怎么看怎么仓皇，幸好身边的女修士压根就没注意到，她只是看了他一眼，然后像平时一样交代道："我弄完啦，你随意。"

"嗯。"他迫不及待地站起身，从樱招身边经过，尽力目不斜视。

尤其是尽力不让自己去看她从裙摆下露出的轻微晃荡的脚丫。

樱招仰着脸，没觉得斩苍与平日有什么不一样，她也便与平日一样，将目光凝结在他身上，目送着他渐渐消失在屋后。

天知道她为了不笑出声来究竟克制得有多努力，只能假装脚上水汽还未干，对着空气踢来踢去。

蜂鸟的眼睛在斩苍踏入视线范围内时，便有了反应。樱招盘起双腿，默默地掐着诀，将神识连接上蜂鸟。

经过她的精心计算，斩苍下到溪边的位置应当与她无异，那么最适合观看的角度应当在溪对面稍侧一点的位置。

这样，她可以将他的整个身子，从上至下尽收眼底。

心跳随着斩苍身影的出现而渐渐放大，她看见他走到溪边，开始慢慢褪下外衣。脸上的表情倒是一如既往的冷淡，极端优越的五官和身型在夜色下显得异常勾人。

只是他似乎有些心不在焉，在溪边愣怔了好一会儿。

当个魔尊应当烦恼挺多的，樱招想。

她的师父当个苍梧山的掌门而已，就时常会被门下弟子们气个半死，动不动就要闭关修炼个几年，将门内一应事务全交由门内其他长老和她的亲传弟子们打理，自己则眼不见为净。

斩苍管着偌大的魔域，据师父说，那些位高权重的魔族们又多是阳奉阴违之辈，怎么想他都不会轻松到哪里去吧。也难怪他的表情总是冷酷到极点，连细微情绪都不能暴露。

可是，樱招觉得，他有时候其实还不错。至少她的要求，无论有多离谱，在他这里都能被满足。即使他嘴上一点都不客气。

害怕神识会过早被斩苍察觉，樱招一直没敢将视野放太近，但也已足够清晰。

黑黢黢的枝条被风吹动，透过翠绿的叶片，樱招的脸慢慢涨红。

心跳声震耳欲聋，她很努力地没让自己惊叹出声。

喷洒在手背上的鼻息温度渐高，樱招没敢再继续看下去，暗自收回神识。

可世上之事从来都是那么凑巧，她也就走神了一瞬而已，掩映着蜂鸟的叶片竟陡然被一道劲风拂开，力道大得仿佛要将她的眼睛刮伤。

她下意识闭了闭眼，再睁眼时，水面上已然空空荡荡，只剩下一圈一圈的纹路在月下闪着微光。

斩苍发现了！

眨眼之间，方才还在溪中泡着的魔尊便好整以暇地出现在樱招面前。她僵着脖子抬起头，视线中他的衣带系得工整，只是发丝上还残留着未烘干的水汽。

预想中会暴怒的斩苍没有泄露出任何情绪，他看她的眼神甚至毫无波动，但面对他时久违的恐惧却袭上心头。

是她越界了。

是她这几日太过放肆，所以忘记了斩苍的身份，也忘了他的告诫。

后颈上竖起几根寒毛，耳后晕着的云霞顿时褪得一干二净。樱招定了定神，迅速镇静下来，预想的情节显然已经无用武之地了。

“樱招姑娘，”还是斩苍先开了口，“你忘记你答应过我什么了吗？”

他的声音不大，却带着一股寒意。

方才，他的确没有第一时间发现那只蜂鸟的存在。

樱招太过明显的接近令他慌了神，一路从竹林疾行至溪边，脚步凌乱得有种逃窜的意味。

咬住了耳朵的赤鲑鱼顺着血管钻进了他体内，在胸口翻江倒海，以至于他的警惕性大大降低。再加上樱招做得实在隐蔽，所以直到她的神识出现波动，他才发现那只藏在叶片中的蜂鸟。

说不上有多恼怒，毕竟，此前他在沐浴更衣之时，也不会特地避着被他救下的小动物。但是那些小动物，未开灵智，亦不会乱说话，乖巧异常。

而樱招只有在睡着的时候才会如同小动物一般乖巧，其余时候她仍旧是那个时时刻刻只想往他面前蹦跶，试图侵占他全部注意力的大活人。

是活人就会有好奇心，今日她可以因为好奇而偷窥他沐浴，明日她便能推开那扇院门，探究黑齿谷当中的秘密。

而他的秘密，从来不会让活人知晓。

樱招盘腿坐在躺椅上，手指暗自扒住躺椅的边缘，压抑住想逃的冲动，平静地答道：“记得，不乱问，也不乱看。”

“那你可否解释一下，这是在做什么？”

那只小小的蜂鸟被斩苍扔到樱招的裙子上，又顺着裙摆滚下来，一直滚到草地上。

蜂鸟因为被拆掉了翅膀，如今呈现出尸首分离的惨状。

向来伶牙俐齿的樱招没有第一时间回答他的问题，而是低垂着眼眸，视线随着那只蜂鸟在滚动。长长的睫毛遮住瞳孔，微微发颤。

“我……我只是想看看你。”樱招说的是实话，但再多的却说不出口了。

掀开的窗户在夜风下咯咯作响，像是人受到惊吓时骨头发出的声音。月亮隐入云层，院内清辉消弭，这是真正危险的境地，她有感觉。

所以她说不出来那番调笑了。

不安浮动的眼睫中，一道身影俯下来，是斩苍将脸凑到她面前，与她静静地对视。

“你经常这样吗？”他问。

“什么？”樱招怔怔地，下意识解释道，“你是说偷窥男子沐浴的事情？我是第一次做。”

斩苍摇摇头：“我是问，你经常把自己置于这样危险的境地吗？”

要知道，樱招从出现在他面前起，就一直在蚕食着他的底线。前尘种种暂且不提，她今日的所作所为简直在给他递上把柄。

用此种雕虫小技窥视魔尊，这当然违反了他对她的告诫。这样大的把柄简直可以让他毫无顾忌地将她变成一个只供他享乐的玩物。

永永远远地被他所困。

所以他很困惑，她究竟是怎样才能安稳地活到现在的。

魔尊语气中难得的温情让樱招怔住，她捏紧裙摆盘腿坐好，仰起脑袋凝视他：“修士不都是在刀口舔血吗？如果需要事先得知不危险才去做，那谈何进阶？”

一番理论差点将斩苍绕进去，他看着她，轻轻笑了笑：“把偷窥男子沐浴说得这般大义凛然……樱招，你是我见过的脸皮最厚的修士。”

一提到这件事，樱招就开始发虚，她把头埋得低低的，甚至欲盖弥彰地将发丝拨了拨，试图盖住自己的双颊。

斩苍却没就此放过她，而是直接问道：“你说你想看我，看了之后呢？你想做什么？”

樱招：“……”

“还是说，你想我对你做什么？”这句话，他问得很轻，似耳语。

好不容易沉静下来的心又开始乱跳，樱招定定地看向斩苍，想从他脸上看见类似于“调笑”的表情，但没有看见。

他从来都不会摆出那种纨绔子一般的表情。

“我……就是想和你亲近一点。”

“你一介修士和我一个魔谈亲近？”

斩苍嘴角的笑容怎么有种自嘲的意味？

“接下来呢？”他又问，“我和你亲近之后，你可愿意留在魔域？”

他此时又变成了讲究礼节的魔尊，好心地询问她的选择，他甚至头一次在她清醒的时候，伸手抚摩了一下她的侧脸，面带柔情。

高高在上的自尊心不会允许他承认，自己内心当中潜藏着一丝害怕失去的情绪，因此他必须在真正得到之前，阻止樱招继续这样肆无忌惮下去。

她必须惧怕他，像所有人都惧怕他一般，离他远一点，只在他需要的时候出现，尽职尽责地当好一个宠物，安稳地度过接下来的日子。

不然，他会失控。

那只好不容易触碰上来的手，让樱招的脸颊不自觉泛起了寒意。樱招想起了第一次见到斩苍时，他便是这样，浑身散发出的威压令人胆寒。

溃逃的心跳瞬间回笼，她稍稍偏了偏头，躲开他的手指。斩苍顺势将手收回去，压下心底那股不悦，挑着眉等着她的回答。

樱招答不上来。

她当然是不愿意留在魔域的，魔域多可怕啊，危机四伏，成日见不到太阳。下黑雨时还有可能魔气入体，生出心魔。

这几日，斩苍听着她没话找话，说得最多的便是她在中土游历时的际遇与风光。一桩桩一件件从她嘴里描述出来，悬河泻水般生动。

向往自由之人，从不会在一处地方停留太久。

她口中的任何人与她都只有短暂的相会，虽有过朝露般闪闪发亮的过往，但不多时便各奔东西，再不相见。有些人在她口中，甚至连名字都不记得。

除了苍梧山的众人，她的师父、师姐，还有……师兄，一个叫参柳的家伙。另外一个她提得很少，似乎与她没那么亲近，所以他没记住名字。

“我要回师门的。”最终，樱招这样说道。

像是终于听到了料想中的答案，斩苍点点头，站起身来，目光越过她的头顶，在院子里漫无目的地飘荡了一会儿，又落回她的脸上：

“樱招，别靠我太近了，如果我真对你起了什么心思，对你来说反倒是坏事。”

他看她的表情再没有任何情绪，眼神当中亦无任何波动。

捕虫网成功被他钻出了一道破口，他却丝毫没有冲破束缚的喜悦。就像周遭飞舞的萤火虫，怎么飞都飞不出这座庭院。

“你不会愿意有这么一天。”他别过眼不再看她，转身朝着房间走去。

脚步却越来越沉。

夜里，樱招睡得不太安稳，呼吸断断续续，有些喘不上气来。

床帐中的斩苍也没有任何睡意，眼睛盯着素色的帷幔，耳朵却一直留意着樱招的动静。她的境界似乎产生了波动，气息凌乱。

难不成真的是生了什么病，再加上受到了惊吓，所以才会境界不稳?

人怎么会这么脆弱?

斩苍站起身来，走到樱招榻旁。

那人却将自己的头脸蒙得严实，在被子里拱成一团。

“你境界产生波动了？”他问。

被子里的樱招还未从方才的一番对话中缓过神来，倒不是受了过多的惊吓，就是觉得丢脸。

太丢脸了。

以至于根本没法面对他。

天知道她究竟在院子里傻耗了多长时间，才放轻脚步摸回自己的榻上，企图将自己变成一尊不会说话也不会呼吸的石像。

听到斩苍那没什么情绪的声音，樱招的心情更是沮丧。她扯过被子将头蒙得更紧，瓮声瓮气地答他：“我没事，你走开，别理我。”

“别看我”“别理我”这种话，明明斩苍最擅长对她说，但此时乍从她嘴里说出来，他却感到十分不习惯。他蹲下身子伸手扒拉了一下她的被子，手上感受到一股阻力。再使了一点劲，才让樱招从被子里露出了半张脸，顺带被她狠狠地瞪了一眼。

斩苍被她瞪得愣住，一时间竟忘了要说些什么。

樱招的头发在被子里钻得乱蓬蓬的，一张脸是红的，耳朵也红，耳后的肌肤像是晕着一片云霞。长长的睫毛耷在瞳孔上，眼睛里蒙了层水雾似的。

刚化为人形的时候，斩苍只身在这里生活了很久。那时黑齿谷还没有成为一块虚无之地，这里被浩瀚的海水围绕，只有零星几座孤岛，岛上有不少住民。住民们不是魔族，而是一些上古遗族。

注视着这片土地几万年的眼睛给了他巨大的识海，让他不至于空有一身力量，而无半点生存技能。除了种植、猎捕这些谋生手段，他最喜欢的是作画。

摆弄着枝条做成笔杆，缠上一撮动物毛发，廉价的毛笔画出的东西能带来极高的回报。但他的眼睛看惯了山水，只能看出风景的好坏，丝毫分辨不出来人魔的美丑，所以他从不画两只脚行走的物种。

斩苍第一次见到樱招时，并未觉得她的容貌与别人有何不一样，只是一双眸子亮得惊人。

而他在此刻突然有了美丑的概念，在他对她毫不留情地放了狠话之后。

该死。

斩苍的嗓子紧了紧，到底没说出太过关切的话。

"我真的没事，魔尊大人。"见斩苍一直盯着自己不说话，樱招恹恹地收回目光。

矮榻旁边的墙上，最显眼的位置还贴着那张被斩苍亲手下达的通缉令，原本她是要提醒自己不要太过鲁莽来着，可那上面属于自己的画像却是在嘲笑自己根本就没有任何长进。

她想她应当表现得成熟一点。

"今日之事，是我逾矩了，还希望您大人不记小人过……"她向来能屈能伸，但这句话在此刻却说得有些艰难。

应当还要拍些马屁的，但脑子却像是锈掉了，怎么也连不上。

的确是连不上了。

咯吱作响的窗户在响到第十声的时候，声音突然顿住。

窗外的萤火虫停止了飞舞，静静地趴在露水淋漓的草地上，等待着时间再次开始流逝。

向来不惧寒暑的修士如今胳膊和腿蜷缩在被中，像是被夜里的寒气所侵袭。斩苍勾了勾手指，将窗户关上。

夜明珠的光线晕在樱招的发肤上，瓷白的脸像上了一层淡粉色的釉，透着令人心焦的暖意。他伸出手，从她已经闭上双眼的脸上虚虚掠过，未触碰到她，只敢轻捻一下她的发丝。

颤抖的指尖停留在她的发顶，掌心蓄起一道清光，将力量灌入她的身体，从头至脚地环绕。

她在魔域待得太久，前前后后发生的事情耗费了她太多灵力，却因困在黑齿谷中的法阵中，迟迟无法通过吸收天地灵气来恢复，经脉当中的灵气断断续续，导致行气受阻，因此今晚才会这般反常。

片刻之后，樱招的气息总算平稳下来，侧伏在枕头上的面孔亦渐渐趋于平和，微微拧紧的眉头松开，嘴唇还无意识动了动。

“你说什么？”

明知道她此时根本不会说话，斩苍仍旧倾下身子，将耳朵贴近她的嘴唇。

神色仍旧保有几分冷冽，眼角却攀上一丝缱绻，这样割裂的情绪，他最近经常体会到。

哪里都在割裂，哪里都在失序。

原本他不打算在今晚这样的，既打定了主意要让樱招远离自己，那他至少应当表现出一定的自制力，不要在前一刻将她吓跑，下一刻自己又巴巴地贴上来。

可是……

她方才躲了。

在他问她愿不愿意留下来的时候，她偏头躲开了他的手指。

他伸手覆上她的面庞，想起她躲开的动作，报复似的将她的脸捧起，捏了捏。只是到底舍不得捏痛她，没使一点力气不说，指腹还溜到她耳后摩挲了几下。

他本是无父无母、无牵无挂之物种，早已练就了一副铁石心肠，生出灵智之后亦从未逢敌手。可近日来，他时常会有这种无能为力的感觉，仿佛已经失去了对自己身体的掌控力。

情之一事，他虽然不懂，也不想去懂，但在此刻，他却很清楚地意识到，自己此刻的混乱与失序不是随便哪个女人都能引发的，而是——

斩苍转过脸，凝视着樱招的面庞，轻声问道："既然这么不愿意留下来，那为何又要做出让人误会的事情？"

她自然是无法给他答案的，但他大概能猜到。

一切都是随性而起，她觉得被困在这里无聊，所以要找点乐子。

算了，探究这个毫无意义。反正，一旦出谷，樱招与他便再无任何干系。是她自己说过，她要回师门的，不是吗？那就这样吧，总比狠心地将她强留下来要好。一个会由于被囚禁而变得迟钝而黯淡的宠物，他不需要。

榻旁的男子点漆般的眉眼间突然浮现出一种微妙的残忍，对自己，也是对她。

身为魔尊，万家灯火，松涛谡谡，皆与他无关，只有黑齿谷这一方天地，才是他的来处。

她自己说过的，有些事情即使无法预知危险，也要去做。那么，胆敢偷窥魔尊的后果，她该学会承受，不知道她是否预想过这一幕。

斩苍的另一只手臂探入她颈后，一点一点屈起，将她整个上身圈住，纳入臂弯。特地加固的冷酷意志裂开一条缝，斩苍有些颓然地闭了闭眼睛，低头在樱招的发顶蹭了蹭，而后伸手将她打横抱起。

被褥从樱招身上滑落，他没有理会，双臂之间的身体纤细，如新雪一般又绵又轻。

是天生适合被抱在怀里的曼妙身躯。

适合被他抱在怀里。

斩苍抱着她，抬脚往屏风后走去，走向他留给自己的唯一一块领地。

凝光球的照耀下，她的眼角竟然渗出了两道泪痕。

“哭什么……”斩苍将她放在被褥之上，冷硬的神色软化了几分，眉眼之间那股微妙的残忍却没有被这两行眼泪吓退。

仿佛樱招眼角渗出的不是泪，而是火油。

浇在荒芜的心源上，顷刻间便将他整个身躯焚尽。

真是……

他低下头，耐心地将樱招眼角的泪水吻干净，然后捧着她的脸轻声哄道：“别哭了，乖。”

厌火魔宫。

“尊上还没有任何消息吗？”

“没有，所有信笺皆如泥牛入海，一点音讯也无。”

“怎会如此？已经大半月了，以前尊上可从未失联过。”

魔宫大殿之内，定时来点卯的各路魔族三三两两聚集在一起，面色皆是忧心忡忡。

领了十鞭裂魔鞭、在洞府休养了数日的左使太簇却是一脸淡然：“急什么？幽冥转轮不还好好的吗？尊上法力滔天，当今世上，无人能敌，只是消失数日而已，诸位各司其职便好。”

他口中所说的幽冥转轮是位于魔宫内的魔界至宝，血玉妆成的莲花台，仅二尺见方。层层花叶浇筑其上，栩栩如生的莲叶，看似华美异常，里头却遍布着魑魅魍魉、鬼怪万千，还有重重幻境。莲叶之间的脉络形成大段的迷宫，有去路，无来路。

每一任魔尊继任之时，经受的最后一轮考验便是将神魂投入幽冥转轮之中，冲破重重关卡，走出转轮。

若是顺利走出，取一滴心头血滴入莲叶当中，幽冥转轮便会燃起专属于现任魔尊的心焰，以表礼成。若是走不出来，神魂便永困其中，肉身就此腐烂，灰飞烟灭。

历任魔尊经受幽冥转轮的考验时，耗时有短有长，走不出来者比比皆是。斩苍当年仅用了半个时辰，神魂便稳妥地回到肉身，耗时最短。要知道，在此之前，他已经只身挑落了元老院推选出的所有叫得上名号的继任者。力量强悍到如此地步，简直闻所未闻。

如今幽冥转轮上，属于斩苍的紫色心焰正燃得旺盛，说明他压根就无任何危险。

“哎呀，我们尊上说不定也只是想休息一些时日呢？”休沐归来的右使临则一脸笑嘻嘻地说。

换来的自然是一番嘲讽——

“你当尊上和你一般怠惰？”

“尊上坐上魔尊之位这么久，你什么时候见他休息过？”

…………

临则瞬间沉下脸来，张嘴反击：“你们如今一个个叫唤得欢，可尊上消失这么久，我也没见你们茶饭不思、少吃少喝啊！”

魔族，是谁也不服谁的物种，只有绝对的武力压制才能让他们服从。眼看着这群魔族战将又要越吵越凶，太簇只好深吸一口气，建议大家先散，静待尊上回归便好。

妖兽拉着步辇将一个个魔族高官送离魔宫，太簇在回洞府的路上，刚好撞上大祭司虚昴的步辇。

魔族大祭司有属于自己的祭司殿，平日不需要与众同僚有过多来往，重要场合出席便可，是以这几日太簇还未与他打过照面。

虚昴此番是去酒楼会友，似乎魔尊消失一事于他来说，并无任何影响。

阴云漫天，两座步辇在空中驻足，左使与大祭司掀开轿帘互相招呼。

“大祭司。”太簇不疾不徐地作了个揖。

“左使大人。”虚昴笑呵呵地回了个礼。

平时这二位来往不算多，一个是草根出身，一个是门阀子弟，即便是同桌对饮，也找不出任何共同语言。

太簇不欲与他多寒暄，招呼过后便打算离开，虚昴却状似无意地说道："关于魔尊大人的去处，左使不必太过忧心。尊上离宫之前，祭司殿曾算出会有一柄神剑出世在黑齿谷，近日城中激增的修士，还有那名被通缉的女修，应当皆是为此而来。"

女修？黑齿谷？

太簇脸色微微顿住，一时间没说话。

"通缉令发出去，应当也是为了救她吧，"虚昴接着絮叨，"毕竟我们尊上对中土来的修士都还蛮仁慈的，可惜一直没将她抓到……黑齿谷那般危险，说不定会死在里面。就是辛苦了你，想寻仇都没处寻了。尊上罚你的十鞭裂魔鞭，寻常魔族三鞭便可致死，十鞭，的确是……"后面的话他没有说出口，只是面色关切地冲着太簇弯了弯嘴角，"伤势已经无碍了吧？"

"无碍了，"太簇亦跟着垂眸笑了笑，一副云淡风轻的模样，"多谢大祭司关心。"

搭在步辇上的拳头悄然握紧，太簇将系得一丝不苟的襟口松了松，看到虚昴摆摆手，正打算示意侍者放下轿帘，他却突然问道："所以，大祭司方才是暗示，尊上或许是亲自追过去了？"

"嗯？你是说黑齿谷吗？"虚昴笑着回道，"这也是很正常的事情嘛，毕竟那姑娘长得还挺好看的，尊上一开始便对她手下留了情，我当时就坐在尊上身边，她那幻术，上场之前就被识破了，可尊上非但没叫人把她轰出去，还亲自下去阻止她跳海……

"不然以她那副要往修罗海里逃的架势，尊上若是不拦她那一下，她早被怨灵吃得骨头都不剩了。左使大人在府上养伤，大约是没听说，现在外头都在传，咱们魔尊是看上那女修了。毕竟，这局面，可是尊上一手促成的啊。"

这位祭司殿的大祭司，话多又密，一句接一句地往外蹦，特别"好心"地在向休养已久的太簇兜售近日城中的八卦，目光一瞬也不动地盯着对方。

在看到太簇的瞳孔微微震动之后，他才心满意足地收声，试探着问道："对了，左使大人，黑齿谷……你进去过吗？我们尊上与那片虚无之地，究竟有何关系？”

黑齿谷在百年之前，其实并不在魔域的地图板块中，那里究竟有什么，起初也并无任何魔族在意。毕竟，那时的魔域连年征战，各地首领叛乱不止，更别说还有中土修士们为提升境界，个个都以诛魔为己任。整片魔域内血光冲天，魔族与人族百姓民不聊生，但对元老院来说，这样的局面却是有意为之。他们在意的，是制造更多的伤亡，他们认为，靠吸食怨气为生的魔族们才能更强。

直到斩苍出现之后，黑齿谷才被纳入魔域的版图，并且直接成为一片无法踏足的虚无之地。

那里一定藏着什么东西，直接关系到斩苍的来历与打败他的方法。可知晓黑齿谷存在的魔族们像是已经完全从这片土地上消失，周边的村民都对那里毫无印象。

元老院派去悄悄查探的魔族皆是有去无回，不是命丧赤炎兽之口，便是直接困死谷中。

偏偏斩苍平日里根本不拿那里当回事，像是笃定了谁都无法闯进去一般，周遭一个魔族战将都未驻守，谷口一个禁制也未设下。

如此做派，简直是嚣张至极。

“大祭司，”太簇回过神来，并未被他撬出一星半点的内幕。他淡淡地提醒道，“这不是你该打听的事情。”

看来这位左使大人果真知道一点儿什么。

虚昴微微一笑，做出抱歉的表情：“是，是我逾矩了。”

说着他拱手示意让太簇先行一步。

太簇既已知晓斩苍可能的去向，与这位大祭司也没必要再继续寒暄下去。他礼貌性地拱过手后，便放下帘子，催动步辇继续前行。

他知道，战将选拔那日，斩苍与那名女修在擂台上交过手，最后却被她狡诈地逃走了。

冒充左使、挑衅魔尊，斩苍对她发出通缉令自然是合乎常理的。

如若那该死的女修的确是去往黑齿谷，以斩苍的性格，应当是放任她被困死在里面才对。

难不成他真的追过去了？

通缉告示和留影石上属于那女修的面貌，的确称得上不俗。更别说，那通缉告示上的画像还是斩苍亲手所画——他们认识这么久，斩苍可从未画过人形的物种。

可被暗算、被戏弄的仇是如此如鲠在喉，一想起那日吃过的闷亏，太簇便怒火中烧，将拳头捏得咯咯作响。步辇的扶手被他捏碎一块，在掌心碎成一捧灰，轻轻被风吹散。

还停在原地未动的虚昴远远地看着太簇消失在视线中，才吩咐软轿内的棋童继续方才未下完的棋局。

那女修闯了那么大的祸，到目前为止可以说是毫发无伤，反倒是太簇，这个与斩苍一同出现在魔宫，说是亲如兄弟都不为过的尊贵的左使大人，生生受了十鞭裂魔鞭。

真是……

替他咽不下这口气呢。

煽风点火之事，嗯，得慢慢来。

樱招不再试图接近斩苍了。

倒也不是害怕他，而是最近她不知道自己怎么了，一直在做一些很不得体的梦。或许是那夜用蜂鸟看了他，一点春情动早，便日有所思，夜有所梦起来。

在梦里，斩苍会很温柔地抱她。

在梦里，任谁见了都要叹一声造物主实在偏心的一张脸，那副凛然不可侵犯的神态已经完全消失不见，相反，在那张俊美到不可思议的面孔上，盛满了矛盾而混乱的情绪。

耳朵明明红到快要滴血，却在某些时刻特别不近人情。

但怎样她都是喜欢的。

那晚斩苍说出那番威胁恐吓的话之后，樱招也没有多害怕他，可由于连日来在梦里见到他太多次，睡醒之后竟然变得无欲无求起来。

在梦里得到了满足，她醒来之后，一见到斩苍那副面无表情的样子，竟觉得有些幻灭。

装什么装？

真是。

还是梦里的他比较可爱，会对着她又亲又哄，磨人磨得她都有点烦了。

算了，斩苍怎会对她那般温柔？他每日只知道窝在房里画画，宝贝的也只有那些画作，画完之后也不挂起来，直接藏得严严实实，她想瞟一眼都没机会。

说好了要缠着他在手腕上每日一换的花样，最终只画了一根桃枝。

因为樱招已经不想再凑上去自讨没趣了。

往日特地被她弄得乱七八糟的院子，她也渐渐开始整理。

之前斩苍为了让她学会将用完的工具及时放回原处，特地给她在院子里辟出了一块储物空间，并且在一格一格的笼龛上亲手刻下了工具的名称，还给她那些刻刀、锉子什么的施了术法，只要脱手便会飞回笼龛，想用时再随着她的意念飞到手边，却被她以“这么井井有条，反而让她灵感枯竭”为由，嫌弃了个彻底。

如今樱招被斩苍那么一吓，也不作妖了，反正诸事都顺着他的心来，誓要让他无话可说。

可她的确也是没多余的空闲去摆弄木雕了，她将全部精力专注在了剑术上。

被迫的。

她近日灵力涨得蹊跷，仿若日月精华全注入了经脉。自来到魔域之后，她从未觉得自己周身灵气这么充沛过。

为炼化这些灵气，她不得不从早到晚拾诸正念，荡涤灵源，除了深夜里的那些绮念实在断不了，其余时候她几乎是一刻不停地在修行。

这般突然暴涨的灵力，她若是炼化不了，恐有入魔的风险。

她曾问过斩苍，若是她有朝一日不慎入了魔，是不是也能进魔宫谋个差事。以她的修为，怎么着也得是个左右使吧，毕竟太簇曾经败给过她一次。

“你不会入魔。”

斩苍站在屋檐下，看向院中提着剑的樱招，这样说道。

晚归的夕阳落到屋脊上，斜斜地照在院中，掺着春意将院子的一草一木染成橘色。檐下被阴影笼住，樱招回望过去，只能看到一道颀长的身影闲倚在门边。身长玉立一道轮廓，静静地隐在空气中。

她听见自己的心口被小虫啃噬的声音，一声一声，极轻，极慢。

明明知道面前站着的魔尊不是她梦里欢喜的那副样子，但她此时此刻却还是忍不住想从他脸上寻出相似的神情，哪怕只有零星半点。

找不到。

他不是她梦里那副模样。

是她自己太过虚妄罢了。

“世事无常，说不定我哪天就会被心魔所困呢？”樱招虽天性乐观，但也明白修行到一定境界，行差踏错一步都会凶险万分。

她现在似乎正走在错误的路上。

“我不会让你入魔的。”听见她说这种话，斩苍似乎不大高兴。

樱招感受到了，她顿了顿，有些尴尬地笑道：“开个玩笑嘛，我们中土不也有过许多入魔的修士嘛，我可听说他们在魔界多少也算是个人物……”

“樱招。”突然被叫到名字，樱招打了个激灵，及时住了口。

她听见斩苍说道：“你们修士入魔，是堕为魔修，跟天生的魔族不一样。魔族不会因为自己内心的恶而感到愧疚，而修士堕魔之后，须日日经受心魔噬心之痛，长此以往，他们会变得人不像人，鬼不像鬼，这不是好玩的事情。”

他的语气算得上柔和，但樱招还是觉得他好凶，面无表情的时候尤其凶。

她哪里不知道这些道理，当她是才筑基的小弟子吗？

自嘲的话都听不懂，没劲。

樱招懒得再和他废话，咬着牙将眼睛闭起来，遮住眼里差点就露出的凶光，一扭头留给他一个后脑勺，自顾自地开始打坐。

那夜之后，他们两个虽还会有交流，但语气、内容一个比一个要冷淡。樱招觉得自己脾气要更冲一点，动不动就心头窝起一堆火。

应当是灵气太过充沛的缘故，纯正的金灵根，主攻击与杀伐，灵气若不及时运转至周天，人便会变得特别暴躁易怒。但她不知道的是，斩苍每晚都会将一株九曲灵藤注入她的经脉，助她增长修为。

九曲灵藤生长在昆仑墟万丈绝壁之上，是世间极其稀少的灵草之一，于修士来说，更是可以直接增长数十年修为的良药。一株已是极为难求，斩苍于偶然中得了三株，自己拿着也没用，干脆全喂给樱招了。

樱招的境界是化神初期，行气与剑术皆已定型，旁人给不了任何指点，他能给她的，无非是三十年修为而已。

她那么爱在刀口舔血，万一遇上的对手不像他这般仁厚，这点修为虽不能保她平安，但至少不会让她败得太难看。

如此又过了三日，斩苍才想起自己已经多日未曾与魔宫那群属下联系。

趁着樱招在溪边沐浴之时，他悄悄将谷中法阵更改了小部分。紧闭的房门渐渐扭曲，空气如水纹层层波动，下一瞬，雪片般的信笺顿时从虚空中飞出来，不多时便堆成了一座小山。

将言字诀点在那堆信笺上，信笺当中的字句就跟活了一般，争先恐后地往外蹦。安静的内室霎时间被各种声音挤满，吵得斩苍脑壳疼。

他幼时独来独往惯了，自来便不喜人吵闹，偏生坐上魔尊之位后，这帮魔族天天在他面前吵。

现下他离开不到一个月，发个信笺也能吵起来。

这帮废物。

挑着一些紧要之事一一处理过后，斩苍又将法阵改了回去，彻底隔绝了与外界的联系。

若隐若现的蝉声簇拥过来，像是一曲清音复奏，抚平魔尊因为被吵到耳朵而生出的焦躁。

他深吸一口气，恍然意识到……

四十九日，还剩下不到一半的时间。

樱招自灵力暴涨之后，沐浴时间便增长了。

冰凉的山泉有清心之良效，对于炼化经脉中那股杀伐之气亦有帮助。泡在水中静修了将近一个时辰，她才缓缓站起身，将身体烘干。

挂着皎白月亮的天幕似乎产生了一丝波动，很细微，几乎无法察觉，但她的确是感受到了。

这方天地里，虽然草木虫鱼皆有，但只有草木是真草木，虫鱼却是假虫鱼。那些藏在草地林木当中的昆虫到了夜里，虫鸣声虽繁密如落雨，但从来不会近人身。萤火虫飞舞得再漂亮，手一抓便会化作点点荧光消散。

也是，阵眼当中，没有日升月落，寻常生物怎能存活？可若是连日升月落也是假的，那她经脉当中吸收的日月精华是怎么来的呢？

天上的云层厚了些，溪面渐渐笼上白雾。

樱招皱了皱眉头，正打算穿衣，肩头却突然感受到一股痒意，像是被蚊虫叮咬了一口。一掌拍下去，掌心果然躺着一只死蚊子。

怎么会有活物？！

是因为方才法阵产生了波动吗？还不到四十九日，这法阵竟可以中途开启？

斩苍知道吗？

急着要跑过去问他，樱招弯腰掬起一捧水，匆匆将自己肩头的血点擦了擦，目光却在自己肩上凝住。

她的肩膀往后一点的地方……原本是有一道浅浅剑痕的。

辟过谷的身子，周身被清气环绕，衣服上也绣着除尘真言，因此樱招平日里身上不会产生多少污垢，泡在溪水里也仅仅是泡一泡，不会特地搓澡。肩后的位置太过特殊，她亦不会没事扭头去欣赏。

是以她一直未曾察觉到，那道剑痕竟然不见了！

几乎是在瞬间，她便联想起自己连日来做过的梦。在梦里，斩苍每次吻过她之后，都会将她身上的红痕消除干净。

难不成，难不成那根本就不是梦？！

樱招拢着衣带的手一直在颤抖，哆嗦着连个结都系不上。她的脑子一片混乱，忘记了自己可以使用术法，站在原地磨蹭了半天才将衣服穿好。

冲回小院时，看到那扇紧闭的房门，万千思绪顿时化作一股无法抑制的烦躁，直冲颅顶。樱招捏着拳头一脚将房门踹开，房内的魔尊正安静地坐在案前，一只手按在眉心，似乎在揉弄眉头。

“你到底对我做了什么！”

劈头盖脸一句质问让斩苍愣了愣神，遮在眉间的手缓缓放下，转过头来看向她时，竟是双目微怔的模样。他只是没反应过来而已，然而他这一愣神却让樱招有些慌。

不不不会是她搞错了吧，还是说，她需要问得更清楚一点？

樱招直接冲到他面前，正准备开门见山问个明白，脚下踩着的地面却突然剧烈晃动起来。

窗外猛地腾起一股股黑色烟云，山火爆发般发出强烈的怒吼。天幕破开一道裂口，整座院落都在摇晃。

重重的轰鸣声从那道裂口传进来，像是要把人的耳膜钻破。

樱招半伸出的胳膊被斩苍一把捏住，拉到身前扶稳，宽阔的胸膛几乎要将她罩住。可偏生这时地面又开始晃动，她来不及挣扎，便感觉到魔尊干脆横过一只手臂揽住她的肩膀，而后直接将她贴紧在胸口。

她的呼吸被闷在男子的衣襟内，全身血液噌噌地往双颊狂涌。

一道磅礴魔气从斩苍周身涌出，浪潮般冲破小窗，直奔那道破口。紫色清光轰然拍打在天幕上，将那道裂缝堵得严严实实，直到满溢出来，奔腾不息地往四周涌。

天幕上凭空出现一条由魔气形成的河流，水银泻地般顷刻间便铺满整座院落。

耳畔的轰鸣声渐渐弥散，摇撼的土地恢复平静，裂口已被修复好。

樱招抬起头，正好看到斩苍将杀气腾腾的眼神收回来。

向来不可一世的魔尊不自在地别开眼，握着她的肩膀将她推远了一些，但手没松，仍是保持着将她扶好的姿态。

特地忽略了她方才的提问，斩苍看着她，提醒道："你的刑天，出世了。"

她的刑天？

噢，对，现在拿到刑天是最重要的。

其他诸如她肩膀上的伤痕为何会被抹平、斩苍为何会突然抱紧她，还有，她做的梦究竟是不是真的……

这些事情都得压后。

"我能出去吗？"樱招当机立断，察觉到握在自己肩头的双手不动声色地握紧，她赶紧补充了一句，"你不放心的话，可以将我的眼睛蒙住。"

"不必，"斩苍垂着眸，手掌从她肩头滑下，像是忘记了自己给自己定下的规矩，头一次在她清醒时牵住了她的手，"你若是看到了什么不该看的东西，我会将你这段记忆消除。"

好吧，樱招想，至少他没再说什么"我会将你杀了"之类的话，虽然这两种表达从本质上来说并无任何区别。

顾不得那么多了。

樱招屈起手指将他回握住，斩苍略微粗糙的手指下意识微颤了一下，随后才轻轻将她的手握紧。

两道身影闪电般消失在原地，激起的风将斩苍堆在案上的宣纸掀动。

薄透的画纸被渐次掀开，却由于上面镇纸压得严实，只能窥见纸张的一角。

风停歇时，那堆纸又奄奄一息地合上。每一张、每一张都隐约浮现出一道女人的裙裾。

第拾肆章 刑天出世

『这样吧，若是你肯答应与本尊结契之后，第一件事便是手刃身边这个魔头，本尊便心甘情愿认你为主。』

这是樱招第一次走出斩苍的院子。

院外却不是她在阵中看到过的任何场景，而是漆黑一片，像在什么东西的腹地，四周满是嶙峋巨石。

幸好以她的修为，能暗中视物，倒不至于伸手不见五指，只是脚下的道路太过曲折，坑坑洼洼，还有许多根状凸起，就算走得再小心，也难免要被绊住脚。

斩苍对这里应是异常熟悉，云步迈得如履平地。抓握住她的那只手收紧了一些，在察觉到她几乎是深一脚浅一脚之后，他干脆一把攥住她的胳膊将她扯到身前，每当脚下遇到障碍时，都会托住她的臂膀将她架起。

密实的胸膛贴在樱招背后，两人的脚步越来越快，终于有种瞬行的意味。

到后来，樱招几乎在被斩苍提着走。

一路上没有人说话，樱招是怕说多错多，反倒给自己惹麻烦，斩苍是不知道该说些什么。

前路渐渐变得开阔，像是走进了某个巨大洞窟，洞内石块、木块铺了一地，黑色粉尘飘荡在空中，显得乌烟瘴气。

洞窟上破了一个大洞，纵横交错的繁密枝叶遮盖住洞口，被切碎的月光从枝丫缝中漏下来，刚好漏在洞窟中央。

像特地搭建的舞台，台上只有一柄未出鞘的巨剑插在乱石当中，剑柄上盘腿坐着一个大块头巨人。

那巨人背对着樱招与斩苍，身型大得像座小山，剑柄相对于他的身型来说就跟针尖似的，也不知道他究竟是如何才能在“针尖”上坐得这般稳当的。

樱招刚产生这个疑问，便看见那大块头缓缓地转过身来。

洞窟顶上的枝叶被风吹得摇摆不定，连带着泄下来的月光也幽暗得有些可怖，微弱光亮照在大块头身上，他竟真的没有脑袋。

传说中，作为天神的刑天，被天帝砍去了头颅，从此以后，便以双乳为眼，肚脐为口。

樱招修行这么多年，见过的诡异奇事数不胜数，来之前亦做好了心理准备，因此表现得还算淡定。斩苍更不用说，他自己就是个魔，一个没有脑袋的剑灵于他来说根本不足为惧，也不足为奇。

这厢仍旧牵着手的二人停下脚步，好整以暇，那厢骤然将双乳睁开视物的大块头，竟然被突然出现在此地的两道身影惊到，而后，终于发生了令樱招担心的事情——

他真的一下子没坐稳，从剑柄上跌落下来。

本以为那大块头会摔个地动山摇，但在快要落地的瞬间，他却十分轻盈地点地腾起，稳稳当当地又坐回了剑柄上。这样看着，他一身肌肉倒是健硕无比，力量感十足。

化作眼睛的双乳透过扬起的灰尘眯起，原本安静闭合的肚脐张开变成一张嘴。刑天肌肉分明的前胸此刻化作了一张傲慢无比的脸，接着，一道傲慢无比的问询从肚脐处冷冷地传出来："修士？此地为何会有修士？"

嗯？在问她？樱招转了转眼睛。

作为剑灵，刑天不知道自己出世的地点一定会有修士寻过来吗？看他的反应，似乎这件事的确是他非常始料未及的。难不成，他是特地寻了黑齿谷这样一处无任何人可以踏足的地点出世？既无人会来，便无人会拔剑，那他便可以顺理成章地不认任何人为主。

真的打得一手好算盘。

樱招下意识看了一眼斩苍，发现他并无要与刑天搭话的想法，便回过头来，打算开口说几句，那大块头却将目光转向斩苍，疑惑道："不对，你不是修士，你是扶桑——"

斩苍瞬间皱起眉头，空着的那只手下意识蓄起一股杀意，眼看便要直接招呼上去。

“刑天！”

一道高声呵斥横劈过来，硬生生将刑天未说完的话打断。

霎时间洞窟内阴风习习，波声俱静。

难以置信，樱招一脸死寂地呆立在原地，难以置信自己竟然打断了刑天的话……

好想抱头找个地方钻进去。

特别是头顶上传来的，属于斩苍的探究目光，更是让她被他牵住的那只手冷汗直流。

但好在斩苍最终一句话也没问，像是已经习惯了她有事讨嫌、无事生非的个性一般，不动声色地将她掌心的汗擦了擦，然后往前走了一步，试图将她挡在身后。

却没想到樱招自己将手抽了回来，毫不留恋地。

斩苍愣在原地。

端坐在剑柄上的刑天被樱招吼得忘记了言语，好半天才抬起一只手指向她，咬牙切齿：“小小修士，竟敢直呼本尊的名号！”

“我是有苦衷的，尊上！”樱招深吸一口气，努力忽略掉身边的魔尊瞬间变低的气压，哭丧着脸解释道，“我身边这个男人，我跟他不熟，他是什么来历，尊上自己知道就好，千万不要告诉我！我不配知道！”为了证明这番话的真实性，她还特地往旁边挪了几步，“尊上法力滔天、见识渊博，自是不用害怕什么，但我不过是一个小小修士，若是不小心听到了不该听到的秘密，被抹去记忆事小，被无情杀害事大……”

一番话真言假语乱说一气，简直让斩苍梦回战将选拔当日樱招试图拉住他的袍角拍马屁的场景。

可是，当他看着樱招那副虚假的哭脸，突然间意识到，这番话，他无法反驳。

站在樱招的角度，她说的竟然句句属实。

自相遇以来，他的确从未给过樱招半分尊重，无论是威胁她要杀了她，还是威胁她要抹去她的记忆，还是无耻地利用时间暂停的技能来对她做出那样过分的事情，这一切的一切，都充满了上位者的耍弄与侮辱。

在樱招看来，他的确与她不熟，他充其量只是一个高高在上的魔尊与喜怒无常的怪物而已……

樱招以前有过许多柄剑，几乎个个都品相非凡。有些是师父直接送的，有些是她外出历练时寻得的，但那些剑虽好，却总无法与她心意相通，成为她的本命心剑。

剑修，在缺少神兵利器的情况下修成化神，说起来几千年来也只出了她这么一个。师父平日里总说她机缘了得，继续潜心修炼下去，一定能遇上最好的本命心剑。可现下樱招看着那个坐在剑柄上、被砍掉了头的大块头剑灵，心中五味杂陈——若她的本命心剑是这么个粗犷又狂傲的大汉，想来自己也是有些硌硬。

她这般……出尘的气质，这柄剑怎么想都和她，不相配啊。

更为硌硬的是，万一她真将他收服了，自己的气海中还要时时刻刻住着这么个玩意儿，也不知道她的容貌、性子还有气质会不会受到影响。

樱招哭丧着一张脸，脑海里一直在乱七八糟地介意着这堆八字还没一撇的事情，身边被她甩开手的魔尊气压持续走低，她倒是完全没注意到。

“哦？”一番哭诉引得刑天终于气顺了些许，连带着胸口那张脸也平和了几分，“本尊的确法力滔天不假，见识渊博自然也真，算你这小修士识相。你身边这个魔，既然知晓他的来历对你来说有杀身之祸，本尊也没那工夫多言，只要尔等速速退出此地，本尊便放你们一马，不治你们惊扰本尊清修之罪。”

“治罪？”愣怔了半晌的魔尊终于回过神来，本就坏到极点的情绪被这番狂言所搅动，抬眼看过去时，不悦情绪比方才要更甚，“不过是一介剑灵，竟狂妄至此。你把此地弄成这副模样，又该当何罪？”

他没直接上手将这把破剑给毁了，完全是看在樱招这么想要的面子上，才多废话这几句。

即使她说与他不熟，但他决定大度一点，不在此时与她多作计较。

接连被樱招与斩苍冒犯了个彻底的刑天气得一个纵身站立在剑柄上，空空如也的右手骤然幻化出一柄流光溢彩的神剑，那剑虽无实体，但杀意逼人，饮惯了鲜血的剑刃透着一股令草木都震颤的煞气。

可他没有率先出手。

身为剑灵的刑天如今早已不复当天神时那般威风凛凛、大杀四方。被束缚在神剑当中，虽然滔天法力犹在，但他无法自主发起攻击，只能与修士结契之后，借助修士之手才能释放磅礴神力。

想起也真是憋屈。

而樱招，化神期的“小小修士”，处在鄙视链最底端，面对着这俩动不动就“本尊”来，“本尊”去的大爷，简直是无语凝噎。

虽然知道现下他们打不起来——主要是知晓被束缚住的剑灵不能自主攻击人——但这两尊大神的威压实在是太强，猛然碰撞到一起，不仅洞窟内狂风大作，透过洞顶的枝丫往外看去，原本平和的夜色亦在顷刻间变得黑雾漫天。

夹缝生存好难，樱招站在原地思索了片刻，还是决定先安抚斩苍。

正在气头上的魔尊陡然感觉到自己的袖袍被人轻轻扯了扯，他略感意外地低下头，只见樱招有些无奈地看向他：“斩苍，这件事情，能不能就交给我？你在一旁看着就好。”

魔尊冰冷的目光从她的面颊扫到轻扯住袖袍的指尖，在察觉到樱招没有要松手的意思之后，才渐渐缓和。

“行，”他答应得很痛快，周身威压也随之收了个干净，“反正那剑灵不借助修士之手，就是废物一个，跟他斗气没意思。”

都这样了，还得激怒一下对方。

实在是……

有够帮她。

或许是实打实在一起生活了这么多日，虽然在樱招看来自己的确不了解斩苍，但在这一刻她竟与他形成了某种默契。

她是在场唯一的修士，若是刑天执意要与斩苍打一架，那他只能接受她来拔剑。

可这刑天，闻言反倒安静了下来。他在樱招与斩苍之间来来回回审视了一番，然后轻哼道："小鬼，你化为人形的时间短，从呱呱落地起，真正算下来年纪还不如你身边这位修士大，呵，想激我，你道行还浅了点。"

斩苍："……"

樱招："啊！！！"

这是什么惊天大秘密！

斩苍竟然比她年纪要小！

联想起刑天刚刚说的几个关键词，"扶桑""化为人形"……完蛋了完蛋了，她不想知道这些啊！

啊！这刑天嘴巴怎么是个漏勺啊！

樱招已经完全不敢看斩苍了，捏住他袖口的手正欲收回来，却被他反手握住。

他今日表现得十分反常，平日里恨不得离她八百里远，这会儿却又像完全不许她离开似的。

"别怕，不是什么大事，"斩苍平静地说，"让你知道也无妨。"

樱招在惊魂未定中花了好半天才反应过来，斩苍是在安慰她，虽然语气仍旧硬邦邦的，手也是，但她向来是个十分懂得投桃报李的人。

"嗯，"她回握住他的手，"我不会说出去的。"

"这般亲密无间，还敢诓骗本尊说不熟？"

洞窟中央传过来的质问怎么听都有种咬牙切齿的意味，樱招看向站在剑柄上的刑天，面色沉静："本来就不熟，可我也不欠你一个解释。方才直呼尊上的名讳，是我冒昧，但以后，或许你得时常忍受我这般叫你了。”

傲慢的剑灵胸前双乳与肚脐构筑成一张阴沉的脸，他沉默了半晌，突然爆发出一阵突兀的笑：“你想拔剑让我认主？小姑娘口气倒不小。”

樱招没有说话，而斩苍既已经决定让她自行处理，也不会在此时出言打扰。

“修士拔剑只有一次机会，你若是拔不出来，那你这趟就算白来。”刑天兀自笑了半晌，声音歇下去时，突然阴恻恻地说道，“这样吧，若是你肯答应与本尊结契之后，第一件事便是手刃身边这个魔头，本尊便心甘情愿认你为主，你也不必再担心自己会有杀身之祸，怎么样？这笔交易对你来讲划算吧？”

修士取剑时，难以驯服的剑灵会设下重重关卡考验修士，以择出最契合的有缘人来拔剑。毕竟有点身份地位的剑灵寿命都很长，比修士能多活几千几万年，怎会轻易认人为主？

神兵利器，除了第一任锻造者，此后绝不会独属于一人。每一任拥有者都只能短暂地与剑灵结契，待到身死之后，剑灵会自动寻找下一任有缘人。

这把刑天，自化作凶剑之后，千万年来从未与任何修士结过契，也从未等到过有缘人，樱招当然明白他是故意为之。故意将出世地点选在险要之地，等不到有缘人，他便可以继续躲在剑里逍遥自在，不必听从任何人的指令。

看来失去了脑袋并未让刑天失去脑子，相反，他还很懂得博弈之道。

宁输一子，不失一先的道理，他明白得很透彻。

樱招既已千辛万苦地走到他面前，无论如何都会上前去拔剑。若是她能拔出来，他便要无条件认她为主，可她拔不出来的概率依旧很大。

正常人听到可以直接结契，便不会再去冒拔不出来剑的风险。不过是给这柄剑开个刃，喂个血而已，修士修行到这个境界，有此等机缘，是绝不会心慈手软的。

刑天故意输给她的子便是这个。

可樱招摇摇头，拒绝了："不，我不会与你做这笔交易。"

她拒绝得太过坚定，不仅刑天变了脸色，就连斩苍也是，他回身看向她，眼神当中满是不解。

"为什么不答应？"一道传音秘密钻入她耳中，是斩苍在问她，"你拿了剑，即使将他的神力发挥到极致，也杀不了我，为何不先让他认主？"

樱招看向他，传音回去："我知道你很厉害，我也知道我拿了剑也杀不了你，但是，你救过我的命，无论如何，我都不会拿这份恩情去做交易。况且，若是我真与刑天结下这等命契，总有一天我会被他反噬，届时，便不是我在支配他，而是他在支配我。"

"不必多说，"樱招将目光转向刑天，"我会堂堂正正走到你面前，将剑拔出来。"

竟然没有上当。

刑天一计不成，眼看着樱招就要走过来拔剑，突然又心生一计。

"等等，"他将手里那柄没有实体的神剑收回去，抄着手沉吟道："既然你心意已决，本尊也不会过多为难你……"

一般情况下这种话后半段都会带上一个转折，所以樱招并未高兴得太早。

果不其然，那剑灵停顿了片刻，接着说道："只是本尊在剑中被封了太久，对当年的人和事甚为挂念。其中最念念不忘的，便是姑射神女的一曲仙音，名为《蒹葭》。你若是能现场将此曲弹奏于本尊听，也算了结了本尊一个心愿。"

刑天是以为，这小小剑修，未靠本命心剑加持，能修到化神总是有几分本事在。剑术自是不必说，道法佛法、阴阳五行，这些大概也难不倒她。而剑修一般善舞，让她舞个剑说不定正中她下怀。

思来想去，他也就只能随口胡诌一个音律来使她知难而退了。

《蒹葭》的琴谱早已失传，这修士再有本事也不可能重现那曲仙音。

樱招："……"

这个讨人厌的大块头到底有完没完？拔剑就拔剑，还得十八般武艺样样精通是吧？

她看了斩苍一眼，手指在他掌心轻轻挣扎了一下，示意他松开手。对方的脑回路在此时倒明显与她相一致，在察觉到她的想法之后，只是懒洋洋地嘱咐道："动作快点，我困了。"

也是……

往常这个时候，樱招早已经美美地进入了梦乡，与梦中的斩苍缠绵起来了。

她肩膀上那道被抹去的伤痕暂且不管，但拔剑一事，耽误到这个时候，她的耐心早已告罄，初见刑天的兴奋感也已完全消散。

这糟心的玩意儿若是此番不能压住他，那她就是给自己找了个祖宗供着。

她绝不能允许这种情况发生。

洞窟内剑意涌动，刑天双目一凛，只见方才还站在十丈开外的樱招身形一闪，竟完全不打算与他继续商量，疾风般出现在他身前，打算强行拔剑。

修士周身释放出的剑意将她全身包裹，湛湛金光若流火一般，气势汹汹。

"不识好歹。"

刑天轻哼一声，旋即从剑柄上一跃而下，如一堵墙般挡住她的去路。身为剑灵，虽然束缚良多，不能主动向人出手，但他根本无须出手，基本的防御便足以抵挡住这人间修士。

地底轰隆作响，一柄闪着幽光的巨剑骤然从地面上生出，直冲洞顶。原本就被糟践成一片废垒的洞窟差点被这巨剑捅个对穿。

斩苍皱起眉头，按捺住想出手修补的心思，站在原地深吸了一口气，然后闭上双眼，决定眼不见为净。

顶天立地的巨剑上缠绕着一股子黑气，氤氲自剑尖直往上攀，全然将剑身包裹时，已是凶意毕现。

这刑天，果然是把大凶之剑。

不祥的气息笼罩在洞窟之内，樱招急急纵身往后一步，从气海中抽出一把平平无奇的佩剑，面对着一脸阴鸷的刑天，直接将剑往上空一扔。

嗡鸣之声伴随着金光一齐从剑身溢出，小巧的佩剑飞速绕着那柄满是黑气的巨剑飞了数圈，在半空中稳稳悬住时，突然如万刃开屏一般幻化出无数分身，金色剑光遍布在整座洞窟内，满堂皓月齐齐对指正中央的凶剑。

咕隆隆的黑气在金光缠绕之下，丝毫未减弱，反而嘶吼着气势大涨，条条黑雾从剑身迸出，似黑蛇般与金光撕咬在一处。

风狂煞气盛，修士之力怎么敌得过天神？刑天淡然抄手，眼睛睥睨着樱招，正打算出声劝退，却没想到下一瞬，那修士身形一动，竟趁着两股剑气相斗之时，飞趋过来，无视他庞大的身躯，直接穿胸而过，疾风一般握住刑天的剑柄。

自己的身躯竟挡不住她？不可能！他的有缘人怎么可能是这么个凡人修士？

可即使刑天再无法接受，在樱招的身躯从他的身体里穿胸透骨而过，却未受到半分损伤之时，心中便已经得到了答案。

黑气森森的巨剑发出的嗡鸣声有一瞬间的减弱。樱招敏锐地察觉到，这是那大块头剑灵的心境开始不稳的征兆。

握在刑天剑柄上的双手堪称纤细，注入其中的力量却似炽焰在沸腾。陡然激增于血脉之中，还未来得及完全炼化的功力，如今全数灌注在了剑身之上。

樱招咬着牙，以雷霆之势用力一拔——万道金光随着剑身的拔出而迸射出来，这把刑天剑终于显出全貌。

剑身之上龙纹凤篆遍布，纹路之繁复足见刑天生前审美之奢华。

金光与火光在剑身上摇曳生辉，剑鸣之声嘶风逐电，梵音般缭绕于洞窟之内。灼灼金光自洞顶穿出，霎时间光腾万里，令人不敢逼视。

一道闪着光的龙纹突然从剑身上游进樱招的手腕，与此同时，那大块头刑天体内的腕上亦随之显现出这道纹路。

相同的小龙如镜像一般，在两副身体内同时游走。龙身游到樱招额间盘踞下来时，大块头刑天身上的小龙刚好落在他的胸膛中间。

这是结契之纹，此时的刑天纵然已经放弃了挣扎，然而双目中仍旧充满了绝望。

想他机关算尽，好不容易寻了一处无人可以踏足之地，就是为了躲开这个有缘之人。谁承想，有缘之人之所以有缘，正是应运了这变化莫测的天意。

都怪那个魔尊！这么重要的地方，竟会允许一个修士踏足！

刑天瞪圆了双目，狠狠地剜向站在不远处袖手旁观的斩苍。对方的目光却丝毫未放在他身上，而是灼灼落在樱招身上，像是随时准备着在她应付不了时直冲上来。

好在樱招的适应能力非凡，手握着刑天剑直接在原地盘腿坐下，将剑横在膝头，再不管外界如何，自顾自地闭目调息起来。

她体内乱窜的灵力在全数释放给了刑天剑之后，那条小龙又游回了她的经脉。这柄神剑已经认主，便自主在帮着主人调息。

运转几个周天之后，那些强行渡进她体内的灵气已经全数被她调息好。再睁眼时，樱招额间的龙纹已经隐去光芒，渺然渗入皮肤。大块头刑天也是，那道龙纹也已隐入了胸腔。

“刑天，”樱招提着剑走到他面前，刑天抿紧肚脐，以为她要以主人的口吻自居，说出什么约束之语，给他个下马威，却没想到她只是问他，“那曲《蒹葭》，你是真的很想听吗？”

剑灵刑天沉默了片刻，才说道：“想听，又如何？本尊只是随口一说，想要刁难你而已，那琴谱早已失传，你不可能重现这首曲子。”

“我会帮你寻到的，”樱招一脸郑重，“随口说出的话往往是埋藏在心里最深的执念，我会帮你寻到剑谱，重现那曲仙音。”

她一连向他承诺了两遍。

啰唆。

刑天一脸冷漠地将差点戳破洞窟的巨剑收回来，接着，他未发一言，直接化作一股轻烟钻进了樱招手中的刑天剑当中。

半晌，他又扔出一句："本尊累了，你这小修士今日之内不要再来打搅本尊。"

"噢。"

樱招捧着剑，应了一声，然后利索地将剑背在身后，转向一直等在一旁的斩苍。

魔尊似乎真的很心疼被刑天破坏得乱七八糟的洞窟，在确认樱招已然全数将那三十年灵力炼化，再无爆体而亡的风险之后，便优哉游哉地开始布阵修复四周的残垣断壁。

他的法阵真的很厉害，不，应当是，哪里都很厉害。

其实樱招没有那么蠢的，在阵中被困了这么久，她早猜出来斩苍的真身是什么了。

初入黑齿谷，被折磨得生不如死时，她便知道，要脱身，必须找到阵眼，而阵眼便是那棵她怎么找都找不到的扶桑树。

斩苍的小院正是坐落在阵眼之中，才会日日都这般风和日丽。可他从来不许她出去，因为她一旦踏出院门，便会发现这座院子处在扶桑树的腹中。

今日之前，这一切都是猜测，直到刑天那个大漏勺，故意漏出的那几个关键词，才让她确认——斩苍的真身的确就是那棵传说中可以连接三界的扶桑树。

他化形的时间虽比她要短，但真身几万年以来日日承受着十个太阳的神力，也难怪强到这个地步。

此时斩苍已经将洞窟修复得差不多了，见到樱招慢吞吞地走过来，下意识地想去牵住她。

向来随心所欲的魔尊决定不去理会樱招说过的与他不熟的这句话，头一次决定顺从自己的心意，在她清醒的时候与她亲近一点。

她喜欢黏着他，不是吗？

那他也可以将他的手递给她，只要她牵住，不再甩开就好。

斩苍看着被破坏成灰烬的树枝、石块在法阵的作用下从从容容地一样一样复原，自己也俨然装作从容地伸手示意她拉住自己。

但樱招很奇怪地看他一眼，踟蹰着问道："我方才沐浴时，被蚊子咬了一口，是你将法阵修改了吗？"

斩苍："……"

"法阵既然可以修改，那是不是表示，我们可以出去了？"

黑齿谷的法阵，由斩苍一己操控，他其实，一直都是可以出去的。

根本就没有什么"要满四十九日才能开启生门"这种说法，这不过是他在救下她的那晚，随口胡诌的一句戏言。

起初，斩苍只是不愿意太快回到厌火魔宫，坐回魔尊的位置而已。他自从坐上那个位置之后，虽然每天都被形形色色的魔族所包围，日子被各种繁杂事务所充斥，但他时常会有一种荒芜感。

一棵普通的树离了根，会不能活。

他虽不是普通的树，化形之后亦不会被根茎束缚，但对于来处，总还存着不小的眷念。

这里的一切都繁荣茂盛、日暖风清，是他扎根了几万年的地方。化作人形的短短几十年光景，在茫茫大块熔炉里，是完全不值一提的尘埃。

樱招当然是个意外，当初随口胡诌的那句戏言，让他作茧自缚，备受折磨。

虽然他在第六日晚上便擅自觉出了别的乐趣，并且直到现在，他也没弄明白这份乐趣对他来说意味着什么，但樱招已经在提前叫停了。

在他准备认真思考的时候。

不过这样也好，那些一想到她，就堵在胸口无法消散的沉闷黑云，那些令他意志薄弱、变得不像自己的无解情绪，还有，那些令他几近失控、身躯快要焚尽的渴望，这些全都可以被巧妙地消解掉了。

"嗯，可以出去了，"斩苍说，"明日。"

"我是要被你抓回魔宫去，还是可以自行回中土？"樱招又问了一句，意在确认他此时此刻的想法。

"回你的中土去吧，"他说，"通缉令，我会撤销。"

那她犯过的那些事，就这样一笔勾销了？

斩苍没有解释为什么突然间法阵便能开启了，樱招也没问，因为她看到他脸上的表情并不是那么的和煦。

樱招以为，自己来魔域这一趟，最重要的目标已经达成，应当是要欣喜若狂的。迫不及待地出谷，回师门报喜，才是她该做的事情。接下来她还要去给刑天寻琴谱，继续修行，以期早日得大道。

漫漫仙途，一桩接一桩的事情，哪样都比困在这里更为重要。

与她终究殊途的魔尊，即使好看到她一眼都不想移开，但他避她如蛇蝎，想必的确是不想与她这么个修士有过多深交。像今日这般偶尔递过来的手，只是不得已而为之的安慰。

反反复复又捉摸不透的态度，令她险些妄起非想，耽于情爱。

还以为，那些……不是梦。

这样的情绪很奇怪，那道疤痕的消失让她寄希望于是斩苍做的，但倘若真是他做的，这也实在是一件恐怖至极的事情。境界差距过大，她连反抗都毫无办法，只能任他宰割。

如同初见那般，没有丝毫余地。

她不知道自己该想些什么，该做些什么，便只能拣着最重要的问题来问斩苍，不是催促的意思。

只是她未想到出谷之日来得如此，猝不及防。

“如此，那便……最好了。”隐约有些不如意的失落堵在樱招的喉咙，她艰难地把这句话说出口，她看到斩苍的目光仍旧凝聚在她的脸上，冷冷冰冰的，情绪不明。

樱招突然意识到，自己前一刻拿了剑，后一刻便问他能不能出去，真的很像在过河拆桥。她想着自己应当真心地对他表示感谢，于是赶紧补充了一句：“多谢魔尊大人，大恩无以为报，只求来日……来日……”

她已经木讷到连场面话也说不好了，真是丢脸。

好在斩苍根本不想与她有什么“来日”，见她好半晌闷不出一句完整话来，竟轻轻扯了扯嘴角怪异地笑道：“除了收留你，我对你也没多少恩情可言，那柄剑是自愿认你，我没有帮到你半分。一切皆是你应得的，樱招姑娘不必太过挂怀。”

真是无耻，明明偷偷在她身上得了那么多好处，他却故意只字不提，反倒摆出这么一副宽容大度的模样。

说着不必挂怀，实则句句都在求着她挂怀。

听到这样的宽慰，樱招心里好受了几分，虽然情绪仍旧乱七八糟、说不分明，但她决定要开心一点。

她冲着斩苍点点头，抱着那柄刑天剑问道：“那你要消除我的记忆吗？”

他的真身是扶桑树的事情，被刑天三言两语透了个干净，樱招再也装傻不得，只能摊开来问他。

“不必，”斩苍摇摇头，“今夜之事，单单消除你一人的记忆，也无济于事，那刑天知晓一切，迟早会再次向你说漏嘴。”

“说得也对。”

记忆消除之法，用来简单，但真正使用起来却漏洞百出。被消除记忆之人，神志清醒之后，若是前因后果联系不上，迟早会察觉出异常。

“我会用言灵咒术约束他，让他除了我，再无法向别人说出这件事，”樱招向他保证，“我亦不会将黑齿谷的所见所闻向人透露半个字，包括我师父。”

她张嘴说了些什么，斩苍似乎根本没有听清楚，只觉得她的嘴张张合合，整个人沉浸在要出谷的喜悦中，精神头十足。

洞窟被修复好，月光也渐渐被阻绝。

斩苍一连释放出数个凝光球，一个一个如同灯笼似的将来时的路照亮，流利得像一首离别的小诗。

“走吧，”斩苍不再看她，转过脸在前面引路。走了几步之后，他又停下来，确认樱招有好好跟着之后，才默默地往前走。

这段路已经不若来时那般，有需要隐藏的秘密。凝光球遍布在四周，将前路照得通亮，脚下凸起的根茎再也无法绊住樱招的脚，而斩苍亦再也无法借机将她揽住。

沉闷的脚步声被压缩在封闭的树洞中，鞋底碾在泥土上的声响敲击着耳膜，黑夜突然变得凝重又冰冷。

树洞当中飘荡的珍稀木香，与斩苍身上的味道如出一辙的好闻。樱招曾诧异过为何一个魔族身上会有这种长年累月被阳光雨露滋润而形成的味道。毕竟，魔域那片天，常年不见太阳。

不知道他为什么要选择成为魔。

但这些都与她无关。

只是，这样沁人肺腑的香味，出去之后，便再也闻不到了。

樱招感觉自己好像连呼吸都有些痛苦。

不行不行，不能再这样胡思乱想下去了。

樱招甩了甩头，在斩苍身后问道："你化形多少年了？真的比我要小吗？"

大约男子对自己的年岁都有种幼稚的执着，他背脊僵了僵，回过头来，一本正经地看向她："我比你大几万岁。"

"树龄不算。"

"怎么不算？"

他停下来，语气当中的义正词严来得莫名其妙。樱招又觉得有点好笑，竟真的不自觉笑出了声。

就这样，两道影子缓缓傍近，斩苍低下头，盯着樱招浓密乌黑的发顶和嘴角漾着的浅笑，有些贪婪地不舍得移开眼。

她合该是这般没心没肺的，斩苍想，至少在此刻，他们两个当中，有一个是开心的。

他佯装冷酷，沉下声音告诫她："我的真身，这世上只有你、刑天和太簇知晓，若是这个秘密有朝一日被泄露——"

"那肯定不是我，"樱招丝毫不怕他，迫不及待抢白道，"我既不会主动向别人说起此事，那唯一的意外便是我遭受了危险，但以我如今的本事，也就比你差一些吧，别人伤不了我，刑天现在是我的剑灵，定会与我一同，你与其担心我，还不如担心你那个左使。"

"太簇至少在我眼皮底下，而你，"斩苍抿了抿嘴，"算了，你保护好你自己，别再落到人手里，被搜魂了。”

“我借你吉言！”

两人一路争执着回到院中，夜风吹拂过来，郁结的心境好像也随风消散了些。

樱招没有半点睡意，她把刑天剑立在树下，给自己施了一道除尘咒后，便往躺椅上一躺，交代了一句“我在院子里待一会儿”，就不再说话了。

一张白白的小脸埋进乌发当中，连情绪也窥不见。

听到斩苍回屋的声音，她才将遮住面容的发丝拂开，望着夜幕发呆。

被法阵修复过的夜色极好，星光缠绕在院子里的草木上，各处都被照亮，各处都很温柔。繁密的虫声依旧不知疲倦地震荡着夜空，那么假，却让人那么舍不得。

樱招无声地发了一会儿呆，目光落到刑天剑光秃秃的剑柄上，意识到那里少了点什么。她想着要给自己找点事情做，就一骨碌爬起来，从乾坤袋里掏出一团冰蚕丝线，认认真真地开始给刑天编织剑穗。

可惜她不善女红，忙活了好半晌，连个结都打得乱七八糟。

夜风扑打在身上，一道阴影突然覆上来，樱招看不清手中的结，呆愣愣地抬起头，看到斩苍不知何时又回到了院子里。

“起来，”他轻声说，“睡不着的话，带你去个地方。”

斩苍再次带着樱招出了院子。

这次不是走在树洞中，而是走在了地面上，繁茂的密林中间，干枯的落叶层层堆积在脚下，踩上去异常松软。

斩苍随手施了一道凝光术，巨大的光球自他指尖散开，莹莹絮絮地飞往密林各处，明亮的光线在树隙之间错落有致地缠绕，微风鼓荡间，扶桑树的香味渐渐浓郁。

樱招跟在他身后，一脸好奇地问他：“到底要看什么啊？你该不会要带我看你的真身吧？”

额头迎来一记弹指，不是很痛，但太突然了，樱招捂着脑袋瞪向斩苍，听见他说道："你想多了，真身是不能随便给人看的。"

哼，当她稀罕看一样，她还怕看了之后便走不了了呢，毕竟知道的秘密太多，只有死人才能全都烂在肚子里。

话虽如此，她还是接着问："那谁可以看？"

斩苍垂眸看着她："谁都不可以。"

那便是迄今为止，谁也没见过咯？樱招自顾自地将他的话做了一番解读，心里又开心了一点。

转过一道弯，樱招终于看见了斩苍要带她看的东西。

密林尽头，静静地流淌着一条璀璨星河，光波摇翦着从脚下铺开，明霞晃晃将夜色照亮，密密疏疏的星辰闪着宝焰一般，有些浸在水下，有些悬在水面。

这条星河看不到尽头，目光所及之地处处光浮，地上的星河与天际的星空混混沌沌地融在一起，美得令人目眩神迷。

粼粼光波映在樱招清澈的眼中，她眨了眨眼睛，像是看痴了，好半天没有说话。

斩苍静静地站在她身边，宛若收藏珠宝的富庶商人，从藏宝库中尽心挑出了最为华美贵重的那一套，呈现在客人眼前。

他这段时日，由于在心底里责备樱招擅自闯入了自己的领地，所以对她一点也不好。思绪全然被牵动，陷入迷途，无法自控。樱招即将离开，这种毫无意义的情绪波动，终于要结束了。

他马上就能变回以前那个意志坚定的自己，迎来平和的康复期。漫长的时光长河中，他最享受的就是这份平和的孤独。为了感谢樱招最终将孤独交还给他，所以他异常慷慨地，想在最后一晚稍尽地主之谊。

极尽美好的修士容颜在他眼中绽开，樱招似乎真的很欢喜，扭过头赞叹道："真美！斩苍，你好不厚道，居然把这么美的星河藏到现在才给我看。"

被她这么一说，好像是挺不厚道的，但魔尊大人从不轻易说抱歉，所以他只看着她，没说话。

樱招倒也不是真想找他什么麻烦，随口一说而已。

“这里面是什么呀？”她在河边蹲下，侧过头问，“可以碰吗？”

凑近了看，才发现，舔舐着河岸的浪花并不是水，而是一层雾气，瑰丽无比的烟雾丝丝缕缕地缭绕进淡绿色的草根里，将整片河岸染成蔷薇色。

“是吸收了日魂月魄的琅玕石。”斩苍倾身替她捞起一颗，递到她面前，“几万年前，这里有一大片琅玕石林，斗转星移之后，就变成了这副样子。”

他实在不擅长讲解，几句话被他讲得干巴巴，但樱招还是听得很认真。她主要是认真地盯着他的脸和他坠着颗唇珠的漂亮嘴唇。

面对着这样一张俊眼修眉的皮囊，他说的是什么好像也不大重要。

斩苍话音落下，樱招赶紧回神，从他手中接过那颗琅玕石，释放出灵力缠绕其上。可惜，残存在琅玕石上的神力，经过几万年时光的冲刷，已经微乎其微，只剩下观赏作用了。

樱招轻轻将它放回河里，看着那颗琅玕石沉进雾气中，与其他星星状的琅玕石挤作一堆，光辉交错。一直注视着她的斩苍突然提醒道：“除了观赏，它还可以拿去卖钱。”

什么？！可以卖钱！

同等境界的修士当中最穷的剑修樱招顿时双目放光，颤抖着手欲把那颗石头再捞回来。伸手伸到一半，她才想起来人家也没说要送给她……

差点又丢了他们苍梧山的脸面。

她悻悻地将手收回来，身边的斩苍看着她，突然一脸的忍俊不禁。

樱招抱着膝在细软草地上坐下，下巴埋进双膝中，脸差点红到耳根。就这么缓了一会儿，她才欲盖弥彰地解释道：“回去之后就看不到这么美的星河了吧，神迹一般，人界可没有铺在脚下的星河。”

织了一半的剑穗缠绕在她指尖，被她绞成一团，惨不忍睹。

那双手在星光下如同上好的羊脂，触摸起来柔软又温香。被衣料包裹住的身子，抱在怀里细细软软的一团，香甜无比。

以后不能抱着睡觉了……

斩苍决定对她再慷慨一点：“送给你。”

“什么？”樱招瞪大了双眼，一时之间没能消化他的话。

“我说，送给你当剑穗的坠子。”他耐心地重复了一遍。

这下不只是樱招，还有一直被她背在身后的刑天剑也被惊醒过来，在她耳边哇哇乱叫：“喂！小修士！你把你手里那丑东西放下！听到没？放下！”

樱招转过脸，揉了揉耳朵，没空理他，只愣愣地问斩苍：“真的吗？”

她以为他是要捞一颗琅玕石给她，想着反正他有满满一星河，送一颗而已，也不算太贵重。她没想到的是，魔尊大人略略思索了一番，抬手在掌心结了一道法阵。闪着紫色光亮的星线缓缓飞向夜空，少顷，竟变成一道朝着星河撒开的巨大罗网。

漫漫星河在法阵的作用下开始倒灌，密密匝匝的星星挤在一起，争先恐后地钻进了半空中那张遮天蔽日的罗网中。四周鸟雀全被惊动，扑簌簌齐飞向夜空，如同团团黑雾在空中翻卷。

站在一旁自诩见多识广的修士与剑灵，一人一剑皆是目瞪口呆地看着这番景象，被魔尊大人说干就干的行动力震惊到一句话也说不出来。

眼看着那道星河瞬息间被吸干，泱泱奇景被压缩在法阵当中，渐渐变成一个圆滚滚的宝珠，缓缓飞回斩苍的掌心。

樱招已经完全呆坐在原地。

是一整条河，全送给她啊？

“拿着吧，”斩苍盘腿在她身旁坐下，十分财大气粗地将那颗仍旧晃着明霞的宝珠递到她眼前，“放这里也没用，既然你喜欢，就送给你。”

“你……”樱招的眼睛有些发热，嘴张了张，但说不出话来。

向来牙尖嘴利的修士如今仿佛失了语，她想问若是别人也喜欢，他也会这么慷慨地赠予别人这么贵重的东西吗？但她又害怕自己问出口只是自找没趣，因为他好似根本不觉得这很贵重，神态自若得像是在送她一片鹅毛。

斩苍见樱招好半天都没抬手接过，他皱了皱眉头，直接握住她的手腕将宝珠置于她的掌心。骨相极佳的手指隔着衣物搭在她的腕上，力道不轻不重，但莫名透着一股不容拒绝的意味。

“你的吞云戒，我就不还给你了，当你给我的回礼。”

樱招进谷之前，被他蛮横抢走的吞云戒突然出现在他掌心，五只连在一起的小银戒被斩苍捏在指尖晃了晃，在樱招看过来时，又被他迅速收起。

似乎对他来说，这才是什么怕被人抢走的宝物。

像这样交换了回礼，真能两清吗？

樱招伸出双手，小心翼翼地接过那颗盛着星河的宝珠，怔怔地问道：“你为什么要对我这么好？”

身子不自觉朝他身上蹭，却被他一指点在她额上阻止她继续靠近：“好好说话，别蹭过来。”

搭在她腕上的手倏忽间已离开，樱招茫然了片刻，突然不敢再尝试什么了。

“到底谁才是魔啊？”樱招絮絮叨叨地小声控诉，“不都说你们魔族民风开放，怎么你反倒比修士们还正经？”

才不正经，斩苍想，他的心思下流得很，自从开了情窍，他就没有一日不想把她搂在怀里。那些事情，他以前做起来毫无心理阻碍，只当她是被救下的小小生灵，根本不管她自己愿不愿意。

可是……不可一世的魔尊在此刻竟生出了一丝愧疚。

若是她知道他对她做过的那些事，那这些感激的话语应当会悉数收回吧。

他仓皇地转移话题，也没回答为什么要送她这个，只指着她掌心的珠子说道：“你还可以把它放出来。”

“真的吗？”

樱招假装注意力被转移，按照斩苍教她的口诀又将星河从宝珠中放出来。

背在她身后的刑天对她自己编的穗子一直怨声载道，控诉之声从剑柄处直往外蹦：“我告诉你啊！那丑不拉几的玩意儿休想挂在本座身上！听到没！你休想！”

根本无人理他。

那俩宣称“不熟”的剑修和魔尊，竟全都没听见他在号些什么，只顾着将星河放出去，又收回来，乐此不疲。

恋爱的酸臭味都要溢出来了，这算哪门子的不熟！

刑天轻嗤了一声“无聊”，而后自动封闭了灵识，回到了剑中。

一晚上耗费了太多灵力，樱招终于感到有些力竭，最后一次将星河收回宝珠当中的时候，已经是睡意缠绕。

坐在地上接连打了几个哈欠，她忽听得斩苍在她头顶问道：“困了？”

“嗯。”樱招微微颔首，难得有些不好意思地将头低下去，下巴磕在膝头。

睡不着的是她，现在没了精神的也是她。拿了人家礼物，虽然勉强回了个仙门至宝给他，但两相比较，价值根本无法放在一起衡量。

怎么想都是她在白拿他的东西。

不如就这样欠着吧，她赖皮地想，至少他今后想起她时，还能记得有个修士曾经用了个于他来说没用的戒指换了他一条星河。

柔软的后颈在夜幕下越垂越低，白白的像是要把仅剩的星光萦聚。

斩苍喉头动了动，移开目光：“那回去吧。”

没有得到回应。

他将头低下去，凑近她，才看到她已经累得睡着了。

半梦半醒间，樱招睁开眼睛，看到自己正趴伏在斩苍的背上。

他走得好平稳，背脊宽阔又舒服，背着她好像丝毫不费力气。她的双手从他的脖颈两旁垂下，左腕上吊着根织了一半的剑穗。盛满星河的宝珠被织进剑穗中，在黑夜里晃啊晃的，晃得她又开始犯困。

好闻的木香味将她围困住，她不自觉将身下的男子搂紧，偏过脑袋将脸贴上他的脖子。片刻之后，她又迷迷糊糊地撩开他的发丝，在他的颈侧亲了一口。

亲到了，终于。

架住她双腿的臂膀僵了僵，斩苍在原地停下，梗着脖子有些无措。一片红云攀上他的耳朵，樱招没有注意到。

这样简单的回应，她在梦里从来都做不到。

或许是现实里的他实在太难以接近，所以那些羞人的梦中，主动的那一方一直是他，她只需要被动地接受。

她实在有些分不清现实和梦境，只觉得若是在梦里，这样的亲密举动好像十分理所当然。

她亲了一口之后也没管其他，扭过头在他肩上寻了一处位置，正打算继续睡去。半阖着的眼帘却看到道路的尽头，远远地伫立着一棵巨大的树。

硕大无朋的树冠高耸入云、横贯天地，大到仿佛要将整片魔域踩在脚下。

“斩苍，”樱招揉了揉眼睛，说道，“我好像看到你的真身了……”

“看见了，便看见了吧。”他低低地应道。

斩苍背着樱招回到院子时，才想起来自己不必这么笨地一步一步走回来。他低着头有些自嘲地笑了笑，没再思索下去，轻轻地将樱招放到榻上。

各处都睡尽了，连虫也不叫了，樱招闭着眼睛，嘴角翘翘的，很愉悦的样子。

被她主动亲吻过的脖颈似乎还在发烫，斩苍伸手摸了摸，坐在她的榻旁，没有动作。没有上手去摸她，没有亲她，没有抱她，没有做任何利用时间暂停而做过的无耻的事。

他只是注视着她，静静地感受着时间流逝。

云层泛起鱼肚白，报晓的鸡鸣划破寂静，天亮了。

樱招睁开眼，斩苍已经不在房中。

他如同第一日早上一般，在院子里四处溜达了好几圈，又将樱招雕刻出来的那些小玩意儿仔仔细细看了个遍。那只被他折断了翅膀的蜂鸟亦被修复好，放置在了她的那些物品当中，等着她一起收拾进乾坤袋。

然而樱招并没打算将它们带走。她站在院中，望着黎明时分轮廓模糊的天空，轻声问斩苍："我能把它们留下吗？"

斩苍点点头，说道："可以。"

那便没什么好收拾的了。她将墙上那张通缉告示撕下来，小心翼翼地卷起，收进乾坤袋中。

回到中土，她与斩苍应当再也不会有什么瓜葛了。那这份由他亲手发出的通缉令，至少能证明，他们之间有过交集。

瞧见斩苍看向自己，樱招欲盖弥彰地解释道："不是说回去之后就要撤销对我的通缉吗？那这些告示都要被销毁了，你又不愿意替我引荐画师，那我不就只能留一幅，权当纪念了……"

话里话外似乎仍在埋怨他当初的不近人情。

"画师，你就别惦记了，反正他也不可能去中土找你。"斩苍这样说着，内心亦十分笃定。

那我能回到魔域来吗？樱招想问，但没有问出口。

法阵被斩苍轻松开启，二人再次走进通往谷口的山道时，忽然有种恍若隔世之感。

不远不近的一段距离，他们没有再交谈，只有沉闷的脚步声在山道中回响，像是一场冗长的告别。

守在谷口的赤炎兽依旧在洞内四处喷火，其中一头感应到斩苍的气息，炽火卡在喉咙里没喷出来，被自己硬生生吞了回去。结果那团火在喉咙处烧得它七窍生烟，两泡眼泪堆在眼眶直打转。

呜呜咽咽的模样，可真不像头凶兽。

其他几头亦不甘示弱，将周身烈火收得一干二净，嗷嗷叫着低下脑袋，蹭过来欲寻求主人的爱抚。

斩苍伸手将它们的脑袋一只一只挠过去，见樱招一脸犹豫地站在山道中没挪步，才冲她招招手：“你身上有我的味道，它们不会伤害你，”

有他的味道？什么时候沾上的？

樱招提起袖子闻了闻，没闻出来。

兴许是兽类的鼻子总比人要灵敏百倍吧，而且她与斩苍连日夜夜宿在一间房里，难免会将气味混淆在一起。

樱招提步走过去，那几头赤炎兽果真对她没有任何敌视的表现，反而在她身旁绕来绕去，如同家犬一般温顺。

谷口近在眼前，感应到刑天出世而聚集在谷外的修士们，有些已经返程，有些依旧悄悄地潜伏在附近，欲在第一时间目睹究竟是谁得了这份了不得的机缘。

斩苍只能送她到这里了。

如今两族之间虽然相对太平，明面上未起大争端，然而几千年来积累的仇怨却依旧横亘在两族之中，轻易无法消散。

仙门大派苍梧山掌门亲传弟子若是与魔族至尊私交甚笃，恐怕又会掀起一场血雨腥风。

即使樱招本人根本不在乎，但她的师门在乎。连累师门被口诛笔伐，是她最不愿看到的事情。

“斩苍。”她叫了一声他的名字，想说自己这便走了，却半天没舍得抬脚。

洒进洞口的日光照耀着斩苍半边脸，他看向她，明白她的难处。他偏着头思索了片刻，竟一手拽住她的胳膊，将她拉近了一些：“我送你到琅琊台。”

魔尊大人决定下得仓促，动作却干脆利落不容拒绝。魔云腾起将樱招直卷而上，瞬息之间二人便从黑齿谷来到了魔域与中土交界之处——琅琊台。

驻守的魔族士兵被他用术法定住，下到琅琊台上时，偌大的天地之间，仿佛只剩下他们两个。

攥着樱招胳膊的那只手在她站稳及地时缓缓松开，她抬头望向斩苍，听见他解释道："你全须全尾地从黑齿谷出来，还带出了一柄神剑，若是被那些恨我的魔族知道，他们不会放过你。我还是亲自送你过来比较放心。"

樱招却没过多担心自己的处境，反而问道："你的仇家很多吗？为什么他们会恨你？"

明明一路过来，那些魔族子民都对他赞誉有加。

"很多，"斩苍笑了笑，没什么所谓的样子，"动了别人的利益，他们却杀不了我，亦找不出我的软肋，久而久之，仇家便越来越多。"说罢，他盯住她的眼睛，认真嘱咐道，"魔域，没有你要的天地灵气，于你的修行无益。你出琅琊台后，便直回中土，再也不要回来，听到了吗？"

樱招没有说话，眼眶却渐渐红了。

"樱招。"斩苍又轻轻叫了她一声。

半晌，她才低低地应道："我知道了。"

这便是后会无期的意思了。

她这一趟，欠下了一些人情，比如因为她而被罚了十鞭裂魔鞭的左使，还有放她前往黑齿谷的右使，歉意和谢意都无法当面告知了。她留在黑齿谷的那些小玩意儿，也许此生，她再无法见到。

几欲渗出眼眶的泪珠被樱招硬生生逼回去，她后退几步，冲他扬起一个笑，说道："我走了。"

除此之外好像也没什么好交代的。

交代他要想她，交代他不要想她，怎么说都不合适。

"嗯。"斩苍也没别的话好说，冲她点点头，脸上的表情似乎有些如释重负。

樱招转过身，大步朝前，走了几步之后又回过头，佯装开心道："你日后若是来中土，一定要来找我。"

"再说吧。"他没答应她，只是笑了笑，似乎在婉拒。

樱招没再勉强，收起笑容，转身离开。

斩苍看着她的背影，纤瘦挺拔的一道，乌黑的头发被她笨手笨脚地编得乱糟糟，发顶被阳光镀上一层金色光圈。

被她收服的那柄刑天剑，她没有将其收进气海，而是故意大剌剌地背在背上，炫耀似的欲让所有人知道，虽然此时除他之外，并没有别的观众。

通往结界的短短一截路被她走得雄赳赳气昂昂，刑天分出一缕神识回头看了看斩苍，突然在她耳边说道："他还在看你。"

樱招顿了顿，说道："我知道。"

"那你知道他喜欢你吧？傻子都能看出来。"

樱招没有说话，半晌才说了一句："我知道。"

声音很小，小到可以被风吹散。

她知道的。

昨天晚上的事情不是梦，她趴在斩苍的背上，看见了他的真身。他一步一步将她背回院子里，胸腔的心跳如同刚刚攀上枝头的夏蝉，在黑夜里不成腔调地震荡着她的耳膜。

她还知道，这位修士们口中青面獠牙、面目丑陋的魔尊，其实根本不丑。相反，他有着一张她见过的最好看的面容，虽然性子冷漠了一点，但他偶尔也会表现得温柔又笨拙，画得一手好画，还异常慷慨。

只不过，这些事情，都要烂在她肚子里了，谁都不能说。

因为这全都是斩苍的软肋。

凝聚灵力于指尖，樱招将通往中土的结界打开。

一系列动作连贯无比，刚得了大机缘的年轻剑修，脸颊却眼见着濡湿了。

她背对着魔域，有些发狠地蹭了蹭眼睛，没有回头。

不能回头，她还有她的道要走。

第拾伍章 嶲州异事

如今一切都如愿以偿，
她却在微凉的夜气中，
惦念起一个不该惦念的人。

冀州。

城东的巷子口，常年摆着两个摊子。一家卖烤地瓜，一家卖煎饼。

正值中午，门庭冷清，两个摊主一边晒着太阳一边百无聊赖地唠嗑。

“这是这个月第几起了？”

“第四起了吧？我听说城南李员外家的二公子，也是这样，突然就暴毙了。”

巷子里，门口立了两尊石狮子的朱门大户，已经挂上了白绫。府门口人来人往，一片杂乱。

“赌博狎妓、饮酒作乐样样都沾，这种孽障，就算不死，也迟早败光家业。”地瓜摊主剥开一个烤地瓜，给煎饼摊主递过去一半。

“啧啧，死了也好。”

樱招带着刑天剑回苍梧山那日，天上下了点小雨。岚光仙姑亲自领着弟子们守在山门口，等候爱徒回山。

山门大阵两旁夹道立着苍梧山的弟子与杂役，里三层外三层挤满了人。避雨的真言撑在身上，一派清光将雨点隔开，光明又热闹地将阴雨天里那点不明媚的景象驱散，远远望去的确是排场惊人。

这样的礼遇，樱招当之无愧。

她在缺少本命剑的情况下，便能杀入剑修榜直逼榜首，如今得了神剑护体，剑仙之名更是实至名归。

一只赤雉鸟扑腾着翅膀掠过樱招的头顶，她分神看了一眼，思绪游离了一瞬，才快步行至师父面前，规规矩矩地行了一个大礼。

岚光仙姑难得露出一丝笑容，然而笑意还未及眼底，她的目光便被刑天剑上挂着的剑穗给绊住。向来不苟言笑的掌门表情微微凝滞了一瞬，才不动声色地拍了拍樱招的肩膀。

甘华师姐闭关未出，人群中樱招只能看到大师兄参柳和三师兄风晞。只远远地打了个照面，樱招还未来得及与他二人说上一句话，她就被岚光仙姑唤去了不嚣峰单独问话。

以往亲传弟子们出门历练，回山之后也都会一一向师尊报告见闻与心得，传道授业解惑一条龙流程，是以樱招并未当回事。

室内安静异常，衬得雨声渐渐大起来，瓦片被敲击得响个不停。樱招恭敬地跪在内室中央，将刑天摆在膝前，等着师父赶紧把话训完，她好出去找师兄。

参柳在樱招进来之前便冲她打了个手势，示意她速战速决，飞扬的神色在不甚明朗的天色中，极其引人注目。

可惜他动作太大，被师父察觉，生生挨了一记眼刀。但他丝毫不怵，张着嘴无声地向樱招报了个地名，又笑嘻嘻地露出一口白牙站到了风晞身边。

一冷一热两张面孔，的确算得上一道风景了。

参柳说的地方是山脚下的蓬莱馆，仙门中人都爱逛的好去处。取名“蓬莱”，是因为里面有个灵兽场，老板会四处搜罗大量的灵兽用以贩卖。蓬莱馆不仅有固定的角斗项目，还有最刺激的赌蛋环节。

卖家将灵兽的蛋用特殊材料包裹起来，买家凭借经验出手，赌对了，赢回来一只珍兽，一夜暴富；赌输了，倾家荡产也有之。

赌坊与赌徒，不管在哪个世道都无法杜绝。苍梧山门规森严，门下弟子的确没胆去沾这种戒不掉的恶习，他们顶多去蓬莱馆看看珍兽角斗而已，这次不知道蓬莱馆又来了些什么宝贝灵兽。

“樱招。”

一声沉吟将樱招的思绪拉回来，她正了正脸色，对上岚光仙姑的视线，做出一副聆听教导的模样。

却没想到岚光仙姑只是淡淡地瞥了刑天剑一眼，问道：“那颗珠子，可是魔域之物？”

樱招不动声色地老实承认：“是。”

半晌，她见师父没回话，气氛却愈加凝重，又补充了一句：“刑天也是魔域之物。”

师父洞悉一切的眼神令樱招心里有些发虚，指尖陷进掌心，背脊也跟着僵硬起来。

“据本门探子回报，你被那魔尊斩苍通缉，是因为你在魔族战将选拔时，公然冒充魔域左使，向那斩苍出了手，可有此事？”

众目睽睽之下的事情，的确瞒不住。偌大的演武场，几万魔族当中混进去几个曾经见过她的修士也不足为奇。那般丢脸的场景，若换作她当观众，也一定会与师门中人津津乐道一番。

更何况接下来便发生了她被通缉之事。

她原本也是要向师父请罪的。

“师父，此事是我鲁莽，弟子是为收集那斩苍的魔气，顺利进入黑齿谷，所以用了些不入流的手段。万幸的是那魔尊并未同我计较，最终通缉令也撤销了。”樱招在地上跪着，认错态度十分诚恳，“弟子保证，今后一定谨言慎行，绝不会因为自己的事情，累及师门。”

这番话，岚光仙姑听了却并未感觉欣慰。因为樱招认错的重点根本不在自身，而是在于会不会连累到师门。

“师门要你担心什么？”她没好气地说，“偌大的苍梧山，难道还庇护不了你一个弟子吗？”

樱招抬起脸，泪眼汪汪地就要蹭过去撒娇，被岚光仙姑一臂隔开。

“收集魔气的法宝，是吞云戒？”岚光仙姑问道，“风晞给你的？那戒指呢？”

樱招舔了舔嘴唇，小声道：“弟子不甚，将其……弄丢了。”

她性子直接，以前每次出门游历，都要拉着岚光仙姑彻夜长谈。常常是师父被她弄得不胜其烦，连连吩咐参柳和甘华将樱招带走，还她清净。

倒豆子一般的嘴，却在此时闭得死紧，一句话也不愿多说。

岚光仙姑向来是严于律己、宽以待弟子的师父。出门游历的弟子，若是遇上不便明说的际遇，她也只当各人有各人的缘法，不会多加干涉。即使是对理应成为苍梧山众弟子表率的大弟子参柳，她也从未修剪过他的枝条，任由他长成了如今这般跳脱模样，像株野蛮生长的杂草。

只是樱招，她毕竟是她的关门弟子，年纪轻轻便得了这么大的造化，总让人有种“福兮，祸之所伏”的担忧。

屋外的日光透过门扉隐约透进来，樱招梗着脖子与师父对视了很久，才听见师父轻轻叹了一口气，语带告诫：“木秀于林，风必摧之。樱招，你冒头太快，机缘太好。从此以后，是该谨言慎行，莫要行差踏错。”

轻飘飘的雨帘似雾蒙花，樱招背着刑天剑走出掌门居所，立在台阶上半晌没动。额前感受到一阵湿润的风，她抬手抹了一把额头，还未将手放下，便感觉到风势变了。

一枚硬物破空而来，直直撞进她的掌心。手掌摊开，置于眼前，原来是一颗石子。

“怎么啦？这是谁家的小女郎，愁眉苦脸的？”廊柱下传来一道询问，嗓音清越，透着股什么都不在乎的没心没肺。

樱招没说话，垂着眼把手里的东西一扔，看着小石子将地面砸出凌凌乱乱的水洼，她的神情也跟着呆滞起来。

那人又接着道：“噢，原来是师父最喜欢的小师妹啊。”

这简直是哪壶不开提哪壶了。

岚光仙姑平日里虽不苟言笑，但对樱招这个关门弟子实打实算得上偏爱有加。四个弟子当中，她一碗水从来不端平，手心是樱招和甘华，握在手里是捧珠两枚，手背是参柳和风晞，任凭风霜琢玉。

参柳因此不管闯什么祸，都喜欢拉着樱招一起。这样，即使被师父发现，他也能少受些责罚。

可师父对她这般好，她却不得不向师父隐瞒黑齿谷的一切。无处诉说的闲愁如同遮住眼帘的雨丝，将樱招的内心牵搅得有些乱，可更让她乱的却不只是这一件事。

“大师兄，”她终于抬头看向参柳，“师父打算要我接任北垚峰峰主了。”

“接任北垚峰峰主啊……”参柳笑容僵了僵，没恭喜她，“你自己怎么想？”

樱招笑了笑，说：“我当然愿意啊，当峰主欸，师姐和风晞师兄都已经当上峰主这么多年了，就剩下你和我。不过你现在代管掌门事务，离掌门之位也就差个名分而已，我嘛，是性子不够沉稳，少些磨砺，所以师父老是不信任我……”

“可是，你当了峰主就不能任性妄为了，”参柳说，“也不能老是往外跑了。”

“我知道啊，”樱招声音不大，这句话像是在说给她自己听，“我受仙门养育，一身本领皆来自苍梧山，总有一天得要接过峰主的重担，开宗收徒、护佑师门。早继任峰主一日，便能早一日逞长老的威风，月俸也能涨不少，至于能不能往外头跑，这个已经不重要了……”

因为是师父最小的弟子，即使岁月在催她成长，她也从来没有任何负担似的，总觉得天塌下来还有师兄师姐们顶着。

去魔域不过一两月，她竟像是变了一些。

参柳走到她面前，低下头看了她一眼，突然一巴掌拍向她的后脑勺：“小孩子家家的，心思变这么重，师父让你明日便接任峰主吗？”

“也没有……还能宽限个几年，只说让我早日准备着。”

师兄因比她大了整整一个甲子，故仍是时时刻刻把她当小孩看待。闻言，他又笑道：“那你现在就开始发愁做什么？再说了，你要真不愿意当，等师兄当了掌门，便允你去做个散修，这下总行了——”

话音未落，岚光仙姑的质询猝然从门内传出来：“参柳！你又在妄言些什么？！”

师兄妹二人对视一眼，交换了一个惊魂未定的目光，随即沉默着撒腿撤退。

“行了，”撤到安全距离时，参柳不以为意地说道，“师兄也就今日这会儿有空，带你去蓬莱馆放松放松。”

二人下山的路上，偶遇了不少同门。方才在山门口，人多繁杂，隔着那么远的距离，再加上有掌门在场，他们也不好意思追着樱招要看她这柄剑。

这下好不容易逮到机会，几乎个个都要凑上前来长长眼。

樱招却只是神秘一笑，告诉他们明日来霞星殿等着，她一一安排大家入内观看，人人有份。

待到消息传遍了苍梧山，她才将背在身后的刑天剑收进气海。

一直冷眼旁观着的参柳十分不解：“一一入内观看，你当你选妃啊？”

不过，联系起樱招少时做过的那些混账事，选妃她还真干得出来。

参柳方才装作没看到刑天剑剑柄上挂着的东西，不代表他没留心。

——那剑穗嘛，粗糙不堪，一看就是出自樱招本人之手。唯独那颗珠子，隔着八百里的距离也能感受到绝非凡品，也不知道究竟是哪个浑小子送她的。

作为兄长，旁的话他的确不便多说。而且瞧樱招这副样子，应当已经被师父敲打了一番。他要再多说几句，引起她逆反，反倒不好办。

可惜甘华在这当口闭关了，不然她还能探听个一二。

罢了，选妃就选妃吧，小师妹好歹也是仙门中流砥柱式的存在，多几个少年郎来伺候，也不是什么离经叛道之事。多看看他们苍梧山的弟子，总比被那魔族拐跑好。

参柳在心里百转千回，樱招却像看智障一样看他一眼，漠然道：“我收服刑天时，一时嘴快答应了要替他寻到上古时期流传下来的琴谱，名为《蒹葭》，我这边反正毫无头绪，但苍梧山这么多人，总会有知道线索的吧。”

“毫无头绪你就敢答应？！”一声怒吼从樱招体内传出，无头巨人幻化出一道幻影，抱胸飘浮在她头顶，冷冷地将目光笼下来。

神剑拥有剑灵，不是稀奇事。推开苍梧山剑冢的大门，经常会听到各种剑灵在吵架，声音嘈杂得快要翻天。那些被封印了几百年的剑灵，寂寞非常，等不到有缘人，无法真刀真枪地比拼，便只能闲着无聊打打嘴炮。

越是高等的剑灵，便越需要修为才能看见。

参柳十分自来熟地冲刑天弯了弯嘴角：“嗨。”

嗨你个头，竟然没被吓到。

刑天没理他，一根手指戳上樱招的脑袋。可他如今已经认主，无法伤她分毫，只能眼睁睁看着自己的手指将她的脑袋捅个对穿。

樱招皱着眉头，垂眼看到自己鼻尖莫名戳出来一根透明的手指，再看见参柳那一言难尽的表情，她连忙拽住那根指头念道：“你自己提的要求，让我钻了空子而已。但凡你那会儿考一下我奇门遁甲，说不定我就知难而退了。”

这是实话，作为一名剑修，修行到这个境界，她虽不至于六爻不谙、八卦不通，但这种法修的内容，稍微精深一点，她学来就有些吃力了。

想来刑天身为一柄剑，自己也不懂阴阳五行，所以才让她误打误撞将其拔了出来。

迅速将无头剑灵封入气海，樱招才拍了拍手，放松下来，动作娴熟得好似已经做过千百遍。

事实上，她回来的路上，刑天的确不太消停。

许是他太久没见着人，也太久没感受过被人恐惧的滋味，一路上只要见着个活人，他便会冷不防地从她身后蹦出来，做出千奇百怪的嘴脸想将人吓上一吓。后来他发现基本没人看得见他之后，便倍感无聊地老实窝在了剑柄中，只在感应到修士大能时冒出来。

樱招想着自己毕竟是主人，对剑灵还是得约束一番，立个规矩，于是偶尔也会将他封上几个时辰。

回山之前，她担心刑天会唐突了师父，便提前给他设了三个时辰的禁制。结果就在方才，禁制刚好失效，刑天刚好逮到了能看见他的参柳。

参柳将樱招从头到脚打量了一遍，一脸深意："嗯，这剑灵，和你很搭。我大概知道他为何会认你为主了。"

樱招："……"

不是这样的！师兄你听我解释！

蓬莱馆是一座三进的玲珑小院，外头看着只觉得雕梁画栋、精巧异常，步入其内，才发现另有乾坤。

楼内设了缩地成寸的法阵，将几百亩的土地压缩成了一亩见方，踏入门庭，才仿若步入了异世界。里面楼宇林立，辉辉瓦迭，看起来繁华无比。

正中的高楼里藏着个巨大的圆形斗兽场，层层回廊上设着连排座椅，视野最佳的地方辟了若干包间，用以招待贵客。

这法阵出自参柳的手笔，是他年少无知时瞒着师门出来接的私活。结果没想到这蓬莱馆老板这么争气，生意做得风生水起，连带着他那几分技术股也值钱起来。

大笔分红源源不断地给，将樱招羡慕得直流口水。

这年头，法修和符修都能随随便便赚大钱，比如参柳，比如甘华。再不济，像风晞一样炼器，也能时不时炼出个神器来逞逞威风。

可惜樱招以剑入道，天生剑骨，只能兢兢业业降妖除魔，赚点辛苦钱。

知道参柳是蓬莱馆股东这件事的也就只有与他亲厚的师弟妹四人，熟悉他的店小二一见到他的脸，便十分上道地将他二人引入了三楼的包间。

恰好二楼连排的座椅上聚集着一堆苍梧山的弟子，参柳瞥见里头有几张熟面孔，便大手一挥把那些师弟师妹全招呼进了包间。

一群人热热闹闹地聚在一起，有观兽斗的，有行酒令的，还有交流修行心得的，好不热闹。

羽阳峰一师妹刚从冀州历练回山，言语中提到了冀州发生的几件怪事。

“冀州有一巨富，姓贺兰，你们知道吧？”

“知道！簪缨富贵之家，富可敌国，这家是女子守业掌权，男子则送出来修行。我们狐岐峰那个贺兰师弟，不就是这家出来的吗？”说话的是一个大头师兄，因为脑袋生得比旁人要大许多，因此他与苍梧山另外几个弟子一起，并称为“苍梧山四巨头”。

姓贺兰的那个师弟，樱招有点印象，不过那点印象全来自贺兰氏这个家族本身。这家人的行事作风的确是堆金积玉，送人来修行也是专挑可以带仆役入内门、富家子弟如云的狐岐峰。

对于此等世家来说，可以用钱摆平的事，那都不叫事。

“贺兰氏最近在选新族长，关键时刻吧，好像粮食出了问题。”师妹接着道，“他们全族庄子里的良田，一夜之间，全被蝗虫啃光了，颗粒无收。”

“那么多良田都颗粒无收，那冀州百姓不得闹饥荒吗？”

“怪就怪在这里，饥荒没闹起来，”师妹神神秘秘地答道，“长留仙宗开仓放粮了，他们的粮食可是收成很好呢。”

话音一落，在场的人几乎瞬间就明白了其中的因果。

长留仙宗是冀州的修仙大派，在冀州的地位就如苍梧山在青州的地位一般，受人景仰。偌大的仙宗，总得开源节流才养得起门内这么多弟子，同时吸引更多有资质的孩童入门修行，以稳固自己的地位，不至于渐渐没落。

只是近年来长留仙宗在几大仙门当中的确有些式微，年轻一辈中已久未出现过翘楚。再加上，贺兰氏几乎把持着冀州的经济命脉，千年氏族，树大招风。那蝗虫专挑贺兰氏的良田啃，的确难保不是有人故意为之。

只是这局做得太明显，也不知道是否存在别的势力栽赃陷害。

羽阳峰师妹遇到的第二桩怪事，仍旧与贺兰氏有关。

金陵城中接连发生了几起暴毙事件，死者全是城中有名的花花浪子，成日混迹赌坊妓馆的主。家里人报了官，也验不出个所以然来，给出了个“病在烟花”的结论便草草结了案。

有一家人偏不信邪，求助了过路的修士。羽阳峰师妹刚好途径金陵城，便跟着去查探了一番。这一查倒真查出那些死者身上的共同之处——他们死时身上都佩了玉。

君子佩玉是传统，官府查案时也不会特地往这方面留意。只修士向来对人随身携带的养气血之物比较敏锐，于是多留了个心眼。更蹊跷的是，这四名死者身上的玉全出自贺兰氏之手，其中一块还是传了几代人的传家之物。

正打算深入查探下去，长留仙宗来人了。

冀州毕竟是人家的地盘，途经此地的修士们不便再插手，只能眼睁睁看着长留仙宗将玉器带走。

后续的事情，师妹也不得而知了。

“那四个死者，生辰八字你可有留意？”一直默不作声的参柳忽然问了一句。

师妹茫然了一会儿，才答道：“抱歉，参柳师兄，这个……我的确没有留意。”

“没事，我不是在考你，你不用紧张。”

参柳安慰了一句之后，陷入了沉思。

“樱招师姐说说在魔域的事情呗！”另一个师妹嚷嚷着将话题引到了樱招身上。

樱招打着哈哈将话题岔开，一群人又说起了其他离奇的际遇，至于长留仙宗与贺兰氏的种种恩怨，就这么被轻巧揭过，雁过无痕。

场中珍兽斗到酣处，四面八方皆是惊呼声、叫好声。厢房内的师弟师妹们聊过几轮，又开始玩起了双陆。

樱招围观了一会儿，突然想起这蓬莱馆里还有个灵石钱庄，她心念一动，默默起身，溜了出去。

钱庄紧邻着斗兽场，以便随时为观看珍兽比拼的客人们提供兑换银钱以及典当的服务。又因出入的客人们多是仙门豪绅，在这种销金窟里，只要沾上“赌”字，出手皆是挥金如土，因此别看这钱庄门脸不大，但每日的银钱吞吐量大到惊人。

樱招排着队，看到参柳不知什么时候也跟了过来。

二人一脸莫名地对视了半晌，樱招忽听见参柳说道：“你若是手头紧，想换点灵石来花，大可以跟我说，师兄还能苦着你吗？”

他以为樱招这趟魔域之行，花费了不少积蓄。

魔域不比中土，危机四伏，灵石、灵符还有宝器这些，都是些防身必备之物，流水般地说没就没了，剑修们又没有什么生钱的法子，只能苦哈哈地靠着打怪夺宝换取一些银钱度日。

被合理看扁的樱招挑挑眉，冲他亮出一颗不大不小的琅玕石。看惯了宝物的参柳突然眼睛雪亮，伸手欲拿过来仔细赏玩。

恰好樱招已经排到了最前面，她一脸神气地冲着店小二道：“劳驾，叫你们老板出来一下，我想知道这一颗能换多少钱。”

一个时辰之后——

师兄妹二人走出钱庄时，皆是一脸飘飘然，心情犹如脚踩云端，没有实感。

樱招的乾坤袋从未被装得这么满过。

她没有去数那颗琅玕石究竟换了多少灵石，因为完全数不清。一个接一个的钱箱摞在她面前，她与参柳大约花了半个时辰，才将那些装满了灵石与珠宝的箱子全数搬进乾坤袋。

“就换这么一颗琅玕石，我下下辈子的荣华富贵都有了。”樱招望着灯火通明的街道喃喃，“不能再换了，免得将市场给扰乱了。”

“这么说，除了那一颗，你还有许多颗？”参柳极会揪重点，颤抖着嗓音发问。

不过他声音压得很低，像是生怕引起过路之人的觊觎。

发觉自己不经意间说漏了什么的樱招没有回话，参柳也不需要她回话，只是一脸了然地说道：“小师妹，不管那个人是谁，这门亲事，我允了。”

什么亲事不亲事的……

都不一定能再见面的人。

樱招默默地叹了一口气，顿时觉得拿到手的满满一乾坤袋的银钱于她来说，也没什么吸引力了。

而且，那右使临则还不许她告诉大师兄，自己曾见过她，承过她的恩情。

“师兄，”樱招将乾坤袋收好，转而问参柳，“你之前在魔域历练的那几年，是混进了他们的军中吗？”

“啊，是啊，”说到这个，参柳倒是一脸骄傲，“还差点混了个校尉当呢！”

只是后来被人截和了，没给他一步一步历练，升上去的机会。

校尉？临则是武将，据说是斩苍从军中提拔上来的，那她之前是任金、雷、水、火哪一部的将领来着？不会刚好是参柳“差点”做到校尉的那支军队吧？

樱招斟酌着，在原地思索了良久，也没想出来该怎么问参柳才能显得不那么刻意。也不知道这俩人究竟是怎么回事，她是不是先找风晞师兄旁敲侧击一下更好？

但眼下明显有比陈年八卦更为重要的事。

樱招想起方在珍兽场馆包间听到的冀州怪事，转而问道：“方才你问羽阳峰师妹有关那几人的生辰，可是有什么问题？”

修士们看惯了生死，对于人命总有几分残酷的淡薄。

对自己，对他人，皆是如此。

冀州那几条人命，明眼人都知道是长留仙宗与世家大族之间的私人恩怨，虽然从头到尾都透露着古怪，但说到底，那不是他们苍梧山能插手之事。当今世道，几大仙门之间，表面虽和谐，但私底下暗潮汹涌，互相制衡。

所以方才参柳并未当着众弟子的面将话挑明。

现下只有他与樱招二人，他也无须顾忌那么多，只是到底是尚未确认之事，因此他答得十分谨慎："也许是我多心，但从土地至五谷，再以玉器为媒介，这很像一种失传已久的借运之法，名为'仙人抚顶'。"

"仙人抚顶？"樱招不是法修，这般高深的术法她以前闻所未闻，只是这名字取得骇人。仙人抚顶一般是神不知鬼不觉地将运势借走，的确是细思极恐。

她皱了皱眉头，问道："那四条人命在里面起什么作用呢？"

"压阵，"参柳说，"选取十二名男子，生辰分别对应十二次，以玉器来吸干其精血，如此才算将法阵所需之物收集完成。"

之所以会失传，除了施行起来太过复杂，也太过阴毒，更为重要的是此法对施术之人反噬太重，一不小心便会修为尽丧。

若参柳的猜测准确，为了将法阵完成，施术之人还将残害八条人命。只是羽阳峰师妹离开冀州已有几日，不知这几日又产生了何种变故。

运势一门，入门不太难，是个法修都能胡扯上一两句来唬人，借助一两样物品，因势利导，只要不伤天害理，对于寻常法修来说也算是广积阴功。

但仙人抚顶之法，是将整个家族之气运完全吸收殆尽，其阴损之处，不仅仅在于致使那么大片良田颗粒无收，百姓只能排着长队领取救济以避免流离失所，也不仅仅在于那无辜的十二条人命，更在于此法完成之后，所引起的连带反应。

届时山河翻覆、兵革四兴、兆民死伤，才是罪孽牵缠之所在。

因此施术之人受到反噬是必然。

只是此事尚有诸多疑点待查明，长留仙宗是否是幕后黑手，也不能仅凭猜测。

"当务之急，还是先查清楚那四名暴毙之人的生辰是否真的对应了十二次，冀州又是否发生了其他突然暴毙的案件，查清之后，才好做进一步计较。"参柳说着，掏出一叠符纸直接在手中引燃，符纸化作一群火焰状的信鸽直飞向空中，扑腾了几下翅膀后，又倏然钻入虚空，消失不见。

信鸽的去向是苍梧山位于冀州的各个隐藏据点，参柳代管掌门事务多年，如今处理起这些事情来也算是得心应手。只是他平日太过繁忙，此事他无法亲自跟进。

樱招见状赶紧说道：“明日师弟师妹们来我霞星殿时，我会留意那贺兰师弟的状态，他若是不来，我会亲自去狐岐峰寻他。”

参柳点点头：“如此，你便多费些心吧。”

第二日，晴烟风暖。樱招醒来时，殿外已经聚集了不少闻风而来的同门，不过皆被傀儡仆役给拦在了外面。

傀儡仆役按照弟子们到达的先后，一人给了一块木牌，上面记录了到达时间以及入内的顺序，等到樱招开始传唤之后，便可凭木牌入内。

樱招的霞星殿里除她自己，便只有各种木头雕出来的傀儡。

洒扫的、待客的、给她捏肩捶背的、舞剑逗乐的，满满一屋子，除了没披张人皮，口不能言，其余倒是与真人无异。

于是弟子们一个一个拿着木牌入内时，看到的景象便是这位掌门最宠爱的小师姐，神情疲懒地横倚在殿首的主座上，一个傀儡在替她捏肩捶背，一个傀儡在替她打扇。

她的脚下，一溜排开几个宝箱，每个宝箱里都装着满满一箱子的上品灵石，金钱的味道如皎月飞光，让人无法直视。宝箱两旁分立着两个身量矮小的傀儡，看着像两个守财童子。

“来了？”

樱招淡笑着招呼了一声，见对方连连点头，做出一副被灵石闪瞎了眼的模样，才缓缓从体内唤出刑天。只是那条挂于剑柄上的剑穗早已被她取下，妥帖地藏于胸口。

神剑铮然立于殿中央，未出鞘，已是剑气逼人，令人手脚发颤。

“想看便走近些看吧，”樱招说，“看完过来回答我一个问题。”

这场小型品剑会一直持续到日落西山才结束，在樱招脚下一溜儿排开的宝箱，最后空了一半，还有一半灵石没花出去。

知道《蒹葭》的人实在太少，上古时期的琴谱，还是神族之物，在中土虽有过存在的痕迹，但能清楚地说出个所以然的人几乎没有。毕竟就连岚光仙姑也曾表示，自己对这本琴谱闻所未闻。

不过樱招坚信，师父没留心这么一样东西只是因为师父不通音律而已。

术业有专攻，提供线索之人自然是多多益善。

今日来霞星殿的同门，樱招也没让他们跑空。她不仅很大方地将刑天剑摆在正中央供人观摩，对于提供了零星线索的同门，傀儡也奉上了一定价值的灵石当酬金。

不缺钱的弟子们此行的目的就是增长见识、凑个热闹，缺钱的弟子们自是感激涕零，当樱招是在雪中送炭。于是他们走出霞星殿时，几乎个个笑容满面。

一整日下来，樱招在霞星殿散财的消息已经传遍了苍梧山。但她直到快要收工时，才等到了狐岐峰的贺兰师弟。

贺兰师弟长相俊秀、气度不凡，进殿之后规规矩矩、目不斜视。倒是和今日来的其他世家子弟一般无二，看惯了好东西，也就是过来瞧个热闹而已。

一番交谈下来，樱招才得知，他已许久不与家中联系，对于家中变故，亦完全不知。而且，这位贺兰师弟只是生于贺兰氏的旁支，主家竞选新族长一事，他虽略有耳闻，但那两位族长候选人，与他实在谈不上亲近。

樱招揉了揉眉头，发觉自己忘了一件重要之事——这位贺兰师弟，正好快满二十了。

苍梧山的弟子，不论男女，皆会在年满二十之日，被师尊重新赐名，以了断凡世尘缘。樱招亦是如此，她在被岚光仙姑赐名“樱招”之前，是有凡世姓名的，但大几十年过去，身上也就剩个法号了。

对于凡世的家人，她在初入内门时虽然时时都在惦念着，也找了许多机会偷偷溜回去趴在墙头探望过，但后来看到父母又添了新儿，一家人和和美美、幸福安康，也就渐渐淡了要经常回去陪伴左右的心思。

贺兰师弟应当亦是如此。

冀州之事，从他这里问不出什么有价值的讯息，她便只能等着远在冀州的同门传讯回来了。

累了一天，樱招也没了要继续待客的心思，强打着精神与贺兰师弟寒暄了几句之后，又接连打了几个哈欠。贺兰师弟见她已有疲色，没等她开口，便十分得体地起身告辞。

临走时，他踌躇了一会儿，才说道："我听闻樱招师姐在寻一本琴谱，名为《蒹葭》？"

"是，"樱招点点头，"你可听说过？"

这个问题，她今日已经问了无数遍，都未得到有价值的讯息，此时也就是随口一问，根本没抱什么希望。

"我小时候，曾见过一云游修士，他似乎极善音律……"贺兰师弟缓缓开口，"在敝舍短暂落脚时，为报答家母的盛情款待，他在宴上弹奏过一曲仙音，我记得，那首曲子名为《蒹葭》，只是不知是否正是樱招师姐所寻的那一首。"

冀州苍梧山各据点收到参柳信笺的同时，金陵城中，贺兰府上正焦头烂额地处理佃农们的补贴事宜。

几千顷的良田全被蝗虫啃光，遭殃的不只是贺兰氏的族人，更是庄子上靠这些粮食生存的佃农们。

贺兰舒身姿笔直地立在管家身旁，监督着他一笔一笔地将补贴发到佃农手上，等到全部发放完毕，已经是深夜。

佃农里混进了几个挑事之人，为维持秩序、安抚情绪，贺兰舒扯着嗓子喊了一天，此时声音早已嘶哑得说不出话来。

几日的不眠不休导致她体力透支得厉害，强撑着将最后一名佃农送出府，转身回府时，她身子突然一歪，跟在身后的嬷嬷立即上前一步将她搀扶住，才让她不至于在众目睽睽之下晕倒在府门前。

佃农之事，虽繁杂，但只要舍得花银钱，总有法可解。

难解决的是另一桩事。

顾不得进上一粒米，贺兰舒给自己灌下满满一壶茶水，感觉到喉咙稍微舒缓了一些，便迫不及待地扯着嬷嬷问道：“母亲那边怎么样了？玉器可有全数收回来？”

其实根本无须她开口问，看嬷嬷的脸色也知道，此事异常难办。

“高价回收玉器的告示已经发布出去了几日，据玉器店的掌柜们回报，收回来的玉器不足六成。”嬷嬷说。

贺兰氏的玉矿石成色极好，雕刻工艺亦是顶尖，出产的玉器远销中土各个角落，几纸告示，根本无法将玉器全数回收。

但这的确是走投无路之下，能想到的最快的法子了。

自第一起暴毙事件发生以来，如今已是第六起。

六条人命，死时身上皆佩有贺兰氏的玉佩，一时之间，贺兰氏的声誉降到最低，人人怕之不及。闹着要退货的民众挤满了各地的玉器店，母亲干脆顺势而为，用术法将告示贴满中土，试图尽量将玉器回收，以避免接下来的惨剧。

只可惜，玉器店散客太多，即使将告示张贴进了深山老林，也无法将卖出之物一一收回。

随身侍奉族长的老仆出现在前厅，恭敬地朝贺兰舒施了一礼：“大娘子，族长在祠堂等您。”

暮色沉沉，阴云垂地，夜空中不见一丝星光，祠堂里也只点了几盏烛火。

贺兰舒看到母亲背对着她，跪在祖宗牌位前，向来笔直的背脊在昏黄的烛光下像是弯曲了一些。

她一言不发地走上前去，在母亲身边跪下。

母亲这几日与她一样，几乎没有合过眼。即使在不甚清晰的光线中，她也能看到母亲的眼角又多了几条皱纹。

事发突然，从良田被啃，到接连出现与玉器相关的暴毙事件，前后不过半月。贺兰全族安逸了太久，对于接踵而至的麻烦事，实在是有些措手不及。

在短短半月之内像是老了好几岁的族长转了转手上的绿扳指，侧过脸看向贺兰舒，问她：“夕儿还是什么都不肯说吗？”

“嗯，只是嘴里不停念叨‘他怎会骗我’。”

母亲难得露了些疲态，沉默了半晌才说道：“你妹妹，不堪大用，被男子所惑，竟将我全族置于如此境地。”她将手里的绿扳指取下，递到贺兰舒手中，“我卸任之后，你便是族长。夕儿既然疯了，你便把她当疯子养着，看好了别叫她再乱跑，免得这条性命也被人骗了去。”

那枚象征着族长之位的绿扳指被贺兰舒慎重接过，她垂着眼睛，没心思去仔细端详这好不容易得来之物，只觉得心头沉甸甸的，喘不过气来。

“接下来，该怎么办呢，母亲？”

母亲将目光投向祠堂里供奉的一张张牌位，捶了捶久跪的双膝，身躯有些摇晃。身边的贺兰舒伸手欲将她扶起，她却摆摆手，沉吟道：“千年之前，世道艰难、战乱不止，贺兰氏先祖为保护族人，走投无路之下与魔族签订了契约，将神魂卖给了当时的魔尊。从那天起，我们贺兰氏族人，世世代代皆须听命于魔族，为奴为婢，莫敢不从。”

修仙世家的血液里竟流淌着臣服于魔族的血液，这般悚然的消息令贺兰舒睁大了双眼，半晌说不出一句话来。

“此事，我从来不知。”她喃喃。

母亲笑了笑，只是那笑容透露出一丝苦楚：“你不知是因为，魔族五十年前换了新任魔尊，那新任魔尊许是还未摸清坐上那位置意味着什么，因此将我们这些人类奴仆忘得一干二净，这才给了我们五十年的喘息之机。”

“那母亲如今提起这件事情，是想做什么？”贺兰舒骤然反应过来，拉住母亲的手，凑到她面前，语气急切。

她的手被母亲反手握住，似是安抚。贺兰舒渐渐镇静下来，看到母亲一脸坚定地望向她，笑道：“仙人抚顶之法若是完成，鬼神难救，我全族的好日子恐怕就此到头。反正我一把老骨头，就算当即殒命也无任何怨言，但你们还这么小……你妹妹又……”

母亲顿了顿，伸手抚了一下贺兰舒的脸颊：

“求到他面前去，兴许还能有一线生机。”

亥时一刻，魔都街巷灯火正盛，酒楼夜市处处喧嚣。

伫立在山巅之上的厌火魔宫在夜色中突围，巨大的建筑群虽亮堂得像是镶着日光，却由于魔尊喜静，申时一过便早早陷入了沉寂。

侍者们早已被屏退，无召不得接近魔尊寝殿。

悬挂在过道两旁的灯火随着时辰的转换变暗了一些，一盏一盏地延伸出去，奔星似的在金砖铺就的地上洒下一片碎影。

魔尊的寝殿里倒是有些声响，是笔蘸了墨汁画过纸张的沙沙声。

握笔之人有着一副极好的颜色，神情却由于处理了太多堆积在案的政务而渐渐显现出不耐来。骨节分明的手指紧了紧，魔尊大人感到一股莫名的心浮气躁，他撑着脑袋在案上呆滞了半晌，干脆任性地将笔一撂，起身在殿内踱了一圈，又缓缓坐回案前。

从黑齿谷回来之后，他时常会有这种烦躁的情绪，阴晦的枯草在胸腔扎了根，摸不着，也拔不掉。

将樱招的通缉令撤销后，他与她的唯一一点牵连，也就这样断掉了。

应当感到安心的。

这是他自己促成的结果，他再也不会被他蔑视过的情感所支配。平等地对所有人、所有事毫不关心，这才是原原本本的他——

他是这样以为的。

斩苍在座椅上凝固了半晌，听着窗外疏疏的风声，伸手探进袖口，掏出一本光秃秃的册子，置于案上。

还未来得及翻开，寝殿一隅，贴着墙角摆放的长长一溜架子上突然有什么东西在响动，“啪嗒”一声，在空旷而安静的殿内格外明显。

他侧头看过去，只见放置在架子最顶端的小小锦盒，自己掀开了一条缝，而后，一线微光从里面漏出。

那锦盒在他住进来之后就摆在那里吃灰，他在侍者的指引下似乎曾翻开来看过，但里面装着什么东西，他也没太留意。

左右不过是些没用的魔印，他用不着，自然碰也不会碰。

锦盒仍在静静地流泻着微光，斩苍纹丝不动地注视着它，思索片刻之后，才一勾手指，隔空将锦盒唤到眼前，屈指将盒盖掀开。

里面躺着的是一尊梅花状的魔印，正幽幽地闪着紫光，瞧着是某种召唤咒。

召唤谁？召唤魔尊吗？

现任魔尊大人颦起了眉毛，他记起来了，这里面的魔印究竟是什么。

当年他住进厌火魔宫时，年长的侍者曾指着架子上那一排锦盒对他毕恭毕敬地介绍说，那些都是魔尊的奴仆。几千年来，历任魔尊为加强威慑力与统治力，在各个种族当中都培养了一批伥鬼，以备不时之需。

现在这些奴仆都一并由他继承了。

他真是……谢谢他前面那些魔尊了。

谢谢他们，留了这么些枷锁给他。

斩苍暗自嗤了一声，伸手将那枚印章纳入掌心，然后瞬间从座椅上消失了踪影。片刻之后，他像是忘记了重要的物品，人竟折返回来。

躺在案上那本封面光秃秃的小册子被他小心拿起，揣进怀中，人一闪又不见了。

由于魔尊大人对于回应召唤这种事情实在是太过不情愿，于是贺兰舒与母亲在按照法则，诚心念出召唤咒之后，等待了大约半炷香的时间，周围的环境才开始产生变化。

黯淡的祠堂、联排供奉的祖宗牌位，还有身后大片熟悉的景致在视线中急速倒退，晕眩了一阵，再睁眼时，脚下踩着的木质地板已经变作了纤尘不染的白玉砖。

性子向来沉稳的母女心知自己大约是来到了魔域的某处地方，于是很规矩地低着头没有四处张望。

眼角余光只能瞥见几根气势恢宏的琉璃大柱，上面似乎雕着一些张牙舞爪的魔物，但匆匆一瞥，也来不及看个分明，只觉得有股无法反抗的威压自头顶压下来，连膝盖都有些支撑不住。

贺兰舒与母亲都不是毫无修为的普通女子，她们自小便横刀立马惯了，即使面对着仙门大能也能保持从容不迫、进退有度，但侍魔血契造成的血脉压制太过陌生，也太过厉害，准备了满肚子腹稿的老族长此时竟被震慑得连骨头都在颤抖。

“你们是何人？”

头顶传来一声沉缓的询问，不辨喜怒。

奇怪的是，随着这声问话，罩在头顶的威压似乎收了起来。

至少是能让人喘气了。

迎着熠熠灯火，母女二人抬起头，只见问话之人端坐在高处，面上覆着一张精巧的兽纹面具，看不见相貌。但那人身姿十分颀长，一只手将脑袋撑着，另一只手闲适地搭在王座椅背上，修长的手指轻轻屈起，骨节分明得格外好看。

目光到这里便戛然止步了，贺兰舒的母亲心焦如焚，没心思继续探究下去。她拉着贺兰舒在殿中不卑不亢地跪下，垂眼报上家门。

坐在上首的魔尊静静地听完她的一席话，若有所思地重复道：“贺兰？冀州？”

搭在椅背上的手指无声地敲击了两下，他想起来中土舆图上，冀州似乎与某个没良心的剑修师门离得有些远。

他顿时又变得有些兴致缺缺起来……

不过魔尊一旦开始接话，不论在表达什么意思，给出的都是可以继续交流下去的讯号。贺兰舒抓住机会，简短地表明来意后，便闭上了嘴，与母亲一起，安静地等待着他的回复。

同时她的心绪又十分复杂。

贺兰舒对魔族本身无任何好恶，因为自她出生起，魔族便未大举进犯过中土，偶尔见到几个藏匿于人群中的魔，与人族看起来也一般无二。她也曾听说过魔族现任尊主的传说，说他实力强劲，说他治下甚严，有些修士还会说他面目丑陋。

那时她从未想过自己会与魔族产生联系，因此这些话过耳就忘。

关于自己家族的秘辛，她今日是第一次得知——贺兰氏，作为修仙世家，虽然千年来家中的男子没修出过一个有本事的仙门大能，但总归明面上是光风霁月、一身正气。

可母亲告诉她，家中所有流淌着贺兰氏血脉的人，都是魔尊的伥鬼，不论他们有多不愿意，只要魔尊发话，他们便必须唯他马首是瞻，包括现在已经深入了仙门内部的贺兰氏男子。

现在想来，应当是他们体内流淌的魔契让他们在修行一事上注定走不了太远，以至于家中出事时，竟无一人能想到解决之法。

长留仙宗这个局做得太过阴毒，桩桩证据直指贺兰氏。作恶多端的商贾世家，被啃光了良田是天罚，玉器害人是邪术，而长留仙宗是救世主，是正义之士，按捺到仙人抚顶之术完成，将运势完全转换，他们再出手，便是替天行道、师出有名。

百口莫辩、走投无路之下，她们只能被迫求助于这个掌握了贺兰氏全族生杀大权的魔尊。

贺兰舒与母亲对视一眼，自觉言辞已十分恳切，再抬眼看向魔尊，即使他戴着面具，让人无法窥视到表情，但跪在殿内的母女二人仍旧能感觉到他对于这件事其实有些无动于衷。

这是意料之中的反应，贺兰舒没觉得有什么。自己家人尚且靠不住，怎能指望一个魔族施以援手呢？况且他五十年来从未驱使过她们，说明她们对他没有丝毫利用价值，如今更是弃子一枚，不值一提了。

贺兰舒母亲眼里的光眼看着一点一点黯淡下去，坐在上首的魔尊突然问道：“你们召唤本尊，是想让本尊替你们踏平长留仙宗？”

“不，长留仙宗与我们的恩怨，我们自己会解决。”老族长赶紧摇头。

“噢，是吗？”他淡淡地回了一句，声音听上去似乎还有些遗憾。

斩苍有些搞不懂这些人族的想法了，虽然他绝对不会那么鲁莽地答应去踏平一个仙宗，贸然掀起两族之间的战乱，但她们既然都求到他面前来了，还这般骄矜，也实在是件新鲜事。

眼见着那惜字如金的魔尊又开始不吭声，贺兰舒接着补充了一句：“我们只是想让尊上替我们寻出剩下那六个压阵之人，以阻止法阵完成。作为交换，尊上可以尽情向我们提出要求，我们愿为尊上赴汤蹈火，在所不辞。”

事实上，即使贺兰舒不这样强调，他们全族也得供他驱使，这样说只是看起来没那么屈辱而已。

好在这位魔尊大人并没有拿着他人的痛苦取乐的嗜好，也不需要这些人为他赴汤蹈火。他只是在想，这一族的人不管当初是如何将神魂卖给的魔族，如今好歹也算是他的子民，勉强庇护一下也未尝不可。

“你们出产的玉器，是出自同一个玉矿吗？”斩苍问。

“是。”老族长伸手将自己腕上的白玉镶金手镯取下，双手捧高举过头顶，“老身这只玉镯亦是产自同一块玉矿。那玉矿开采了近百年，如今原石已经差不多枯竭，万幸新发现的矿床还被法阵封存着，未投入使用。”

斩苍隔空将那只玉镯取过来，随意瞥了一眼，没说别的。只见他掌心凝聚起一团紫光，片刻之后，那只镶金玉镯已经变作一团齑粉。

玉镯是身外之物，跪在殿中的母女二人对此并无反应。她们二人聚精会神地看着斩苍用空着的那只手结出一个印，紫色的星线从他的指尖迸射而出，在空中交织成一道法阵，悄然落到地面。

窗外云层汇聚成旋涡，堆积翻滚，聚集着搅动天地之气。

议事厅内，法阵如潮水一般骤然铺开，已经化作齑粉的玉镯被斩苍浇在法阵上，活了一般沿着星线游走。

星线完全铺开成一幅中土舆图时，浮游不定的齑粉如同点点繁星遍布在法阵之上，片刻之后，竟缓缓汇聚成六个小圆点。

万物皆有灵，产自同一个矿洞的玉石，几万年来共享着同一座山的呼吸，借助天地之气，摆出聚灵阵，可以大致看出其所在方位。

再加上，仙人抚顶用于压阵的十二人，只能按生辰顺序取其精血，斩苍既已得知此前丧命的那六人的生辰八字，那么，根据玉佩分布的方位以及星辰的走向从鹑首至析木一一定位即可。

困扰多日的难题就这样被轻松解决，母女二人一时有些目瞪口呆。

这位魔尊对于法阵一门的娴熟程度简直令人叹为观止，即使是苍梧山那个据说是百年难遇的法阵天才参柳，应当也是难出其右。

母女二人在原地呆愣了半晌，才连声道谢。

斩苍却摇摇头，提醒道："此法，治标不治本，即使你们将活着的六人悉数带回，布阵之人一日不除，他仍旧可以将这批'有缘人'丢弃，从头再造一批压阵之人。"

"多谢尊上提醒，"贺兰舒的母亲投去感激的一眼，声音却渐渐低下去，"只是那布阵之人，与小女……"

后面的话她没再说下去，脸上那丝若有似无的隐情也收了个干净。她顿了片刻，转而保证道："尊上放心，大恩大德，来日我族人必定相报。"

想来这其中恩怨的确错综复杂，无法为外人道，斩苍也不打算继续探究下去。

正打算让她二人回去，他却像是想起了什么，原本闲散地倚在靠背上的身子直了直，趁火打劫似的说道："不必等来日了，本尊的确有一桩事，你们可以帮忙留意一二。"

流萤几点，伴着长明的烛火飞来又去。

时近亥末，斩苍从议事厅回到寝殿。

面具在脸上压出了几道印子，他用手背蹭了蹭，没管。施了道清洁咒后，换上寝衣，指尖不知何时又夹上了那本光秃秃的小册子。

小册子随着他一起钻入床帐，被他安放至枕上。

琉璃殿暖，灯花旋落成暗暗的一簇。斩苍侧躺在床上，十分熟练地伸出一只手，将册子翻开。宝石般的眼珠中随即倒映出一道巴掌大小的身影。

他眨眨眼，又凑近了一些，眼睛追逐着册子上手持长剑的女子，嘴角不自觉露出近乎稚气的笑。

他画得真像，不是吗？挥剑出招的神情动作，甚至连头发丝的位置，都与她本人一般无二。通缉令上的那幅画像，也是被她本人认可过的。这段时日以来，他的画工甚至更为精进了。

一寸又一寸被他丈量过的樱招，闭上眼睛后身影在他的脑海中怎么也挥不去。于是他干脆把自己关在房中，一遍遍地画她。

画她练剑的模样、生气时的模样、弯着嘴角故意凑到他面前来的模样……怎么看都是一副不太聪明的憨态，却可爱得紧。

“樱招。”

他轻轻叫了她一声。

她没有回答。

“樱招师姐！”

一声呼唤将樱招的思绪拉了回来，她抬头看向来人，问道：“怎么样了？”

“那府上的二小姐，的确被关了起来，每日吃食都由专人派送。”

说话的是苍梧山在冀州据点的一名探子，自接到参柳来信之后，他们便一直监视着贺兰氏的一举一动。

樱招来金陵城已经两日了。

自那天从贺兰师弟口中得知了《蒹葭》的消息之后，她便开始整理行装，打算亲自往冀州走一趟。贺兰师弟当时年纪尚小，对那云游散修半点没留意，有些什么特征也记不分明。樱招想着，或许他家中大人能提供一些线索。

刚好探子传回消息，信中表明那死去四人的生辰，的确与参柳的担忧不谋而合。不仅如此，在羽阳峰师妹离开冀州之后，又另外发生了两起与贺兰氏有关的命案，如今已是第六起。

于是原本还想着在师门多逗留一段时日的樱招在禀过师父之后，连自己殿中的床铺都没睡热，便急匆匆地赶赴了冀州。

据生活在此地的探子们说，贺兰氏的田庄里设有百虫不侵的法阵，这是冀州百姓尽人皆知的事情。

一夜之间田地被蝗虫啃光，当然会被看作是天罚。再加上玉器杀人事件，种种不利境况堆积在一起，眼看着贺兰氏多年来积攒的口碑就要毁于一旦，结果，待到樱招到达金陵城时，境况居然变得明朗起来。

一切善后事宜在贺兰舒的主持之下进行得有条不紊，这几日这里也没再出过与贺兰氏玉器相关的人命。解决问题态度诚恳，不利于贺兰氏的舆论竟隐隐有要翻盘的迹象。

看这情况，若不是这家在背后有高人指点，便是与那布阵之人达成了和解。

据樱招了解，贺兰氏的耕种事宜一向由老族长的二女儿贺兰夕负责，那田庄法阵被破，难保不是与她有关，因此才会在此刻被关起来，闭不见客？

“拜帖递过去，他们没接吗？”樱招问。

“没有，”探子说，“那家丁只说多谢关心，但由于家中实在太过繁忙，恐招待不周，等忙过这段时日，家主会亲自上苍梧山拜谢。”

樱招来之前，曾遣人以苍梧山的名义递上过拜帖，来意虽未直白言明，但有心人一看便知是要施以援手。

苍梧山的修士，不论去到哪里都是对他们礼遇有加，这贺兰氏以前对他们也是巴结不及的，为把家中那几个不成器的男丁送上苍梧山，每年银钱几乎是源源不断地送进来。

现如今她主动屈尊，反倒碰了一鼻子灰，樱招也有了些恼意。难不成是因为她穷鬼的名声在外，所以他们以为她是过来讨要孝敬的？

“算了算了，你们下去吧。”

她一脸郁闷地挥了挥手，示意人退下，自己则趴在亭子里的石桌上愁肠百结。

来金陵城这两日，樱招除了消化各种消息，别的似乎什么也没做，光感受金陵城的纸醉金迷了。

在这里，有钱人遍地都是，就连苍梧山的探子们驻扎的府邸，都比一般的地要奢华。

夜色澄澈，城中灯火似海上明珠一盏一盏亮起。樱招坐在金陵城中据说可以摘星的那栋楼宇上，遥望着脚下一栋栋灯火通明的琼楼发呆。

好天良夜，她却无端想起自己初到魔域那段时日，她也曾像这样，坐在魔都的琼楼上遥看厌火魔宫。那时她脑袋空空，什么都没想过，唯一在乎的便是怎么收集到那魔尊身上的魔气，然后顺利将刑天剑带回师门。

如今一切都如愿以偿，她却在微凉的夜气中，惦念起一个不该惦念的人。

“你说，他为什么要是魔呢？”她对着空气喃喃。

“是魔怎么了？”没有脑袋的大块头刑天悄然从剑身挣脱出来，八风不动地在她身边坐下，抱着双臂道，“他的树身，连接三界，几万年来日日承受着十个太阳的神力，若是在神界化形，少不得也得是个神，但他于魔域化形，扎根在那片土地上，力量皆来自魔域，便只能成个魔咯。”

“我也没提他名字啊，你怎就知道是他？”被人毫不留情地看穿，樱招觉得有些丢脸，原本还想挣扎几句，对上刑天一脸了然的神情，突然就一句话也说不出来了。

过了半晌，她才问道：“所以你的意思是，整片魔域都是他的力量源泉？”

“对，只要树身还扎根在魔域，魔域就得为他提供力量。”

“那肉身其实是可以离开魔域的，对吗？”樱招又问。

刑天转过身子，沉默了片刻，用一副看透了一切的口吻说道：

“问出这种问题来，他是不是魔，对你来说根本不重要吧。”

樱招：“……”

“你真正苦恼的，是他为何会是魔尊吧。”

樱招不是幽闺自怜之人，她自小便善于表达喜欢。少女心事于她来说从来不是无法言说之物，但此时此刻，她却真真切切地感受到了一丝酸楚。

脚下的一栋栋小楼像是醉了，绮罗丛里，有才子佳人在夜游金陵，看起来十分相配。她将目光从他们身上收回，转而问刑天：“那首《蒹葭》，真的很好听吗，值得你这般念念不忘？”

“啊……”刑天慢吞吞地，反应竟有些迟钝，“是啊，精妙绝伦，本尊永生永世绝不会忘。”

不知怎么回事，他的语气听起来有些奇怪，但樱招侧过头去看他，又只能看到他那袒露着的肚子。

他如今虽已经是她的本命心剑，但结契时刑天尚有心愿未了，因此她与刑天无法做到完全的心意相通。

樱招沉默了一会儿，目光从他身上移开，忍无可忍地说道：“我说，你好歹穿件衣服吧，如今你怎么说也是我的剑灵，万一我与人对战时，别人看见你这般袒胸露乳、衣不蔽体的模样，把我也想象成你这种粗犷汉子，你叫我如何自处？”

“啰唆！”刑天来了脾气，极不耐烦地回她，“你大晚上在屋顶上坐着，胡言乱语一通，究竟想做什么？”

是啊，她想做什么呢？

樱招站起身来，极目远眺。她看见金陵城笔直的主干道上，贺兰氏的府邸又换了一批守卫。这个家族，延续了千年，他们族里有些秘法连仙门也搞不清楚，一般的探子自然无法潜入府内，探听到其核心秘密。

仙宗规矩好多，修行到樱招这个境界，似乎很多事情都不适合她亲自去做了，好像大家都理所当然地认为，本事大了之后，就要收几个小徒儿，摆出师尊的架子，将杂事琐事一并交由弟子去做即可，自己则主要负责运筹帷幄。

可她不适合运筹帷幄，她喜欢独来独往，适合冲锋陷阵。

看到樱招目光所及之处，刑天立刻明白了她的意思。他跟着站起来，一溜烟地飞回剑柄中，沉声道：“你若想进去，谁能阻你？”

说去就去，明路走不了，她便走水路，亲自去探一探虚实。

樱招从屋顶上一跃而起，闪身消失在夜色中。

贺兰府邸的防卫，对于一般境界的修士来说，或许如铜墙铁壁一般结实，但对樱招来说却是如入无人之境。

只是找到那二小姐的闺房花了些时间。

不知穿过了几座小花厅，又钻过了几道门廊，樱招才看到一处守备森严的院落。

樱招给自己施了隐身的障眼法，隐匿形迹踏入房中，看了看房间摆设，果然是一女子闺房，珠光宝气无一处不精美。房中有一妙龄女子，正对着镜子专心致志地梳妆。纤纤玉手执着眉笔淡扫轻描，描完之后又开始梳头。

樱招想着自己若是不出声，对方应当永远也无法发现她，于是她上前一步，走到女子身侧，正打算解除障眼法。女子却突然站起身来，扶着后腰，一步一步极其沉缓地朝着敞开的窗户走去。

高高隆起的小腹直直地印入樱招的眼帘，樱招站在原地，下意识倒抽了一口凉气。

这这这……还未娶正夫的二小姐，竟已身怀六甲。

第拾陆章　表明心迹

『我们树，本来就是根木头，
因此较易不会动心，
动心便是一辈子，
再不会爱上别人。』

方才隔着一面铜镜，樱招并未看得真切，那二小姐经过她面前时，她才发现，对方的面容憔悴得厉害。脂粉在脸上铺了厚厚一层，却丝毫掩饰不住她双颊与眼眶的凹陷。分明还是稚气未脱的样子，却已形如枯槁。

贺兰夕的生命在迅速地流失，似乎正在被她肚子里的那块东西给吸食。

寻常的怀胎会导致母体被蚕食成这样吗?

樱招虽未怀过胎，身边甚至连怀胎的妇人都没有，但她知道，这种情况极不正常。

一脸纳闷地跟着贺兰夕来到窗前，樱招掌心悄然蓄起灵气，伸手在对方腹上一探，果然探到了一丝魔气。

樱招好歹也去过魔域一趟，混迹在魔族当中感受过不同魔族身上的气息，这一探之下，便清晰地察觉出，贺兰夕腹中胎儿身上萦绕的魔气，与寻常魔族身负的魔气略有不同。

更像是……魔修的气息。

修士修行，心志坚定者少，大部分修士都需要在修行过程中剔除妄念。

忘物养心，忘情养性，忘境养神。

因为只要有妄念，便极易生出心魔。千百年来，堕魔的修士不知凡几，他们外表与人无异，混迹在魔族与人族当中，作恶多端。

但他们通常也活不了多久，被心魔啃噬的身体，一开始，还能保有几分清醒，但久而久之，神志会渐渐丧失，直至完全将身心交托出去，变得疯疯癫癫，最后受尽折磨而死。

贺兰夕腹中孩儿的父亲，竟是一名魔修吗？她是心甘情愿还是受人蛊惑？

惊疑不定地抽回手，樱招再看向贺兰夕时，眼中则多了几分同情。她看见这位二小姐行尸走肉般地在小轩窗前站了一会儿，似乎觉得累极，又托着腰在榻上坐下，痴痴地望着夜空中的几颗星子，神情呆滞。

呆滞得像是……掉了大半魂魄。

魂魄离体，再加上身怀魔胎，难怪她现在整个人都散发着死气。

顾不上自己还隐着身，樱招急急走到贺兰夕身后，将掌心置于她头顶，灌入自己的灵力。

贺兰夕似有所感，几近涣散的瞳孔凝聚起来，下意识伸手护住了自己的肚子。她微微偏了偏头，想奋力回身查看，樱招伸手轻轻将她的脑袋扶正，提醒道："别动，你快要死了。"

樱招没有危言耸听，她的灵力灌入贺兰夕体内之后，就如同灌进了无底洞，尽数被她腹中胎儿给吸食了个干净，硬是未漏出一星半点给母体的经脉。

应当是丢了魂的缘故，这具身体没了魂魄护体，能撑到现在已是强弩之末。如果再不拿回离体的那大半魂魄，这二小姐应当熬不了几天了。

"你的魂在谁手上？"樱招将手抽回，托住贺兰夕半倒的身子问道。

两行清泪从贺兰夕眼中渗出，她对着虚空眨了眨眼，根本不在乎扶住自己的人是谁，只神志不清地说道："姐姐，你们这几日累坏了吧……母亲，母亲还在怪我吗？"

樱招："……"

"我不该，不该错信他的……"

错信谁？那个魔修吗？

樱招想直接开口问，但又怕直接打断她会引起反效果，于是只能牵住她的手腕尽力给她渡些灵气。

"不必费心了，"贺兰夕低声道，"本就是我酿成了大错，以为，他还是原来那个人……结果险些害了全族……我身死之后，你们也不用受他胁迫了……姐姐，帮我和母亲带句话吧，就说，女儿……女儿不能尽孝了……”

一番话说得悲戚，樱招也从中大致猜出了这件事的来龙去脉。

这贺兰夕与那魔修有情，且这情根种在那魔修入魔之前。他二人原本应当是一对佳偶，不然她不会到了这个地步，还在护着腹中胎儿。可惜，那被心魔啃噬的魔修为了达成某种目的，没念半点旧情，甚至以贺兰夕的魂魄相威胁……

院外突然有两列整齐的脚步声在快速逼近，接着驻扎在门口的守卫齐刷刷地见了一声礼。

院门从外被人推开时，樱招无声无息地将贺兰夕安置在榻上，而后跃至房梁上坐好，动作轻得连梁上的灰尘都未扬起。

步入院中的只有贺兰舒的母亲与贺兰舒。她二人在房门口停下，对着门口的禁制鼓捣了好一会儿，才推门进来。

这间房的门窗上都被下了颇为复杂的禁制，一层套一层，稍不留心出点差错，就会惊动守卫。樱招进来时看到这些禁制简直一个头两个大，差点就准备拔剑直接将门轰开了。后来还是她自己觉得被人拒了拜帖又偷摸着溜进来的行为太丢份，才耐着性子一层一层地将禁制解开。

这母女二人许是太过焦急，解开禁制所花的时间竟比樱招还长。推门进来之后也顾不上查看屋子，两人瞧见贺兰夕在榻上躺着的身影后，便直直奔了过来。

樱招渡给贺兰夕的灵力到底还是起了点作用，虽然人还是一副失了魂的模样，但脸色看着比方才要精神不少。

贺兰舒将贺兰夕的手牵起，低声看向母亲："三日之期快到了，今夜，我们若不把那六人交出去，妹妹恐怕……"

注视着双目失神的二女儿，老族长一时没吭声。她沉默着走到榻旁，像被掐住了喉咙般，只觉得喉头酸梗，一句话也说不出来。

作为一族之长，一人之命与全族之生死荣辱，孰轻孰重，她自然拎得清。只是，人过半百，却要眼睁睁地看着自己的女儿就这样油尽灯枯而死，纵使她再铁石心肠，仍旧觉得有股说不出的无力。

在求到那魔尊面前的时候，她们原以为贺兰夕的情况不至于这么遭的。

明明前段时日将她寻回时，她只是有些痴傻而已，小腹也平平坦坦，完全没有怀胎的迹象。可在她们将那剩余六人尽数接回看管的第二日，贺兰夕的情况便开始急转直下。

原本平坦的小腹一夜之间隆起，显怀至七个月大小。老族长这才发现，自己的女儿竟怀了那魔修的孩子，而那魔胎，在短短几日之内，便吸干了母体的精气，贺兰夕到现在已是危急万分。

一封密信被悄然送进来，信中言明，若要将贺兰夕剩余的魂魄拿回，只能用那剩余六人来换。

原来后招在这里等着她们。

“十三雀已全然被心魔吞噬，寄希望于他良心发现已是不可能，”贺兰舒提议道，“不若我们再去求那位一次吧。”

谁？十三雀？！

这个名字从樱招耳畔骤然飘过，她睁大了眼睛，发现这人她认识。不，其实也说不上认识，只是在仙门大比中打过几次照面而已。

十三雀是长留仙宗掌门首徒，若是放在他们苍梧山，少不得也和参柳一样，是下任掌门的最佳人选。事实上，参柳也的确和他斗得常年不分胜负。

那落魄了的长留仙宗，几百年来也就出了这么根好苗，但这根好苗，却于五年前叛出了师门。具体原因谁也不知道，樱招只知道此后听到的有关十三雀的消息，全是恶名。

所以贺兰夕腹中胎儿的父亲，是十三雀？

等等——

贺兰舒方才说，她们要求助谁？是指点她们的那位高人吗？

樱招竖起耳朵继续往下听，却只听到老族长轻叹了一口气，说道：“你当那位是守护神，有求必应的吗？他遣我们去寻的《蒹葭》

现下还没有眉目，如今怎好再去打搅他……”

话音落下时，坐在房梁上听墙脚的樱招险些一口气没喘上来。不是，一个破琴谱而已，居然这般抢手吗？除了她，还有别人也在寻《蒹葭》？难道是她那日在苍梧山大张旗鼓地进行悬赏，导致消息走漏，引来了其他觊觎之人？很有可能。

樱招瞬间觉得情况很不妙，若是别人在她之前寻到了那个琴谱，也不知道会弄出什么幺蛾子来。

“是啊，都是些捕风捉影的消息，实在难以交差。”贺兰舒也觉得此事无解。

消息放出去之后，姨母曾递过来消息，说十年前，她在府内招待过一名散修，那名散修为报答她的款待，曾当众弹奏过一首曲子，名为《蒹葭》，但她招待过的散修太多，因此那名散修师承何门，去往何处，根本无人在意。

线索断在这里，连查都不知道从哪里查起。

牵在掌心的手突然紧了紧，贺兰舒低头朝贺兰夕看过去，只见她嘴唇张合着，缓缓吐出一个词：“蒹葭……”

“嗯？”贺兰舒以为自己听错了，将耳朵贴近了些，问道，“妹妹在说什么？”

贺兰舒的母亲突然像是想起了什么，倾身牵住贺兰夕的另一只手，沉吟道：“夕儿少时喜欢去你姨母家。”

因为姨母性情最为温和，不似母亲，为培养出合格的家主，秉持着铁一样的纪律，从小就没给过家中子女几分宠爱。

“蒹葭……是十三雀……十三雀的……”贺兰夕此时变得清醒了不少，虽然说话仍旧颠三倒四，不知所云，但对于失了魂的人来说，已是极限。

此言一出，屋内其余三人皆目光如炬地盯住她，尤其是樱招，她再也忍不了躲在暗处，急匆匆地将障眼法解开，闪身出现在榻旁。

她出现得突然，老族长与贺兰舒亦被吓了一跳。但这二位到底不是普通的闺中女子，瞳孔睁大了一瞬后，连惊呼声都没有发出，便旋即冷静下来。

苍梧山樱招仙子的拜帖，她们此前的确是收到了，但没有选择接。

因为苍梧山来晚了一步。

贺兰氏既已求助于魔尊，选择重新成为魔族的奴仆，便不好再将仙门之人牵扯进来。族人的秘密若是被仙门中人知晓，恐怕整个贺兰氏会陷入更加危难的境地。

既然两头都是深渊，便只能咬牙选择看起来没那么深的那头了。

“樱招仙子。”老族长率先反应过来，朝着樱招施了一礼。

“嗯。”樱招点了点头，没和她废话，开门见山问道，“十三雀在哪里？”

老族长与贺兰舒对视一眼，没有立马回话。

“他既然拿你女儿的性命相要挟，应该会告诉你们交易地点吧？”樱招又重复了一遍，“他在哪里？”

世人皆有所求，仙门中人都不是大善人，一丘之貉而已。老族长从不相信有天上掉馅饼之事，以物易物才是自然之数。

她看了看躺在榻上气若游丝的二女儿，咬了咬牙，开口问：“樱招仙子，所求何物？”

情况紧急，樱招没和她客气，直说道：“《蒹葭》。”

趁着那母女二人稍稍愣神，她弯下腰来，凑到贺兰夕面前，将语气放轻，一字一句地问她：“《蒹葭》，在十三雀手上对吗？”

贺兰夕缓缓点头，还想要补充些什么，但迟钝的脑子让她一时想不起来。

等待了片刻的樱招见她神志又开始涣散，便不再多问，直起身来沉沉地看向老族长。

桌上的烛焰随着夜风飘忽不定地摆动，灯芯蓦地发出一声响。面对着化神境修士毫不留情的逼视，老族长沉默了许久之后，终于开口，说出了一个地名。

樱招将嘴角翘起，从容道：“等着，我去给你们把她的魂魄拿回来，作为回报，琴谱我要了。”眼见着那母女二人皆露出一脸难色，她顿了顿，又补充道，“当然，我也不会让你们为难，你们尽可以去知会你们口中想要《蒹葭》的另外那位高人。只不过，鹿死谁手，就看谁本事了。”

最后这句话掷地时，樱招已然消失在房中。

这位来自苍梧山的不速之客瞬行而去，倚在榻上的贺兰夕眨了眨眼，终于后知后觉地想起来自己想要说什么重要的话。

她费力地拉住贺兰舒的衣角，看到贺兰舒低头将注意力放到自己身上，开口时，竟是满腔焦急：“蒹葭是……十三雀的杀阵，叫她……千万小心。”

这句连贯无比的话似乎用尽了她所有的力气，贺兰舒抓住她的手，将眉头皱得死紧：“杀阵？不是琴谱吗？”

“是琴谱，更是杀阵……”带着气声的虚弱之言，在听者内心掀起惊涛骇浪。

贺兰舒抬眼看向老族长，心惊胆战地问道：“母亲，此事是否要向那位报告？”

老族长没立即发话，反而一脸沉重地在房间内踱来踱去。森森的烛火将她的影子印在地上，拖曳出不知何时已然变得佝偻的一道黑。

贺兰舒心头一冷，顿时明白过来母亲的意思。

“他若是出现，那樱招便会得知我们与魔族为伍之事，千年来，我们所做的一切努力，都会前功尽弃。”老族长闭上眼睛，深深地叹了一口气，“不能告诉他。”

轰雷震山，黑雨泼天。

压顶的浓云之下，是一望无际的森罗海。海水泛涨起来，万迭波涛中隐隐有庞然大物在急速游动。

海潮的咸腥味钻入斩苍的鼻中，他随意打了个手势，身后的众部将肃然领命，掣电一般辟开水径，直钻入了黑压压的海面。

此时的魔尊正带着四部众将在距离魔都千里之远的森罗海猎蛟。

蛟身作用极大，从龙须到龙爪，可谓处处皆宝。而蛟龙自来便喜爱在风吼雨急时出没，将一汪黑海搅得如同天罚一般可怖，却刚好方便了这些新旧战将各显神通。

这是每年魔族战将选拔之后的传统项目，四部战将们只有靠着猎蛟时的出色表现才得以入魔尊的法眼。

今年猎得蛟龙的仍是右使临则，她站在巨蛟头上，手持一柄银戟，瞳孔紧缩着于翻滚的巨浪中稳稳地将戟身直戳入蛟龙脑髓，剥皮剔骨的架势将身边一众魔族少年吓得够呛。

其余新进的魔族战将也有许多表现非凡之士，眼看着蛟龙已被瓜分，便转向森罗海中其他的魔物。围猎结束时，战利品在沙滩上浩浩荡荡堆成了山。

太簇全程没参与，只与斩苍一起站在岸边，将战况尽收眼底。

雨收云断，将士们在海岸上就地扎营，架着篝火喝酒吃肉。斩苍不喜欢被人这般闹着，只象征性地喝了几口酒，便回了自己的帐子。

魔尊的寝帐由专人收拾打点，即使只是扎营一晚，也被布置得四壁珠玑，撩开帘子简直要被晃花眼。

斩苍在帐子里待了一会儿，自觉并无睡意，便独自一人绕到营地背面，望着绵延的群山发呆。

魔域不是仙山福地，山山水水总透着股狰狞之态，仿佛誓要尽职尽责地坐实自己幽冥之境的地位。但今夜的群山许是被魔族战将们的杀气震慑住，藏匿于山中的兽类静悄悄的，连声气都不敢出。

身后远远的战将们的笑闹声飘过来，显得眼前的山峦愈发沉寂。

负载着魔气的云层散开了一些，漏出一丝萧索的月光。斩苍从袖中掏出此前在黑齿谷强行从樱招那里夺过来的吞云戒，细细的银链子上似乎还残留着她的灵气。

他举起其中一枚戒指，透过戒指的圆孔去观察那轮被黑云包裹的月亮，朦胧一团的白光，奄奄一息地被云层吞没。他放下手，将银链子上的五枚戒指一枚一枚地抚过，企图将心中那股莫名其妙的不安压下。

让贺兰氏去查有关《蒹葭》的消息，几日了也没个回复。

上古神族寂灭之后遗留下来的物品，要想寻到，的确要靠“机缘”二字。魔域境内他已经遣人去寻过，皆一无所获。让贺兰氏在中土查，原也是不会太快的。

他向来沉得住气，也明白这是意料之中的事情。但此时此刻，他的确想扰人清梦，问问那贺兰氏的人将事情办得怎么样了。

念头一出，他才想起，那与贺兰氏族人连接的魔印被他扔在厌火魔宫的架子上没带出来。

老族长与十三雀约定的地点位于城外的一处荒山，那荒山远远瞧着没什么异样，走近之后才感觉四周萦绕着一股令人不舒服的阴煞之气。

这股煞气伴着琴声在山谷中回荡，稀疏的星子挂在天上，琴声弹至恢宏之处，如银瓶炸裂般朝着天幕奔涌而去，似乎要将夜空中所剩无几的星星全部绞杀。

樱招径至谷口停下，看见一个抚琴人，巍然独坐在谷中一巨石上，面前摆着一张七弦琴，另有六块血玉在他身后高悬着，煌煌照得四周一片血光。

偏那抚琴之人的姿态甚为清雅，如此装腔作势的行径在他做来也不突兀，反而给人一种近乎残忍的绰约感。

他分明早在樱招逼近山谷时，便已有所察觉，却非得等到一曲弹完，才抬首看她。

不过他这一抬头，却让樱招有些惊骇。

在她记忆中，十三雀的容貌是极为出色的，当年他与参柳同台对战时，苍梧山一半的女修几乎都倒戈到了他那边。当然其中不包括樱招，因为她那时年纪太小，被课业烦都烦死了，每日只想着多偷些懒，不论哪个玉面公子都别想让她从床榻上爬起来顶着大太阳去围观。

但如今这位抚琴人，面上、颈上皆布满了森森黑纹，那些黑纹如同一条条黑蛇在吐信，活物一般在他的皮肉上游动。唯左眼处未被覆住，依稀可见当年目若朗星的模样。而那只右眼，由于被心魔啃噬，已经变作了一只黄澄澄的竖瞳，打量过来时，让人不自觉背脊发寒。

这状若修罗的十三雀瞧见来人是樱招，也没惊讶，他只是轻轻笑了笑，做出一副意料之中的模样："我就知道，那老婆子割舍不下她的族长之位，怎么，打发你过来讨要魂魄吗？"

未等到樱招说话，他突然又仔细看了她一眼："噢，是你啊，苍梧山老是跟在参柳身后那个丫头，叫……叫……"

他想不起来了，两只眼睛各自为政地转动着，诡异得令人有些不舒服。

"樱招。"樱招镇定地报上家门。

十三雀这才面带歉意地笑了笑："抱歉，以前许多事我都想不起来了。"

"无妨，我跟你本身也无多少旧好叙。"樱招不欲与他废话，开门见山道，"贺兰夕快死了，她的魂魄在哪里？"

"她的魂，在我身上。"十三雀回得一派优雅从容，站起身来指着腰间挂着的琉璃瓶道，"一缕魂和四缕魄，全都在这里，但你们想要的话，拿人来换。"

他太淡定了，淡定得像是贺兰夕和她腹中的胎儿与他没有丝毫干系。

被心魔吞噬的修士，都会变成这副模样吗？

"你真的，一点都不在乎她的死活了？"樱招忍不住问道。

十三雀站在夜色中，一袭素色的氅衣被风掀起，翩翩公子般的身形，衣裾下面的发肤却犹如被火吻过，焦黑而布满褶皱。听见樱招的问话，他停顿了片刻，才温声道："我已入魔，万事皆空。"

"那你为何还要布下这仙人抚顶之法，去谋害一整个家族？"

"这个啊——"十三雀不太在意地笑了笑，"就当是我替师尊做的最后一桩事吧。"

所以这件事果然和长留仙宗有关，五年前他叛出师门那件事，的确是另有隐情。

但这些与她今夜的目的无关。

长留仙宗的猫腻，她自会传信回师门，交由师门来定夺。而她今夜，目的只在拿回贺兰夕的魂魄与那《蒹葭》琴谱。

于是她果断回手抽出背在身后的刑天剑，将剑尖直指十三雀："那么，请赐教吧。贺兰夕的魂魄我要定了，还有，据说你有一本琴谱名为《蒹葭》，如果可以，也让我和我的剑见识一下吧。"

那柄光华璀璨的神剑被她握在手里，看起来无比轻松，漫天而来的威压巨阙一般横扫过来，挤压得山谷中的风也在瑟瑟发抖。

十三雀的表情却依旧从容，他想起来前段时日的确有传闻，说一名剑修从魔域带回了一柄神剑，名为刑天。

"刑天？"他两只未同步转的眼球落在刑天的剑柄上，蓦地爆发出一声大笑，"是刑天告诉你，蒹葭是琴谱吗？"

樱招愣了愣，一时间没说话。

当日与刑天结契之时，他说姑射神女一曲仙音，令他念念不忘，还想让她重新弹奏与他听，这难道不是琴谱的意思吗？

见到樱招微微出神的模样，十三雀心中已了然。他缓缓踱回石案后，一撩衣摆端坐于七弦琴面前，悠然笑道："如此，便让你见识见识吧，只不过，就如同你的刑天在被天帝斩首之前，是先被蒹葭所困一样，今日你见到之后，也要死在这里了，抱歉。"

时近亥末，一队人马从贺兰氏府邸中倾巢而出，利剑一般隐入黑夜。

为首的正是贺兰舒。

樱招瞬行的速度太快，而他们整军开拔费了些时间，只一刻钟的工夫，便已经落后了不少脚程。

不能借助魔族之力，贺兰舒只能将府中能人全数带上，即使是拼个鱼死网破，也好过安然地待在这府中看着樱招白白去送死。

待他们赶至目的地时，杀阵已起。

方圆百里，鬼哭神号。这片荒山不知从何时起，景致已经完全变化。通往山谷的路上横着道道尸骨，伴随着扑鼻的腐臭味，人群中当即就有人吐了出来。

“这是幻境，不要被迷惑了。”有人提醒道，“我们现下还未步入法阵之内。”

贺兰舒当即吩咐众人吞下几颗清心丸，众人才勉强拖着步子往里走。

接近山谷时，贺兰舒身边之人已经所剩无几，大多都是撑了数里便已经无法前行，只能撤退。

谷中有数道黑色的光墙，呈圆圈状将樱招围困在其中，而十三雀安然端坐在石案前，对着堆积成山的骸骨淡定地抚琴。

这曲琴音古怪异常，在杀阵外听着就已经神志不清、深陷幻境，更别说杀阵内的樱招。她的动作看起来十分迟缓，眼神一片茫然，似乎已经完全脱离于这个空间，不知道自己面前之物究竟是什么。

事实上，她面前不停有魔物从虚空中冒出，对她发动攻击。虽然每次她都能在最后一刻凭借本能躲开，并且回手直中魔物的要害，将其斩杀，但每一次看起来都凶险万分，让人提心吊胆。

樱招在阵中看见的场景的确与贺兰舒所见不同。

蒹葭，蒹葭，多么美的名字，呈现的景象却残忍到令人浑身发冷。

琴声在耳畔骤然响起时，樱招看见，法阵之内已是一片尸山血海。凄惨的哭号声钻入耳中，抬眼便看到血淋淋的肠子挂了满树。

不仅如此，配合琴音一起奏响的有八面人皮大鼓，若干腿骨笛，还有数不清的用头骨做成的木鱼。

无数怨气随着这曲仙音爆发出来，直冲云霄，凄厉的哭叫声将樱招搅得头昏脑涨，连剑柄都几乎拿不住。

为保持神志，樱招已经将刑天骂了一万遍。骂他竟然将这么重要的事情欺瞒于她，那刑天也是理亏，只弱弱地回了她一句：“本尊还不是担心告诉你之后，你害怕，所以才瞒着你的。”

姑且不论他的担忧对不对，但此时的樱招的确也是无力与他计较了。

眼前不停有阴风袭来，她举着剑，砍瓜似的挥，也不知道自己砍杀的究竟是何物，只知道凭着本能在躲避。

她以剑入道，即使封闭神识于她也无甚大碍，再加上此时刑天已经完全将力量交托于她，即使她不能看到眼前之物，仍旧将剑挥得如满月一般出神入化。

可接连劈刺了数剑之后，樱招的心中却渐渐生出犹疑来。

若是被她挥剑相向的东西，除了危及她性命的魔物，还有无辜之人呢？耳畔的哭喊声太真实了，惨剧像是真真切切地发生在她眼前，由她所制造。会不会这个杀阵的厉害之处便在于令她造下杀孽，最终变成与他一样的魔物呢？

一瞬间的犹疑如附骨之疽般钻入樱招的神志，她的动作渐渐迟缓起来，甚至到了最后已经不敢攻了。

握剑之手忽地被什么东西划破，她痛呼一声，感觉到温热的血液已经顺着手臂流了下来。

怨气在空中流窜，哭喊声伴着琴声一起，不绝于耳，像是在控诉她今日大开的杀戒。

樱招通红着双眼将剑换了一只手，换手之时，一只巨大的蜘蛛趁机扑过来，直将她的身躯扑倒在地。

看不见自己究竟被什么攻击的樱招只觉得虚空中扑过来一只庞然大物，接着双手就被死死地黏在地面上，动弹不得。

心神竟被这杀阵扰乱成这样，真是晦气。

樱招强迫自己冷静下来，她驱动着刑天悬于空中，打算直接将压住她的魔物劈个对穿。

剑刃划破空气，嗡鸣着攻过去之时，虚空中突然出现一支箭羽，带着排山倒海之力破开杀阵直钉入那蜘蛛的嘴中。那股箭气激风漾月、势镇汪洋，每条腿上都生了魔眼的上古魔物竟被直接震碎成了齑粉。

十三雀皱起眉头，朝着阵外看去，手上抚琴的动作不自觉停了。

琴声停下来时，樱招只觉得身上一轻，那压在自己身上的魔物像是整个被掀翻，消失了个彻底。

蒙住双眼的血雾随着暂停的琴声而消散，扑鼻的腥臭味也似乎淡了一点。她揉了揉眼睛，提着剑站起身。

四周景象恢复正常，凝滞的夜风扑面而来，带来一股沁人心脾的木香。

她似有所感，猛然回头。

一时间，万籁声宁。

目光尽头，她看到一个戴面具的颀长身影直立在山峦上，织金的玄色袍角在风中猎猎作响，散发着不容忽视的熟悉威压。

樱招扁了扁嘴，有些委屈似的，无声地叫出他的名字——

斩苍。

樱招不知道这份委屈究竟从何而来，她只知道这位多日不见的魔尊，戴着面具乍然出现在她面前，如天神降临一般将威胁她性命的魔物斩杀的这瞬间，她心里想的不是他来了，而是——

他怎么才来?

虽然她也知道，她矫情得毫无道理，因此她只允许自己脆弱了这么一小会儿，便果断提着剑攻向了由于被打岔而停止抚琴的十三雀。

站在杀阵外风尘仆仆赶过来的魔尊被她晾了个彻底，他也并无任何不满，反倒歪了歪头，于面具后露出一个轻笑。

她只允许他帮到这里。

周围不明真相的众人看不清斩苍的表情，只知道他方才从传送法阵中轰然出现之后，对着贺兰舒不知道问了一句什么，便顿时如同杀神一般闪身至山峦上，掌心的魔气被他蓄成一张大弓，流星一般横空而出。而他在射出那一箭之后，便再未出手，只专心致志地盯着阵中的战局，一眼都未错开。

他是魔，并且是一只不知深浅的魔，虽然站在那里身姿如神君一般丰神俊朗，但他身上散发出的魔气却令人不自觉瑟瑟发抖。

不知道他此刻出现究竟是敌是友。

只有贺兰舒知道，这位看似镇定的魔尊，在得知被杀阵困住的剑修是樱招时，究竟有多不镇定。

母亲不想将魔尊唤过来，自然有她的考量。且不说被樱招知道他们与魔族为伍之后，能惹出多大的麻烦，光魔尊是“魔”这一个身份，便是天然与修士为敌的存在。

万一那性情捉摸不透的魔尊，为了得到《蒹葭》而大开杀戒，将樱招直接杀害，那他们贺兰氏可就真成不忠不义、不仁不孝之人了。

可再多的思量，在看到樱招的手臂被一名手持长刀的怪物划破时，便全都作了废。

死马当活马医吧，贺兰舒想，眼下唯一的希望便是那魔尊了，希望他真的是救兵，而不是更大的麻烦。

她一共念了八遍召唤咒，那边才有回应。

斩苍想过要回营帐睡觉的，可走到营帐门口，他却鬼使神差地掉转了脚步，丢下仍在海滩上扎营庆贺的四部将领，简短向太簇交代了几句之后，便启程回了厌火魔宫。

装着魔印的锦盒被震得咯咯作响，他回应召唤，出现在眼前的贺兰舒形容十分狼狈，额头上布满了汗珠，衣物也在行走间被枝丫刮出几道破口。她那边有惨叫声不绝传来，似乎处境十分危急。

召唤咒，并不能让双方真实地处在一个空间，而是只能短暂地让时空发生重叠。上次斩苍顺应召唤，将贺兰氏母女唤到面前时，她们也只是神识被唤到了魔域，召唤结束时，神识便会退回身体当中。

这儿也是一样，贺兰舒只有神识出现在了他面前。

“你那里发生了什么？”斩苍问。

贺兰舒赶紧跪地，低头道：“蒹葭找到了，它在一魔修手中，蒹葭是他的杀阵。”

“杀阵？”斩苍略一沉吟，便迅速串起了刑天对蒹葭执念丛生的原委。

的确有传言，几万年前，刑天被天帝斩首之时，天帝那边有人在抚琴。

两军交战，鸣战鼓、奏武曲，都是鼓舞士气之用。仙家法宝，功效千奇百怪，姑射神女的一曲《蒹葭》，善时用作听赏的确是一曲仙音，但恶时便披毛戴角地成了绞杀人的利器。

只是几万年前的事情毕竟太过久远，早无文献可考。唯一亲历此事的刑天，却是个诡计多端之辈。他八成是觉得自己被天帝斩首斩得冤枉，便将自己落败的缘由归咎在了那曲杀阵上，但又拉不下面子说实话，所以隐瞒了其中最重要的事实。而樱招到现在应当还傻乎乎地以为“蒹葭”真是琴谱。

幸好她远在苍梧山，还未被那大块头剑灵给诓骗至冀州。大不了他辛苦一点，将那魔修揪至苍梧山，逼迫其弹奏这曲《蒹葭》与她听，然后再让她拿着刑天从里至外将杀阵给破了，也算了了那剑灵一个执念。

想到这里，斩苍竟产生了一丝紧张的欢喜。

这总算得上一个正当理由吧？

“将你的详细位置告诉我。”

斩苍站起身来，照着贺兰舒报给他的位置不紧不慢地结出一道传送法阵。

泰山崩于前而色不变的魔尊踏着传送法阵瞬间出现在冀州荒山时，仍是一脸气定神闲，满山的怨气与哀号对他来说并未产生丝毫影响。他随意瞥了一眼被道道黑墙围绕着的蒹葭杀阵，里面的血雾已经浓到将黑色的光墙染成血色。

看不清里头的光景，他却陡然感受到一股再熟悉不过的剑气。

“阵中有人被困吗？”他飞快地转头问贺兰舒。

不知怎的，被面具隔绝的声音破天荒地透露出一丝焦急，贺兰舒被他浑身散发出的杀气震慑住，张嘴时竟有些磕磕巴巴：“是……

是……苍梧山的剑修……”

“樱招”二字还未说出口，斩苍已然消失在她身前。接着那杀阵便被他从外面轰出了一道口子。

目睹这一切的贺兰舒突然福至心灵，劫后余生般抚着胸口倚着树干大喘粗气。

她赌对了。

这魔尊与苍梧山剑修，八竿子打不着的两人之间，竟然有故事。

故事自然是有的，只不过眼下谁也没心思去叙这份旧。

早在琴音停止时，樱招的神志已经完全恢复清明。变为剑灵的刑天，能爆发出多强的威力，全靠主人力量的强弱。此前主仆二人被杀阵摄住了心神，束手束脚地被压制得憋屈无比。

而当樱招出剑不再犹豫后，那只会躲在七弦琴后装神弄鬼的十三雀便再不是她的对手。她的剑术本就变幻莫测，招招都有搅动天地之势，如今更是浴日滔星、无懈可击。

而十三雀为护着那把当作阵眼的琴，只能纵身一跃，拿着一支不知是何骨头做的笛前来应战。

他体内的心魔对站在阵外虎视眈眈的魔尊惧怕无比，原本催动起来毫无障碍的魔气竟发生了些微凝滞，竖成直线的魔瞳不安地在眼眶中转动，十三雀只得闪身捂住眼睛对其进行安抚。

大能过招时，一招都不能踏错。

十三雀只一招不慎，而后便左支右绌，再也抵挡不住樱招的攻势。

作为阵眼的那张琴被樱招一剑劈开，魔修自觉大势已去，捏着一张传送符欲逃。站在杀阵外一直未再出手的魔尊却突然降下来一个困阵，兜头将他罩在其中。

杀阵已破，四周恢复成荒凉的模样，寂寂空山中怨气尽收，唯见几只胆大的乌鸦在嘎嘎叫。

贺兰舒急急奔至十三雀身前，将他腰间装着妹妹魂魄的琉璃瓶解下，郑重地将其交至队伍中一名金丹期的修士。那人随即领命，踏着剑便直往回赶。

而樱招在破阵之后，已经完全脱力，她将刑天插在地上才得以勉强支撑住身体。她望着那张残破的七弦琴和围绕在四周用人皮与头骨做成的乐器，有些愣神。

受伤的右手血流如注，顺着手背往下漫至刑天剑身。那剑灵十分嗜血，浇灌其上的血越多，他便越是光华璀璨。

方才樱招战至酣处，根本分不出神来查看自己究竟受了几处伤，也根本感觉不到疼痛，现下一切皆已结束，她才终于疼得开始发抖。

一只温热的大掌覆上她的手背，强行将正在嗜血的刑天从她手中摘下。剑柄被他握住，铮然入鞘。

只是那入鞘声听起来带着些怒意。

樱招不明所以地回头，正欲好好看看斩苍的脸，却只看到一张兽纹面具与一道精巧的下颌线。

她毫无顾忌地屈指弹了弹他的面具，问道："怎么了？"

脾气实在不算好的魔尊大人耐着性子这样回道："那剑灵，它该死。"

噢，的确是该死，若不是他让她毫无准备，她也不至于受这么大一通伤，流了这么多血。

所以人是不能意识到自己已经安全了对吗？

当手被斩苍握住时，她突然觉得自己好累，眼睛再看不到别的东西，只能看到他头顶上装饰着的几颗星子，一闪一闪的，交错着织成一片网，将她的心神捕捉了进去。

她又在他面前晕倒了。

樱招晕得不太安稳。

睡梦中看到的仍是杀阵中那片骷髅若岭、骸骨如林的景象。她走不出来，只能将刑天唤出来骂。

骂到对方一声不吭之后，她才有些木然地问道："当年姑射神女的蒹葭，也是这般残忍吗？"

显出无头真身的刑天，坐在她旁边沉沉道："比这更残忍。"

"可神佛不都是以慈悲为怀吗？"

"慈悲？"刑天冷笑一声，"我们对自己当然慈悲，可除了得道之人，其余任何，对我们来说，皆是奴隶与刍狗、蝼蚁而已。既是蝼蚁，又有什么不能拿来做笛做鼓的呢？"

就这样默了一会儿，他又说道："本尊生前造了太多杀孽，所以被蒹葭困住时，几乎走火入魔，完全无法自控，更别说破阵了。罢了，既然你今日了了本尊一桩执念，我也甘心认你这个主人。反正，修士之命，再长也不过几百年而已，等你身死之后，本尊再去寻自由吧。"

樱招："我谢谢你，现在就咒我死。"

刑天："不谢。"

樱招愤而睁开眼，发现自己正睡在一处华美的床帐内。屋里的烛火朦胧一团，有道身影坐在她床榻旁，正俯身望着她。

"醒了？"

似曾相识的问话让她愣了愣，只是这次魔尊问话的语气比起上次温柔了不少。

虽然这次照样是她在给他添麻烦。

此时房间内只有他二人，斩苍已经将面具摘下，露出那张不愿意被太多人窥见的脸。二人无声对视了良久，像是对方眼睛里有什么属于自己的重要物品，一时间谁也没有率先弃守。

窗外传来一阵毫无秩序的虫鸣，正如此刻对视的二人毫无秩序的心跳。

"你又替我疗伤了？"樱招刚刚苏醒，眼睛睁得有点累，于是借着眨眼的当口儿败下阵来。

她举起受伤的胳膊，发现那里已经恢复了光洁，看起来像是从来没有被划破一般，身上的衣物被施了清洁咒，满身血污也已经被咒语洗净。

"嗯。"斩苍点点头。

他见她伸手摸了摸床榻，像是在找什么东西，便提醒道："你的剑被我拿到院子里，用从极渊的寒冰冻着，那剑灵太不老实，须得吃点苦头。”

“噢……”樱招觉得他做得好，那剑灵是得受点教训。

“有用吗？”她很好奇。

“有用。”

“那便好。”

二人就这样漫无目的地闲扯了几句，斩苍突然说道：“那魔修已经被我关起来了，失了魂魄的那人如今情况还算稳定，我们正处在贺兰氏准备的一处别院中，今夜跟着一起上山之人都是他们的家兵，口风严实，你晕了大概两个时辰……还有什么要问的吗？”

他以为，自樱招回中土后，他的生活便会回归原状的。

睁开眼再看不到那个聒噪生动的身影，每天按部就班地坐在魔尊的位子上，面对着同样的部下，处理着同样的事务。几十年来一直是如此，他感到习惯且安心。

对于那颗曾经失控过的心，他不再觉得无能为力。

纵使他将她的画像做成小人，还私下遣人去寻“蒹葭”的消息，这种种行为说来总有些自欺欺人，但那不重要。

可是现在，他好像已经完全无法再自欺欺人了。

她太不让人省心了，一个没看好就会让自己陷入这般险境。他若是今天没有赶到，他相信她最终肯定能找到办法来应对，只是，只是，他会无法原谅自己。

终于尝到苦果的魔尊决定顺应自己心意一次，像夏有凉风冬有雪，樱招于他，是无论晴天落雨，一想到就会心脏抽搐的存在。于是他缓缓俯下身子，正打算伸手捧住她的脑袋，樱招却转了转眼睛，问出了最后一个问题：“嗯，我还想问问你，我后肩上那条疤，是被你消除的吗？”

这个问题困扰她很久了，她真的很想知道。

樱招的发丝在方才疗伤时，已经被斩苍解开，几缕散发在烛火的照耀下，好像碎散的金子。

在她昏迷时，他亦痴坐在床榻旁望了她许久。望她微翘的鼻尖，望她柔软的唇，还有融融的细雪似的颈子。

术法做的小人只是一道虚影，他伸一伸手，便穿过去了。如今她真实地躺在他面前，他却无法做到像以前那样肆无忌惮地触碰她。

她没有同意。

借着微薄闪动的烛光，斩苍看见樱招在问出那个问题后，目光便停顿在他身上，澄澈的闪着光的眸子，像看着一个良人。

是因为他救过她，所以对他产生了某种雏鸟情结吗？

她那双黑亮的、让他实难招架的眼睛，经历过蛮风瘴雨，也沐浴过日月精华，好似万事万物，都担得起，亦放得下。若是樱招得知他在她身上做过那么多的卑劣事情，这双眼还会不会停驻在他身上呢？

他真的，很想知道。

一阵慌乱从心底向上翻涌，他没有躲，反而不偏不倚地倾身下去，坦然承认："是我做的。"

斩苍倾身过来时，似乎将他身上的木香酿了空气，沉沉地将她包围住。樱招原本发难似的询问，如今却成了自讨苦吃。

她重伤初愈，身体本就疲惫，人又易晃神，只一眨眼的工夫，她便察觉到，斩苍的鼻尖已经近到几乎触上她的鼻尖。

"你怎么——"

她话刚起了个头，他的一只手已经绕到了她肩后，准确无误地隔着中衣找到了她话里所说的疤痕消失之处。

指腹上的温度透过薄薄的缎子传过来，樱招听见他的声音似乎有些艰涩："这里，曾经被我留下了……几朵吻痕，我在用术法消除时，不小心将那道疤也弄掉了……实在抱歉，我下不了手给你原样弄出一道疤来，就只能任它那样了。"

他似乎将她的问题回答得很清楚，又似乎没有，声线中暗藏着一股压抑的镇定。陈列在他脸上的神情，亦带着些许凌乱。

言语中透露出的讯息，却是樱招早就料想过的。

她曾很深切地怀疑过，她在黑齿谷做过的那些荒唐梦，全都不是梦。那些片段太过真实，真实到令她欢欣。可一睁眼见到的斩苍，却不是她梦中的模样。他处处避她不及，却又处处为她着想，神秘又矛盾。

真是致命。

樱招失神地盯住他，轻声问道："怎么做到的呢？"

"啊，"斩苍竟然冲她笑了笑，那笑里带着些温柔的疯意，"因为我会时间暂停之术，力量覆盖之地，一切都逃不过我的束缚。像这样——"

他突然在樱招身上施下一道定身术，将她无法动弹也不能说话的身体一揽而起，将她抱进自己怀中坐着："你放心，这次我没有将时间暂停，你可以清醒地知道我做了些什么混账事。"

洒在他眼中的烛光碎影被他垂下的眼帘遮住，一并遮住的还有那股想要毁灭一切的自暴自弃。再睁眼时，他欺身吻住她。

一开始，他只是用唇瓣贴住她的唇，一边慢条斯理地啄吻，一边回忆给她听："你第一次亲我的那天晚上，其实是亲到了的，只是我不想让你知道。

"我将时间暂停之后，你便成了被圈套扣住四肢的猎物，我想对你怎么样，就能对你怎么样。"

他有些口不择言了，一点也未曾掩饰地，只想将那个卑劣的自己呈现在她面前。怀中的身躯在颤抖，她在害怕吧？害怕他做过的那些事。

可他还没说完，他做过的事情，远不止如此。

他从指尖释放出一丝清光，指腹落在她身上的力度轻得像羽毛在搔刮。那些吻痕，顷刻间便被他消除了个干净。

"只是事后我会消除痕迹，让你察觉不到。"

怎么可以，怎么可以将坦白的话也说得这样疯？

他究竟想做什么？

揽住她的那只臂膀沉稳有力，即使不施定身术，樱招觉得，自己应当也很难动弹。她这具身体不知怎么回事，今日也是十分不济了。

或许是由于受了伤，或许是由于在黑齿谷那段时日习惯了他的触碰，在他吻上来的那一刻，她竟产生了一股难以言喻的满足感。

这份痴处令她不安，不安到浑身颤抖，于是惶恐到想咬他，想将他推开。

夜色倏忽中，斩苍将她放倒在床帐里，捉住她的胳膊将自己脖颈环住，倾身袭上来。只是他一直敛着眉，未与她对视，像是承受不住她哪怕一丝一毫推拒的目光。

片刻之后，他闭上双眼，凑上前去亲了亲她的眉毛，然后低声说道："对不起，樱招。只是，我不会再放开你，你可以讨厌我，也可以恨我，都没有关系。"

的确是真诚的道歉，他对于自己的行为无可辩驳。

圈在他脖颈上的手突然掐住他的后颈，樱招不知什么时候已经挣脱了定身术，手中凝聚着灵气直抵上他的命门。

斩苍怔怔地抬起头，对上樱招审视的目光。

"我能挣脱，这个很奇怪吗？"樱招对自己被时间暂停之法困住这件事似乎要更耿耿于怀一点，"若是你早告诉我你有这个本事，我应当也能早日找到脱困之法。"

"是啊，"他看着她，笑了笑，"你一向很厉害。"

樱招脸上还有未褪的红晕，一双唇也被他亲得够呛，她与他之间的距离实在算不得清白。

可樱招向来便对自己喜爱的事物有种毫无顾忌的热情，虽然这份热情不一定能持续很久，但在当下，她决定不再去理会脑海中那些对的、错的、令她想不明白的纷繁念头，她只想让自己更高兴一点。

她差点死在那杀阵里了，还不许她放纵一下吗？

"你打算如何不放开我？"她掐住斩苍后颈的手用了些力气。

他却半点眉头也没皱，一双眼摄住她，难得有些痴痴的，一句话也说不出来。

亲吻原来是这种滋味吗？

身躯高大、手长脚长的男子，轻轻一屈肘，便能将她整个身子圈进臂弯，纳入怀中。

烛影星光都被遮盖住，她被闷在他怀里，吻得满脸通红，气都喘不过来。

好急切，斩苍一点都不似平时那般慢条斯理，骨子里像是遵循了某种优雅的秩序。她的嘴唇被他亲到发麻，像第一次吻上他那日，她以为自己中毒了。

原来的确是中毒了，他身上那股扶桑树的香味，也不知有没有别的功效，不然为什么她心跳得快要死了，却还是任他肆虐。

斩苍拿在她身上得出的经验来对付她，好像他有多从容似的，可事实上他紧张得要命，她皱一皱眉头，他就会害怕他是不是下一刻就要被她推开。

“别动，樱招。”他就这样一眨也不眨地盯着樱招看了很久，像成熟的画师总要耗费大量的时间去摸清笔下物品的构造一般，里里外外地将她看到面颊晕粉。

“什么？”她应了一句，声音细小如蚊蚋的羽音，却要将他的血肉全部啖尽。

一张俊到任谁看了都要赞叹一声的脸，抬起的眼珠似宝石，从来都是冷冷淡淡没什么情绪的眼中难得蓄起骤雨般的柔情，密密匝匝将她缠绕住。

他说：“我方才好像一直忘了说，我喜欢你，虽然这件事我花了好长时间才想明白，但我们树，本来就是根木头，因此轻易不会动心，动心便是一辈子，再不会爱上别人。”

云淡风轻的语气，却认真地将爱意顺着她心跳传递。

樱招愣了愣，耳畔像是听见了一场浩大的雨，不然为什么会湿进她眼睛里？

她当然是喜欢斩苍的。她一见他就欢喜，眼睛也移不开。

只是她原本以为，这份喜欢，或可以让他们发展出一段露水姻缘，或可以成为至交好友。所求所愿，不过是一场醉生梦死，再往深了去，却不知该怎么走了。

一辈子那么长，她根本没想过。

心脏跳得好剧烈，她低下头，一滴泪随之滴在斩苍的脸上。

她手忙脚乱地伸手去擦，他却抓住她的手腕，侧过脸去吻她的手心。揽住她的那只臂膀用了些力气，斩苍抬起头来，唇瓣贴近她的眼角。

几近失控的眼泪被他上上下下地吮干净，他似乎很明白她的难处，于是边吻还边哄道："别哭啊，我没有逼你的意思。你对我是什么感觉，我可以等你慢慢想清楚，反正你不是说过吗？修士的寿命很长，我还有很长时间可以陪你。"

至于后半句那些乱七八糟的道侣之类的话，魔尊大人决定当作没有听见。

成年男子强健坚实的臂膀将她围困住，四面堵得没有一点缝。她抬手擦了擦湿莹莹的眼，看着他说道："可我还没原谅你。"

一张脸也不知道是哭红的还是羞红的，总之看起来可怜又可爱。半真半假的负气话，听来也像在娇嗔。

真是，斩苍觉得自己已经无可救药了。看到她这副模样，不觉喉头发痒，只想用力地将她揉进身体里，严丝合缝，一刻也不要再分开。

"看来还是要先原谅我才行。"他笑出声来。

至于怎么原谅，樱招其实没想好。她是有些轴的，纵使自己对他的确很喜欢，但她仍旧在责怪着他的无耻。

连接三界的扶桑树，表面上看起来光风霁月、无欲无求，不许她话太多，不许她靠得太近，还老是凶她，更别说从一开始那般可怕地对她发出通缉令，害她以为自己这趟迟早都要将小命交代在魔域。

她当然理解，这是他自诞生起就养成的思维模式，身负的力量太过强大，因此不必去理会任何纷扰。

可她想要拉住绳索，将他套住。

高高在上的魔尊也好，树灵也罢，总之，他要学会伏低做小，她才会考虑要不要原谅他。

"那你先叫声'主人'给我听。"樱招一脸坦然地发号施令。

昏暗床帐内，魔尊大人并未对这个称呼产生半点纠结，他伸手捏了捏她软乎乎的脸颊，异常慷慨地顺着她的心意，张开嘴叫她——

“主人。”

亲昵又温柔的口吻，怎么听都像在纵容小孩。

樱招再没别的招好使，只暗暗地小声应道：“嗯。”

这种感觉还不错。

良宵淡月，枕上云收。

樱招似乎只睡了不到一个时辰，便听到了鸡鸣声。

睁开眼，是两幅密不透风的帐子，将天光遮得严严实实。空气中有淡淡的木香味，将她揣进怀里贴紧的魔族男子，的确让她长了不少见识。

她不明白，与有情人一起时，为何连快乐都有些遭不住？

这蛮横不讲理的魔尊明明化形时间比她要短，却偏偏喜欢听她叫“哥哥”，一晚上不知道哄着她叫了多少遍“斩苍哥哥”。

一只温热的大掌贴上她的肩膀，将她兜着轻轻转过来，正对上那张她此时此刻有些羞于去直视的脸。幸好他们两个的脸几乎磕到了一起，这样她即使面上再红，也不会被他清楚地发现。

只是心中始终乱糟糟的。

夜里发生的事，仿佛全然是一场荒唐艳丽的梦，梦时美得似天上的虹，醒时却飘飘荡荡，一颗心落不到实处。

按理说，一同被困黑齿谷那么久，二人早已相知相熟，但当安稳地睡到一张床上时，却让樱招产生了一种温和有礼，却又心乱如麻的生疏感。

这份生疏感助长了盘踞在心头朦朦胧胧的情，生风漾月，使得彼此在见不到面的日子里，关于对方的记忆变得可爱又珍贵起来。

可她还是无法自如地和他说话。

斩苍也是。

即使他们已经亲密到恨不得将对方融入骨血了。

“在想什么？”斩苍开口打破沉默。

他方才一直没合眼，只有一搭没一搭地揉着樱招的耳朵和头发，她睡得迷迷糊糊时也曾不依不饶地伸出双臂将他缠紧过，而后又像意识到了什么，干脆一转身直接拿背对向他。像是整个人都沉溺于无意识的不安当中，虽然她装得很好。

位于眼睛前方的锋利喉结在上下移动，樱招忍不住伸手轻轻抚摩了一下，才开口问他："你的身体会自愈？"

她摸得他有些痒，但他没躲，从喉咙里发出"嗯"的一声。

"那是不是什么痕迹都无法留在你身上？什么都不能伤到你？"

"力量不及我之人的确伤不到我，不过——"他停顿了一下，看到樱招终于轻颤着眼皮抬眼看他，才接着说道，"追魂印可以。"

他的眼珠明亮剔透，竟将能伤害到他的方法说得没有丝毫犹豫。

"那是……那是什么？"樱招只好这样问他。

"算是一种天罚之印吧，"他一边捋着她的头发，一边解释道："相传罪孽牵缠之人会在入阴司时，被烙下印记，名为'追魂印'。这种印记烙上发肤，便刻入神魂，每到木星运行到大火之日，皆须经受经脉焚烧之痛，不管修为几层皆难灭难消。"

末了，他居然笑了笑，问樱招："想学吗？"

"嗯？"樱招没反应过来，"我为什么要学这个？"

斩苍将她松开，翻了个身仰面躺下，也没回她的问题，只摆出一副闲适模样，闭上眼睛说："不想学算了。"

"我学我学！"樱招一下便来了劲，跟着贴近他，还伸手将他推了推，"你现在就教我！"

樱招学东西很快，对于想学的术法几乎是过目不忘。斩苍只对她演示了一遍，她便已经将施咒与解咒之法烂熟于心。

明明是递刀子的事情，不知斩苍的神色为何看起来有几分欣慰。

樱招又开始觉得他疯，但也隐隐明白为什么。

"这下我又多了你一个把柄了。"她看着他，低声说。

"嗯，"他没所谓地笑笑，"以后会更多。"

多到她只能和他绑在一起，永生永世。

外面天色已经蒙蒙亮，斩苍伸手撩了撩帐子，他该走了。

那群被他带去猎蛟的部下还被他扔在森罗海，他若是不亲自回去拔营，他们不敢移动半步。

“你要回魔域了吗？”樱招盘腿坐在斩苍对面，睁圆了眼睛，眼里还有几根表示没睡够的红血丝。

“……嗯，”斩苍点点头，“我——”

一句“去去就回”还没说完，便被樱招迫不及待打断：“没事没事！我知道你忙！你是魔尊，日理万机，所以你有事就快走吧！”

话音还未落，便看到对面的魔尊脸色微微沉了沉。

糟糕。

樱招没敢再看他，直接扯过绣被往头上一蒙，试图眼不见为净。

快要被捂出汗来时，蒙住脑袋的被子被人一把扯开，接着她怀里被塞进来一样东西。樱招低头一看，原来是一只通体翠绿的玉螺母。

樱招一把将那只螺母握住，终于回头：“传音螺母？”

“是，”斩苍没好气地说道，“我这里也有一只，你遇到危险时可以用这个联系我。”顿了顿，又硬邦邦地加了一句，“没有危险时也可以。”

樱招便明白过来，他真正想说的是后半句。

压在心头那个沉甸甸的包袱被她短暂放下，她慢吞吞地支起身子，在黎明蓝紫色的天光中贴近他，伸出双臂缓缓将他的脖颈兜住，然后郑重其事地承诺道：“我会的。”

这股又聪明又呆钝的劲，无论何时都能直愣愣地闯进斩苍的心里，蛮不讲理地将他填满。

他没有一点办法，只好搂着她问道：“那魔修，你一个人可以应付吗？”

樱招点点头：“我已经传信于师门，算算时间，他们今日便会到。届时应当会押着那十三雀一同前往长留仙宗。”

“嗯，你万事小心。”

斩苍走后，樱招又睡了个回笼觉，直到午时才醒来。

推开房门，那糟心的刑天剑还被困在院子里，四周围着一圈寒冰阵。道道冰柱插屏似的将剑身困在其中，樱招凑近一看，只见一层厚厚的霜花从剑柄一直延伸至剑鞘，严严实实的，呼吸间都是将肺都要刺痛的寒气。

从极渊的冰川，果然名不虚传，烈日浇在上面竟没有丝毫化开。

她想起斩苍临走前教她的解开法阵的口诀与手势，故意慢吞吞倒腾了几下，才大发慈悲地将那寒冰阵解开。

冰柱轰然倒塌，被困在阵中的刑天剑却半晌都没动静，剑鞘上的寒霜也没有半分要化开的迹象。

不会被冻傻了吧？

毕竟是自己的剑，樱招想了想，还是有那么一点点心疼。她在掌心凝聚起一团火，火焰兜头自剑柄往下蹿，覆着在剑鞘上的寒霜终于开始消融，慢慢化作一摊水。

片刻之后，那被折磨得七荤八素的剑灵自剑柄中飘出，一同飘出的还有一长串质问："那臭小子呢！去哪里了！有胆子将本尊关起来，没胆子自己把我放出来吗？！"

原本应该是气势汹汹的语气，却由于这剑灵的舌头都被冻僵，口齿不清，因此听来除了滑稽，还是滑稽。

樱招揉了揉耳朵，在一旁坐下，看着他全身被冻得青一块紫一块的狼狈样，淡定说道："你大可不必这般激动，他回魔域了，听不到你这番控诉。再说了，你有何不服，不妨与我说说，若是说得不好，我也有很多法子可以用来招呼你的，不必假手他人。"

可怕……

她居然和那魔尊一样可怕。

刑天自知这事是他理亏，的确辩无可辩，嘴上叫嚣了几句之后已无话可说。

一人一剑灵坐在院中，看着春季疯长的新芽静默了一会儿，刑天突然问道："那臭小子回魔域干什么？准备迎娶你当魔后吗？"

“怎么可能！”樱招一脸惊悚地看向他，“我疯了！跑到那鬼地方当魔后？”

“那他不当魔尊了？与你到中土来，做一对寻常道侣？”

樱招又沉默下来。

自小长在苍梧山的修士们，大多一心向道，樱招也不例外。她是师父的关门弟子，又被几位师兄师姐全然护着，年纪虽然长到了六十余岁，但由于花在修行上的时光太多，因此人情世故只能算是一知半解。空有一身武力，人却还是懵懵懂懂。

她在一腔孤勇下与魔尊行了大逆不道之事，从此她的生命被劈开成了两半，一半是属于剑修的，光辉灿烂，行大道求长生的过去；一半是与魔族至尊纠缠不休的深不可测的未来。

纵使还保留着一丝理智未私定终身，但她的所作所为已经严重偏离了轨道，向着不知吉凶的方向去了。

可她不后悔，一点也不后悔。

即使昨夜之事再重来一百次，她做出的，也只会是相同的决定。

看着樱招又默然不语，神情也不似往日那般活泼，刑天不自觉叹了一口气，劝慰道：“哎哎，你别不开心啊，本尊现在能感应到你的心思，你不开心会害得我和你一样不开心。”

樱招看他一眼：“那我把你封住？”

“你听听你说的是人话吗？”

“其实你也不必太过担忧，”刑天又安慰道，“那小子的树身，连接三界，在这一方世界中是柱一样的存在，成魔成神，或是当个普通人，都在他一念之间，不过看他怎么选而已。”

“罢了，山高自有客行路，水深自有渡船人，走一步看一步吧。”樱招站起身来，将刑天收进气海，推开院门走了出去。

这座别邸很大，内院虽未安排人员服侍，但外院候着不少随从。见樱招已收拾妥当，当下便摆出了珍馐百味来招待她。

樱招虽早已辟谷，但面对着各式各样生平从未尝过的新鲜美食，仍是食指大动。吃饱喝足后，萦绕在心头的淡淡愁绪已然消失得一干二净。

贺兰氏将她当作座上宾，她想着自己好歹也是贺兰夕的救命恩人，这礼遇受得也是心安理得。只是那十三雀之事，仍是让她心里不太踏实，没休息多久，她便动身前往了贺兰氏主家。

府上一派繁忙，却井井有条。剩余几个压阵之人被安稳送走，几个产业的掌柜们齐聚一堂，在商议着接下来的善后工作。这个千年大族经此一难，又如同春日结实的树木一般，抽芽长叶，焕发出新的生机。

贺兰夕的神魂已经完全稳住，面色虽未恢复红润，人已完全清醒，对着樱招自是感激涕零。樱招看着她那腹中已经快要足月的魔胎，心中隐隐有些疑问。

十三雀分明不是魔，只是被心魔所惑，为何他与贺兰夕结合之后，胎儿会是个魔胎？

这魔胎，在吞噬母体养分时毫不手软，分明是个天生恶种。今日一见，却又如同寻常胎儿一般，待在母亲体内安安静静，只偶尔踢踢贺兰夕的肚子。

当今世道，人与魔族相结合，生下的半魔何其多。他们混迹在人群中，只要不作恶，仙门大多也是睁一只眼闭一只眼。十三雀并不能算得上是真正的魔，但他被心魔所惑，往往会变得比真正的魔族要残暴百倍。

“这孩子是在十三雀入魔之后怀上的吗？”樱招问。

听到这个名字，贺兰夕坐在向阳的屋檐下呆愣了良久，才低下头摸了摸肚子，温柔又忧郁地笑笑，摇头道：“他本就是魔族，只是被强行改换了血脉而已。”

第拾柒章 心意相通

他早就是她的，
完完全全，
从身到心，只属于她一个人。

这世上作恶多端的大魔头似乎都要有个可怜的身世才对得起他作过的恶。

长留仙宗的掌门，十三雀的师尊，为了寻到振兴门派的天纵奇才，不惜借助邪法，人为制造了不少惨案。其中有一种最邪门的功法，便是将魔族强行化人。

魔族经过几千年的进化，早已不是当年的食人异族，相反，他们体格强健、身材高大，比一般人族更具修行优势。但将魔族成功化人，绝非易事。长留仙宗多年来陆陆续续一共猎捕了近五千名魔族，却只成功转化出了十三雀一个。

其余失败的试验品皆筋脉尽碎而死，包括十三雀的亲人。

那时十三雀年岁尚小，对此全然不知情，还以为自己出生自寻常贫苦人家，被父母抛弃，进而被长留仙宗所收留。养育之恩加上教导之恩，十三雀将师尊视为再生父母，尊之敬之，爱之护之，师尊交代之事，莫敢不从，即使那些事并不光明磊落。

十三雀在外行走，时常会化作一无名散修，以方便行事。下榻于贺兰夕的姨母家，是因为他偶然于一大妖手中救了那家的小公子，盛情难却之下，只好多逗留几日。贺兰夕恰好于那段时间在姨母家小住。现在想来，贺兰夕与十三雀的相遇，的确如同话本子里描述的那般，才子佳人般的开头，却并未走向一个圆满的结局。

彼时少年意气风发，模样出挑，却并不骄纵，反而性情温柔，无论何时面对何人都是一副笑眯眯的模样。明明是个修士，却精通乐律，抚得一手好琴。而自小体弱的少女，在姐姐的光芒下长大，虽生在尚武世家，偏不爱舞刀弄枪，只爱好些文雅之物。手脚与嘴巴都不太伶俐，因此在母亲看来，这个柔弱的小女儿不堪大用。小小的身躯拿不起刀枪棍棒，甚至被砸伤了脚趾，也换不来母亲的半句安慰，得到的只有冷冰冰的苛责。

“我贺兰氏，不养闲人，不留废物。”

被视作废物的贺兰夕最渴望的便是这份和颜悦色的温柔，更何况，十三雀还生得那般好看。

自古以来，外看美丽强壮像狮子，内里却温和谦逊如小羊的男子最是惹桃花。那年贺兰夕才十四岁，自然不懂什么是情，只知道每日抱着琴跟在十三雀身后“哥哥、哥哥”地叫。

十三雀亦只把她当作寻常人家的妹妹，柔弱、腼腆，只在抚琴时一双眼睛才会放光，其余时候连话都说不利索，实在不像是贺兰氏能养出的女儿。

二人在那时节满打满算才相处了十日，再重逢已是四年后。男女之间，要生出情愫，除了外貌看对眼，总逃不过一些英雄救美、美救英雄的基本套路。

这次是贺兰夕救了替师门处理腌臜事而身受重伤的十三雀。霜前月下，长开的少女生得芙蓉般娇艳，又救了自己性命，十三雀对她心动得理所当然。若是十三雀未在后来得知自己的身世，他与贺兰夕的确能成就一段良缘。只可惜，造化弄人。

“他替长留仙宗卖命，出生入死不知道多少次，他的师尊却是害他家破人亡的罪魁祸首。更何况，一直以来，他都把自己当作人，在长留仙宗的授意下残杀了那么多魔族同类。”贺兰夕表情平淡，看向樱招，“换作是你，你会疯吗？”

当然会疯。不过十三雀疯得没那么早。五年前他叛出师门时，尚留有一丝理智，并未对长留仙宗大开杀戒。养育之恩与血海深仇相抵消，那日，他连长留仙宗里蚂蚁也未踩死一只，只身下了山。

他不欲再造杀孽，只想与贺兰夕做一对寻常夫妻，从此逍遥于世间。但长留仙宗这么多年来好不容易得了这么个宝贝，自然要榨干他最后一滴血才算甘心。

十三雀身上自小便被师尊下了双生蛊，他听话时，自是不需要使蛊虫发作，既然他现在不听话了，那便是双生蛊派上用场的时候了。

后来种种，便是樱招听说过的那些了。无恶不作成了十三雀的代名词，原来这全都是在蛊虫的折磨下，他不得已而为之。为了不拖累贺兰夕，十三雀没有留下只言片语，便悄悄离开了。

过得人不像人，鬼不像鬼时，产生心魔是如此理所当然。

十三雀再出现便是七个月前，他在长留仙宗的授意下要对贺兰氏施以仙人抚顶之术。贺兰夕人傻，分辨不出来此时的十三雀已经不是自己所爱之人，而是已经快要被心魔吞噬的、完完全全的恶魔。她将自己负责的良田法阵交托给了十三雀，还怀上了他的孩子，以期能够拯救他。

“结果你也知道了……”

春日阳光透亮，照在贺兰夕的眼中。眼睛像是被阳光刺痛，马上要掉下泪来，但是没有，她似乎只是感觉乏了，打了个哈欠冲樱招抱歉地笑笑：“事情便是这样，长留仙宗那边，你们请务必留意。”

樱招郑重地点点头：“嗯，证据已经收集得差不多了，只等几大仙门的掌门到场了。至于十三雀——”她本来想说那魔修必死无疑，但话还未说出口，贺兰夕便扶着肚子站了起来。

“哥哥已经死了，我知道的。”贺兰夕这样说着，缓缓走回了房中。

横在院墙上的蓝天，蓝得像一片陶瓷。樱招兀自看了一会儿，才抬脚走出去。走到院门时，贺兰夕的窗口竟隐隐传出一阵琴声，伴着婉转的歌声一起，透着股缠绵又哀怨的味道。

樱招驻足在原地听了片刻，才听出来是《牡丹亭》的选段——

> 偶然间心似缱，梅树边。这般花花草草由人恋，生生死死随人愿，便酸酸楚楚无人怨。

十三雀的确是死了。

这是樱招见到那个被斩苍用困阵束缚住的魔修的第一想法。

修长的身躯散发着沉沉死气，森森黑纹已经完全遍布全身，就连那只原本完好的左眼，也已变作纯黑。听到樱招接近的脚步声，他人未动，只是那只黄澄澄的竖瞳在眼眶内打转，几乎要脱眶而出。

“是你啊。”魔修并未张嘴，那声音似乎是从腹中传出来的。

樱招没说话，她来并不是为了与他搭话，而是这困阵，由斩苍所设，承载着斩苍的魔气。她要趁师父来之前，将他的魔气消除。

她与斩苍之间，什么都没有约定，这份关系，暂时还无法坦然向师父说明。这关头，还是不要节外生枝比较好。

魔修默默地看着她将自己的灵力灌注在困阵之上，将斩苍留下的魔气驱散，突然低低地笑了几声，然后问道：“你与魔尊有情？这份情还不能让师门知晓，是吗？”

一丝淡淡的不快从樱招心头泛起，她沉着脸收回手，心知这是心魔在扰乱人心，确认困阵没有任何问题之后，转身欲走。

那魔修压低了嗓门，于困阵中盯住樱招的背影，自顾自地说道：“你们中土女人，就是容易被这种亦正亦邪的男子所吸引，总觉得自己是特别的，总觉得自己可以驾驭他、拯救他……”

“斩苍没什么需要我拯救的。”樱招承认自己是有些冲动了，她先是听了贺兰夕注定是悲剧收场的故事，后又听到这么一大段狗屁不通的话，脾气一下子没压住，回头看过去时，眼神甚至有些凶狠。

与她相反的是，那魔修盘腿坐在困阵中的姿态甚是闲适。

“同样是魔，你又如何能保证，你心爱的魔尊最后不会被他的心魔吞噬？据我所知，魔族几千年来，可没有一个魔尊能得善终，每一个都死状凄惨，”他用那只竖瞳对上樱招的眼睛，冷不丁地问道——

“那么，你又如何断定，你不会落得和贺兰夕一般下场？”

阴暗又潮湿的私牢中，樱招静静地与魔修对视着。

这些大家族里大多都有一些被官府明令禁止，但只要不查，便能睁一只眼闭一只眼的私牢。这间私牢也是一样，地面上只开一扇小门，蜿蜒至地底下，四面没有窗户，只有墙壁上挂着几盏昏暗的油灯用以照明。空气中满是散不开的霉味与血腥味，樱招皱了皱鼻子，反倒冷静下来。

“樱招，”刑天突然在她脑海里插话道，“斩苍原本也不是魔族，别被这魔修绕进去了。”

她知道，她当然知道。这魔修身上的心魔，见宿主已死，逃无可逃，便想换个人来蛊惑，企图诱她入魔。

做梦。

魔族也是有鄙视链的，天生的纯血魔族最为强大，这也是元老院那群自诩纯血的魔把持魔族几千年的原因之一，其他的混血半魔次之。而被心魔所困、迫不得已堕魔的那类人，在人看来，他们作恶多端，罪孽深重；在魔看来，他们行事乖张、疯疯癫癫。总之两边都讨不着好。

至于斩苍，他是个异类。樱招与斩苍之间还未探讨过那么深入的话题，因此她也不懂他怎么就由一个树灵当了魔。不过以她对斩苍的了解，她觉得他应该也给不出什么很深刻的理由，大约是为了好玩，再加上一点点微不足道的其他因素。

那活了几万年的扶桑树，好不容易化形为人，却不巧生在了魔域，看到身边其他种族都有魔形，说不定他就是一下心血来潮，也给自己捏了个魔形出来。

话说回来，她还没见过他的魔形是什么样子。不过以他那性子，应当是怎么威风怎么来吧。

与此同时，被完全猜中了心思的魔尊大人由于政务繁忙，早上匆匆回到森罗海拔营之后，回到厌火魔宫又有一堆上奏要处理。无休无止，没完没了。

虽说魔族政体在几十年的努力之下已十分完备，需要他亲自过问的事情不多，但魔域实在太过广袤，呈到他面前的事情又堪称紧急，于是一来二去便耽搁到了现在。

偌大的魔域要维持正常的运转，少了魔尊的确不行。斩苍以前只觉得无趣，现在是无趣当中还多了一丝不耐。

魔尊大人抬头看了看外面的天色，快申时了。算起来，他已经近六个时辰未见到樱招了。幸好早上那句“去去就回”没说出口，不然表明心迹之后第二日便失信于人，怎样都是说不过去的。

传音螺母放置在案头最显眼处，一直未曾响过。盯在奏折上的目光时不时溜过去，似乎在确认那玩意儿是不是坏了。

没坏。斩苍不知道把它拿过来翻来覆去查看了多少遍，根本就没坏。

兴许是樱招师门已经来了人，她不太方便。他在心里为她找着理由，一时没留意太簇已经跨过殿门，走到了案前。

谁都知道，魔尊斩苍与左使太簇，虽以君臣相称，但情同兄弟。当年斩苍闯入魔宫直言要当魔尊时，身边只跟着一个太簇。所以太簇来找斩苍，除非是斩苍特地交代不许任何人打搅，一般是不必通传的。

魔尊大人吧，看着冷酷无比，行事也的确说一不二，但如果不惹到他，他有时候甚至可以担得上“仁慈”二字。处在绝对强者的地位上，除了唯我独尊了些，似乎也没有别的毛病。左使太簇不一样，他看着和颜悦色，十分好说话，但底下人与他相触时皆战战兢兢，生怕一个不小心说错话便会被拖出去剐了。

但偏偏是这位左使，前段时间惹到了魔尊。因为他输给了中土一女子，还输得十分丢脸，尽人皆知，因此魔尊大人完全不念旧情，直接赏了他十鞭裂魔鞭。过后这俩似乎完全未生嫌隙，一切仍是维持原样。

未经通传的太簇一进殿，视线便扫到了置于案头的那个碧绿色闪着鎏金的螺母。这螺母应是一对，用于传音。

斩苍以前从来不用这种东西，他恨不得全世界无一人能联系上他。如今他将这螺母放在眼皮底下，是需要和谁传音？太簇在进来时，甚至不小心瞥见了他的嘴角没来得及收起的……近乎缱绻的笑。

魔域阴沉沉的天空所酿制的情绪渗进这位左使的心里，他想起那日虚昴说，斩苍下达通缉令，或许是为了留那女修一命，加之，中土修士传言，苍梧山一剑修从黑齿谷带出了一柄神剑，而斩苍回魔宫之后，又立即将通缉令解除。

这一切的一切，虽无一人敢向魔尊本人求证他消失那段时日的去处，但有心人总会把这几桩事联系到一起去。

太簇不动声色地站在案前，斩苍抬眼看他，率先开口问他来是有何事。

“属下来是为告假，”太簇语带试探，“我已查明，上次暗算我的那名女剑修，名为樱招，是苍梧山的修士，现于冀州范围内活动。我上次在她手上吃了那么大一个亏，尊上虽撤销了通缉令，不再治她的罪，但属下实在咽不下这口气，这次必须去找她讨回来。”

斩苍眉目一凛，他倒忘了，还有这桩事。

“太簇，”斩苍没以职位相称，只轻轻巧巧地叫了一声他的名字。此时此刻，斩苍把他当成朋友，是从黑齿谷到厌火魔宫，这漫长的几十年时光中，斩苍唯一的朋友，“樱招在演武场上造成的混乱，归根究底是我一手促成的。我早就看出她不是你，但那时我想知道她的目的，所以并未加以阻止，连累你名声受损，是我的错。”

他全程没有用“本尊”这种称呼，似乎又变成当年初出黑齿谷的那个不通人情世故的少年，但话里话外所透露出的意思让太簇内心一紧，几乎不想再听下去。

但是不行。太簇只能佯装镇定地站在原地，听着斩苍认真地说道：“你若是不服气，我可以与她商量，看她愿不愿意再与你比试一场，但即使有这场比试，也是点到即止。太簇，你不能……再找她麻烦了。”

“我承认，你很懂人心。”樱招收回目光，淡淡道，“但你顶着这副残破的身躯，实在没什么说服力。”太可怕了，她永远都不要变成这样。

私牢外，贺兰舒早已在门口候着。见樱招出来，她立马拱了拱手：“苍梧山的诸位，已经到了。”

带着苍梧山诸位弟子来的是参柳，代行掌门职责。因为岚光仙姑这几日对于参透天地妙法又有了新的体悟，干脆甩手闭关，打发了参柳出来与其他几大仙门一起，上长留仙宗问罪。

裹在雨雾中的长留仙宗，灵脉已然枯竭。入目虽仍是好山好水，却由于疏于打理，而呈现出一股邪气冲天的繁茂。仙宗内的弟子们已被遣散，众人一路沿着石阶而上，越往里走，越是一副破败之象。

偌大的仙宗，由繁盛到落魄，总是有迹可循的。

自十三雀叛出长留仙宗之后，这几年仙门大比，长留仙宗虽每年都出席，也象征性地派出了一些弟子进行比试，但一直排名末尾，不值一提。

没有人会同情弱者，更何况是天生慕强的修士。既然长留仙宗已经跟不上其他仙门的脚步，他们自不会大发善心前去相帮。于是这点蛛丝马迹被放过，直到仙人抚顶这等邪法出世，才引起了其他门派的注意力。

浩浩荡荡的一行人，起哄似的拥入长留仙宗，带着三分激愤、四分正义，还有几分妄图瓜分这仙门财产的私心。各自心里的算盘还未打完，却发现长留仙宗四处都寻不到包括掌门在内的几名罪魁祸首。

一番搜查之下，他们终于在后山禁地寻到了那几人的身影。他们并不是打算认罪伏诛，而是早已被人挑断了手筋脚筋，割了舌头，废掉了修为，头顶上还插着几根银针将魂魄镇压住，吊着一口气求死不能。

年轻一辈的修士没见过这阵仗，加上这禁地四壁皆是腥臭的魔血，从地底渗出来的阴冷几乎要穿透修士真言。寒意浸入发肤，有人当即吐了出来，被同门搀扶着退出了禁地。最镇静的反而是被缚得最紧的魔修。

一阵毛骨悚然的笑从他腹中发出，在禁地内不断回荡，察觉到众人将目光皆投于自己身上，他才得意扬扬地开口道："怎么样，送你们的大礼，还满意吗？我知你们这种人，道貌岸然惯了，若是寄希望于你们，说不定闹到最后便是个‘自罚三杯’的结果。所以，不劳你们费心了，我亲自动手，买个放心，也省得脏了你们的手。”

这一切的确是十三雀的手笔，他知道自己心魔入骨，已无药可救，故意将仙人抚顶之事办得漏洞百出。双生蛊在身，他无法亲自弑师，可他对于长留仙宗的怨气实在难消，于是他向心魔献出了最后一缕神识，彻彻底底被心魔吞噬，这才从双生蛊中得到解脱。

纵使参柳与十三雀相交一场，此时此刻他也的确从这魔修身上找不出半分十三雀当年的影子了。

心中五味杂陈，不免唏嘘。

他看到押解魔修过来的樱招仍旧尽职尽责地抱着剑守在一旁，心绪却似受了不小的影响，整个人气压极低的模样，便示意她先出去。樱招却摇摇头，凑到他身边道：“师兄你只是代行掌门职责，论资历论辈分，在这群人当中还说不上话呢，我当然要留在这里给你撑腰啊。”

话说的也是。

目睹师兄妹二人这番举动的魔修，轻飘飘笑了一声，又将目光移向四周，一只竖瞳难得没盯着人看，不知道在想些什么。

也许是在透过森森血迹哀悼族人，也许没有。只是他的身躯看起来更破了，背脊佝偻起来，像一截饱经侵蚀的腐木。

十三雀的确是个彻头彻尾的可怜人，还有那怀了魔胎，还非要生下来的贺兰夕。

樱招默默叹了一口气，看到魔修的肉身有消散的迹象，突然眉头一皱，想起了什么，直奔过去问道：“你既然早几日便把仇报了，为何还要继续将法阵完成，宁愿牺牲贺兰夕的性命也绝不手软？难道想要借运的，并不是长留仙宗，而是另有其人？”

魔修的身体由于妄念消散，此时已经完全撑不住了。整个身躯委顿在地，手指生出一团烟雾，渐渐地侵蚀整只臂膀。

心魔，自人心中生出，不死不灭。有妄念便易生出心魔，万物法则如此，纵是女娲在世，也无法彻底拔除人性的阴暗面。十三雀将肉身与意识彻底献给心魔之后，获得了超越自身数倍的力量，但代价却是肉身与魂魄彻底消亡。

大仇得报之后，他体内再无可供心魔吸食的妄念，于是心魔准备抛弃他，伺机寻找下一位宿主。他将竖瞳转向一脸惊愕的樱招，声音虚弱：“你猜我会不会告诉你。”

晦气。

樱招：“不说算了，我也不是很想知道。”

她没有故意拿乔，问出这个问题的确是意识到了不对劲，但也不是非得从他口中得知答案。这种极低的好奇心令她在黑齿谷大半月都没有试图推开过那扇斩苍禁止她推开的门，更何况，这整桩事情，与她实在没多大关系。

头顶蓦地被人轻敲了一下，她捂着脑袋瞪了一眼参柳：“你打我干什么？他不说，我还能求他说吗？”

“这么多人看着呢，”参柳瞟了一眼四周，压低声音，“你好歹表现得在意一点嘛。”

“那……我装也装不像啊……”

师兄妹二人凑到一起咬耳朵，那心魔竟爆发出一阵乐不可支的笑，笑声随着肉身的消弭而渐渐涣散，一同涣散的还有一句意味不明的道别——

“我们会再见面的，樱招，一定会。”

禁地内众人面面相觑、议论纷纷，倒是流波岛的岛主出来宽慰道：“樱招小友且放宽心，被心魔所惑的修士，从前有，现在有，今后依旧会有，不是你生出心魔，便是别人生出。所谓正人说邪法，邪法悉归正；邪人说正法，正法亦归邪。修士修行，穷其一生都要与心魔斗争，你必然会与这心魔再次相遇的。”

不只是她，他们都会，只是不知道，下一个生出心魔的会是谁。

岛主这番话也并不是说给樱招一个人听，而是说给在场的诸多年轻修士听。跟着进入禁地的修士，大多年纪正轻，前途正好，又疾恶如仇，面对此情此景更需要稳固心境。

天色微暗，众人在一番商议之下，决定将那几个罪魁祸首头上的镇魂针拔出，给他们一个解脱，也算是阴德一件。至于这虐杀了众多魔族的禁地，则被一把火烧光，化作了灰烬。

一场浩浩荡荡的讨伐，由于门派内部已血债血偿而草草落幕。

苍梧山是最先离开长留仙宗的，其余几个门派自有他们的打算，他们管不了，也不在意。

下山的路上气氛有些凝重，众人像是都未曾缓过神来，直到步入灯火煌煌的金陵城，才感觉被仙宗禁地魇住的思绪开始活络。

参柳做东请师弟师妹在金陵城最有名的酒楼中胡吃海喝了一顿，这一日才算是昏昏而过。樱招没吃别的东西，只是饮了不少酒。

夜气清爽，霏霏的雨丝将一切都朦胧了，偏有一张面孔却朦胧不了。她将手伸进袖口，于今日不知道第几次摸了摸那只螺母，又将手抽出来。

再忍忍，还不到时候。

樱招跟着同门一道走回苍梧山别馆，没再回贺兰氏安排的府邸。一行人稀稀拉拉地往各自房间走，唯樱招的脚步要急切一些。

进了门，参柳却跟着进来了。她一脸莫名地看向他："师兄，你不睡吗？"

参柳十分纠结，好几次想开口却没发出声音。终于，在樱招彻底失去耐性之前，他踟蹰着问道："今日困住那魔修的法阵，结印手法复杂，应当不是出自你手。是谁帮了你？"

那法阵虽然被樱招修改过，但樱招于法阵一门的全部学问，皆是参柳所教，他熟悉她所有的布阵方式，并且能迅速察觉出漏洞所在。因此，他能很轻易地感应到，这法阵，原本是由魔气结成。

参柳这话问到了点子上，樱招自知理亏，也没正面回答他的问题，只反问道："你上次不还说同意这门亲事了吗？"

"不是，还是那一个啊？"参柳脑回路也挺清奇。

他这师妹不是玩性挺大的吗？一个月能换三个心动对象来着啊，敢情那次"选妃"竟没让她看上一个？这下麻烦了……

樱招面不改色地说："换了，所以你再同意一次吧。"

反正师父没来，她今夜又喝了酒，胆子简直大到没边了。偏偏参柳还信她这套，他被樱招这副毫不占理却又丝毫不惧的模样给唬住，一脸呆滞地点点头："噢，那师兄就勉为其难再同意一次吧。"

好不容易将参柳送走，樱招对着门板静默了片刻，才转身走回房间。

屋内烛光疏疏朗朗，灯下不知何时多了一道颀长身影，漂亮流畅的轮廓像是镶了一层茸茸的金边，豹子似的往她心里扑。

樱招原本背着手，想要矜持一下，还假装四处去张望房里的摆设。但没绷多久，便酒意上头地三步并作两步傍到他身旁，仰着脸问道："你怎么找过来的？我还没来得及跟你说我今夜换了地方。"

被她晾了一整天的斩苍原本板着个脸，漆黑的眸子垂下来，没做任何表情，但看到她这副黏糊糊的模样又瞬间被熨软了心。

樱招没留意他的耳朵很没出息地开始变红，只感觉到自己的腰肢被他反应很快地搂住。两道靠得极近的影子瞬间重叠在一起，清冽的木香全然将她包裹，再不分你我。

横在樱招腰上的臂膀用了不小的力气，她再想隔远点已是不能，只能看着他低下头来，将吻落在她的眼皮上。

坠着颗唇珠的唇瓣清清浅浅地印在她的面颊上，他一边亲一边回答她的问题："传音螺母上有我的追踪咒，你带在身上，我就能知道你在哪里。"

嘴唇被细细密密地含住，樱招被亲得晕晕乎乎，只听见他又问道："方才进你房间的，是你师兄？他口中所说的'亲事'，是怎么回事？"

什……什么？他听到了？

樱招愣了片刻才回过神来将他推了一把，但没推动，反而被更深地搂住。斩苍将她揽进怀里抱上膝头坐好，一双眸子盯住她，十分犀利地问道："'换人了'又是什么意思？"

完完完蛋了，居然全被他听见了。

樱招脑子转了几转，决定后发制人：“你怎么能不敲门就直接这样出现在我房间听墙脚？”

斩苍眉毛一挑：“敲门？”

樱招见他一脸的不可思议，又接着道：“我好歹也是个女子，女子闺房怎么可以直接进！”

“谁都不可以吗？”

“不可以。”

那从不需要敲门进房间的魔尊竟真的认真思考了一下，然后拉着她站起身来，大步流星地朝门口走去。

“行，”他边走边点着头，“我重新敲门来一遍，你最好趁现在想个合理的解释。”

竟然这样打岔都没逃过。樱招认命般被他牵着，二人还未在门口站定，房门突然被人从外面推开。

参柳一只脚踏进门槛，兜头便是一句：“刚刚差点被你糊弄过去！你换了人那不还是魔族……吗？”

参柳的一口气差点没提上来。

因为魔族就站在他面前，牵着他最亲爱的小师妹，而小师妹本人则一脸如丧考妣。

樱招战战兢兢地看着斩苍回过头来看向她，一双眸子不辨喜怒，声音愈发柔和：“谁都不可以直接进你的房门，是吗？”

夜雨还未停，潇潇雨声伴着一丝凉风刮进房内，房门口两个身量高挑挺拔的男子的目光皆紧逼在樱招身上，等待着她给个说法。

被凉风刮醒了酒意的樱招打了个激灵，只觉得自己究竟何德何能，大半夜的房间竟变得这样挤。

斩苍明显是敷衍不得的，已经回过神来的师兄也是，寄希望于他认不出来斩苍是魔，这根本就是痴心妄想。

在这瞬间，樱招的脑海中闪过很多个念头，丢脸的、悲观的、觉得自己倒霉的、想要装死的……但这般突兀地被师兄撞破私情之后，樱招却唯独没有一星半点要从斩苍手中抽出手来的想法。

很奇怪，明明自己并未想好该怎么和斩苍走下去，或者说，该不该和他走下去。

她的手比起斩苍的来说太小，被他握在掌心，只露出一小截细白指尖，松垮垮地暴露在空气中。下一刻，那截指尖遵循了内心当中最离经叛道的指令，勾在了斩苍的手背上。

被回握住的魔尊愣怔了一下，一句柔情逼问率先收兵。

跃然在眉间的情绪无从辨认，他有些不太自在地移开视线，手却很诚实地将樱招的手抓得更紧，甚至当着参柳的面，将她扯到了身边，五指张开挤进了她的指缝。

目睹一切的参柳差点没站稳，血液直往头顶冒，气到几乎要昏厥。

吃里爬外的丫头！

参柳气归气，但他也明白，在这里动手是万万不能的。这个魔族，只身闯进修士窝也丝毫不惧，身上魔气尽敛，竟完全没让他察觉。再看那副面容，长得……反正一见便是能让他这小师妹色迷心窍走不动道的那种。

该死，樱招究竟从哪里招了这么个祸害？他现在怀疑她根本就没换人，从始至终都是这一个！

这时院子里隐隐有动静传来，是晚归的师弟师妹们的笑闹声。参柳手疾眼快，另一只脚随之踏进来，身后两扇门轰然关上，隔绝了一切有可能投过来的探究目光。

率先释放出的善意让樱招虚张声势的爪子收了回去，她镇定下来，目光在斩苍和参柳身上转了一圈，决定先介绍一下对方：“斩苍，参柳……我大师兄。”

这便完了？被点到名字的二位，在这般轻飘飘的介绍下，无一人是满意的。

斩苍，没名没分，情绪虽没表现在面上，但他回头时压下来的视线明晃晃地昭示着他很不爽。

参柳后面好歹还接了个称呼，面色稍霁。可下一瞬，他便眉头一皱，失声道："斩苍？！"

樱招硬着头皮点头。

参柳不死心，又向前一步："是那个，斩苍？！"

因为这个名字太过如雷贯耳，所以他实在是没敢往那最不可能的方向去想。

樱招在参柳面前的确是放肆惯了，连番逼问之下，竟变得不屈不挠起来。她看着他，一脸无畏："是！是那个斩苍，那个魔族最大的大魔——。"

一张大掌罩在她面上，斩苍从她颈后横过来一只臂膀，轻轻捂住了她的嘴。但她的身躯比起他来实在太小，在这种姿势之下，整个人几乎被他单手纳进臂弯，连带着一双眼睛也被掩住。

"好了，樱招，他已经知道了。"一直沉默着的斩苍终于开口，他看着参柳，坦然承认，"是，本尊……"顿了顿，又改口道，"我是斩苍。"

看在樱招的面子上，他对她的家人已经拿出了最谦和的态度。

参柳也不是那般不讲道理之人，自然能察觉到气氛的缓和。他的目光在樱招和斩苍之间转了又转，最后只叹了一口气，问道："你们认真的？"

"我是认真的。"斩苍答得很快。

丝毫没有犹豫的一句话，让在场的另外二人都有些说不出话来。

樱招在他掌心眨了眨眼，觉得自己的脸渐渐开始发烫，热得厉害，又不想让他察觉，她便只好伸手去扒拉他的魔爪，边扒拉还边扭头看他，理直气壮地说道："我还没想好。"

话虽如此，手却一直扒着他的手没松，像还没定性的贪心小孩，看到好东西要先霸占着，玩腻了就扔到一旁积灰。

斩苍没介意她这点贪心。

"没关系，你慢慢想。"

他低头迎上她的视线，明明目光极其温柔，樱招却莫名看出了点秋后算账的意味。她不禁瞪他一眼，然后从他怀里钻了出来。

“师兄，”她向着参柳走近一步，踌躇着问道，“你会，你会告诉师父吗？”

不错，还知道怕。

参柳那一脸“好白菜被猪拱了”的表情终于缓和了些。虽然这情形，指不定是谁拱谁。

他沉吟半晌，才低声叹了一口气：“你就是仗着师父没来，师父要是在这里，我看你还敢不敢这样跟我说话。”

“那我必须不敢。”樱招很识时务。

“罢了，师父那边，你自己去说，今日之事，我就当没看到。”

樱招眉头一松，觉得师兄这反应，倒是和临则那日偶然撞见樱招，决定放她一马之后，说出的话一样。

两人是真有什么故事吧？但她这段时日一桩接一桩的事情，太过匆忙，都没顾得上向风晞师兄打听。

参柳这里的算盘打得极好，他想着反正樱招自己也没弄明白要干什么，太过急着跳出来反对说不定会起反效果。况且，他本身对魔族……其实并没有那么深的敌意。“斩苍”这个名字，在他这里，也并非全是恶名。

被当作正道魁首培养的苍梧山下任掌门没好气地瞥了一眼那传闻中的魔尊，对方却完全没理他，一门心思只盯着樱招的后脑勺看……

一副完全被吃死的模样，简直腻歪到让无关人士一刻也待不下去了。

事已至此，参柳再没什么话好说，转身拉开门欲走。一只脚都走出去了，他才回过身来，没头没尾地冲着斩苍问道：“临则……她怎么样？”

斩苍愣了片刻，才答道：“她很好，她是我选中的下任魔尊中的最佳人选。”

“这样啊……”参柳声音低下来，“那的确很好。”

下任魔尊？右使临则？樱招突然双眼放光，恨不得立马跟着参柳走出去问个清楚。但参柳没再问下去，而她也没有成功走脱。

敞开的房门再次被关上，房里终于只剩下她和斩苍两个。她回过头，看到背着烛光的魔尊大人好整以暇地抱着手，似笑非笑地看着她，然后问道：“现在，你可以回答我的问题了吗？”

啊，她差点忘了，还有两个死亡问题等着她……

“你记性可真好。”樱招慢吞吞地挪过去，厚着脸皮将他的手扯下，又蛮横地把自己的手塞进他掌心，顺便整个人都往他怀里钻了钻，像抽枝的嫩芽攀上一棵大树，将树身缠得死紧。

斩苍原本就紧绷的身躯变得更僵了，他认命般低下头，脸贴上她的发顶蹭了蹭，才收紧双臂将她一把罩住。

“亲事是师兄随口胡诌的，我也没换人。”从斩苍的胸口传来瓮声瓮气的回答，樱招呼出的热气透过衣料传进胸口，他一整颗心都随之变得充盈起来。

樱招不知道想到了哪里去，一颗被他蹭得毛茸茸的脑袋抬起来时，双颊已是通红。她拧着眉头思索了好半天，只茫然道：“那你说怎么办嘛……不然我哄哄你？”

一双清亮的眼似乎要将屋内所有的光线都网罗进去。

樱招似乎没有发现，她真的很有招蜂引蝶的潜质，一句话就能让人心如鼓擂，偏她自己毫不在意。

还是不要让她知道了，不能将她放出去祸害别人。

被扰乱了心神的斩苍极轻柔地笑了一声，然后闭上眼睛低下头凑近她，低声吩咐道：“嗯，那你亲亲我，主动一点。”

好吧，反正也不是没主动过，只是她昨天觉得自己不能轻易原谅他，所以全程不太主动而已。

樱招先亲了一下他的唇，准备亲第二下时，目光又被他左眼处原本藏在眼皮里的那颗痣吸引住。她将唇移到他眼皮上，落下一个吻，然后真情实感地夸道：“你这颗痣，生得真好看。”

揽在后腰的手紧了紧，斩苍突然低下头贴着她的耳朵接连亲了好几口，呼出的热气令她的脸颊和脖子都开始发麻。

“真会哄人啊……”他轻叹一声，将她拥住。

月漫花窗，外面的雨已经停了。夜风刮过树梢，苍梧山别馆一隅，有间客房的门窗似被一道劲风撞响。

门口泄漏出一丝金光，那是樱招睡前设下的禁制，防止房内气息与声音外溢。但这道禁制却在此刻发生了小小的松动，一缕泛着清新木香的魔气竟将禁制缠绕住，浮薄清辉似妖异的紫月，顺着缝隙蔓延出来。

玩双陆到深夜的弟子们推开房门，看到樱招门前似有紫光闪烁。揉了揉眼睛，正打算看个分明，再睁眼时，紧闭的门扉却安静如常，全无异样。

以为自己看花了眼的弟子笑了笑，打着哈欠眯缝着双眼转过身，沿着回廊走远了。

与此同时，樱招房内的那盏烛火终于燃尽，灯花“啪”地炸开一丝星子，又寂寥地被黑夜吞没。

更为寂寥的是这间房，原本挤在床帐内的两道身影已然消失，只剩下皱巴巴的被单堆在一处，未来得及处理。而枕头上，正安静地躺着一个巴掌大的酒壶。

紫云壶，是樱招此番出门偶然间从妖商那里购得的。

在魔域那段时日，她日日宿在野外，樱招实在是苦不堪言。她将斩苍送的琅玕石换了巨额灵石之后，便花重金购入了这个法器，并在壶里辟了一间屋舍和一汪温泉，从此便再不用苦兮兮地风餐露宿。

此时倒是便宜斩苍了。

不过横竖是用他的钱买的，樱招想着，请他来做做客也没什么。

参柳事忙，岚光仙姑闭关之后，门内还有许多事情需要他处理。

短暂休整一晚之后，他便要带着随行弟子回师门。

荒唐了一整夜的樱招在远近山鸟声中踏出房门，看到“孤寡人士”参柳已经整装完毕，坐在亭子里装模作样地沏茶。

她与斩苍昨日宿在一处，想来发生什么都不足为奇。能怎么办呢？修士之间若是看对眼，结为道侣一同修行，再是正常不过。可修士与魔族，这条路该怎么走下去，却一眼望不到结局。

红杏深花，菖蒲浅芽。樱招隔着一道回廊，远远地走过来，不知是不是自己还未睡醒，她只觉得师兄看起来从未如此怅然若失过。

可走近了，又全然不是这么回事。

参柳撩着眼皮冲她挑了挑眉，似笑非笑道："算你还有点良心，知道起来送送师兄。"

清晨的凉风掠过他的眉眼，仍旧是一副明媚清俊的模样，似乎没沾染上半点梅雨时节的阴霾，反而生龙活虎得好像随时能在冀州与青州之间御剑跑个来回。

樱招打了个哈欠，一个跨步在他面前坐下，盯着他看了好半晌，才好奇地问道："师兄，昨天你说的那个右使临则……"

作为苍梧山掌门亲传大弟子，又是个成天乐呵呵的老好人，樱招敢说，参柳绝对是住在桃花岛上的人，但即使想往他身上扑的姑娘再多，她也没听说过他招惹过什么情债。这是樱招头一次见他这么关心除他们师兄妹之外的陌生人，然而他却不肯说实话。

"没故事，别瞎打听。"

参柳试图就用这么一句话将樱招满肚子的疑问堵死。

樱招没那么好糊弄，她眨了眨眼，装作十分不在意的模样说道："噢，那我不问就是了，只是我原本打算告诉你，我在魔域与临则打过一回照面来着……"

"照面？"参柳愣了愣，"你见到她了？"

于是樱招将自己与临则那次偶然相遇一五一十地说了出来。

虽然临则不许她将此事对任何人说起，尤其强调了不能对参柳说，但那时她们两个算是敌对立场。今时不同往日，经过深思熟虑之后，樱招决定不能让这份恩情被埋没，至少应当让参柳知道，人家是看在他的面子上才放她一马的。

可参柳看起来很平静，或者说，表面上很平静。他抿着嘴唇，将眼睑垂下，不发一言。

“师兄？”

还是樱招先出声叫他，他才如梦初醒一般看向她，却一时之间找不回自己的声音。好半晌，他才说道：“既然她不想让我知晓此事，那我就当作不知道好了。”

不是，这两人怎么回事？明明都是张扬外放的性子，却对有关彼此的事情缄口不言。而且，参柳虽然看着心大，但实际上谁也不及他有分寸，他不愿意说的事情怎样都不会让人套出口来。

樱招放弃了继续追问，只撑着下巴问道：“师父那边，为什么，你愿意替我隐瞒呢？”

“嗯，好问题。”参柳认真思考了片刻，才半真半假地回道，“大概，我只是不想你被师父抓回去接任峰主吧。毕竟我现在还只是个代理掌门，万一你先接任峰主了，那不从此压我一头了？”

骗人，根本不是这种原因。

樱招嘴角垮下来，参柳大笑一声，拍着她的肩膀道：“师兄是不想让你变成我这般无聊的大人，我们樱招嘛……做自己就好了。行啦，该干吗干吗去吧，我这就走了。”

乌泱泱的苍梧山弟子，来得快，去得也快，晌午时分，便已经走得没影了。

斩苍也是，一大早便回了魔域处理政务。

天光亮得有些寂寥，樱招就这样躺在院子里的藤椅上，将白日遣送。迷迷糊糊中她似乎闻到了扶桑树的味道，那味道将她一点一点包围。她睁开眼，看见夕阳正向着院墙倾斜，再侧过脸，才看到斩苍静静地坐在她身边，不知看了她多久。

她遵循本能地支起身子，伸出手钻进他怀中，将脸埋在他脖颈处蹭了蹭，十分眷恋地闻了闻他身上的香味，又捏了捏他的耳朵，才撤开些许距离，打算就这样望着他。

后颈处的胳膊突然收紧，斩苍闭着眼睛将另一只胳膊横过来，搂住她的腰，一把将她捞进怀里。宽大的袖袍遮住她的身子，要将她藏起来似的。

“又不给我名分，又要对我上下其手，你好不讲道理。”他模模糊糊地在她耳边说话。

“论不讲道理，那我还是比不过你。”樱招笑了笑，“而且，名分这事，的确需要从长计议。”

斩苍轻哼一声，又问道：“你师兄走了？”

“嗯。”

“你也打算回去吗？”

“你希望我回去吗？”

斩苍睁开眼，漆黑的眸子看起来幽深无比。他伸出一只手慢慢地牵起她一缕头发，缠绕在指尖把玩。

片刻之后，他才缓缓开口：“我对你没有任何的要求，你想游历山川便尽情游历，想回师门休息便回师门，反正，我都会陪着你，”他说，“只是不知道你的师父，会不会同意你与一无名小卒做道侣。”

无名小卒？

樱招愣了愣，拉开与他的距离，直视着他的眼睛：“你不当魔尊了？”

昨日他说，临则是他选好的下任魔尊的最佳人选。他是什么时候有这个打算的？

“不当了。”这般重大的决定，却被斩苍说得异常轻松，好似这个位置对他来说实在可有可无，“我在这个位置上已经坐了太久，是时候换一种活法了。”

他几乎是一出黑齿谷便当上了魔尊，根本没体验过那个位置以外的人生，每天睁眼闭眼看到的都是相同的面孔，处理的都是同样的争端，很无聊，也很荒芜。

如果没有遇见樱招，他迟早也要跨出这一步，樱招的出现只不过加速了这个过程。

而被他搂在怀里的樱招，只愣了一瞬，便明白过来，他做出的决定并非一时脑热。况且，他的力量源泉与魔尊之位无关，当不当那个魔尊，根本无损于他的强大。

樱招想起他说过，他从不会在别人面前闭眼睛，那时她还百无禁忌地叫嚷是因为很多人想杀了他替天行道。她也想起他说过，他仇家很多，要她从此以后保护好自己，再不要踏足魔域。

更重要的是，她想起来，昨日那心魔说，历任魔尊皆不得善终。

现下他已经做出了选择，正如刑天所说的那样，成魔成神，或是成为普通人，都在他一念之间。

樱招明白，他在一步一步地扫清她的犹疑。

这一次，她终于没有矢口拒绝他，说出“谁要和你当道侣”这种话来，而是一点点地抚摩着他的眉毛与眼睫，直到点上那颗只有他闭上眼睛，她才能看到的痣，说道：“不当便不当吧，那位置也没什么了不起的。”

“嗯，”有爱意凝结在他眼里，他点头附和，“是没什么了不起的。”

“不过，你当初为什么要选择成为魔呢？”樱招问。

“选择成为魔族的理由……”他拉住她的指尖，慢条斯理地说道，“其实好像也没什么特别的。那时候魔族动荡不止，怨气侵入黑齿国——黑齿谷以前所在的地方——那边生活了不少上古遗民。怨气导致遗民们心境受损，有堕魔的危险，所以他们选择举族搬迁，但我扎根在魔域，势必无法那般轻易离开。”他细细解释一通之后，才轻飘飘地加了一句，“况且，有些乱局总得有人去收拾。如果你对这段过往感兴趣，以后我可以慢慢说给你听。”

听起来这才是他选择成为魔的真正理由，与樱招设想的还是有很大出入的。

“我原本以为你只是觉得好玩……”

“好玩？”他思考了一下，摇头道，“以前我不会有这种情绪。”

注视了这片土地几万年的扶桑树，三界九幽、六合八荒皆在他脚下，识海中容纳的事物太多，所以他几乎是万事皆空。孤独与单调于他来说，是享受。他享受着沉默地主宰这个世界的感觉，他从来不觉得有何不妥。

夕阳沉到院墙后面去了，天色渐渐转成淡紫，斩苍浸润在夜色中的那张脸，轮廓更为凸显。

樱招在魔族战将选拔那日第一次见到斩苍时，从未想过他有一日会属于自己。

一袭华贵氅衣站在高台之上，气势逼人，满脸倨傲。猛然贴近时周身的威压恐怖异常，令她气都喘不过来。他出手毫不留情，将她撂翻在地不说，还不耐烦地叫人把她扔出去。那时，他一片衣角都不许她碰，看她的眼神满是厌恶。

即使那张面孔与那副身躯再令人神往，也很难让人有接近他的欲望，因为他看起来太过无欲无求。

接近他会粉身碎骨的吧。是雪中最漂亮的小狐狸，将一身皮毛剐下来送他，也换不来半点侧目的那种粉身碎骨。

可斩苍现在呢？他已经将主宰他的权力交给了她。

樱招想，没有人会不迷恋这种感觉。

夜里，樱招决定带着斩苍去逛逛金陵城。

魔尊大人千里迢迢来到中土，她自然是要尽尽地主之谊的。只是，金陵城内近段时日由于长留仙宗之事，各大仙门皆盘桓在此，修士众多，而斩苍身份特殊，为避免他遭人认出，樱招还是要求他将面具戴上。

“比起我来说，应当是你更加引人注目吧？”斩苍说，“毕竟，你们中土修士，不都在传我是个形貌丑陋的怪物？”

这样说着，他还是拿出一堆造型各异的面具，让樱招替他挑一个。

樱招没想到自己在演武场上随口胡诌的一句话，却被他记得那样清楚。不过，要是好好算账的话，他未必能讨着好。

她挑了一张铸着烛阴纹饰的面具在他脸上比画了一下，半截的款式，可以遮住他上半张脸。

不得不说，他这张脸似乎怎么倒腾都无比吸睛，面具贴上时，竟衬得他那张坠着颗唇珠的唇瓣形状更为美好，两道流畅锋利的下颌线露出来，樱招当即就想给他换一张。

可看来看去也舍不得换，只好作罢。

“帮我戴上？”斩苍翘着嘴角将脑袋低下，凑到她面前，顿了顿，又轻声唤了一句，“主人。”

声音像含着糖霜，引诱她给他套上绳索似的。

凶猛的豹子心甘情愿摊开肚皮让人抚摩，被人俘虏。

樱招一边在心里感叹着男色误人，一边捏住面具的细绳，踮起脚尖将他圈进臂弯。他便顺势将头埋进她的颈窝，亲昵地蹭了蹭。边蹭边闻，面具都系好了也舍不得离开。

樱招忍不住揪住他的耳朵，问道：“我身上还有肉味吗？”

“嗯，有啊，”他含糊不清地低声应道，“是想将你生吞活剥，吃进肚子里去的那种肉味。”

这种流淌在血液里的香甜味，比起花香、草香这种看似风雅实则无关紧要的味道来说，对他的吸引力要更为致命。

同黑齿谷第一夜那般如出一辙的表达方式，但那时樱招只觉得他说话恶毒，现下却觉出了另一种滋味。

怎么会觉得他无欲无求呢？他对她整个人都有一种病态的迷恋，平时人模狗样一点也不显山露水，独处时便开始原形毕露，不许她离开他半步，似乎要将彼此的骨肉全部粘连到一起。

月色疏朗，夜市繁华，人潮涌动。

煌煌的灯火将黑夜照亮，各处都充满了烟火气。

他们如同人世间最寻常的伴侣一般，寻了一处热闹的街市，从街头逛到巷尾。

小摊上卖有各种稀奇古怪的玩意和吃食，有些连樱招也没见过，更别说斩苍这种，生命中从来不会出现“玩乐”二字，只知道搞事业的魔。

寻常的烟火气，斩苍在巡视自己领土时当然远远地感受过，更远一点的，是他还未化作人形时，作为那棵已开灵智的扶桑树，对这方世界的注视。

他什么都见过，但又什么都不懂。

坐上魔尊之位后，他便更加不可一世。无论何时何事，从来都只有别人取悦他的份，他不会，不懂，亦不想去取悦别人。像这样陪着一名女子，亦步亦趋地跟在她身后，只是为了闲逛……这种事，他从未料想过。

这又是一门他需要从头开始学习的学问。

樱招似乎也很不习惯，她与他之间的相识相交，一直以来都没有遵循正常的顺序，现下也只停留在很肤浅的阶段。

她甚至会逛着逛着就自顾自地往前走，将斩苍甩开好大一截，过了许久才茫然四顾，感觉自己落下了什么东西。

斩苍通常会自己跟上来，手里还抱着一堆小玩意。那是樱招并未开口索要，却不经意多看了几眼的东西，他停下脚步，全部买了下来。却没想到付钱的当口，樱招就已被下一个小摊吸引。

是真的三心二意，为此斩苍有些苦恼。

偏偏她浑然不觉。

在樱招第三次将斩苍落下时，她回头一看，那有手有脚的高个子的魔尊，竟像是故意要看她何时才能将他记起来似的，站在原地就这样看着她。

隔着川流不息的人群，他收敛了威压，但周身气度却遮掩不住。比寻常男子要高大不少的身量，修长匀称，远远瞧着像是哪家的贵公子。面具遮住半张脸，却丝毫没有遮住他的美貌，反倒更为引起旁人的窥探欲。

四周有不少姑娘频频朝他回眸，只是被他那份瞧着就不好惹的冷冽感震慑住，一时间还没有做出更为大胆的举动来。

樱招这时才恍然明白过来，他在等她走过去。

宝石般的眸子掩在面具之后闪烁，樱招迎着他的目光，一步一步地走向他。

直到，伸手牵住他。

“你几岁了啊？”她小声嘀咕，“还要等人过来牵？”

斩苍没有说话，只是悄然将她的手握紧，看向她的目光克制而柔软，柔软到他脸部利落的轮廓都随之软化了下来。

樱招踮起脚尖凑到他耳边，又轻声打趣道：“就这样还想当哥哥？”

他不知想到了什么，耳朵又红了。

半空中有落花伴着夜风飘下来，樱招抬眼，看到整条街道两旁，方才还绿油油的只有蓓蕾的枝干，竟在这瞬间全都坠满了花。

不只这条街，满金陵城的花季像是提前到来，一簇一簇的花枝挤在一起，连缀成一片花海。

贺兰氏府邸内，贺兰氏两姐妹同母亲正坐在廊下赏月。贺兰夕这几日情绪还算稳定，虽然一直未见得很开怀，但腹中胎儿脉象平稳，给了她不少勇气。

闲谈中，母女之间那些从未说开过的龃龉似乎也迎刃而解。

生的希望在延续，爱憎得失已然不重要，一切都在好转。

乌黑的院墙边，种着一排高大的桃树。花期还未到，枝干光秃秃的，在月下安静地伫立。不知哪一个刹那，贺兰夕抬起头，竟发现院子里的桃花就这样悄然盛开了。

老族长随着她的目光望去，愣了愣，才说道：“近日城中修士多，许是哪位大能的力量产生了波动吧。”

“这么大手笔，说不定是在逗姑娘开心呢？”贺兰舒用肩膀戳了戳妹妹，“你说是吧！”

贺兰夕露出一个过来人的笑，一边摸着肚子一边道：“我觉得是。”

事实上，根本不是某位修士在哄姑娘，而是某个姑娘在哄男人，导致满城的花在一瞬间盛开。

闹出大动静的两人若无其事地紧牵着手，顺着人潮往外走。身边有人挤过来，斩苍将樱招往胸前一贴，一条臂膀顺势将她缠住，然后一低头，唇瓣轻轻擦过她的耳尖。

一触即离，害得樱招捂住耳朵瞪向他时，只能看到他嘴角压不下来的、做了坏事却还得意扬扬的笑。

嚣张惯了的魔尊根本不知收敛为何物，一个没看住，就原形毕露了。

樱招跟着去揪他的耳朵，被他笑着捏住腕骨，攥住，宽大的袖袍遮住交叠的两只手。他在袖子底下换了个姿势，与她十指紧扣。

心跳与花枝上的鸟雀一样奔忙，花瓣在金陵城内落成了雨，绚丽得如同一场幻梦。

他们头顶的酒肆，有人从窗口往外探看。

“咦？那不是苍梧山的樱招师姐？”说话的是流波岛的一名弟子，“她牵着的那个男子是谁啊？戴个面具也认不出来是哪派的弟子。”

“啊！我看看！我看看！”

几名年轻的弟子在窗口挤作一堆，只一眼就看见了先头弟子口中所说的那人。太显眼了，是伫立在人潮中也能立马辨认出的存在。只可惜，樱招带着他穿行的速度太快，等到他们看到背影时，人已经走远了。

行至一条僻静小巷，四下无人，樱招还未开口说话，斩苍已经倾身袭上来，扣着她的腰肢压在墙上。

吻了许久之后，他们钻进了紫云壶，一起看铺在地上的星河。

紫云壶内空间有限，星河又太浩大，在壶内铺陈不开，最后只得往天上倒灌，又从四周倾泻下来。法阵造就的月亮被挤作一堆闪着光的琅玕石吞没，涛声在耳畔轰鸣，樱招觉得太吵，伸出双手捂住了耳朵。斩苍施了一道术法延缓星河流泻的速度，四下才终于安静了一些。

一颗一颗的琅玕石漂浮过来，樱招伸手碰了碰，它们又极为活泼地在半空中碰撞一下，向着远处漂走。

耳朵被斩苍轻轻扒了扒，他凑过来，问她：“这条星河，你带别人来看过吗？”

送给她的东西，怎样处置都是她的自由，他本不该这般计较，但不知为何，如果樱招回答他她曾带别人来看过，他会很不是滋味。

“当然没有，”樱招斜睨着他，“你当我是什么人啊？我答应过你不会将黑齿谷里发生的事情说出去半个字，便绝对会守口如瓶。这条星河，是我们之间的秘密，我不会让除你之外的任何人看到。”

为此她还小小地开罪了岚光仙姑，真是罪过。

斩苍心绪有些复杂，他觉得樱招总是这样，一脸纯真地给他套上绞刑绳，让他逃无可逃。

“嗯，不要带别人看，”他的声音有些沉，“我不喜欢。”

樱招转过脸看向他，认认真真地问道：“魔尊大人还有什么不喜欢的吗？”

“不喜欢，你把我藏起来。”他说。

照他的性子，估计是恨不得让天下人都知晓樱招是独属于他的。

樱招却反问道：“你不是说你仇家很多吗？还要我保护好我自己，再不要踏足魔域。”

又是一桩搬起石头砸自己的脚的行为。

前一刻放了多狠的话，这一刻就得费多少功夫去弥补。

斩苍摊开手掌，掌心浮现出一根木簪。簪子的造型看起来没什么特别的，甚至算不上精巧，但一看便不是人间凡品。

“这是……扶桑木？”樱招没有第一时间接过，只是睁大眼睛凑上前去，隔着极近的距离仔仔细细地看。

斩苍盯着她的发顶，仔细解释道：“我的确仇家很多，所以，原本不该强行和你扯上关系，你犹豫也很正常。这根扶桑木簪，上面设下了保护禁制，你若是有危险，它便会调动我全部的力量来护你周全。”说罢，他还添了一句，“你不必这么快就簪上，收着就好。”

樱招没有抬头，呼吸轻轻喷洒在他的掌心，让他几乎忍不住就要翻转手腕，抚上她的面颊。但他克制着没有动。

在她沉默的这段时间里，他的脑海转过了许多念头。他想，或许他还是逼她太急，或许她性子太过跳脱，不愿意就此被束缚……

或许她，根本不如他这般，珍视这段感情。

但下一刻，她抬起头，点了点自己的发髻，冲着他吩咐道："替我戴上吧。"

斩苍还是愣怔了一下的，樱招伸手摸摸他的脸，问道："傻了？"

他点点头，老实承认："是有那么一点傻。"

手腕却毫不犹豫地翻转，生怕她反悔似的，将木簪插进她的发间。顺道插进她发间的还有他的手指，他舍不得再离开，便就这样捧着她的脑袋，就着绚丽的星光将她端详。

"戴上了，就不许逃了。"他的喉结动了动，眼神晦暗。

樱招没理会他这句不痛不痒的威胁，而是仰着面庞，睁着清澈的琥珀色的眼睛，认认真真地说道："你是我的，知道吗？"

被郑重其事地划入领地的魔尊深吸了几口气，胸膛剧烈起伏。

真是霸道。

他早就是她的，完完全全，从身到心，只属于她一个人。

他闭上眼睛往草地上一倒，顺手将樱招拎到自己胸前趴好，一边抚摩着她的头发一边说道："我当然是你的。"

樱招高兴起来，那些还未考虑清楚的、悬而未决的未来，此时此刻已经变得不重要了。她侧过脸在他胸膛上蹭了蹭，决定欢乐地奔赴他。

"那我从现在起也是你的。"

好半天，斩苍都没睁开眼。

"你早就是我的，"他嘀咕一声，口是心非地掩饰自己瞬间失衡的心跳，"不管你承不承认。"

"是啊是啊。"樱招扑上去，对着他闭上的眼睛连续亲了好几下，他才睁开眼看她。那双眼睛流光溢彩，俨然将他的心思出卖了个干净。

他是为她而生的。樱招想，说不定也会为她而死。

她伸出双臂将他的脖颈环住，像抱一只大狗似的将他缠紧，然后轻声说道："我师父肯定会喜欢你的，你这么好看，又这么厉害，我们修士最喜欢你这种了。所以，你一定要全身而退。”

“嗯，我答应你。”

一腔柔软的情愫再也掩饰不住，在决定奔赴对方之后，便一刻也等不得，只想不顾一切地将自己融入对方的骨血，无论此后要经历多少磨难。

第拾捌章

个中原委

樱招没有立马以死谢罪的唯一执念，
便是要杀了斩苍。

袅袅晃动的雨丝，飘在窗棂上，落个不止。

斩苍在披上外袍时，袖口突然落下一本册子，封面光秃秃的，看起来像是被经常翻动。

樱招眼尖地看见，正打算捡起，他却先她一步将其隔空取到手中。

欲盖弥彰，肯定有鬼。

“什么东西？给我看看！”

她迅速挪到他身边，却扑了个空。

斩苍一脸淡定地将手举高，然后特别无耻地垂眼，冲她扔出一句：“不给。”

他越不给，樱招就越想看。

急得连术法也忘记施，樱招扯着他的袖子便往他身上攀。脚尖踮起，从背脊到指尖拉长如同一张满月，却仍旧触不到他举起的那只手。

她顿时有些恼火，正打算动真格，被斩苍拦腰截住。

他俯身压过来，顺便将那本小册子塞进她怀里。趁她愣神，他又一把将她抱起，坐在窗边的榻上牢牢地揽住：“就这样看，看完还给我。”

窗外天色已经大亮，樱招坐在斩苍腿上，看着他面上虽是一副气定神闲的模样，耳朵却悄悄变红。手里的这本小册子突然变作了烫手山芋，她的手指搭在书封上，迟迟没有翻开。

斩苍一言不发地环着她，没有催促，只是将脑袋垂下来，嘴唇贴在她脖子上轻轻地啄，直到发丝掩映下她的耳朵与他的一样红，他才轻轻笑了笑，好玩似的又捏住她的下巴亲。

眼见着自己又要失守，樱招心下一横，翻开了手中的册子。

轻微的吸气声从她嗓子眼里传出，她的耳垂变得更红了。

这本小册子里竟然是……竟然是……她自己。

一个练剑的小人，被拘在册子中央，一颦一笑皆是娇憨之态，挥剑时却干脆利落，快如闪电。从头发丝到鞋头的绣纹，无一处不逼真，像是观察了她千万遍。

“这是……你弄的？”

窗外树影在晃动，弯弯的枝条像是要探进房中来窥视，窥视樱招那张未曾回头，却已渐渐牵起红霞的脸。

她在斩苍眼里，原来是这样的吗？好漂亮，比她自己照镜子还要漂亮一大截。

“除了我还能是谁？”落在耳畔的声音有些闷闷的，这世上还能有谁比他更无耻吗？斩苍可是十分有自知之明。

虽这份无耻樱招已经再明白不过，但此时此刻他仍旧有些忐忑。毕竟黑齿谷是他有错在先，做出的事情总不是那么光明磊落，连带着这本小册子，也成了无可狡辩的罪证。

他担心樱招会将其没收，便悄悄地扯住册子的一角，试图就这样抢回来。却没想到樱招反手将他的手打落，扭过头瞪向他：“急什么？我还没看够。”

行吧行吧，既然事情已经败露，他蓦地想起来自己还有一桩事瞒着她。

“那个通缉令，”斩苍说，“你不是一直想让我引荐画师吗？”

樱招想起来了，他当初左推右拒的，就是不肯替她引荐。她睁大眼睛，突然福至心灵：“那画师，不会是你吧！”

斩苍：“……是。”

“你还骗我说从不画人！”

“那的确是第一次。”

“所以真被我们苍梧山那些探子蒙对了，你当初抓我回去，是要让我当魔后的？”樱招小声嘀咕着，一脸揶揄。

“虽然我当初没有那个意思，”斩苍顿了顿，“但你若是现在有想法，也是可以让你当个几年过一过瘾的。”

“不了不了！”她赶紧抱着册子闪身到一边，“我师父会杀了我的！”

“噢。”他竟一脸遗憾。

樱招：“……”

说了他想让天下人都知道吧！

但现下樱招还是对这本小册子比较感兴趣。

斩苍拿她没办法，只能任她捧着那本小册子左看右看，舍不得还回来，还靠在他怀里细细地问了许多诸如“是不是日日都带在身边”“是不是夜里会枕着睡觉”之类的话。

一点都不怕羞。

倒是斩苍被她问得有些无措，干脆捧住她的脑袋气势汹汹地吻上去，只想堵住她那张嘴。

事实上，樱招的确将那本小册子霸占了好几日，还给他时册子上居然多了几个歪歪斜斜的大字——朝真剑谱。封皮左下角还署着她自己的名字。

也不知道她究竟哪里来的自信，觉得自己的墨宝拿得出手。

他们在金陵城一直逗留到贺兰夕分娩完，因贺兰夕怀的是个半魔，仙门中人虽无法阻止她诞下魔胎，但须登记在案。

樱招想着自己反正盘桓在此，再加上，贺兰夕的命算是她救回来的，便多留意了一番。

她闲时也教了贺兰舒几手剑招，其中就包括朝真剑法。

立夏时节，贺兰夕诞下一名女婴，单名一个“雀”字。

在这期间斩苍仍是中土、魔域两地跑。离开金陵城那日，贺兰舒带着几名知道内情的亲信过来与樱招道别，恰好撞见戴着面具的斩苍站在樱招身后替她整理发辫。

夕阳斜照过来，如同火红的碎玉倾洒在樱招乌蓬蓬的发丝上，男子修长的手指穿梭在她发间，慢慢悠悠的极其细致。

屋脊背负着落日，将两人的影子连缀在一起，再分开时，斩苍已经将樱招的头发整理好，他甚至耐心奇佳地给她编了一根缀满细碎宝石的发带进去。

一系列动作做完，二人才一齐转过脸，面向贺兰舒。

不知道是不是错觉，樱招总觉得这贺兰氏的族人，对着自己是礼遇有加，对着斩苍却是毕恭毕敬。

难不成他们知道斩苍的底细？

回想起她被十三雀困在杀阵中那晚，斩苍来的时机也未免太过凑巧。只不过这段时日斩苍未曾与她一同出现在贺兰氏面前过，因此她根本没往这方面想。

一腔疑问堵在胸口，樱招用眼神示意斩苍——她需要一个解释。

斩苍捏了捏她的手，说："待会儿告诉你。"

他近日事忙，的确一下子将这一大家族之事给忘了。

樱招"噢"了一声，看着斩苍走到贺兰舒面前，问道："如今你可是族长？"

"……是。"贺兰舒回过神来，双手将族长扳指呈上。

斩苍一只手接过，另一只手结出一个梅花状的魔印。幽幽紫光中，一滴魔血自他指尖坠下，滴在碧绿的族长扳指上。

空中突然狂风大作，将檐下的灯笼吹得噼啪作响。遮天蔽日的黑云将天边火红的夕阳染成妖异的暗紫色，轰隆隆的雷声隐在云层后，一道闪电猝然而至，掠过屋脊直奔站作一堆的贺兰氏族人，在他们脚下汇聚成一道梅花状的结界。

贺兰氏族人被困在原地，来不及惊慌奔逃，只能眼睁睁看着那道电光猝然钻入他们的经脉，霎时间便已从头至脚走过一遭。

尖锐的风声伴随着梅花魔印一起消散，贺兰氏族人还站在原地惊魂未定。

贺兰舒动了动手指，还未仔细查看自己的经脉，站在面前的魔尊已经将族长扳指递回来。

“以后魔族与你们再无瓜葛，有事不要再求助于本尊。”

斩苍说罢，转身走向站在远处一直旁观着这一幕的樱招。

身后贺兰氏族人终于回过神来，齐刷刷跪了一地：“谢尊上，救我全族之恩。”

他没再回头，只伸手将樱招牵住。倒是樱招笑嘻嘻地冲贺兰舒挥了挥手，权当告别。

“怎么就救人家全族了？”她收回目光，盯着斩苍似乎一定要讨个说法。

斩苍轻轻笑了笑，示意她凑近一点。待到樱招仰着脑袋傍过来时，他才掀起面具，缓缓将头低下，凑到她耳边细细解释。

明明可以好好说话，他偏要时时刻刻占她便宜，借着告知的机会也要离她近一点。

已经站起身来，目送着二人远去的贺兰氏族人，乍然目睹魔尊大人的真容，皆是一脸惊艳。

“老身活了六十余年，可是头一次见到这么俊的男子，”贺兰舒身边有人小声感叹，“可惜……”

可惜什么呢？后面的话她不敢说，但在场的众人心里都明白。

可惜他是魔族的魔尊。

府上二小姐悲剧在前，这位魔族尊主与仙门魁首，究竟是良缘还是孽缘，现在下定论似乎为时尚早。

贺兰舒跟着暗自叹了一口气，才沉声道：“嘴巴都严实一点，此事绝不能外泄半个字。”

“是。”

这一年，樱招六十七岁，斩苍树龄太长，他自己都已记不清，但他化形才六十五年，姑且算作比她小两岁。

樱招有时会唤他“哥哥”，有时会叫他“弟弟”，不过“弟弟”这个称呼他从来不答应。

中土之人偶尔会看到苍梧山的剑修樱招在外游历之时，身后会跟着一名头戴面具的男子。该男子身姿高大挺拔，不看脸也称得上“玉树临风”这几个字。因他出现之时几乎是与樱招寸步不离，故人们都在怀疑那名男子其实是她的剑灵刑天。但又有人说刑天明明是一个无头巨人，且需一定境界才能看到，因此那男子必定不是刑天。

总之，关于那名男子的来历，众说纷纭，一直未有定论。

满打满算，二人逍遥了也有将近三年。这三年之内，斩苍做了许多事。

魔族的权力更迭绝非动动嘴皮子那么简单，斩苍在魔族当中威望太高，牵扯太深，四部战将皆由他一手创建，魔域的每一寸土地皆由他守护，即使那些被他削了权的世家恨他怕他，但这魔尊之位若要换一个人来坐，他们却是头一个不答应。

元老院千方百计想找出斩苍的弱点，也只是想在某种程度上牵制他，而不是想看到他撂挑子不干。

退位一事，斩苍筹划了将近三年，走的每一步皆稳扎稳打。如今他有了想要保护的人，行事作风便不能同以前一般随心所欲。

可他算准了所有的事情，却唯独没算准人心。

这是他最不擅长的东西，毕竟此前不论是魔族还是人族，在他眼里皆是生命短暂的蜉蝣，他没必要去在意蜉蝣们想些什么。

因此他料不到自己会被太簇背刺这件事，也的确是如此的合情合理。

事情还要从斩苍与樱招离开金陵城那日说起。

长留仙宗的后山禁地内血气常年不散，对于啖惯血肉的罗罗鸟来说自是吸引力极大。只是斩苍逗留在金陵城时，对于魔物们的威慑力太强，蛰伏在千里之外的罗罗鸟根本不敢接近。在察觉到魔尊气息变淡之后，它们才一振翅膀直奔长留仙宗。

逗留在长留仙宗的各门派人士早已将其财产瓜分完毕，一哄而散。偌大的仙门灵脉断绝，又没有法阵维持运转，此时已是残破无比。

一只罗罗鸟从十三雀肉身消弭之处降下，对着血迹斑斑的泥土啄了许久，再起飞时，其中一只眼睛竟然变作一只竖瞳。

三日之后，这群罗罗鸟从中土远渡回魔域，降落在元老院禹宗主的院内。那颗承载着十三雀心魔意志的眼球被生生剜下，装进了陶土做成的人形容器中。

霎时间，陶土仿若被注入生命，泥做的身躯由关节到皮肤都变作了活人模样，除了右眼仍是一只黄澄澄的竖瞳，其余地方赫然与十三雀一般无二。

这具躯体虽无知无觉，没有呼吸，可他能够调动的却不只是十三雀的意识与能力，还有死在十三雀之前的，仙门中由于被心魔所惑而陨落的化神境后期甚至是返虚境的修士的能力。

毕竟，对于心魔来说，只有厉害的修士，才具备入魔的价值。

那些中土修士，对心魔害怕至极，以为宿主身死魂灭，心魔便会随之消散。是这个理。但养鸟大户禹宗主几十年来驱使罗罗鸟生食了那么多修士，所求当然不止是养鸟而已。

罗罗鸟作为天生的魔物，又食惯了修士血肉，对于心魔的感应力非比寻常，用其寻找心魔的踪迹再合适不过。配合地丘一族擅长的陶土句芒术，一副专为心魔造就，可以短暂栖息的躯体由此诞生。

心魔只需等待下一个宿主出现。

这几十年来，地丘一族不仅研制出了将消散的心魔强行凝聚的术法，还弄明白了哪种修士最易被心魔入侵——中蛊之人。

因为中蛊之人受蛊虫折磨时意识会有大块空白，心防最为脆弱。

十三雀作为魔族，却被强行转换成人族，还残杀了这么多同类，再加上他从小身中双生蛊，对于心魔来说简直是天选之子。他这一生，顺遂的时光实在太过短暂，或许归于尘埃，才是求仁得仁。

而这心魔，吸食了太多修士的怨气，凝聚成人时通常是千变万化，有时一句话的工夫能换三张脸。此时他却将面貌与身形固定成了十三雀的模样，再未发生改变。

“你喜欢这副皮囊？”禹宗主有些讶异。

心魔神色漠然：“习惯了。”

挑剔的心魔对蛊惑禹宗主这等魔族不感兴趣，之所以答应合作，只是各取所需而已。

用仙人抚顶之法借运到魔族伥鬼家族身上，失败似乎是必然结局。但心魔此趟带来了更有价值的消息——

樱招。

原来他们的魔尊，能在猎蛟途中为了一个女修士将魔族众将扔在森罗海，只身赶赴中土只为救其脱困。

看来，他们这位魔尊大人，还是太过年轻，不明白这世上所有的错误，皆缘于心急火燎。

斩苍心急火燎地将人救下，却不小心暴露了自己的软肋。

可这根软肋该如何利用，还须从长计议。

因为他们的确是……动不了那个女修士。

这一点倒不得不承认，斩苍是个真男人。他将人看作是心头肉，便方方面面都在护她周全，哪怕她本身根本不是个省油的灯。

他们魔族，能生出这种情种，真是违背种族天性。

短暂寄居在陶土中的心魔一直指望着樱招能被这段情折磨得心防薄弱，他好乘虚而入，蚕食她的心魂。可他没有料到，她与斩苍的这段情，愈是不容于世，愈是日久弥坚。他找不到一丝可以侵入的机会，因为她对斩苍绝对称得上是义无反顾。

真是……感天动地。

但正是这样的神魂，蚕食起来才更美味，就如同当初蚕食十三雀一样。

他催促元老院赶紧对樱招种下蛊虫，可元老院一直按兵不动、冷眼旁观。横竖他们已经被斩苍欺压了多年，再蛰伏久一点也无所谓。再者，斩苍作为魔族这么多年来力量最强的一位魔尊，他们还不具备与他撕破脸的能力。元老院需要他坐在那个位置上。

可心魔的怨念仍需被满足，禹宗主便问他，除此之外可还有别的要求。

顶着十三雀面孔的心魔想了想，说道：“我要贺兰夕和她的孩子。”

一个雪晴的早晨，贺兰氏府邸到处张灯结彩，准备除夕夜的家宴。戏班子、吹拉弹唱的乐人舞人乌泱泱挤了满园子，更别说还有金陵城各世家的贵子贵女们一同饮酒作乐、吟诗下棋。

人多了，眼就杂。

一个没看住，二小姐与不到两岁的孩子，就不见了。

斩苍慢慢放权将魔族军中之事交由右使临则时，底下人终于摸到了一点风。

魔族金、雷、水、火四部的将领，皆直接听命于魔尊，与魔族左右使意见相左时公然叫板的行为也没少干，可连月来，金部、水部与火部的将领却与右使临则越走越近，唯雷部将领，似乎还在观望。

这不是一个好讯号。

综合斩苍方方面面的举措，后知后觉的元老院这才发现，他们的魔尊已经铁了心要退位让贤了。

英明的君主皆是任人唯贤，斩苍不认为自己是个英明的君主，因为至少在任命太簇为左使这件事上，他是任人唯亲。

他知道太簇自小便被当作人形兵器来培养，性格残忍嗜杀、阴晴不定，但太簇是他出黑齿谷后遇到的第一个帮助他的魔族，虽然他对太簇的行为非常不齿，但他的确没有立场去看不起一个从小便受尽折磨的杀手。

况且，太簇的残忍只为自保，杀的也只是曾经欺辱过他的魔族，而他对天上的飞鸟、路边的野猫反倒称得上是同情心泛滥。

彼时的斩苍、魔族、人族或是不能言语的动物，在他眼里都没有任何区别，太簇能对小动物做出善举，在斩苍看来是可以成为朋友的契机。

一路走进厌火魔宫，斩苍只觉得当上魔尊太容易了，随口便将太簇提拔成了自己的左膀，却没想到坐上这个位置之后有那么多子民需要庇护，有那么大的职责需要他承担。

好在，他承担得很好，治国理政这些东西，从头开始学总能学会。几十年来兢兢业业，至少在樱招出现之前，从不旷工。

在考虑下一任魔尊人选时，以他现在的眼界，自然要选择最合适的临则。临则实力强盛，性情稳定洒脱，行事作风极为通透，身后的家族几千年来一直保持着中立，既无残害人族的想法，也无意发起战争。

若是由她来接任魔尊之位，至少魔域与中土之间的稳定格局能勉强维持，不会有太大动荡。

而左使太簇，则从未被列入过考虑范围。

慈不掌兵，对于斩苍来说，太簇不行便是不行。

厌火魔宫自筑造起，包括斩苍在内，已经换了五任魔尊，在斩苍之前的那几位，皆是由于权力更迭死在王座之上，无一幸免。当然，魔族的世家大族在里头究竟出了多少力，便仁者见仁了。

斩苍想兵不血刃地将魔尊之位交出去，并且全身而退，简直是异想天开。但他的心既已不在这里，那元老院也不再需要他的心，他们需要的，是他那份可以毁天灭地的力量。

与此同时，大祭司虚昴在一次会友时，一直不愿意与其同桌共饮的左使太簇，竟破天荒地接了虚昴敬过来的酒盏。

男子反目成仇，茶馆里生意最火爆的说书人通常会将其原因归咎在女人身上。多劲爆啊，祸国妖姬引得各方争夺，最后民不聊生、血流成河，这样的故事听客们最爱听。

连那些撰写史书的文人，都在致力于给女人泼脏水，好似这个女人的存在便是错误——没有这个女人，便会兄弟相亲、君臣有义。

总之，故事编得越离奇，越荒诞，越没有逻辑，流传得便会越广。

但太簇接受元老院抛出的橄榄枝并不是为了樱招。

《烂柯经》有云，弃小而不救者，有图大之心。

太簇此前一直不愿与元老院为伍，究其原因，不外乎是他们筹码不够。

从小被当作兵器来培养的人生，春花秋月、良辰美景皆与他无关。充斥在他生命中的，只有无尽的暴力与杀戮。若要太簇撰写遇到斩苍之前的回忆录，他自己都会觉得无聊，因为那页面洋洋洒洒的全是他杀过的人族与魔族。

被血液浇灌长大的生物，指望他生出一颗仁爱之心，那的确有些强人所难。

魔族天性嗜杀，他原本也不觉得自己身处险境，直到斩苍给了他另一种活法。

起初，他当然是真心感激的，无论是作为朋友还是作为下属，斩苍都有值得他钦佩的个人魅力。真心与利益并不冲突，太簇在臣服于斩苍时，奉上的是一颗真心，但看到的是更大的利益。

元老院的筹码，在斩苍意图退位之前，完全不够拿上天平。

现在一切都不一样了。

贪欲这种东西，永远在膨胀。太簇对临则的不服气，渐渐转移到了斩苍身上。

凭什么，凭什么斩苍便能天生强大，拥有权势、力量，别人无论怎么追赶都不及他万分之一。

而这些东西，斩苍说不要就不要了，为着一个女人。

是的，女人与这件事情还是有一些相关的。虽在这整桩事件中被放到了末尾，对别人来说无足轻重，但她是对付斩苍最为关键的利器。

那个女人，曾经用薰华草，强行让太簇做过三个美梦。

她不知道，对于太簇来说，美梦这种东西有多难得。因为他对于梦境的全部理解不外乎是这些糟糕的东西，生来便是如此，永远也不会好。

可那三个美梦，却让他感受到了人世间极尽温柔的一切。黄昏暮色，人世炊烟，还有一个如明灯一般的女子陪着他走过一个又一个依花傍柳的梦境。

梦境坍塌之时，他才反应过来，一切皆似空花水月，虚幻而已。

但他对那名女子的惦记从此种在了心里。

斩苍亲手画下的通缉令，还有演武场上的留影石被他弄回了府邸，他终于得见那名女修的真容。他想，既然她能满口胡言说与自己很愉快，那有一天他必定要让她见识一下，什么才是真正的愉快。

在太簇看来，梦境中的一切，皆可以变为现实。

可就连这个女人，也被那个“尊上”毫不讲理地夺走。

此后，无非是东郭先生与狼的故事，没什么好值得剖析的了。

事情了结在一个极寒冷的冬天。

魔族的朝局在斩苍的压制下已经平稳过渡了大半，四部战将的兵权尽数归于右使临则之手。分散在魔域各地的部族首领闻讯而动，还未起兵便被铁血镇压。

临则是一名彻头彻尾的武将，领兵能力卓绝，但朝堂事务还需从头学起。作为文官的左使太簇顺理成章地担起了辅佐临则的重担，每日请来十几位教习，一门一门课程累得她晕头转向。

当然，若是表现得毫无芥蒂，反倒引人怀疑。

因此太簇故意给临则下了许多绊子，以表示自己非常不服。临则那个傻子，自视甚高，竟硬生生扛着没向斩苍告过一句状。

斩苍其实什么都知道，但存着考验临则之意，选择了睁一只眼闭一只眼，私底下倒是敲打过太簇几句。二人以朋友的名义，进行了一番平等的对话。

这世上未受过任何挫折的强者似乎都有一种可笑的天真，总以为所有的事情都能靠他们的英雄盖世来解决。斩苍身居高位太久，他认为的平等，于太簇来说，不过是屈尊降贵。

满心满眼都在期待着新篇章的魔尊大人，丝毫没意识到自己的心头肉已被惦记多时，也丝毫未发现，自己偶然间流露出的那份幸福的走神能给太簇带来多大的刺激。

这三年之内，太簇与樱招只见过一次。

三年前，在斩苍提出可以问问樱招愿不愿意与太簇重新比试一场时，太簇拒绝了，因为再没必要，他原本的目的也不是找她分个胜负。但后来他还是借着有紧急政务需要处理的由头去中土寻过斩苍。

他自然也见到了斩苍成日里往中土跑的唯一理由——樱招。

彼时的樱招正热心肠地替客栈老板除祟，几只在客栈捣乱的小妖被她绑在一处，架起火堆吊在院子中央，一本正经地加以恐吓。那群小妖被她吓得泪涕横流、连连求饶。

秋日的暖阳洒在她头顶，给她茸茸地镀上一层漂亮的金边。

无端地，太簇想起了自己曾做过的那三个梦，色调似乎与此时一样。樱招转过头来看向他，剔透的瞳孔微微睁大，似乎是愣了一下才反应过来他是谁。

“太簇。”

她叫出他的名字，他正打算应她。下一瞬，她的目光却直直转向站在他身旁的斩苍。

那是属于有情人的眼神。

真是刺眼。

樱招十分大方且毫无芥蒂地为之前绑了他那件事向他道了歉，他也便当着斩苍的面大度地与她“冰释前嫌”。

匆匆一面，并未来得及说上几句话。

为避免斩苍对他产生怀疑，他再也没有借机出现在樱招面前过。

嫉妒却如同附骨之疽侵占着他的每一分神志，他却还要装作心悦诚服的模样与临则越走越近。他装得太好，彬彬有礼中透着惯常的心狠手辣，让人分不清是真情还是假意。

这符合他的行事作风，而需要斩苍殚精竭虑的事情太多，因此斩苍并未过多留意他。

元老院一如既往地唱着无任何意义的反调，也一如既往地拿斩苍没有任何办法。祸心掩藏在气急败坏的面孔之下，试图以此来麻痹这位年轻的魔尊。

冬日里本就罕见的太阳彻底醉倒在地，天空霾了整整半月之后，终于迎来了剃刀般的暴雪。魔域的气候向来恶劣，生活在此的魔族亦不畏寒。河流冰冻之日，大批魔族顶风冒雪，将厚厚的冰面凿开，老老少少一起扑进河里泅水，还有一些驾着妖兽在冰面滑行。

各种活动花样百出，魔族上层的变动于他们来说太远，屠刀未架到他们头上时，将眼前的日子过好才是真。

离河道不远的一间茶肆中，太簇将目光从熙熙攘攘的魔群中收回来，看向对面的虚昴。然后，蘸着刚温好的酒平静地在桌上写下两个大字——

扶桑。

凛冽的寒风伴着飞雪飘进竹帘，一块雪片刚好落在桌上。虚昴伸手拂去时，瞳孔仍旧在颤抖。

他们全都被耍了。

坐在王座上那位魔族至尊，原来根本不是魔族。

一阵大笑爆发在隐秘的包间内，虚昴捂着肚子，一边笑一边问道："那黑齿谷里有什么？斩苍的真身？"

"我没进去过，"太簇说，"只知道里面有一道入之即死的法阵，你若是好奇，大可以闯进去看看。"

他说话留了几分余地，对面这位不知深浅的盟友，还未完全取得他的信任。

"不必了，"虚昴挥了挥手，"知道他的来历，事就好办多了。"

世间万物皆相生相克，能承载十个太阳之神力的扶桑树，虽没有天敌，但五行当中，金克木。苍梧山那个金灵根剑修樱招，对于斩苍来说，果然是能要他命的存在。

但是扶桑树，不能倒塌。扶桑树是连接三界，支撑这个世界的柱，若是树身倒塌，这方世界也会跟着不复存在。

那蛊虫，是时候派上用场了。

“樱招，”虚昴突然提起这个名字，他看到原本捏着酒杯的太簇微不可察地顿了顿，突然一脸了然地问道：“你与她关系如何？”

太簇面不改色：“不算认识。”

“是吗？”虚昴笑了笑，十分和善地提及了另一件事，“我听说，枢密院那边在整理近年来的留影石时，一名小吏发现了一件奇怪之事。三年前的魔族战将选拔，留影石皆好好存档在一处，可唯独丢了樱招与魔尊动手那一颗。左使大人可有眉目？”

太簇没说话，一张面孔瞬间冷得要掉冰碴。倒是虚昴，又从从容容地给他倒了一杯酒，递到他眼前，苦口婆心道：“事成之后，你可以认识她，也可以不认识她，选择权在你手里。”

太簇：“……”

“现在，你可以告诉我，破除魔尊留在她身上的保护禁咒的方法了吗？”

樱招的生辰在冬天。

她出生在一个寻常的商贾之家，虽说不上大富大贵，但也算殷实宽绰。父亲这一房在她上苍梧山学艺之前，只有她一个独女。

她记得，在被岚光仙姑收作关门弟子之前，每年生辰之日父母都会带着她去山里猎狐。她在马背上坐不稳，就被母亲拎在怀里，同骑一匹马。

这是十五岁之前的记忆了。

上山修行之后，父母亲人虽不在身边，但樱招得到的关爱一点没少。苍梧山在灵脉的浇灌下，没有冬天，但朝阳谷里有各种珍禽异兽。每年生辰之日，师父都会带着她去谷中挑选灵宠。

师兄师姐们会在她院子里挂满人间的灯笼，到了晚上，一盏一盏的灯笼渐次亮起，连成一气，漂亮得像天上的宫阙。

在这一日，她不论闯什么祸都能悉数被原谅。

因此樱招决定在七十岁生辰那日，向师父坦白她与斩苍的关系。

岚光仙姑已经闭关三年，在这期间樱招虽然隔着石门叨扰过师父很多次，但师父一次也没理过她。兴许是师父已经到了要飞升的关键阶段，俗世尘缘这些对她已经不重要了。

樱招觉得，既然如此，那她与谁在一起，师父应当也无所谓了。

隔着一道石门，她双膝跪地，做了好半天心理建设才开口道："师父，有件事情，弟子料想您知道后也许会生气，所以一直等到现在才敢说。

"……弟子与那魔尊斩苍，已经相知相许，做了一对道侣。不过您放心，他很快便不再是魔尊了，因为他原本也不是魔族，只是扶桑树的树灵化形在魔域而已……此事说来太复杂，等您出关之后，弟子再细细说与您听。"

她凝神看了一会儿毫无动静石门，扎扎实实地磕了三个响头，接着不顾一切地说道："弟子此生非他不可，望师父成全。"

没有反应……

那便是没有反对。

鸟雀藏在树梢中精神抖擞地鸣啼，微风拂过樱招的脸，像漫漫长日里，师父那双说不上温柔的手。

樱招高兴起来，又说起了另一件事。

"方壶仙山底下封印的朱厌最近似乎有了不小的异动，似乎要冲破封印而出，因此流波岛岛主邀请弟子一同前去加固。此去方壶，往返大约需要一月时间，回来时刚好能赶上斩苍卸任。到时师父若是出关，弟子一定领着他过来拜见师父。"

她下了山，斩苍正在山门大阵外等着她。悠长的日光盈满山谷，美好得像是一场幻梦。

"今日你想做什么？"斩苍走近她，一如既往的光彩夺目。

他们两个已经多日未曾见面，都有事情要忙，只是他面对的困局俨然比她要难上许多。他底下那群魔族，没一个是省油的灯，更不要提魔域西边的部族，他们闻着讯得知他要隐退之后，觉得再没有什么压得住他们，竟悄悄集结了大部分兵力，试图大举侵犯中土边界。此役虽交由临则一力负责，但他难免要在背后出不少力。

魔尊之位这么难甩掉，他对樱招很有些愧疚。

但终于到了快要结束的时候了，临则此次若是能压下那群魔族，在军中威信会大增，继任魔尊之位更是顺理成章。

这些樱招都懂，为了这一天，他们等了三年，也不在乎这几天了。

但她还是笑眯眯地故意刁难他："你能陪我几个时辰？"

"两个时辰。"斩苍顺着她的话，又加了一句，"将时间暂停的话，你想陪多久就多久。"

"那覆盖不到的地方，时间依旧在流逝吧？就这样让他们乱吗？"

"嗯，让他们乱。"

是任性的语气，但他们都知道，现在不是该任性的时候。

樱招堂而皇之地带着斩苍去蓬莱馆逍遥了两个时辰，便各自奔赴了自己应当负责的去处。

这些根本算不上什么波折，她心里明白。虽是经常把"修士就是在刀口上舔血"这种话挂在嘴边，但樱招知道，自己比起大多数修行了一辈子却仍在筑基期打转的修士来说，真的要顺遂许多。

她以为自己会一直这般顺遂下去。

直到她在方壶仙山加固封印时，遇上早已化为灰烬的十三雀。

为了不让朱厌出世，招致天下大乱，四位化神期修士各守一方，几乎耗尽了灵力才将封印加固好。

樱招独自守着北边的位置，还未来得及喘口气，十三雀已经冲她出手。

她打不过他。

不仅仅是因为此时她的灵力已经耗尽，而是境界相差太大。

头一次，樱招感到如此的力不从心。在短短三年之内，十三雀像是突然步入了返虚期，可明明他已经死透了。来不及去想明白个中缘由，她只知道自己握着刑天左支右绌，完全无法抵挡住十三雀的攻击。

更糟糕的是，斩苍留在她身上的保护禁咒，失效了。

那道保护禁咒是由扶桑木雕成的木簪催动，遇到危险时，几乎可以调动斩苍全部的魔气来护她周全。

可此时此刻那根扶桑木竟完全没有识别出对方的敌意。

琴弦拨动时漫天的乐声像鸟雀在哀鸣，锋利又残忍地将她包围，虽未伤到致命要害，但樱招身上已是血肉模糊。

樱招不知道换作别的修士，在这种情况之下能否败得更加体面，但她着实是自打感觉形势不对，就试图逃走的。她有那么多牵绊，回去之后还有那么多人等着她，她还没有带斩苍去拜见师父……

她绝不能死在这里。

可道道杀阵将她困住，她奔逃不得。仓皇之间，斩苍给她的传音螺母也被琴弦击裂。

翠绿的齑粉伴着月亮的清辉撒在她四周，一只通体透明的蝴蝶摇摇晃晃地飞过来。失血过多令她意识已经不太清醒了，她将血淋淋的手掌摊开，眼睁睁看着那只蝴蝶落在掌心。

然后倏地一下，钻进了她体内。

樱招的脑海中走马观花般掠过一段段明媚如画的记忆，自出生起，到七十岁生辰那日，色调都如云烟飘动，柔和又朦胧。可在她拜见过师父之后，画面便急转直下，化作一片血光。

这是元老院为她准备的绝佳入魔剧本。

自古以来，最深刻的悲剧便是将最美好的东西打破。

在她的记忆中，七十岁生辰那日的场景被完全篡改。那日，她毫无防备地将斩苍带入了山门大阵，结果引来了大批魔族入侵。那个亲手将她最美好的记忆打破的魔尊，从一开始就骗了她。

她真傻。

根本没有什么最美好的东西，她就是一个彻头彻尾的笑话与招致师门覆灭的罪人。她与斩苍相爱过的所有记忆，一幕一幕全是她不可饶恕的罪证。

她被绑在掌门大殿外的石柱上，看着同门一个一个被屠杀殆尽，她除了哭叫、求饶，什么都做不了。

可她这样的罪人，却是整个师门唯一活下来的人。

那个魔尊不屑再看她一眼，自然也不屑要她的命。

不止如此，人间生养她的亲生父母，也在一次魔族进犯中土时被无辜牵连，死在了魔族的刀下。

排山倒海般的痛苦令她瞬间发狂，失去神志。她再不记得自己父母的面容，不记得自己师承何处，更加不记得在漫漫时光长河中教导她、养育她的师门中人的一切，唯一清晰记得的，是那个令她痛不欲生的魔族与对他钻心噬骨的恨意。

斩苍。

她恨他。

她没有立马以死谢罪的唯一执念，便是要杀了他。

她要将他挫骨扬灰，以慰藉那些因她而死之人的在天之灵。

樱招消失了一个月。

在心魔的支配下，她将苍梧山的弟子令扔在了方壶仙山，又将斩苍亲手为她戴上的扶桑木簪取下，用了某种咒术破除了木簪上的追踪术，一路隐去踪迹直奔魔域。

这一个月内，谁也没办法寻到她。

苍梧山对弟子的管控很松，弟子们四处历练，许久联系不上亦是常事，樱招此次失联，起初他们并未发现有何不妥。直到某日参柳发现山门大阵发生了松动，一股令人胆寒的威压令他不得不出山查看，这才发现，斩苍已经在山脚等了他许久。

这位上次见面时还表现得不可一世的魔尊，此时看起来竟是一脸焦急，一双眼睛布满血丝，也不知究竟有多久未曾合眼。

“樱招……我找不到她。”他开口时，声线倒是十分镇定，但又像极力在压抑着什么。

参柳来不及疑惑，便听见斩苍问道：“她被你们藏起来了，是吗？”

更奇怪了。

斩苍的语气听起来好像希望他们将樱招藏起来了似的。

一丝若有似无的痛楚从他脸上闪过，参柳看着他，蓦地意识到，自己的小师妹出事了。

以方壶仙山为原点，他们将整个中土几乎翻了个遍，除了能寻到樱招落下的弟子令和一些零碎物品，根本找不到她人。唯一可以确定的，是她的确活着离开了方壶仙山。

据流波岛岛主所言，将朱厌封印加固后的樱招看起来无任何异样，除了精神头稍微差一点。但他们那时灵气几乎耗尽，谁的精神看起来都好不到哪里去。

总之，几人互相告别之后，便各自返回了师门。

除此之外，樱招像是完全从人间蒸发，连一丝线索也未曾留下。

她不想被人寻到，像是故意在躲起来一般，因此所有用于寻踪的咒术全都找不到她。

谁也没想到，她竟趁着夜色溜进了厌火魔宫。

魔宫内那道可以削弱修士的法阵，在扶桑木簪的作用下，没有削弱她分毫，守备森严的魔宫于她来说如入无人之境。

斩苍的寝殿暗得分不清物件，一团人影痴坐在案头，远远望去，身躯似乎塌了一些。

这个五日之后便要卸任的魔尊，觉得自己应当快要疯了。卸任典礼、西方暴乱这些事情虽然难缠，但毕竟可控，一桩一桩去解决便是。可是樱招……他的樱招……他唯一放在心头上惦记的人，莫名其妙就不见了。

而他连同苍梧山一起，找了整整一个月，仍无任何音讯。

熟悉的气息。

斩苍怔怔地抬起头，在黑暗中紧紧地盯着樱招，眼睛睁得发疼也不愿意眨一下，生怕自己眨一眨眼她就不见了。

整整一个月未曾睡过好觉，斩苍脑子都是钝的。当看到樱招静悄悄地走到自己面前，他只觉得不敢置信。

他抬手发狠似的蹭了蹭眼角，站起身来朝她走去。

黑暗中两人皆是一声不响，只是斩苍的情绪要更为激动一些。他四处寻她不见，生平第一次尝到了恐惧的滋味，此时乍一见到她，已是理智尽失，只想确认她的安危。

等察觉到她脸色不对时，他已经毫无防备地被她捅了一剑。

樱招没有用刑天来捅斩苍，事实上，自她入魔之后，便唤不出来那柄剑了。那柄与她同心相连的神剑安静地躺在她的气海中，似乎读懂了她潜藏在内心深处的挣扎，因此不愿意臣服于现在这个被心魔支配的主人。

她是用的灵气化刃，灵活锋利的剑刃穿胸而过。斩苍心中对于她蓦然出现的欣喜还未兜上脸庞，血水便已浸透他的衣裳。

已经有许多年，他未尝到过受伤的滋味，因为从来都没人能伤到他。

斩苍神色茫然地低下头，看到自己胸口凝聚成实体的刀刃，这才后知后觉地感受到了疼。

纯金的飞刃当中夹杂着一丝黑气，他皱起眉头，听见樱招缓缓开口：

“去死。”

她的声音里一丝情绪也无，见一击即中，并未收手，而是驱动灵力唤出数百道飞刃一齐朝斩苍攻过来。

殿内的烛火无声地亮起，下一瞬，鼓胀的焰火被各自固定成大小不一的形状，再没有变化。

时间暂停了。

连同那数百道被黑气缠绕的飞刃也被固定在空中，维持着要将人致死的狠辣角度，明晃晃地架在斩苍周身。

他没管这些，只咬着牙一声不吭地将胸口的飞刃拔出。灵气幻化成的实体于他手中消散，留下满手的血污。

站在他面前的樱招自然也被时间拘住了，仍维持着抬头的姿势，面无表情地看着他，只是原本清澈动人的一双眼，看起来像蒙了一层雾。原本他一低头就能看到的那根扶桑木簪，也被她取了下来，不知藏在了哪里，发丝仅以布条束起。

她已生出心魔。

斩苍看着她，轻声问道：“好端端的，怎么又把自己弄成这个样子？”

上前一步，他抬起手，想碰一碰她的脸，中途却看到自己手上全是血渍，想着樱招应当讨厌他将她好好的脸弄花，又不自觉在自己袖子上蹭了蹭。

可以用术法将血污洗净的，他竟忘了，就这样不知所措地将掌心的血污蹭得更加狼藉。他面对着樱招，经常会有些不知所措。她是他天生的克星，所有的傲慢嚣张、眼高于顶的姿态都仿若被太阳晒化了，变作空气消失殆尽。

可此时的不知所措却让人心生绝望。

他小心翼翼地将她拥进怀里，睁着眼睛喃喃道：“怎么会……怎么会生出心魔呢？”

魔族不会生出心魔是因为他们不会为自己的恶感到愧疚，而修士不一样。修士修行原本求的就是大道。在他们的道上，一旦走了岔路，被心魔入侵，大罗神仙也难救。

那些入魔的修士，至少据斩苍所知，几乎全都被心魔折磨至死。

樱招那样坚定透彻的一颗心，清凌凌的不管做什么都是一往无前，怎么可能会陷入妄念生出心魔？

胸前淌着血的伤口在渐渐愈合，樱招没有用他教给她的方式对他的身体留下不可消除的伤口。她还没有完全被心魔控制。

烛火中，樱招的右眼无端转动了一圈，接着变作一颗黄澄澄的竖瞳。

经过三年的相处，她已经能很熟练地从他的时间暂停技能中逃脱了，只是这一次恢复神志的不是樱招本人。

天色欲晓时，斩苍将樱招送至琅琊台。

魔域内天地灵气稀薄，魔气太重，樱招在那里待得越久，心魔便会越强。斩苍尝试了整整一夜，也没找出有效的法子来救她。她醒不过来，他只能将她送回天地灵气汇聚之地。

琅琊台，乃魔域与中土交界之处，属于中土那一边灵气充沛，去那里总比留在魔宫内要好。斩苍是魔族，不方便入苍梧山山门大阵，却也绝不肯将樱招一力交到别人手上，让她离开自己视线半步。

便只能与苍梧山商量了这么个折中之地。

参柳早已得了信，在琅琊台外面候着，见到樱招一副痴痴傻傻的模样，虽做好了心理准备，但仍旧不免感到难受。

他们在琅琊台附近的一处院落将樱招安置好，一同现身的竟还有樱招的师父——岚光仙姑。

得知樱招出事后，岚光仙姑匆匆出关，她来不及通知另外两个弟子，便与参柳直奔琅琊台。她执起樱招的手开始查看她的脉象，将樱招的心魂护好后，搜了一番魂，才弄清楚樱招的心魔究竟是什么。

岚光仙姑坐在樱招的床边，抬头看向一直寸步不离的斩苍，心里想的是樱招前脚才在石门外向她告白过自己对这位魔尊义无反顾的感情，后脚便因他生出了心魔，实在不应该。

察觉到岚光仙姑的视线，斩苍短暂地将目光从樱招身上收回来，只听她问道："你知道，樱招的心魔是因你而起吗？"

"我不信，"斩苍苍白着一张脸，神色看不出悲喜，"樱招不是那般脆弱的人。"

他很清楚地明白，樱招与他走到现在的每一刻，究竟有多倾尽全力。对于他的身份，她或许有过担忧，但在得知他并非魔族之后，她从未钻过牛角尖，也绝不会因此产生妄念。

不得不说，樱招没有看错人。

岚光仙姑暗自将斩苍打量过，不禁想到，难怪樱招这么笃定她一定会接纳他。

可若心魔不是由樱招内心生出，那能从哪里来呢？

也不怪他们想不到，在修士的观念中，人有邪心，互生杂乱，必须通过一次又一次的自省才能洗涤心境。

心魔，顾名思义，是由人心生出的魔，是修士修行必须战胜的业障。战得过，便接着洗涤下一个业障，战不过，就此陨落。因此等级越高的修士在进阶时越凶险。

谁能想到竟有魔族丧心病狂地研制出了强行给人种下心魔的方式？

“当日在方壶仙山究竟发生了什么，只有小师妹一人知晓。”参柳奇怪道，“按理说，才短短一月而已，心神应当不至于完全被心魔所控制，为何小师妹一直没醒过来？”

岚光仙姑的神色竟缓和了一些，她坐回樱招身边，一边抚摩着她的面颊，一边说道：“樱招很聪明，在察觉自己生了心魔的瞬间便封闭了自己的一部分心魂，只将自己的身体与被心魔侵蚀的那一部分控制权交托出去。这也是她一直未曾清醒过来的原因。”

她已经很努力地在想办法自救了，因为她知道，只要有一线生机，爱她的人便一定会救她。不论是斩苍，还是师父，他们一定会救她。

“所以只要拔除被心魔侵蚀的那一部分心魂，她便能得救，对吗？”斩苍只问了这一句。

“是这个道理，但是，没有人成功过，因为人心太过复杂。此刻的妄念与下一刻的妄念互相纠缠、互相变异。行差踏错一分，则远离大道十万八千里。因为樱招将心魂封得干脆利落，所以心魔还未来得及侵蚀她的全部。她的确还有救，但是……”

岚光仙姑看向斩苍，对方却轻轻一笑，接着她的话说下去：“但是，需要让她杀了我，破除妄念。”

此言一出，在场的苍梧山修士皆短暂沉默了。

斩苍走到樱招身边，当着岚光仙姑的面将她的手紧紧地牵住，一双眼睛盯着樱招略微憔悴的面容，平静地说道：“昨日那心魔支配着她的身体对我说过同样的话，它说，如果我愿意死在她剑下，她的妄念便会消散。”

其实除此之外，心魔还絮絮叨叨说了很多。

说他与樱招的所有过往，皆是她痛苦的来源。说她原本无须遭受这一切，这一切的劫难皆是因他而起。

那些话虽是真假掺着说，但至少有一句话，他很清楚地明白是真的——樱招如今遭受的这一切，全都是因为他。

“我只想，亲耳听到你们保证，这个法子能救她。”最后，斩苍这样说道。

参柳下意识望向师父，他自己心里没有底，但师父这几年闭关，应是参透了不少，不然也不会说师妹的确还有救这种话。

两条命，一条是师妹，一条是师妹心爱之人。虽然从私心来说自然会往师妹身上倾斜，可师妹若是有朝一日醒过来，得知是自己亲手将心爱之人杀死……

参柳不知道，师妹到时还会不会想活。

“不能假死吗？”他问。

岚光仙姑瞟他一眼：“都是要当掌门的人了，怎么还这般天真？若真这么简单，那为何这么多年来，没有一个修士能摆脱心魔的侵蚀？”

参柳：“……”

“樱招还有救，是因为她及时封闭了心魂，导致被侵蚀的部分只系于斩苍一身。她唯一的妄念便是将他挫骨扬灰，事成之后，妄念虽可以消散，但心魔却不能拔除，它仍旧会盘踞在她心头，继续制造其他的妄念。除非，与此同时能有一道强大无比的神魂将心魔纠缠住，强行将其从她体内抽出。”

那道强大无比的神魂，指的便是斩苍的神魂。

假死说得容易，可魂魄离体，以己之魂去纠缠心魔，却是凶险无比。那心魔吸收了历代修士大能的修为，当今世上任何一位修士都无法轻易胜过它。

而斩苍，他是扶桑树的树灵，木头成精，原本就无欲无求，心魔难以入侵，亦无法将他的力量吸收，导致生灵涂炭。

岚光仙姑看着斩苍，缓缓道：“此事，恰好非你不可。”

“没有什么恰好，”一直镇静得好似在听旁人之事的斩苍，声音低沉。他身上还穿着昨日那身衣服，胸前的伤口虽已愈合，血污却留在了身上，没想起来要换，也没想起要用清洁咒洗净，“这本就是布局之人故意为之，他们故意给樱招留下一道生门，诱我去死。”

不得不说，这个局布得很成功。

“樱招以后……”斩苍本来想说，樱招以后就要麻烦苍梧山好好照顾了，可他恍然间又想起，自己在说什么傻话？苍梧山本就是樱招的家，她在家里受到的照顾自然要比在他这里仔细得多。

“斩苍，”岚光仙姑沉吟了片刻，突然温言道，“樱招心中有关你的记忆，已经与心魔融为一体。若是能成功将心魔拔除，那她的记忆也会随着心魔一道消散。她不会……”

这话说得实在残忍，她难得犹豫了许久，才将接下来的话说完：“她不会再记得你了。”

不会记得爱过他，不会记得杀过他，更加不会记得在灼灼时光中与他经历过的所有的一切。樱招接下来的人生，只能彻彻底底地与“斩苍”这个名字划清界限，一旦记起来，便有可能重新被妄念缠身。

冬日阳光稀薄，院子里积了十来尺的深雪，几只胖鸽子在枝头跳来跳去。一大抔雪从枝头崩塌下来，激起一阵云雾般的雪粉。

参柳看到从方才起便一直神色浅淡，表现得仿若赴死之人不是自己一般的斩苍，缓缓地抬手捂住了自己的眼睛。

半晌，他张嘴，轻声道：“如此，甚好。”

傍晚，山间各处燃起了炊烟，人世间最为平淡的烟火一条一条地往天空直上，最后牵搅到一处，盘成一团云雾。

是以后再难见到的风景。

岚光仙姑回了师门，紧急联系其余门派，为魔域与中土之间不日大战而做准备。参柳留在这里，看着屋子里斩苍坐在樱招的床榻上从白日守到天黑，终于忍不住提了一壶酒敲门进去。

暮色下，斩苍与参柳坐在窗边，都有些沉默。

愿意为樱招牺牲之人，不只有斩苍一人，但只有斩苍不怕被心魔纠缠。他们其余修士，特别是师父，一旦被心魔侵蚀，后果不堪设想。

他们都知道，此事非斩苍不可。

参柳本来可以舌灿莲花，但这断头酒一般的氛围让他的心情沉重无比。连闷了三杯酒，他才看着斩苍问道：“你真的会死吗？”

“我又没死过，我怎么知道？”斩苍撑着下巴，看了一眼夜色中透着蓝的雪景，又将目光转回床榻。在那里，樱招被施了昏睡咒，连同心魔一起，都未曾醒过来。

他再未将目光移开，就这样将她望了许久，又道：“也许，树身没问题的话，终有一日我能重新聚魂吧，只是不知道需要多久。十年、一百年，甚至更久都有可能。”

毕竟此前，他花了不知道几万年才有了人形。

“魔域那边，就这样不管了？”参柳又问。

“身后事，交给身后人，”斩苍漫不经心地笑了笑，“对于魔族子民，我已仁至义尽，至于以后怎么样，由他们去吧。”

寂寂雪夜，天上挂了几颗残星，远处似乎还有狼在号叫。

参柳回了隔壁房间，不再打搅他们。

斩苍关了窗户，走回樱招身边，帮她把被角掖好。她的手有些凉，他默默地牵起，看到她的手落在自己的掌心，小小的，像燕子落进温暖的巢穴。

真想就这样筑起一个窝，永远都不放开。

可是不行。

“樱招，”他将她的手拉到嘴边，抚摩着她手指上的薄茧，然后一根一根地亲吻过，又撑着脑袋凑到她面前，特别小声地絮叨道，“在黑齿谷时，我老是威胁你，说要杀了你，还说要抽去你的记忆，不知道那时候的你听了是否会觉得委屈……应当会吧，毕竟在此之前，你能遇上我这种浑球的机会也不多。后来我想过，怎样做才算是尊重你，我一点一点摸索了很多，想着至少不能动不动就将你困在时间暂停里，动不动就要将你的记忆消除……

“梵海寺那段签文，我其实根本不信的，你身边有这么多爱你的人，怎么可能会应验呢？那时候，我放出豪言说要让你忘了我，好好活下去，说的其实是假话。我才舍不得你忘了我……在我之后，你喜欢上谁我都会伤心。”

他伸出手轻轻点了点她微翘的鼻尖，白釉一般细腻的触感令他爱不释手。

就这样他又看了她很久，才接着说道：“不过抱歉啊，樱招，这次真的要食言了。但我想这样也好，你忘记我，总好过醒来之后得知自己亲手杀了我。虽然我知道你真的很勇敢，即使好好地将我记着也能处理好这件事。但是不行，我不能让你承担再次被心魔侵蚀的危险，不行。”

他一连说了很多个“不行”，也不知是说给她听，还是说给自己听。

在黑齿谷时，他说过，一定不会让她入魔。连这样简单的承诺都没有做到，不知道她会不会觉得他很没用。

那么至少这一次，他要将她保护好。

视线中樱招的眼角留下了两行清泪，斩苍眨了眨眼，伸手替她拭去，温热的泪水却一时擦不干。

但是她不能再哭下去了，再哭，另外那部分被封闭的心魂估计也要守不住了。心魔此时被岚光仙姑短暂封住，不知何时便会重新夺回控制权。

他只好俯身将她抱起，低着头将唇贴近她的眼角，将她的泪水吻干净，然后极其温柔地说道：“别哭了，我现在替你去收拾掉那些害你的魔族，乖。”

樱招枕头旁那根关键时刻并未给她任何保护的扶桑木簪被他拿起，下一瞬，一道与他一模一样的分身出现在床榻旁。两个斩苍无声对视一眼，被分裂出来的那一个瞬间消失在了房中。

太簇从军营回到洞府，走到房间门口时，脚步突然一顿。

踌躇了片刻，他才将门推开。

黑暗中有一道人影静静地坐在主座上，看着他踏进房门，才一抬手将灯点上。

“斩苍。”其实不需要点灯，太簇也知道来者是谁，斩苍身上的魔气太过独特，即使再收敛，也是锋芒毕露的。

斩苍没应他，只垂着眸淡淡地说道：“许多年前，我刚出黑齿谷时，不通人情，莽撞之下被污蔑成窃贼。蒙你出手相助，教了我许多道理。投桃报李，我曾赠过你一根扶桑木，言明当你有危险时，这根扶桑木能救你一次。”他顿了顿，抬眼问道，“那根扶桑木，不是让你来对付樱招的。”

昨天夜里，斩苍便有所怀疑，假如樱招的心魔不是从内心生出，而是借助外力种下，那这股外力须得先破除扶桑木对樱招的保护禁制。

然而禁制并未被破除，只是莫名其妙地失效了。说明那附近有另一根扶桑木出现，所以樱招身上地那根扶桑簪子，没有识别出对方的敌意。

斩苍此生，只赠出过两根扶桑木，一根是太簇，一根是樱招。

不同的是，太簇那一根，只能用一次。但他一直没用过，正如他好东西一定要留到最后的性格一般，在这关键时刻，果真派上了用场。

“如果我没猜错，给你的那一根，应当已经化作灰烬了。”

太簇站在原地默了半晌，知道今日怎样也逃不过这一遭，心中反而镇定下来。他抬脚在斩苍旁边坐下，这才发现这只是斩苍的分身。

是觉得仅凭分身便能对付他吗？

还是那么傲慢。

“是，已经化作灰烬了。”太簇颔首承认。

倒是省了审问的步骤。

“你是怎么想的呢？”斩苍到底还是笑了，只是那笑容带着些自嘲。

太簇反问道：“将魔尊之位给临则，而完全没有考虑过我，您是怎么想的呢，魔尊大人？”

斩苍皱了皱眉头：“你不适合。”

太簇没有试图辩解，他只是平静地说了一段故事：“小时候，在我真正学会杀戮之前，与我一批被师父收养的小孩有很多。受训期间引导我们互相攻击，是师父们有意为之，并且乐见其成之事。当时与我一起受训的另一个同伴，因为嘴很甜又听话，性子比我要好太多，所以训练完成之后总能得到师父更多的关照。同样是枣子，师父每次给我一篮，给他两篮，还道是因为我不爱吃枣。

“你没经历过那种日子，也应当听说过，杀手受训是极其残忍的。一组小孩出师之前，互相残杀是基本操作。那日，师父在替我们挑选兵器时，特地将最好的兵器给了他的得意门生，轮到我时，他给我的兵器其实也还不错，但远不如他给别人的那一把，他还解释说，那样兵器于我来说不适合。”

他停顿了片刻，看到斩苍目光沉静地看着他，眼神当中没有恨，也没有别的东西，突然觉得这番长篇大论好没意思。

“所以你现在想把我杀了。”斩苍替他的行为下了注脚。

“我记得我说过，你有什么想要的东西，大可以和我说。”

“想要的东西？”太簇忽地转向斩苍，有些激动，“为什么这世上的东西，不能该是我的就是我的，非得要我开口讨要？”

“该是你的……”斩苍低声重复了一遍，“除了魔尊之位，你还指什么？”

“樱招，对吗？”看到太簇默不作声，斩苍才恍然明白过来，“我早该知道……早该知道。”

烛光摇曳间，太簇低低地冷笑了一声：“你发现得是有些晚，不过那也是因为在你眼里，任何人都没有资格与你相争。”

斩苍并未被他绕进去，他只是向他投过去很悲悯的一瞥，然后说道：“是你根本没那个胆量让我知道。况且，你若是真喜欢她，怎会舍得让她遭受心魔噬心之苦？”

斩苍再没耐心与太簇交谈下去，他站起身来，走到自己曾真心相待的好友面前，伸手摄住了他的脑袋。

这位到死还被人惦记着力量的魔尊，即使只是一具分身，也依旧强大无匹。实力悬殊之下，太簇放弃了反抗，只死死地注视着斩苍，问他：“你选择救她，是吗？”

“为什么不救？你们赌的不就是这个吗？”斩苍的嘴唇动了动，慢条斯理地在指尖注入赤炎之火，他垂眸看着眼底一片森冷的太簇，突然露出一个嘲讽的笑。

“太簇，没有什么该是你的，”斩苍说，“不论是魔尊之位，还是樱招，你都不配。”

斩苍没有杀了太簇。

并不是因为他还念着什么旧情，而是直接将其杀了，未免太过便宜对方。

他在太簇体内注入了赤炎之火，这是火神祝融的坐骑赤炎兽身上最为精纯之火，无药可解。火毒每半年发作一次，每次发作时，太簇体内的水分都会逐渐被烧干，变作一具不死的骷髅，整整七日才能恢复原样。

如此循环往复，求生不得，求死不能。

他还在太簇身上设下了一道禁制，让他不得出现在樱招身边百里之内。若要强行出现，赤炎之火会立马发作，直接将他烧成一具行走的骷髅。

这算是斩苍的一点小小的心机。虽然他死之后，樱招不会再记得他，也不会记得这番恩恩怨怨，更不会记得究竟是谁将他们害成这样……也许她还会再喜欢上别人，但这人绝不能是太簇。

樱招喜欢相貌好看的，总不会瞎了眼喜欢上一具骷髅。

如果可以，他真希望樱招永远都不要喜欢上别人。

他就是，这般小气。

通过搜太簇的魂，他得知了这一切的罪魁祸首——元老院那群老匹夫。

从前斩苍觉得他们都是一群不堪大用的纸糊小人，困在氏族的高墙里做着千秋大梦。朝堂上的那些叫板不过是几句虚张声势的犬吠，却没料想他们真的敢。

筹谋这么多年，也真的辛苦他们了。

悬挂在厌火魔宫魔尊王位上的宴月刀鸣叫着穿破虚空，直奔斩苍而来。这把刀，虽是他的法器，但他极少用。宴月刀出鞘便要见血，而这么多年来需要他亲自出手的机会并不多。

现如今这把刀应当是饿坏了。

当夜，喂了刀的元老院众有三位。以禹宗主为首，一个一个被斩苍斩落了头颅。正如多年以前，他只身闯入厌火魔宫提出要当魔尊一般，这次他依旧是孑然一身。

不算欺负他们。

在当上魔尊之前，他当过画师，自诩是个文雅人，讲究先礼后兵，亦不欲滥杀无辜，找上门之前更是给足了讯号。那柄长刀被他漫不经心地拎在手里，千重结界架在身前也挡不住他分毫。

愿赌服输，这次是他棋差一招，魔族的未来，总得交还到他们自己手上。至于元老院其他魔族，他们有他们的未竟之事，他管不着，亦不想再管。

陪葬品他不要多了，只要罪魁祸首的首级而已。

魔族四处烟火弥漫，地丘一族的千年洞府燃起了熊熊烈火，豢养在院中嗜血的罗罗鸟被烧了个精光，还有那一具具可以容纳心魔的陶土，也被斩苍一力销毁。

临走时廊柱底下突然冒出个三岁女娃，瞧着是个半魔。女娃盯着他染血的刀尖看了许久，突然噌噌地在回廊上跑了几步，跑到一间上了禁制的房门口停下，又扭过头来看他。

“母亲！”她张嘴叫了一声，一脸焦急。

她母亲被关在这里吗？

斩苍上前几步，将禁制解开。看着四周快要逼近的烈火，他想了想，唤来一名魔族战将，示意他将那女娃与她的母亲送到安全之处，才抬脚去往祭司殿。

凛冽的寒气冻得土都是硬的，雪片终于飘落下来，斩苍瞬行至祭司殿门口，正打算进去，却在下一瞬掉转了方向，直奔琅琊台。

樱招体内的心魔醒了，她将守在床边的那个斩苍一剑挥开，在心魔的驱使下朝着琅琊台而去。

那里，元老院早已隐秘设下了聚魂阵。被斩苍杀了几个主谋无所谓，剩下的魔族依旧会延续他们的意志，将斩苍的魂聚齐，以求多年以后造出能继承他全部力量的傀儡。

开弓没有回头箭，都已经到这个份上了，即使拼个玉石俱焚，他们也不会率先收手。况且，鹿死谁手，还不一定。

后来的事情，便是世人所熟知的那般，苍梧山剑修樱招，将魔尊斩苍击杀在了琅琊台。从此魔族群魔无首，四处战火不止、怨气冲天。这股怨气又饲养了大批魔族，靠吸食怨气为生的元老院众的势力愈发强盛。

只有极少数人知道，当日在琅琊台上究竟发生了什么。

根本没有所谓的大战，被心魔支配的樱招唤不出刑天来，使用的只是一柄普通的佩剑。

斩苍被樱招一剑穿心时，未做丝毫抵抗。恰如此前在厌火魔宫，他被樱招驱使着飞刃穿胸一般，不仅没有抵抗，他还摸了摸她的脑袋，轻声夸赞了一句“做得好”。

参柳守在魔域与中土的交界处，以防大批魔族突然攻过来。

而樱招是在此时清醒过来的。

她看着自己手中的长剑与斩苍胸前无法愈合的大洞，不知道自己究竟做了什么。

是她……做的吗？是她将斩苍伤成了这样？

嘴唇几乎要被她咬出血来，抬眼时，樱招满眼的不敢置信。

像是读懂了她心中的惊惧，斩苍笑了笑，然后安慰道：“不是你，别害怕。”

眼泪是从这个时候开始流的，她看不清他的面容了，蒙眬着双眼扑过去，将斩苍揽在怀里，声音强作镇定，却依旧被寒气冻得发颤：“怎么会没办法愈合？不是什么都伤不到你吗？”

托住他身躯的手也像是要被冻掉了，明明她有修士真言护体，根本不畏严寒，可她此时此刻竟觉得呼吸都像是在被刀割。她镇定不下来，泪珠连成串落在他脸上，哭得浑身都在颤抖。

一只温热的手抚上她的眼角，斩苍舍不得放开似的又摸了摸她的脸。一张泪糊的脸被他摸得更加糟糕，他随即说了一句“抱歉”，才轻声道：“樱招，虽然这番话你不会记得，但是，我仍旧想告诉你，不是你杀的我，所以你不必抱有任何愧疚，反而是我，要向你道歉，是我害你遭受这一切……”

“不是的，不是的，”樱招摇着头，声音哽咽，“你什么错都没有。”

她不知道究竟是该先擦自己脸上的泪还是先擦他脸上的血，好像怎样都不对。

那只手被斩苍抓住，贴在脖子上，那里还是热的，她的手太冷了。他抓着焐了焐，才将话锋一转，柔声道：“接下来，我会将你的心魔抽走，连同对我的记忆一起。你不要害怕，我会回来找你，不管需要多久。”

再多的，好像也不需要说了。

“我怕，斩苍，我会怕……你明天就回来好不好？”她想将他搂紧一些，却发现自己的手竟穿透了他的身躯。

她触不到斩苍了，在他正说着话的时候。

漫天大雪落下来，初升的斜阳穿透云层，空气中的一切都很沉静。

只有樱招的世界在崩塌。

怀中的身躯在变轻，斩苍的神魂已散。点点荧光消散在空中，她怎么抓都抓不住。无措与绝望衔在一起，她捂住脑袋，连经脉都在疼。

一道黑色的魔气从她头顶被强行抽出，消散于空中的点点荧光竟在下一刻聚拢成一道紫气，与黑气纠缠至一处。她怔怔地看过去，还未看个分明，那两道气息便同时消散在天际。

恍惚中她似乎忘了自己方才究竟在哭些什么，只觉得自己的眼睛好疼，心也好疼，哪里都不对劲。

她失去了最重要的东西，可她竟一时之间想不起来是什么。

樱招坐在原地，痴痴傻傻地想了一会儿，才想起来是斩苍不见了。

她最爱的，斩苍。

残存的记忆令她记不起来自己为何身在此地，她只记得某一年，自己在梵海寺抽过一道签——

命中孤月照，残生夜惊鸿。

彼时在银杏树下，斩苍为安慰她的怒火，掀开面具捧着她的脸接连亲了她好几下，又逗她说他会在死前，将她的记忆抽走，这样她便能忘了他，好好活下去。

可是他明明那样小气，走在路上她多看别的少年郎一眼，他都要暗戳戳地与她计较一番，怎么舍得让她忘记他。

不能忘记他，她才不要忘记他，谁也不能让她忘记他。

参柳不知道樱招是怎么想起来给自己下追魂印的，他守着结界，听见她在哭。可是他没有任何办法，只能眼睁睁地看着斩苍散去神魂将她体内的心魔抽走。

樱招的哭声渐渐低了下去，记忆俨然已经随着心魔消失了。

刑天立在她身旁，沉默地注视着这一切，到最后竟也看不下去，别开了身躯。恍然间他似乎看到一缕紫色的神魂钻进了剑穗上那颗宝珠中，但他什么也不能说，因为此时的樱招只能将斩苍忘个干净，否则前功尽弃，这一切牺牲将毫无意义。

可霎时间樱招的手腕处金光大作，参柳顿觉不妙，飞身过去时，岚光仙姑带着甘华与风晞也同时赶到。

那追魂印，樱招没刻完，她被施了昏睡术强行带回了苍梧山。

当夜，临则收到一封密信，随即整军，带着八万魔族精锐隐入了山林。

岚光仙姑回山后下达的第一道禁令便是言灵禁咒，苍梧山上下皆不许在樱招面前提及她曾经找过道侣一事，违者，逐出师门。

而樱招因神魂受损，一睡十年。

这便是，樱招所忘记的全部记忆。

第拾玖章 物归原主

「你放心，如今还你命，
我珍惜得很。
你许诺我的事情还来践行，
我舍不得再死一次。」

时至深秋，红叶满山溪。

距离琅琊台不远的崇山之中，藏着一处虚无之地。从外头看，只见一条充斥着怨灵的江水绕着高山崖壁滚滚而过，崖壁形似被人一斧头劈开，光秃秃的寸草不生。

这鬼地方一到夜晚便阴风飒飒，鬼哭狼嚎，过路的魔族连在附近歇脚都嫌弃。

漫漫黑雾之后，却藏着一个个灯火通明的寨子。远近山树茂密繁盛，虽天气依旧阴沉，照得绵延的群山似兽脊，但各处高高挂着的琉璃灯里燃的却是奢华无比的鲛人油。

大小阡陌中四处都有人潮涌动，吃酒的、逛街的、夜围的……潺潺小溪边，甚至还有一群魔族架着躺椅，拎着鱼竿，各自摆了个顶舒服姿势在垂钓，看起来十分惬意。

这里繁华得像是另一个村寨版魔都。

主寨的戏台上清歌妙舞、急管繁弦，四周里三层外三层地围了不少观众，叫好声不住地传来。每日上的戏，都是些魔族之间他妒我为冤，我妒他为仇之事。每出戏里面必定会有一个阴险狡诈的坏蛋，如若仔细思考，也必定能从元老院那群魔里找出一个原形来。

这些折子在出演之前必须由大寨主亲自过目，打磨成功后再被定期出谷的魔族们带出去，在魔域各地巡演。

没办法，日子过得太无聊，总得找找乐子。

戏台上的角儿正唱至酣处，寨子上空骤然划过什么东西，这力量雷霆万钧、势如破竹，道路两旁的火焰直往上卷，瞬息之后又恢复平静，像是什么都没发生过。

二楼包间的贵宾座里，一名黑衣女子原本闭着眼睛在听戏，突然将眼皮一掀，望着已经恢复沉寂的天幕笑出了声。

活动在溪边与林间的魔族眼神倒是没受灯火的影响，有道声音率先反应过来："刚刚飞过去的……是一把刀吗？"

"是……是的吧，我也没看清楚。"

"什么刀能穿破虚无之地啊？又不是魔尊大人的……"说话的魔族顿了顿，登时惊呼一声，"天啊！那是宴月刀啊！"

话音未落，钓竿直接稀稀拉拉甩了一地，不过眨眼的工夫，小溪边就只剩下几尾刚钓上来的鱼在翻腾。

黑衣女子"噌"的一下跃上屋脊，还未说话，下头原本还熙熙攘攘的魔族们便顿时变得鸦雀无声，纪律严明得简直称得上令行禁止。她凝望着那柄长刀远去的方向，收起了惯常的懒散笑容，面容肃然地吩咐道："一炷香时间，整军，去琅琊台。"

与此同时，南边的苍梧山，参柳正在夜观天象。

这几日他总觉得有什么大事要发生，具体事例也说不清楚，就是下棋总差别人一子，打双陆时骰子总输别人几点，就连给弟子论个道吧，上课打瞌睡的学生都比平时要多。

看来最近他的时运的确有些不济，还是观下星象看看自己何时能转运，也好找甘华把输掉的那几条玄蛇给赢回来。

目光转至西边，魔域方向这几日一直被一片暗红色压着，瞧着就十分不祥。他多看了几眼，身体猛然挺直。

他看见，那片天幕上有一颗暗淡了二十年的星子陡然光芒大盛，如同吹花送寒的风。渐渐地，那片暗红血光也变得稀薄了许多，直到完全被驱散。

"不会吧……"这位苍梧山现任掌门不敢置信地喃喃，"这魂聚的，挺是时候。"

血枫林里四处仍是一片血色，眼前是不住燃烧的烈火，身后是瑰丽无比的星河。血色便朦胧在这片星河中，透着蔷薇般的粉。环伺在周围的凶兽们被磅礴的魔气震慑住，奔逃四散，再不敢逼近。

挡住樱招视线的那道身影离她很近，她梗着脖子，结结巴巴地叫了一声他的名字：“斩……斩苍？”

她其实还存着一丝希望，希望面前这个仅靠气势便能逼退魔物的男子仍旧是她的乖徒儿，而不是那个传闻中被她杀死的魔。可她也清楚地感受到，他变得更高了，就在他被枫叶包围住的那瞬间，再出现时，连骨骼也舒展开来，身体已经完完全全变作了成年男子的模样。

虽还是如模型一般标致美好，但那股带着少年气的青涩感已经不见了。

对方一时间没有回答，只是看着她，陈列在眼里的神情很复杂，似乎也在困惑自己究竟应该是谁。他继承的力量与记忆太多，肉体虽不至于与神魂产生对抗，但他一时间还不能完全消化。

“你希望我是谁？”最后，他这样问道。

樱招有些不懂了，但他的语气她很熟悉。贺兰宵自来便是这样，每次问及什么，他都不会第一时间回答，而是先问她的想法。小心翼翼中带着一丝令人心疼的讨好，如果不是被她偶然发现了半魔的身份，那他应当永远都不会在她面前坦然做自己。

贺兰宵是只属于她一个人的。

她想要她的乖徒儿。

“贺兰宵。”樱招回答得没有丝毫犹豫。

面前的男子却将眉头一皱，看起来有些不悦。

糟糕，她好像答错了。

樱招下意识想退开，他却跟着上前一步，伸手将她的后颈捏住，托着她的后脑勺迫使她对上他的眼神。力道是温柔的，甚至带着些抚摩的意味，但就是让人挣脱不开。

烈火燃烧的哔剥声喧嚣了她的耳朵，她听见他静静地说道：

“我是斩苍，重新答。”

那她的宵儿呢？

樱招看着他，很想问出这个问题，但眼下却不是时候——眼下最重要的，是保住小命才对。

“那个，斩苍，”她试着叫了一声他的名字，奇怪的是他的脸色也并未有多少好转。她踌躇了片刻，继续说道，“我听说，是我杀了你。虽然我没有这段记忆，但我向来敢作敢当，不会赖账的。只是现下我被血枫林里的魔物们消耗得厉害，状态也不佳，你若是想找我寻仇，能不能换个时间？现在你……胜之不武。”

斩苍垂着眸，面色有些冷。他的目光定定地将她笼住，他在消化，也在适应。

适应如今的樱招将他当作陌生人看待的事实。她与他所有的过往记忆皆被他抽走，现下心里对他半点情分也无，这很正常。

她心心念念的是作为贺兰宵的他，他应当欣喜。

只是脑海当中的自己，一时作为斩苍，一时作为贺兰宵，拉扯得他内心有些钝痛。其实他也不知道自己在计较些什么，他好像变幼稚了不少，总觉得她惦记着谁都让他不爽。

樱招偏了偏头，伸手在他眼前晃了晃：“欸，行不行给句话。”

他抓住她乱晃的手，维持着一个不让她挣脱，但也谈不上冒犯的力度。他没回答她的问题，反而问道：“敢作敢当是吗？”

“那必然是的，”樱招试图将手抽回，无果，便识相地放弃，“我好歹也是堂堂一峰之主，我们苍梧山上下谁不赞我一声有诺必行啊！”

其实根本没这回事，樱招只是为了让自己显得更可靠一点。

开什么玩笑，斩苍如今占据了贺兰宵的身体，她这个师父说不定也不认了。但她可是将他实实在在杀死了一次，她总不能指望自己与他那段不辨真假的记忆成为她的保命符。

一片落叶悄无声息地飘落在她头顶，斩苍极其熟稔地替她摘掉，看着她略显疑惑的神情，他说道：“你杀我这事，你不记得便算了，不重要。但你曾许我终身这件事，既然樱招仙子如此敢作敢当，那便请你践行你对我的诺言吧。”

不……不是吧……

她真与他有过一段情？

可是——

“空口无凭，你怎么证明我对你许诺过这个呢？”樱招总觉得有诈，况且……终身……她哪里是随便与人定终身的性子啊？更别说他还是个魔。

斩苍还真认真思索了一下，正打算开口，却察觉到有两股力量同时在逼近。

“来得还挺快。”他望着樱招身后的星河，不想被旁人污染似的，单手结了道印，迅速将其收进她的剑穗。

樱招还未反应过来，便被他伸手揽到了背后。

“别急，晚点再告诉你。”

说得好像她很想知道似的……

樱招虽下意识想要与他理论一番，但她也知道，现下并不是时候。

血枫林外有两股肃杀之气一齐逼近，空气中残留的血腥味也被搅动，她皱了皱鼻子，默默叹了一口气。

本来她只是带着贺兰宵去魔域寻找答案而已，事情却变得愈发扑朔迷离起来。

贺兰宵——不，应该说是——斩苍。

斩苍身上穿的还是她给贺兰宵准备的衣裳，鲛绡织就，能随着身躯大小变幻成合身的尺寸。宽阔而高大的背脊挡在她面前，一副泰然自若的模样，倒是让樱招产生了些盲目的乐观。

她探头看了看他的下颌线，问道：“有两股势力过来了，他们是要将你迎回去继续当魔尊吗？”

应当不是要打起来吧？她现在灵力消耗得差不多了，要是魔物太多的话，她怕自己会拖后腿。

奇怪，她怎么就自动把自己和斩苍划为同一阵营了？明明他对自己来说威胁更大。

“你想多了，”斩苍低头看向她，顺口叫了一句，“师父。”

叫完之后，他自己似乎也有些意外。看见樱招一脸惊喜的神情，他更觉刺眼。樱招一句“宵儿”还未唤出来，便被他一巴掌蒙住脸。那只巴掌扣得轻巧又温柔，却毫不客气地将她的脑袋扭到了一边，似乎……带着些别别扭扭的脾气。

她正茫然，又听见他不自然地接着说道：“他们是要迎我回去没错，但却是以傀儡的形式。”

他能感应到，自己的树身被砍伐掉了一些枝干，但没什么大碍，就当被修剪枝叶了。黑齿谷的法阵，二十年未被加固，被破解的确是迟早之事。但扶桑树是三界支柱，若是倒塌，这方世界将不复存在，所以他们动不了。

“傀儡？”樱招小声重复了一遍，觉得他也挺不容易的。

现下不是聊天的好时机，她没再问东问西，只是凝神将刑天握紧，观察着周围的动静。

被斩苍拎在手里的长刀并未出鞘，但樱招是识货之人，瞥一眼便知道那刀绝非凡品。

传闻中魔尊斩苍的确有一柄神兵利器，是用烛阴的龙骨磨成，但因其从未逢敌手，因此那柄神兵利器在他坐上魔尊之位后便被束之高阁，只有在平叛时才会象征性地带在身边。

倘若没见到斩苍本人，樱招还真能傻乎乎地认为自己或许有那么厉害，能将他斩杀于剑下，但现在她抬起头看着他的背影，忽然很沮丧地意识到，自己即使是处于全盛状态，也根本敌不过他。

那他是怎么死的呢？

她来不及去想这些，便感觉一阵地动山摇，接着一股令人极其不舒服的力量从四面八方合围过来，山林与地面皆为之震颤。被刑天辟开的深堑对面，黑气蒸腾着急速逼近，阴风呼呼着扑到她脸上，眨眼的工夫，四周已全是黑漆漆的兵甲。

那些都是装备精良的魔族战将，来势汹汹，绝非善类。还有许多骇人凶兽列于阵中，一只一只不比方才她在血枫林砍杀掉的弱。

这么大的阵仗，看来是不把斩苍拿下誓不罢休了。

但斩苍的脸色丝毫未变，甚至称得上波澜不惊。樱招见他这般胸有成竹，也稍微放心了一点。

一道高大的身影从身披重甲的魔族战将中走出来，满头银发，左耳吊着个精巧的耳坠，赫然是魔族左使太簇。

“别来无恙啊，魔尊大人。”太簇率先打了一声招呼，神色平静。

斩苍死之前并未走完禅位流程，一声“魔尊大人”仍是担得起，他淡淡地应了，然后问道：“左使旧疾好了？”

“托您的福，您在黑齿谷养的几头赤炎兽，都被我剜了心入了药，如今终是好了不少。”

“全杀了？”

“是，不然不足以解我烈火焚心之苦。”

赤炎之火无药可解，即使是以赤炎兽本身入药，也只能缓解而已。这句话，太簇说得没那么从容，尾音听着还有些咬牙切齿。由于常年来遭受赤炎之火的折磨，他温文尔雅的面具再也戴不住，一张玉面变得愈发阴晴不定。

旧恨添上新仇，两边脸色都不太好看。

樱招的目光在这两人身上转了又转，突然觉得传闻真的挺误人的。什么朋友不朋友的，他们两个明显看起来就有仇嘛！

许是她打量的目光太过直白，太簇竟分出神来看了她一眼。

樱招不明所以，大大方方地对上他的视线，却没想身前的斩苍毫无预兆地将她挡了一下，然后看也没看她，直接冲着太簇出手。隔着一道深堑，他身形未动，只轻轻动了动指头，那边的太簇便被扼住了脖子。

“管住你的眼睛。”斩苍脸色沉下来，周身威压朝着魔族大军碾过去，风声呼啸着掠过枯败的枝头，被大火烧作枯枝的血枫林竟在顷刻之间焕发出生机，摧枯拉朽般长出片片嫩芽。

带着扶桑木香味的魔气席卷整片血枫林，如同坚不可摧的堡垒，笼罩在魔族大军的头上。这位已经被魔族遗忘了二十年的魔尊再次归来，虽表情依旧是八风不动般冰冷，但力量犹如邪神附体，令人触之胆寒。

斩苍变得更强了，这是太簇的第一反应。

即使他还未回到魔域，身负的魔气便已足够横扫千军。看来这二十年，他已成功将樱招体内的心魔炼化，以至于心魔此前所蛊惑的那些修士大能的力量，也尽数被他吸收。

太好了。

斩苍的力量越强，留给元老院的遗产也就越多。

只是他不能再往前走了，他若是再往魔域逼近，整片魔域皆会成为他的力量源泉。这也是斩苍自聚魂之后，十七年来一直要放在中土养的最大原因——魔域是斩苍的力量之源，他在魔域待得越久，便会越强。

所以太簇必须趁现在将他解决掉！

魔族大军中靠前的将士们已被这股力量压制得再也动弹不得，瑟瑟发抖，伫立在大军中的凶兽也隐隐有暴动的迹象，似要挣脱束缚四下逃窜。

反倒是太簇，明明被掐着脖子，双脚离地，嘴角不住地渗血，却仍是一脸不在乎的模样。不过是被扼住喉咙而已，这种痛，不及赤炎之火的万分之一。

“魔尊大人真是……好大的架子，”他额角上的青筋在跳动，声音虚弱而清晰，“再嚣张一会儿吧，咳咳，我怕您一会儿就嚣张不起来了。”

话音刚落，位于魔族大军后方严阵以待的七头穷奇嘶吼着奔向空中，在天幕上集结成北斗之势，每头穷奇的背上都端坐着一位以盔甲覆面的魔族战将，那盔甲应当是由神器打造而成，能最大限度地隔绝斩苍的威压。

斩苍抬头看去，轻笑道：“为了今日，你们果然是处心积虑。”

“对付尊上，当然不能大意。”半空中传来一道声音，是从天权的方位传过来的。

樱招问斩苍：“这是什么法阵？看上去挺厉害的样子。”

法阵一门，她最弱，虽瞧不出来里面的门道，但看这么大阵仗，也知道天上呈北斗状的几头穷奇力量不一般。

“北极天刑阵，”斩苍耐心解释道，“是以前神族用来对付魔族的最高法阵。被困阵中的魔族，会被强行化魔，等到魔气暴涨之时，魔气则会被法阵抽离出体内。我虽严格意义上非魔族，但力量源自魔域，这个法阵理论上的确能对我产生牵制。”

然后被做成傀儡吗？

樱招方才看见魔族队伍中央的确陈列着几个木雕的人形容器，那不是一般的木，而是扶桑木，想来这些容器是为盛装斩苍的力量而准备的。

她张了张嘴，最后只叮嘱道：“你万事小心。”

不管是作为斩苍还是作为贺兰宵，都一定要小心。

樱招垂在身侧的手指被斩苍用手背轻轻碰了碰，一触即离，似乎那一瞬间的触碰只是她的错觉。

满目的血色中，她抬起头，看到斩苍认认真真地对她说道：“你放心，如今这条命，我珍惜得很。你许诺我的事情还未践行，我舍不得再死一次。”

说着这般真假不明的话，动作却没有丝毫僭越。

樱招将手背到身后，悄悄搓了搓，一时间也忘记了要赖账。

烈风呼啸而过，魔族大军对斩苍的绞杀行动一触即发。樱招却在这当口感觉到另一股势力自血枫林外直闯进来，利刃一般长驱而入，将千军万马刚刚形成的合围之势冲得七零八落。

浩浩荡荡的大军直接在外部形成包围圈，一眼望去，血枫林之内，密密麻麻全是玄色的甲胄。魔族尚玄色，只是元老院这边裹的是重甲，而后来的这一批身着的是轻甲，一身装备像是改良过一般，轻便却锐利。

其实樱招在方才并未觉得斩苍只身面对着千军万马时，局面对他有多不利，但这大军的到来却使得战况更为明朗。

领头的是一名黑衣女子，亮相亮得从容无比。她纵身一跃，直接落在斩苍身边，单膝跪地行礼道："属下临则，参见魔尊。"

她身后黑云一般的战将们齐刷刷跪下，跟着喊道："属下，参见魔尊！"

气势汹汹，响彻山林。

她身后的这一批魔族战将，是当年四部当中死忠于斩苍的精锐，经斩苍一手调教出来，几乎个个都能以一敌百，比起后来元老院临时培养的魔族战将们不知道要强到哪里去。

斩苍松了松钳制住太簇的手指，侧头睨了一眼临则与她身后的众将士，轻轻抬了抬下巴，说道："来得正好，起来吧。"

临则起身时，目光正好对上一脸好奇的樱招。

被抓包的樱招假装若无其事地移开目光，心里正想着斩苍这魔尊当得也不算太失败，至少消失了近二十年后还能有这么大批的势力赶过来拥护他。而那厢临则已经三两步蹭到她身边，一脸惊讶地抓住她的手，问道："你真的……什么都不记得了？"

樱招愣了愣，答得很谨慎："忘记了一些事情，尤其是……魔族的事。"

"噢，那难怪……"临则点点头，只觉得樱招的性子倒是没变。

斩苍与樱招在一起的那几年，临则其实并不知情。她与斩苍是单纯的上下级关系，平日里除了公事，不会有其他的交流，更别说去探寻彼此的私事。

虽然大家心里都有感觉，魔尊大人或许对某个女子动了情，但那人被他藏得深，所以谁也没有想到这名女子会是当初被他通缉的女囚。

直到斩苍身死当夜，临则收到密信，才了解其中的原委。

不只是临则，她身后的魔族大军皆对樱招极为感兴趣，只是迫于斩苍的威严，没敢明目张胆地打量。有几个头上长了触须的虫族战将悄悄将触须连接在一起，窃窃私语——

"那杀了魔尊的剑修原来长这模样？"

"你没见过魔尊大人下的通缉令吗？那画像还是尊上亲手画上

去的……”

“略有耳闻，但那时她不就是个捣乱演武场的女囚犯吗？”

“这你就不懂了吧，越八竿子打不着的人，越有一腿。”

…………

临则一脸神秘地凑到樱招身边，问道：“你师兄近日如何了？”

怎么就扯到她师兄身上去了？

樱招一脸莫名：“哪个师兄啊？”

“还能有哪个？参柳！”这下她声音大到使身后的战将们都有些无语。

斩苍一眼扫过来，临则悻悻地收了手，再不敢造次。整了整脸色之后，才好整以暇地面向太簇，笑嘻嘻地招呼道：“哟，左使大人，这造型不错啊。”

明明对方现在咳得像得了痨病，她却视若无睹，嘴欠至极。

太簇从前最讨厌的就是临则这般模样。二十年前，被她躲过的那次肃清，这次也是时候还回来了。

他没有理会临则，只抬手下了一道命令。

下一刻，坐在穷奇身上的以黑甲覆面的魔族们一同开始以手结印，与北极星方向呈连结之势。

天地在震颤，一道道阴云从天幕上垂下，黑雾中电闪雷鸣，似潜藏着无数邪魂。穷奇的嘶吼声是开战的号角，分列在七星之位的几个魔族皆加快了结印的速度，法阵完成时，与远处的北极星连成一线，数道光柱齐刷刷地朝着斩苍降下。

“散开。”斩苍一声令下，临则便带着身边的将士四散开来。

光柱隔绝了斩苍的威压，执戟悬鞭的魔族战将们顷刻间便杀得昏天黑地。

樱招原本也打算跟着瞬行到安全之处，却被斩苍一把抓住胳膊，护在怀中：“你留下。”

她在哪里都不如在他身边安全。

于是樱招不仅被迫困在了法阵中，还被迫困在了斩苍怀里。柔软的衣料蹭上她的脸颊，她一脸不悦地抬起头，控诉道："你别告诉我，你现在是临死也要拉个垫背的啊。"

斩苍："我以前怎么没发现你嘴有这么毒？"

这话说的……好像她以前说话有多中听似的。

樱招还未来得及反驳，便听到头顶上传来一阵大笑，离北极星最近的天枢位置，一道苍老的声音嘲讽道："魔尊大人，老朽劝你还是将那修士放下，等你化魔之后，意识全无，恐伤及心爱之人。"

这下樱招自动认领了"心爱之人"这个身份，她哭丧着脸，倒也没提出要他放开，而是自暴自弃地在众目睽睽之下反手将他搂住，然后问道："你是不会轻易化魔的吧？"

一张脸虽纠结万分，但唯独没有害怕。

被抱了个满怀的斩苍愣怔了一下，才轻轻伸手拨弄着她浓密的头发，问她："你信我吗？"

不知道为什么，樱招明明一点都不了解斩苍，在此之前甚至只把他当成死在自己剑下的冤种和迟早要来找她寻仇的邪神，可此时此刻却对他有种莫名其妙的信任。

"都这样了，"她说，"还不是只能信你？我就当在信我的小徒弟了。"

后面那句可以不用说的。斩苍扶了扶额角，决定不与她计较。

"我绝不会伤害你。"这句话他说得异常郑重。

"斩苍。"深堑对面的太簇终于缓过劲来，瞬行到光柱之外。他看着法阵中央搂在一起的两道身影，静静地劝道，"我们只要你一条命，从以前，到现在。"

隔着密不透风的光柱，斩苍侧过头来看了太簇一眼。

作为贺兰宵，他在苍梧山虽独来独往时多，但仍旧结识了许多同门。燕迟、苏常夕，还有其他许许多多叫不出名字的同门。燕迟喜欢将"朋友"二字挂在嘴边，闯祸时要拉上朋友，享福时也要拉上朋友……

可作为斩苍时，他并不知该如何交朋友，总觉得强则强，弱则亡，弱者理应臣服于强者。在很长一段时间之内，亦不会以真心换真心。他自觉对太簇已足够好，从未想过于太簇来说，那只是上位者的施舍。

他想，是他明白得太晚，但事到如今已是无可奈何。

二十年过去，太簇的角色已经完全发生了转变，如今的他，不是与元老院沆瀣一气，而是他已成为元老院本身。

他从背叛斩苍时起便没有任何退路，如今只能一条路走到黑。

斩苍将目光从太簇身上移开，抬头对着天幕上的元老院众露出一个轻蔑的笑："有本事，你们便来拿。"

"死到临头还口出狂言。"

落在斩苍周围的光柱汹涌着暴涨开来，巨大的光牢压在斩苍头上，樱招在他怀中拱了拱脑袋，又被他安抚似的摁下去。四周山峦在崩塌，厮杀在一起的魔族士兵如焰火一般蹿开，唯有斩苍脚下的土地坚实着伫立在原处。

一道悠扬的笛声穿透光柱，直直地传进斩苍的耳朵。他皱了皱眉头，满脸不解。

从方才起他便觉得奇怪，北极天刑阵虽威力巨大，但他一旦化魔，除非是境界比他更高的神族来压阵，光靠几个高等魔族应当拘不住他。不知太簇与元老院为何这般胸有成竹。

更为不解的是坐在穷奇背上布阵的元老院众，是隔着头盔也能感觉到彼此都有些沉不住气的程度。

太簇站在远处，直接开口问道："为什么，你一点反应也无？"

"我应当有什么反应？"笛声聒耳，斩苍只觉得烦躁，顿了片刻，他才像是想起了什么，从掌心释放出一条发着光的巨龙。那条巨龙腾空而起直奔离他最近的摇光位置，坐在穷奇之上的布阵者还未反应过来，便被巨龙一口吞没，瞬间湮灭。

斩苍解决掉一个布阵者，居然很诚心地问道："你们是期待这种反应吗？"

不可能！

为何那笛声对他没有用！

余下的布阵者们一阵惊慌，巨阵出现一道缺口，其中一位失声问道："那克制魔气的丹药，你不是吃了十七年吗？"

丹药？

樱招也记得这件事，贺兰宵曾经告诉过他，自己为隐藏魔气，从小不能食五谷，也须定期食用克制魔气的丹药。难不成，那丹药有问题？

她抬头看了看斩苍，他亦随即明白过来。

原来这才是他们的后招。

那丹药，自他婴孩时期起，便一直被想办法喂进他体内。十七年了，按理说药效早已深入骨髓，笛声是催动药效的引子，却不知为何对他没有用。

除非，丹药早已被人换了配方。

太簇最先反应过来，一脸的不敢置信："贺兰舒，她怎么敢？"

整个贺兰氏血脉当中都背负着侍魔血契，他们绝不可能违背血契的意愿。

"母亲？"斩苍叫贺兰舒"母亲"叫顺口了，一下没改过来。

他看着天空中已经自乱阵脚的布阵者们，像是要让他们死个明白般解释了一句："如果你们指的是贺兰氏的侍魔血契，那本尊早在二十年前便将其解开了，只不过魔印忘在了厌火魔宫，忘记归还而已。"

原来如此……原来如此！

元老院众自知大势已去，但仍是耗尽了最后一丝魔气，想与斩苍拼个你死我活。

北极天刑阵被一道耀目的紫光从中间撕裂，直冲云霄。天雷涌动间，魍魉与神魔皆寂灭。

远离战场的祭司殿内，巨大的水镜之后，坐着一脸晦暗的魔族大祭司虚昴。处心积虑，千算万算，他万万没想到，整盘棋局会在最意想不到之处翻船。

不过是人族蝼蚁而已，贺兰氏全族上下竟骗了元老院整整十七年！

“贺兰舒！”

他咬牙切齿地念着这个名字，念完之后竟从喉头溢出一声轻笑。笑声回荡在空旷的殿内，莫名生出一股阴森至极的意味。

一张传音符自他指尖点燃，他收起笑容，面无表情地吩咐道：“留着没用了，全杀了吧。”

想了想，又在脚下画出一道传送阵。

他要亲自前往，不杀光那一族，难解他心头之恨。

秋雷藏在云层中，发出闷响。

金陵城刚刚入夜，街道上梆子声远远听着像敲在头盖骨上，咯咯的有些瘆人。贺兰氏府邸高高的院墙外鸦鸣鹊噪，衬得府内愈发安静。

侍女给贺兰舒准备的燕窝还未端入房中，汤盅便被一道凌厉的箭羽射穿，瞬时四分五裂。一声惊叫卡在侍女的喉咙，密密麻麻的箭矢划破苍茫的暮色，无差别地射向院中的贺兰氏族人。

跌落在地的侍女就地一滚，箭羽蓄着魔气堪堪擦过手臂，顿时皮开肉绽。来不及找掩体，箭矢便接二连三地搅碎空气袭来，她虽有几脚功夫，却由于防身武器被那些魔族缴走，只能眼睁睁趴在原地受死。

穿心的利箭袭来之时，她的肩膀被蓦地一扯，再抬头，身前已经架起一道结界。箭头被结界阻绝，一根一根铮然落地，她抬头一看，挡在她面前的，竟是这几日看守族长的女魔，好像叫……蓝雀。

蓝雀回过头来扔给她一瓶丹药，直催道：“箭头有毒，拿着这瓶丹药快走！”

侍女没有犹豫，对她说了一句“多谢”，便拿起丹药瓶迅速奔往贺兰舒的房间。

贺兰氏的族人见这群魔族已经沉不住气，杀意毕现，心知事情败露，再也装不出被血契制住的孙子样，纷纷亮了兵刃，正面硬刚。

埋伏在府外的能人异士各持着法器掣手相迎，灯笼火把照在院中，短兵之声不绝于耳。

双方一时之间杀得有来有回，不分胜负。

被蓝雀阻拦住攻势的元老院战将们沉着脸望向她，破口道："蓝雀！你敢抗命？你疯了！"

"抗命？抗谁的命？"蓝雀抬眸笑了笑，有些抱歉，"不好意思啊，各为其主而已。"

话毕，几个元老院战将还未反应过来，身后竟凭空突然出现一道传送法阵。灼灼电光拔地而起，一个身披轻甲的魔族战将率先从传送阵内钻出，见到蓝雀独自撑开结界面对着几个杀气腾腾的元老院魔族，提着刀毫不留情地将那几个割了头。

他身后，陆续有一小队的轻甲士兵从传送阵内出现，随着领头魔族的手势奔向四处，提着钢刀杀向元老院战将，一时间可谓所向披靡。

来者正是跟随临则一同从虚无之地前往血枫林的魔族精兵。

道出血契秘密的斩苍忙着对付那几个压阵者，血枫林离冀州太远，他分身乏术，但又惦记着这群族人的安危，当下便勒令临则派出一个小队前来相助。

领头的战将是原来斩苍麾下水部的将军，名为景云，这二十年来跟着临则落草为寇，由掌兵变为了掌管其中几座寨子。景云原本有着一副温润如玉的面容，却在看见蓝雀时变得严肃不少。

"父亲。"她期期艾艾地叫了一声，心头有些忐忑。

景云没应，好半晌才问道："你答应过你母亲什么，你还记得吗？"

"记得……"她顿了顿，声音更虚了，"打入元老院内部可以，但不能做太危险的事……"

她身为一个半魔，本来魔气在寨子里就算低微，还是私底下去求了临则大寨主，她才肯将她伪装成纯种魔族的模样，派她与其他同伴一起，潜进元老院打探军情。

在军营摸爬滚打了整整三年，她终于晋升为太簇的亲兵。这次好不容易跟着来一趟中土，恰好碰上个大乱子，兴奋之下，便忘了要保全自己。

“你记得就好。”景云见她服软态度良好，也不忍太过苛责，只沉声叮嘱道，“你跟在我身边，别乱跑，听见了吗？”

“听见了——”蓝雀拉长了尾声，亦步亦趋地跟上他，走了几步，又突然说道，“父亲！我跟你说，这家的族长，叫什么贺兰舒的，跟母亲长得很像！”

“遇见个人族你就说与你母亲长得相像，你母亲是失忆了，但不代表随便哪个人族都是她亲人。”

“这次是真的！”

景云对这位族长的面貌不感兴趣，但她是魔尊要保之人，当务之急的确是要先寻到她。

从血枫林赶赴冀州的魔族战将们呈压倒之势迅速收割了这场战役，只是魔族出手向来没个轻重，一眼望去，设计奇巧的院落差点被端成一片废墟。

废墟之上，四处都是伤员，还有一具具身穿玄色重甲的魔族战将的尸体。这座府邸太大，景云领着将士们几乎找遍了府中每个角落，都没找到贺兰舒的踪影。

他抬头望向高墙，那里不知何时出现一轮血月，挂在高大的杉树枝头，照得整座府邸像蒙着一层血雾。天地之间凭空传来一股熟悉的魔气，悄无声息地将整座院落笼住，空气中的血腥味愈发浓郁。

景云皱了皱眉头。

他们已身中幻术。

还未完全化作断壁的凉亭之内，静静地倚着一道身影。那道身影向来就坐不直，总得找个地方斜斜地靠着才叫舒服。这么多年了竟还是这样，坐没坐相，站没站相。身为将士的景云最看不惯他这副德行。

“虚昴，”他直接问道，“贺兰舒在哪里？”

即使是在血月的照耀下，这位大祭司的脸依旧显得有些苍白。嘴角虽翘成一个异常愉悦的弧度，但笑意却未达眼底。

“她就在这里，”虚昴淡声说道，“在你们当中。”

蓝雀赶紧扭着头四下张望了一番，却只看到身披轻裘的自己人与贺兰氏的族人。

“别白费力气了，我好歹也是魔族的大祭司，若是这么轻易便被你们识破幻术，那我在这个位置上坐着也是于心有愧。”

虚昴向来被称作魔族幻术最强者，这点毋庸置疑。景云可以肯定，虚昴的真身根本不在凉亭当中。

“你想要做什么？”这位水部的将军只会舞刀弄枪，对幻术一门研究甚少，现下也只能与虚昴谈谈条件，看他意欲何为。

虚昴眨眨眼，微笑道：“我们来玩个游戏吧，你们若是想救她，我给你们一盏茶时间……唔，互相残杀，最终剩下来的那一位，就奖励他来救她。怎么样，很划算吧？养育了魔尊大人十七年的母亲，你们拿着去邀功，一定能加官晋爵，平步青云的。只不过贺兰舒就在你们当中，你们动手时可要小心一点，注意分辨，不要失手将魔尊大人的母亲给杀了。

“杀了，可就什么都完了。”

他见四周的将士不为所动，也不着急，只低低地笑了几声，然后优雅地做了个“请”的手势，说道：“游戏开始。”

蒙住月亮的血雾陡然蔓延开，景云后退一步，高声喝道：“蒙上眼睛！”

将士们得了令，迅速将护额扯下，系在了眼睛上。

可是没有用，虚昴的幻术是通过五感来传播，形、声、色、味、触皆可成为致幻的入口。即使蒙住了双眼，但他的指令早已通过声音下达。

在场的所有人皆逃不过。

传送法阵是高阶术法，传送施术者一人已是厉害至极，更别说是将大队人马从血枫林传送至遥远的冀州。

斩苍还未回到魔域，魔气并没有那般取之不竭。他在破除北极天刑阵，只身面对着元老院最高战力的同时，还要分神布下传送法阵，这对刚刚恢复神魂的他来说，有些吃力。

樱招看了看他的脸色，突然说道："别担心，前几日我传信给师门之后，我们苍梧山已经派了一个十分可靠之人去冀州，你母亲不会有事的。"

贺兰氏府邸之内，魔族将士们在虚昴的支配下已经开始拔刀相向。

千钧一发之际，院子里浓密的血腥味悄然流动，接着，一阵暖香毫不讲理地袭来，以极其霸道之势钻入人的鼻腔。劈出的刀刃在半道凝固住，再不能前进一分。

高高悬挂的血月之下，一袭火红的衣裙娉娉袅袅地在墙头晃动。夜风将来人的头发吹起，面容妖艳得像是吸人精魄的狐狸。

"嗯……"她对着满目疮痍的院子扫视了一眼，想起此前这座宅邸富贵逼人、美轮美奂的模样，心中涌上一股深切的疼痛。

这么多钱！

竟然全被这群暴殄天物的魔族给毁了！

她咬了咬牙，深吸一口气平复了一下呼吸，然后挤出一抹笑，柔声问道：

"需要帮忙吗？"

景云能掌管水部，也是幽夜象的高手。只是他善近战，虚昴这种躲在暗处装神弄鬼的路数刚好克他。高墙之上那位红衣女子，能神不知鬼不觉地将虚昴的幻术撕开一道裂口，想必应当是苍梧山那位可以布幻于无形的狐岐峰峰主——

甘华。

对于自家执意要禅位的魔尊与苍梧山那位剑修樱招之间究竟发生了什么，其实寨子里的魔族也大概清楚。斩苍并没有一撂挑子说不干就不干，而是一步一步将路铺得平稳又顺当。

若不是元老院众要阴招，十个元老院在斩苍面前，恐怕也是螳臂当车。

斩苍身死之后，他们被迫抽身，保存实力，虽躲过了一场肃清，但心里亦憋着一股气。现下看来，心里憋着一股气的，不只是他们这群魔族。

无利不起早，是甘华的一贯作风。她大老远从青州跑来冀州，花费了一张价值万金的传送符——虽然是她自己画的——但不讨回来点东西，总觉得心里不太舒坦。

这一趟既然不为钱，那讨一条命也行。

一声嗤笑从凉亭当中传来，她垂眸看去，翦翦眼波在血月下显得愈发勾人。

“这位姑娘想必就是苍梧山的狐岐峰峰主吧？”虚昴摆出一副十分和气的模样，温声劝诫道，“魔族之事，我劝你还是少管，免得殃及了池鱼。”

“池鱼？”甘华笑不出来了，一对狭长的眸子陡然泛起一层怒意，“你以为你在和谁说话？”

小巧而清晰的血月，突然从中间浮现出一块黑斑。有裂帛之声掠过众将的耳畔，动作凝滞的魔族战将们轻微晃了晃脑袋，再抬头时，竟然不约而同地揉了揉眼睛。

他们看到那轮血月之上，赫然出现一条强壮的天狗，张着嘴咬住黑斑的一角狠狠地往月亮边缘拖拽。如同血色的织锦被恶犬撕裂，露出黑漆漆的底色。阔大无边的暗色一点一点将血雾吞没，顷刻间四周便陷入了恐怖的浓黑当中。

如此具象的天狗食月，是另一重幻境。

训练有素的魔族战将们并未惊慌，而是沉着地伫立在原处，静待黑暗化开。

一只纤纤素手从黑暗中钻出，悠悠然在天幕上摆出三张符纸，莹润的指尖是黑暗中唯一的光源。事实上，也的确有一簇火焰自她指尖生出，将符纸点燃。

夜空被明火照耀的瞬间，甘华身形一闪，竟是踏破虚空直奔西南方位。

“啪”的一声，是巴掌落在人脸上的声音。

浓黑的大幕像是被人用一巴掌扇走，四周恢复成正常的夜色。

秋露下的草地，淋漓透亮。而甘华则站在院子的西南角，好整以暇地揉了揉手。接着，她转向院子的正东方位，像是已经完全定位到了虚昴的真身所在，无论他逃到哪里。

但她没急着动，而是先伸手将腰间的金色铃铛摘下。

这时院子里其他人才注意到，她腰间挂了一个精巧的铃铛，没有声响，只是不时漏出一道清光，如同黑幕之上绚烂的破绽。

这样明显的靶子，她却大方地展露在外，看来是对自己的境界十分自信。

只不过此时此刻她摘下铃铛的动作透着一股不耐烦，她将铃铛提到眼前，一条一条的传音看得她眼花缭乱，这些全都来自她那个沉默寡言、面冷心硬的师弟。

不过离开半个时辰而已，发八百条传信，算是哪门子的沉默寡言！

“没事别老找我。”她压低声音说道。

对面默了好半晌，才蹦出来一行闪着光的字：“师姐，还没解决吗？”

“等着，一盏茶时间，给你料理得明明白白。”她回了这么一句，随后把铃铛往腰间一系，再不管他发了些什么。

简直狂妄。

被看扁的虚昴头一次无法平心静气，他摸了摸自己被甘华甩了一巴掌的脸，正打算撑开幻境，将她拖入，后颈处蓦然响起一道凉凉的询问：

“我听说，我师妹的那段心魔是由你来写的本子，这样吧，我也给你准备了一段故事，就看你有没有本事走出来了。”

天空像是要爆炸了，大片的浓云在翻滚，那是压阵的几名魔族不断释放的魔气，他们将修罗海的怨灵引入了体内，在将魔气全数释放的同时，奔流不息的怨灵也随之一齐涌入空中。

传说中片羽莫能浮的怨灵栖息地占据了浓黑的天幕，百万怨灵一齐喧呼，尖利的嘶吼声响彻天地，令人闻之胆战。

那几名代表着元老院最高战力的魔族战将的确是存了玉石俱焚之心，以己之身化作引渡怨灵的桥梁，最后一缕怨灵从他们体内钻出时，已经将他们吃得连骨头都没剩，只有残破的衣角随着狂风飘向空中，转眼又被吞没。

这般酷烈的怨气若是放任其消散，必将导致生灵涂炭。

不需要樱招出口提醒，斩苍也明白这一点。

庞大的魔气化作紫色风涛，轰鸣着席卷天幕。

樱招没见识过上古时期神族的法天象地，所以并不能想象出法天象地的威力如何。但此时此刻携着万千血色枫叶一同铺向怨灵的魔气，如同鲲鹏的背脊一般浩浩荡荡地铺开几千里。天地间凭空生出一道秩序井然的天网，将翻滚堆积的百万怨灵尽数兜住，使其再也无法逃窜。

一道巨大的剑影闪着金光急速纠缠其上，樱招放出了刑天，以神剑之力加固这道天网。

她看着斩苍渐渐苍白的脸，没有说话，只默默地将手贴上他的胸口，护住他的心脉。

为将这些怨灵重新送回修罗海，周遭的魔族战将，以临则为首，纷纷释放出魔气相助。

斩苍未回到魔域，肉身与树身之间的连接有限，亦无法像在魔域一般对魔气取之不竭。将怨灵重新封入修罗海时，他已是完全力竭。

沉甸甸的胸膛贴上樱招的背脊，他几乎是跌落在她的肩头。

耗尽了最后一丝力气的魔尊再也直不起身子，张开的臂膀轻而易举地将她的身躯全然包裹，脑袋搁在她肩上，气喘吁吁。

他的意识有些模糊，不知道自己究竟是那个因她而生，却永远只能跟在她身后等着她回头看一眼的贺兰宵，还是那个迫于无奈只能抽去她的记忆，然后被她忘得一干二净的斩苍。

他连她在自己耳边叫唤了些什么都听不清楚。

不过他看懂了她的担忧。

樱招回过身将他抱住，似乎有些慌了神，澄澈的眼睛里渐渐蓄起泪。

“我没事，”他颤抖着声音安慰道，“我只是要回到来处，养一段时日。”

来处？是指那棵扶桑树吗？

“在哪里？”樱招急忙道，“我送你去！”

斩苍低头看向她，已经恢复成寻常模样的月影落在她眼里，像是酝酿了一场灿烂的积云。他闭上眼睛将她整个身子搂进怀里，然后轻声道：“好。”

他越过樱招的肩膀，看了临则一眼。什么都没交代，但临则懂他的意思。

“属下明白。”

接下来，是她的战场。元老院的残党，需要她一个一个去肃清，通往魔尊之位的这段路，她要独自去走。

斩苍带着樱招消失在血枫林时，参柳才姗姗来迟。

一声“师妹”还未唤出，眼前便已经横过来一只手。拦住他的女子有着一双微微上挑的眼睛，面容与性子一样，极具攻击性。

“不打声招呼吗？”临则昂着脑袋，定定地看向他，“参柳。”

这位苍梧山掌门对任何人都称得上温柔，但同时又不着痕迹地保持着距离。但此时他却难得语塞了一会儿，有些不太自在地挠了挠头，然后顺着她的意思招呼道：“临则。”

堪称生疏的口吻让临则皱起了眉头：“你怕我啊？”

参柳："……"

夺走他的贞操，害他无情道修不下去，只能转而重修功法的女魔头，他能不怕吗？难怪他这几日总觉得自己有些倒霉，原来在这里等着呢。

"怕我，你还修书于我？"临则逼近一步，不依不饶，"你还借机跑来找我，你还——"

一只手捂上她的唇，将她还未说出口的孟浪之语截断，却又一触即离。

平日里总是一副风流模样，但实际上是个老古板的参柳不着痕迹地退后一步，与临则保持着退可守的安全距离，"那是斩苍的意思。"

二十年前，斩苍决意赴死之后，对一心跟随自己的这群将士仍是抱有几分担忧。元老院不会放过死忠于他的将士，而他们也必定会为他杀个血流成河。但他是为私事弃他们于不顾，没道理再让他们因为他而徒增伤亡。

那片虚无之地是斩苍一早便知道的地方，原本也未想好作何用处。他将开启之法与进出之路一并告知参柳，并拜托参柳修书于临则，令其保存实力，在将来的某一日再伺机反攻。

却没想到临则这一避就避了二十年，当寨主当上瘾了似的，对于魔族权力斗争一点兴趣也无。

"什么嘛，我当然知道是魔尊的意思啊，"临则一脸不在乎，"但我现在又没问他，我是问你——是不是怕我？"

这话问得太过直白，参柳正想着该怎么回，这时废墟之中颤颤巍巍地伸出一只手。

临则眼锋一扫，轻笑了一声："太簇，你还没死呢？"

樱招从未这么近距离地接触过这般硕大的树。

在她的记忆中，她的确有印象自己曾远远地见过一眼传说中的扶桑树，但真正置身于其中时，仍旧被震惊得说不出话来。

树冠遮天蔽日，枝条延伸数百里，徒步丈量的话，从左至右估计得走上十二个时辰才能走完，难怪能供十个太阳栖息。

在太阳栖息之处，仍旧残留着最炽烈的熔岩，熔岩流淌过黑黢黢的枝干，又顺着树身往下，流入地心。

斩苍将樱招带到了树干的另一面，这里未受过太阳的炙烤，修士的身子亦能受得住。

樱招端坐在粗壮的枝丫间，将四处打量的目光收回来，定格在斩苍的脸上。

在看谁，她也不太清楚。

正闭着眼睛入定调息的魔尊，是宵儿再年长几岁的模样。宵儿本就生得让人移不开眼，现下更是……

但在一个月以前，若是告诉她自己的弟子便是这位死在她手里的魔尊，她一定不敢相信。

心中有很多很多的疑问，却还是不管不顾地跟着他来到这里。她是想求个解答，却由于面前的魔于她来说太过陌生而不知道从何问起。

她能感应到他的气息已经渐渐平稳，源源不断的力量通过扶桑树的枝干传送到他的身体里，似乎天地行气皆掌握在他手中。

四周刮来清凉的风，将阔大的树叶吹得摇摆不停。

樱招撑着双手凑近他，有种没来由的执念，像是一定要在他身上找出自己的小徒弟似的，在他耳边轻声唤道："宵儿，你在吗？"

已经调息完的男子静静地睁开眼，侧头看向她，藏匿在眼里的情绪不明，樱招看着他莫名觉得有些危险。她下意识地想后撤，身子却被他横过一只臂膀揽住。

"宵儿？"他低声重复了一遍，俯首贴近她的脸，"斩苍呢？你不问问斩苍在不在？"

微烫的呼吸落在她脸上，虽然没什么表情，但樱招总觉得他下一秒就要把她吞进去。揽在腰后的臂膀是温柔的枷锁，看着没费什么力气，实际上她逃无可逃。

“我……”她吞吞吐吐，不知道该说些什么。

她从苍梧山出来，一路走到黑齿谷，似乎都处在浑浑噩噩的状态。以前是心宽不在乎，以为丢失了记忆有丢失了记忆的活法，即使她已经察觉到自她醒来起，自己的人生几乎称得上漏洞百出，但她无所谓，这点小事不耽误她一心向道。

在血枫林时，大敌当前，她循着本能与斩苍站在了一边。那群元老院魔族要他的命，她根本来不及思考他在她心里的分量，只觉得必须先解决掉眼前的麻烦，其他一切都不重要。

当其他麻烦都退场时，面前这个与她纠缠不休，即使她失忆了也不放过她，逮着空子就要往她心里钻的魔族便成了她最大的麻烦。

夕风鼓荡着她的衣袖，占先透露出她内心的纠结。

斩苍又问她：“樱招，你凑这么近，想把他单独叫出来做什么？”

她凑得是有些近……

双手撑住树干的动作几乎要将自己贴进他怀里，腰后那只臂膀不让她退开，现下他们几乎是呼吸交缠。

这样的姿势，对着贺兰宵，她自没觉得有何不妥，可现在，面对着已经成为斩苍的贺兰宵，她却觉得十分不自在。

掌心的树皮有些粗糙，硌得她的手不太舒服。她暗自调整了姿势，跪坐在自己的双腿上，将两人之间的距离拉开。

是防备的姿态，斩苍瞟了一眼她已经发红的掌心，没有再禁锢住她。

“师父，”他突然这样唤了她一声，待到她抬眼看向他时，他才轻声问道，“倘若我只是贺兰宵，你会想与我长相厮守吗？”

樱招：“……”

“不会对不对？”他自嘲地替她回答了，“那我再不要当贺兰宵，我只是斩苍。”

明明作为贺兰宵时，嘴上说的是当她一辈子的乖徒儿。

可他知道那些全是假话。

他想要她看着他，只看着他，眼神再不许装进别人。

樱招却没想那么多。在她心里，贺兰宵才是那个与她朝夕相处了两年之久的人。他没她厉害，没她见多识广，他跟在她身后满心满眼都是她，完完全全只属于她一个人，全然被她掌控。

而面前的斩苍，总让她感觉很危险。

在她所剩无几的零碎记忆中，她是那样倾慕他，这种感觉令她无比惊慌。

扶桑树的枝干上还攀爬着些藤蔓，藤蔓上不知名的小花被风吹得摇摆不定。她盯着那些粉白的花朵，突然说道："我也问你几个问题。"

"嗯。"斩苍点点头，背靠在树上，一条腿悬在枝丫间，做出闲适的姿态，尽量不给她任何压迫感。

"我的记忆，是被你抽走的吗？"樱招问。

"是。"

"为什么？"

"不那样做的话，你会死。"

所以果然是有隐情，可他如今问一句才答一句，似乎并不希望她知道全部的真相，为什么？

樱招默默地将左腕上束紧的衣袖解开，露出刻着"斩"字的追魂印，她一眨不眨地盯着他，直接问道："这个追魂印，是我自己刻下的，对吗？'斩'字……是你的名字。"

斩苍若有所思地点点头，突然像是想起了什么，稍稍支起身子，将手递到她腕下，虚虚地托住。皓白的手腕就这样悬在男子的掌心，并没触碰到，但彼此肌肤散发出的热度却碰撞到一起，令血管也无故震颤起来。

更别说那截腕子上，还刻着他的名字。

这让樱招感觉自己是他的所有物。

她正打算抽回手，他却屈起手指将她扣住，肌肤相贴时，她微微侧了侧脑袋，试图掩盖自己方才漏了一拍的心跳。

幸好斩苍的全部注意力都在那个"斩"字上，没空留意她难以形容的反应。他低下头凑近她的手腕，粗粝的指腹缓缓地摩挲过那道追魂印，轻声问道："疼吗？"

不需要她回答，他也知道她有多疼。

作为贺兰宵时，他看到她发作起来疼得浑身发抖的模样，咬着牙关，五感消退到只剩下痛觉。那时他真恨斩苍啊，师父爱他爱到不惜动用天罚之印，也要将他刻入神魂，永生永世绝不相忘。

即便现下他知道自己便是斩苍，看到这个印记，也没有几分高兴。

他的樱招本不必遭受这些的，都是因为他。

流转着金光的"斩"字上突然落下一滴水痕，樱招怔怔地看过去，下意识就要抽回手，扣住她的那只手却攥得更紧。

"别动，别动。"他轻声哄着，将额头抵上她的手心。明明身子那般高大，弓着的背脊却让他显得有些脆弱。

好想摸一下他，但樱招忍着没上手。

斩苍就这样平复了一会儿，才抬起头说道："我帮你解开。"

黄昏掠过他的眼睛，里面似有水痕在闪烁，但眨一眨就看不分明了。

樱招这么多年来也没指望追魂印能解开，乍一听到这句话，有些不相信："不是说只能施咒的人自己解开吗？因为咒语太复杂。"

"追魂印，是我教给你的，"斩苍说着在掌心结出一道金印，那道金印精巧又繁复，的确一不留神便会结错，"在你施咒时，我还残留着一丝意识，所以知道你念的是哪句咒语。"

只可惜那时他已经无法阻止她。

"会有些疼。"他叮嘱了一句。

繁复的金印贴上她的手腕，撩起一道火舌，灼灼的像是要将皮肉烤焦，但比起追魂印发作的疼痛，这的确不算什么。

樱招眉头也没皱一下，睁大眼睛看着那个"斩"字就这样燃烧起来，平平整整的结体竟渐渐被烧作金色的齑粉，与火光交织在一起，风一吹，便全被吹走了。

这便解开了？

手腕还被斩苍握在手里没松开，樱招一眼望过去，只觉得手腕处光秃秃的，不太习惯。

那里应当要有什么东西才对。不过不是冷冰冰的、像是宣告归属权一般的字，而是花枝之类的东西。

夕阳散放在天际，四下的景致被染上一层橘红，晚霞陈列在樱招的双颊上，看起来分外可爱。

她踌躇了片刻，突然开口，认真问道：“斩苍，我以前……是不是很爱你？”

不然她不会，只要与他对视，胸腔就跳得像壮烈牺牲了千万只蝴蝶。

第贰拾章 岁岁年年

此后无论光阴多少，
他们都会像这样站在一起，
生生世世，
岁岁年年。

以前……

问出这句话的樱招，一双眸子依旧清明，她看他的表情有纠结，有紧张，也有好奇，可斩苍没在她脸上看到他所熟悉的那份毫无顾忌的热情。

樱招对他的感情，已经随着记忆的消失，变作一场逝去的梦。

虽然他的神魂已经完全将心魔炼化，可人的记忆在离体之后，即使被重新塞回来，也早已不是当初那份心境。正如已经发生的姻缘无法倒转，未来事、过去事，万物法则皆是如此。

他不确定那段记忆，对于如今的樱招来说，是不是徒增负担。

他要再耐心一点。

一旦将她抱住，他会全然失控。他想，他应该给她时间来重新熟悉他。

"我很想回答你，"斩苍说，"可这样做无疑会给你心理暗示，在你想明白之前就无耻地将你占有……"

如同此前在黑齿谷那段时日一样，他不经她允许便做出那般恶劣的行径，混账至极。

他像是劝服自己似的，又补充了一句："这样不行。"

握在樱招手腕上的那只手缓缓松开，精雕细琢的指尖恋恋不舍地顺着她的皮肤游走，挣扎着退到掌心时，樱招的喉咙已经变得有些干渴。

她面对贺兰宵时养成的上位者的矜持令她一直以来都有些被动，她习惯被他追着，所以当看到他真的将手收回去时，竟有些傻眼。

还有一股说不出来的失落。

他读懂了，但也只是看着她说："我唯一能回答你的，是我自己，不管是作为斩苍，还是作为贺兰宵，我都只对你一人动过心，只爱你一人。”

黑夜降临之前，他们回到了斩苍的小院。

这座院子处在阵眼当中，有专门的结界护着，再加上元老院闯进法阵的目的并不是要探寻他的过往，而是砍伐扶桑树的枝条，所以这座小院竟奇迹般地没有遭到任何的破坏。

这多少让斩苍感觉欣慰。

推开院门，樱招站在门外，没有贸然往里走。

这座庭院看着不大，房舍也朴素，魔尊的居所竟意外的平易近人。但奇怪之处不在这些，奇怪的是院子里似乎所有的物体都是凝固的。树木的新芽直立着，再没有生长，蜻蜓停驻在半空中，虽翅膀扑腾得出现残影，却无法前进一寸。奄奄一息的太阳笼在云层中，被困住了似的，沉不下屋脊。

只有站在她身后的斩苍的心跳声是活的，呼吸声也是活的。她不知道他是不是悄悄低下头来闻了她一口，总之由于她猛地停下，他便也贴在她身后静静地站着，没有催促她。

他挨得她很近，这似乎是他的本能，他光是站在她身后就仿佛要将她藏进身体里去。樱招眼睫颤了颤，一时间没敢回身。

好在斩苍率先开了口：“我把这里的时间暂停了，所有的一切仍是我们之前离开时的样子。”

时间暂停？

噢，是了，全修真界都知道斩苍有令时间暂停的技能。这个技能虽无法真正令全天下的时间停止流逝，但战斗时只需令对手的时间暂停一瞬，便能一举击溃对方。她在搜宵儿魂的时候曾看到他使用过这个技能来打败蚕妖。

斩苍擦过她的肩膀往里走了一步，院子里的一切便重新获得了生命。她跟着走进去，两眼四顾，最先映入眼帘的却是在北垚峰里随处可见的木雕傀儡，有些用来洒扫，有些用来对战。

不用走近查看，她也能一眼辨认出，这全都是出自她之手。

樱招终于转头看向斩苍："我与你，之前在这里生活过一段时日吗？"

"不止一段时日，"斩苍凝视着她的眼睛，"在你失忆之前，连续三年，每年都会来这里住一段日子。"

这句话，樱招是相信的，因为这里处处是她的痕迹。

不仅仅是那些傀儡，还有各种雕刻的工具，一件一件都是她的珍藏品。自她睡了十年醒来之后，她也曾奇怪这些名家打造的工具都被她扔去了哪里，原来被封在了这个院子。

院子的一隅摆放着高高的木架，零碎物品全都分门别类地收纳其上，这么整洁，应当不是她的手笔，而是出自斩苍之手。

毕竟他当贺兰宵时也是这样，龟毛到令人发指。

夕阳的残照在樱招脸侧洒下一片阴影，她垂下眼睑，突然感觉很难过——这些无比熟悉的事物，她全都不记得了。

她明白，斩苍将这里的时间停住，是想要无论何时回来，都一切照旧。可如果人变了，该怎么照旧呢？她已经不是以前那个樱招，她也不知道在这种情形下该说些什么、做些什么才符合他的期待。

繁杂的心绪渗透进她眼里，她背对着斩苍，轻声道："我想……一个人待一会儿。"

斩苍"嗯"了一声："我在竹林，你有事叫我。"

"好。"

渐渐爬上来的月亮将院子照得一片银白，院中并排摆放着两张躺椅，樱招独自占据了其中一张，侧头望着空落落的另一张，只觉得心里也空落落的。

睡了十年醒来之后，缺失的记忆令她一片混乱，她已经不习惯凡事要仔细思索。有什么用呢？想也想不出来，还不是只能看开一点。

顺着心意走便好。

远处有山鸟扑腾着翅膀从梢头惊起，樱招拍了拍脸颊，从躺椅上坐起，径直走向竹林。

斩苍坐在石块上，一手执着木牌，一手拿了支印刀，正在刻着什么。

他面前有个新砌的土堆，看着像一座小小的坟。

樱招走近一看，原来他刻的是四头形态各异的赤炎兽。

进黑齿谷时，他特地在谷口徘徊了一圈，将散乱在山洞内的兽骨尽数捡了起来。樱招想起在血枫林时，那位左使太簇说他剜了几头赤炎兽的心来入药，指的想必就是这几头。

月光像碎玉倾洒在斩苍身上，他明明那么强大，一切事情在他手里都显得无比轻巧，可此时此刻，他竟显得有些脆弱。

美丽又脆弱。

察觉到樱招靠近，他抬头看向她："再等我一会儿，马上刻完了。"

樱招点点头，在他身边坐下，看着他加快速度，一双漂亮的手渐渐地将那几头赤炎兽雕刻得栩栩如生。

像是对他有了新的了解，她单手杵着下巴，一直盯着他的双手没挪眼。

"你养它们多久了？"她问。

"化形不久就养了。"斩苍说，"我的树身太大，各种稀奇古怪的动物都喜欢跑到我身上来栖息。化形之后，它们也会经常钻进我的院子里来。这几头赤炎兽是常客，它们跟了我很久，直到我出谷那日。"

供养着一方生态的扶桑树对栖息在自己身上的东西从未区别对待过，太阳也好，畜生也罢，都是仰仗自己而活的物种。

赤炎兽身负火神祝融的火毒，破坏性太强，他从未想过要将它们带出去，便任由它们守在谷口，看家护院。

给动物立坟这种事，若换作以前的斩苍，绝对做不出来。作为贺兰宵来活的十七年光景，令他多了一丝以前没有的人性。

斩苍想，他的确是变了，看着那座小小的土堆，他竟然在愧疚自己没有多回来看看它们。

"不准笑我。"他低着头，将最后一笔刻完。

樱招摇摇头："为什么要笑你？我小时候也会因为灵宠逝世而伤心很久的。"

斩苍斜她一眼："小时候？"

明明就是在暗示他很幼稚。

她干笑几声，看着他蹲身将木碑插入土堆，又在碑上轻拍了几下，好似它们还活着一般。

"累了吧？回去吧。"他起身给自己施了一道清洁术，将身上尘土洗净。

率先转身时，衣袖却被人拉住。他怔怔地，还未来得及看过去，便感觉有一道身影直直撞进了他的胸膛。

他被很用力地抱紧了。

溶溶月色下，他放在心尖上的人仿若终于想明白了什么，主动向他伸出了手。从聚魂起便一直盘踞在胸腔的空洞渐渐被填满，他低头看向樱招，她也正好仰着脸凝视着他。

微风梭巡过她的头发，将她额前的碎发吹乱，他伸手替她将额间碎发拨弄到耳后，指尖停留在那片泛着粉的细嫩肌肤上没动。

"你……"喉咙要被烧干了，他的声音有些哑，"一个人冷静好了？"

耳垂被他无意识地拨弄着，樱招整只耳朵一直到脖颈都是麻的，呼吸中满是木香味，快要上瘾了。

她暗自定了定神，迎着他的目光说道："斩苍，虽然我记不起以前和你是如何，但我了解我自己。我这个人吧，虽然看起来不太正经，也的确对好看的少年郎兴趣极大……"她没发现斩苍在听到这句话后，脸色渐渐变得有些沉，只继续自顾自地陈词，"但我是个很挑剔的人，如若不是觉得你天下第一好，我是断然不会与你做那种事的。"

"那种事？"一坛醋悄无声息地被打翻，斩苍意味不明地重复了一遍，伸手将她的腰揽住，力道大得快要让她窒息，"哪种事？"

没等她回答，在她耳后游走的那只手突然捏住她的下巴，无法克制似的抬起她的脸吻了过来。

“唔——”

草丛里不知名的虫子叫得噪耳，更噪耳的是呼吸交缠的声音。樱招被斩苍压在树上，一颗心跳得快要撞破胸膛。

这在她看来是第一次与斩苍接吻，男子阔大的胸膛将她的视野遮蔽住，一手捧着她的后脑勺，一手拘住她的脖子，连同下巴一起卡住，要将她吻碎似的，呼吸都有些狂乱。

贺兰宵亲她时也带着股难以言说的凶狠，但那种凶狠就跟狼崽子一般，总有些虚张声势。可斩苍不一样，他更擅长掌控与压制，这是他经年累月养成的习惯。

将她完全钳制住的姿态，似乎暗含了他许多的怨气与许多的委屈，他要对她进行惩戒，樱招被吻得有些吃不消。

可斩苍对她实在凶不起来，手背硌在虬曲的树皮上尽心尽力地将她的后脑勺护住，将她的嘴唇里里外外地品尝过后，他又开始很温柔地贴着唇瓣厮磨。

“是这种事吗？”他退开了一点距离，声音近乎耳语，勾着樱招仰头去追。

树影在她脸上晃动，清澈的双眼蓄了一点泪，呼吸颤颤地在发抖。可她丝毫没有退，反而伸出一双勾魂手圈在他脖子上贴近他，一口吻上他的喉结。

“不止吧……”

她说，应当还有更无法言说的一些事。

呼啸的松风刮过，斩苍已经不知道自己在想什么，只想对她更过分一点。

“因为你方才提到好看的少年郎，所以我有点生气，”斩苍说，“可能会控制不住自己，所以你多担待一下，好吗？”

在气什么呢？

他在气她的口不择言。

若是成为她徒弟的人不是他自己，而是另外的少年。她这么招人喜欢，万一对方也像他一样，不顾一切地爱上了她，她难道也会因为那张好看的脸而动心吗？

他这样温柔地打过招呼后，做出的举动便一点都不温柔了。裙摆落在草地上，刺绣也被晚风吹活，艳艳的似穿花蝴蝶，飘忽得有些不真实。

于是樱招只好说她错了，那少年郎是她随口胡诌的。

原来宵儿长大以后，会变成这副坏心眼的模样吗？

樱招看着斩苍那张脸，只觉得真是要命一样的俊俏。舍不得移开眼睛，像是要透过那张面容望见十七岁的贺兰宵。

贺兰宵本来就是别别扭扭的，表面上装得乖顺无比，有时又表现得柔情又恶劣，变作斩苍后，他那股别扭劲全然不见了，只剩下一肚子的坏水。

虽然她一样喜欢，但总觉得有些遗憾。

她的宵儿就这样干脆地长大了。那他从十七岁到现在，中间会是什么样子呢？

“师父，”像是转换了角色一般，斩苍竟然露出一副惹人怜爱的神情，凑到她面前问道，“你又走神，在想什么？”

“我在想，这是你多少岁的模样。”

看上去像是刚刚及冠，不会比她年纪还要小吧？

斩苍背脊一僵，难得愣怔了一下，才答道：“几万岁。”

“几万岁那不是树龄吗？”樱招还记得他说的化形，“我是说……你化作人形的时间。”

“反正比你大，”他倾身下来，吻住她的发顶，终于避重就轻地回答了她的问题，“我是哥哥。”

神魂都被攻陷的樱招已经忘记了自己方才在问些什么，只迷迷糊糊地抬起双眼重复道：“哥哥？”

“嗯，哥哥。”他这样哄着，一点都没觉得自己在欺负她失去了记忆。

他们回到院子里时已是一地月霜，院里两张躺椅并排摆放在一处，斩苍拉着她走过去，各自占据了一张，但他的手却始终不肯松。

他就这样将她的胳膊牵过来，贴在胸口，仿佛要牵到天荒地老。

不知过了多久，久到樱招已经靠在躺椅上犯困，他才侧过脸，盯着她的侧脸开口：“我方才在回想自己是贺兰宵时的感觉，似乎总是不满足，总是会觉得很委屈。”

扶桑树从上古时期起，便一直存活到现在，强大的神魂可以将心魔都净化。他以残魂作为贺兰宵活了十七年，一旦聚魂，虽然这段记忆不会被抹消，性格也会发生改变，但他的确是再无法单独作为贺兰宵而存在了。

世上不会再有贺兰宵，他已变回斩苍。这是无法改变的事实。

但是他想，他的神魂可能还需要一段时日来进行融合。偶尔像这样站在对方的角度换位一下，只觉得自己得到的不够多。

他还在害怕樱招根本没法把他与贺兰宵看作是一个人。

樱招看着斩苍的眼睛，问道：“所以你才说，你再不要当贺兰宵吗？因为觉得委屈。”

此前在扶桑树上，他这样说过，她记得。

“不是，不是。”斩苍将她那只贴在他胸口的手牵到嘴边细细地吻了几下，“樱招，是我的确没有办法只作为贺兰宵而存在了。但我是为你而活的，无论我是谁，这样……你能满意吗？”

其实现在并不是思考的好时候，自贺兰宵变回斩苍后，她被迫接收的信息太多、太杂、太猝不及防，所以她一直表现得很被动，这份被动似乎让斩苍也没了几分重生的喜悦。他看起来有种说不出的悲伤。

只是樱招内心当中对于斩苍的渴望从未这般清晰过，她想，自己虽浑浑噩噩了许多年，对于想不明白之事最惯常的应对方式便是不要再想，但此时此刻，她却很清楚地明白自己想要的是什么。

她想要的，正是斩苍所承诺的。

“满意了。”她轻启嘴唇，不敢看他似的将脸侧到一边，像是在为他刚好戳中了自己的内心而大伤脑筋。

过了片刻，她才重新将头扭回来，认认真真地说道：“我只是，想要一个完完全全属于我的人。所以，我会害怕你一旦不能只作为贺兰宵存在，而是做回斩苍，会增加许许多多与我无关的牵绊。”

真的很奇怪，她明明不记得与他所有的过往，却竟然会患得患失。

斩苍拿她很没有办法地笑了笑，又紧紧地将她搂住。他说：“樱招，我即使是作为斩苍，也只与你一人有牵绊，这一点你完全不用担心。”

“你人缘这么差吗？没有别人伺机接近你？”

“是啊，只有你愿意要我。”

他这话说得极其可怜，神色看起来像是又变回了那个惯会向她示弱的小徒弟。

“是吗？”樱招趴在他胸前，嘟囔道，“那我眼光还挺好。”

草丛里虫声唧唧，贴在她耳畔的胸膛之内，心跳声渐渐急促。

斩苍被她一句话撩得耳根通红，半晌，才从喉咙里挤出一句：“你懂怎么拿捏我。”

无论有没有那份记忆，他都全然被她拿捏。

在黑齿谷的三日，樱招总感觉自己体内的灵气有了不少变化，不仅愈加充沛，境界也越来越稳固。

兴许是这棵几乎与日月同庚的扶桑树有什么不得了的功效，斩苍身上连块疤都没有，无论她怎么抠刮，不多时便会恢复如初，自愈能力令人叹为观止。

唯独肩膀上有个牙印，一直消不了。

那还是在扬州时，她在他身上留下的痕迹。

在紫云壶的温泉旁，她也曾怀疑过是不是自己牙齿有毒，所以齿痕才一直不消。但后来……她掉进了池子里，便再也没想起这件事。

日影不知第几度西斜，她趴在斩苍身上，指着这个牙印问道：“不弄掉吗？”

斩苍顺着她的手看了一眼，又捉她的手在掌心，视线一路从指尖延伸到手腕，盯在那处流连了许久，一直没移开。

那里又被他画上了一根花枝。细细的枝条上缀着几朵杏花，花色浅淡，印在细嫩的胳膊上，分外好看。

当然，画笔不只落在了手腕上，还落在了其他的地方。只不过现下全被衣料遮住，等到月透帘栊时才会全然展露。如同艳杏烧林，令人癫狂。

斩苍现在也几近癫狂了，他连呼吸都热了起来，断掉的思绪过了好半晌才接上。

“不弄掉了，”他说，“这是我作为贺兰宵时做出的事情，就这样留着吧。”

那时他近乎自虐地在自己身上用了能使肉身腐烂的药，就是为了让这个齿痕烂得更深一点。他不想到头来，师父连一点痕迹都没在他身上留下。

“真傻。”

樱招怔怔地看着他，最终这样说了一句，然后紧紧地将他搂住。

是啊，真傻，但是他情愿。

在将赤炎兽下葬之前，斩苍已经获悉了贺兰氏一族脱困之事，还有临则将身受重伤的太簇关押之事。元老院惹出的烂摊子没那么容易收拾，但这已与他无关。

兴许是知道他这几日不想被打搅，即使他没设下禁制，也无任何信笺传来。

樱招这边亦然。

苍梧山一直没人联系她，似乎对她的师门来说，被前任魔尊拐进黑齿谷这种事根本无足挂齿。

但这完全是个误会。

参柳的确有心询问一下情况如何，却被甘华一句话打消了念头。她说人隔了这么多年没见，好不容易团聚，没个十天半个月应当出不来。

话毕，她又在那边感叹，也不知道贺兰宵变回斩苍之后，会长成何种祸害人的模样。

未避免她口无遮拦，说出更多不堪入耳的话来，风晞及时捂住了她的嘴。

甘华与风晞是什么时候得知全部真相的呢？大概还要从樱招带着贺兰宵下山那天说起。

那段时日，风晞连续在山门外抓了许多只小魔，即使是搜魂也搜不出什么有价值的消息，他只是本能地觉得魔族那边似乎在酝酿什么大招。

苍梧山这些年来一直密切监视着魔界的动向，魔界失了魔尊，如今正内乱，元老院忙着镇压各地反叛的魔族，表面上的确是分不出功夫来大举进攻苍梧山，只派了几只散魔偶尔跑过来小打小闹一下。

但樱招毕竟杀了他们魔尊，这次她出山也不知道会遇上什么麻烦。

师父以前的意思，是此事既已尘埃落定，便不要再查下去。如若刺激到樱招的神魂，恐又生事端。斩苍死后，元老院那帮庸才不足为惧，无论他们有什么阴谋，兵来将挡便是。可师父话又说得含糊，言灵禁咒一下，整个苍梧山再无人敢提樱招的道侣一事。

樱招带着贺兰宵下山之后，参柳才将真相和盘托出。至此，甘华才又一次深刻地感受到，参柳表面上看起来有多吊儿郎当，他的嘴就有多严。

自斩苍在琅琊台魂飞魄散之后，参柳即使有心去收集他的魂魄，也不知从何处下手。他只从樱招的剑灵刑天那里得知，有一缕神魂钻入了樱招的剑穗之中。

参柳以为，若要聚魂，也该是一点一点聚到樱招身边才是。可是直到两年前，贺兰舒将贺兰宵送上苍梧山时，他看到那张与斩苍一模一样的脸，才得知斩苍的大半魂魄早已落入元老院之手。

苍梧山是从这时候起派探子监视贺兰氏的。早在樱招传信回苍梧山之前，参柳便已得知那贺兰氏一族的府邸被魔族控制之事。

甘华去得及时，当着众魔之面夸下海口，说要用一盏茶的时间解决虚昴，最后也的确没丢他们苍梧山的脸面，成功将那位善于弄权的大祭司困死在了幻境中。

魔族那位水部的将领景云直接将其割了头，打算带回去在魔都城门口吊个七天七夜。

幻境破除之时，看到贺兰舒安然无恙，在场的所有人都松了一口气。

甘华尤其高兴，这贺兰舒出手向来大方，这么多年来为打通仙门关系，明里暗里不知道给了她多少孝敬。两年前，为将贺兰宵送入狐岐峰，呈给她的那个乾坤袋里装的宝贝尤其多。只可惜，那弟子她无福消受，乾坤袋只能含泪退回。

魔族大军盘桓在此，甘华不欲多留，正打算告辞，贺兰舒却温声将她叫住。几番耽搁，甘华离开贺兰氏府邸时，腰间除了铃铛，又多了个乾坤袋。

若是仔细观察，便能发现，这乾坤袋的大小与绣样，都与两年前那只一般无二。这位视财如命的狐岐峰峰主脸上的笑意止都止不住。

一阵夜风刮过，她抬头看了看天色，顿时觉得有些不妙。一盏茶时间早过，回山之后，风晞指不定要怎么唠叨她。甘华站在原地思索了片刻，突然拐道去了金陵城里最好的酒楼。

师弟爱吃这家的点心，带几屉回去哄哄他好了。

随着点心一起带回苍梧山的，还有一个新鲜出炉的八卦——

贺兰氏二十多年前，曾丢了个二小姐。那二小姐的命，是被樱招好不容易救回来的，因肚子里怀了个魔胎，且父亲是大名鼎鼎的十三雀，因此仙门中人或多或少都有耳闻。

只是那二小姐救回来还不到两年，便连同那孩子一起失踪了，寻都无处可寻。老族长直到死，都未曾找到任何有关自己二女儿和外孙女的蛛丝马迹。

也是凑巧，这次赶来营救贺兰舒的魔族大军中，水部将领景云之女蓝雀，一直声称贺兰舒与其母亲长相相似，景云原本不信，但见到贺兰舒真容时，却不得不承认，自己二十年前捡回来的妻子，或许真的是这家丢失的女儿。

二十年前，斩苍在地丘一族的洞府当中，随手救了个女娃娃。

他并未见过贺兰夕本人，所以那女娃娃牵着贺兰夕出房门时，他也想不到她会是樱招此前救下的那位贺兰氏二小姐。

斩苍时间有限，内心有仇，走得匆忙，唤来魔族战将也只说要将其送至安全之处。

那名领了命的魔族战将待到魔尊离开之后才开始犯愁——

这女娃娃的母亲，衣裳华丽，面容姣美，虽看上去神色正常，说话却痴痴傻傻，姓甚名谁、家住何处全然不知，只抱着那名女娃娃一脸防备，口中还不停地唤她“雀儿”。

想来是这禹宗主作恶多端，不知道从哪里弄来这么一人族女子，关在这里也不知作何用处。府上的下人只道她们母女已经被关了将近两年，其余一概不知。

魔尊之令，他不敢不从，但现下也想不出别的法子，他只能先将这母女俩带回水部大营，安置在女兵营中。

女娃娃的母亲的衣裳被火烧坏了一部分，身上的皮肤倒是没有遭受虐待的痕迹，包括那个女娃娃雀儿，也被养得玉雪可爱。女兵们给女娃娃的母亲换上新衣服时，从她身上搜出来一截断掉的玉镯子，镯子上刻着一个“夕”字。她们替她小心收好，为方便称呼，便唤她“阿夕”。

只是变故发生得太快，仅仅隔了一夜而已，便传来魔尊身死的消息。魔族战将们根本来不及感到悲痛，就得跟随调令整军开拔。

行军途中，手无缚鸡之力的弱女子与未满两岁的孩童的确是不小的累赘，可若是不带上，眼下时局这般乱，一个痴痴傻傻的人族带着个半魔，最终结果应当也就是个“死”字。

正百般纠结，景云大手一挥，准许这母女俩与女魔们一起走。

景云已经做好了会被拖后腿的准备，却没想到这个看上去精巧柔弱的人族妇女还有些功夫在身，脚程说不上快，但勉强能跟上。许是不愿给人添麻烦，阿夕背着自己的女儿一路跟着魔族大军，脚都磨出血了，硬是没叫过一句苦。

这一另眼相看，就看到了心里去。此后的百般照顾、甘当后爹也就顺理成章了。

阿夕的神魂是由于术法而受损，这些年来虽恢复成了正常人的模样，但对于过往的一切皆已不记得。她只记得雀儿是她亲生的，且名字与孩子的生父有关。

景云大致能猜到她身上应当是发生了什么惨痛的过往，因此全然不记得反倒是好事。只是不知道雀儿的生父究竟是死了，还是单纯地只是抛弃了这对母女。

不论是哪一种，他既已对阿夕做出承诺，便不会再放手。

他们在隐入虚无之地的第五年成了婚，在雀儿到了该上学堂的年纪时，阿夕给她取了个魔族名字，叫“蓝雀”。

在见到贺兰舒的第一眼，景云就几乎能确定，阿夕应当与这位贺兰氏的族长有血缘关系。只是仅凭长相未免太过草率，直到贺兰舒拿出她那只与贺兰夕一模一样的玉镯。

阿夕身上有只断掉的玉镯子，一直被她随身带着，景云印象极其深刻。那只玉镯子，与贺兰舒这只，不仅款式一样，而且都是用价值连城的帝王绿打造，内壁还刻有两姐妹的名字。

只是阿夕那只受损严重，刻在上面的字迹仅仅剩下一个“夕”字。

…………

甘华看戏只看到了这里。

后面发生的事情，左不过是该团聚之人，兜兜转转最终相聚。二十多年的生离死别，在所有人都不抱希望之时，转向了一个还算好的结局。

至于团聚的时间、地点，还有那贺兰夕能不能恢复记忆回到生养她的家，这都不是甘华所关心的事情了。

樱招与斩苍在大半月之后，终于走出了黑齿谷。

之所以耽搁这么久，是因为斩苍一直声称他的魔气还未完全恢复，要在本体旁边再多休养一段时日。

当她感觉不出来似的，斩苍的魔气，最多只用了七日，便已全然复苏。但她横竖也无事，便也安心留下来。

无所事事的荒唐日子过得飞快，转眼已是中秋，该回苍梧山了。

决定要出谷的前夜，樱招正靠在扶桑树的枝丫上看星星。不远处是她从剑穗中放出来的星河，长长一条铺在地面上，天上的星星和地上的星星连成一气。烟霞散彩，映月摇光，实在美得令人移不开眼。

在知道星河里面的每一颗石头都价值连城之后，她心里更高兴了。

但这些琅玕石之所以珍贵，是因为稀少，那若是流入市场的琅玕石多了，就没那么值钱了。坐拥巨大的宝藏却不能随意花费，想着想着她又陷入了幸福的烦恼。

空气中有细小的波动，樱招翻了个身，果然看到斩苍倚靠到了她身旁。

他这段时日与她日夜混在一处，还是做了些正经事的。比如抽空去加固了一下黑齿谷被破坏的法阵，把那几种模式又升级了一下。

斩苍说她以前每种模式都经历过几遍，成功撑了三日，很厉害。她被他夸得先是有些不好意思，过了片刻才觉得有些惆怅。

与他一同经历过的所有过往，她都不记得了。她没有特地问，他也没有特地提，似乎在顾虑着那些记忆是否会给她带来负担，只是说话时难免会泄露出只言片语。

是仅凭想象都能猜测出来的美好。

但谁都没有先说起记忆能不能找回来这件事，仿若这是一件极为重大之事，须像孩童对待生辰一般慎重无比。在日子到来之前，先要暗自嘀咕好一阵子，方能以最快乐的心境，下狠心去触碰那段以死亡来收场的记忆。

相处了半个月，樱招傍向斩苍的动作已经十分自然，双臂一兜就要搂着他的脖子往他怀里坐。

斩苍扶着她在自己身上坐稳，从喉咙里发出一声愉悦的笑，然后才捧住她的脸密密地亲。直到她一双唇被亲得水润红肿，他方慢慢地将她松开。

温柔又沉静的星河横在眼前，樱招忽然找到了开口的勇气。

她拉住斩苍的手，问道："我的记忆……还能回来吗？"

被强行抽出的记忆，离体太久，已经无法再原样塞回脑子里。这一点，斩苍很清楚。

之所以迟迟不将记忆还给樱招，是因为他已没有办法还回去。

那段记忆，呈现在她眼前时，对她来说，会像在观看别人的故事。

"樱招，"他反手将她握住，缓缓地搂她进怀里，贴紧，脑袋也垂下来，侧脸贴在她后颈上蹭了蹭，才说道，"先抱一会儿，回去再看。"

回到院子里，樱招才明白他说的"看"是什么意思。

那段被心魔纠缠的记忆，被斩苍的神魂净化之后，已经变得如银月一般皎洁，丝丝缕缕缠绕在他指尖，又被他注入一根扶桑木当中。

紫色清光在他掌心闪过，那根扶桑木瞬间化作一只造型精巧的木制镯子。他替樱招套上手腕，然后教了她一句咒语，这样她便可以任意选取一段记忆放出来观看。

起初，樱招对这种观看记忆的方式感到十分新奇，就坐在院子里靠在斩苍身上，从头到尾一个画面也不落下地，看得眼睛都不愿意眨。

直到情节进行到她冒充太簇闯入演武场时，樱招才感到有些窘迫。

怎么会……

这怎么会是她能做出来的事情？特别是，站在她的角度，看到斩苍那副鼻孔都要翘到天上去的样子，简直是目中无人。

樱招回过头恨恨地将斩苍推了一把。

当然没推开，反倒又被按在躺椅上轻薄了一番。

密密疏疏的星光在枝头缠绕，又萦聚在斩苍漂亮的前额上。这张脸，与记忆当中演武场上那张脸似乎没什么不同，一样都是令人一眼心动。

只不过看她的眼神不一样，很不一样。

无论如何，这份美色都被她图谋到了，她又觉得窃喜万分。

这份窃喜就像是贫苦了一辈子的佃农，连年积攒下来几块碎银子，正纠结着是先请人打造一副棺木好，还是把那几块碎银子挥霍了好……却突然天降好运地从地里挖出一箱子黄金，还要千防万防地不要让人知晓。

从演武场离开之后的记忆，樱招就不愿意与斩苍一起看了。她总觉得将自己的内心全然展现在这人面前，这种感觉很羞耻。即使他在这二十年间，已经擅自将她这段记忆嚼了个透，但她还是决定要自己独自面对。

樱招戴着木镯子躲进了房里，房门一关，就坐在榻上自己翻看那些记忆。整整一夜，樱招都将自己关在房里，没有踏出来半步，也没有叫斩苍进去。

斩苍就坐在门外面，并未出声打扰，他只是默默地在门外陪着她。

黑齿谷于樱招来说再没有什么秘密，围绕在院子周围的法阵早已被撤掉，呈现出真实的日月更替。后半夜，微风变得有些凉沁，钻进斩苍的领口带来一丝冷意。

房中蓦地传来一声压抑的啜泣，他站起身来，手刚触上门扉，便听见樱招咬着牙含糊道："别……先别进来……"

很丑。

她哭得面目都快要模糊，眼泪鼻涕在脸上乱飞，太丑了。

"让我……让我平复一下。"樱招将头埋进双膝，扔下这么一句，便再也没说话。

天空开始泛白，遍布在头顶的星星渐次熄灭。

房内的呼吸终于平稳。斩苍推门进去，将已经哭到睡着的樱招搂进怀里。

她的眼睛肿成了一条线，察觉到自己被熟悉的气息环抱，也没睁眼，就这么抱着他的腰，又往他怀里钻了钻。

究竟睡了多久，樱招也不清楚，醒来时，她仍是蒙着的，似乎还未分清记忆与现实。

好奇怪，明明那段记忆已经塞不回她的脑海，但她接受起来却没有任何障碍。

只觉得这就是她，这也就是斩苍。这就是她与斩苍之间经历过的所有的一切，再次拥有这段记忆的她终于完整。

樱招其实不是一个擅长发现生活当中美好之处的人，看花是花，看树是树，身边的人来来去去，短暂相会，过后便各奔东西，再不会想起。她活了这么久，除了自身的修行，放在心上的，似乎也只有寥寥数人。

在这段记忆当中，其余人皆面目模糊，只有斩苍的身影是清晰的，从一开始就清晰无比。

因为她投向他的每一眼，都用足了真心。

她小心翼翼地将斩苍的衣襟扯开，明知道他心口处没有留下任何疤痕，却还是将掌心贴在那处，轻轻摸了摸。手背突然被摁住，斩苍闭着眼睛，轻声道："再乱摸，今天就出不了谷了。"

"那就不出去。"樱招才不怕这个，她巴不得和他整天腻歪在一起。

斩苍笑了笑，捉着她的手放在嘴边亲。

"那一剑，疼吗？"她又问。

"不疼。"他就算再无耻，也不会在她才哭过一场后借机向她讨要什么好处。

"骗子。"

怎么可能会不疼？樱招心里明白，他只是在用他自己的方式减轻她的愧疚而已。她心酸酸的，眼睛又红了，好在没继续哭，而是继续控诉道，“你还骗我说你是哥哥！你明明比我小！”

这下斩苍坐不住了，闭着的双眼倏地睁开，据理力争道：“只是化形的年龄比你小而已。”

“那也比我小！”樱招一本正经地扯住他的衣领，“你应该叫我姐姐！”

不知道想到了什么，斩苍的耳朵突然变得有些红。他垂着眼皮看向她，淡淡地说道：“行，师父、姐姐、主人，你想听什么，我都叫给你听。”

他们都知道这些称呼一般是用在什么时候，四目相对了半晌，又同时笑作了一堆。

就这样闹了半天，樱招才想起来一件正经事——

她在二十年前，是先被下了蛊，后被心魔入侵的。那蛊虫和心魔都已经消失了吗？

斩苍告诉她，蛊虫早被她师父岚光仙姑给逼出了体外，至于心魔，属于她的这一只虽然已经消失，但只要人心不灭，就会生出心魔。

到时或许又会是一番血雨腥风。

不过修行即是如此，随世应世，才能做到真参实悟。

出谷之时，斩苍刚好收到一封临则的信笺，信中言明魔都之内，元老院的党羽已经全部被她肃清，其余残党皆已逃窜至魔域各处，不足为惧。不日她将继任新君，邀请他与樱招一同前往厌火魔宫观礼，还让樱招务必把参柳也带上。

观礼内容有一项是将神魂投入幽冥转轮之内，看看她能否走出来。斩苍当年也经历过这一遭，他觉得樱招应当会感兴趣，当下便把信笺递给她看。

信末尾还附上了太簇如今的处境，他被临则关进了专门关押重刑犯的厌火崖。临则寄信前来也是想问问斩苍的意思，该怎么处置太簇才好。

这行字，樱招看见了，但是她毫无动容，甚至想提议斩苍干脆一刀结果了太簇，以报仇雪恨。

在她看来，太簇做出背叛斩苍的事情，实在是与她无关，单纯是男子之间争权夺利而已，她没必要上赶着去认领“祸水”的罪名。

这副丝毫不在意的模样，倒是让斩苍也开始释然。

“就这样关着吧。”

最终，他这样回复道。

秋空一碧如洗，山涧处溪水透亮，活活地流。干枯的草茎变作翠绿的草尖时，樱招已经带着斩苍行至苍梧山山门大阵。

上一次，他是以贺兰宵的身份跟在樱招身后走出去。这一次，他是以斩苍的身份站在樱招身边走回来。

没有如同二十年前一般，戴上面具，这次，斩苍是以真面目示人。

两年前收的弟子，突然变作了前任魔尊，这种事说来太过离奇，况且樱招闻名于世的壮举之一便是将这位前任魔尊斩杀于琅琊台。

现如今魔尊死而复生，还与她结成道侣……

如此种种，想也知道会被天下人怎么编派。但樱招不在乎，师父都已经同意了，天下人什么想法，又与她何干呢？

一路上，她已经把他们近段时日要做的事情安排好——

中秋之后，她想去金陵城，去看看斩苍作为贺兰宵生活了十五年的地方，应当刚好能赶上贺兰舒去魔域见完贺兰夕回来；去完金陵城，他们就得赶赴临则的新君继任大典，斩苍说大典之上有很多好玩的事情，她很想见识见识……还有，保存在木镯当中的那段记忆中，她与斩苍去过的所有地方，她都想再去一遍。

景致不知道会不会如同二十年前一样，不一样也无妨，就当是增添新的记忆。此后无论光阴多少，他们都会像这样站在一起，生生世世，岁岁年年。

远远地，樱招看到山门大阵内有人御剑飞过来，飞到最前面的似乎是燕迟和苏常夕两个。

“你说，他们见到你之后，敢不敢跟你打招呼？”樱招侧过头问道。

斩苍将她的手牵起，樱招毫不犹豫地将他回握住，于是他整颗心便满到要溢出来。

他看了她许久，才将视线收回来，望着前方说道：“等下就知道了。”

（正文完）

番外一 得偿所愿

『那时候，你为什么要扔下我闭关？』

『因为梦见了你。』

『嗯？哪个我？』

“你说，他会来吗？”

虫声唧唧的草地两旁，插天而立着两道峭壁。一轮明月悬在空中，圆得像苏常夕手中捧着的月饼。她坐在石头上，抱着一锦盒的月饼，却每样都只咬了一口就扔了回去。

见身边扎着小辫的少年没回话，她又问道：“你确定他看到你的手势了？”

红润的唇上沾了些残渣，少年看不过眼，伸手帮她擦了擦。

指腹碾过唇瓣时，借机停留了片刻才收回来，然后极其自然地把指腹上那颗月饼残渣往自己齿间一送，双唇一抿，就这么吃了进去。

察觉到苏常夕瞬间呆滞的目光，燕迟的动作也跟着一顿：“怎么了？又不是没吃过。”说罢，他又一脸坦然地拈起锦盒当中一个被她咬过的月饼，慢条斯理地吃起来。

出山一趟回来，苏常夕才发现燕迟是真属于某种猫科动物，他对自己盘里的食物从来都不感兴趣，只喜欢吃她吃过的东西。

他长得也像猫，一双眸子微微上挑，整个人没有骨头似的。明明方才还好端端地盘腿坐在石头上，现下整个身子都快倚到她肩上来了，害她不得不暗戳戳地支起手，用胳膊肘将他往外推。

推不动。

他一口一口地将月饼吃完，才垂眼看着她道：“不知道啊，如果他还是贺兰宵的话，应当能看懂我的手势吧。”

他在回答苏常夕方才的问题。

自上回在扬州被那蚕妖抓走之后，燕迟与苏常夕因身受重伤，提前被风晞带回了师门养伤。临行前，燕迟曾问过樱招长老贺兰宵去了哪里，樱招长老只告诉他，贺兰宵有别的历练，其他什么都没有透露。

如今不过月余，山外面却像翻了天。主要是魔族翻了天。

燕迟和苏常夕虽未直接与魔族交过手，但对于魔域的基本形势，也略有耳闻。那位传说中被樱招长老斩杀在琅琊台的魔尊斩苍之名，于他们来说更是如雷贯耳。

可是，死了二十多年，那么可怕的一个魔，莫名其妙就活了，莫名其妙地连魔尊也不当了，还莫名其妙地，成了被他们编派过的那位樱招长老的道侣。真是令人有些猝不及防。

樱招长老的道侣死而复生，最伤心的应当是贺兰宵吧，但自扬州一别之后，燕迟再没有他的消息。这一切发生得太快，据苏常夕说，参柳每日收到的信笺如雪片一般，堆在角落里，不需要拆开也能猜到都是各大门派发过来打探内情的。

山内长老辈的人物倒是表现得一切如常，似乎樱招长老与前任魔尊之间那段情，根本算不得什么大事。

不仅如此，参柳还将前任掌门设下的言灵禁咒给撤了。于是憋了二十年的苍梧山众弟子们围绕着樱招长老与魔尊斩苍杜撰了不下二十个版本的故事，几乎个个都是缠绵悱恻、跌宕起伏。

至于真相究竟如何，除了四峰的长老们，其余弟子也无从知晓，就是凑个热闹。

苏常夕对此表现出极高的关注度，燕迟与她相反。他对樱招长老的情史兴致缺缺，一心记挂的还是已经失联多日的贺兰宵。

真是奇怪，明明还在山内的时候，他们三人总是为了第一的位置争得头破血流，出门历练一趟之后，却由于一同在鬼门关转了一圈，竟生出了某种惺惺相惜的情谊。

更何况，燕迟看得分明，贺兰宵虽然性子冷，人亦十分不好接近，但在面对蚕妖时，他一直在竭尽全力保护他们。

为此燕迟专门去找了自己的师父风晞，想知道贺兰宵是否会随樱招长老一同回山。

“当然会一同回来。”

向来脑子不会转弯的风晞不明白燕迟为何会有这等疑问，但这名弟子平日里极知进退，风晞对其称得上欣赏有加。他见燕迟没有第一时间退下，而是满脸踌躇、欲言又止，才像是想起了什么，又加了一句："他已经不是贺兰宵了，他是斩苍。"

这件事情，横竖没什么好隐瞒的，与贺兰宵一同学艺的弟子们，迟早也要知道。

这离谱的真相就这样穿透发酵了多日的流言，直击燕迟的脑门，他走出羽阳峰时，脑子还像被雷劈了一般，嗡嗡地回不过神来。直到苏常夕与他在饭堂碰了面，二人沉默着各自吃完了三大碗饭，他才一脸平静地说道："我告诉你一个消息，你可千万不要声张。"

一般这种话说出来，就是要让人声张的，苏常夕懂。

坐在长桌旁边，支着耳朵恨不得凑上前来，却还要假装不在意的众同门也懂。

燕迟扫了他们一眼，他们又皆作鸟兽状，端着碗盘一哄而散。

"什么事啊？"苏常夕问，"这么神神秘秘。"

燕迟示意她凑近一点。

"噢。"苏常夕极不自在地将颊边掉下的碎发往耳朵后面挽了挽，慢吞吞地挪到他身边，对着他的那只耳朵渐渐牵起一缕云霞。

透着粉的耳珠被少年伸手轻捏了一下，她颤了颤身子，斜眼瞪过去："你别乱来啊。"

燕迟："……"他看起来是会在饭堂乱来的人吗？

不被信任的少年轻叹了一口气，倒是规规矩矩地没再上手，而是轻轻凑到她耳边，说道："贺兰宵，就是那前魔尊斩苍。"

"什么？！"

一声粗犷的惊呼在苏常夕张口之前便已响彻整间饭堂。燕迟回头一看，刚好看到狐岐峰一瘦子师兄从身上摘下一张符纸。

……大意了，他没想到这人如此不讲武德，竟贴了隐身符悄悄留了下来。

瘦子师兄见燕迟与苏常夕皆是一脸不悦，灰溜溜地挤出一个笑，还未来得及说话，脑袋便被苏常夕扣了一盆饭，接着便是一顿人仰马翻。

不消半日，贺兰宵便是斩苍的消息已经传遍了苍梧山上下。

长老们既没有出来辟谣，这消息十有八九便是真的。

少数弟子在震惊的同时，会在私底下嚼樱招和贺兰宵的舌根。言语之中除了阴阳怪气的不齿，还有一丝不易察觉的嫉妒。

为此苏常夕没少和别人干架，惹出的烂摊子便交给燕迟来收拾。

她虽不清楚贺兰宵与樱招长老之间究竟发生过什么，但她觉得那些人就是在酸。况且，那么多不合规矩的事情，他们视而不见，却对曾经尽心教导过自己的长老进行无端揣测，心思不正，难怪一直升阶受阻，比她早入门这么多年，却连她都打不过。

终于有一次他们闹到了参柳面前。

了解完来龙去脉之后，参柳明面上虽各打五十大板地给出了惩戒，但私底下却极其偏心地传授给了苏常夕一道功法。末了，还叮嘱道："你樱招师叔，既走出了这一步，便不会在意旁人的评判，至于那位，更加不会困囿于这等人情世故中。专心回去修炼吧，半年之后的仙门大比，你师父我还指望着你拔得头筹呢。"

掌门既已发话，关于北垚峰师徒二人的流言终于平息了不少。

人们新鲜劲一过，也就把这件事情抛到了脑后。与其关注别人的私事，不如专注自己的修行。

中秋当日，樱招终于带着贺兰宵——现在是斩苍——回到了苍梧山。

苍梧山山门大阵，从来没有这般堂而皇之地向一个魔族敞开过，更何况，这魔族还是令整个修真界闻风丧胆的存在。

其实，若要认真究其所为，斩苍似乎也并未做过什么可怕之事，只是力量本身令人惧怕而已。而且传闻中，这位魔尊还形貌丑陋、面色青黑、目凸口大……

这般形象，与在苍梧山生活了两年的贺兰宵实在是相去甚远。

且不说贺兰宵在被樱招长老收入门下之后，最引人注目的便是那副丝毫不打折扣的好相貌，光说品行，虽然他喜欢独来独往，常常游离于世情之外，但他出手大方，又温和有礼，又从不与人结仇……怎么也看不出来是个恶名在外的魔族啊。

朝夕相处的同伴，变作了那个遥远的、只存在于传说中的前任魔尊，对于很多人来说，一时半会儿还没办法接受。

特别是燕迟。

参柳遵照着岚光仙姑的意愿大开山门时，跟去看热闹的弟子很多，燕迟和苏常夕也在其中。

隔着熙熙攘攘的脑袋，燕迟看到了站在樱招长老身边的那个人。

那人分明还是贺兰宵的模样，只是比他们分别的时候要年长几岁。但贺兰宵习惯站在樱招长老身后，像这样并肩而行于他而言是不小的逾矩，换作以前的他，绝不会这般锋芒毕露。

而现在的这位，作为传闻中的魔尊来讲，面容仍旧过分年轻了。头顶着华贵玉冠，举手投足间虽刻意将周身气势敛去，可那般闲信的神情，显然是经历过无数大场面，经年累月才能养成。

想来大人物们往往是习惯被人注视的，即使是直面成百上千双眼睛，也不会有任何局促感。

四峰的长老们无不是如此。像参柳当了这么多年掌门，开坛授课给低阶弟子们讲经，底下虽没一个人听得懂，睡倒一大片，他也能岿然不动地将两个时辰的课业混过去，丝毫不觉得羞耻。

此前在私底下乱嚼舌根的那群人，在见到斩苍本人时，也终于明白他真的不再是以前那个贺兰宵了，而是实实在在的、一根指头便能将他们碾死的魔。

不敬的字眼被老实吞进了腹中，任何人再也不敢置喙半句。

不管怎么样，贺兰宵如今能以斩苍的身份站在樱招长老身旁，也算是得偿所愿了，燕迟很为他高兴。

远远地，斩苍像是察觉到了他与苏常夕的目光，侧头看了他们一眼。燕迟当即对他打了个手势，是老地方见的意思。他们三人作为同一批入门的亲传弟子，接触的机会自然比别的同门要多，自然也会有这么一处僻静地作为平日里切磋术法的“老地方”。

若斩苍还把自己当贺兰宵看待，那他肯定能看懂燕迟的意思。

两个月饼下肚，燕迟已经感觉有些撑。

苏常夕一边将月饼盒收进乾坤袋，一边絮叨：“长老们夜里还要小聚，应当没那么快过来。”

好在他们两个并不急。才互通心意的少男少女，恨不得时时刻刻都腻在一起。这般花前月下，只会嫌时间过得太快。

月亮朝西边倾斜而去，四周的风势骤然发生变化。一道身影凭空出现在二人跟前，干爽的草叶被软靴踩响，空气中有好闻的木香弥漫开来。

“燕迟，苏常夕。”面前的人分别叫出了他们的名字。

苏常夕“噌”的一下站起来，目光在对方身上反复溜了几圈，嘴巴张了几下，竟不知道该唤他什么好。

叫斩苍？好像不太礼貌，总觉得斩苍要比他们大上许多，与他们不是一辈人。可实际上如今的斩苍，面孔也就堪堪比之前的贺兰宵年长个三四岁而已，只是身量变得更高，逼人的气势更是收都收不住。

但若是叫他贺兰宵，也很奇怪。

燕迟跟着站起来，向来机敏的少年此时的反应与苏常夕差不多，都挺呆的。与此同时，燕迟还意识到一件极其可怕的事情——

从前他与贺兰宵站在一起，二人身高看起来差不多——虽然苏常夕一直声称贺兰宵要比他高那么一点点，但燕迟基本上不承认。

如今的斩苍站在他面前，二人的身高差直奔大半个脑袋去了，这让燕迟感觉十分挫败。

他也好想凭空就长大好几岁啊！看起来够威风！

夜风凛凛，燕迟和苏常夕立在原地注视着斩苍，各自凌乱。

倒是斩苍，对这种反应已然习惯。月色清明，他看着自己作为贺兰宵时，结交的真心的朋友，像是找回了些少年心性，淡淡笑道：“你们可以继续叫我贺兰宵。”

至于参柳和甘华那几个家伙，必须叫他斩苍。因为樱招说，他们就是想占他便宜，趁他什么都不懂，当了他几年师伯没过够瘾，现下还妄图继续将称呼给模糊，进而在辈分上压他一头。

被无情拆穿后，参柳和甘华一脸悻悻，面对着斩苍自是敢怒而不敢言，只能暗戳戳揪住樱招的耳朵骂她吃里爬外。

风晞向来不屑参与此等口角，只在旁边憋着笑，待到甘华落到下风时，才身体力行地开始站队。一晚上称得上鸡飞狗跳，他也总算是见识到了苍梧山这几人凑到一起时究竟有多不消停。

席间樱招听说了苏常夕为她仗义出头之事，心里很是感动，当下便从自己那一堆助长修为的灵宝中挑出最适合苏常夕的一个，打算次日亲手交给她。

散场时已是月上中天。燕迟的手势大约也就是要斩苍在这个时辰相见。

樱招顾及着她毕竟是长辈，大晚上去打搅小年轻们也许会败人兴致，便打发斩苍独自赴约，自己则率先回了北垚峰。她走时步履匆匆，也不知道心里究竟惦记着什么，总之很是令人在意。

“贺兰……贺兰宵？”燕迟试探性的呼唤令斩苍回过神来，漆黑的眸中闪过一丝怔忪，又很快恢复如常，微微颔首权当回应。

一旁站着的苏常夕眼睛亮晶晶的，拉着燕迟绽开一个特别开心的笑：“他还是他欸！太好了！”

贺兰宵在他们眼里，原本就是这副别别扭扭的模样，需要人特别自来熟地黏上去才会给予相同的回馈。以前他们不懂他为什么总是和任何人都不亲近，似乎藏着很多秘密，现下他们才恍然想到，原来他是怕自己魔族身份暴露。

少年人的心绪是如此明朗直率，此情此景下只恨自己没能早点成为值得贺兰宵信赖的同伴，而完全不会去责怪他的隐瞒。

“你们的伤已经好了？”斩苍问。

燕迟点点头："嗯，余毒早就清了。"

"那就好。"斩苍将手摊开，递过去两颗丹药，"可以助长修为，你们……太弱了。"

照他以前的性子，这句话说出口连半个盹都不会打，现下面对着那俩笑嘻嘻的模样，竟犹豫了一瞬才将话说完整。

燕迟："……"

苏常夕："……"

虽然比起前任魔尊来说，他们的确很弱，但以前的贺兰宵才不会说这种欠扁的话！不过，那丹药一看就是难得的宝贝，无语归无语，该拿的东西还是不能推辞的。

礼物送到，斩苍不欲多留，转身之际，燕迟突然问道："我们……还是朋友吗？"

朋友？斩苍的脚步顿了顿，低头看向燕迟。

月光少年下那双坚定清亮的眼眸，似乎并未因为他的身份变化而产生动摇。包括旁边的苏常夕也是，一派天真地附和道："魔尊欸魔尊欸！虽然已经不干了，但说出来多有面子啊！"

斩苍轻轻笑了笑，眉宇间渐渐浮现出一抹真心的释然。

这是他作为贺兰宵时，结下的善缘，理应珍惜。

"当然。"他这样回道。

回北垚峰的路，他作为贺兰宵时，独自走过无数遍，只是樱招很少会陪他一起走。

成为樱招弟子的头两年，她对他戒备万分，纵然一直在悉心教导他，但她始终以师父的身份自居，不会对他有超出师徒本分的关爱。

第三年，她便闭关了，扔他一个人在北垚峰，与一堆傀儡做伴。

峰顶平台宽阔，他上次离开这里，似乎还是不久前。

那时樱招闭关出来，跟个没事人一样，见到他第一件事，便是上手查探他是否身负魔气，时刻准备着在他魔气外泄时亲手清理门户。

她明明没有记忆，对他的杀意却像刻在了骨子里。可他对樱招的爱意，同样刻在了骨子里，与生俱来，无法消弭。他以前不明白为什么，也从不要求对等，毕竟，她肯看他一眼，于他来说便已是恩赐。

去海藏秘境的前一夜，他一直没有睡着。

因为高兴，高兴师父终于出关，她要亲自送他去秘境。可同时也很难过，因为师父只会与他同行一段路，过后便会分道扬镳。

那时，他纵是有满腹的委屈，也不敢向她表露出来半分，因为没有资格。作为贺兰宵，无论是委屈，还是仰慕，都没有资格。

樱招不会回过头来看他，即使她愿意安静地被他抱着，可那样的场景终究只是一捧会融化的雪，留不住。

贺兰宵留不住樱招，也配不上樱招。

可知道是一回事，欲望却膨胀到无法自控，理智亦被深深遮蔽。他那时不确定，照此下去，自己会不会做出可怕的事情。在他想明白之前，他已经变回斩苍——那个令他嫉妒到近乎绝望的男人。

原来他自始至终嫉妒的，都是以前的自己。

拾回斩苍的记忆之后，他与樱招之间的一切磨难似乎都迎刃而解，是因为他为了达成这个结局，本就受尽了磨难。

他也终于找到了答案，贺兰宵绝对会与斩苍一样，做出将樱招困在时间当中出不来这种可怕的事情。幸好，没有酿成大错。

山道之上，随处可见的宫灯一盏一盏地随着法阵亮起，朦胧的亮光掩映在低矮的灌木丛里，叶片当中像藏着金箔，斑斑驳驳地照亮通往樱招小院的路。

好想，好想马上就出现在她面前。

斩苍再也无法慢吞吞地观赏四周熟悉的景致，去体会这份恍若隔世的心境。他只想立马见到樱招，一刻也等不得。

瞬行的动作还未发生，山道的尽头却渐渐浮现出一道纤细的身影。摇曳不定却始终长燃的灯火照亮来人的眉眼，她似乎对恰好碰见他感到有些惊讶，清澈的瞳孔瞪大了一瞬，随即递过来一个灿若星辰的笑。

霎时间，四周所有的光亮都不及这张脸耀目。

山顶风大，斩苍走到樱招面前，见她的上襦被风吹开，露出一小片肩膀。衣衫薄透，他顺手替她拢了拢，手却没收回去，就这么隔着布料握住她的肩膀问："怎么出来了？"

"来接你呀，"樱招说，"我怕你一下子继承了太多的记忆，反而把在我这里生活的三年时光给忘了，连回来的路都找不到了。"

她是在开玩笑，斩苍却没用玩笑话回她。他静静地低头望着她，摇头道："不会的，来找你的路，我怎样都会记得。"

即使他忘记了一切，也永远不会忘记通往她的路该怎么走。

作为贺兰宵的这一世，是为她而生，他如今已经圆满。

被当头一句情话给砸晕的樱招像是丧失了语言能力，她最受不了斩苍用这种冷冷静静的模样讲述令她头昏的话。

将黑夜连成一气的灯火在风中犹自张牙舞爪，樱招仰着脑袋，却是一阵目眩。她被斩苍这张脸夺去了所有心神，她说不出话来，只能踮起脚尖在他脸侧亲了一口，用实际行动来回应他。

亲罢，正打算退开，高大的男子却跟着倾身过来，闭上眼睛凑到她面前，伸手点了点唇瓣，示意她没亲够。唇角却翘翘的，显然是一副极其愉悦的样子。

左眼眼皮上藏着的那颗痣特别招摇，灼人眼目。樱招也就自然而然地先亲了亲他的眼皮，然后一路往下，亲到嘴唇。

呼吸已经不属于她自己，只属于他。

绚烂的山道上，他们亲了很久。分开之时，空气像是回到了大暑，蒸腾得各自脸颊都发烫。

一路牵着手往回走，斩苍突然说道："我以斩苍的身份住在苍梧山，对你们来说恐有诸多不便，过几日我会在苍梧山附近寻一处山清水秀之地，开辟洞府，今后你想住哪里便住哪里。"

他的考量的确有道理，他如今的身份已经不单单是她的弟子，而是那个死而复生，同时又身负无上力量的斩苍。樱招再怎么不在意世人的目光，也要顾及师门的立场。

她点点头，笑道：“这便开始要占山为王了？那今后若是有中土的魔族来投奔你，你也要将他们收编吗？”

“以后的事情，以后再说吧。若是真需要我庇佑，也未尝不可。”

这般率性而为，的确是他的一贯作风。毕竟，强者的宿命，便是让人忌惮，斩苍即使只是安安静静地什么也不做，人们也会害怕他。倒不如干脆明目张胆地威慑，让人一直害怕下去。

走回樱招的小院，斩苍才终于知道樱招为什么那么殷勤地跑出来接他。

她的屋子被她好一通翻箱倒柜，现下已经乱到不成样子。

望着屋内散落一地的物什，斩苍皱了皱眉头，深吸一口气，抬手捂住眼睛：“怎么弄得这般乱？”

他的语气堪称无奈，以前的贺兰宵便是，龟毛死板，不喜脏乱，看到她随手将物品乱扔，他倒不敢指责她，只是默默地将她的物品规整到一处，然后提醒她物品的摆放处。

她记不住，他便替她记着。

也正如斩苍在黑齿谷里，为她亲手设下带有术法的笼龛一般。

樱招那时理不直气也壮，现下却有些心虚。不为别的，就为她翻箱倒柜想找的那样东西，到现下仍旧没找到。

“我在找一样东西。”她说。

斩苍瞥向她：“什么东西？”

樱招面不改色：“剑谱。”

那本由斩苍亲手所作，又兜兜转转到了贺兰宵手里，被年少的贺兰宵视作珍宝的剑谱。三年之前，她从贺兰宵手里收缴回来之后，就随意一扔，不知道被她扔到哪里去了。

她确定是在这间屋子里，可她的闺房吧，储物的法阵太多，三尺卧榻之下实则堆积了成山的法宝。那剑谱应是只能被主人感应到，她用术法无法追踪，只得亲手翻找。

屋顶都快被她掀翻了，樱招也没记起来自己当初究竟将那本剑谱扔到了哪里。

“剑谱？”斩苍见她这般惜字如金，霎时间便明白过来被她弄丢的究竟是什么，且观她神情，应是直到此刻，连剑谱的影子都没找到。

跟在她屁股后头收拾烂摊子已成习惯，斩苍默默地叹了一口气，轻抬指尖。只见屋子一隅，堆积成小山的书籍轻轻抖了抖，一线紫光从内迸射而出，接着，一本一本被随意扔在地面的书竞相飞向空中，直往墙角的书架钻，迭次排好。

被压在最底下的那一本，终于奋力越过所有障碍，来到斩苍手中。封面上赫然陈列着四个大字——朝真剑谱。字体嘛……总之不是拿得出手的那种墨宝。

樱招原先没有认出来这几个大字出自她之手，是因为她的字丑得千奇百怪，每段时期都有每段时期的丑法，现下认真一看，果然，是她二十年前能写出来的字。

扶桑木镯当中关于这段过往的记忆，她反复翻看过很多遍，不过她始终想不明白自己那时怎么就完全不知道害臊。

这会儿她见斩苍就这样捏着剑谱将那几个歪歪斜斜的大字盯住，脸上浮现出一丝淡淡的忍俊不禁，她慢慢傍到他身旁，清了清嗓子道：“如此，也算物归原主了。”

斩苍没和她客气，将剑谱往袖口收得极其顺手：“多谢你，没有把它扔了。”

说实话，樱招是想过要扔来着，但后来想着这好歹是贺兰宵的东西，她没收归没收，但随意处置也不太好，遂作罢。

“不过，这剑谱为什么会出现在贺兰府上？”她问。

“我所作之物，承载着我的术法，能感应到我的存在。”正如被架在厌火魔宫的那把刀一样，会回应他无形当中的召唤。

屋子里堆积如山的杂物还未整理，斩苍顺手施了一道术法替她分门别类规整好。跃动在空中的物什搅乱了视线，瞧着还需要许久才能归位。

樱招牵着他的衣袖往外走，二人在廊前坐下，望着远处被月光照亮的小楼阁，皆有片刻的失神。

前坪上开满了鲜花，又被负责料理花草的傀儡精心修剪成适合观赏的模样。那些傀儡，被不同的术法支配，好像从来也没变过。偶尔一次脱离轨迹是樱招闭关之际，他在她房前枯坐的那一夜。

斩苍将思绪拉回来，突然说道：“有个问题，我一直忘了问你。”

“什么？”

“那时候，你为什么要扔下我闭关？”

樱招愣了愣，才反应过来他是以贺兰宵的身份在问这个问题。

因为做了梦导致道心不稳，只能闭关稳住境界这件事，说来的确难以启齿。樱招瞒了许久，从来也不愿去回想那个梦。

她抬头看着斩苍的侧脸，他感应到她的目光，亦扭过头看她。灼灼眉眼在夜色中，与那夜一样摄人心魄。

原来她并没有产生妄念，她的情窍，从来都是斩苍替她开。

从前是，现在也是。

她敛下眼睫，额头渐渐抵住他的肩膀，很亲昵地蹭了蹭。

“因为梦见了你。”她小声说。

“嗯？哪个我？”

樱招的“你”究竟指代的谁，斩苍一时之间看不明白，但上手将她兜进怀里的动作却无比自然。两颗心一同狂奔，樱招贴着他的胸口，再次开口，语气笃定：“斩苍，我梦见的是斩苍。”

被直接点到名字的男子有一瞬间的失笑，然后才一使劲将她箍住，抬起她的下巴狠狠地亲了几口。

嘴巴都要被亲肿的樱招斜睨住他，逼问道：“怎么，对这个回答不满意？”

斩苍立马摇头：“不敢。”

哪里还敢？吃自己的醋这种事，多了她也会觉得烦的。她有时候凶得很，得顺着她才行。

话虽如此，夜里樱招却觉得斩苍好像又变回了当初的贺兰宵，抱着她时也不是将她拎到胸前贴着，而是埋首在她颈间，黏黏糊糊地蹭，像是在……撒娇。

于是樱招的嘴角像是要翘到天上去，搂着他的后脑勺一直摸一直摸，一夜都没肯撒手。

番外贰

无情道有情

他本不是心胸狭窄之人，
却对她一直耿耿于怀。

魔族自诞生以来，包括斩苍在内，一共有过五任魔尊，临则是新上任的第六位。

关于历任魔尊皆不得善终的诅咒，在魔族当中流传已久。

起初，流言仅仅是流言而已，无人知晓这般流言从何而起，也无人在意是否会真的应验。权力太过诱人，在真正触及那座至高无上之位时，人人都觉得自己会是例外。

况且，这世间所有生灵，本就是向死而生。寿终正寝与英年早夭，于生性嗜杀的魔族来说并无任何区别。

直到第四任魔尊于王座之上被其亲弟毒杀，化作一摊血水。对王座趋之若鹜的魔族们才渐渐醒悟过来，若是不能在元老院的控制之下好好当个傀儡，这便是最终下场。

从此魔尊之位悬空数百年，那座象征着征服与杀戮，用上古神兽的兽骨与天族的神兵浇筑而成的王座最终沦为了厌火魔宫的摆设。

这百年之内，元老院并不是没有想过再扶持一个傀儡坐上去，但那些傀儡，实在不堪大用，还未坐上魔尊之位便被诅咒给吓了个半死。

威慑之意效果卓著，横竖魔族上下已经牢牢被把持，那王座……悬空便悬空吧。

这般乱局终结于一个春天。

春日的阴霾沉沉地压在魔宫大大小小的尖顶上，空气都凝滞了，只有妖兽们在不安地喧呼，魔族官员们的步辇乱成一团。

身着布衣的高大青年，就这样踏着沉稳的步伐走进厌火魔宫。手无寸铁，异常安静。

在他身后，十步之外还跟着一名满身血气的银发魔族。

青年的步履堪称优雅，仿若周遭的一切皆为草芥。

在此之前，元老院麾下原本所向披靡的十大幽夜象战将，加起来都没在他手上撑过半炷香。

在绝对实力面前，魔宫之内的魔族们竟无一人敢出言阻止，只能眼睁睁看着他一步一步走向大殿之上的王座。那座象征着不祥与诅咒的王座，无论何时看起来都是如此威风凛凛、煞气逼人。

时任祭司殿少祭祀的虚昴，却看到青年站在王座前，露出了一丝淡淡的嫌弃。

兴许是上一任魔尊的死状传得太广，令其有些介怀。总之青年迟疑了片刻，对着王座施过一道清洁咒之后，才一撩袍角坐了上去。

匍匐在地的元老院众被强大的威压震慑得直不起身，见到青年做出此举更是齐齐傻眼。唯有立于台阶之下的银发魔族，压着眉一脸肃然，似早已适应了青年的作风。

“我是斩苍。”王座之上，青年终于开口，“你们的……新魔尊。”

彼时斩苍化形不过二十年，面容虽称不上稚嫩，却依旧过分年轻扎眼了些。

魔族上下只有太簇知晓他的来历。他是扶桑树的树灵，树身被浩瀚的海水所包围。由于几万年来日日承载着十颗太阳的神力，于是一边枝干上遍布烈焰与熔岩，一边枝繁叶茂，供大量生灵栖息。

化为人形之后，他独自生活在附近的黑齿国。

相传黑齿国的子民“齿黑，食稻啖蛇”，其实不尽然。至少他们的牙齿与寻常人一样，没什么独特之处。

黑齿国历经漫长的演变，已经成了上古神族遗留之地。零星几座孤岛坐落在海水当中，岛民以氏族聚居，民风淳朴，即便知道他的来历，也并未对他有丝毫谄媚。

那时他还不叫“斩苍”，只是扶桑，因画得一手好画，岛民们都称他为“先生”。他混迹在这些上古遗族中，日子过得孤独而平和，与谁都算不上深交。

只是好景不长，魔族动荡导致魔域扩张，黑齿国的土地亦渐渐被怨气侵蚀。斩苍虽设下结界将这片土地包裹，但阳光、雨水与河流皆为活物，结界只护得了一时，怨气却无孔不入。

为避免这些上古遗族扛不住怨气，堕为魔族，几大氏族联合起来，决定举族以神力将黑齿国迁徙至大荒深处。

老族长曾多次邀请“先生”随他们一同迁徙，皆被他婉拒。他扎根在这里，力量源泉早已与魔域绑定，他走不了，亦没打算要走。

临行之前，老族长亲自来道别。

“先生是扶桑树所化，老朽明白，让您随我们一同离开的确是强人所难。”

暮色沉沉，隔着一张方桌，“先生”招待了老族长一壶自己亲酿的好酒，权当践行。

“先生以后，有何打算？”老族长问。

“先生”摇摇头，他还未想过这些。他化形至今还未满二十年，又在黑齿国偏安一隅，对世事知之甚少。

神族历来不可随意插手人间事务，这些上古遗族恪守准则至今，亦对魔族动荡视而不见。

遁世而走是他们唯一的选择，却不是“先生”的唯一选择。

见“先生”若有所思，神色不明，老族长踌躇片刻，开口道：“成魔或是成神，全凭先生一念之间。如今魔族这般乱局，非先生不可收拾。但先生若是决意入世，老朽有一卦要送与先生。”

“先生”颔首：“请说。”

老族长拱了拱手，随即指尖释放出神力，在虚空写下八个大字——

见金在田，木为桎梏。

太阳往西边下沉，夜色罩上房梁。方桌上空排列规整的八个大字明灭闪烁，而后彻底消隐。

“先生”收回目光，缓缓道：“多谢。”

一句“多谢”却让老族长有些羞赧，他本是请仙扶鸾的好手，但扶桑之命无法随意窥探，他倾尽全力也只能卜出“金克木”这种入门级卦象。

其实不需要提醒，“先生”都应知道，自己的真身必须保护好。

他诞生至今，虽从未逢敌手，但相生相克是万物法则，说不定这世间便存在着什么神兵利器，能将他的本体摧毁。

那时他们谁也想不到，“金”指的会是一个女人。

毕竟扶桑树所化之灵，无情无欲。作为这方世界的支柱，又如何能生出世俗的男女之情？更别说心甘情愿为其所桎梏。

在黑齿国一夕之间消失之后，斩苍设下法阵，以扶桑树为阵眼，连同周遭海域一同化作了一片虚无之地。从此世间再无黑齿国，只有入之即死的黑齿谷。

踏出黑齿谷时，他给自己取了个与扶桑完全相左的名字——斩苍。

一听就是个无恶不作的魔族。

甚好。

这段过往，由于年岁太过久远，更多的细节斩苍已经记不清了。包括老族长送他的那一卦，也是樱招的签文应验之后，他才恍然记起来有这么一回事。那样的卦象太过粗浅直白，反倒令人掉以轻心。

他将此事告诉樱招时，二人正窝在他新开辟的洞府里消磨白日。

碧盈盈的湖水中央，泛着一叶扁舟。梅雨初歇的季节，日头和煦。

樱招倚在船舱内，捧着一本新得的剑谱，像模像样地做着注解。

过去那三年，她的徒弟算白收，现下她又成了苍梧山唯一一名没有收徒的峰主。一身精妙剑术无人继承，她自己也觉得太过惋惜。

幸而苍梧山虽每二十年才会举办一次弟子遴选，但峰主若想自行收徒，可不受限制。她想着自己说不定哪日便会遇上有缘之人，须得先做好准备，以免届时手忙脚乱。

第二次当师父，她自然也想表现得好一些，再不要像对贺兰宵一般……误人子弟。

斩苍坐在船头，手握钓竿的架势摆得挺足，心里却对此嫉妒万分。可是扪心自问，樱招作为师父时，对他的确挺用心。

除了一开始对他有所防备，差点要了他的命……

除了因为一场梦，将他不管不顾了一年……

还除了，她对门内其他小弟子也一样耐性十足……

斩苍现在已经很少用剑，但她送他的每一柄剑、每一样法器，他都有好好收着，时常养护。一想到今后她要收的徒弟影子都还没见到，便让她这般用心，他就很不是滋味。

但他的怨念不太明显，甚至神色如常地与樱招说起了自己出谷前后的过往，樱招便也被他吸引住了全部心神，将笔搁在一旁，终于抬眼望向他。

几朵薄云飘浮在头顶，两岸幽玄的青山衬得斩苍周身线条更为利落，墨黑长睫望着水面微敛，一眼看去是令人望而生畏的好看。

这份美貌，真是无论相处多久都极具冲击性。

樱招呼吸一窒，忍不住明目张胆地多看了几眼。他侧过脸与她对视，她隔了许久，方记起自己要说什么。

"其实你也不算掉以轻心，"她说，"至少那法阵还好端端地将你的真身护着，还无差别地差点让我死在里面。若是没有后面的事情……"

"后面的事情，无论怎样都会发生，"隔着暖洋洋的春风，斩苍的目光紧紧地嵌进她的双眸，"你现在后悔也来不及了。"

樱招止住话头，原本她是想问，他会不会后悔来着，却被他一句话巧妙地将歉意化解。

"谁后悔了？"她嘟囔，"我就是想问，若是你早知道，自己会被金灵根的剑修杀死一次，你第一次见我时，还会手下留情吗？"

"手下留情……"斩苍将钓竿放下，直起身来走向船舱。

他装模作样了好半天，没钓上来一条鱼。这都要怪樱招，一直都盯着她那本剑谱，将他晾到一边。

樱招抬着脖子，直勾勾地看着斩苍缓缓朝她走近。

太阳藏身在他背后，她连视线都在变暗。

阔大又熟悉的胸膛逼近时，斩苍的指腹也一同落在她侧脸上，顺着下颌线往下滑，最后轻轻点上她的下巴。

“我大概不会那般轻易地将你交给那些没用的魔族战将，让你伺机逃跑，而是……”他顿了顿，“把你带上高台，禁锢在我身边，然后带回去关起来。”

“关在寝殿里，日日对着你吗？”樱招问得狡黠。

那不是和在黑齿谷一样吗？也不知道此举究竟便宜了谁。

斩苍轻笑一声，将她揽进怀里，手指有一搭没一搭地揪着她的头发绕。

似乎还有什么烦扰的事情，他没有说出口。

樱招终于察觉到不对劲，有些疑惑地问道：“近日你表现得有些奇怪，发生什么事了吗？”

被青丝缠绕的手僵了僵，斩苍别过脑袋，手倒是没松，就这么将那缕发丝牵到嘴边，好玩似的亲了一口。

“不许收男弟子。”他开口，声音闷闷的。

说他是以小人之心度君子之腹也好，他好歹也当过三年她的弟子，其中难言的心思，自然要比旁人更懂。

樱招这才明白过来他究竟在别扭些什么。她支着脑袋凑到他面前，伸出双手掰过他的脑袋，清凌凌的眼望向他，轻声问道：“你吃醋啊？”

他没说话，只从鼻子里发出一声轻哼。可眼神却湿漉漉的，可怜又可爱。

这分明是贺兰宵才会有的眼神。

太狡猾了。

她当然明白当初自己对贺兰宵称得上百般刁难，可后来她也在别的地方弥补回来了呀。现下也不是故意要区别对待，只是前车之鉴在这里，她总得吸取一点教训吧。

况且——

“我本来也没打算再收男弟子，”她大方解释道，“女弟子多可爱啊，像苏常夕那样的，有天分又努力。不过即使她没什么天分也没关系，与我投缘的话，我照样会当好一个师父的。”

明丽的笑容让斩苍一腔怨气烟消云散，他无声地蹭了蹭樱招仍贴在他面颊上的手，蹭得樱招的心像被绢丝抚过，软得不成样子。

“行吧，好歹得了个承诺。”斩苍伸手覆住她的手背，又将她的手牵到嘴边，一根一根地将手指吻过。

绿波自平滑如镜的湖面上荡起，翻卷着舔上船身。栖息在乌篷顶上的落樱被暖风吹起，朝水面飘去。

正是好眠日，收徒一事，容后再议吧。

魔族第六任魔尊临则的登基典礼，定在这个初夏。

耗时并不算漫长。

魔族虽无人族那么多繁文缛节，但魔尊之位，毕竟兹事体大，况且魔域自前任魔尊斩苍身死之后，已经乱了二十年。这二十年来，在元老院的祸害下，四处硝烟不止，民不聊生，如今内乱已平，万物复苏，新君的登基典礼自然是力求隆重。

是为普天同庆之意。

中土各大门派皆收到了观礼的邀请，苍梧山也不例外。

临则此前作为一名武将，最不耐烦的便是舞文弄墨，就连斩苍出黑齿谷时收到的那封信笺，都是她匆忙之下让幕僚代笔所写。当上魔尊之后，这些杂事自有礼部代劳。

可是，由信蝶送到参柳手上的那一份请柬，是临则一笔一画亲手写下，独此一份。

仔细看，“参柳”二字写得还有几分他的神韵。

是因为这两个字，的确是他亲手所教。

当日在血枫林，二人并未叙上几句旧便被瘫倒在废墟之中的太簇打断。久未相见的二人，有些龃龉埋藏在心底，没有机会说开，向来占据主动的那一方便要风风火火地赶赴战场。

数万魔族大军立于临则身后，等着她一声令下攻往魔都。

参柳的天青色长衫在黑压压的玄色甲胄当中，显得格格不入。他就站在离临则三尺远的地方，用微笑覆盖着情绪，小心翼翼地不让任何人发现。

临则扭头望他一眼，似乎想说些什么，可被打断的话题却再也接不上。

大军肃穆严整，尽量目不斜视。

在寨子里，他们可以与作为寨主的临则嬉笑打骂，穿上甲胄后却纪律严明得像是从未离开过军营。这显得周遭气氛更为沉默诡异。

褪去血红外衣的月亮惨白得有些苦，他们都知道，不能再耽搁了。

“有缘再会吧，”拔营的号角吹起，临则整了整背上的长弓，冲着参柳粲然一笑，“掌门。”

她身上的软甲冷冷地闪着光，恰如参柳第一次见到她时那般英姿飒爽，不过那时她喜欢叫他“废物”。这般带着揶揄的尊称，参柳还是第一次从她嘴里听见。

血枫林内的道道硝烟朝着天空孤独直上，与清晨的薄雾汇聚在一起，浓得有些化不开。魔族精锐部队如旋风一般隐入浓雾中，很快便看不见了。

只剩下若干小队留下来清扫战场。

参柳茫然地僵立在原处，神识却不自觉追随着大军前方以妖兽为坐骑的女子，一直未收回来。

身后有一截黑黢黢的枝干轰然落下，参柳这才被惊醒了似的，回身看了一眼。周遭的士兵们对他投来好奇的目光，却始终恪守着准则，什么都没问。

浓重的血腥味钻入鼻腔，这位苍梧山掌门蹭了蹭鼻尖，对着满目疮痍的战场四顾了一番，接着，一道极大规模的超度之术从他脚下铺开，席卷整座枫林。

密密麻麻的透明魂体萦绕着飘向天空，仿若堆积在一起的明灯。曙色驱散暗夜，霞光自魔族大军背后映照而来，将临则的耳垂罩得一片橙红。

她紧了紧缰绳，蓦地发出一声轻笑。

这人，还是和以前一样。

明朗而善良。

天象有异，周遭的修士们闻风而来，见到的已是黄花菜都凉了的景象。琅琊台以北，属于魔族的地界，仍旧在不停震颤。

号角声远远传过来，一名与参柳相熟的修士走上前去，问他："参柳掌门，魔族可是变天了？"

"是啊，变天了，"参柳淡淡一笑，"今后应当会安稳一段时日了吧。"

事实证明，今后的日子不仅安稳，还平添了许多饭后谈资。

中心人物左右是离不开魔族前任魔尊斩苍与苍梧山剑修樱招，还有二十年前突然消失的右使临则是如何凭空出现，一路登顶魔族新尊之位的……

中土各大酒肆茶馆里最厉害的说书人，又以这些人物为蓝本，杜撰了层出不穷的离奇故事。但无论故事如何离奇，却无人会将魔族新尊临则与苍梧山现任掌门联系到一处去。拉郎也得讲究基本法，八竿子打不着的二位，怎么瞧都是既无恩也无仇，从未谋面的关系。

樱招其实对这二人的过往也挺摸不着头脑。

在斩苍交还给她的记忆中，她分明看到，临则因为自己是参柳的师妹，放了她一马，而参柳亦然，对着斩苍打听临则的消息，他那语气，虽极力表现出释然，但总有种别扭之感。

这样的师兄，她从未见过。

那日在血枫林内，临则对着参柳倒是大大方方，一点都不扭捏。

其实，这么多年来，樱招与甘华日日对着参柳这张脸，早已辨不出美丑，甚至有时还会觉得他烦。但无论是作为苍梧山掌门首徒，还是作为现任掌门，参柳的行情一直都非常好。

即使那时他修的是无情道。

他修的无情道，并不是冷冰冰、生人勿迈的那种，相反，他对万事万物都抱有十足的怜悯与热心，以至于整个人看起来很好接近。

但突破端方雅正的表皮后，人们才会发现，他的内心是铜墙铁壁。

或许真正的大道无情便是如此。

后来他修行受阻，无情道没修下去，转修了别的功法。一时间大大小小的仙门中人闻风而动，想找他做道侣的女修更是数不胜数，只是他从来不为所动。

也是，长相俊逸，修为深不可测，但无论对谁都笑嘻嘻，一副温文尔雅，很好亲近的模样，行情能不好吗？相对来说，风晞由于成日冷着一张脸，又掌管着苍梧山大大小小的刑罚，身上戾气重，所以敢在他面前胡作非为的也只有甘华。

说起参柳那些桃花，樱招和甘华都颇有怨言。

门派内外的女修们无法走进参柳的内心，通常会迂回着先接近樱招和甘华。参柳那时负责教导樱招，两人几乎是朝夕相处，见面的机会比甘华那边要大，所以樱招深受其害。

女修们一开始将真正目的掩饰得极好，樱招也当其是正常过来结交。她神经粗，吃饭修行皆与当时的“朋友”一起，知晓对方的真正目的之后，想着毕竟是与自己投缘的朋友，若是能与自家师兄成好事，岂不是亲上加亲？就傻乎乎地牵过几次线，结果自然是两边都不讨好。

参柳虽不会责怪她多管闲事，但会温和地提醒她要将心思多用在修行上。而那几个“朋友”，因她失去了利用价值，就这样暗自疏远了……

这算是很好的结果。

除了其中一个，恼羞成怒后造谣是樱招想霸占参柳，才严防死守着不让任何人接近他，也不许他多看别的女修一眼。

她真是……喊冤都没处喊。

甘华那边的情况倒是好上许多，不过也是不胜其烦。

反正自打那件事之后，樱招便再也不愿当参柳的红娘。

包括那次在魔域见到临则，和之后参柳对临则不寻常的关注，这都不是樱招可以插手的事。

况且那时参柳也说了“没故事，别瞎打听”——虽这话谁听了都不信——但他不想说的事情，旁人的确是没有任何办法。

临则的登基典礼前夜，参柳将风晞唤至不嚣峰，仔仔细细地将布防事宜交代了下去。

他与樱招皆会应邀前往魔域，届时苍梧山内只留两大长老镇守，守卫山门的责任重大。风晞明白。

正事谈完，风晞没急着走，而是与参柳对坐在案前，摆了一盘棋，但参柳明显落子落得心不在焉。

“你紧张啊？”风晞一眼便看穿他。

参柳顿了顿，没有说话，也没否认，只是将黑子执在指尖，不知道要落往哪处。

风晞眉梢一动，没什么情绪地说道：“都过去这么多年了，你竟还未放下。”

“过去了很久吗？”参柳将目光移向窗外，“修士寿数漫长，几十年光景不过是一次闭关，一回历练，一晃也就过去了。樱招一睡就是十年，我也没觉得很久。”

“呵，”这下风晞倒真轻笑了一声，“师兄，在我面前你不必装的。若你不惦记她，当初也不会连闯三十六道关卡，散去一身修为，只为征得师父的同意。”

“结果我差点死在去魔域的路上，还得靠你把我给捞回来。”参柳也跟着笑，只是那笑里，莫名透着股自嘲。

最得意的大弟子因为对魔族动了情而破道，为防止苍梧山弟子们有样学样，岚光仙姑原本是打算悄悄解决此事，不告知任何人的。

若不是恰好那段时日被风晞察觉出不对劲，悄悄跟至思过崖目睹参柳散去修为的全过程，他应当也和甘华、樱招一样，只当参柳是修行受阻而已。

“你明知她是什么样的人，却仍旧做出那样的举动，想必你也是不后悔的，”风晞站起身来，拍拍参柳的肩膀，“明日见到她，便好好说个清楚吧，山内之事，交给我和师姐就好。”

风晞离开之后，参柳仍坐在案前，望着面前没下完的棋局发呆。

他想起了一些很少去回想的往事——

参柳与十三雀在少时经常被人放在一起进行比较，是因为他们的确有着相似的身世。

他们都相貌出众，天赋卓绝；

他们都年少成名，被师门当作接班人来培养；

还有，他们都是孤儿——至少在长留仙宗的罪行暴露之前，他们都以为十三雀是孤儿——师门对于他们都有再造之恩。

一个明朗洒脱，一个温润如玉，那时他们的前途都是一片光明。

苍梧山便是参柳的家，他毕生的信念便是做岚光仙姑的好徒儿，将师门发扬光大。

只不过参柳比十三雀要幸运太多。

参柳虽没有父母兄弟，自记事起便在街边乞讨，但被岚光仙姑带回山后，感受到的皆是人世间最温暖的事物，养成的自然也是最温良的性格。

他表面上虽然不着调了一点，正经起来却是异常可靠。

顺利将最小的师妹樱招带大之后，他开始了漫长的游历。中土各处皆被他走遍，已无任何新鲜感，因此他心血来潮想去魔域增长一下见识。

他给自己取了个化名“元一”，幻化成魔族，混进了当时的火部军营。从普通士兵做起，隐藏真实境界，原打算就这样浑水摸鱼玩几年，却在阴错阳差之下混成了右使亲兵。

当时的火部将领，由魔族右使临则兼任。

魔族自斩苍上位之后，已多年未有战事，但斩苍文治武功兼备，又极为尚武，因此军备一事从未松懈。

临则作为火部将领，会定期过来练兵。

第一次见到临则时，参柳正在给一个玄楼象的魔族战将当沙包。

玄楼象，魔族四象当中境界最低，而参柳当时的境界已经可以力战魔族幽夜象高手，来这边历练纯粹是为了找乐子。

那名玄楼战将自诩境界了得，家里也有几分势力，据说是元老院谁谁的侄子，靠着裙带关系当上了校尉，平日里脾气阴晴不定，惯会仗势欺人。军职没有他高的士兵们或多或少都被他恶意欺压过。

这种腌臜事，虽然被上面明令禁止，但因帮凶众多，一直没能往上报。与参柳一批进来的兄弟，有好几个都被打得皮开肉绽，半个月都下不了床。

参柳因为有灵气护体，在挨打时经常是叫唤得大声，实际上一点伤都没有。他会故意激怒对方，令其将怒气发泄在自己身上，也算是给平日里对自己有过诸多照顾的兄弟们一点庇护。

当然，他也绝不会老实挨打，必定会借助风势、雨势，或者周围一切可以借助的叶片石子，令那名玄楼战将吃点苦头。

临则那日来得突然，未与任何人打招呼便直接进了火部大营。而参柳正琢磨着要不要干脆断了对方一条腿，以绝后顾之忧。

至于他自己，他决定就这样逃了算了，反正从军的滋味他已感受过，也算不虚此行。

他的嘴边挂着用障眼法弄出的血，眼睛盯着玄楼战将身后的兵器架，耳朵捕捉到风势发生了细微的变化。接着，他感受到一道故意隐藏的强大威压在迅速逼近。

参柳从军一月有余，还是第一次在火部大营感受到这种威压。

来者至少是幽夜象中期。

障眼法估计瞒不过，还是得受点真伤。参柳在心里默默叹了一口气，站在原地生生受了玄楼战将一脚。那一脚用了十足的力道，摆明了要断他几根肋骨。受力之后，他借势往后仰倒，退到半途，被一双臂膀扶住，阻止了他被一脚踹飞。

扶住他的那双手，算不上柔软，甚至称得上力气极大。揽住他的那瞬间，便轻轻巧巧地扶着他安然落地。

但他知道这是一名女子，因为他闻到了她身上淡淡的、若有似无的香味。

参柳侧过脸，看到的是一道离得极近的下颌线，精雕细琢、利落细腻。

“咳咳。”

参柳被自己喉头涌出的甜腥呛到，几滴鲜血喷上她的侧脸。

轮廓立体而精巧的侧脸被染上血污，参柳一脸愣怔地看着她转过脸，正打算说声抱歉。她却不甚在意地冲他笑了笑，然后用手背蹭了一下染了血的面颊。

鲜红的印记从她的唇角一直画到颊边，看起来实在是……极具冲击性。

后来参柳想起临则，最先想到的便是这个画面。

还有，他差点顺手替她将血渍抹掉，手抬到一半又缩回来的，局促的心境。

很细微，在内心一闪而过，以至于他在当下没有察觉。

玄楼战将欺压同僚一事就此败露，右使临则对其严惩不贷，责五十军棍，剥夺军职，发落回原籍。

而参柳，被擢升为右使亲兵。

人人道他是因祸得福，他却只觉得自己倒霉。他都已经打算走了，现下被放到临则眼皮子底下，遮掩起来更为困难不说，就连当逃兵这种事，也得从长计议。

毕竟，右使亲兵不比底层兵将那般无人在意。

参柳这一耽搁，便耽搁了两年。

作为半路才被提拔上去的右使亲兵，再加上武力值极低，除了一张只做了简单乔装的脸还有身材拿得出手，其余的地方他可以说是表现得十分废物。

他不需要时刻护卫在临则身后，而是被临则的心腹领回了洞府，安排了个看家护院的职责。换言之，就是放在府里当摆设。

是真的当摆设。

他给自己捏造了一个半魔的身世，作为修行缓慢，长得虽高大但实力却很废的理由。

临则只要回洞府，必定会唤他随侍左右。端茶倒水这种活用不着他，她就是喜欢让他站在一旁杵着，然后直勾勾地盯着他看。偶尔蹦出的几句话，也是很符合魔族民风的直白。

通常情况下他都能应对自如，且内心毫无波澜。这不太符合一个下位者的心态，因为他无法时时刻刻保持谦卑，但临则却丝毫不介意。

她在得知他有一半中土血统后，便问他会不会识字。

他说“会一点”。

“那你知道如何写我的名字吗？”临则问。

他犹豫了片刻，才说“会”。

“写给我看。”

是命令的语气，他无法拒绝。

临则将他带进几乎无人会踏足的书房，笔墨纸砚皆是珍品，书房内还存着不少临则不知从哪里搜刮的传世之作，只是她不懂欣赏，只知掠夺，便将这些画作扔在那里吃灰。

参柳摊开一张纸，磨了墨，拿起一支狼毫在纸上写下“临则”二字。他其实尽力写得形散神也散了，但临则不知道是不是装作眼瞎，又或者她作为一名武将，实在不擅书法，总之当下她便凑上前来，盯着那张纸看了好半晌，然后夸赞道：“好字！”

按照她以往的作风，参柳知道她还有下文。

果然，她眼睛一转，拉着他的手说道：“教我，我想写成你这样。”

他不动声色地想把手抽回，却被她一把攥紧。她用了不小的力气，以他这么弱的武力值，理应挣脱不开。

于是他没再试图挣脱。

眼尾上挑的女子睨住他，轻笑一声，顺势钻进他怀里，站在桌边背对着他说道：“反正你要教我握笔的，牵个手又不会掉你一层皮。”

“右使大人，连握笔都不会吗？”参柳略微低头，在她头顶问道。

“不会。”她回头，隔得极近的一张脸笑得一脸坦荡，睁着眼睛在说谎。

这是在她府中，当然她说什么便是什么。

参柳轻叹一口气，老老实实地将手中的狼毫塞进她掌心，然后用自己的手掌，将她的手背覆住。

临则身量很高，相当于普通中土男子，但站在参柳身前，仍旧显得娇小，看起来像是他轻松地将她圈进了怀里。

可参柳实际上只是在替她摆好手型而已。他一根一根地捏着她的手指在笔杆处搭好位置，他随即退开一步，没错过临则眼里带着玩味的遗憾。

简单的“临则”两个字，他教了三四回，她才装作学会，写出来的字迹的确与他一样。

后来她想学写他的名字，他拒绝了，因为“元一”不是他的本名。

作为魔族当中手握重权，武力与美貌皆是顶级的女子，原本如何骄纵都不为过，但临则却与参柳原本料想的不一样。相反，她十分的平易近人。

府中大大小小的亲卫与杂役，她都能记住名字，回府时会一个一个地招呼过来。给的俸禄丰厚，从不会苛待任何人。

她还养了一只钦原，那样威风的灵兽，在上古时期承担的是守卫昆仑之职，蠚鸟兽则死，蠚木则枯。血统稀释，成了家养灵兽之后却莫名变得有些蠢，还很贱。它喜欢躲起来，然后突然冲出来恐吓别人。尾部的针对着满园子的草木扎来扎去，将园子扎成一片泛着黑气的枯土。

临则打骂了它许多次，它能哭唧唧地长一刻钟的记性，过后便完全将她的话抛到脑后……

除此之外，右使府邸上下的氛围倒是一片祥和，这让参柳不自觉便想到了苍梧山。

来魔域两年，他想回家了。

是的，他不知不觉就待在右使府邸与临则斗智斗勇了两年，几乎是有些乐此不疲了。

这样不好，他决定在一次任务当中死遁。

结果自然是没成功。

当右使亲兵两年，临则出一些不太危险的任务时才会将参柳带上。

那次，魔域北边不知为何，地面出现大块断裂，不少生活在周边的魔族子民皆跟着陷入地底，生死不明。魔尊斩苍勒令右使临则赶赴现场主持大局。

原本右使只需要在营地发号施令，救援工作交由火部精兵即可。但到达塌陷地时，她才觉得此事没那么简单。

地缝在以极快的速度扩大，其形状九曲八弯，瞧着像是人的肠子。不止如此，那道裂缝中还不断地吐出大批琴虫。这些兽首蛇身的琴虫，背上长着四只翅膀，张口便是悠扬的琴声。琴声回荡在旷野之上，蛊惑着大批将士踏入地缝自投罗网。

“是女娲肠。”临则当即做出判断。

女娲肠，表面上指代的是女娲的肠子幻化出的神灵，但在魔域境内，指的是具有生殖繁衍功能的地裂。

这道地裂蜿蜒如同人体内的肠子，裂口张开后，不仅可以吞噬万物，还能将吞噬的物体重塑成自己想要的模样，将魔物转换为更大的魔物。

临则必须深入腹地，从内将其破开。

带着一队精锐下地缝之前，临则嘱咐参柳就留在营地，不要乱跑。他是废物一个，带着他无任何作用，还不如就乖乖留在这里等她回来。

参柳点点头，在她即将踏出营帐前，真心实意地叮嘱道："注意安全。"

"嗯，"临则不怎么在意地笑了笑，"等我回来。"

参柳这下没吭声，他不会等她回来了。

但他此刻也不想骗她。

好在临则并没有在意他此刻的沉默，只意味不明地看了他一眼，便一阵风似的冲到了裂缝外。

她带着精兵下地缝之际，那地缝像是被惹怒，裂口陡然扩大。十余里土地骤然被侵吞，营地摇摇欲坠。

这是参柳死遁的最好机会。

营帐外有连绵不绝的嘶喊声，在四处奔逃着通知大家往后撤。有几道声音他相处了两年，很熟悉。

啧，好烦。

他面无表情地站起身，将封住境界的穴位解开。充沛的灵力陡然回笼，在四肢百骸中流淌。而后，他镇定地站在原地结出一道法阵，法阵在瞬间铺开。

外头奔呼的魔族战将们还未反应过来，摇摇欲坠的营地已经被参柳搬运至了百里之外。

可琴虫还在上空环绕，蛊惑人心的叫声不停，四周境界不够的魔族战将依旧会自己走入裂缝当中。

参柳闪身飞至半空中，祭出自己的法器——月魄钟。

此钟看着小巧玲珑，却有吸纳天地之功效。琴虫的叫声被月魄钟尽数吸走，地缝周遭的士兵瞬间清醒，果断自救。

突然，数道强劲的魔气从裂缝中迸出，他知道，临则已经安然解决这道女娲肠。

清俊的眉眼松快了些许，他将法器收回，转身欲走，眼前却蓦地出现一柄银枪，枪尖锋芒如霜，离他的鼻尖只余寸许。

眼尾上挑，美得极具攻击性的魔族右使立在他身前，语带质问：“不是叫你等我回来吗？”

顿了顿，她的笑容在脸上绽开：“参柳。”

临则在军营见到参柳的第一眼，便认出了他。

中土仙门大派苍梧山掌门首徒的名号，是如此如雷贯耳，导致他们魔族也久闻大名。

但在那之前，临则其实见过一回参柳本人。

自斩苍坐上魔尊之位后，魔域与中土之间的往来还算平和。

大抵是一种从自己待腻的地方跑到别人待腻的地方的心理在作祟，临则在休沐时喜欢往中土跑。她甚至在中土各处都置了产业，田庄、宅子、奴役一应俱全，平日里空在那里也无所谓，反正她钱多。

钱多到没处花时，她就喜欢找点刺激。

苍梧山地界上有一蓬莱馆，据说是个销金窟，概因“赌蛋”闻名于世。

他们会将灵兽的蛋用特殊材料包裹起来，买家凭借经验出手，赌对了，赢回来一只珍兽，一夜暴富；赌输了，倾家荡产。

临则不是赌徒，也深知“赌”这种恶习不能沾，但来都来了，自然得去见识见识。

琉璃暖殿内，台上的珍兽蛋被涂得翠藓堆蓝，一字排开。房梁上垂下灼灼明珠，竞拍到哪颗蛋时便将柔光聚焦其上。四周是一个个遮着翡翠帘的小包间，临则坐在包间内，跟着在场的客人一起公开竞价。

这种赌蛋，是钱货两讫后当场剖开，露出真正的灵兽壳。以防有赌徒输得倾家荡产后大闹会场，殿内还布防着若干修士。

临则一连拍下了三颗蛋，花去十万灵石，剖开之后却都是些不值钱的低等灵兽。

不得不说，这老板极谙生财之道，对于赌徒的心理亦把控精准。临则作为今晚的头号冤大头，心有不甘，又接着想竞拍第四颗。

“姑娘，”头顶突然响起一道压低的男声，“拍左数第二颗，那是一只钦原。”

钦原？传说中守护昆仑，形似蜜蜂，尾部藏毒，蜇谁谁死的钦原？

那倒的确很适合他们魔族。

临则心念一动，扭头看向来人。那人却只是轻飘飘地扔下这么一句提点，便直起身子没有停留地往前走了。连脸都没被她看到，她只能看到一道高大挺拔的背影。

谁知道说的是不是真的？临则盯着那道背影，暗自嘀咕。

那男子身后却接连跟上来几个少年，其中一人嘴里还叫唤了一句：“参柳师兄！等等我呀！”

男子果真停下脚步，回头笑道：“你们脚程太慢了，若赶不上回山的时间，小心被长老罚。”

拍卖殿内灯光皆聚焦在台子上，周遭有些昏黑。男子英挺的轮廓自昏黑中突围，只看侧脸便已是十分夺目。

参柳……

他便是苍梧山那个参柳？

他没往临则这边侧目，似乎方才的提点只是他的举手之劳。

那几个少年一脸悻悻地跟上去，几人正打算离开，参柳却轻抬眉眼，往四周环视了一圈。

“怎么了，参柳师兄？”他身旁有人问道。

“有魔族。”

参柳说这话时，神色未变，语气也辨不出情绪，却让不远处的临则警铃大作。

她已经遮掩了魔气，降低了威压，现下她不过是个普通人族，并且这蓬莱馆里除她之外，再无任何魔族。

他怎么感受到的？

临则静静地收回目光，看向台上仍在喋喋不休的老板，一只手搭上扶手，笃笃地轻点。虽未回头，但她知道那位苍梧山掌门首徒已将目标定格在了她身上。

啊，被发现了呢。她突然感到一阵莫名的兴奋，这修士是自己找死，若是被她误伤了，她可不负责。

“走吧，回去了。”

临则都已经准备好要与他酣战一场了，参柳却率先收兵，冲着身后的师弟们道：“那魔族并无恶意，过来玩玩而已。”

呵，无聊。

临则翻了个白眼，靠上椅背，用手支住下巴。耳朵听着参柳的脚步声渐渐消失，她才将注意力拉回那一排蛋上。

左数第二颗，看起来十分不起眼，真的会是钦原的蛋吗？

罢了，信他一回。

临则将这段过往告知参柳时，他正被反缚着双手，关在右使府邸的厢房内。缚住他双手的绳索并不是用什么特殊材质制成的，但临则给他喂了药，导致他有些提不起劲来。

不过，至少不是牢房。

她提到的那件事，说实话，参柳已经记不得。承他帮助过的人有许多，形形色色、老老幼幼，这些举手之劳他从不会放在心上。

原来她一直养着的那只钦原，是从蓬莱馆拍回来的。

现在想来，临则怕是一开始便对他起了疑心，所以一直将他留在身边看着，等着他露出马脚。

“没用障眼法，是觉得自己不会被认出来吗？”临则站在他身前，满脸倨傲。

参柳仰头看着她，摇摇头：“不，障眼法无法瞒过高等魔族，简单乔装反而更方便行事。”

这倒是对的。

他在军营待了月余，不修边幅，一眼望去黑了壮了，气质偏硬，而不是在中土时那副谪仙般的模样。但临则还是凭借着自己过人的眼力，第一时间便将他认了出来。

他自投罗网落在她手里，她岂有放过他的道理？

“堂堂苍梧山掌门首徒，在我这府上屈居两年，究竟有何目的呢？”临则靠近他，伸手捏住他的下巴，迫使他与她对视。

他移开双眼，淡淡道：“没什么目的，只为历练而已。”

“噢，是吗？”临则缓缓俯下身，手指收紧，“既为历练，总得找点有挑战性的事情。你觉得，我这宅子，对你来说有挑战性吗？还是，你觉得——”她压低声音，唇瓣凑上他耳际，“我有挑战性？”

被她的呼吸晕洒，苍梧山大弟子的耳垂眼见着变得有些红。

参柳能够发觉自己是有些不对劲的，这份不对劲，他不愿意细想，只当自己是哪根筋搭错了，才会心甘情愿地替一魔族女子看家护院两年之久。

此时此刻他也并未觉得自己被戳中了某种难言的心思，因为那种心思，他虽见得多，但无法感同身受。

无情道理应如此。

但临则却说，他对她有意思。

她似乎很懂。

后来发生的事情，若说是半推半就，对临则来说不太公平。

她以为是她占据主动，但他却是有意在推波助澜。

以现在的心境往前回溯，遇见临则，的确是参柳避无可避的际遇。他在即将踏入化神初期之际，来了一趟魔域，丢失了他的道心。

这很正常，修士修行，本就是由大大小小的劫数组成。

师父总说他道心坚定，来日必将成仙成佛成圣人，于是他凡事以行善为首，从不做令师父失望之事。

他那时的想法执拗且天真，他用了两年的时光想明白，自己对临则的心意。他以为，他与临则是两情相悦，纵然他对她回应得晚了些，但幸好还来得及，他们没有错过彼此。

而破道一事，可大可小，无情道他已经不适合走，他换个道，一样可以从头来过。

只要，征得师父的谅解。

他情窦初开，对爱情抱有最美好的幻想，只觉得自己既已对一人动心，那生命中便再也不会有别人。可他却忽略了，自己对临则来说，并没有那般重要。

长相厮守，只是他在一厢情愿。

在他牵住临则的手，说想回师门向师父告知此事时，临则的表情变得有些奇怪。于是无须她开口，参柳便明白过来，她没那个意思。

有时候他会痛恨自己有一颗七窍玲珑心，对于情绪的感知力，要比旁人强上许多。

临则皱着脸，将手从他手里挣脱，然后与他一本正经地掰扯："参柳，是这样的，我不是那种养在深闺的大家闺秀，见着谁就想与他一生一世一双人。相反，我的世界非常广阔，情爱于我来说，只占……嗯……很小的一部分……所以……"

参柳当然知道，只是在她说清楚之前，他还能装一下，骗骗自己，正如这两年间他装作没看到她身边围绕的其他魔族男子一般。

原来，他真的只是她众多的露水姻缘之一。

没什么特别的。

她将他的道破了之后，并不打算负责。相反，她怕他纠缠于她，所以在尽力与他划清界限。

不过，她并不知道他已经境界不稳了，只当他还在压制着自己灵脉，所以他也怨不得她。这一切，都是他自己的选择，还是不要告诉她，令她徒增烦恼了。

况且，掉落境界之后，他对她来说，便是真正的废物。纵使可以重修功法，但这一切总归变数太大。

想到这里，他又有些庆幸她是这般没心没肺的坏女人。

"我懂你意思了，"参柳竟然笑了笑，"我今夜便会离开。"

"诶？"惊讶的人反倒成了她，"你你你……这便放弃了？不再多说几句？说不定我会动摇呢？毕竟，你是我经历过的最好的。”

参柳垂了垂眼，遮掩住真实的情绪，再抬眼时竟一脸和煦：“右使大人谬赞了。”

“哇，果然是修无情道的吗？”临则啧啧叹道，“一脸坦然地说出这种话来，倒真是……让我有点舍不得了。”

她嘴上说着舍不得，表情却充满了玩味。

“要不再多留几日吧，”她重新将手塞进他的掌心，“你还没教会我写你的名字。”

离开右使洞府那日，天色一如既往的阴沉，风刮得有些紧。临则站在洞府内，隔着两扇高大朱门，仰头看着参柳，问他：“你们中土仙门，本就对我们魔族成见颇深，若是被你师父知道，你与一魔族女子有过露水情缘，她会不会把你逐出师门啊？”

“不会有这种事。”他这样笑着回她，丝毫不介意她言语中的冒犯。

舒展的眉目令他看起来没有一丁点不舍，这源自他幼时沿街乞讨的经历，小小年纪便已学会左右逢源。被师父带回师门之后，即使被强行纠正过很多次，但他已经习惯用有些轻佻的笑容来遮盖内心真实的想法。

临则便露出略有些遗憾的脸色，半真半假地说道：“我右使府会常年为你敞开的，只要你想来。当然啦，来看家护院最好。”

字字句句都是想让他被逐出师门。

参柳眉梢一挑，直接问道：“临则，你是想要一条狗吗？”

“这么明显吗？”临则抱歉地笑笑。

参柳没和她计较，也跟着笑：“我苍梧山虽不能为你敞开大门，但山脚的任何一处地界，我都能带你踏足，只要你敢来。”

这副满不在乎的样子令临则感到一丝轻微的恼火。头一次，她感觉到自己败下阵来。扬起的嘴角向下轻撇，她无精打采地冲他挥挥手：“再说吧，后会有期。”

“嗯。”参柳轻声应着，眼睛却紧紧地盯住她。

她此时已经低下头，不知道看向何处。于是他更加肆无忌惮，似乎想将这最后一眼印在心里。

良久的沉默令临则有些不自在，她抬起头回望他，参柳却已经收回目光。

“行了，”他摆摆手，“右使大人该忙什么忙什么吧。”

他想，他有他的傲骨。她说他是最好的，那他便好给她看。

回到师门，岚光仙姑并没有第一时间责怪他。她活了这么久，早已看破世间事，深知修士修行，境界越高，遇到的阻碍便越凶险，参柳的道出现动摇是迟早之事。

但一切还能补救，只要他肯让她抽去那段记忆，裂缝自然会得到修补，他仍可以继续走他的无情道。

可是参柳却在她面前长跪不起，虽低着脑袋，脖子却梗出一个倔强的弧度。

他说，弟子不愿。

这时岚光仙姑才感到震怒。她将参柳扔进了弟子们专门用来思过的槐荫洞，花了整整一个月的时间平复心情，才决心再去问他一遍，究竟悟不悟。

不悟。

踏进槐荫洞，见到参柳的模样，她终于明白自己这名大弟子究竟倔到何种地步。

他已经散去了全身的功法，重新入道。

青年被关在这里这么久，丝毫未见消沉，反而因势利导，利用槐荫洞千年不化的寒冰消弭了他体内乱窜的灵力，将境界稳固下来。

道心坚定之人换个道来走，一样坚定。

岚光仙姑终于感觉舒心了一些。

只是参柳始终不愿意交代自己破道究竟是为了谁，只说事情已经过去，从今往后，他会比以前努力百倍，认真修行，绝不会再辜负师门的期望。

其实岚光仙姑内心明白，既然事已至此，那便是参柳命中该有此劫。

年轻人率性而为，只凭感情行事，不顾后果，所以才酿成大错。可他能及时调整，迷途知返，今后的确大有可为。

她没有再深究此事，苍梧山上下只知参柳修行受阻，换了功法，却不知真实缘由。

参柳只花了半年时间，便重新回到了金丹期，精进速度之快震惊世人。

他依旧是前途一片光明的苍梧山首徒，甚至身上的光环比之前更耀眼。只有他自己知道，所谓的“迷途知返”，根本不是那么回事。

他本不是心胸狭窄之人，却对临则一直耿耿于怀。

以至于他根本就忘不了她。

人心中有惦念的东西，连遮掩都是困难的。或许是他在魔域那两年的经历令他露了馅，岚光仙姑最终还是得知了他与临则之间的过往。

但她并未过多苛责他，只望着跪在身前的大弟子，轻声叹道：“参柳，你糊涂。你可知，那右使临则与你有何不同？”

参柳抬起头，神色出现一丝犹疑：“她，家世显赫，而我，连父母……”

“不，参柳，你既入我苍梧山，成为我的弟子，那你便是这世上最为显赫之人，为师就算对你再失望，也断不会拿你的身世来戳你的心窝子，”岚光仙姑对他投去恨铁不成钢的一瞥，“那临则，身后的确有极其显赫的家族。她的家族，自魔族诞生起，便在魔域保持中立，屹立几千年不倒。为了保持血统纯正，他们从不与外族通婚。”

“我和她，早就结束了。”参柳嗫嚅道。

“是吗？”岚光仙姑目光锐利，“她结束了，你没有。你如今做的这一切，不过是为了让她看到你。看到你之后呢？你待如何？”

参柳沉默着没说话。

她原以为参柳不会那般糊涂，却忽略了修无情道之人，一旦破道，执念比旁人要更深。这半年来，他看着无比正常，但隐藏在端方表皮之下的那副人格，却执念丛生，执迷不悟。

这般下去，恐有入魔的风险。

到底是自己的亲传弟子，岚光仙姑未把事情做绝。她联合苍梧山几大长老设下三十六道关卡，以验证参柳如今的实力。若他能以此证明自己，那她便再不阻拦他与临则之事。随他是将人放心里，还是假借游历之名，做一些别的事。

风晞敏锐，在参柳闯关之时，察觉到山内的异象。悄悄摸过去，才发觉师兄破道的真正缘由。

三十六道关卡，参柳闯了三天三夜，出来时，半身都是血污。

岚光仙姑扔给他一瓶丹药以及一句“别在外头玩久了”，便再不管他的死活。

而参柳对着岚光仙姑的背影结结实实地磕了三个响头，才马不停蹄地往魔域而去。

去做什么，他还没想明白。

他唯一明白的是，他想见她。

他赶路太急，一路上根本没时间好好疗伤，只匆匆吃下几颗丹药，换下满是血污的衣服。

进了魔都，临则却不在右使洞府。她这几日事忙，日日宿在西郊的校场，根本没时间回府休憩。

正值清晨，阴沉的云层中漏下几道金线，参柳背着朝阳赶往西郊校场。他隐去身形，在火部插旗的巍峨山巅上，远远地看了临则一眼。

风声凛冽，点兵的女将身着软甲，肩系披风，高昂着头颅神采奕奕地穿过两列执刀仗剑的魔族战将。极具冲击力的眉眼压低，目光锐利，令人望而生畏。

显而易见的美貌成了最不起眼的东西，凝神检阅着魔族战将的女子，眼神刚毅，在初升朝阳的照耀下，夺目到令参柳不敢逼视。

他终于理解，情爱于她来说，的确只占极小的一部分。她是只适合站在权力巅峰的女子，不该困囿于人世间的小情小爱。

“不去打声招呼吗？”一直悄悄跟在参柳身后的风晞，突然出声问道。

参柳被他吓了一个激灵，回过头才发现自己被人跟了一路。

风晞挑挑眉，有些得意："师兄现在境界不如我，自然察觉不出来我的行踪。"

参柳："是啊是啊，看把你能的。"

"不过，"风晞将目光投向远处正在点兵的临则，"她便是你无情道修不下去的缘由吗？"

参柳沉默片刻，摇头："此事说到底与旁人无关，是我命该如此。"

听着像是彻底放下了，但人目光却仍旧盯着远处那抹身影不放。直到她已经进了营帐，他才自嘲地笑笑，回答了风晞一开始的问题："招呼就不打了，说不定早把我忘了。"

风晞："……"

"回去吧，你师兄我现下是你们当中最废的，好好修行才是正事。"

参柳这样说着，脚步却是一个趔趄，差点往前栽倒。偏偏风晞那个没眼力见的，还在观望四周的地势，根本没发现自家倒霉师兄已经捂着胸口快要倒地了。

一只手鬼爪似的捏住他的胳膊，风晞看向参柳，只听见他在那边鬼吼鬼叫："痛痛痛痛！快来……快来扶着师兄！"

是真的疼得厉害，哪里都疼，胸腔像刀割一样，每呼吸一口都像是在凌迟。

风晞不情不愿地将他架住；"你别装，我亲眼看到师父扔给你一瓶丹药，你来的路上没吃？"

"没吃，真没吃。想拖着伤体来临则面前装可怜来着……"

风晞："……"

谁说他不是活该呢？

参柳不知道的是，临则其实来过一次苍梧山，就在他被岚光仙姑放出槐荫洞的一月之后。

参柳就这么干脆地回了师门，令她有些不习惯。右使府不想待，因为处处都是他的痕迹。就连那只最爱用尾针四处乱扎的钦原，也蔫了吧唧的。

园子里新种下的草木倒是得以喘息了一小段时日。

她回火部大营里住了整整两月，日日对着外头青葱似的魔族少年，却没一个令她看得顺眼。

就连斩苍都察觉出了她不对劲，在她第三次在殿上与雷部将领起冲突时，他干脆利落地放了她三日的假，要她回去休整好了再回来。

她可没得了便宜还卖乖，去计较为何不给雷部将领也一起放假，而是利索地回了府，简单收拾之后便去了中土青州。

行至苍梧山地界时，她于一处客栈落脚。

日头长闲，客栈的客人几乎都在讨论着一件大事，那便是苍梧山那位掌门首徒修行受阻，散去了一身修为，重新入道一事。

她竖起耳朵听了许久，自然也随之想到了参柳临走前那段时日，似乎一直在压制着自己的灵脉。

原来他是有意，不让她发现。

接着她又听人提起了参柳的身世，说他自小便没了父母，幸而被苍梧山掌门收作亲传弟子，才算是逆天改命。

这间客栈所在的小镇坐落在苍梧山的山脚，周遭的居民受了仙泽，自然是对庇佑他们的仙门称赞有加。临则走出客栈，目光缘山而上。

那座相传帝舜葬于阳，帝丹朱葬于阴的巍峨仙山就这样飘浮在云巅之上，看起来遥不可及。

原来是父母双亡的可怜孩子啊，临则叹了一口气，难怪他对师门感情这么深厚。

都说凡事求个心安理得，她原本是极为心安理得之人，遇事从不在自己身上找原因。但此时此刻，她却禁不住有些心虚。

她对参柳说话时，几乎句句口无遮拦。什么逐出师门、看家护院之类的，还有，包括但不限于时不时蹦出的那句“废物”……

好像句句都在揭他的伤疤啊……

他是怎么想她的呢？恨都恨死她了吧？

夹在指尖的信蝶被她撕毁了好几封，翅膀可怜巴巴地碎了一地，风一吹，墨迹便化作烟尘，自空中飘散，再也拼凑不出个完整的字来。

那里面她根本没写什么别的话，每一封，都只写了“参柳”两个字。

她相信他若是见到信蝶，一定能一眼就认出来。因为她写他名字的笔法，是由他握着她的手，一笔一画练出来的。

算了，临则对自己说。

最好的人就得让他待在对他来说最好的地方。

客栈门前的行人，皆是笑着嚷着，来来去去，唯独廊下痴坐着一个漂亮到逼人眼目的女子。

女子周身气度看起来不像是凡人，这让旁人一时间不敢上前搭话，只能假借着路过的名义，悄悄看上几眼。

不知在哪个瞬间，那女子竟静悄悄地消失了，就连她脚下堆了一地的信蝶，也消失得无影无踪。

像是她……从未在此地出现过一般。

临则就任魔尊当日，魔族上下万人空巷。

魔族高层与中土贵客皆被安置在最好的观景处，以观赏魔族二十多年来最大的盛世。

常年被阴云笼罩的魔域天幕，浓厚的云层被人为拨开，露出水洗般的天幕。重重赤雉鸟围绕着天幕掠过，身后挂着五彩丝绦。接着是浩浩荡荡的花瓣海，各色花瓣堆积在天际，翻滚了几遭之后，才似银瓶炸裂，自空中炸开，不要钱似的往下飘落。

妖兽在空中开道，拉着仪仗步辇在空中穿行。队伍正中属于魔尊的鸾驾，则是由六匹缟身朱鬣，目若黄金，乘之寿千岁的文马拉着。

新任魔尊临则坐在鸾驾之内，生平头一次坐得这般端正。

独属苍梧山的观景台内，樱招趴在栏杆上，探着脑袋各处张望。

斩苍为避免抢临则风头，又穿回了苍梧山的弟子服，以贺兰宵的名义一直跟在樱招身边。若是有以前的旧部将他认出，他便远远颔首，权当招呼。

带着一大群弟子来撑场面的苍梧山掌门、孤寡人士参柳，人虽老老实实地坐在主位上，眼睛却没离开过队伍正中的鸾驾。

掌门亲传弟子苏常夕与走了后门央求了师父才准许他一同跟过来的燕迟，站在参柳身后小声咬耳朵。

苏常夕："你有没有觉得，师父今日看起来正经了许多？"

燕迟："你这么一说，好像真的是，衣着都比以往要奢华。"

苏常夕："一般老男人开始打扮，肯定是孔雀要开屏了。"

燕迟："平日也没见他这样，难不成，是冲着魔族开屏？！"

燕迟自信地做了一番推测，却见被称作"老男人"的掌门正幽幽地投来喜怒不明的一瞥。

"苏常夕，燕迟，"参柳轻启双唇，"回山之后，罚抄门规一百遍。"

苏常夕："啊！"

燕迟："……"

是猜对了，所以恼羞成怒吧！哼！

这场盛会一直狂欢到夜里，细腻华丽的乐曲、摆满条案的珍馐、滋滋冒泡的琼浆，整座魔都皆是灯火煌煌、满堂绮秀。

宴席上不知是谁打翻了酒缸，酒香酿在空气中，将整座魔宫都蒸得醉醺醺的。

坐在主座的新任魔尊于宴会中途扔下了众人，独自登上了厌火魔宫最高的尖顶。笔直而繁华的大街两旁，游龙似的灯火闪闪烁烁，吵吵嚷嚷的声音传不过来，她坐得太高，只能听见自己不太沉稳的心跳。

身后渐渐有脚步声在逼近，她回头，看见来人指尖夹着一只信蝶。

信蝶上什么都没说，只写下了那人的名字——

参柳。

（全文完）